Judi Hendricks

Das Brot des Lebens

Judi Hendricks

Das Brot des Lebens

Aus dem Amerikanischen
von Gabriele Weber-Jaric,
Caroline Einhäupl
und Stefanie Mierswa

WILHELM HEYNE VERLAG
MÜNCHEN

Die Originalausgabe erschien unter dem Titel
Bread Alone
bei HarperCollins, New York

Redaktion: lüra – Klemt & Mues GbR

Satz: Franzis print & media GmbH, München
Druck und Bindung: GGP Media, Pößneck
Printed in Germany

ISBN 3-453-19613-9

Geoff gewidmet.
Für seinen Glauben.

Wenn ich Purzelbäume schlage,
nehme ich seltsame Formen an
und werde weich.
Wenn ich mich um meine Achse drehe,
werde ich härter
und sehe mir ähnlich.

Aus *Becoming Bread* von Gunilla Norris

Eins

LOS ANGELES, 1988

Langsam komme ich zu mir. Das Piepsen des Rauchmelders hat mich geweckt.

Moment mal, kann ja nicht sein – der Rauchmelder piepst gar nicht, der schnarrt doch.

Ich setze mich auf. Vor meinen Augen verschwimmt das Zimmer; ich bin in einem Spiegelkabinett gelandet. Wo steht der Wecker? O Mann, zu hastig umgedreht. Verstehe. Alte Indianerfolter. Einer der Apachen hat meinen Kopf in feuchte Lederstreifen gewickelt, verschnürt und trocknen lassen.

Ich hieve meine Beine über die Bettkante und blinzele verquollen umher. Mein Mund ist das Fusselsieb im Wäschetrockner.

Ich trage einen halben Unterrock und die cremefarbene Bluse von gestern Abend. Meine Uhr ist verrutscht und hat eine Rille in meinen Arm gegraben. Viertel vor sieben. Die Piepser haben sich dem Pochen in meinen Schläfen angepasst. Auf dem Nachttisch prangt eine leere Flasche Puligny Montrachet. Ich habe gedacht, nur von *billigem* Wein bekommt man Kopfschmerzen. Was ist aus meinem Glas geworden?

Ich erhebe mich. Wacklig. Steige die Treppe hinab. Vorsichtig. Halte mich am Geländer fest. Wanke in die Küche.

Mein Backmeister! Wie kann ein solch kleines Gerät bloß einen solch mordsmäßigen Lärm veranstalten? Ich drücke auf Aus. Das Piepsen verstummt, der Deckel klappt auf. Er lässt eine Duftwolke frei. Ich mache einen Satz zum Abwaschbecken, um mich zu übergeben.

Ich öffne den Wasserhahn, spüle meinen Mund aus, halte mich keuchend am kalten Schieferrand der Arbeitsplatte fest.

Dabei fällt es mir wieder ein.

David.

Ich nehme das warme Brot aus dem Backmeister und lege es auf das hölzerne Hackbrett. Das Brot ist ein maßgerechter brauner Quader geworden.

In der Arbeitsvermittlung ist allerhand los. Das Büro befindet sich in einem Gebäude, das aus Glas und Stahl besteht, nahe dem Flughafen. Der Blick aus den Fenstern bietet eine atemberaubende Aussicht auf die Interstate 405, über die der Verkehr um halb elf noch Stoßstange an Stoßstange rollt.

Im Wartebereich drängen sich die Bewerber – vorrangig Frauen, vermutlich alle zehn Jahre jünger als ich, vermutlich alle mit Namen wie Heather oder Fawn oder Tiffany. Das Ausmaß an Emsigkeit ringsum entspricht dem eines Stabshauptquartiers, wie man es aus Filmen über den Zweiten Weltkrieg kennt. Fehlt nur noch Churchill. Kein Mensch lungert an den Trinkbrunnen herum und wartet, dass einer vorbeikommt, um zu plaudern. Man telefoniert entweder, hämmert auf eine Tastatur ein oder durchquert zielstrebig den Raum, mit abgewandtem Blick, um nicht aufgehalten zu werden. Ich tue das Gleiche.

Die einzige Ausnahme ist die junge Frau am Empfangstresen. Nachdem sie ihren abgebrochenen Fingernagel schön zu Ende gefeilt hat, schaut sie zufrieden auf. »Kann ich Ihnen helfen?«

Ich mache auf lässig und cool. »Ich habe einen Termin bei Lauren. Um elf. Bin zu früh dran, aber …«

»Kein Problem.« Sie reicht mir ein Klemmbrett, an dem mehrere Formulare befestigt sind. »Bitte füllen Sie uns das erst einmal aus. Danach machen wir mit den Tests weiter.« Sie händigt mir einen Bleistift aus und deutet auf die Sessel aus Leder und Chrom, die an der Wand aufgereiht stehen.

Tests? O Scheiße! Ich lasse mich in einen der Sessel sinken. Mein Schädel dröhnt noch immer, trotz zwei Aspirin und einem doppelten Espresso. Keine Panik, eins nach dem anderen! Name: *Justine Wynter Franklin.* Ist der Nachname überhaupt noch richtig? Ich versuche, *Franklin* auszuradieren, doch der Radiergummi ist alt und brüchig, er verursacht Schmierstreifen und zerkrümelt. Ich streiche *Franklin* durch und schreibe in Druckbuchstaben *Morrison* darüber. Jetzt sieht es aus, als wüsste ich nicht genau, wie ich heiße.

Adresse. Telefon. Toll, kann ich. Ich stürze mich darauf. Geburtsdatum. Nummer meiner Sozialversicherung. Angestrebte Tätigkeit. *Keine Ahnung* wäre wohl nicht so originell. Ich schreibe *Büro.* Bisschen vage vielleicht. Fähigkeiten. Ich starre auf die leere Zeile, die immer länger zu werden scheint. Sie macht mir Angst.

Andererseits – nun, ich kann immer noch »*L'Epitaphe*« von François Villon aufsagen oder die Auswirkungen der Industriellen Revolution auf den englischen Roman diskutieren. Was noch? Ich kann perfekt Reis kochen, und zwar so, dass unten im Topf kein Wasser bleibt und die Körner nicht aneinander kleben. Ich kann vertrocknete Preisel- und Wacholderbeeren wiederbeleben und geronnene Dickmilch aufmöbeln. Und falls Sie einen zähen Braten mit Flaschenkorken zart gerollt oder Kerzenwachs mit Löschpapier aus dem Tischtuch gebügelt haben möchten, wäre ich goldrichtig. Ich kann aus fünfzig Schritt Entfernung ein echtes Hermèstuch von dem koreanischen Billigimitat unterscheiden und schlage eine erstklassige Rückhand. Vor langer Zeit konnte ich auch einmal Schreibmaschine schreiben, doch mein Tempo war damals schon nicht berauschend. Man hat mir im Übrigen einmal gesagt, ich hätte eine nette Stimme am Telefon. – *Telefonsex?*

»Justine Franklin?«

Ich schrecke hoch.

»Hi, ich bin Lauren Randall.«

Die Frau vor mir entblößt ihr blendend weißes Gebiss und scheint sich in dieser Umgebung wohl zu fühlen. Sie ist um die vierzig, eher schick als schön, beigefarbenes Kleid aus Rohseide. Ihr blondes Haar ist so stramm aus dem Gesicht gezurrt, dass es ihre Brauen zu einem Ausdruck des Erstaunens hebt.

Als ich aufstehe, um ihre ausgestreckte Hand zu schütteln, fällt mein Klemmbrett klappernd zu Boden. Mit hochrotem Kopf hebe ich es auf, ignoriere die starrenden Blicke ringsum und folge Lauren über den Flur, während sie ihre Standardsätze ablässt. »Schön, noch einmal jemanden im Kostüm zu sehen. Sie haben ja keine Ahnung, in welchem Aufzug manch eine hier erscheint! Bei den jungen Mädchen muss ich mich zuweilen fragen, ob sie nicht lieber an den Strand anstatt an die Arbeit wollen.«

Womit wir mich ein für allemal aus der Kategorie »junges Mädchen« gestrichen hätten.

Lauren ergreift das Klemmbrett und führt mich in ihr Büro, ein Kabuff mit zwei Stühlen und einem winzigen Schreibtisch, der mit Aktenordnern übersät ist.

»Na, mal schauen, was wir da hätten. Welche Art von Arbeit schwebt Ihnen denn vor?«

»Oh, allgemeine Büroarbeit – Ablage, Telefonzentrale ...«

Es gibt einen Film aus den Fünfzigerjahren, den meine Mutter liebt. Darin spielt Doris Day die naive Püppi, die die Stadt erobern will und als Stenotypistin (schöner Begriff, nicht wahr? Der ordnet einen endgültig in die richtige Altersklasse ein!) in einer Schreibzentrale beginnt. Gleich an Doris' erstem Arbeitstag in der großen, wichtigen Firma, an dem sie eine rosa Bluse mit weißem Bubikragen trägt, bekleckert sie den flotten, jungen Mann, der im Postzimmer arbeitet (obwohl seinem Vater die ganze Firma gehört), mit Kaffee. Doris windet sich vor Verlegenheit, doch der junge Mann ist von ihrer natürlichen Art dermaßen entzückt, dass er sich auf der Stelle in sie verliebt. Nach einer Reihe unnötiger Komplikationen heiraten die beiden schließlich und Doris zieht sich aus dem Arbeitsleben zurück, um Frau Gemahlin zu werden – was so ungefähr der Position entspricht, die ich gerade räume. Ich möchte Lauren fragen, ob sie etwas in der Art anzubieten hat. Empfangsdame mit Aufstiegschancen zur Ehefrau.

»Kennen Sie sich mit Telefonzentralen aus?«

»Na ja, ich ...«

»Wie viele Leitungen? Rolm oder Honeywell?«, fragt Lauren. »Oh, tut mir Leid«, fährt sie fort, mein Schweigen übergehend, »da überrolle ich Sie einfach und Sie haben Ihre Bewerbung noch gar nicht fertig ausgefüllt. Ich werde mir jetzt lediglich ein paar kleine Stichpunkte notieren und danach erledigen wir den Schreibmaschinentest.«

»Den Schreibmaschinentest können wir uns sparen. Ich habe schon seit sieben Jahren nichts mehr getippt.«

»Kein Thema.« Lauren macht eine beiläufige Handbewegung. »So etwas ist wie Fahrradfahren. Ein paar Mal geübt und gleich ist man wieder drin.«

Sie betrachtet die gähnende Leere in der Rubrik *Erfahrung.* »Stehen Sie denn zurzeit in einem Arbeitsverhältnis?«

Ich habe eine Menge Artikel gelesen, in denen dargelegt wurde, dass die Arbeit als Hausfrau und freiwillige Komiteehelferin genau wie jede andere Berufserfahrung zählt. Ich wette allerdings, Lauren hat diese Artikel nicht gelesen.

»Justine …«

»Wynter. Man nennt mich bei meinem zweiten Vornamen.«

»Entschuldigung. Wynter, warum erzählen Sie mir nicht einfach, was Sie bisher getan haben?«

Einmal tief Luft holen. »Ich war drei Jahre lang Lehrerin an einer Highschool«, beginne ich. »Ein Jahr im Immobiliengeschäft …«

Lauren blickt mich gespannt an und wartet darauf, dass ich meinen Trumpf aus dem Ärmel ziehe.

»… und ich habe in diversen Komitees gearbeitet. Cedars-Sinai, Philharmonie …« Ich wühle in meinem Kurzzeitgedächtnis, um etwas Eindrucksvolleres hervorzukramen.

»Was um alles in der Welt wollen Sie denn dann mit einem einfachen Bürojob anfangen? Sie verdienen doch viel mehr, wenn Sie Ihre Lehrerlaubnis erneuern lassen oder wieder Häuser verkaufen!«

»Ich *kann* keine Häuser verkaufen. Es war eine Katastrophe. Ich habe nie eins verkauft.«

»Und was ist mit Lehrerin? Es ist doch nicht schwierig, die Erlaubnis wieder zu …«

»Ich fand es schrecklich, zu unterrichten.« Ich umklammere die Armlehnen meines Stuhls. Meine Handflächen sind feucht geworden.

Lauren lässt sich langsam zurücksinken, verschränkt ihre Arme vor der Brust und mustert mich gründlich. Ich kann es an ihren Augen ablesen, ich weiß, was sie denkt. Schon wieder so ein Luxusweibchen aus dem Hancock

Park, dem man den Laufpass gegeben hat. Inwendig lacht sie sich wahrscheinlich halb tot.

Lauren schlägt ein schlankes Bein über das andere und lässt das Riemchen ihres offenen Pumps von ihrer Ferse gleiten. Danach sagt sie mild: »Ich möchte Sie ja nicht schockieren, Wynter, aber ich finde meinen Job ebenfalls schrecklich. Leider können wir zuweilen nicht umhin, Dinge zu tun, die wir hassen.«

Noch ehe ich richtig denken kann, bin ich auf den Beinen. »Besten Dank für den Tipp.«

Ich marschiere aus dem Kabuff, an der Empfangsdame vorbei, hinaus aus dem Vermittlungsbüro. Wenn ich noch einen Zahn zulege, wird es aussehen, als wäre ich auf dem Weg zu einem Vorstellungstermin.

Auf dem Parkplatz steige ich in meinen roten Mazda RX7 – mein Geburtstagsgeschenk von vor drei Jahren. *Zimtziege. Miststück. Du hast doch von Tuten und Blasen keine Ahnung.*

Warum zerbreche ich mir überhaupt darüber den Kopf, wie ich Arbeit finden soll? David und ich werden uns am Abend zusammensetzen und unser Problem klären. Er ist zurzeit erschöpft und abgestresst. Wahrscheinlich tritt er nachher durch die Tür und hat Rosen oder so etwas in der Hand und sagt, es täte ihm Leid … Schlägt vor, für ein paar Tage irgendwohin zu fahren. Nach Mexiko zum Beispiel. Margaritas trinken, zusammen ins Bett gehen, ausspannen, ausschlafen. Alles wird wieder gut. Ich starte den Motor.

Ich brauche keinen Job. Erst recht keine lumpige Stelle als Bürosklavin.

Mein Wagen riecht wundervoll. Es gibt irgendeine Sonderbehandlung für die Ledersitze, durch die sie den Geruch nach neuem Auto beibehalten. Der Mazda war ein typisches David-Geschenk. Er hätte mich zwar lieber in einem Mercedes gesehen, doch diese Marke war mir von jeher zu gesetzt, zu steif. Ich wollte etwas Flottes, etwas mit Gangschaltung, etwas wie einen Porsche. In Anbetracht meines Hangs zum Rasen wurde der Porsche jedoch von vornherein gestrichen. Danach ließen David und ich das Thema erst einmal fallen, doch als ich an meinem Geburtstag morgens die Küche betrat, lag neben meinem Glas mit Orangensaft ein kleines Päckchen, das ich für ein Schmuckschächtelchen hielt. In den Falten seines weißen Satinfutterals steckte indes ein schwarzer Schlüssel und mein RX7 parkte in der Einfahrt – mit offenem Verdeck, obwohl es nach Regen aussah. Wir schafften ein paar Meilen in die Berge, bevor sich der Himmel auftat und es wie aus Eimern zu schütten begann.

Die Mittagszeit ist bereits vorüber und ich habe noch immer nichts im Magen. Ich steuere den nächstbesten Burgerladen an, bestelle mir am Drive-in-Schalter irgendetwas, ganz gleich, was. Dann nehme ich die 405 Richtung Norden, biege auf der 10 nach Westen ab und fahre danach die Küstenstraße hoch. Dabei fällt mir zum ersten Mal auf, wie wunderschön das Wetter ist. Zu meiner Linken erstreckt sich der blaue Pazifik, mit weißen Schaumkronen getupft, der den blauen Himmel und vereinzelte Federwölkchen widerspiegelt. Man könnte das Ganze auf den Kopf stellen und niemand sähe den Unterschied, wie bei den Vexierbildern in Kinderbüchern. Zu meiner Rechten leuchten die erdfarbenen Klippen von Malibu in glühender Farbenpracht – feuerrote Bougainvilleen, orangefarbene und gelbe Kapuzinerkresse und purpurrote Wandelröschen überwuchern Palmlilien und trockenes Gestrüpp. Alles sieht genauso aus wie immer, es sei denn, man kennt die Stellen, wo immer das Gestein von den Klippen abbröckelt und auf die Straße rollt.

Im Fahren stecke ich mir Pommes frites in den Mund und werfe seitliche Blicke auf die anderen Autofahrer. Wie kommt es, dass sie alle aussehen, als wüssten sie, wohin sie fahren und was sie tun werden, wenn sie angekommen sind?

Die Erinnerung an herrlich leere Sommertage steigt in mir auf und wie von allein nehme ich die Abfahrt, die zum Strand von Zuma führt. Als ich auf den nahezu verlassenen Parkplatz einbiege, erblicke ich einen schwarzen Mercedes und mir stockt der Atem. David? Anderes Modell, anderes Kennzeichen. Und überhaupt, was hätte er hier zu suchen? Die schwarze Limousine zieht an mir vorbei. Am Steuer sitzt eine rothaarige Frau.

Ich starre auf die Brecher, die wie riesengroße Glasspiralen heranrollen, während sich die *Supremes* im Radio fragen, wohin unsere Liebe entschwunden ist. *Wann* ist sie entschwunden, wäre wahrscheinlich die bessere Frage. Na schön, seit einer Weile waren wir vielleicht nicht mehr gerade ein Bilderbuchpaar – also, wenn ich ganz ehrlich bin, hatten wir eigentlich kaum noch etwas gemeinsam. Aber heißt das denn gleich, dass alles aus ist? Der erste Bissen Cheeseburger plumpst wie ein Stein in meinen Magen. Ich stopfe den Rest in die Tüte mit den kalten Fritten.

Ich steige aus dem Wagen, schlüpfe aus meinen Pumps und schäle mich aus der Strumpfhose. Wandere über den sonnenwarmen Asphalt auf den kalten, nassen Sand zu und ziehe meine Jacke enger um mich. Leere Strandwächterhäuschen, die sich einsam aneinander kauern, gelten in Südkalifornien als sicheres Anzeichen für den nahenden Herbst. Bisweilen sind sie das einzige Anzeichen. In einiger Entfernung tollt ein heller Labrador durch die Brandung, während sein abgerichtetes Herrchen Stöckchen wirft. Hie und da dümpeln Surfer in schwarzen Neoprenanzügen in den Wellen und warten auf einen Brecher. Ein grauhaariges Paar in identischen Jogginganzügen spaziert Händchen haltend an mir vorbei. Außer ihnen bin ich die Einzige am Strand. Eine eiskalte Welle klatscht gegen meine Beine. Ich rühre mich nicht von der Stelle, versinke bis zu den Knöcheln in strudelndem Wasser. Wenn ich nicht weitergehe, verliere ich den Halt.

Der salzige Wind peitscht mir das Haar ins Gesicht und lässt meine Augen tränen. Ich wende mich nach Norden, steige über Seegrasbüschel hinweg, über zerbrochene Muschelschalen und einen halben Taschenkrebs, der mit Fliegen bedeckt ist. Ich habe gelesen, wenn man den Tod nahen fühlt, denkt man als Erstes Dinge wie: »Ich kann gar nicht sterben. Ich habe ja noch Opernkarten für die nächste Woche.« Warum ist das so? Warum versuchen wir uns angesichts des Unvorstellbaren hinter Trivialitäten zu verschanzen? Als meine Mutter mich aus der Schule holte, um mir mitzuteilen, dass mein Vater gestorben sei, war mein erster Gedanke, ehe ich ausflippte: »Heißt das, dass wir in diesem Sommer nicht nach Tahoe fahren können?«

Meine Zehen krümmen und verkrampfen sich, während sie im Sand nach festem Grund suchen. Alles, was mir einfällt, ist, wie enttäuscht meine Mutter sein wird. Sie hat David vergöttert.

Laut ihrer Version war er der Märchenprinz, der mich vor etwas viel Schlimmerem als einem Drachen rettete – vor dem langweiligen Dasein einer Highschool-Lehrerin nämlich, die selten mit Männern ausgeht und die in den Ferien mit anderen Frauen verreist. David brachte mich in einem Schloss im Hancock Park unter, schenkte mir eine rote Kutsche, prächtige Gewänder und kostbare Edelsteine. Ich hatte dafür nichts weiter zu tun, als gut auszusehen, schicke Partys zu geben, mich mit den richtigen Leuten anzufreunden, sexuell für ihn verfügbar zu sein und nicht peinlich aufzufallen. Im Grunde war das gar nicht einmal so viel verlangt.

Meine Mutter hatte insofern Recht, als ich es, wie schon gesagt, schrecklich fand, zu unterrichten. Es ist schwierig,

Jugendlichen auf dem Leseniveau einer fünften Klasse die Freuden gehobener Literatur zu vermitteln. Die meisten von ihnen saßen in meinem Unterricht ohnehin nur ihre Zeit ab, während sie auf die richtigen Wellen oder auf ihre Monatsblutung warteten oder darauf, dass es nach der letzten Schulstunde läutete und sie in *Bob's Big Boy* herumhängen und jemanden abschleppen konnten.

Es war auch richtig, dass meine gesellschaftlichen Aktivitäten sich überwiegend auf das Zusammensein mit meinen Freundinnen beschränkten, mit CM und Sandy und Liz – Weinproben, fremdländische Restaurants, französische Filme, Kunstausstellungen –, die typischen Freizeitbeschäftigungen weiblicher Singles eben. Das heißt jedoch nicht, dass ich mich nicht auch mit Männern abgab. Alles weiß meine Mutter nun auch nicht.

Nach meiner mehr oder weniger umfangreichen Erfahrung stehen die guten Eigenschaften eines Mannes – wie Warmherzigkeit, Ehrlichkeit und Großzügigkeit – in umgekehrt proportionalem Verhältnis zu seinen äußerlichen Qualitäten. Daraus lässt sich folgern, dass toll aussehende Typen die größten Schwachköpfe sind, weil sie von jedem weiblichen Wesen, bei ihrer Mutter angefangen, verdorben wurden.

Dennoch, oder gerade deshalb, ziehen mich große, blonde, toll aussehende Männer an – sprichwörtlich wie die Motte das Licht. Meine beste Freundin CM vermutet, das könnte an meinem Vater liegen. Er starb, als ich siebzehn war, und er war der größte, blondeste und schönste von allen. Er war vollkommen. Leider war er auch der Letzte seiner Art.

Sein Tod liegt nun schon fast fünfzehn Jahre zurück, doch wenn ich zu Hause sein altes Arbeitszimmer betrete, kommt es noch immer vor, dass ich erwarte, ihn in seinem Ledersessel zu sehen, mit der aufgeschlagenen Zeitung auf dem Schoß und einem Cocktail auf dem Beistelltisch. Er mochte seine Drinks trocken, mit einer kleinen Zitronenspirale am Rand. Meine Mutter bekam einen Anfall, als er mir beibrachte, sie zu mixen.

Mein Vater brachte mir alles bei. Die Liebe zum Lesen zum Beispiel, oder auch englisch zu reiten, während meine Freundinnen im Westernstil ritten. Er kaufte mir ein Auto mit Gangschaltung, als meine Freundinnen einen Wagen mit Automatik geschenkt bekamen. Er zeigte mir, wie man in stillen Augustnächten am Himmel über Lake Tahoe nach Sternschnuppen Ausschau hält, um sich etwas wünschen zu können. Wie man einen ordentlichen Kreuzknoten knüpft und wie man einen Rückhandvolley erwidert. Wie man mit einer Hand ein Streichholz entfacht. Wie man beim Schwimmen atmet. Wie man unter Wasser ohne Angst die Augen aufsperrt. Und auch über Wasser.

Die meisten Männer, die ich kennen lernte, scheiterten an dem Vergleich mit meinem Vater. Das heißt, es gab natürlich auch Fälle, bei denen das Versagen auf mein Konto ging. Bei Mark zum Beispiel, jemandes Cousin aus Del Mar, dem ich auf einer Hochzeit begegnete. Oder bei Andy, dem Piloten, mit der Ehefrau in Dallas. Bei dem Fotografen mit dem unglaublichen Namen Rocky Rivers, dem ich ohnehin unterstellte, dass er es mehr auf CM abgesehen hatte. Doch umgehauen hat mich keiner.

Das geschah erst an dem Abend, als meine Freundin Paula ihren dreiundzwanzigsten Geburtstag feierte.

Ich erinnere mich, dass sie mich bereits am Arm packte, als ich noch in der Tür stand.

»Es ist jemand hier, den du unbedingt kennen lernen musst.«

Ich stopfte meine Jacke auf die Hutablage neben dem Flurschrank.

»Warum?«

»Er ist groß. Größer als du.«

»Das war Frankensteins Monster auch.« Ich wollte auf die Toilette flüchten, doch Paula hielt mich fest.

»*Der* hier ist nicht Frankensteins Monster, Wyn. Los, mach schon! Bei mir bedanken kannst du dich später.«

Sie schleifte mich an die provisorische Bar, die im Wohnzimmer auf dem Spieltisch aufgebaut worden war, wo der Prototyp von groß, blond und toll aussehend gerade dabei war, sich ein Bier zu öffnen.

»Wyn, das ist Dave. Dave, das ist Wyn. Tschüs.«

Paula verschwand in der Küche. Ich hätte mich am liebsten unter dem Teppich verkrochen, doch Dave lächelte, schüttelte meine Hand und entschuldigte sich dafür, dass seine so kalt war.

Danach erklärte er: »Ich heiße übrigens David. Nicht Dave. Und du bist Lynn?«

»Wyn. Wie Wynter.«

Daraufhin entgegnen Typen zumeist etwas wie: »Wynter? Das heißt doch hoffentlich nicht, dass du kalt bist!« Und anschließend brechen sie in wieherndes Gelächter aus.

David jedoch lächelte einfach weiter und sagte: »Was für ein schöner Name! Ich möchte wetten, den hat dein Vater für dich ausgesucht.«

Damit hatte er mich am Wickel.

Ich fragte ihn, wo er arbeitete. Alle Achtung! Selbst ich hatte schon von JMP – Jamison, Markham & Petroff – gehört, einer kleinen, jedoch supererfolgreichen Werbeagentur in Beverly Hills. Als er fragte: »Und du?«, musste ich notgedrungen zugeben, ich sei Highschool-Lehrerin.

Er wirkte nachdenklich, so als müsse er überlegen, was das beinhalten könnte. »Das ist ein ziemlich wichtiger Beruf«, stellte er schließlich fest. »Und reichlich undankbar, nehme ich an.«

Ich war hingerissen. Wie offenbar auch alle anderen

Frauen auf der Party. Es dauerte nicht lange, bis sie an uns vorbeigeschlichen kamen, angelegentliche Blicke zu uns herüberschickten oder sich wie zufällig in das Gespräch einschalteten. An einem solchen Punkt ziehe ich mich vom Futtertrog zurück. Ich finde es abstoßend, wenn Frauen sich wie bei einer Parade aufführen, so als würden sie in der Westminster-Pudelschau auftreten, und dies alles einem Mann zuliebe, der das kaum wahrnimmt und vermutlich auch kaum wert ist. Wann immer sich mir der Eindruck auftut, ich müsse eine Leuchtkugel aussenden, um jemandes Aufmerksamkeit zu erregen, klinke ich mich aus.

An dem Abend, wie an so vielen anderen auch, landete ich in der Küche, wo ich Wein trinkend mit drei oder vier Freundinnen an Paulas rosafarbenem Plastiktisch saß und plauderte. Nach einer Weile erschien das Geburtstagskind und fragte kopfschüttelnd:

»Herrgott, Wyn, was tust du hier? Warum bist du nicht im Wohnzimmer und siehst zu, dass du dein Leben unter Dach und Fach bekommst? Findest du ihn denn nicht sensationell?«

»Er scheint ganz nett zu sein.« Ich langte in die Schale, die Paula in den Händen hielt, und nahm mir eine Hand voll Käsepopcorn.

Paula schüttelte noch immer den Kopf. »Typen wie Dave trifft man nicht an jeder Straßenecke!«

Ich trank einen Schluck Chardonnay. »Er heißt David, nicht Dave.«

Paula stieß vernehmlich den Atem aus. Danach ergriff sie eine neue Flasche Wein und kehrte in das Gewühl zurück.

Um halb elf konnte ich mein Gähnen nicht mehr unterdrücken. Ich angelte meine Tasche unter dem Tisch hervor und zog los, um mich von Paula zu verabschieden. Auf dem Flur stieß ich mit David zusammen.

»Läufst du mir schon wieder davon? Ich weiß ja noch nicht einmal deinen Nachnamen. Wyn …«

»Morrison«, sagte ich. Ich konnte nicht fassen, dass er sich noch an meinen Vornamen erinnerte.

Er hob abermals hervor, sein Name sei David – nicht Dave. David Franklin.

»Es hat mich gefreut, dich kennen zu lernen, David-nicht-Dave Franklin. Doch ich muss jetzt leider gehen.« Ich schnappte mir meine Jacke von der Hutablage.

David blickte sehr betont auf seine Omega. »Was ist los? Verwandelst du dich Punkt elf in Aschenputtel zurück?«

»Viertel nach elf. Bis dahin muss ich wieder in meiner Küche sein.«

»Soll ich dich nach Hause fahren?«

»Ich wohne eine Etage höher.«

Ein Lächeln, bei dem mir fast das Herz stehen blieb, blitzte auf. »Soll ich dich zu Fuß nach Hause begleiten?«

Ich blickte ihn an und war plötzlich verstimmt. »Das hängt mit dem Y-Chromosom zusammen, nicht wahr?«

»Was?«

»Dass ein Mann sich erst dann für eine Frau interessiert, wenn sie ihn ignoriert hat.«

»Nanu, ich wusste gar nicht, dass du mich ignoriert hast.«

Ich zog meine Jacke an. »Nun, jetzt weißt du es.«

»Aha. – Heißt das, du wirst nicht mit mir essen gehen?«

»Ich gehe nie mit jemandem aus, der schöner ist als ich.« Ich machte abrupt kehrt und verschwand durch die Tür.

Ich war auf der halben Treppe, als die erste Reue an mir zu nagen begann. Für einen kurzen Moment verharrte ich vor meiner Wohnungstür und zog in Erwägung, auf die Party zurückzukehren. Dummerweise fiel mir jedoch keine einzige plausible Ausrede ein. Ich hatte zwar meine Sonnenbrille liegen gelassen – doch brauchte ich die in der pechschwarzen Nacht? Ich hätte mich für mein schnippisches Benehmen entschuldigen können, doch das kam nicht in Frage. Man sollte eine Beziehung niemals mit einer Entschuldigung beginnen, denn dadurch schafft man einen gefährlichen Präzedenzfall.

Zum Schluss zuckte ich innerlich mit den Schultern, schloss die Tür auf und verzog mich mit meinem kleinen Fernsehgerät ins Bett.

Der folgende Tag, ein Sonntag, war einer jener Raymond-Chandler-Tage, die man im Herbst in L. A. erlebt. Trocken und knisternd, mit einem kräftigen Santa-Ana-Wind, der den Staub durch die winzigen Ritzen in den Fensterrahmen bläst und die Feuerwehrleute kribbelig macht. Die Klimaanlage in CMs und meiner Wohnung war kurz davor, ihren Geist aufzugeben, und schnaufte asthmatisch, um die drei kleinen Räume zu kühlen.

CM befand sich mit ihrem neuesten Lover irgendwo in der Baja und ich überlegte, ob ich ins Kino gehen sollte, befand jedoch, dass mir das zu aufwändig war. Ich war hungrig, hatte jedoch keine Lust zu kochen; das Wetter machte mich müde, doch ich hatte keine Lust zu schlafen, und ich hatte erst recht keine Lust, die siebenunddreißig Vokabeltests zu korrigieren, die in meiner Aktentasche schmorten.

Ich beschloss, Brot zu backen. Danach geht es mir stets besser – oder zumindest fühle ich mich anschließend gefestigter.

Ich schnippte den Plastikdeckel von dem Behälter, in dem sich *le chef* befand, und sog den vertrauten, angenehm modrigen Geruch der lebenden Hefekultur ein.

Le chef hatte sein Dasein als kleine Teigkugel begonnen, die ich aus der Bäckerei in Toulouse mitbrachte, in der ich als Praktikantin arbeitete. Das war im Sommer nach meinem ersten Jahr an der UCLA gewesen. Inzwischen hatte sich die ursprünglich französische Hefe so häufig mit hiesigen Abkömmlingen vermischt, dass der Fortbestand ihrer Dynastie ernsthaft gefährdet war, doch ich machte mir weiterhin vor, in jedem Laib Brot, den ich buk, stecke noch ein winziges Restchen von Frankreich.

Souvenir ist für uns ein Substantiv, das nach Postkarten klingt, nach T-Shirts und billigen Schlüsselanhängern, von denen der Lack abblättert. Für die Franzosen ist *se souvenir* jedoch ein Verb, das *sich erinnern* bedeutet.

Sobald mir der Geruch eines guten sauren Ansatzes in die Nase steigt, *je me souviens* – erinnere ich mich an jenen Sommer in Toulouse. Ich erinnere mich an Jean-Marc, den dunkeläugigen *maître boulanger*, an den heißen Luftschwall, der aus den Öfen stieg, an den Rhythmus, in dem der Teig geknetet und gerollt wurde, und daran, wie mir der Atem stockte, wenn Jean-Marc mit seinem wundervollen Akzent »Wiintär« rief.

Ich gab zwei Tassen Ansatz in eine Schüssel, verrührte ihn mit zwei Tassen Wasser und zwei Tassen Mehl und stellte das Ganze beiseite, sodass die Zutaten hemmungslos miteinander verschmelzen und sich vermehren konnten. Bis zum Abend würde daraus ein *levain* – ein Sauerteig – entstanden sein.

Ich hatte den Behälter mit dem Mehl gerade in die Speisekammer zurückgestellt, als es an der Tür läutete. Das wird Paula sein, dachte ich. Taucht zur Partynachlese auf. Ich durchquerte das Wohnzimmer und öffnete die Tür.

Draußen auf dem Treppenabsatz stand Richard Nixon, in den Händen einen braunen Pizzakarton, dem ein köstlicher Knoblauchduft entstieg. Das heißt, eigentlich stand da nur jemand, der eine Richard-Nixon-Maske trug. Ich spürte, wie sich mir die Nackenhaare aufrichteten. *Pizza-Hut-Mörder fordert weiteres Opfer in Westwood.*

Danach erkannte ich die teuren italienischen Mokassins.

»Hiermit dürfte das Schönheitsproblem gelöst sein – ich kann nur nicht damit essen«, sagte David.

Wider Willen musste ich lachen.

»Knoblauch. Ohne Anchovis. Ich hoffe, du hast Hunger.«

Woher hatte er gewusst, dass er mit Blumen nichts erreichen würde? Als ich zurücktrat, um ihn einzulassen, sah ich mein Leben davonschwirren, so wie die außer Kontrolle geratene Raumkapsel in *2001*.

Wir setzten uns auf mein Sofa.

David stellte den Pizzakarton auf den Couchtisch und zog die Maske ab. Er konnte nicht umhin, sich mit einer Hand durchs Haar zu fahren, sodass es ihm wieder verwegen in die Stirn fiel, doch während er das tat, schenkte er mir ein verschämtes Grinsen.

Noch ehe ich mich entscheiden konnte, ob ich giftig oder versöhnlich reagieren sollte, sagte er: »Ich glaube, ich habe dich gestern auf dem falschen Fuß erwischt.«

Das war eine recht großzügige Auslegung meiner Ruppigkeit.

»Tut mir Leid, falls ich dich irgendwie gekränkt habe.«

Das konnte doch nicht wahr sein! Das Einzige, was mir durch den Sinn schoss, war, wie ich CM diese Szene hinterher wohl beschreiben würde. Da mir keine passende Antwort einfiel, fragte ich David, ob er ein Bier trinken wollte.

»O ja, gern. Was hast du im Haus?«

»Ich glaube, nur Molson.«

David überlegte. Dann sagte er: »Hast du vielleicht auch Wein?«

Nachdem er das Sortiment meiner vier Flaschen begutachtet hatte, öffnete er einen Ravenswood Zinfandel. Ich holte zwei Teller hervor und zeigte David, wo meine zusammengewürfelten Gläser standen. In der Küche schnupperte er.

»Was ist das für ein Geruch?«

»Ein Ansatz. Für Brot.« Es gibt gewisse Leute, denen ich das Konzept von *le chef* und *levain* von vornherein nicht erkläre.

»Riecht fantastisch. Wie Hefe.«

»Vermutlich, weil es Hefe ist.« Es musste bissiger geklungen haben, als ich es beabsichtigt hatte.

»Wäre es dir lieber, wenn ich mich wieder verziehe?«

Meine Pampigkeit trieb mir die Röte ins Gesicht. »Das ist es nicht. Ich weiß lediglich nicht, was hier abläuft, und wenn ich mich unsicher fühle, werde ich ein wenig ... gereizt.«

Er hatte meine Küchentücher entdeckt und rieb die Wasserränder von zwei Weingläsern ab. Ich überlegte flüchtig, ob er wohl schwul war.

»Mache ich dich unsicher?«

»Ehm ... ja.«

Nachdem wir erneut auf dem Sofa Platz genommen hatten, schnitt ich die Pizza in Viertel und legte zwei davon auf die Teller, wobei ich jede Menge Käsefäden zog, die auf dem Tisch haften blieben. David schien sie wegwischen zu wollen, hielt sich jedoch zurück. »Warum bist du unsicher? Ich meine ...« Er biss ein Stück Pizza ab und kaute derart genüsslich, als handele es sich um *caille au citron avec beurre blanc.* »Ich fand, dass wir gestern Abend ein interessantes Gespräch begonnen haben, und dann drehe ich mich um und du bist fort.«

»Ich war in der Küche. Es wäre nicht so schwer gewesen, mich zu finden.«

Er ging über die Spitze hinweg. »Und als ich dich dann

endlich wieder entdecke, verschwindest du und schlägst mir die Tür ins Gesicht. Hatte ich irgendetwas verbrochen?«

»Nein, das ist es nicht. Es ist nur …« Bei dem warmen Licht, das durch mein Südfenster fiel, bei der guten Pizza und dem weichen, fruchtigen Wein fiel es mir schwer, ihm meine Besorgnis darzulegen. Ich sah ihn von der Seite an. »Warum bist du gekommen?«

»Weil ich dich mag. Und um mich weiter zu unterhalten.«

»Warum magst du mich? Du weißt rein gar nichts von mir.«

»Ich weiß, dass du hübsch bist.«

Ich bedachte ihn mit einem warnenden Blick.

»Nun, vielleicht nicht hübsch im herkömmlichen Sinn, doch du besitzt eine gewisse … ich weiß nicht, was. Du erinnerst mich an jemanden, der in einem Ferienlager arbeitet. Du bist lustig. Und du hast eine eigene Meinung.«

»Verstehe ich das richtig? Ich erinnere dich an eine lustige Betreuerin aus einem Ferienlager, die eine eigene Meinung hat? Und das gefällt dir?«

David nickte, so als sei dies etwas, was man einer Frau alle Tage bescheinigt.

Ich setzte mich seitlich hin, sodass ich ihn anschauen konnte, ohne meinen Nacken zu verrenken. Sein Gesicht war makellos. Nicht direkt aufregend schön, doch aus klassischen Merkmalen zusammengesetzt, nichts davon zu viel, nichts zu wenig. Exakt nach Blakes strengen Regeln der Symmetrie.

»Bist du mit jemandem zusammen? Mit einer Freundin oder so etwas Ähnlichem?«

»Nein«, erwiderte er. »Ich bin mit niemandem zusammen.«

»Warum nicht?« Es war sonst gar nicht meine Art, Verhöre durchzuführen, doch dieses Mal konnte ich mich einfach nicht bremsen.

»Ich war zu beschäftigt.«

»Was meinst du mit ›zu beschäftigt‹?«

»Ich habe viel zu tun.«

»Doch jetzt bist du mit einem Mal nicht mehr zu beschäftigt und willst mit mir zusammensein?«

»Ist das denn so ungeheuerlich?«

»Das ist es nicht.«

»Das sagst du dauernd. Was ist es denn deiner Meinung nach?«

»Ich weiß es nicht.« Ich lehnte mich in das Sofakissen zurück.

Er lächelte mich an. Es war ein richtig süßes Lächeln. »Ich weiß es auch nicht. Meinst du nicht, wir sollten es in Erfahrung bringen?«

Zwei

Wir brachten es in Erfahrung.
Wir fanden heraus, dass wir beide klassische Musik liebten, einschließlich Opern, ob man es glaubt oder nicht. Dass wir Gruselfilme liebten, an den blutrünstigen Stellen jedoch die Augen schlossen. Wir schätzten guten Wein und französische Küche, vor allem, wenn jemand anders kochte, servierte und nachher aufräumte und den Abwasch erledigte.

Ich hatte zudem den einen Mann von sieben Millionen entdeckt, der tatsächlich gern einkaufen ging. Außerdem schien es ihn nicht zu stören, wenn ich ihn beim Tennis schlug, und es gefiel ihm, dass ich nicht unentwegt in den Spiegel schaute, um mein Make-up aufzufrischen. Und wir waren beide Einzelkinder.

Damit hörten unsere Gemeinsamkeiten auf. Davids Eltern waren hinauf nach Monterey gezogen. Sie lebten im Ruhestand. Davor war sein Vater Professor für Politologie und seine Mutter Studienberaterin gewesen. David wirkte unbeteiligt, wenn er von ihnen sprach; er verbreitete sich mehr über ihre Karrieren als über sie als Menschen, was in mir den Eindruck erweckte, als sagte er lediglich zwei Lebensläufe auf. Wenn ich zu meinen verklärten Geschichten über meinen Vater ansetzte, lauschte er halb skeptisch, halb mit Neid.

Eines Abends, als wir in einem Bistro in Santa Monica saßen, wurde mir auch Davids Einstellung in Bezug auf andere Familienangelegenheiten bewusst – und als Dreingabe meine eigene noch dazu. In einer seiner Lieblingsrollen als großartiger Weinkenner hatte David eben dem Kellner seine Überlegenheit bewiesen, als ein junges Paar mit Krabbelkind und Säugling das Bistro betrat und an unseren Nebentisch geführt wurde.

David registrierte sie flüchtig mit einem Seitenblick, und wir redeten ohne Stocken über die Schwarzweiß-Fotografien weiter, die gerade im Modern Art Museum von L. A. gezeigt wurden. Als der Kellner mit unserem Wein zurückkehrte, reichte die Mutter das zappelnde Kleinkind ihrem Mann und schüttelte aus einem Babyfläschchen zwei, drei Spritzer Milch auf ihr Handgelenk. David stand auf, ergriff meine Jacke und deutete auf einen freien Tisch am anderen Ende des Raumes.

»Bist du allergisch gegen Milch?«, fragte ich, während wir uns vor dem Kellner her an den Tischen vorbeischlängelten.

»Überhaupt nicht. Aber ich weiß, was jetzt kommt«, erwiderte David.

Wir ließen uns nieder und stießen mit unseren Gläsern an, als der Säugling wie auf Kommando zu brüllen begann. David führte sein Weinglas an die Nase, inhalierte, nippte und behielt seinen Schluck für die vorgeschriebene Zeit von fünf Sekunden im Mund, ehe er ihn trank.

»Ich versuche bisweilen, mich als Vater zu sehen«, erklärte er anschließend. »Doch es gelingt mir nicht. Vielleicht später einmal. Wenn ich das, was ich erleben will, erlebt habe.«

Für mich war dieser Moment wie eine mittlere Offenbarung. Ich hatte noch *nie* versucht, mich als Mutter zu sehen. Warum, wusste ich nicht. Vielleicht lag es an meinem Beruf. Wie oft stand ich in den Pausen im Türrahmen eines Klassenzimmers, des Lehrerzimmers oder der Cafeteria, betrachtete das heillose Chaos um mich herum und fragte mich kopfschüttelnd, warum sich Gehirne so spät der Entwicklung ihres Körpers anpassten – und manchmal auch nie! Warum mussten aus kleinen, entzückenden, Engelchen diese verdrossenen Halbstarken und schwachsinnigen Kicherliesen werden?

Die Idee, selbst solche Kinder großzuziehen, war einfach grauenhaft. Da half nicht einmal das Bewußtsein, dass CM und ich die gleichen Nervensägen gewesen und zuletzt doch noch ganz manierlich geworden waren.

Ich setzte mein Glas ab und beantwortete Davids unausgesprochene Frage mit einem Schulterzucken. »Wenn ich ehrlich bin«, bekannte ich, »habe ich mir über dieses Thema noch nie sonderlich Gedanken gemacht.«

Auf Davids Miene schien sich Erleichterung abzumalen.

Ich glaube, am meisten beeindruckte mich Davids Haltung, was Sex anbelangte, denn er unternahm nichts in dieser Richtung, versuchte mich weder zu überreden, noch sonst wie zu drängen.

Seit ich meine Jungfräulichkeit, kurz vor meinem Aufbruch aus Frankreich, an Sylvies Cousin Gilles losgeworden war, kam Sex mir noch immer wie ein Lotteriespiel vor, in dem man mehr Nieten zog als Gewinne. Ich fand auch, das Vorgeplänkel machte mehr Spaß als der eigentliche Akt, selbst wenn ich jede Menge Frauen kannte, die ihn als sensationell bejubelten. Darüber hinaus hatte ich festgestellt, dass Sex eine Beziehung ruinierte, denn sobald man einmal mit einem Typen geschlafen hatte, erwartete er das immer wieder, und wenn man anderen Sinnes war, musste man sich Abende lang Ausreden ausdenken. Anschließend wurde dann das Für und Wider diskutiert und die jeweiligen Gründe langwierig erörtert. Gelegentlich einigte man sich darauf, einander fortan wie »gute Freunde« zu begegnen, doch weil die Schranke nun einmal durchbrochen worden war, klappte das nie und schließlich traf man sich lieber doch nicht mehr, selbst wenn man sich eigentlich gemocht hatte.

Ich hatte keine Lust, diesen Weg abermals einzuschlagen, und David schien das zu spüren – vielleicht sogar zu verstehen. Nach einer Weile wagte ich jedenfalls zu glauben, David könnte anders sein als seine Vorgänger.

Dennoch konnte ich mir nicht vorstellen, dass daraus etwas Ernstes entstehen würde. Es war eigenartig, wenn auch nicht direkt unangenehm, mit einem Mann auf der Bildfläche zu erscheinen, nach dem alle Frauen die Hälse reckten. Frauen, die schöner, eleganter und kultivierter waren als ich. Frauen, die als Journalistinnen, Kunsthändlerinnen oder Produzentinnen arbeiteten. Nicht als Highschool-Lehrerin.

Bisweilen, wenn mich sein Lächeln traf, hätte ich mich fast umgedreht, um nach seinem eigentlichen Zielobjekt Ausschau zu halten.

In der Annahme, dass es irgendwann zu Ende sein würde – wenn nicht in der nächsten Woche, so doch in der Woche darauf –, versuchte ich, mich nicht in David zu verlieben, und nachdem mir das nicht gelang, es ihm zumindest nicht zu zeigen. Als der Herbst allmählich in den Winter überging, fiel mir das allerdings zunehmend schwer.

David blieb rücksichtsvoll und aufmerksam. Er war der perfekte Gentleman. Wir kamen gut miteinander aus – aber irgendwie kamen wir nicht voran. Zu guter Letzt wurde ich unsicher und fing an zu grübeln, warum er nicht mit mir schlafen wollte; warum er mich zwar leidenschaftlich küsste, aber nie einen Schritt weiterging.

Eines Abends führte er mich dann zum Essen ins *Beau Rivage* aus, ein kleines, romantisches Restaurant, das sich über Malibu an eine Klippe schmiegt. Wir tranken Champagner und starrten auf den schwarzen, samtigen Ozean hinaus, der von den aufblinkenden Lichtern vorbeifahrender Schiffe gesprenkelt wurde und von zarten, weißen Schaumkronen, die im Mondlicht schimmerten. Der Gesprächsfluss, den wir während der vergangenen sechs Wochen aufrecht erhalten hatten, schien versiegt zu sein.

Später kurvte David mit seinem schwarzen Thunderbird langsam die dunkle Küstenstraße hinunter, stellte das Radio aus und ließ geistesabwesend sein Seitenfenster herunter, obgleich es bereits Anfang Dezember und der Wind feucht und kalt war. Es war spät und auf der Straße waren so wenige Autos unterwegs, dass man das Donnern der Brandung hörte. David fuhr schweigend, auf die Kurven konzentriert, während ich mich in meiner Jacke verkroch und wusste, das war das Ende. Er hatte mich lediglich in dieses wundervolle Restaurant mitgenommen, um den Schlag abzumildern. Jeden Moment würde er verkünden, es sei aus.

Wir fuhren die schwindelnd steile Auffahrt zu seinem kleinen Haus in den Hollywood Hills hoch. Als er den Motor ausstellte und den Zündschlüssel abzog, kehrte ich mein Gesicht dem Seitenfenster zu, machte jedoch keinerlei Anstalten, auszusteigen.

»Los, sprich es aus.«

»Lass uns hineingehen«, erwiderte er. »Hier draußen ist es zu kalt.«

»Du bist doch derjenige, der das dämliche Fenster aufgemacht hat! Sag es doch einfach.«

»Sag einfach *was*?«

»Sei kein Waschlappen, sprich es ruhig aus! Fahr mich anschließend aber bitte noch nach Hause.«

»Wovon redest du eigentlich?«

»Davon, dass Schluss ist. Wovon sonst?«

»Schluss?«

Ich fuhr herum. »Sag mal, haben wir es hier mit einem Echo zu tun? Hör zu, ich werde weder Theater machen, noch in deinem gewienerten Auto Tränenspuren hinterlassen. Sag einfach, du willst mich nicht mehr sehen, und anschließend fährst du mich heim. Keine Sorge, es bringt mich nicht um.«

Für einen Moment blieb er stumm. Danach lachte er auf. »Du glaubst, *darum* geht es?«

Ohne meine Antwort abzuwarten, stieg er aus, schloss die Wagentür ab, umrundete den Wagen und öffnete meine Tür. Ich ließ ihn meine Hand ergreifen. Er zog mich sanft aus meinem Sitz hoch.

»Ich weiß nicht, was los ist«, erklärte ich. »Und als ...«

»Schon klar. Und wenn du nicht weißt, was los ist, wirst du gereizt. Na, komm. Mir ist es lieber, wenn wir drinnen gereizt sind. Da ist es wenigstens warm.«

Ich war zuvor bereits mehrere Male in seinem Haus gewesen, jedoch stets bei Tag. Ich hatte die Einrichtung als nüchtern und irgendwie provisorisch empfunden, trotz der Kunstfotografien in Schwarz-Weiß und der karamellfarbenen Ledercouch. Mehr ein Musterhaus als eine menschliche Behausung. Nie war etwas unordentlich oder staubbedeckt. Es flogen weder alte Zeitungen herum, noch lagen Bücher aufgeklappt mit dem Gesicht nach unten, sodass man später die Seite wiederfand. Keine benutzten Gläser in der Spüle. Kein Kleingeld auf dem Esstisch. Kein Poststapel neben dem Telefon.

Bei Nacht wirkte das Haus vollkommen verändert. Die strategisch angeordneten Leuchter verliehen den Räumlichkeiten Tiefe und Form. Im Kamin waren Scheite für ein Feuer hergerichtet und das Tonband war bis zu einem Stück mit Oscar Peterson gespult worden. In einem Eisbehälter kühlte eine Flasche Wein. Alles war sorgfältig abgestimmt und arrangiert worden. *Für mich*. David hatte sich vorgenommen, mich zu verführen. Ich war sowohl belustigt als auch gerührt und fühlte mich unendlich geschmeichelt.

Nahe dem Sommerhäuschen meiner Großeltern am Russian River gab es eine Stelle zum Schwimmen, an der das Wasser klar, tief und kalt war. An heißen Nachmittagen stemmte ich mich daraus hoch und streckte mich triefend und zitternd auf meinem Lieblingsfelsen aus. Er war warm von der Sonne und der Fluss hatte ihn geglättet und nichts war schöner, als seine Konturen unter meinen Händen zu spüren.

Ähnlich war Davids Körper. Auch wenn die Art, in der er mich liebte, der Spontaneität entbehrte, so wurde das durch seine Intensität und seine Hingabe zum Detail mehr als wettgemacht. Nie zuvor hatte jeder Quadratzentimeter meines Körpers ein derartiges Maß an Zuwendung erfahren.

Irgendwann begann es draußen zu regnen. Zuerst leicht, dann jedoch heftig und tosend, bis ich zuletzt dachte, der Hang müsse sich auflösen und das Haus würde bis auf den Sunset Boulevard hinunterschlittern, mitsamt unserer ineinander verschlungenen Körper.

Als die Morgendämmerung anbrach, ließ der Regen nach und wir schliefen erschöpft ein.

Später am Morgen entdeckte ich, dass Davids meerblaue Augen grau waren. Er registrierte meine Verwunderung und lächelte.

»Kontaktlinsen«, erklärte er und zog mich auf sich.

Zehn Tage später, an meinem vierundzwanzigsten Geburtstag, fragte mich David, ob ich ihn heiraten würde. Ich war fast ebenso überrascht und dankbar wie meine Mutter.

Nach unserer Hochzeit absolvierte ich ein Jahr im Immobiliengeschäft, das ganz schön war – ganz schön Scheiße, um ehrlich zu sein. Zuletzt erließ mein Arbeitgeber mir die Ausbildungsgebühren, jedoch nur unter der Bedingung, dass ich nie wieder in diesem Geschäft tätig zu werden versprach.

Da ich gern über eigenes Geld verfügte, unternahm ich danach noch etliche halbherzige Anläufe, etwas Neues zu finden, doch David erklärte schließlich, steuerlich wäre es günstiger, wenn ich nicht arbeitete. Dann hätte ich auch mehr Zeit für das, was er sich von mir erhoffte. Es bedurfte keiner großen Überredung.

Was David sich erhoffte, war eigentlich keine große Geschichte. Ich hatte die Ehefrau eines Karrieremannes abzugeben, die charmante Gastgeberin, die Kontaktquelle. Er versorgte mich mit der entsprechenden Fortbildungsliteratur und abonnierte mir das *Wall Street Journal*, die Sonntagsausgabe der *New York Times* und das *Los Angeles Magazine*. Er achtete darauf, dass ich seine Fachzeitschriften studierte, erklärte mir ausführlich, was sich in der Agentur tat, welche Schritte für welche Kunden unternommen wurden, welcher Kunde verloren gehen konnte und welchen er neu anpeilte.

Wir gaben Partys und wir besuchten Partys. Wir gingen zu Dinners, Wohltätigkeitsveranstaltungen, Konzerten, Galerieeröffnungen und drei oder vier Theateraufführungen in der Woche. Wir nahmen an Golfturnieren zwischen Profis und Amateuren teil, an politischen Spendenveranstaltungen, an Wanderaktionen und Weinauktionen. Ich gehörte verschiedenen Sponsorenkomitees an, für die Philharmonie, für das Cedars-Sinai-Hospital und für den Sierra Club. Ich trainierte meinen Körper eifrig bei L. A.-Fitness und ging zum Tennisspielen in einen Club, in dem unsere Mitgliedsgebühr von JMP bezahlt wurde. In meiner Freizeit traf ich mich zum Lunch mit »Freundinnen«, bei denen es sich vorrangig um die Ehefrauen strategisch wichtiger Männer handelte, die David kennen lernen wollte.

Es dauerte nicht lange, bis ich feststellte, dass David nicht übertrieben hatte, als er zuvor behauptete, für eine Beziehung sei er zu beschäftigt. Allerdings schienen diese gesellschaftlichen Aktivitäten David zu beflügeln, wohingegen sie mich auslaugten und verunsicherten, so als wäre ich eine Schwindlerin, der man über kurz oder lang auf die Schliche kommen würde. Mich plagten Gewissensbisse, wenn ich meine Freundschaften auf der Basis ihres wirtschaftlichen Nutzens pflegte. David erklärte mir indes, das entspräche meinem Job; ich sei seine Partnerin und wie bei jedem Job gäbe es nun einmal Aspekte, die weniger erfreulich seien, womöglich gar widerwärtig, aber dennoch unvermeidlich. In den seltenen, viel zu kurzen Momenten, in denen wir uns einmal allein vergnügten, brachte er alles wieder in Ordnung.

Und für eine Weile war es auch in Ordnung.

Eines Morgens wachte ich mit einem rauen Hals auf und fühlte mich wie eine Fußmatte, über die eine Büffelherde hinweggetrampelt war. Also dämmerte ich im Bett vor mich hin, so wie man das eben tut, wenn man krank ist, und sah in seltsamen Bruchstücken und Fetzen mein Leben an mir vorbeiziehen. Mit einem Mal durchzuckte mich wie ein Blitz die Erkenntnis, dass ich seit sieben Jahren verheiratet war, dass ich meine beste Freundin bereits seit Monaten nicht mehr gesehen hatte und nicht mehr wusste, wann ich zuletzt mit meiner Mutter telefoniert hatte. Oder wann ich zum letzten Mal einfach nur so ein Buch gelesen hatte.

Oder wann ich das letzte Brot gebacken hatte. *Le chef*, den ich aus Frankreich mitgebracht und sechs Jahre lang gehätschelt hatte – oder waren es bereits sieben Jahre? –, war an meiner Vernachlässigung zu Grunde gegangen. Das

Bild, in dem meine treuen kleinen Hefen elend verhungerten und zuletzt in ihrem eigenen Sud ertranken, hatte mich für eine Weile dermaßen mitgenommen, dass ich tagelang vor mich hin schluchzte, was wiederum David total aus der Fassung brachte. Zuletzt stand er kurz davor, mich zu einem Psychiater nach Beverly Hills zu schleppen und mich auf Prozac setzen zu lassen, doch dagegen sträubte ich mich entschieden. Seit dem Tod meines Vaters hatte ich nämlich Psychiatern gegenüber ein tiefes Misstrauen entwickelt.

Ich glaube, die nackte Verzweiflung trieb David schließlich dazu, den Backmeister anzuschaffen. Ich hätte das als erstes Warnsignal erkennen sollen.

David liebte diesen grauenhaften Brotbackautomaten beinahe ebenso sehr, wie ich ihn hasste. Er fand es genial, dass man die Zutaten lediglich hineinkippte, die Uhr einstellte und *tatata* – wie von allein entstand über Nacht ein Brot. Nichts wurde angefasst, nichts ruinierte einem die Fingernägel.

David lauschte mir geduldig, als ich ihm erklärte, Brot sei etwas Lebendiges und kein totes Produkt, doch zuletzt gab er zu, dass er den Unterschied nicht begriff, woraufhin wir beide enttäuscht waren. Ich weigerte mich dennoch, das Gerät zu benutzen, sodass David nach einer Weile selbst damit herumzuwerkeln und fast jeden Abend Brot vorzubereiten begann – sofern man das Ergebnis als Brot bezeichnen will. Frühmorgens war er jedoch meist schon so auf seinen Job konzentriert oder bereits eilig auf dem Weg zu seinem ersten Meeting, dass er fortstürzte, ehe das Brot fertig war.

Zu der Zeit war David Marketingdirektor bei JMP – der jüngste aller Direktoren – und demzufolge arbeitete er viel und lange, weshalb ich auch nie etwas sagte, wenn er spät nach Hause kam. Allerdings häuften sich mit einem Mal die Geschäftsessen und Kundenpartys und Wochenendverpflichtungen, vor denen er mir mitteilte, ich würde mich dort zu Tode langweilen und müsse ihn nicht begleiten. Er hörte auf, mir seinen Tag und seine Projekte zu schildern und trug mir auch seine Ideen nicht mehr vor. Er war nach wie vor höflich, sanft und auf zerstreute Art sogar liebevoll, doch unsere sexuellen Aktivitäten fielen fast vollständig dem Bereich der Erinnerung anheim.

Ich hätte erkennen müssen, dass da etwas im Busch war, doch hätte ich es getan, wäre ich zu einer Konfrontation gezwungen gewesen und hätte konkrete Schritte ergreifen müssen – und damit war ich eindeutig überfordert. Ich redete mir ein, alles würde sich wieder einrenken. Nur noch dieses eine Meeting, noch dieses eine Projekt oder noch der nächste Vertragsabschluss und danach würden wir wieder mehr Zeit füreinander haben. Wir würden für ein langes Wochenende verreisen und ein ausgiebiges Gespräch miteinander führen. Wir würden das Verlorene wiederfinden.

Wenn im Film das Unheil einsetzt, verändert sich die Musik. Die armen Schlucker haben ihr Getreide in die Scheune eingefahren, sind mitten dabei, ihr Erntedankfest zu feiern, alle tanzen und sind fröhlich – und schon beginnt der dumpfe Trommelwirbel, woraufhin jeder weiß, dass jetzt gleich die Killer des reichen Großgrundbesitzers auftauchen und unschuldige Menschen über den Haufen schießen. Ich betrachte es als äußerst ungerecht, dass die Wirklichkeit einer entsprechenden Themenmusik entbehrt. Nicht dass das etwas ändern würde, doch allein als Form der Ankündigung fände ich es aufmerksam.

Als ich eines Freitagnachmittags von einem Treffen des Hancock-Park-Landschaftsvereins zurückkehrte, stand in unserer Einfahrt hinter Davids schwarzem Mercedes ein goldfarbener Lexus. Ich musste meinen Mazda am Straßenrand abstellen. Ich war noch auf der halben Treppe, als die Haustür aufging und Kelley Hamlin herausspazierte, eine der Account Managerinnen von JMC. Das heißt, nicht irgendeine Account Managerin, sondern seit zwei Jahren das stellvertretende Vorstandsmitglied im Bereich Marketing. Ich hatte mich bei der ein oder anderen Firmenfestivität jeweils nur kurz mit ihr unterhalten, von anderen Frauen aus dem Management jedoch erfahren, Kelley sei brillant. Besessen. Abgesehen davon sah sie blendend aus.

»Hallo, Wyn.« Kelley lächelte mich an und warf ihr blondes Haar in den Nacken. David stand hinter ihr und hielt einen Aktenordner in der Hand. »Vielen Dank, dass du mir die Sachen vorbeigebracht hast, Kelley.«

Irgendwo in meinem Hirn ertönte ein fast unhörbares Pling, doch es war so leise, dass ich es kaum vernahm. Ich sah David an. Er begegnete meinem Blick mit einem Lächeln, doch es kam kein richtiger Kontakt zustande. Es war wie bei jemandem, der eine Sonnenbrille mit Spiegelglas trägt, in dem man lediglich sich selbst erkennt.

Nach einem stillen und endlos scheinenden Abendessen las ich in dem Raum, den ich als Fernsehzimmer bezeichne, den David jedoch stets die Bibliothek nennt, die neueste Ausgabe des *Los Angeles Magazine*.

David trat ein und setzte sich neben mich auf unsere schwarze Ledercouch.

Das allein besaß bereits Signalwirkung, denn seit einiger Zeit hatten wir uns eher wie zwei Menschen betragen, die sich zufällig zuweilen im selben Bett wiederfinden.

David hockte auf der Kante und lächelte verlegen, so als wolle er zu etwas anderem anheben als lediglich zu der Frage, wer die Sachen aus der Reinigung abholt. Mir fiel abermals ein, wie es zuvor zwischen uns gewesen war. Wie es wieder sein könnte. Ich lächelte zurück. *Détente.*

Dann sagte er: »Wyn, ich kann nicht mehr so tun.«

»Was *wie* tun?« Das war die falsche Reaktion. Sie bewirkte einen verletzt-enttäuschten Gesichtsausdruck.

»Ich kann nicht mehr so tun, als liefe alles bestens.«

»Oh, ich weiß selbst, dass nicht alles bestens läuft. Ich weiß, dass du zu viel arbeitest und dass der Stress …«

»Nun, ich *war* sehr beschäftigt und ich hatte jede Menge Stress. Doch das ist es nicht allein.«

Vor mir flammte ein Bild auf. David rollt sich in unserem Bett zu einer anderen herum. Es war ein verschwommenes Bild, fast zeichneten sich nur die Körperkonturen unter der Bettdecke ab. Es erlosch auch gleich wieder, hinterließ jedoch einen hellen Abdruck, so wie ein verglühendes Streichholz sein Geisterbild auf der Netzhaut hinterlässt.

Wir sahen uns für eine Minute wortlos an, ehe ich das Handtuch warf.

»Steckt jemand dahinter?«

David runzelte die Stirn. »Dahinter stecken? Sprichst du von einem Psychiater?«

»Nein, ich spreche von einer Frau. Möchtest du mir etwas Bestimmtes mitteilen?«

David nahm die Zeitschrift aus meinen Händen und warf sie auf den Designercouchtisch. »Natürlich nicht. Das heißt, doch, ich möchte dir etwas Bestimmtes mitteilen. Es hat jedoch nichts mit einer Frau zu tun.«

Er hatte seinen Blick abgewandt.

»Ich bin einfach nur sehr unglücklich. Ich weiß noch nicht einmal, warum, außer dass ich mich eingeengt fühle, so als könne ich mich kaum noch bewegen. Zuweilen sitze ich tagsüber in meinem Büro und ringe regelrecht nach Luft.«

Ich machte Anstalten, sein Gesicht zu berühren, doch David fing meine Hand ab und legte sie in meinen Schoß.

»Vielleicht solltest du Dr. Geary aufsuchen und …«

»Nein. Ich war im Januar zur Routineuntersuchung. Mir fehlt nichts.«

»Was ist es denn dann?«

David blinzelte zweimal. »Es ist mein ganzes Scheißleben. Das Haus, der Job.« Für eine Sekunde hielt er inne, ehe es aus ihm hervorbrach: »Wir. Alles. Letzte Woche fiel ein Typ, den ich kannte, beim Squash um. Tot. Himmelherrgott, er war gerade mal fünfundvierzig! Da fragst du dich doch zwangsläufig, was um alles in der Welt tue ich eigentlich? Was tun wir?«

Ich spürte, dass sich in meinem Magen Übelkeit ausbreitete. »Kannst du mir nicht erklären, was dich an allem stört? Ich dachte, wir tun das, was du willst. Ich meine …«

»Das dachte ich ebenfalls.« Seine Augen hatten ihre Leuchtkraft eingebüßt. Sie glichen zwei stumpfen blauen Steinen. »Ich weiß nicht, ob JMP das Richtige für mich ist. Ob ich es bei einer größeren Agentur versuchen soll. Oder sogar etwas vollkommen Neues anfangen. Ich frage mich, wo will ich in zwanzig Jahren stehen? Vielleicht gibt es etwas Unbekanntes, irgendwo, etwas, an das ich noch gar nicht gedacht habe!«

Während David mögliche Gründe für sein Unbehagen aufzählte, raste mein Verstand. Am liebsten hätte ich ihn angeschrien und erklärt, er sei noch zu jung für eine Midlife-Crisis. Andererseits bekämpfte ich den Impuls, mit dem Finger die Linien seiner dunklen Augenbrauen nachzufahren und die seiner makellos geraden Nase oder über seine Wangen zu streichen. Ich entsann mich des Gefühls, seine Haut unter meinen Händen zu spüren, des frischen Geruchs von seinem Rasierwasser, des seidigen Haars, das durch meine Finger glitt.

»David, glaub mir, ich verstehe dich. Du bist fix und fertig. Dabei ist Geld für mich doch gar nicht wichtig – im Ernst. Du sollst tun, was immer dir Spaß macht. Was immer dich glücklich macht. Ich brauche kein …«

»Du hörst mir nicht zu, Wyn.« In Davids Stimme klang

die mir nur allzu vertraute Ungeduld an. »Ich versuche dir begreiflich zu machen, dass ich mich von *allem* frei machen muss.« Seine Hände öffneten sich und ballten sich gleich darauf zu Fäusten. »Ich brauche die psychische Freiheit, Risiken einzugehen – zu scheitern. Das geht nicht, solange du von mir abhängig bist.«

»Ich möchte nicht, dass du das Gefühl hast, ich sei von dir abhängig. Ich hätte nichts dagegen, wenn du ein wenig abhängiger von *mir* wärest. Ich bin auch jederzeit wieder bereit zu arbeiten, sodass du …«

»Wyn.« Er räusperte sich. »Du kapierst nicht, worum es geht. Ich muss *vollkommen* unabhängig sein. Auch von dir.«

Mit plötzlicher, leicht verspäteter Einsicht erkannte ich, dass es nicht um uns, sondern ausschließlich um David ging. Um das, was er wollte, und um das, was er nicht wollte.

»Ich hatte bereits seit längerem vor, es dir zu sagen«, fuhr David fort. »Ich wusste lediglich nicht, wie, zumal du Schwierigkeiten hast, die nackte Wahrheit zu ertragen.«

Ich floss über vor Tränen. Sie waren mir ganz plötzlich in die Augen gestiegen und tropften nun auf meinen Schoß. David reichte mir ein frisches weißes Leinentaschentuch, das er wie zufällig bei sich trug.

»David, die nackte Wahrheit ist, ich liebe dich. Empfindest du …?«

»Es ist keineswegs so, dass ich dich nicht liebe«, unterbrach David meinen Gefühlsschwall. »Ich glaube nur, dass es ein Fehler war zu heiraten. So wie wir es taten. So überstürzt. Ich glaube, im Grunde kannten wir uns noch gar nicht richtig. Und ich brauche …« Er bückte sich, um das Taschentuch, das mir heruntergefallen war, aufzuheben und mir zurückzureichen. »Ich muss einfach herausfinden, was für mich wichtig ist.«

Ich gab mir Mühe, ehrlich besorgt und nicht hysterisch zu klingen. »Wenn du so empfindest, warum hast du denn dann nie etwas angedeutet?«

David machte ein gequältes Gesicht. »Um dir zu vermitteln, dass es nicht mehr klappt? Merkst du es nicht selbst, wenn du unglücklich bist?«

»Doch. Ich gebe ja zu, dass irgendwie der Wurm drinsteckt. Wir haben aber doch sieben gute Jahre verlebt – warum sollen wir das einfach wegwerfen, nur weil ...«

»Wyn, hör mir zu.« David rückte näher und ergriff meine Hände. Ich hasste den entschlossenen Ausdruck auf seinem Gesicht. »Ich bin dabei zu ersticken – nicht durch dich«, setzte er schnell hinzu. »Sondern durch alles. Mir ist, als würden meine Optionen schwinden. Als wäre ich gefangen in diesem ...«

Draußen setzte ein schriller, jaulender Alarm ein. Ob er aus einem unserer Autos stammte? Mir fiel ein, dass für die Nacht Regen vorhergesagt worden war. Die Fenster auf der Westseite des Hauses mussten geschlossen werden. Am nächsten Tag würde die Haushälterin kommen. Hatte ich ihren Scheck ausgestellt? Musste ich nicht wegen des Werbekomiteetreffens für die Philharmonie-Spendenaktion Lisa Hathaway anrufen?

Mein Leben ging den Bach hinunter, doch mein Hirn hatte offenbar auf den Unterhaltungskanal geschaltet.

»... ich weiß auch nicht.« David löste seine Hände von meinen, vorsichtig, so als sei er nicht sicher, ob die meinigen an Ort und Stelle bleiben würden.

»Mit anderen Worten, du willst eine ...«

»Nein.« Viel zu hastig. Nach einem kurzen Zögern fügte er hinzu: »Ich weiß es nicht. Vielleicht benötigen wir lediglich ein wenig Zeit, jeder für sich allein – frische Luft zum Atmen.«

»David, ich brauche nicht noch mehr Zeit für mich allein. Das ist mehr oder weniger alles, was ich im Moment habe.«

Er schien mich nicht gehört zu haben. »Vielleicht solltest du für eine Weile ausziehen. Ich habe neulich eine recht hübsche Eigentumswohnung entdeckt. Nicht weit von hier. Wir könnten uns weiterhin sehen.« Seine Stimme war einschmeichelnd und drängend geworden, so als ob man einem Kind den Hustensaft schmackhaft machen will. *Na? Wollen wir nicht ein Schlückchen davon kosten? Wir wollen doch wieder gesund werden, oder nicht?*

Irgendwo in mir regte sich ein erster, winziger Stachel des Zorns.

Wie bitte? David hatte sich bereits nach Eigentumswohnungen für mich umgeschaut?

»Da *du* derjenige bist, der die frische Luft zum Atmen benötigt, wüsste ich nicht, warum *ich* ausziehen sollte. Warum besorgst *du* dir keine Eigentumswohnung?«

David richtete sich auf und schaute über meinen Kopf hinweg auf einen imaginären Punkt. »Weil das mein Haus ist«, erklärte er.

Ich kannte einmal eine Frau, die sich während einer Zaubervorstellung hypnotisieren ließ und daraufhin jede Menge Unsinn machte. Als sie wieder zu sich kam, sah sie, dass die Zuschauer lachten, und sie fühlte sich einfältig und töricht, ohne zu wissen, warum. Ähnliches spielte sich nun auch in mir ab, während ich mir sagte, dass mir irgendwann etwas Wesentliches entgangen sein musste.

David schlief im Gästezimmer. Wir hatten bereits seit Monaten keinen Sex mehr miteinander gehabt, doch ganz allein, ohne seinen Körper in dem riesigen Doppelbett zu schlafen war katastrophal. Selbst wenn ich in einem Mondkrater übernachtet hätte, wäre ich mir schwerlich einsamer vorgekommen.

Das Wochenende zog sich endlos in die Länge. David verbrachte die meiste Zeit davon im Büro. Zumindest hatte er das gesagt. Am Sonntagnachmittag wählte ich seine Telefonnummer und hörte zu, wie es sechsmal, siebenmal hintereinander tutete, bis sich sein Anrufbeantworter einschaltete. Das musste selbstverständlich nicht bedeuten, dass er nicht da war. Er konnte sich auf der Toilette befinden, in der Küche, im Konferenzraum, im Vorführraum. Er konnte auf einer anderen Leitung telefonieren. Das würde er jedenfalls behaupten, wenn ich mich danach erkundigte. »Oh, ich sprach gerade mit Hank.« Oder mit Tom. Oder mit Grady.

Ich wand mich für einen Moment, ehe ich die Zentrale anwählte. Nachdem die Computerstimme die Nummern der verschiedenen Anschlüsse heruntergebetet hatte, tippte ich Kelley Hamlins Durchwahl ein. Ich ließ es zweimal klingeln, ehe ich den Hörer auflegte. Ich würde David nicht nachspionieren. Ich vertraute ihm. Wenn er sagte, er würde arbeiten, arbeitete er auch.

Einem urewigen Instinkt folgend, nahm ich anschließend ein ausgedehntes Schaumbad. Zu ausgedehnt. Meine Finger schrumpelten. Ich zog einen schlichten schwarzen Rock an und die cremefarbene Seidenbluse, die David am liebsten mochte. Ich richtete mein Haar und bändigte meine Wirbel mit dem Lockenstab. Ich trug Make-up auf. Ich kühlte eine Flasche von Davids Lieblingswein, Puligny Montrachet. Ich legte die Musik auf, die er am liebsten hörte – die *Brandenburgischen Konzerte*. Und ich wartete.

Ich saß mit einem Buch und einem Glas Wein auf dem Bett und trank mehr, als dass ich las, als David gegen halb zwölf erschien.

»Hast du Hunger? Es gibt noch einen Rest Suppe.«

David lächelte höflich. »Nein, danke. Wir haben an einem Angebot gefeilt und uns etwas vom Chinesen kommen lassen. Du solltest den Rock ausziehen. Er verknittert sonst.«

Ich warf das Buch beiseite, trank noch einen Schluck Wein, blätterte in einer Zeitschrift und horchte auf das rauschende Duschwasser im Bad. Als David aus dem Bad trat, ergriff er sein Kopfkissen und steuerte die Tür an.

»David …« Ich konnte ihn nicht einmal mehr ansehen, ohne dass sich ein Kloß in meinem Hals bildete. »Ich liebe dich.«

David wandte sich halb um, so als wäre er zu etwas Wichtigem unterwegs und ich würde ihn aufhalten. »Wyn, bitte. Mach es nicht schwerer als nötig.«

»Wir könnten zu einer Beratung gehen.« Ich drehte den Saum des Lakens zu einem Röllchen. »Weißt du, wie lange wir schon nicht mehr miteinander geschlafen haben?«

»Nein, weiß ich nicht. Führst du Buch?« Seine Stimme war sanft, doch seine Worte brannten.

»Nein, aber …«

David stieß schnaubend den Atem aus. »Im Büro ist die Hölle los. Ich schufte wie ein Wahnsinniger. Mein Kopf ist so voll, dass ich nachts kaum schlafe, und dann komme ich heim, und du sitzt da und erwartest, dass ich auch noch den Kerl spiele …«

»Ich erwarte gar nichts.« Ärgerlicherweise brach meine Stimme. »Ich vermisse nur unsere Gemeinsamkeiten. Ich möchte, dass du mich in deinen Armen hältst. Es dreht sich nicht nur um Sex. Du fasst mich ja nicht einmal mehr an.« Ich schluckte vernehmlich. »Ist dir das überhaupt schon einmal aufgefallen?«

»Hast du das, was ich am Freitagabend sagte, bereits vergessen?«

»Ich kümmere mich morgen um einen Job.«

Ein frostiges, beifälliges Lächeln. »Gute Idee.«

Ich klappte die Zeitschrift zu und legte sie dorthin, wo

noch vor einer Minute Davids Kopfkissen gelegen hatte. »Ich ziehe aber nicht aus.«

Davids Lächeln erstarb. Er öffnete den Mund, als wollte er etwas sagen, schloss ihn dann jedoch wieder und reckte sein Kinn vor. Anschließend wandte er sich um und verließ das Zimmer, sein Kissen unter den Arm geklemmt, wie ein kleiner Junge, der von zu Hause fortläuft.

Drei

Von meiner Oma weiß ich, dass die besten Freundschaften oftmals mit einer Auseinandersetzung beginnen. Meine Oma behauptete, nach einem ordentlichen Streit entstünde eine Art Nähe, die auf anderem Weg nicht zu erreichen wäre, und ich glaube, sie hatte Recht. CM und ich sind das beste Beispiel dafür. Unsere Freundschaft nahm vor zweiundzwanzig Jahren mit einer Prügelei ihren Anfang und sie hat nie geendet. Die Freundschaft, meine ich.

Der Streit drehte sich um einen Jungen, den wir beide anhimmelten. Heute klingt das lachhaft, doch damals waren wir die beiden größten Mädchen in der dritten Klasse, und Michael Garrity – der weder nett war noch gut aussah – war der einzige Junge weit und breit, der uns überragte.

Nachdem die Pausenaufsicht uns nach der Prügelei ins Schulgebäude verfrachtet hatte – wobei CM sich feuchte Papiertücher auf ihre blutende Nase drückte, und unsere Mütter sich mit dem Schuldirektor in Klausur begeben hatten –, saßen wir beide allein auf dem Flur und warteten auf die Urteilsverkündung. Wie auf ein Stichwort wandten wir uns plötzlich einander zu und als sich unsere Blicke trafen, brachen wir in Gelächter aus. Wir wurden für zwei Tage von der Schule suspendiert und unsere Eltern brummten uns jeweils einen Monat Hausarrest auf, doch an unserem ersten Tag in Freiheit verzogen wir uns hinter die Garage von CMs Eltern und ritzten uns mit dem rostigen alten Pfadfindermesser ihres Vaters die Arme auf, um Blutsschwestern zu werden.

Vor einem Jahr übernahm CM die choreografische Leitung eines Balletts in Seattle und seitdem haben wir uns nicht mehr gesehen. Doch sobald wir miteinander telefonieren, ist es so, als würden wir genau da weitermachen, wo wir zwei Tage zuvor aufgehört haben.

CM ist der einzige Mensch, mit dem ich zurzeit sprechen will, doch noch ehe ich sie anrufen kann, meldet sie sich am Montagabend bei mir. Als ihre Stimme an mein Ohr dringt, verliere ich die Kontrolle und flenne los.

»Wyn?«

Ich schnäuze mir die Nase und wische mir die Tränen ab, die nicht versiegen wollen.

»Meine Güte, was ist denn mit dir los?«

»Ich weiß nicht. David ist – wir – ich glaube, es ist aus.«

Ich bin mitten dabei, CM mein Herz auszuschütten, als ich sie mit einem Mal kichern höre. Perplex höre ich auf zu weinen.

»Tut mir Leid, Baby. Ich lache dich nicht aus. Es ist nur zu komisch, weil ich nämlich angerufen habe, um dir zu erzählen, dass Neal mich verlassen hat.«

Nun muss auch ich kichern, wenngleich es ein wenig schrill und hysterisch klingt.

»Ich glaube, wir sollten uns zurückziehen und unsere Truppen neu formieren«, sagt CM. »Warum schwingst du dich nicht in ein Flugzeug und kommst zu einem schönen, langen Besuch zu mir?«

Am Samstag darauf, an einem jener wundervoll blauen und goldenen Septembernachmittage, befinde ich mich an Bord der Alaska Airlines und fliege Richtung Seattle-Tacoma International Airport.

Die Art, in der meine Mutter auf meinen Aufbruch reagierte, war vorhersehbar.

»Bist du nicht mehr zu retten? Das ist genau der falsche Moment, um zu verschwinden. Du musst bleiben! Zeig ihm, dass du ihn liebst. Koche ihm etwas Schönes. Beweise ihm, dass du unentbehrlich bist.«

Die Tatsache, dass David nie mehr zum Essen nach Hause kommt und dass er mich für äußerst entbehrlich hält – sogar leicht überrascht und gereizt tut, wenn wir uns im Flur begegnen, so als wäre ich ein Gast, der seine Besuchszeit überschritten hat –, dringt bei meiner Mutter nicht durch.

Davids unverhohlene Begeisterung wiederum war niederschmetternd. »Das halte ich für eine ausgezeichnete Idee, Wyn. Dann kann ich in Ruhe nachdenken. Es wird mir gut tun, allein zu sein.«

Das Landeritual scheint sich an einer Art Gottesdienst zu orientieren, nach dem Motto: Herr, wir danken dir für unsere Erlösung. Es gibt einen letzten Ruck, aufflammende Lichter, Musikberieselung. Die Pilger erheben sich, drängen sich durch den Gang und die Tür ins Freie, japsen nach der ersten frischen Luft.

In der überfüllten Flughafenhalle suche ich die Menge nach CM ab. Mit ihrer kastanienroten Mähne und der Länge, mit der sie nahezu alle anderen um zehn Zentimeter überragt, fällt sie leicht auf, doch sie hat mich als Erste entdeckt.

»Wyn!« Sie kommt auf mich zugestürmt und schließt mich in die Arme. »Hör mal, für eine, die gerade sitzen gelassen wurde, siehst du echt super aus!«

In Wirklichkeit ist sie diejenige, die super aussieht. Andererseits tut sie das schon seit jeher. CM – oder Christine Mayle für den Rest der Welt – ist die einzige Frau, die ich kenne, die sogar noch in der Woche, bevor sie ihre Tage bekommt, gut aussieht.

Wenn man ihre einzelnen Gesichtszüge einer genauen Betrachtung unterzieht, ist sie nicht unbedingt eine klassische Schönheit. Doch mit ihren knapp einsachtzig, der sahnigen Haut, den grünen Augen und dem langen rotbraunen Haar wirkt sie eigenwilliger und interessanter als die meisten anderen Frauen. Ihr Kleidergeschmack ist, offen gesagt, etwas merkwürdig – viel Handgearbeitetes und Folkloristisches und eigentümliche Farbzusammenstellungen. Doch sobald sie es trägt, wirkt es fantastisch und ihre Haltung entspricht der einer Tänzerin – die sie ja auch ist. CM geht nicht, sondern sie schreitet, und ich rechne zuweilen damit, dass sie aus heiterem Himmel zu einer Arabeske ansetzt.

CMs Wohnung befindet sich im fünften Stock eines alten braunen Sandsteingebäudes auf der Spitze des Queen Anne Hill und ist typisch für CM. Die beiden Erkerfenster im Wohnzimmer gleichen zwei Gemälden mit überwältigenden Stadtansichten, einschließlich Mt. Rainier und dem Ozean – der, wie CM mich verbessert, die Elliott Bay ist. Es gibt eingebaute Schränke, einen offenen Kamin, Stuckverzierungen und in der Küche grüne und schwarze Kacheln. Kaum Wasserdruck in den Leitungen, dafür jedoch jede Menge Ambiente.

»Ich habe leider kein Gästezimmer«, entschuldigt sich CM, während wir auf ihrem Sofa Platz nehmen. »Dieses Teil hier kann man aber in ein Bett verwandeln. Ich glaube, es ist ganz bequem.«

Ich denke schaudernd an meinen Rücken. »Kein Thema«, lächele ich jedoch tapfer. »Wir haben schon Schlimmeres überlebt. Erinnerst du dich noch an diese Unterkunft in Laguna, die wir mal in einem Sommer gemietet hatten?«

CM lacht. »An den Besenschrank mit der ausklappbaren Schaumstoffmatratze?«

Ich schleudere die Schuhe von meinen Füßen, ziehe die Knie an, umschlinge sie und stütze mein Kinn darauf auf. »Erzähl mir von dir und Neal. Im Nachhinein finde ich es unverzeihlich, dass ich am Telefon meinen Giftmüll abgeladen habe, ohne mich auch nur ansatzweise einmal nach euch zu erkundigen.«

»Wir haben es achtzehn Monate, drei Wochen und drei Tage miteinander ausgehalten. Das ist unsere neue persönliche Bestzeit.« CM zuckt gleichmütig die Achseln. »Es ging aber schon seit einer Weile bergab. Wahrscheinlich seit Neal die ersehnte Assistenzstelle nicht bekam. Danach wusste er mit einem Mal nichts mehr mit sich anzufangen und wurde schrecklich unselbstständig und anhänglich. Zuletzt deutete er an, es sei alles meine Schuld ...«

»*Deine* Schuld?«

»Genau. Ich hätte ihn gedrängt, hierher zu ziehen, dabei wäre er besser in L. A. geblieben, denn da würde er anerkannt und hätte seine Aufgabe.«

»Er kommt wieder. Bisher ist er noch jedes Mal zurückgekommen.« Etwas Besseres fällt mir als Trost nicht ein.

»Dieses Mal nicht.« CM stößt einen müden Seufzer aus. »Weißt du, wir hatten ja noch nie richtig zusammengelebt. Es war ...«

Anstatt den Satz zu vollenden, geht sie in die Küche und kommt mit einer Flasche Champagner und zwei Saftgläsern zurück. Nach einem feierlichen Toast auf die Amazonen – unser Spitzname aus der Highschool – fragt sie: »Was ist denn deiner Meinung nach mit David los?«

Ich stelle das Glas ab und presse meine Finger auf die Knochen um die Augenhöhlen, da, wo die Kopfschmerzen entstehen. »Wenn ich das bloß wüsste …« Der Kloß in meinem Hals macht mir das Sprechen schwer. »Wir hatten bereits seit geraumer Zeit Probleme. Leider habe ich versucht, sie zu verdrängen, wollte alles beim Alten lassen, bis es wie durch ein Wunder besser werden würde.«

»Hat David gesagt, was ihm nicht passt?«

»Oh, er fühlt sich in der Falle – was aber *nichts* mit mir zu tun hat, bewahre, sondern einfach an der Ehe selbst liegt. Zu einengend. Vielleicht nimmt er auch einen anderen Job an. Er möchte sich nicht mehr einschränken lassen. Offenbar will er sich zum ersten Mal in seinem Leben selbst verwirklichen.«

CM schaut mich an. »Hört sich an, als ginge er fremd.«

»Toll, Mayle. Herzlichen Dank.«

»Entschuldige. Das war eine dämliche Bemerkung. Es überrascht mich nur, dass der schöne David mit einem Mal philosophische Betrachtungen anstellt.«

»Er ist nicht dumm.« Meine Worte klingen in meinem Kopf seltsam blechern und hohl, so wie bei einer schweren Erkältung.

»Wie kann er denn klug sein, wenn er dich sitzen lässt?«, bemerkt CM in solidarischer Entrüstung.

Ich erwidere nichts.

»Komm schon, hasse ihn aus ganzem Herzen. Danach geht es dir besser.«

Ich trinke noch einen Schluck Champagner und betrachte CMs nackte Füße, die sich um die Sofakante schmiegen. Selbst sie sind schön. Kräftig und wohlgeformt, mit rotbraun lackierten Zehennägeln.

»Kennst du einen guten Anwalt?«

Mein Magen dreht sich um. »Über Scheidung sprechen wir nicht. *Noch* nicht. Vielleicht kommt es ja auch gar nicht dazu. Wenn ich ihm ein wenig Freiraum gebe, wird sich vielleicht alles …«

CM lässt meinen unvollendeten Satz für eine Minute in der Luft hängen, ehe sie sagt: »Falls es doch dazu kommt, sieh dich bloß sorgfältig nach einem Anwalt um. Erkundige dich bei den reichen Schlampen, mit denen du befreundet bist. Am besten suchst du dir eine Anwältin, weil Männer sich im Unterbewusstsein letztlich doch mit dem Ehemann identifizieren. Wenn du keine findest, die dir zusagt, rufst du meine Freundin Jill Trimble an. In Silver Lake. Sie hat sich von ihrem Mann scheiden lassen. Ihre Anwältin hat dafür gesorgt, dass er blutet.«

»Können wir nicht von etwas anderem sprechen?«

CM beugt sich zu mir herüber und drückt mich an sich. »Tut mir Leid, Baby. Ich bin einfach wütend, weil er dir das angetan hat.«

Das Ausklappsofa ist wie jedes andere Ausklappsofa auf der Welt – zerbeult und ausgesessen. Ich träume seltsame, zermürbende Träume, in denen ich schwimmen will und ertrinke. Ich erwache, wälze mich auf die andere Seite, gleite in den Schlaf zurück und in den nächsten Traum.

Um acht Uhr morgens stehe ich auf, ziehe meinen Jogginganzug an, setze mich in eins der Erkerfenster und starre auf die Nebelschwaden, die über der Bucht liegen.

Ich habe CMs Telefonnummer zu Hause auf drei Notizblöcken hinterlassen – in der Küche, in Davids Arbeitszimmer und im Schlafzimmer. Nur für den Fall, dass er den unstillbaren Drang verspürt, meine Stimme zu hören. Ich könnte ihn jetzt anrufen. Um ihn beispielsweise wissen zu lassen, dass ich gut angekommen bin. Doch Sonntag ist der einzige Tag, an dem David ausschlafen kann, und wenn ich ihn jetzt aufwecke, wird er ungehalten sein.

Ich stelle mir vor, wie David nachher mit der *New York Times* und seinem Kaffee auf unserer Terrasse sitzt. Dort sitzen wir nämlich Sonntagmorgens bei schönem Wetter immer. Im Frühling verströmen die cremig weißen Gardenien, die von der Sprinkleranlage noch feucht sind, ihren Duft und an milden Herbsttagen knirschen die trockenen roten Beeren des Pfefferbaumes unter unseren Füßen und würzen die Luft mit ihrem feurigen Geruch. David ist stets wie aus dem Ei gepellt, doch ich trage am liebsten sein altes Fußballtrikot von der Highschool, aus dem ich die Ärmel herausgetrennt habe, und Schlappen an den Füßen. Früher zog David mich auf, wenn ich nachts auch in dem Trikot schlief. Er sagte, das wäre, als würde ein Kerl mit ihm im Bett liegen. Ich fand, dass ich irgendwie sexy wirkte. Vielleicht stimmte das nicht.

CM kommt aus ihrem Zimmer gewandert und gähnt. Sie wirft einen Blick auf das zerwühlte Bett. »Oje, du hast nicht gut geschlafen.«

»Ein bisschen unruhig.«

»Du hast dich gewälzt. Ich hab's gehört. Das Sofa muss eine Tortur gewesen sein.«

»Halb so wild. Ich habe nur komisch geträumt.«

»Lügnerin. Ab sofort schläfst du bei mir.« Sie wehrt meine Einwände ab. »Das geht schon. Ich habe ein großes Doppelbett. In Laguna haben wir uns schließlich auch eine Pritsche geteilt. Vielleicht sollten wir uns überhaupt überlegen, lesbisch zu werden, wenn wir schon solches Pech mit unseren Männern haben.«

CM will, dass wir auswärts frühstücken gehen. »Etwas weiter unten am Hang gibt es eine tolle Bäckerei. Wir machen einen gemütlichen kleinen Spaziergang, trinken dort Kaffee, essen Scones und lesen die Zeitung. Übrigens muss ich heute Nachmittag ins Studio, was bedeutet, dass du bis zum Abendessen auf dich gestellt bist.«

»Seit wann musst du sonntags ins Studio?«

»Seit gar nicht. Nur im Moment machen alle Tamtam, weil wir demnächst Meisterklassen an der Ostküste geben werden und noch einiges regeln müssen.«

Um neun verlassen wir das Haus. Ich trage über meinem Jogginganzug einen Anorak, habe eine Baseballmütze der Dodgers aufgesetzt, mir einen langen Schal um den Hals gewickelt und Wildlederhandschuhe angezogen. CM, die der kalte Wind, der vom Wasser herüberweht, unbeeindruckt lässt, trägt Leggings und ein Trikot der Seattle Mariners.

Ich hätte wissen müssen, dass das, was CM unter einem gemütlichen kleinen Spaziergang versteht, in Wirklichkeit einem Gewaltmarsch gleicht, vor allem, wenn man noch keinen Kaffee im Magen hat. Wir schreiten durch ein Gewirr von Geschäfts- und Wohnstraßen, mit Läden, Cafés, Bars, großen viktorianischen Gebäuden, kleinen Einfamilienbungalows – hier verschnörkelte spanisch-marokkanische Gipsfassaden, dort puritanischer neuenglischer Stil. Einige der Häuser sind alt, andere neu, wieder andere befinden sich in unterschiedlichen Phasen der Restaurierung oder des Verfalls. Dazwischen wachsen Magnolienbäume mit breitem Schirmdach, samtgrüne Pinien, schöne alte Laubbäume. Es gibt Gärten mit wild wuchernder Blumenpracht und andere mit ordentlich gestutzten Rasenflächen. Vor einem heruntergekommenen Häuschen steht inmitten des üppigen Unkrauts ein Holzschild mit der Aufschrift »Gottes freie Natur«.

Eine halbe Stunde später erreichen wir eine Häuserzeile, die aus klobigen Backsteingebäuden besteht. Es ist die McGraw Street und dort befindet sich auch die Bäckerei.

Inzwischen haben sich Sonnenstrahlen durch den Nebel gebohrt. Ich habe meinen Schal und die Handschuhe ausgezogen, den Anorak um meine Hüften gebunden und schwitze noch immer wie ein Preisboxer. Paare, Familien, Kinder und Hunde ergießen sich auf die Bürgersteige. Ein Mann führt eine rothaarige Katze an der Leine aus und erklärt irgendjemandem, es handele sich um eine Abessinierin.

In der Bäckerei deutet CM auf einen freien Tisch an den weit geöffneten Glastüren. »Schnapp dir den Platz. Ich kümmere mich um den Rest.«

Ich lasse mich dankbar auf einen Stuhl fallen, schäle mich aus der nächsten Schicht meiner Kleidung und blicke in die Runde.

Das Café ist ein langer Schlauch. Vom Eingang aus schaut man über die Theke hinweg durch die Durchreiche an den großen, schwarzen Öfen vorbei und zur Hintertür wieder hinaus. Die Inneneinrichtung besteht aus zusammengewürfelten Tischen und Stühlen mit bunten Kissen – mehr oder weniger gelungene Kunstwerke aus hemmungslos zusammengemixten Stilrichtungen, umgeben von einem Pflanzenmeer aus Spinnenfarn, Ampelkraut und Efeu, hinter dem ich die Hand eines ehernen Hippies vermute. Vor allem anderen jedoch ist es der Geruch, der mich anzieht, nicht nur der nach warmem Gebäck, sondern der nach allem – nach altem Backstein, nach Sonne und frisch gemähtem Gras.

In meiner Kindheit verbrachten meine Eltern und ich unsere Ferien am Lake Tahoe in der Hohen Sierra, genau da, wo der Ellbogen von Nevada Kalifornien in die Rippen stößt. Jedes Jahr mieteten wir dasselbe Holzhaus – zwei Wochen im Sommer und eine Woche über Weihnachten.

Samstagmorgens fuhren mein Vater und ich nach Truckee, einem Städtchen, in dem etliche Nachfahren baskischer Schäferfamilien lebten. Dort gab es eine Bäckerei mit dem Namen *Javier's* und wir versuchten stets dann anzukommen, wenn die riesigen runden Laibe Hirtenbrot aus dem Ofen geholt wurden.

Der Besitzer der Bäckerei hieß Jorge. Er und mein Vater witzelten beständig über den imaginären Javier, überlegten, was er wohl gerade tun mochte, und ließen entsprechende Anzüglichkeiten vom Stapel. Sie unterhielten sich auch über das Wetter und die Schafe und das Angeln, während ich Plätzchen kauend umherwanderte und den Bäckern in der Hinterstube beim Arbeiten zusah. Ich konnte von diesem Ort nie genug bekommen, von dem Duft nach Brot und starkem Kaffee, den knarrenden, abgesplitterten Holzdielen oder dem Gefühl des warmen Brotlaibs, der auf der Rückfahrt auf meinem Schoß geborgen lag.

Die Bäckerei an der McGraw Street besitzt auch etwas von dieser Atmosphäre.

CM stellt zwei Tassen Kaffee und einen Tonteller mit Scones auf unseren Tisch. »Sie brauchen sich nicht zu bedanken, gnädige Frau. Geben Sie mir einfach ein dickes Trinkgeld.«

Ich beiße ein Stück Scone ab und spüre, wie sich ein Lächeln auf meinem Gesicht ausbreitet. Außen ist das Gebäck goldbraun und knusprig, aber innen verschmilzt alles zart ineinander, ist nicht zu süß und enthält genau die richtige Menge bissfester Korinthenstückchen, dass ein schöner Kontrast hergestellt ist. Seltsam, dass einen noch die winzigste Perfektion glauben machen kann, alles käme wieder ins Lot …

Als CM sich auf den anderen Stuhl pflanzt und ein langes Bein über das andere schlägt, wird sie von jedem männlichen Gast zwischen dreizehn und achtzig taxiert – teils verstohlen, teils offenkundig. So läuft das jedes Mal ab, ganz gleich, wo wir uns befinden. Stets pendeln Blicke so zwanghaft zu CM zurück, wie die Kompassnadel sich zum Norden bewegt.

Unangefochten von den Testosteronschwaden, die in unsere Richtung ziehen, trinkt CM einen großen Schluck Kaffee und schließt dabei genüsslich die Augen. Danach stellt sie ihre Tasse ab und verschränkt die Arme vor der Brust.

»Du weißt, dass du ohne ihn besser dran bist.«

Ich richte meinen Blick an die Decke. »Hör auf! Ich bin hier, um auf andere Gedanken zu kommen.«

»Irrtum. Du bist hier, damit ich dir Vernunft beibringe.«

»Überhaupt nicht. Meine Mutter trichtert mir Durchhalteparolen ein, du willst, dass ich alles hinschmeiße, und als Folge davon werde ich vermutlich schizophren. Ich will mich einfach nur für eine Weile treiben lassen, sonst nichts.«

»Wenn du mich fragst, tust du das bereits seit sieben Jahren.«

»Ich frage dich aber nicht.«

»Wyn, sei ehrlich. Warst du in deiner Ehe wirklich glücklich? Sieh mal, du gondelst in deinem Auto durch die Gegend, langweilst dich bei Komiteesitzungen, isst irgendein bescheuertes Sushi zum Lunch, gibst Partys für Menschen, die du grässlich findest, und schmeißt tonnenweise Geld für Klamotten aus dem Fenster, die nicht das Geringste mit dir zu tun haben. Soll das tatsächlich dein Leben sein?«

»Was soll ich denn deiner Meinung nach tun?«, entgegne ich verdrossen. »Etwa Missionarshelferin in Simbabwe werden?«

»Du sollst das tun, was dich glücklich macht. – Bist du glücklich?«

»Ich liebe David und ...«

»Warum?«

Ich starre CM an. »Warum ich ihn liebe?«

»Ja. Was liebst du an ihm?«

»Himmelherrgott, Mayle! Ich liebe ihn, weil ich ihn liebe. Das ist ein *Gefühl.* Dergleichen lässt sich nicht auseinander pflücken. Ich weiß, du kannst ihn nicht ausstehen, aber …«

»Das lassen wir vorerst mal beiseite. Vergiss auch David für einen Moment. Sag mir einfach, ob dein Leben dich glücklich macht.«

»Ich wusste bereits bei unserer Heirat, wie unser Leben aussehen würde, und ich war damit einverstanden.«

»Beantworte meine Frage.«

»Meine Güte, wer ist denn schon wirklich glücklich?« Ich bin dabei, meine Papierserviette zu zerkrümeln.

CM legt ihre Hände um die Tischkante und beugt sich vor. »Beantworte gefälligst meine Frage, zum Teufel noch mal! Bist du glücklich?«

»Woher soll ich das denn wissen? Hör auf, mich so in die Mangel zu nehmen.«

CM lehnt sich zurück. »Ich geb's auf.«

»Bist *du* denn glücklich?«

»Ja.«

»Obwohl Neal fort ist?«

»Das finde ich schade. Er fehlt mir. Ich schätze regelmäßigen Sex. Davon abgesehen, ja – die meiste Zeit über bin ich glücklich.«

Am Montag und Dienstag setzt CM mich morgens auf dem Weg zum Studio in der Bäckerei ab. Ich trinke dort Kaffee, lese die Zeitung, trinke noch einen Kaffee, belausche die Gespräche, die an mein Ohr dringen, und beobachte die Frauen, die in der Bäckerei arbeiten. Es dauert nicht lange, bis sie erfahren haben, wer ich bin, bis sie wissen, dass ich CM besuche, und bis ich wiederum ihre Namen kenne und weiß, was sie tun.

Da ist zum Beispiel Ellen, eine der beiden Besitzerinnen, mit Augen in der Farbe von Espresso und kurzem dunklem

Haar. Sie trägt lange Kleider zu schwarzen Doc Martens und eine Brille mit Drahtgestell, die ihr von der Nase rutscht, wenn sie die Leute bedient. Ich glaube, sie kennt alle Menschen im Viertel. Sie erkundigt sich nach Ehemännern, Ehefrauen, Kindern und Haustieren, und zwar stets mit den jeweiligen Rufnamen. Sie unterhält sich mit jedem, der auch nur den Anflug eines Interesses erkennen lässt, über Lokalpolitik, und sie ist eine nie versiegende Quelle mit Geschichten aus der Nachbarschaft. Sie weiß, welche Geschäfte warum schließen, wer wo ein- oder auszieht, wer schwanger ist oder sich scheiden lässt, wessen Katze oder Hund entlaufen oder wieder aufgetaucht ist.

Eine Punkmaus namens Cody führt die Espressobar. Ihr Haar ist blau gefärbt, sie trägt einen Nasensticker und hat ein verschlungenes, keltisch anmutendes Armband eintätowiert. Zudem benutzt sie jede Menge Make-up und kleidet sich ausschließlich in Schwarz. Ihren Gesprächen mit anderen Frauen entnehme ich, dass sie gerade die Schule abgeschlossen hat und noch nicht weiß, was sie als Nächstes tun wird. Morgens arbeitet sie in der Bäckerei, später am Tag nimmt sie irgendwo Kunstunterricht und nachts zieht sie um die Häuser. Ich frage mich, wann sie schläft.

Diane ist die Kuchenbäckerin und Ellens Partnerin. Sie gleicht Meg Ryan, ist blond, groß und dünn, ein zartes, ungelenkes Fohlen, das vorrangig aus Ellbogen, Knien und Schulterknochen besteht. Gewöhnlich taucht sie gegen neun Uhr auf, fängt an, die Kuchen für den nächsten Tag zu backen und die für den laufenden Tag zu verzieren. Es macht mir Spaß, ihr zuzusehen. Sie schmückt Hochzeitstorten mit echten Blumen, krönt Geburtstagstorten mit Rosen, Gänseblümchen, Efeu, Früchten, Tieren oder Spielzeug aus Buttercreme und setzt mit der Sahnetülle geschickt schwungvolle Glückwünsche dazu. Wahrscheinlich hätte sie auch das Zeug zur Bildhauerin, doch als ich ihr das sage, lacht sie nur und behauptet, sie sei lieber Bäckerin, denn da könne sie das, was ihr misslungen ist, wenigstens essen.

Am Mittwoch nehme ich, nachdem ich Kaffee getrunken habe, den Bus, fahre den Queen Anne Hill hinunter und schlendere in südlicher Richtung am Hafen entlang. Die Brise, die vom Sund herüberweht, bläst mir frisch ins Gesicht und lässt die bunten Wimpel an den Bootsmasten knattern.

Ich stelle mir CM in ihrem Studio vor, wie sie ihre Klassen unterrichtet oder selbst probt und trainiert.

Es ist schon verrückt, denke ich, beide haben wir ein Beziehungsdrama am Hals und dennoch scheint CMs Leben sich dadurch keinen Deut verändert zu haben – zumindest nicht äußerlich.

Ich wandere bis ans Ende einer hölzernen Pier, die weit ins Wasser hinausragt. Diesel- und Kerosinschwaden vermischen sich mit dem Tanggeruch des Meeres. Jenseits der Bucht zeichnen sich wie ein lebender Scherenschnitt die Kräne und Containerschiffe des Frachthafens ab.

Ich finde eine Holzbank, die relativ frei von Möwendreck ist, lasse mich darauf nieder und halte mein Gesicht der Sonne entgegen.

Also gut, im Gegensatz zu mir ist CM nicht verheiratet. Sie und Neal haben nicht einmal zwei Jahre lang zusammengelebt, David und ich hingegen sieben Jahre. Das erklärt jedoch noch nicht alles. Schon seit ich CM kenne, hat sie eine Art inneren Kompass besessen, etwas, was mir fehlt. Bereits in der Grundschule wusste CM, dass sie zur Tänzerin geboren war.

Während ich mein Studienfach jährlich wechselte, absolvierte CM zielstrebig ihre Ballettausbildung und begann gleich nach dem Abschluss zu arbeiten, obwohl sie dabei kaum etwas verdiente. Zuweilen, wenn sie zwei Jobs gleichzeitig übernahm, um über die Runden zu kommen, tat sie mir Leid, doch für CM schien derlei nie etwas anderes als eine kleinere Unannehmlichkeit zu bedeuten, ein kurzer Abstecher auf einem Weg, an dem sie nie den geringsten Zweifel hegte.

Wenn ich David nicht geheiratet hätte, würde ich vermutlich noch immer meinen blöden Englischunterricht vor einem Haufen gleichgültiger Jugendlicher abziehen und überlegen, ob ich nicht doch wieder zur Universität zurückkehren und noch einmal etwas Neues studieren sollte. Die Wahrheit ist wahrscheinlich, dass CM getrieben ist, wohingegen ich mich, wie sie schon sagte, treiben lasse. Unserer Freundschaft hat das zum Glück nie einen Abbruch getan.

Lediglich einmal standen wir kurz davor, uns ein zweites Mal zu streiten, und das war, als ich mich mit David verlobte. Anders als bei der restlichen weiblichen Bevölkerung verpuffte sein Charme bei CM nämlich ohne die geringste Wirkung. In CMs Augen war David hohl und langweilig, fast schon unter aller Würde, und diese Ansicht verhehlte sie auch mir gegenüber nicht. Bestenfalls bezeichnete sie David noch als hübschen Schnösel. Für David wiederum war CM ein überdrehter Blaustrumpf und er behauptete steif und fest, sie sei auf mich eifersüchtig. Er begriff nie, weshalb ich das aberwitzig fand, und auch unsere Freundschaft verstand er nicht. Dennoch hegte ich jahrelang die geheime Hoffnung, mit der Zeit würden die beiden sich mögen, doch zu mehr als gegenseitiger Duldung kam es nie.

Andererseits, wenn ich ehrlich bin, mochte ich Neal auch nicht besonders. Er arbeitete in unserem Einführungskurs Psychologie als Wissenschaftlicher Assistent und CM fand ihn vom ersten Augenblick an faszinierend. Auf seine Weise ist Neal vielleicht attraktiv, vorausgesetzt man schwärmt für geistig geläuterten Sex. Er ist groß, dürr, launisch und grüblerisch und trägt einen Bart. Seit ich ihn kenne, ist er Doktorand. CM hält ihn für genial. Sie behauptet, seine Schwierigkeiten zu promovieren wären in seinem Konflikt mit der traditionellen Lehrmeinung begründet. In meinen Augen ist er lediglich ein aufgeblasener Wicht.

Ein weiterer Grund, weshalb Neal mir auf die Nerven geht – außer dass er CM unglücklich macht –, ist, dass er andauernd über die Beziehung zwischen mir und meinem Vater diskutieren will. Die Vorstellung, da sei etwas Abartiges im Spiel gewesen, lässt ihm offenbar keine Ruhe.

»Hamse 'n bisschen Kleingeld?« Eine heisere Stimme reißt mich aus meinen Betrachtungen. Am anderen Ende der Bank tritt eine Frau unruhig von einem Fuß auf den anderen. Sie wirkt zu jung, um zu den ewig Obdachlosen zu gehören, doch ihre Haut ist von Sonne und Wind gegerbt und in ihren Augen sitzt diese stumpfe Härte, die den Glanz der Hoffnung abgelöst hat. Schmutzige, braune Haarbüschel quellen aus den Löchern in ihrer roten Strickmütze hervor.

Ihre fleckigen, zerrissenen Jeans und ihr schmieriger Parka stoßen mich ab, doch ich kann beim Anblick von Elend nicht einfach wegschauen. Das konnte ich noch nie. David lehnt es ab, Bettlern Geld zu geben. »Es gibt genug Jobs«, gehört zu seinen Standardaussagen. Seiner Meinung nach bestärke ich Bedürftige lediglich in ihrer Abhängigkeit von mildtätigen Gaben. Ich weiß, dass darin ein Körnchen Wahrheit steckt, doch mir fällt es nun einmal schwer, Bettlern nichts zu geben, erst recht wenn ich ihnen in einem Donna-Karan-T-Shirt für einhundertfünfzig Dollar, Calvin-Klein-Jeans und Bruno-Magli-Sandalen begegne.

Ich krame einen Dollarschein hervor und reiche ihn der Frau.

»Gott segne Sie«, murmelt sie.

Das erinnert mich daran, dass ich als Kind Münzen in die Sammelbüchse der Heilsarmee warf, nur um zu hören, wie derjenige, der die Glocke schwang, mich anschließend segnete. Mir scheint, ich kann auch jetzt jeden Segen gebrauchen.

Vier

Auf dem Rückweg zu CMs Wohnung verspüre ich mit einem Mal den Drang, Brot zu backen. Das wird mir helfen, die grauen Einsamkeitsdämonen zu verscheuchen. Zu dumm, dass ich keinen Ansatz habe. Es dauert zwei bis drei Tage, einen vernünftigen Ansatz auf die Beine zu stellen, doch ich kenne ein paar Kniffe, um einem »normalen« Brot ein bisschen Pfiff zu verleihen. Da CM ihren Herd lediglich als ein Möbelstück betrachtet, auf dem sie ihre Handtasche abstellt, während sie ihre Reeboks zuschnürt, kaufe ich in einem Supermarkt die notwendigen Zutaten ein und schleppe anschließend alles die vier Treppen hoch, da der knarrende Aufzug an irgendeinem schwerwiegenden Gebrechen leidet.

Man braucht eigentlich kein Rezept, um Brot zu backen, denn im Grunde kommt es nur auf das Verhältnis der Zutaten an. Ein Päckchen Hefe geht auf sechs bis sieben Tassen Mehl, zwei Tassen Wasser und einen Teelöffel Salz. Jean-Marc pflegte zu sagen, das Brot würde vielleicht nicht so, wie man es sich vorgestellt hätte, doch *werden* würde es allemal.

Da es jedoch lange her ist, seit ich zum letzten Mal Brot gebacken habe, werfe ich zur Vorsicht einen kurzen Blick auf das Rezept auf der Rückseite der Mehltüte.

Einfaches Brot:

1 EL (1 Päckchen) Trockenhefe
2 1/4 Tassen warmes Wasser
1 EL Zucker
1 EL Salz
6–7 Tassen Weizenmehl

Die meisten Rezepte schreiben vor, ein ganzes Päckchen Hefe zu verwenden, sodass der Teig bereits nach einer Stunde zum ersten Mal und nach weiteren fünfundvierzig Minuten oder einer Stunde zum zweiten Mal aufgeht – insbesondere, wenn man ihn warm stellt, was in der Regel ebenfalls empfohlen wird. Es gibt sogar Rezepte, in denen steht, man sollte den Teig in den Backofen schieben und diesen auf sehr niedrige Temperatur schalten.

Das klappt auch ganz vorzüglich, vorausgesetzt, Ihnen schmeckt das Brot, das auf diese Weise entsteht: windelweiches Supermarktbrot oder glibberiges Sandwichbrot. Erinnern Sie sich noch an das Zeug, das Sie als Kind gern aßen? Es war weiß – ein leuchtendes, unwirkliches Weiß – und im Mund fühlte es sich wie ein matschiger Schwamm an. Wenn man ein Stück davon abbiss, blieb ein Zahnabdruck zurück, mit dem man Sie nach Ihrem Tod leicht hätte identifizieren können.

In den Siebzigerjahren änderte sich das. Da schwor Gott und die Welt auf biodynamische Ernährung, woraufhin jedes Korn, das sich nicht wehrte, in den Teig wanderte. Allerdings verlangten auch die neuen Rezepte Hefe, Öl, Eier und Milch in Hülle und Fülle, weil wir nämlich noch immer auf den weichen Flausch versessen waren, den wir von früher her kannten.

Erst in Frankreich kostete ich Brot, das nicht nur aus Luft und Zusätzen bestand. Es war wie eine Glaubensbekehrung. Brot ähnelt irgendwie dem Sex. Es ist eine Sache, über die jeder alles zu wissen glaubt und von der jeder jedem verkündet, wie großartig es ist – bis man feststellt, *so* großartig ist es nun auch wieder nicht, außer man erfährt es einmal in seiner ganzen Naturgewalt.

Deshalb verringern Eingeweihte beim Brotbacken als Erstes die vorgeschriebene Hefemenge und nehmen lediglich die Hälfte davon. Der Teig muss keinen neuen Geschwindigkeitsrekord aufstellen. Er darf sich ruhig Zeit lassen und langsam gehen, damit Struktur und Geschmack des Brotes Ihre Freunde und Bekannten glauben lassen, Sie hätten es für sechs Dollar im Delikatessengeschäft erstanden.

Ich vermische Hefe und Wasser in einer großen Steingutschüssel, rühre den Zucker unter und lasse das Ganze für einige Minuten stehen. Danach rühre ich mit dem einzigen Esslöffel, den ich in dieser erbärmlichen Küche aufgetrieben habe, das Mehl hinein und verarbeite es mit der Masse. Als ein Klumpen entsteht, der sich von der Schüsselwand zu lösen beginnt, nehme ich ihn heraus, lege ihn auf die kleine Arbeitsfläche, die ich mir geschaffen habe, und walke ihn zehn Minuten lang durch, wobei ich nur noch so viel Mehl hinzufüge, dass er nicht an den Händen haften bleibt. Anschließend knete ich das Salz in den Teig. Das Salz kommt immer zuletzt. Salz verstärkt die Wirkung des Eiweißes im Mehl und macht den Teig widerspenstig.

Nachdem der Teig so elastisch geworden ist, dass er zurückfedert, wenn ich eine Delle hineindrücke, fette ich eine große Schüssel mit Öl ein und wälze ihn so lange darin herum, bis er ringsum glänzt. Anschließend breite ich ein feuchtes Tuch darüber aus und stelle die Schüssel so weit wie möglich vom Herd entfernt ab. Ein Weinkeller wäre der beste Lagerort, doch da CM keinen Weinkeller besitzt, nehme ich mit ihrem Esstisch im Wohnzimmer vorlieb.

Weil ich lediglich die Hälfte der Hefe verwendet habe, wird der Teig nun zweimal so lange benötigen, um aufzugehen. Unterdessen schenke ich mir ein Glas Sauvignon blanc ein und beginne, die angetrockneten Teigreste von der Arbeitsfläche zu schaben.

Der Hefeduft, der in der Luft hängt, erinnert mich an meinen *levain* und an den Tag, an dem David mit der Nixonmaske und der Pizza vor meiner Wohnungstür erschien. Der schmerzhafte Stich, den meine Sehnsucht mir versetzt, kommt plötzlich und ohne Vorwarnung. Ich überlege dennoch, ob CM Recht haben könnte und ob ich ohne David wirklich besser dran bin. Doch wenn dem so ist, warum möchte ich dann jetzt laut aufheulen? Warum möchte ich dann David unbedingt berühren, ihn riechen und in seinen Armen liegen?

Als Ersatz beschließe ich, mich mit einem Anruf zu begnügen. Im Büro rufe ich ihn jedoch besser nicht an. In einem kleinen Unternehmen wie JMP weiß jeder über jeden Bescheid. Wahrscheinlich dienen wir der Gerüchteküche bereits jetzt als willkommene Nahrung.

Ich werde ihn zu Hause anrufen. David wird zwar noch nicht da sein, aber ich kann ihm ja eine Nachricht auf dem Anrufbeantworter hinterlassen. Einfach nur so, damit er weiß, dass ich an ihn denke. Vielleicht fühlt auch er sich einsam und traut sich nach all den Dingen, die er mir an den Kopf geworfen hat, nicht, mich anzurufen. Wenn ich ihn zuerst anrufe, wird er einen guten Vorwand haben, mich zurückzurufen, ohne sein zartes männliches Ego zu verletzen.

Er wird sich gewiss noch heute Abend melden. Wahrscheinlich jedoch erst spät, weil er wie immer ewig lang im Büro arbeitet. Ich werde im dunklen Wohnzimmer sitzen und ihm all das beschreiben, was ich vor meinen Augen sehe – die Lichter der Stadt, die Fähren, die sich über das schwarze Wasser hinweg auf die schattenhaften Umrisse der Inseln zubewegen. Ich werde ihm erzählen, dass ich Brot gebacken habe. Ich werde ihm gestehen, dass er mir fehlt. Damit werde ich am besten beginnen. Ich werde einfach sagen: Du fehlst mir. Danach wird sich alles Weitere ergeben. Ich meine, es liegt ja nicht nur an ihm, dass alles so gekommen ist, ein bisschen Schuld trifft mich ja auch.

CMs Telefon sieht wie eine Ente aus. Es quakt, anstatt zu läuten. CM hat es Dagobert getauft. Ich drücke unsere Telefonnummer auf Dagoberts Bauchtasten ein. Ich erwarte, dass es vier Mal tutet, ehe unsere Ansage einsetzt, doch bereits nach zweimaligem Tuten vernehme ich ein Knacken. Schau an! David ist doch schon zu Hause.

»Hallo«, ertönt eine Frauenstimme.

Ich öffne den Mund, um etwas zu sagen, doch aus meiner Kehle dringt kein Laut hervor.

Wenn mich nicht alles täuscht, war das gerade die Stimme von Kelley Hamlin.

»Haa-loo! Hier bei Franklin. Ist da …« Ich höre ein Rascheln und Rumoren und dann einen dumpfen Knall. Das Telefon ist offenbar zu Boden gefallen.

Danach Davids Stimme.

»Hallo?«

Dagobert und ich blicken uns mit großen Augen an.

»Hallo? – David Franklin am Apparat.«

Ich erkenne den panischen Anflug, der sich in seinen beherzten Ton mischt.

Ich drücke sanft Dagoberts Austaste.

Fünf Minuten später quakt Dagobert wie nicht gescheit, doch ich warte, bis CMs Anrufbeantworter übernimmt.

»Wyn! Ich bin's. Geh ran, wenn du da bist.« Stille. »Herrgott, Wyn, hör auf, dich wie ein kleines Kind aufzuführen. Ich weiß, dass du da bist!« Stille. »Kelley und ich arbeiten ein paar Kundenakten durch. Nimm endlich den Hörer ab!« Stille. »Scheiße.«

Die Verbindung wird unterbrochen, die Leitung ist frei.

Ich glaube, ich fange jetzt jeden Moment an zu weinen.

Plötzlich stelle ich mir vor, wie pikiert David dreingeschaut hätte, wenn er gewusst hätte, dass Dagobert Duck ihn quakend ankündigt, und ich muss lachen.

Erst danach beginne ich zu weinen.

Als CM gegen halb sieben durch die Tür kommt, habe ich schon einen großen Teil der Eineinhalb-Liter-Flasche Mondavi Cabernet getrunken.

CM wirft ihre Handtasche auf das Sofa. »Nanu, was gibt's denn Schönes zu feiern?«

Ich halte mein Glas ins Licht und blinzele in die tanzenden Goldfunken auf dem rubinroten Wein. »Wir feiern Kapitel zwei. Die Überschrift lautet: Der Telefonanruf. Das ist das Kapitel, in dem die ahnungslose Heldin ihren schönen Prinzen zu Hause in seinem Schloss anruft und die böse Hexe den Hörer abnimmt.«

»Oh.« CM spitzt die Lippen. »Und was sagte die böse Hexe?«

»Hallo.«

»Sonst nichts?«

Ich nehme ein Glas aus dem Schrank und schenke CM Wein ein, wobei ich etwas verschütte. »Zu mehr hatte sie keine Gelegenheit, weil der Prinz ihr das Telefon aus der Hand riss. Dabei schlug es leider auf dem Fußboden auf.«

CM nippt an ihrem Wein, ehe sie ihre Jacke auszieht und sie über die Lehne des nächstbesten Stuhles wirft. »Und was sagte daraufhin der Prinz?«

Ein reichlich angetrunkenes Kichern sprudelt aus mir hervor. »Ich habe nicht mit ihm gesprochen. Doch der Prinz erklärte Dagobert, er wäre gerade dabei, Akten durchzuarbeiten. Ich finde, einem Prinzen, der in der Werbebranche arbeitet, sollte ein besserer Spruch einfallen, findest du nicht?«

CM seufzt auf. »Oh, Baby, du hast keine Ahnung, wie Leid mir das tut.«

Ich glaube, es ist die Anteilnahme in ihrer Stimme, die mir den Rest gibt.

Als ich am Donnerstagmorgen aufwache, sind meine Augen von getrockneten Tränen zugeklebt. Ich reiße sie mit einem Ruck auf.

Vor dem Spiegel entdecke ich, dass meine Zunge vom Wein noch immer bläulich verfärbt ist.

Dummerweise erinnere ich mich auch noch an den größten Teil des Geschehens von letzter Nacht. An mein Heulen und unser Gelächter, an den Cabernet und an noch etwas anderes, das wir tranken, nachdem kein Cabernet mehr da war. Dass wir zu einer Imbissbude wankten, weil keine von uns mehr in der Lage war zu fahren, und dort fettige Hamburger herunterschlangen und uns mit einem anderen Betrunkenen an der Theke stritten, bis die Bedienung uns mit Nachdruck zum Gehen aufforderte. Dass ich mich auf dem Nachhauseweg in die Büsche übergab. O Gott, und CM, die Ärmste, musste aufstehen und zur Arbeit fahren!

Immerhin hatte ich noch genug Verstand beisammen, um meinen Teig im Kühlschrank unterzubringen, damit er nicht zu stark aufging und hinterher in sich zusammenfiel. Jetzt nehme ich ihn heraus und stelle ihn auf den Herd, damit er sich auf Zimmertemperatur erwärmt, während ich dusche und später aus rein therapeutischen Gründen in der Wohnung Ordnung schaffe.

Gegen Mittag ist der Teig so weit. David zu Ehren teile ich ihn in zwei gleiche Teile, die ich zu Ovalen forme. Diese Brote nennen die Franzosen *les bâtards*. Ich lasse sie abermals für zwei Stunden gehen, besprenkele sie dann mit kaltem Wasser, um eine knusprige Kruste zu erhalten, und stelle sie für dreißig Minuten in den auf 225 °C erhitzten Backofen.

Ich habe einmal irgendwo gelesen, der Geruch backenden Brotes gelte als erwiesenes Mittel gegen Depressionen. Ich kann mich dem nur anschließen, denn als meine zwei kleinen Bastarde zum Abkühlen auf dem Tisch liegen, geht es mir allmählich wieder besser. Ich fühle mich sogar fit genug, um einen Spaziergang zu unternehmen. Außerdem benötige ich etwas Schokoladiges.

Ich weiß, dass die Bäckerei an der McGraw Street um zwei Uhr schließt, da anschließend für Großabnehmer gebacken wird. Deshalb verstaue ich einen der warmen Brotlaibe in einer Papiertüte, um ihn als Bestechungsmittel zu verwenden.

Anstatt zu backen, sitzen Ellen und Diane jedoch an einem der Tische, vor sich zwei Kaffeebecher und einen Stapel Papierkram. Als ich gegen die Tür hämmere, blicken sie auf und grinsen mich an, doch Ellen pocht auf ihre Armbanduhr. Ich zücke meine Geheimwaffe und sehe, dass Ellen stutzt und wankelmütig wird. Ich halte das Brot an meine Nase, inhaliere tief, schließe die Augen und lächele selig.

In null Komma nichts ist Ellen an der Tür und sperrt sie auf.

»Woher hast du das?«, fragt sie und beschnuppert das Brot.

»Aus CMs Küche.«

Ellen drückt sanft auf den Brotlaib. »Hast du das Brot etwa selbst gebacken? Mmh, das ist ja noch warm!«

Ich ziehe das Brot zurück. »Nicht so hastig, meine Dame. Dies ist kein Geschenk, sondern ein Tauschobjekt. Ich brauche dringend Stoff – ich leide unter Schokoladenentzug.«

Diane lacht hinter uns schallend auf. »Abgemacht. Komm rein. Der Handel gilt.«

In weniger Zeit, als man benötigt, um den Brotbackautomaten zu füllen, sitze ich mit Ellen und Diane an ihrem Tisch. Meinen Rat, das Brot zuerst einmal in Ruhe abkühlen zu lassen, ehe sie sich darüber hermachen, haben die beiden offenbar nicht vernommen. Sie reißen Kanten davon ab und bestreichen sie mit gesüßter Butter. Ich verzehre derweil ein Stück von Pattys Kuchen, was eine reichlich harmlose Bezeichnung für die tödliche Ladung feuchter, fester Schokoladenmasse ist, die in einem kleinen Teich aus Espresso-Karamellcreme schwimmt.

»Wer ist Patty und wie hat sie diesen Kuchen gebacken?«, will ich wissen, während ich den letzten Rest Creme von meiner Gabel schlecke.

»Patty ist die Frau, der die Bäckerei früher gehörte«, erklärt Ellen. »Das Rezept haben wir ihr abgeluchst.«

»Abgeluchst ist gut«, kichert Diane. »Genaugenommen haben wir ganz schön dafür geblecht und erst hinterher entdeckt, wie leicht es geht. Du musst die Zutaten nur zusammenrühren, du brauchst nicht einmal einen Mixer.«

»Wenn ihr dafür geblecht habt, werde ich euch lieber nicht um das Rezept bitten.«

Diane reißt sich noch eine Ecke von meinem Brot ab. »Das ist klug. Wir rücken nämlich nicht damit heraus.«

»Ist das ein Sauerteig?«, erkundigt sich Ellen, während sie das Brot abermals beschnüffelt und den Teig fachkundig beäugt.

»Nein. Ein ganz normaler Teig.«

»Er schmeckt anders. Er ist mehr ... ich weiß nicht ... er schmeckt abgerundeter oder voller oder so. Worin besteht das Geheimnis?«

Ich schenke ihr mein entzückendstes Lächeln. »Es ist erschreckend leicht. Allerdings musste ich dafür einen Flug nach Frankreich blechen und deshalb rücke ich damit nicht heraus.«

Die beiden glucksen. Wir entschließen uns zu einem zweiten Handel. Diane verschwindet in der Backstube, wo nach den Geräuschen klappernder Bleche und Metallschüsseln, laufenden Wassers und lachender Frauenstimmen zu urteilen gerade aufgeräumt und geputzt wird.

Kurz darauf kehrt Diane mit einem großen Zettel zurück und überreicht ihn mir.

»Da hast du das Kuchenrezept. Gegenüber im Supermarkt steht ein Kopierer.«

Ich fange an zu lesen. Ich glaube, CM wird vor Wonne vergehen, wenn ich ihr diesen Kuchentraum backe.

Pattys Kuchen mit Espresso-Karamellcreme

7 Stückchen ungesüßte Kochschokolade
$^{1}/_{4}$ Tasse Butter
1 $^{1}/_{2}$ Tassen starken Kaffee
$^{1}/_{4}$ Tasse Bourbon
2 Eier
1 TL Vanillezucker
2 Tassen Mehl
1 $^{1}/_{2}$ Tassen Zucker
1 TL Backpulver
$^{1}/_{4}$ TL Salz

Zwei Kastenformen (Länge 30 cm) einfetten und bemehlen.
Schokolade, Butter und Kaffee in einen großen (5 l) Kochtopf geben. Bei schwacher Hitze stetig miteinander verrühren, bis die Schokolade geschmolzen ist. Danach kräftig schlagen, bis die Zutaten gründlich vermischt worden sind und die Masse sahnig geworden ist. Zur Seite stellen und mindestens zehn Minuten

lang abkühlen lassen. Den Whisky, die Eier und den Vanillezucker unterheben. Die Trockenzutaten verrühren und die Schokoladenmasse unterrühren, bis alles gut vermischt ist. Die Masse aufteilen und in die vorbereiteten Formen geben. Bei 125 °C 45–55 Minuten backen, gegen Ende mit dem Holzspieß die Garprobe machen. Die Kuchen in der Form 15 Minuten lang abkühlen lassen, danach auf ein Gitter stürzen. Mit Sahne, Crème fraîche oder Espresso-Karamellcreme servieren.

Espresso-Karamellcreme

1 Tasse Zucker
1/3 Tasse Wasser
1/2 Tasse Sahne
3 EL Espresso

Zucker mit dem Schneebesen in einem großen Topf mit dem Wasser verrühren – am besten in einem hellen Topf, sodass die Farbnuancen des Karamells später gut sichtbar werden. Bei mittlerer Hitze weiterrühren, bis sich der Zucker vollständig aufgelöst hat (ca. 1 Minute). Bei hoher Flamme kochen lassen. Nicht umrühren, Innenseiten des Topfes jedoch häufig mit sauberem, in Wasser getunktem Pinsel bestreichen.
In der Zwischenzeit in zweitem Topf Sahne sieden lassen. Sobald der Zucker zu karamellisieren beginnt und am Topfrand eine goldbraune Farbe annimmt, den Topf sanft anheben und die Masse leicht kreisen lassen, um eine gleichmäßige Karamellisierung zu gewährleisten. Kochen, bis die Sirupmasse einen schönen Bernsteinton annimmt (3–4 Minuten). Topf im Spül-

becken abstellen. Langsam die heiße Sahne hinzugeben und mit dem Schneebesen unterziehen. Vorsicht: Die Masse wirft Blasen und kann heftig spritzen. Den Espresso unterrühren und schlagen, bis eine glatte Masse entsteht. Sobald sie sich erhärtet, den Topf zurück auf die Herdplatte stellen und bei niedriger Hitze mit dem Schneebesen so lange schlagen, bis sich alle Zutaten aufgelöst haben. Die warme Creme durch eine feines Sieb passieren.

Ergibt eine Tasse Espresso-Karamellcreme.

Ellen räuspert sich. »Was ist nun mit dem Brot?«

»Das Geheimnis eines guten Brotes liegt darin, die Hefemenge zu halbieren und den Teig doppelt so lange gehen zu lassen«, erkläre ich.

Volle fünf Sekunden lang schauen sich die beiden sprachlos an.

»Das ist alles?«, stößt Diane hervor. »Hefe halbieren und doppelt so lange gehen lassen? Das kann doch gar nicht wahr sein!«

Es ist mir beinahe peinlich und ich habe fast das Gefühl, sie übers Ohr gehauen zu haben. Deshalb murmele ich kleinlaut: »Ich sagte doch, es ist ganz einfach.«

Ellen schlägt mit der Hand auf den Tisch. »Scheiße! Daran hält Linda sich niemals.«

»Wer ist Linda?«

Ellen seufzt. »Unsere verknöcherte Brotbäckerin, unser Fossil. Eine Frau, die völlig unflexibel ist.«

»Warum stellt ihr keine neue ein?«

Ellen wedelt mit der Hand durch die Luft, als wolle sie lästige Fliegen verscheuchen. »So mir nichts, dir nichts klappt das nicht. Erstens haben wir sie mit dem Laden übernommen und zweitens bin ich unglaublich feige. Ich bringe es nicht übers Herz, Leute zu entlassen. Außerdem macht Linda ihren Job ja ganz gut und über kurz oder lang geht sie sowieso in Rente. Mir ist es jedenfalls lieber, wenn ich die Angelegenheit aussitze.«

»Wenn du das in Frankreich gelernt hast«, hebt Diane an und betrachtet mich nachdenklich, »heißt das dann, dass du Bäckerin bist?«

»Na ja, ich habe zumindest in einer *boulangerie* gearbeitet. Einen Sommer lang als Praktikantin, als ich noch auf der UCLA war.«

Zwei Brauenpaare wandern staunend in die Höhe.

»Aber – das ist doch großartig«, sagt Ellen.

»Ach, ich weiß nicht – ich war ja keine richtige Bäckerin. Am Anfang durfte ich gerade mal die Öfen reinigen. Nach und nach ließ Jean-Marc – also der *boulanger* – mich Brote und Brötchen formen und Hörnchen wickeln und die Öfen beschicken und leeren, halt Dinge tun, bei denen er wusste, dass nichts schief gehen konnte.«

Diane pfeift durch die Zähne. »*O là là*, Jean-Marc! Sah er gut aus?«

»Klar. Er war schließlich Franzose.«

Samstagmorgen zerrt CM mich um sieben Uhr in der Früh aus dem Bett und schleppt mich auf den Markt am Pike Place.

Als wir ankommen, ist dort bereits Hochbetrieb.

Bei *Starbucks* stellen wir uns am Ende einer Schlange an und besorgen uns jeweils einen großen Becher fettfreien Milchkaffee mit einer Extraportion Schaum. Kleine Schlückchen trinkend schlendern wir durch die Nordarkaden, an Buden mit handgefertigten Waren vorbei – Schmuck, Kleidung, Gemälde, Keramik- und Tonarbeiten – und an Lebensmittelständen mit Oliven, Nüssen, frischem Gemüse und Blumen von Bauernhöfen und Gärtnereien aus der Umgebung.

In der Fischhalle schauen wir zu, wie die Verkäufer wie Jongleure die Fische durch die Luft wirbeln, ehe sie sie auf die Waagschale klatschen, und lauschen andächtig, wie sich zwei kräftige Typen in Holzfällerkleidung lang und breit darüber auslassen, ob Kabeljau oder Heilbutt besser für Fisch und Chips geeignet ist.

Danach bestaunen wir eine Frau, die sich mit ihrem Hinterteil vom Ausmaß eines Scheunentors auf ein braunes Holzschwein schwingt, während ihr Mann das Ereignis auf den Camcorder bannt.

»Das ist Rachel«, sagt CM.

»*Du kennst sie?*«

»Das Schwein, nicht die Frau. Das Schwein heißt Rachel. Es ist das Marktmaskottchen.« CM verzieht ihr Gesicht. »Versprichst du mir, dass du mich erschießt und mich von meinem Elend erlöst, wenn ich eines Tages den Zustand dieser fetten Schnecke erreiche?«

Ich lecke mir Schaumreste von der Oberlippe. »Könnte ich natürlich tun. Leider würde ich dann aber nicht wollen, dass jemand erfährt, dass ich dich gekannt habe.«

CM legt von hinten ihre Hände auf meine Schultern und steuert mich auf die Straße hinaus. Der Dampf, der von dem feuchten Kopfsteinpflaster aufsteigt, vermischt sich mit den vielfältigen Gerüchen aus geröstetem Kaffee, Auspuffgasen, Meerbrise, Blumen, Knoblauch, Kümmel und gebratenem Fisch. Ich sauge das Ganze gierig in mich auf und empfinde es als erdverbunden und tröstlich.

»Komm, lass uns zum Sanitärmarkt hinübergehen. Wir besorgen uns ein bisschen Käse zum Abendessen.«

»Ist die Frage gestattet, worauf dieser äußerst seltsame Name zurückzuführen ist?«

»Tja – hm, ich glaube, früher durften da keine Pferde mit hinein.«

Mir purzeln beinahe die Augen aus dem Kopf, als ich die

vielen kleinen Stände sehe, die einfach *alles* anbieten – von Baklava über Tamales zu grünen und roten Pfefferschoten, geräucherten Würsten, allen erdenklichen Käsesorten, Kebabs, gegrillten Hähnchenbrüsten auf indische, thailändische und italienische Art, eingelegten Gemüsen, schwarzen, grünen, roten und gelben Nudeln und Ravioli.

»Da fällt dir nichts mehr ein, wie?«, fragt CM.

»Das bekommst du in L. A. auch«, gebe ich zur Antwort.

»Logisch«, grinst CM. »Außer dass du drei Stunden unterwegs bist, ehe du alles beschafft hast.«

Kurz darauf strömt mir ein Duft entgegen, der wie ein Sog auf mich wirkt. Ich entdecke, woher er stammt: *Le Panier*. Eine französische *boulangerie/pâtisserie*. Sie befindet sich auf dem neuesten Stand der Technik, mit viel Glas, blauen und weißen Fliesen, Halogenleuchten und glänzenden Edelstahlöfen. Im Schaufenster liegen, kunstvoll aufgeschichtet, Blätterteigherzen, *éclairs au chocolat*, Napoleonschnitten und Erdbeertörtchen.

»Wie wär's, wenn wir uns hier mit unserem Nachtisch versorgten?«

Ich schüttele den Kopf, marschiere schnell an der geöffneten Tür vorbei und frage mich, warum der Geruch mich mit einem Mal dermaßen wehmütig macht.

In einem Geschäft, das Naturkosmetik führt, deckt sich CM mit Gurkenmasken und Apfelduschgel ein. Wir biegen in eine schmale Passage ab, in der wir uns eine ganze Stunde lang über unanständige Grußkarten amüsieren und durchsichtige indische Baumwollgewänder anprobieren. CM versucht, mich an einem schnuckeligen Küchenstudio vorbeizulotsen, doch leider gelingt es ihr nicht. Wie der Wind bin ich drinnen und bewundere eine Regalwand voller glänzender Utensilien. Wie in den winzigen Läden in Europa ist auf kleinstem Raum jede Menge Ware untergebracht worden.

Als es auf die Mittagszeit zugeht, halten wir nach einem Restaurant Ausschau. Wir landen im *DuJour*, einem Selbstbedienungscafé auf der First Street, wo wir unsere Tabletts zu einem Tisch an der Fensterfront tragen, mit Blick über die Dächer hinweg bis hinunter zur Elliott Bay.

»Das ist großartig«, lobe ich. »Gibt es hier überhaupt irgendwo eine Ecke, die keine tolle Aussicht hat?«

CM schnappt sich das Brot, bricht es entzwei und reicht eine Hälfte mir. »Warum ziehst du nicht hierher?«

Ich erwidere nichts.

»Ich meine, falls du und David …«

Ich schüttele den Kopf. »Ich gehöre nach Kalifornien.«

Ungeduldig schnippt CM einen Krümel fort. »Nur weil du da geboren bist, musst du noch lange nicht da sterben.«

»Ich bin ein bodenständiger Typ, kein abenteuerlicher.«

CM setzt ein Gesicht auf, bei dem ich ihr am liebsten die nächste blutige Nase verpasst hätte, und sagt: »Man ist der Typ, der man sein will.«

Am Montagmorgen, als ich gerade ein Scone mit Haselnüssen verdrücke und bei meiner zweiten Tasse Milchkaffee angelangt bin, tritt Ellen an meinen Tisch und sagt: »Kann ich dich mal was Blödes fragen? Du suchst nicht vielleicht einen Job?«

»Einen *Job*?«

Sie lacht. »Tja, hm – also bei einem Job handelt es sich um eine mehr oder weniger einfache Tätigkeit, für die man mit Geld bezahlt wird. Ich hätte da ein kleines Angebot zu machen. Diane und ich fanden das Brot, das du gebacken hast, echt gut und Linda hört wirklich bald auf. Nächstes Jahr hoffentlich. Wir dachten, du könntest eine Zeit lang von ihr lernen, die technische Seite gewissermaßen. Brot in großen Mengen herzustellen ist nämlich etwas anderes, als in der Küche vor sich hin zu pusseln, das weißt du sicher auch. Und wenn sie dann geht ... also, wie schaut es aus? Hättest du Interesse? Wir würden uns freuen.«

Ich fühle mich geschmeichelt. »Klingt prima«, entgegne ich freundlich. »Das Problem ist nur, dass ich nicht hier wohne.«

»Und du hast keine Lust herzuziehen ...« Ellens Stimme hebt sich am Satzende. Es hört sich wie eine Frage an.

Ich senke meinen Blick, falte die Zeitung auseinander, falte sie wieder zusammen und streiche ihre Kanten glatt.

»Ich weiß nicht, wie es mit meiner Ehe weitergeht«, sage ich, ohne aufzuschauen. »Ich fliege morgen nach L. A. zurück.«

Am Abend zuvor habe ich David eine Nachricht auf dem Anrufbeantworter hinterlassen und ihm meine Flugnummer und Ankunftszeit mitgeteilt. Nicht dass ich wirklich mit seinem Erscheinen rechne. Dennoch lasse ich meinen Blick kurz über die Menschenmenge schweifen, die am Gate wartet. Anschließend fühle ich mich niedergeschlagen. Ich winke mir ein Taxi herbei und verziehe mich auf den Rücksitz.

Die Straßen sind wie üblich verstopft. Die warme Luft besteht aus bräunlichem Dunst. Der Fahrer, ein mickriger Typ mit fahler Haut und strähnigem Haar, erzählt mir eine weinerliche Geschichte über seine schwere Kindheit und dass er sich mit dem Taxifahren sein Studium finanziert. Wahrscheinlich will er mein Mitleid erregen, doch ich argwöhne, dass es sich in Form eines saftigen Trinkgeldes ausdrücken soll.

Wie ein Waisenkind steht mein Mazda einsam und verlassen in der Einfahrt, woraus ich schließe, dass ich nicht abermals wichtige Aktenübergaben unterbreche.

Aufgrund meiner mangelnden Anteilnahme hat der Fahrer offenkundig gefolgert, dass ich keine reiche Lady bin, die von Schuldgefühlen geplagt wird. Deshalb wendet er sich nicht einmal um, sondern hält lediglich die Hand nach hinten auf und brummt: »Macht sechsundzwanzig Dollar und achtzig Cent.«

Ich krame in meinem Portemonnaie. »Ich habe nur noch einen Zwanziger«, sage ich. »Warten Sie. Ich hole Ihnen den Rest.«

Ich hänge meine Tasche über die Schulter und mache mich auf den Weg die Einfahrt hoch, wobei mir undeutlich etwas bewusst wird, das sich auf der Veranda unseres Hauses auftürmt. Im Näherkommen erkenne ich meine Kamera, ein Handy, eins der Fernsehgeräte. Himmel hilf, denke ich, ich platze mitten in einen Einbruch hinein und im Haus ist ein Dieb, der alles ausräumt und einen Teil unserer Sachen bereits zum Abtransport aufgestapelt hat! Danach fällt mein Blick auf die Kisten voller Bücher und Kleider und Schuhe. Ich entdecke meine Schmuckschatulle, meinen Lockenstab und meinen Kosmetikkoffer, eine zerbrochene Flasche *Bal à Versailles* zu zweihundert Dollar die Unze. Ihr Inhalt ist in einen meiner Slipper gesickert. Mein Atem stockt und mein Herz scheint zu gefrieren.

»Nein«, höre ich mich murmeln. Danach lauter, wie um mich selbst zu überzeugen: »Niemals.«

Ich schiebe die Kisten beiseite, um zur Haustür zu gelangen. Mein Schlüssel passt, doch er dreht sich nicht im Schloss. Das ist alles nicht wahr, schießt es mir durch den Kopf. Ich trete gegen die Tür. Meine Schuhe hinterlassen stumpfe Abdrücke auf dem glänzenden schwarzen Lack. Danach hämmere ich gegen die Tür, bis meine Handkanten feuerrot sind. Wie dumm! David ist ohnehin nicht zu Hause. Ich male mir aus, dass sich ringsumher die Fenster einen Spaltbreit öffnen, dass die Nachbarn herauslinsen, um meine Schmach zu verfolgen. Das würde David doch niemals tun, denke ich. Es verstößt gegen das Gesetz. Man kann seine Ehefrau nicht so mir nichts, dir nichts auf die Straße setzen.

Die Taxihupe erinnert mich daran, dass der Typ noch immer auf seine Bezahlung wartet. Was nun? Ich stelle meine Tasche ab, froh, dass ich sie nicht im Taxi gelassen habe, und begebe mich mit scheinbarer Gelassenheit zu dem Fahrer zurück, der mit den Fingern auf der Kante des Außenspiegels trommelt.

Ich biete mein charmantestes Lächeln auf. »Sieht aus, als hätte ich den falschen Schlüssel erwischt. Jedenfalls komme ich im Moment nicht in mein Haus. Nehmen Sie auch Kreditkarten?«

»Nein.« Seine Augen verengen sich zu bösen Schlitzen.

»Hm, Pech. Ich habe aber nur noch den Zwanziger. Für den Rest schreibe ich Ihnen einen Scheck.«

»Jesus im Himmel«, stößt er hervor.

»Tut mir Leid, aber ich kann nicht ins Haus. Haben Sie einen besseren Vorschlag?«

Er schlägt mit der Faust auf das Steuer. »Ja, Mann! Ich kann die Bullen rufen. Wie wäre das?«

Ich stemme die Hände in die Hüften. »Nur zu. Dürfte allerdings ein Weilchen dauern, bis sie hier sind. Und dass sie wegen sechs Dollar und achtzig Cent die Tür einschlagen, kann ich mir auch nicht vorstellen.«

»O Mann, ist das zum Kotzen! Los, geben Sie mir schon Ihren Scheiß-Zwanziger.«

Er reißt mir den Schein aus der Hand. Noch ehe ich mich umdrehen kann, um mein Scheckbuch zu holen, wendet er den Wagen und brettert mit laut quietschenden Reifen davon. Auf dem Asphalt bleiben schwarze Streifen zurück.

Ich gehe wieder zur Eingangstreppe und hoffe, dass mir zu dem Stilleben dort nun eine andere Interpretation einfallen wird.

Die Lampe aus dem Fernsehzimmer – das einzige Stück, das ich gekauft habe, ohne David vorher zu fragen, woraufhin er es selbstredend scheußlich fand – steht gefährlich nahe am Rand einer Stufe. Der Schirm der Lampe ist eine gelbe Porzellanröhre mit aufgemalten Blumen. Bei ihrem Anblick im Laden dachte ich, sie würde das Fernsehzimmer mit ein wenig Leben oder Wärme oder zumindest einem Farbklecks versehen.

Kann sein, dass ich auch genau wusste, David würde sie hassen.

Ich ergreife die Lampe. Sie wirkt zerbrechlich, ist jedoch ziemlich kompakt. Ihr Gewicht in meinen Händen und der Anblick meiner Habseligkeiten, die wie Müllreste aus den Kisten quellen, lösen mit einem Mal einen Wutanfall in mir aus. Ich verlagere die Lampe in meine rechte Hand, hole weit aus und schleudere sie mitten in eins der Vorderfenster hinein. Die Glasscheibe zerbirst und ergießt sich als klirrender Wasserfall nach draußen. Anschließend setzt mit schrillem Gejaule unsere Alarmsirene ein. Ein unkontrolliertes Glucksen steigt mir in der Kehle hoch und ich beginne zu lachen.

Als ich gerade den letzten Rest meiner Sachen in den Mazda lade, taucht ein Wagen mit bewaffneten Männern des Sicherheitsdienstes auf. Toll, endlich mal was los im Hancock Park! Einer von ihnen öffnet die Autotür, steigt aus und stützt seinen Fuß auf der Schwelle des Wagens ab. »Hi, Mrs. Franklin. Ehm ... wir haben Ihr Alarmsignal aufgenommen.«

»Oh, tut mir Leid, Fehlalarm. Kein Grund zur Panik. Ich habe rein aus Versehen eine Lampe durchs Fenster geworfen.«

Ich lächele ihn an. Er mustert mich für eine Minute.

»Ob Sie mir wohl kurz zur Hand gehen könnten?« Ich deute auf meine Bücherkisten.

Folgsam wuchtet er die drei Kisten auf den Beifahrersitz. »Vielen Dank«, sage ich. »Bücher sind doch immer viel schwerer, als man denkt.«

Alle dreißig Sekunden setzt das Alarmsystem kurz aus, um danach erneut loszujaulen.

Der Mann vom Sicherheitsdienst lässt seinen Blick zu den gezackten Rändern der Fensterscheibe wandern. »Ehm ... ich weiß nicht ... vielleicht sollten wir die Anlage lieber ausschalten. Die Polizei wird jeden Moment auftauchen.«

»Gute Idee«, lobe ich. »Die Nachbarn sind wahrscheinlich schon kurz vorm Durchdrehen.«

Ich steige in mein Auto.

Der Mann kratzt sich im Nacken. »Mrs. ... ehm ... Mrs. Franklin ... ob Sie wohl die Tür aufschließen könnten?«

»Leider, leider nicht ... Ted.« Ich habe seinen Namen von dem Namensschildchen auf seiner Brust abgelesen. »Ich fürchte, im Moment lässt sich das nicht machen.« Ich lege den Rückwärtsgang ein und rolle langsam aus der Einfahrt. Ted geht neben meinem Wagen her. Mehrere Nachbarn sind in ihren Haustüren und Einfahrten erschienen, um den Aufstand im Heim der Franklins zu verfolgen.

Ich setze auf die Straße zurück. In einer Geste der Hilflosigkeit breitet Ted seine Arme aus. »Was soll ich denn jetzt tun?«

Ich strahle ihn an. »Interessiert mich, ehrlich gesagt, einen Dreck. Tun Sie, wozu Sie Lust haben.«

Mit offenem Verdeck, den Wagen hoch beladen mit Koffern, Taschen, Kisten, Fernseher, Radio, Schuhen, Tennisschläger, Lockenstab und Handy, fahre ich an den glotzenden Trotteln von Beverly Hills vorbei und winke meinen ehemaligen Nachbarn fröhlich zu. Dann kurve ich langsam durch den lauen Herbstnachmittag die Straße hinunter.

Ich kenne nur einen Ort, an dem ich Zuflucht finden kann. Es ist das Haus in Encino, in dem ich aufwuchs und in dem meine Mutter noch immer wohnt. Bereits als ich mich ihm über die gewundenen Sträßchen nähere, an Miniaturhazienden, deutschen Fachwerkknusperhäuschen und chinesisch-kalifornischen Bauwerken mit Pagodendächern vorbei, zieht sich mein Magen zusammen. Seit Monaten ist kein Tropfen Regen mehr gefallen und die umliegenden Hügel sehen aus, als bedürfte es nur eines Streichholzes, um ein Buschfeuer zu entfachen. Doch die abgezirkelten Rasenflächen in den Vorgärten leuchten sprinklergrün. Die winzigen Zweige – gepflanzt vor vierzig Jahren, nachdem die Gegend gerodet und planiert worden war – haben sich inzwischen zu Bäumen gemausert, zu Fichten, Tupelobäumen, Birken, Kaffernbrot, Honigpalmen, Jakarandabäumen, chinesischen Regenbäumen, Mittelmeerpalmen, Kakteen. Nun, schließlich befinden wir uns in Südkalifornien! Da nimmt man, was man in die Finger bekommt, und steckt es in die Erde. Bei uns gedeiht alles.

Ich parke in der Einfahrt unseres Hauses, einem Gebäude im nachgemachten Kolonialstil. Für einen Moment bleibe ich noch im Auto sitzen, mit der Handtasche auf dem Schoß und dem Zündschlüssel in der Hand. Danach steige ich aus dem Wagen und wandere die abgenutzte ziegelsteingepflasterte Einfahrt hoch, wo links und rechts Stiefmütterchen blühen, vorbei an der nachgemachten Gaslaterne. Ich drehe am Messingknauf der Eingangstür. Sie ist nicht verschlossen. Ich betrete das Haus.

»Mom?«

Schritte ertönen. Oben an der Treppe taucht meine Mutter auf. »Wyn, Liebes, wo kommst du denn her?«

Zu behaupten, meine Mutter und ich seien verschieden, wäre der Gipfel der Untertreibung. Meine Mutter ist achtundfünfzig Jahre alt und von zierlicher Statur, eine feine, zarte Schönheit, die ohne Weiteres für achtundvierzig durchgehen könnte. Ich hingegen schlage der Familie meines Vaters nach, einer Familie von großen, kräftigen Farmern. Wenn meine Mutter und ich irgendwo hingehen, habe ich stets das Gefühl, eine von uns müsste an der Leine geführt werden.

Trotz unserer Unterschiedlichkeit erkennt meine Mutter gewöhnlich auf einen Blick, ob mit mir etwas nicht stimmt. Diesmal legt sie jedoch eine außergewöhnliche Zurückhaltung an den Tag und hört mir zu, ohne mich zu unterbrechen und kundzutun, *sie* hätte ja gleich gesagt, ich dürfe nicht nach Seattle fahren. Als ich mich dem Ende meiner Geschichte nähere, habe ich mich in einen Zustand hemmungsloser Hysterie hineingesteigert.

Kurz darauf sitzt meine Mutter stumm auf der Kante ihres Nähsessels und hat die Hände im Schoß gefaltet, während ich vor dem Telefontischchen auf und ab tigere und dem Tuten von Davids Büroanschluss lausche.

»Vorzimmer David Franklin, Andrea Wells am Apparat.«

Andrea ist Davids überqualifizierte Assistentin. Ich versuche, meine Stimme ruhig und normal klingen zu lassen.

»Hallo, Andrea. Wyn hier. Ist David da?«

»Hi, Wyn. Er ist da, aber er steckt mit Hank und Grady in einem wichtigen Meeting. Kann ich etwas ausrichten?«

»Ich *muss* ihn sprechen. Es handelt sich um einen Notfall.«

Andrea zögert. »Er hat gesagt, er wolle unter gar keinen Umständen …«

»Kann ich mir vorstellen. Sag ihm trotzdem, er möge seinen Hintern zum Telefon bewegen und zwar ein bisschen plötzlich.«

Andreas Stimme schaltet auf neutral. »Einen kleinen Augenblick, bitte.«

Es dauert indes weniger als einen kleinen Augenblick, bis Davids Stimme ertönt. »David Franklin am Apparat.« Als ob er keinen blassen Schimmer hätte!

»David, was zum Teufel fällt dir eigentlich ein?«

»Wyn, meine Güte, ich bin mitten in einem Meeting mit Hank und ...«

»Von mir aus kannst du mit Hank nackt unter der Dusche stehen! Erklär mir erst einmal, wie du auf diese wahnsinnige Idee kommst, mich aus meinem eigenen Haus auszusperren?«

»Nun, erstens handelt es sich nicht um *dein* Haus.« Davids Stimme ist eisig. »Zweitens hast du mich verlassen, sodass ich durchaus das Recht ...«

»Verlassen?«, kreische ich los. »*Ich* habe *dich* verlassen?«

»Du bist ausgezogen. Du hast meinen Anruf nicht beantwortet.«

»Ich habe meine beste Freundin besucht. Ich war gerade einmal zehn Tage lang fort.«

»Ich habe nicht mit deiner Rückkehr gerechnet.« Seine Stimme klingt so emotionslos wie die eines Roboters.

»Du wusstest ganz genau, dass ich zurückkomme. Das war von Anfang an nicht anders geplant. Außerdem habe ich gestern Abend angerufen und eine Nachricht auf unserem Anrufbeantworter hinterlassen.«

»Davon weiß ich nichts.«

»Unsinn. Was du getan hast, verstößt gegen das Gesetz.«

»O nein, das tut es keineswegs. Du hast deine Sachen und das Haus gehört mir.«

»In Kalifornien gilt der Besitz eines Ehepaares immer noch als Gütergemeinschaft, falls du das vergessen hast.«

»Ich habe das Haus *vor* unserer Ehe gekauft, falls du *das* vergessen hast.«

Tränen der Wut steigen in mir hoch. Ich habe Mühe zu

sprechen. »Du hast das Haus für *uns* gekauft. Jedenfalls hast du das damals behauptet.«

»Richtig. Und weiter?« Davids Ungeduld ist nicht zu überhören. »Du wurdest nie als Miteigentümerin eingetragen, weshalb das Haus nach dem Gesetz meins ist. Hör zu, ich bin gerade mit etwas sehr Wichtigem beschäftigt. Wir müssen uns ein andermal weiter unterhalten.« Klick.

Der Hörer liegt schwer in meiner Hand. Ich starre auf den kleinen Telefontisch. Mahagoni, fährt es mir durch den Kopf. Weiße Marmorplatte. Auf dem Tisch liegt ein Notizblock, oben links sind Stiefmütterchen aufgedruckt. In einer schmalen Kristallvase, die meiner Oma gehörte, stehen drei rosafarbene Nelken aus dem Garten meiner Mutter. Ihr Pfeffergeruch ist das Einzige, was mich mit der Wirklichkeit verbindet.

Das laute Tututut, das aus dem Hörer dringt, wird mir bewusst. Ich lege den Hörer auf und begegne dem durchdringenden Blick meiner Mutter. Ich mag die Art nicht, in der sie sich auf die Unterlippe beißt, doch ich selbst muss noch eigentümlicher aussehen, denn meine Mutter ist die Erste, die fortschaut.

»Schätzchen«, sagt sie. »Wenn du wüsstest, wie Leid mir das tut.«

Fünf

Erst nach dem Abendessen erreiche ich CMs Freundin Jill Trimble und erhalte die Telefonnummer ihrer Anwältin Elizabeth Gooden.

Als ich Elizabeth am Mittwochmorgen anrufe, stellt ihre Sekretärin mich sogleich zu ihr durch.

»Oh, hallo. Jill hat Ihren Anruf bereits angekündigt. Am besten, Sie erzählen mir einfach, was bisher vorgefallen ist.«

Elizabeths Stimme klingt nüchtern und knapp. Ihre Aussprache ist gepflegt, jedoch ein wenig abgehackt, woraus ich schließe, dass sie aus New England stammt und dort eine gute Schule besucht hat.

Ich schildere Elizabeth in groben Zügen die Lage, wobei mir deutlich wird, wie sehr sich das Ganze nach Seifenoper anhört.

»Ob das Haus ausschließlich auf den Namen Ihres Mannes eingetragen ist, wird sich feststellen lassen«, sagt Elizabeth. »Wenn das so ist, befände sich Ihr Mann im Recht. Dann könnten Sie vorläufig nicht dorthin zurück. Ich kann jedoch eine Verfügung erwirken, die es Ihnen gestattet, Ihr Eigentum zu entfernen. Ihr Mann muss überdies mit ein paar Zahlen aufwarten, um Ihren Unterhalt zu bestreiten.«

»Mein Eigentum ist bereits entfernt worden.«

»Besitzen Sie auch Dokumente, die den Stand Ihrer Konten, Ihrer Investitionen und Ihres Immobilienvermögens nachweisen?«

»Woher soll ich dergleichen denn haben? Ich war doch lediglich zu Besuch bei meiner Freundin.« Die Worte kommen widerlich quengelig heraus, wie das Gejammer eines reichen, verzogenen Görs. Elizabeth scheint es indes nicht zu bemerken.

»Nun, wie es aussieht, bevorzugt Ihr Mann die harte Tour. Sollte lediglich er Zugang zu Ihren Unterlagen haben, könnte es schwierig werden, den Umfang Ihrer Vermögensmasse zu bestimmen.«

Vermögensmasse? Ist jemand gestorben?

»... einmal in Ruhe hinsetzen und eine Liste dessen zusammenstellen, was Ihnen gemeinsam gehört.«

»Oh, mein Gott. Das ist doch völlig verrückt.« Ich sage das fast unhörbar vor mich hin.

»Mrs. Franklin, bei einer Eheschließung dreht sich alles um Liebe, bei einer Ehescheidung dreht es sich nur ums Geld. Wir wissen nicht, ob Ihr Mann – David, nicht wahr? – bereits dabei ist, die Scheidungsunterlagen einzureichen, doch ich rate Ihnen dringend, sich Ihrerseits mit dem Gedanken vertraut zu machen, ihn zu verklagen. Sofern Ihr Mann den ersten Schritt schon unternommen hat, muss Ihre Erwiderung ohnehin binnen dreißig Tagen erfolgen, und je mehr Zeit wir für die Vorbereitung haben, umso besser schneiden Sie hinterher ab.«

»Ich weiß – es ist nur alles so fremd. Ich bin noch ganz benommen.«

»Das ist nur verständlich. Darauf verlässt er sich vermutlich.«

»Ich kann mir nicht vorstellen, dass er – ach, ich weiß nicht, wahrscheinlich hören Sie diesen Ausspruch jeden Tag.«

»Leider ja.«

Ich seufze. »Wie hoch ist Ihr Honorar?«

»Einhundertfünfundsiebzig Dollar pro Stunde. Ich werde Ihnen ein Exemplar meiner Honorarordnung zukommen lassen, dem können Sie die einzelnen Positionen entnehmen. In der Regel verlange ich eine Vorauszahlung von zwölf- bis fünfzehnhundert Dollar, doch falls es bei Ihnen im Moment eng sein sollte, können wir uns auch auf fünfhundert Dollar einigen. Ich versuche übrigens, mein Honorar im größtmöglichen Umfang von der Gegenseite einzufordern. Dieses Gespräch stelle ich Ihnen selbstverständlich nicht in Rechnung.«

Ich weiß, dass ich ihr dankbar sein sollte. Ich kaue auf der Innenseite meiner Wange herum. Was ist, wenn ich Elizabeth engagiere und David zur Vernunft kommt? Vielleicht hat er Schwierigkeiten im Büro und hat darunter gelitten. Vielleicht hat er einen wichtigen Kunden verloren. Oder er war Intrigen ausgesetzt – Grady Pollhurst zum Beispiel war seit je auf Davids Erfolg neidisch und Andrea sprach ja auch von einem wichtigen Meeting. David muss unter wahnsinnigem Druck stehen. Womöglich treibt er einem Nervenzusammenbruch entgegen. Männer können mit Stress weitaus schlechter umgehen, als man gemeinhin annimmt. Und dann rufe ich ihn an und kreische los – kein Wunder, dass er aufgebracht war …

»Mrs. Franklin?«

»Ich bin noch da, tut mir Leid. – Elizabeth, hören Sie, ich weiß es sehr zu schätzen, dass Sie mir Ihre Zeit geopfert haben. Im Moment kann ich einfach nicht – ich muss erst noch einmal nachdenken. Entschuldigen Sie.«

»Kein Problem. Ich prüfe das Grundbuchregister und melde mich morgen. Lassen Sie sich bis dahin das, was ich gesagt habe, sorgfältig durch den Kopf gehen. Zeit bedeutet in einem solchen Fall alles. Oh, und außerdem sollten

Sie jeglichen Kontakt zu Ihrem Mann meiden. Sie müssen sich daran gewöhnen, ihn als gegnerische Prozesspartei zu betrachten.«

Meine Mutter Johanna Kohlmeyer Morrison ist die Tochter deutschstämmiger Eltern und wurde in San Francisco geboren. Diese beiden Umstände bewirken bekanntlich ein frei vagabundierendes Überlegenheitsgefühl und eine fest verankerte Sicherheit in Fragen des Geschmacks. Demzufolge bestärkten die etwa dreißig Jahre, die meine Mutter in L. A. gelebt hat, sie auch lediglich in ihrer Überzeugung, nicht *sie* sei overdressed, sondern alle anderen seien hoffnungslos schlampig.

Nach dem Tod meines Vaters nahm meine Mutter eine Stelle als Schulsekretärin in der Hubble Middle School an, die eine Viertelstunde von uns entfernt liegt. In den darauf folgenden fünfzehn Arbeitsjahren verließ sie das Haus am Morgen stets in der Aufmachung einer Unternehmensberaterin, also entweder im klassischen Kostüm oder im Komplet aus Kleid und passender Jacke. Eltern, Mitglieder des Schulausschusses oder auch Fremde, die in ihrem Büro auftauchten, hielten meine Mutter zumeist für die Schulleiterin Elsie Howe, die ihrerseits im Jogginganzug zur Arbeit erschien.

Als ich am Donnerstagmorgen die Treppe hinuntergehe, wundert es mich daher nicht, meine Mutter in ihrem schwarzen Leinenkostüm mit der imitierten Chaneljacke zu sehen, unter der sie eine weiße Rüschenbluse und eine Perlenkette trägt. Sie nimmt einen Teller aus dem Backofen, auf dem ein Käseomelett und daneben wahr und wahrhaftig zwei Streifen Schinkenspeck liegen, etwas, das ich schon seit fünf Jahren nicht mehr anrühre. Zudem entdecke ich zwei Scheiben Zimttoast.

»Liebe Güte, Mom, das ist furchtbar lieb, aber so viel esse ich morgens nie. Willst du, dass ich bis Freitag neunzig Kilo wiege? Ich möchte nur einen Joghurt und ein bisschen Obst. Allenfalls noch ein Schälchen Müsli. Und Kaffee.«

»Wyn! Du musst bei Kräften bleiben. Stress geht jedem an die Substanz und du kannst es dir nicht leisten, jetzt auch noch krank zu werden. Setz dich hin und iss!« Sie deutet auf meinen Platz am Tisch, wo mein Gedeck auf mich wartet, daneben eine kleine Glasvase mit einer Rose, eine Serviette, die zu einem Schwan gefaltet worden ist, und die *Los Angeles Times*. »Ich habe um halb elf ein Vorstellungsgespräch. Du isst jetzt brav dein Frühstück und danach gönnst du dir einen schönen, geruhsamen Vormittag.«

»Was für ein Vorstellungsgespräch?« Meine Mutter ist vor nicht einmal einem Jahr in Rente gegangen.

»Nun, eben ein Vorstellungsgespräch. Ich halte das sonst nicht aus, Wyn. Was glaubst du, wie häufig man in der Woche ein kleines Haus putzen kann? Ich habe jedenfalls keine Lust, Doreen Whitackers Schicksal zu erleiden.« Sie verdreht die Augen.

»Welches Schicksal hat Doreen Whitacker denn erlitten?«

»Nun, ihre Welt ist vollkommen aus den Fugen geraten, seit ihre letzte Amtszeit als Präsidentin des Gartenklubs abgelaufen ist. Nun taucht sie ständig bei den Vorstandssitzungen auf und mischt sich ungefragt in Angelegenheiten ein, die sie nichts mehr angehen. Ich habe ihr hundertmal geraten, sie solle sich einen Job suchen, doch sie zieht es wohl vor, anderen Leuten auf die Nerven zu gehen.«

Ich rücke meinen Stuhl vom Tisch ab und lasse mich darauf nieder. »Interessant. Und für welchen Job bewirbst du dich?«

»Ich bewerbe mich um eine Stelle als Büroleiterin.«

»Aha. Und an welcher Schule?«

Meine Mutter lächelt geheimnisvoll. »An gar keiner

Schule, sondern in einem großen Architekturbüro in Santa Monica. Ein sehr erfolgreiches Büro übrigens und fabelhaft ausgestattet.«

»Woher weißt du das alles?«

»Ich war gestern auf einer ersten kleinen Erkundungstour. Ich habe die jungen Frauen gesehen, die dort herumschwirren, sich die Haare kämmen und ihre Fingernägel begutachten, während die Telefone Sturm klingeln und die Leute sich die Beine in den Bauch stehen. Sie brauchen jemanden, der Ordnung schafft.«

Ich beiße ein Stückchen des köstlichen Omeletts ab. »Die tun mir jetzt schon Leid. Denen wird Hören und Sehen vergehen.«

Eine halbe Stunde später ist meine Mutter aus der Tür. Der Inbegriff an Entschlossenheit und Organisationstalent. Warum vermag ich das Leben nicht so zu sehen, wie sie es tut – oder wie ich glaube, dass sie es tut? Warum ist es nicht auch für mich nur ein kniffliges Puzzlespiel, das man mit Logik und Ausdauer löst?

Ich verbringe den Morgen damit, ziellos durch das Haus zu streifen. Gelegentlich setze ich mich hin und blättere den Scheidungsratgeber durch, den meine Mutter mir aus der Bücherei mitgebracht hat, und dann nehme ich meine Wanderungen wieder auf. Ich weiß nicht, wann meine Mutter die Zeit gefunden hat, Pfefferminzplätzchen mit Schokoladenüberzug zu backen, doch die Plätzchen sind da und jedes Mal wenn ich die Küche durchquere, stopfe ich mir eins davon in den Mund. Ich werde bald sehr, sehr fett sein. Ich überlege, ob ich meinem Fitnessstudio einen Besuch abstatten soll, doch ich würde dort einer Menge Bekannten begegnen, mit denen ich nicht sprechen will.

Um die drohenden Fettpolster zu bekämpfen, ziehe ich meine Laufschuhe an und bin gerade dabei, das Haus zu verlassen, als das Telefon läutet.

»Wyn, hi. Ich bin es. Lisa.«

»Hi, Lisa. Bitte, entschuldige, dass ich dich wegen der Spendenaktion nicht …«

»Das macht doch nichts. Wie geht es dir?«

»Oh, gut. Ich …«

»Wie geht es deiner Mutter?«

»Ehm, auch gut, danke.«

Das darauf folgende Schweigen dauert eine halbe Sekunde zu lang. »Ich dachte – ich habe gestern bei euch angerufen, um zu hören, ob ihr Samstag zum Abendessen kommt – es ist ja schon Wochen her, seit wir uns das letzte Mal gesehen haben … David sagte mir, deine Mutter sei erkrankt und du müsstest im Moment bei ihr wohnen. Ich hoffe, es ist nichts Ernstes.«

Meine Gedanken überschlagen sich. »Oh, nein, sie … es geht ihr schon wieder besser, vielen Dank.«

»Na, prima.« Abermaliges Schweigen. »Wyn, ist bei dir alles in Ordnung?«

Lisas Mann Tom Hathaway gehört zu Davids größten Kunden und von all den Frauen, die ich während meiner Ehe kennen gelernt habe, kommt Lisa einer richtigen Freundin noch am nächsten. Ich bin dennoch nicht in der Lage, mich ihr anzuvertrauen. »Klar ist alles in Ordnung. Wieso fragst du?«

»Also, ich will ja nicht neugierig sein, aber als ich David auf Samstag ansprach …« Lisa zögert. »Na ja, er war offenbar ganz sicher, deiner Mutter ginge es so schlecht, dass du sie noch für längere Zeit nicht allein lassen kannst.«

»Nun, ich …«

»Na, zum Glück kann *er* sich wenigstens freimachen. Er bringt noch jemanden mit. Eine Account Managerin von JMP, die Tom kennen lernen soll.«

In meinem Magen reißen die Abgründe des Grand Canyons auf.

»Wyn?«

»Lisa, kann ich mich wieder bei dir melden? Meine Mutter ruft nach mir. Ich muss mich dringend um sie kümmern. Warum treffen wir uns in der nächsten Woche nicht einfach einmal zum Lunch?«

»Gern.« Lisa wartet. Sie ist vermutlich auf den Stoff für eine Tratschgeschichte aus. Vielleicht tue ich ihr aber auch Unrecht und bilde mir das nur ein. »Ruf mich an, Wyn. Ruf an, wenn du irgendetwas brauchst. Auch, wenn du einfach nur reden willst.«

Nachdem sie aufgelegt hat, wähle ich Davids Nummer.

»Hi«, begrüßt mich David. Seine Stimme klingt warm, beinahe zärtlich. »Es tut mir Leid, dass ich neulich so kurz angebunden war, Wyn. Ich wollte das Thema nicht vor Andreas und aller anderer Ohren ausbreiten.«

Dass ich aufgewühlt und durcheinander sein könnte, scheint ihm nicht in den Sinn zu kommen.

»David, sag mir endlich, was los ist. Warum hast du mich ausgesperrt?«

»Wyn, ich kann jetzt nicht frei reden. Ich bin in meinem Büro und ...«

»Warum schließt du nicht einfach die Tür? Ich hätte ganz gern ein paar Antworten.«

»Sieh mal, ich ... mag dich ... sehr.« Er wählt seine Worte mit Bedacht.

»Dann lass mich wieder nach Hause kommen.«

Tiefer Seufzer. »Ich halte das für keine gute Idee.«

»Keine gute Idee? Wir reden über unsere Ehe, David! Wenn dir noch etwas daran liegt ... wenn dir noch etwas an *mir* liegt, dann müssen wir uns unterhalten.«

»Wir brauchen für eine Weile ein wenig Abstand voneinander, Wyn«, unterbricht er mich geduldig. »Bis ich eine – bis ich klarer erkenne, was zu tun ist. Ich kann nicht mit dir im selben Haus leben, und da du nicht ausziehen wolltest, musste ich mir etwas einfallen lassen.« Der Ton seiner Stimme verdeutlicht mir, dass mich auszusperren eine notwendige und vernünftige Lösung war.

»Ich habe gerade mit Lisa telefoniert.«

David wartet. »Und?«

»Mit wem gehst du am Samstag dorthin?«

»Mit Kelley Hamlin.« Auch das kommt wie eine Selbstverständlichkeit aus seinem Mund.

»Oh, dann ist es jetzt also offiziell? Wir gehen miteinander?«

»Ich gehe nicht mit ihr. Ich möchte sie lediglich mit Tom bekannt machen …«

»Ach ja? Kann er allein keine Blondine auftreiben?«

»Hör auf! Du verhältst dich kindisch. Kelley übernimmt ihn als Kunden. Ich bin im Begriff, einige meiner Kunden auf die Account Manager zu verteilen, sodass ich mich auf das reine Marketing konzentrieren kann.« Seine Stimme wird vertraulich. »Ich will es ein wenig ruhiger angehen lassen, Wyn. So, wie ich es bereits andeutete. Ich hätte eigentlich gedacht, das freut dich.«

»Ich habe mich mit einer Anwältin in Verbindung gesetzt.« Undankbar wie ich bin.

»Oh, Wyn.« David ist verwundert und verletzt. »Willst du dich von mir scheiden lassen?«

Nun ist das Wort gefallen. Wie leicht es ihm über die Lippen geht, wohingegen ich es noch immer nicht aussprechen kann. Jedes Mal, wenn ich es versuche, ist meine Kehle wie zugeschnürt.

Ein schmerzerfüllter Seufzer. »Natürlich kann ich nicht erwarten, dass du dich ewig in Geduld übst. Das wäre ungerecht. Wenn du das Gefühl hast, du solltest einen klaren Schlussstrich ziehen, verstehe ich das.«

Nanu? Wieso ist das mit einem Mal etwas, das von mir ausgeht?

»David, wir müssen dringend miteinander reden. Wir müssen uns zusammensetzen und …«

»Natürlich. Warum treffen wir uns nicht einmal abends und gehen zusammen etwas trinken? Wenn dir das recht ist …«

»An welchem Abend?«

»Ich muss abwarten, wie sich mein Terminkalender entwickelt. Ich rufe dich wieder an.«

»Wann?«

»Bald. In den nächsten Tagen. Das ist ein Versprechen. Okay?«

»Ich glaube nicht, dass …«

»Hör zu, da kommt ein Anruf auf der anderen Leitung. Ich melde mich so bald wie möglich.«

Noch ehe meine Mutter einen Pieps von sich gibt, weiß ich, dass sie die Stelle hat. Sie macht einen stillen, selbstzufriedenen Eindruck. Andere wären vor Glück aus dem Häuschen, nicht so jedoch meine Mutter. *Eine Dame hält sich zurück, Wyn. Du musst dir stets etwas Geheimnisvolles bewahren, die Dinge langsam auf dich zukommen lassen.* So oder ähnlich lauteten früher ihre Lieblingsparolen, wenn ich gerade wieder einmal dabei war, wegen irgendetwas außer Rand und Band zu geraten.

»Offenbar sind Gratulationen angebracht. Wie heißt der glückliche Arbeitgeber?«

»Prentiss Culver, Büro für Architektur und Design. Montag in einer Woche fange ich an.«

Meine Mutter zieht ihre Jacke aus und hängt sie in den Garderobenschrank, anstatt sie auf einen Stuhl zu werfen, so wie ich es getan hätte. Sie ergreift den Poststapel, der auf dem Flurtisch liegt, blättert ihn durch und sortiert ihn in Unterstapel aus Katalogen, Rechnungen und Müll.

»Wir lassen uns etwas vom Chinesen zum Abendessen

kommen – was hältst du davon? Dann feiern wir deinen neuen Job. Vielleicht hast du ja auch noch eine Flasche Champagner in der Speisekammer versteckt.«

Meine Mutter blickt von den Rechnungen auf. Ihre Brauen ziehen sich zusammen. »Oh, Schätzchen, das würde ich furchtbar gern tun, aber ich muss heute Abend bei einem Dinner im Gartenklub erscheinen. Es ist leider zu spät, um den Termin abzusagen, sonst hätte ich ...«

»Macht nichts. Dann eben morgen Abend.«

Meine Mutter zieht eine kleine Grimasse. »Morgen Abend habe ich eine Verabredung.«

»Du hast eine Verabredung?«

»Ja.« Ihre Miene wird lebhaft. »Das heißt, eigentlich könnten wir zuvor alle zusammen einen kleinen Cocktail trinken. Ich glaube, Ed wird dir gefallen, und du gefällst ihm auf jeden Fall.«

»Mutter, ich kann doch nicht mit dir zu einem Date gehen! Das wäre nun wirklich verrückt.«

»Ein Cocktail vor dem Essen bedeutet doch nicht, mit mir zu einem Date zu gehen.«

»Wer ist überhaupt Ed?«

»Ed ist Detective.«

»Etwa ein Privatdetektiv?«

Sie lacht fröhlich. »Sei doch nicht albern. Er ist Detective bei der Polizei. Hier in Encino.«

»Wie um alles in der Welt bist du denn an einen Bullen geraten?«

»Er hat uns im vergangenen Jahr geholfen, das Wach- und Schutz-Programm für unsere Gegend aufzustellen. Er war äußerst nett und sehr ... gründlich.« Letzteres war zweifellos der ausschlaggebende Faktor gewesen.

Ich kneife die Augen zusammen. »Bist du sicher, dass er keinen Anhang hat?«

»Ja, natürlich. Ed ist Witwer.«

»Hast du die Leiche seiner Frau gesehen?«

Meine Mutter würdigt mich keiner Antwort, sondern schlägt einen Katalog auf.

Als meine Mutter von dem Dinner des Gartenklubs zurückkehrt, verfügt sie über die Namen zweier Therapeuten und eines Anwaltes.

»Wart ihr es irgendwann leid, über Winterpflanzen zu reden, und habt euch stattdessen meinem Leben zugewandt?«

»Wie kommst du denn darauf? Alle Frauen im Gartenklub haben Kinder und die meisten haben dasselbe wie du schon mindestens einmal hinter sich gebracht. Übrigens kommen Georgia und Tim Graebel am Montagabend zum Essen. Wirst du zu Hause sein?«

»Vielleicht gehe ich ins Kino.«

»Es würde dir aber gut tun, dich unter Menschen zu begeben. Die Graebels wissen, was vorgefallen ist. Sie werden kaum erwarten, dass du lebhaft und witzig bist.«

»Woher wissen die Graebels, was vorgefallen ist, wenn ich es selbst kaum weiß?«

»Von mir. Ich habe es Georgia erzählt.«

Das Telefon läutet und ich stürze mich auf den Hörer.

»Wynter, ich bin es, Elizabeth Gooden. Ich hoffe, ich störe so spät nicht, aber ich war den ganzen Tag über bei Gericht. Ihr Haus in Woodrow ist tatsächlich nur auf Ihren Mann David Franklin eingetragen.«

»Oh.« Das ist alles, was ich zustande bringe.

»Ist es Ihnen gelungen, Ihr gemeinsames Eigentum aufzulisten?«

»Ehm ... nein. Noch nicht.«

»Nun, dann können wir im Moment weiter nichts unternehmen. Ich hoffe, Sie denken über das nach, was ich Ihnen gestern erklärt habe. Rufen Sie mich an, wenn Sie so weit sind.«

Ich lege den Hörer auf die Gabel. Meine Mutter beobachtet mich und wartet darauf, dass ich ihr etwas erzähle, doch ich steuere auf die Treppe zu. »Ich werde mich einen Augenblick hinlegen.«

In meinem Zimmer öffne ich das Fenster einen Spaltbreit und lege mich auf mein Bett. Wie von allein taste ich nach der Fernbedienung und stelle den Fernseher an. Ohne Ton. Es läuft ein alter Schwarzweißfilm. *Liebe am Nachmittag*, mit Audrey Hepburn und Gary Cooper. Sie tummeln sich in Paris. Ich habe den Film schon so häufig gesehen, dass ich ihn auswendig kenne. Am besten gefällt mir der Schluss, wenn er abreist und sie neben dem Zug hergeht und ihm vorflunkert, wie viele Liebhaber sie sich nehmen wird, sobald er fort ist. Der Zug rollt schneller und sie redet hastiger und dann läuft sie am Zug entlang, bis Gary mit einem Mal begreift, dass er ohne sie nicht leben kann, den Arm ausstreckt und sie vom Bahnsteig zu sich in den Zug reißt. Ein langer Kuss und das Bild erlischt.

Eines Tages wird Audrey Hepburn leider in ihre atemberaubende Wohnung irgendwo in New York zurückkehren und feststellen, dass die Schlösser ausgetauscht wurden und ihre Kleider vor der Tür liegen. Ich drücke auf die Fernbedienung. Nach einem kurzen elektronischen Plopp ist der Bildschirm leer.

Als Detective Ed Talley am Freitagabend erscheint, um Mutter abzuholen, spielt sie gerade Klavier. Ein Prélude von Bach, das sie im Schlaf spielen kann. Ich bin oben im Bad und lasse das Wasser aus voll aufgedrehten Hähnen in die Wanne rauschen. Sobald ich höre, dass sich unten die Haustür schließt, hechte ich über den Flur und spähe zwischen den Jalousien meines Fensters hindurch nach draußen.

Ed sieht aus wie einer jener Charaktere in Kriminalromanen, die als »vierschrötig« bezeichnet werden. Sein blauer Blazer spannt über seinem breiten Rücken und selbst von hier oben erkenne ich, dass er keinen Hals hat. Seine schwarze Haarfarbe stammt eindeutig aus der Packung. Das Haar selbst ist in einer Tolle um die kahle, rosa schimmernde Stelle oben auf seinem Kopf drapiert worden. Mit Besitzerstolz ergreift er den Arm meiner Mutter und öffnet ihr die Tür seines goldfarbenen Camaros. Nachdem er sie wieder geschlossen hat, blickt er geradewegs zu meinem Fenster hoch. Er kann mich unmöglich sehen, doch mich beschleicht der unangenehme Verdacht, dass er von meiner Anwesenheit weiß. Die Gläser seiner verchromten Pilotenbrille funkeln im Schein der Gaslaterne.

Oh, Mutter! Wie konntest du nur?

Am Montag erwache ich um vier Uhr in der Früh und starre in die Dunkelheit. Ich höre jedes Knacken und Knarren in dem stillen Haus, jeden Seufzer des Windes, jeden bellenden Hund. Am Wochenende habe ich herumgesessen, habe so getan, als würde ich lesen und versucht fernzusehen, während ich auf Davids Anruf wartete. Am Sonntagabend überredete meine Mutter mich, mir ihr im *El Torito* Grill essen zu gehen, doch selbst da war ich zu nichts zu gebrauchen. Als wir wieder zu Hause waren, rannte ich sogleich zum Anrufbeantworter. Fehlanzeige.

Er hat nicht angerufen und er wird nicht anrufen. Ich fühle das im Magen, der Stelle, der meine emotionalen Überzeugungen schon seit jeher entspringen. Bei anderen Menschen sitzt diese Stelle im Herzen, doch bei mir nicht. Wenn ich glücklich bin, ist mein Magen voller Schmetterlinge. Wenn ich unruhig werde, ist er voller ... na, das erwähne ich lieber gar nicht erst, jedenfalls nicht in besserer Gesellschaft. Ich sage nur so viel: Wenn ich mich aufrege, kann ich mich ebenso leicht übergeben, wie ich in Tränen ausbrechen kann. Und wenn ich unglücklich bin, wie zurzeit, kommt es mir vor, als seien meine Eingeweide mit Blei ausgekleidet worden.

Ich vergrabe mich wie ein Maulwurf unter meiner Decke und will einfach nur alles vergessen, doch nach einer Weile wird es mir zu warm. Ich strampele die Decke von mir, knipse das Licht an und hangele mich halb aus dem Bett, um an meine Bücherkiste zu gelangen. Meine Hand ertastet ein zerfleddertes Taschenbuch. *Das Tassajara-Brotbuch* von Edward Espe Brown. Ich stopfe mir mein Kissen in den Nacken und kippe den Lampenschirm so, dass das Licht direkt auf die Seiten fällt.

Das Buch ist eine Rarität. Es wurde 1970 von Shambhala Publications herausgegeben. Die Seiten sind übersät mit angetrockneten Teigspritzern, Fettflecken und schmierigen Fingerabdrücken. Eine Ecke der Rückseite ist verkohlt, seit ich das Buch in CMs und meiner Wohnung einmal zu dicht am Gasofen ablegte. Ich überfliege das Inhaltsverzeichnis und die ersten Seiten der Kapitel. Ich mag die Art, in der die Rezepte zusammengestellt worden sind. Zu Anfang steht immer das Grundrezept und darauf folgt eine Liste mit Variationsmöglichkeiten – wobei sowohl das eine als auch das andere von des Autors Zen-philosophischen Gedanken durchdrungen ist.

Brot entsteht von allein, sofern es deine Liebe, deine Hilfe und die Fantasie erfährt, die durch dich hindurchströmt. Mit dem Teig in Händen verwandelst du dich in eine Brot schaffende Kraft …

Ich lese Brotrezepte, bis der Himmel die Farbe von Quecksilber annimmt.

Um Viertel nach sechs ist der Ventura Freeway bereits verstopft. Vielleicht gibt es irgendwo einen Katastrophenalarm oder die Busse und Bahnen sind ausgefallen. Ich hätte mir im Radio die Nachrichten anhören sollen. Ich beschließe, den Freeway zu verlassen, nehme die Sepulveda in Richtung Süden zum Ventura Boulevard und folge den Zickzackkurven über die Santa Monica Mountains im Laurel Canyon. Nicht dass es dadurch schneller ginge, doch die Landschaft ist wenigstens grün und die Luft ist kühl und frisch und vom Duft der Eukalyptusbäume gewürzt. Auf der Santa Monica biege ich nach Osten ab, bis zur Highland und danach fahre ich in Richtung Süden bis zum Hancock Park. Ich stelle meinen Wagen am Straßenrand ab, nicht weit von dem modernen weißen Wohnhaus entfernt, in dem ich bis vor kurzem noch lebte. In der Einfahrt steht der goldfarbene Lexus, was mich, ehrlich gesagt, nicht wundert.

Um zwanzig nach sieben öffnet sich die Eingangstür. Kelley tritt heraus und wirft einen Blick auf ihre Armbanduhr. Sie trägt ein rotes Kostüm mit Minirock und sieht umwerfend aus. Mein Ehemann folgt ihr auf den Fersen. Auch er wirft einen Blick auf seine Armbanduhr. Es sieht aus, als würden sie sich letztmalig für einen geheimen Einsatzplan abstimmen. Während ich hinter dem Steuer sitze und die beiden anstiere, küsst David Kelley – nicht leidenschaftlich und erregt, sondern so, wie Ehepaare sich küssen, mit zärtlicher Zerstreutheit, was alles nur noch schlimmer macht. Davids Blicke folgen Kelley, die jetzt zu ihrem Wagen schreitet. Dabei entdeckt er meinen kleinen roten Mazda.

Ich muss zugeben, er ist echt cool. Er lächelt und winkt Kelley nett nach und erst nachdem sie außer Sichtweite ist, begibt er sich zu mir, gefasst und entschlossen, doch leider ohne Lächeln. Ich schwöre mir, dass die Tränen, die unter meinen Lidern brennen, das Licht des Tages nicht erblicken werden. David verlässt den Gehsteig und umrundet meinen Wagen, um auf meine Seite zu gelangen. Er trägt seinen anthrazitfarbenen Jhane-Barnes-Anzug, eine grau und goldfarben gemusterte Krawatte, mit versprenkelten smaragdgrünen Karos und eine Spur roten Lippenstifts am Mundwinkel.

Als David sich zu meinem Fenster herunterbeugt, blicke ich ihn an.

»Du Ärmster«, sage ich. »So früh schon ein Arbeitstreffen?«

David mustert mich streng. Das Bild meines Vaters zuckt vor mir auf, wenn er kurz davor stand, mich auszuschelten.

»Wozu soll das gut sein, Wyn?«

Allmächtiger! Wenn ich nicht gerade miterlebt hätte, wie er seine Geliebte küsst, würde ich jetzt in schallendes Gelächter ausbrechen. So jedoch spüre ich, dass, wenn ich mich nicht fest am Riemen reiße, jeder Gefühlsausbruch zu einem Schreikrampf werden wird. Ich stöbere in meiner Handtasche herum, bis ich ein Papiertaschentuch finde, das ich David reiche.

»Wisch dir lieber den Lippenstift ab. Die Farbe steht dir nicht.«

David seufzt hörbar und reibt sich über die Lippen. »Es ist nicht so, wie du denkst.«

Ich blicke geradeaus, doch mit einem Mal verändert sich das Bild vor mir. Es verwandelt sich in ein Gemälde von El Greco und die sanft gebogene Straße, die tiefhängenden Zweige der Pfefferbäume, die akkuraten Rasenflächen und die üppigen Blumenbeete wellen sich mir entgegen. Der laute Verkehrslärm auf der Highland ist bis auf ein gedämpftes Summen versickert.

»Wyn«, sagt David. »Lass uns irgendwo eine Tasse …«

Da ich anfahre, bekomme ich den Rest des Satzes nicht mehr mit.

Die Rückfahrt nach Encino bringe ich im Dämmerzustand hinter mich. Falls ich illegale Kehrtwendungen gemacht oder rote Ampeln überfahren habe, ist es niemandem aufgefallen. Zu Hause finde ich eine Nachricht meiner Mutter vor, die besagt, dass sie Besorgungen macht, etwas zum Abendessen einkauft und dass in der Thermoskanne Kaffee ist. Ich schenke mir eine Tasse Kaffee ein und lasse mich in der Küche an dem Eichentisch nieder, an dem ich einmal meine Hausaufgaben machte, Kürbisse schnitzte und Weihnachtsplätzchen verzierte. Meiner Mutter abgegriffenes Exemplar von *Französische Küche – leicht gemacht* liegt auf Seite 263 aufgeschlagen auf dem Tisch. *Coq au vin*. Ich starre auf die Seite. Dort steht, in Frankreich würden zu diesem Gericht gewöhnlich Petersilienkartoffeln gereicht. Das bedeutet, dass auch wir Petersilienkartoffeln essen werden, denn in der Küche meiner Mutter sind Rezeptvorschläge Gesetz. Ich trinke meinen Kaffee und blättere das Buch durch, wobei meine Blicke wahllos über die Gerichte schweifen – Hähnchen, Fisch, Muscheln, Vorspeisen, Soufflés, Omelettes, Brühen, Soßen. Mein Hirn befindet sich im Leerlauf – bis mit einem Mal die Erinnerung einsetzt.

Als mein Flugzeug in Paris landete, wusste ich nicht mehr, wo meine Aufregung endete und meine Panik begann. Für jemanden, der in seinem Leben noch nichts Exotischeres gesehen hatte als Rosarito Beach, hätte Frankreich ebenso gut der Mars sein können. In der Highschool hatte ich vier Jahre lang Französisch gelernt und danach noch einmal zwei Jahre lang an der UCLA, doch als die Räder der Air-France-Maschine auf dem Rollfeld des Charles-de-Gaulle-Flughafens aufsetzten, war alles wie weggeblasen.

Am Schalter der Passkontrolle studierte ein Beamter endlos lange Zeit meinen funkelnagelneuen amerikanischen

Pass, ehe er ihn abstempelte und mir zurückreichte. Wir schrieben damals das Jahr 1976. Der Vietnamkrieg war zwar bereits unter »Albtraum der Vergangenheit« abgehakt worden, doch Beliebtheitswettbewerbe hätten die Amerikaner in Europa deshalb noch lange nicht gewinnen können. Da es sich bei mir eindeutig um eine Studentin handelte, beschloss der Beamte am Zoll, meinen Koffer komplett auf den Kopf zu stellen, um sicher zu gehen, dass ich kein Kilo Haschisch in das Futter eingenäht hatte. Nachdem er jedes Wäschestück einzeln untersucht hatte, war ich den Tränen nahe.

Als ich schließlich über das Laufband dem Tageslicht entgegenzuckelte, erblickte ich als Erstes ein Mädchen, das ein Schild mit meinem Namen vor sich hielt. Ich stellte mich vor und das Mädchen küsste mich auf beide Wangen. Es hieß Sylvie Guillaume und war nach Paris gekommen, um mich abzuholen und im Zug nach Toulouse zu begleiten. Die Guillaumes waren meine Gastfamilie. Arbeiten würde ich bei Sylvies Bruder Jean-Marc. Ich war dermaßen erleichtert, dass jedes andere Gefühl erlosch.

Sylvie Guillaume besuchte wie ich das College, doch sie sah anders aus als alle Menschen, die ich in L. A. kannte. Sie war klein und feingliedrig, hatte dunkle Augen und schwarzes Haar, das sich wie eine glänzende Kappe um ihren Schädel schmiegte, und sie verbreitete einfach eine natürliche Eleganz. Sie trug zwar Jeans und ein T-Shirt, doch um ihren Hals schlang sich ein langer, lavendelfarben und grün gemusterter Schal, dessen eines Ende über ihre Schulter nach hinten geworfen war. Ihr Lippenstift war feuerrot und ihr Gesicht wirkte einfach französisch, was, wie ich glaube, daran lag, dass die französischen Frauen ihre Lippen beim Sprechen schürzen, als erwarteten sie jeden Moment, geküsst zu werden.

Sobald wir im Zugabteil saßen, zog Sylvie ein schmales,

goldenes Zigarettenetui aus ihrer Handtasche hervor. Danach paffte sie mit solch großartigem Habitus drauflos, dass es mich zum ersten Mal nicht störte, jemandes Zigarette mitrauchen zu müssen. Während der dreistündigen Zugfahrt qualmte sie unablässig, trank Perrier und plauderte über Toulouse, ihre Familie und die Bäckerei. Das meiste von dem, was sie erzählte, kannte ich bereits auswendig aus den Unterlagen in meinem Informationspaket, die ich in den vorangegangenen zwei Monaten mindestens einmal täglich durchgelesen hatte. Sylvies Englisch war ausgezeichnet, mit einem ausgeprägten Akzent zwar, aber dennoch klar verständlich. Ich sagte mir, dass die Franzosen sich gewiss freuen würden, wenn ich mit meinem schwerfälligen amerikanischen Französisch wie eine Dampfwalze über ihre melodische Sprache rollen, die Vokale platt stampfen und links und rechts wichtige Konsonanten umnieten würde.

Obgleich es schon spät am Nachmittag war, als wir in Toulouse ankamen, bestand Sylvie darauf, mir, nachdem ich mein Zimmer im dritten Stock ihres Hauses besichtigt hatte, die Bäckerei zu zeigen – *La Boulangerie du Pont. Le pont* bedeutet die Brücke, doch in der Nähe der Bäckerei befand sich keine Brücke. Andererseits war die gesamte Stadt entlang der Ufer der Garonne gebaut, woraus ich schloss, der Name resultiere irgendwie aus diesem Umstand. Ich schoss ein Foto von der Bäckerei, von der Ecke der Rue Aquitaine aus, einer der schmalen, gewundenen Gassen, die von dem kreisrunden Park Place Président Wilson abführten. Die vielen Gebäude, die aus Stein und den berühmten rosafarbenen Ziegelsteinen von Toulouse errichtet worden waren, kamen mir überwältigend mittelalterlich vor. Als ich mit dieser Erkenntnis herausrückte, brach Sylvie in Gelächter aus.

»Toulouse ist noch viel älter«, sagte sie. »Die erste Siedlung entstand bereits vor Christi Geburt. Toulouse war die Hauptstadt der Westgoten.«

»Oh, ja richtig«, murmelte ich, so als ob mir das nur kurzfristig entfallen wäre. Anschließend überquerten wir die Straße und blickten durch die Schaufensterscheibe in die Bäckerei. Ich verliebte mich sofort – zuerst in Jean-Marc und danach in die *boulangerie*.

Jean-Marc war um einige Zentimeter kleiner als ich, doch er entsprach hundertprozentig meinen Vorstellungen eines französischen Bäckers, was hieß, dass er muskulös war und einen breiten, vorgewölbten Brustkorb besaß. Kleinere Automobile wären bei einem Zusammenstoß wahrscheinlich links und rechts von ihm abgeprallt. Im dämmrigen Licht des verklingenden Nachmittags wirkte sein Kopf wie eine Skizze, die Schwermütigkeit ausdrückte – dunkles Haar und Augen, die mit dicken schwarzen Kohlestrichen hingeworfen waren. Er befand sich mitten in einem Gespräch mit einem Kunden, wobei beide mindestens so viel mit den Händen wie mit dem Mund redeten.

Wir betraten das Geschäft und Sylvie führte mich herum, während wir darauf warteten, dass ihr Bruder seine Unterhaltung beendete.

Unterdessen strichen meine Finger über das Messingrelief der alten Registrierkasse, über die feine Maserung der Walnussvitrinen, die kühle Marmorplatte der Theke. Es war einfach wundervoll. Die kleinen, weißen, sechseckigen Bodenfliesen waren an der Türschwelle von Generationen Toulouser Füße abgetreten worden, die Vorderkanten der Schaukästen bestanden aus geschliffenem Kristall und die Preisschildchen waren in zierlicher Schreibschrift von Hand angefertigt. Hinter der Theke lagen auf einem schmiedeeisernen Gestell die restlichen Brote des Tages wie Kunstwerke angeordnet und auf den großen Wandgemälden ringsum waren Flüsse mit Brücken dargestellt.

Als der Kunde sich schließlich verabschiedet hatte, umarmte Jean-Marc Sylvie und schüttelte mir ernst die Hand. »Willkommen in Toulouse, Mademoiselle Morrison. Sie möchten gewiss viel lernen und hart arbeiten, *n'est-ce pas?*«

Als ich Jean-Marc Guillaume kennen lernte, war er über dreißig und vollkommen besessen, was Brot anbelangte. Er hatte die traditionelle Ausbildung eines französischen Bäckers – den schwierigen *Compagnon Boulanger du Devoir* – hinter sich. Mit fünfzehn hatte er damit begonnen. Sieben Jahre hatte er in verschiedenen Städten und Départements Frankreichs gelebt und in unterschiedlichsten Bäckereien die Brote der jeweiligen Gegenden herzustellen gelernt, angefangen von einer winzigen Backstube in einem entlegenen Dorf der Camargue, in der ein einsamer Bäcker an einem Holzofen aus Ziegelstein arbeitete, bis hin zu einer riesengroßen Pariser *boulangerie*, mit Knetmaschinen und Messgeräten, die von einer Vielzahl von Lehrlingen und Meistern bedient wurden. Während dieser Zeit musste er eine Woche im Monat die Berufsschule besuchen. Sylvie erklärte mit kaum verhohlenem Stolz, dass nur ein kleiner Prozentsatz derer, die die Ausbildung begannen, auch den Abschluss schafften. Zum Befremden seiner Mutter machte Jean-Marc seitdem leider keinerlei Anstalten zu heiraten, sondern bewies außer an Brot nur noch an der Rugbymannschaft von Toulouse ein Interesse.

Als ich in jener ersten Nacht meinen Kopf in das butterweiche, schmale Kopfkissen bettete, spukten durch meine Träume die Szenen eines französischen Films, den ich mit CM gesehen hatte. Er hieß *La Femme du Boulanger* – die Frau des Bäckers.

Meine Mutter kommt voll bepackt mit Einkaufstüten in die Küche gewankt. Ich bin gerade dabei, den Brotteig aus der Rührschüssel auf die bemehlte Arbeitsplatte zu kippen, woraufhin eine kleine Mehlwolke aufstiebt.

»Was um alles in der Welt tust du da?«

»Ich dachte, es wäre nett, wenn wir ein *pain ordinaire* zum Abendessen hätten.«

»O ja, das wäre prima«, nickt meine Mutter strahlend. »Heißt das, du bist mit von der Partie?«

»Bin ich.«

»Wo warst du heute früh? Im Fitnessklub?«

Ich seufze. »Leider nicht. Ich bin bei David vorbeigefahren, nachdem er nicht angerufen hat.«

Ein fast unmerkliches Stirnrunzeln zieht ihre perfekt gezupften Brauen zusammen. »Und?«

Ich weiche ihrem Blick aus. »Er war nicht da. Vermutlich war er schon auf dem Weg zur Arbeit.«

Um sieben Uhr bin ich gerade dabei, mich in dem großen Bodenspiegel im Badezimmer zu betrachten, als es an der Tür läutet. Immer wenn ich mich im Spiegel begutachte, konzentriere ich mich auf meine beiden herausstechenden Mängel.

Meine Länge – groß. Sehr groß, aber leider nicht so schlank und anmutig wie CM. Wenn CM und ich Bäume wären, wäre sie eine Weide und ich eine Eiche.

Meine Haare – problematisch. Warum konnte ich nicht das Haar meiner Mutter erben, das so schwarz und glänzend wie ein Malerpinsel ist? Oder das meines Vaters, das kräftig, blond und glatt wie das eines schwedischen Marinekapitäns war? Stattdessen wurde mir das Haar der Mutter und der Schwester meines Vaters zuteil, braun mit einem Stich ins Rötliche und dicken Kräusellocken, die sich jeder vernünftigen Frisur widersetzen.

Ich verreibe Make-up auf meiner Nase, greife nach der nächsten Tube und verteile mattierende Cremetupfer auf den Rändern unter meinen Augen.

Wie albern! Es ist völlig gleichgültig, ob ich gefasst und souverän oder wie ein nasser Lappen aussehe. Ich lege trotzdem noch ein wenig Puder und Rouge auf. Danach tippe ich die Spitze meines kleinen Fingers in einen Tiegel mit transparentem Gloss und fahre mir damit einmal über die Lippen. Anschließend fege ich meine Flaschen, Tuben, Pinsel und Töpfchen in die oberste Schublade der Frisierkommode und schließe sie mit einem Ruck.

Ich steige in eine schwarze Hose aus Kunstseide und ziehe ein rotes Strickhemd darüber an. Das Rot macht mich blass, aber vielleicht liegt das auch an der Badezimmerbeleuchtung. David sah mich am liebsten in klassisch geschneiderten Kombinationen mit klaren Linien. Ralph Lauren für die Freizeit, Ann Klein für den Tag und Armani für den Abend. Ich entsinne mich nicht mehr, in was ich mich am liebsten sah.

Meine Mutter und die Graebels sitzen im Fernsehzimmer. Sie haben über mich gesprochen, denn sie verstummen abrupt, als ich mich zu ihnen geselle. Georgia erhebt sich, um mir einen Kuss zu geben, und Tim reicht mir ein Glas Rotwein.

»Oh, Wyn, ich habe gerade festgestellt, wie gut es hier riecht«, bemerkt Georgia. Unter den Freundinnen meiner Mutter ist sie so ungefähr die Einzige, die ein wenig einem Hippie ähnelt. Sie ist dünn und trägt ihr langes Haar noch immer zu einem Zopf geflochten, der ihr über den Rücken hängt, wenngleich er mittlerweile reichlich grau meliert ist. Auch Make-up ist, bis auf den rosafarbenen Lippenstift, offenbar noch immer ein Fremdwort für sie und ihre bauschigen Röcke sind stets knöchellang. Abgesehen davon ist Georgia meist heiter und ein wenig von der Rolle, so als wäre sie fortwährend bekifft. »Deine Mom hat uns verraten, dass du Brot gebacken hast. Ich bin schon sehr gespannt. Ich *liebe* französisches Brot.«

Tim sagt: »Du wirst immer schöner, Wyn.«

Tim arbeitete früher als Firmenanwalt bei Andersen Development, derselben Firma, in der mein Vater Finanzdirektor war. Ich wuchs zusammen mit den beiden Kindern der Graebels auf und erinnere mich an Tim als einen Beamtentyp, der wahrscheinlich schon in der Schule eine Aktentasche trug. Irgendwann begann er sich jedoch nebenbei mit gewerblichen Immobilien zu befassen, zog sich im Alter von fünfundvierzig aus dem Berufsleben zurück, lernte segeln und nahm an Regatten teil. Inzwischen ist Tims Haar silbern gefärbt, er ist das ganze Jahr über gebräunt und kommt seitdem auch extrem gut bei Frauen an. Ich glaube, ich hätte Mitleid mit Georgia, wenn ich nicht dächte, dass ihr Letzteres noch gar nicht aufgefallen ist. Für sie ist Tim wahrscheinlich noch immer der nette, ein wenig trottelige Junge, in den sie sich vor Zeiten verliebt hat.

»Schön, euch zu sehen«, sage ich.

Nachdem meine Mutter in die Küche gegangen ist, um nach dem *coq au vin* zu sehen, wendet Georgia sich zu mir um. »Du glaubst nicht, wie Leid es uns getan hat, die Geschichte mit dir und David zu erfahren.«

Ich zwinge mich, gleichmäßig zu atmen. »Danke, Georgia. Mir hat es auch Leid getan, als ich davon erfuhr.«

»Ich hoffe, er wird sich anständig verhalten«, schaltet sich Tim ein.

Georgia blickt ihn tadelnd an. »Tim, also wirklich ...« Sie schiebt einige Zeitschriften beiseite und stellt ihr Weinglas auf dem Couchtisch ab.

»Wenn du einen Anwalt brauchst oder jemanden, der dich finanziell berät, musst du es nur sagen«, fährt Tim fort. »Ich kenne eine Menge guter Leute.«

»Ich komme schon klar, danke.«

»Hast du bereits Pläne?«, erkundigt sich Georgia.

»Noch nichts Konkretes.«

Tiefstes Schweigen breitet sich aus. Ich höre die beiden Cockerspaniel unserer Nachbarn kläffen.

»Wenn es etwas gibt, das wir tun können …«, beginnt Georgia erneut.

»Das ist sehr nett, vielen Dank. Ich vermute aber, da muss man einfach durch.«

Nach einer endlos scheinenden Zeit bittet meine Mutter uns schließlich ins Esszimmer.

Sie berichtet den Graebels von ihrem neuen Job, Georgia erzählt von ihrer Arbeit im Rahmen eines Alphabethisierungsprogramms und Tim schildert uns in humorvollen Worten, wie er seine neue Mannschaft für den Start der Trans-Pac-Regatta auf Vordermann bringt. Ich nicke und lächele viel. Wir essen *coq au vin* mit neuen Petersilienkartoffeln, gefolgt von Salat und Käse.

»Ach herrje, Jo«, kichert Georgia, »ich vergesse immer wieder, wie die Franzosen essen. Ich dachte schon, du hättest den Salat vergessen, dabei kommt er doch zum Schluss, nicht wahr?«

Ich halte den Blick auf meinen Teller gesenkt, doch meine Mutter lacht unbefangen und erwidert nichts.

Anschließend wandern wir mit dem restlichen Wein ins Fernsehzimmer zurück. Ich sorge für die Musik, während meine Mutter und die Graebels von alten Zeiten plaudern und Neuigkeiten über Bekannte austauschen. Dabei werden Tim und Georgia zwangsläufig nostalgisch und bringen die Rede auf meinen Vater.

»Was glaubst du, ob er bei Andersen geblieben wäre?«, fragt Georgia meine Mutter.

Meine Mutter lächelt wehmütig. »Ich weiß es nicht. Vermutlich nicht.«

»Ich wette, er hätte sich selbstständig gemacht. Was meinst du, Wynter?« Tim schaut mir tief in die Augen, was mich nervt.

Ich zucke die Achseln und wende meinen Blick ab. »Wie will man wissen, was jemand getan oder wie sich jemand entwickelt hätte …«

»Oh, bei Glenn war das klar. Glenn hätte sich niemals geändert. Ihn reizte das Risiko. Das Gefährlichste auf der Welt sei zu viel Sicherheit, das war seine Devise.« Tim lehnt sich in dem Ledersessel zurück, der meines Vaters Lieblingssessel war, und verschränkt die Hände hinter seinem Silberschopf. »Eins steht jedenfalls fest, Wyn. Auf dich wäre er sehr stolz gewesen.«

An diesem Punkt gehe ich in die Küche, um mich um Kaffee und Nachtisch zu kümmern.

Als ich dort stehe und zuschaue, wie der Kaffee durch den Filter tropft, tritt Tim herein und verkündet, er sei gekommen, um mir zu helfen. Er schiebt die Ärmel seines gelben Baumwollpullovers hoch.

Während ich die Milch in ein Kännchen gieße, nimmt Tim Tassen und Untertassen aus dem Schrank, stellt alles auf ein Tablett und trägt es ins Esszimmer hinüber. Ich schneide die *tarte tatin* an, mit der meine Mutter sich so sehr abgeplagt hat, und gebe auf jedes Stück einen Klecks Crème fraiche.

»Ich war schon immer ein guter Hausmann«, behauptet Tim, als er wieder zurück ist. »Weißt du noch?«

»Ich weiß noch, dass du immer den Schwarzen Peter gemacht hast«, erwidere ich.

Tim lacht laut und aufgekratzt. »Es will mir einfach nicht in den Sinn, dass du inzwischen eine erwachsene Frau geworden bist, Wynter«, gesteht er. »Ich sehe dich noch immer mit Jim und Terry bei uns durch den Garten tollen. Damals wart ihr richtige kleine Racker.«

»Tja, das kann passieren, wenn man nicht aufpasst. Plötzlich sind aus kleinen Rackern große Racker geworden.«

»Aber nicht alle werden so hübsch wie du.«

»Ehm … danke.« Ich mache einen Schritt in Richtung Esszimmer.

»Wynter.«

Ich werfe einen Blick zurück.

»Das ist jetzt eine schwere Zeit für dich und ich bin sicher, dass du dich manchmal einsam fühlen wirst. Wenn du jemals etwas brauchst – einen Freund, einen Rat oder was auch immer –, dann rufst du mich hoffentlich an.«

Nicht *uns*. *Mich*. Tim hält mir seine Visitenkarte entgegen. »Ich habe ein kleines Büro in Marina del Rey. Unter der Nummer kannst du mich meistens erreichen.«

Am liebsten würde ich seine Karte in Schnipsel reißen und ihm in den Rachen stopfen. »Vielen Dank, Tim, aber das ist nicht nötig. Meine Mutter hat ja eure Telefonnummer.«

Am Dienstagmorgen regt sich meine Mutter auf, weil ich nur einen überbackenen Toast esse. Wir sitzen in der Küche, in der die Sonnenstrahlen durch die Doppelfenster über der Spüle strömen. Draußen hat ein Chor aus Rasenmähern und Laubkehrmaschinen eingesetzt. Auf dem Tisch haben die rosafarbenen und gelben Zinnien, die in einer weißen Porzellanvase stehen, eine goldene Pollenspur hinterlassen.

»Du fängst dir doch hoffentlich nicht eine dieser Essstörungen ein, oder?«

»Mutter! Essstörungen fängt man sich nicht ein.«

»Du weißt, was ich meine. Es ist irgendetwas Psychologisches, das auftritt, wenn jemand aus dem Lot geraten ist.

Eine Art Kontrollverlust. Du fühlst dich im Moment gewiss hilflos und …«

»Ich fühle mich nicht hilflos, ich fühle mich fett. Ich würde eine Ewigkeit brauchen, bis ich magersüchtig wäre.«

Meine Mutter streicht mir eine Haarsträhne aus dem Gesicht. »Hör auf, die Stirn zu runzeln, Wynter, das gibt nur Falten. Außerdem bist du nicht fett. Du siehst wunderbar aus. Hast du nicht gehört, dass Tim davon geschwärmt hat, wie hübsch du bist?«

Ich lege meine Gabel ab. »Tim Graebel ist ein Schwein.«

»Wynter! Was soll denn das nun wieder heißen?«

»Er hat sich in der Küche an mich herangepirscht, während sein ahnungsloses Frauchen bei dir auf dem Sofa saß.«

Meine Mutter lacht.

»Es stimmt!«, beharre ich. »Du hättest ihn hören sollen, wie er mich vollgelabert und behauptet hat, er wisse, dass ich einsam sei, welch eine schwere Zeit das jetzt für mich sei und dass ich anrufen soll, wenn ich einen Freund brauche.«

Meine Mutter fängt erneut an zu lachen. »Natürlich, *deshalb* wollte er dir in der Küche helfen! Es ist immer die alte Tour und der Witz ist, dass jeder von ihnen glaubt, er hätte sie erfunden.«

Ich starre sie an. »Soll das bedeuten, du weißt es – du wusstest es?«

»Wyn, ich lebe schon seit vierzehn Jahren allein. Was glaubst du, wie viele Ehemänner diese Nummer bei mir abgezogen haben? Tim mit eingeschlossen. Du irrst dich übrigens, wenn du Georgia für völlig ahnungslos hältst.«

»Und wie hast du dich in solchen Fällen verhalten?«

»Ich habe sie alle ausgelacht. Auch Tim.«

»Und Georgia? Was sagt sie dazu?«

»Sie schaut darüber hinweg.«

Ich schüttele den Kopf. »Warum lassen sich Frauen diesen Dreck immer wieder servieren?«

»Musst du gleich derart ausfällig werden?«

»Mom! Ist das dein Ernst? Meine Ausdrücke stören dich, doch dass mich der Mann deiner Freundin anbaggert, stört dich nicht? Oder dass er sich an dich herangemacht hat?« Ich knülle meine Serviette zusammen und werfe sie auf den Tisch.

Meine Mutter trinkt ein Schlückchen Kaffee und setzt die Tasse fast lautlos auf der Untertasse ab. »Männer können nicht anders. Frauen halten sich an die Regeln.«

»Sich an die Regeln zu halten ist keine geschlechtsspezifische Eigenschaft.«

Meine Mutter ergreift meine Serviette, streicht sie glatt und faltet sie zu einem ordentlichen Dreieck zusammen. »Das ist richtig. Dennoch sind Männer das schwächere Geschlecht. Sie müssen geführt werden. Es gibt allerdings Frauen, die ihre moralische Überlegenheit entweder vergessen haben oder sich nicht trauen, davon Gebrauch zu machen.«

»Oh, Mom, ich bitte dich.«

»Ich könnte es dir beweisen, aber ich will dich damit nicht belästigen. Du bist ja gar nicht aufnahmewillig.«

Ich stehe auf, trage meinen Teller zum Abwaschbecken, lasse Wasser darüber laufen und stelle ihn in den Geschirrspüler, während meine Mutter an ihrem Kaffee nippt und lächelnd in die Sonne blinzelt.

Nachdem Mutter am Montagmorgen aufgebrochen ist, um den Leuten bei Prentiss Culver zu zeigen, was eine Harke ist, wähle ich die Telefonnummer von Elizabeth Goodens Büro und kündige für später meinen Besuch an. Anschließend lasse ich mich am Küchentisch nieder, vor mir eine

Tasse Kaffee, einen Bagel mit Streichkäse, einen Block und einen Bleistift.

Allmählich dämmert mir das Ausmaß meiner Unwissenheit. Als Erstes habe ich schon mal keine Ahnung, welche Gehaltsvereinbarungen David mit JMP getroffen hat. Woher soll ich das denn auch wissen – ich habe sein Gehalt ja nur ausgegeben! Hö-hö. Ich weiß, dass David im vergangenen Jahr über vierhunderttausend Dollar verdient hat, doch ob die Summe auch seinen Bonus, seine Aktienpakete, die Leasinggebühr des Mercedes und die Mitgliedschaft im Tennisklub einschloss oder ob das alles noch dazu kam, weiß ich nicht.

Ich weiß weder, was David abschreibt, noch kenne ich seinen Rentenplan, wenngleich ich sicher bin, dass er diesbezüglich vorgesorgt hat. Ich kenne die Nummer unseres gemeinsamen Bankkontos und weiß meist auch, wie viel darauf ist, doch das wär's dann auch. Abgesehen davon habe ich ein Sonderkonto, von dem ich alltägliche Ausgaben bestreite, Dinge für den Haushalt und für meinen persönlichen Bedarf. Doch darüber hinaus könnte David durchaus noch weitere Konten unterhalten, von denen ich keine Ahnung habe. Ich weiß auch, wer unser Broker ist, doch was Davids Investitionen betrifft, habe ich keinen blassen Schimmer. Ha! Immerhin weiß ich, dass wir eine Eigentumswohnung in Aspen besitzen, doch David könnte ohne weiteres noch andere Immobilien angeschafft haben, von denen er mir nichts erzählt hat. Dass David über Versicherungspolicen verfügt, weiß ich übrigens auch, doch wer oder welche Gesellschaft sie ausgestellt hat, fällt mir beim besten Willen nicht mehr ein.

Auf dem Schild an der Tür steht »Gooden, Hedwick, Rechtsanwältinnen«. Der Empfangsraum ist dezent gehalten, in keiner Weise protzig. Die Polster auf Sessel und

Couch im Shaker-Stil sind blau-weiß gemustert und entstammen einer mittleren Preisklasse – Landhausstil, vermutlich Ethan Allen. Es gibt weder Glas noch Chrom und auch keine seltenen Hölzer, die für die Möbel geplündert wurden.

Außer mir ist noch eine weitere Klientin da, eine auffallend hübsche, auffallend junge Asiatin, die mit rotgeränderten, geschwollenen Augen und einem zerknüllten Taschentuch in den Händen auf ihrem Sessel hockt und die gegenüberliegende Tür anstarrt. Ich habe mich kaum auf der Couch niedergelassen und eine Zeitschrift aufgeschlagen, als eine Empfangsdame auf mich zutritt und mich bittet, ihr den Flur entlang zu folgen.

Elizabeth ist kleiner als ich, doch das sind die meisten Frauen. Sie hat ihr Haar mit altmodischen Kämmen nach hinten gesteckt. Ihre klaren grauen Augen signalisieren distanzierte Freundlichkeit. Sie trägt ein marineblaues Kostüm mit Schulterpolstern à la Joan Crawford und ihr Halstuch ähnelt einer Krawatte. Es ist marineblau mit roten Tupfern. Ich stelle mir vor, dass das die Blutspritzer sind, die von besiegten Ehemännern stammen.

Mit einem kräftigen Händedruck schüttelt Elizabeth meine Hand, deutet auf den Besucherstuhl und setzt sich auf ihren Sessel hinter dem Schreibtisch, auf dem ein Aktenstapel liegt. Die Akte mit meinem Namen befindet sich zuoberst.

»Sie sind also seit sieben Jahren mit David Franklin verheiratet«, beginnt Elizabeth, indem sie meine Akte aufschlägt, ihr einen Bogen Papier entnimmt und einen Mont-Blanc-Füller aufschraubt. »Wie würden Sie Ihre Ehe charakterisieren?«

Die Frage überrumpelt mich. Sie klingt eher nach einem Psychiater als nach einer Scheidungsanwältin. »Ich glaube, ich verstehe Ihre Frage nicht recht.«

»Würden Sie Ihre Ehe als vorwiegend glücklich oder eher als unglücklich bezeichnen?«

»Als glücklich«, platzt es aus mir heraus. »Eigentlich glücklich. Jedenfalls bis ungefähr vor einem Jahr. Das heißt, falls David zuvor bereits unglücklich war, ist es mir nicht aufgefallen. Was durchaus möglich wäre, weil ...«

Steiger dich nicht hinein, Wyn! Mach halblang!

»Okay.« Elizabeth reibt sich mit dem Füllerende über die Nase. »Vielleicht erzählen Sie mir noch ein wenig mehr von Ihnen. Am besten, Sie fangen an dem Punkt an, an dem Sie feststellten, dass irgendetwas schief zu laufen begann.«

Das ist noch schlimmer, als unsere Vermögenswerte aufzulisten. Ich bemühe mich um eine Zusammenfassung, versuche, mich auf das Wesentliche zu konzentrieren und das Unwesentliche auszulassen. Das Problem ist nur, dass ich beides nicht mehr auseinander halten kann.

Als ich zu der Szene komme, in der ich mich auf der Straße wiederfinde, unterbricht Elizabeth mich. »Einige der Fragen, die ich Ihnen stellen muss, Wynter, werden Ihnen womöglich ein wenig zu persönlich erscheinen und kaum sachlich, doch es handelt sich um Dinge, die über unsere Vorgehensweise entscheiden werden und die ich fragen *muss*. Sie besuchten in Seattle eine Freundin, sagten Sie?«

»Richtig.«

»Und handelt es sich bei dieser lediglich um eine gute Freundin oder geht Ihre Beziehung darüber hinaus?«

»Wie bitte? – Auf gar keinen Fall.«

»Ich möchte Ihnen nicht zu nahe treten, doch Sie erklärten, dass Ihr Mann Ihnen unterstellt, ihn verlassen zu haben. Es ist durchaus denkbar, dass er und sein Anwalt behaupten werden, Sie hätten ihn aufgrund einer anderen Beziehung – sei es zu einer Frau oder zu einem Mann – verlassen. Insofern muss ich Sie als Ihre Anwältin bitten, mir reinen Wein einzuschenken.«

»CM ist seit unserem dritten Schuljahr meine beste Freundin und sie war nie etwas anderes.«

Elizabeth macht sich eine Notiz. »Wie würden Sie die Beziehung zwischen Ihnen und Ihrem Mann bezeichnen seit dem Tag, an dem Sie bemerkten, dass er die Schlösser austauschen ließ?«

»Als kaum noch existierend. Ich habe lediglich noch einoder zweimal mit ihm telefoniert. Einmal bin ich zu unserem Haus gefahren, wobei ich ihn mit Kelley sah. Kelley ist seine Freundin.«

Elizabeth schürzt die Lippen. »Heißt das, dass Sie seitdem auch sexuell nicht mehr miteinander verkehrten?«

Ich muss unwillkürlich lachen. »Nicht erst seitdem. Das geht bereits seit Längerem so.«

»Wie lange schon?«

»Liebe Güte, das weiß ich schon gar nicht mehr. Seit Monaten.«

»Haben Sie eine Ahnung, seit wann er sich mit dieser anderen Frau trifft?«

Mein Magen zieht sich zusammen. »Nein. Doch mein Gefühl sagt mir, dass es schon vor geraumer Zeit begann.«

Elizabeth legt den Kopf zur Seite und sieht wie ein neugieriger Vogel aus. »Könnten Sie das ein wenig spezifizieren?«

»Es hört sich vielleicht albern an, doch es lag an der Art, wie er sie geküsst hat. Es wirkte beiläufig. Nicht so, wie man jemanden küsst, wenn alles noch frisch ist.«

»Gut beobachtet«, nickt Elizabeth. »Haben Sie irgendwelche finanziellen Unterlagen dabei?«

Ich schaue durch das Fenster auf den Parkplatz, auf dem lauter teure Autos stehen – Mercedes, Jaguar, BMW. Draußen am Empfang läutet es auf mehreren Telefonleitungen gleichzeitig.

»Nein … ich besitze ja nur das, was vor dem Haus stand

… und hier steht das, was mir eingefallen ist.« Ich ziehe die armselige Liste aus meiner Handtasche und reiche sie Elizabeth über den Schreibtisch hinweg. Sie betrachtet sie wortlos und auch auf ihrer Miene lässt sich keine Regung erkennen.

»Ich weiß, die Liste ist sehr unvollständig.« Ich zucke hilflos die Achseln. »Wahrscheinlich war ich einfach furchtbar dumm.«

»Oh, gehen Sie deshalb nicht zu hart mit sich ins Gericht. Derlei kommt häufiger vor, als Sie vermuten. Es erschwert unsere Lage ein wenig, macht sie jedoch nicht aussichtslos. Wir werden einen Offenlegungsantrag stellen, aus dem sich die stillen Reserven meist ergeben. Sollte Ihr Mann sich als nicht kooperativ erweisen, wird eventuell der Einsatz eines Ermittlungsdetektivs und eines gerichtlichen Buchprüfers erforderlich werden.« Sie liest den Ausdruck auf meinem Gesicht und setzt ungefragt hinzu: »Ja, das bedeutet leider höhere Ausgaben, doch ihnen steht immerhin eine beträchtliche Gewinnsumme gegenüber. Was meinen Sie? Wie sollen wir vorgehen? Möchten Sie die Scheidungsklage einreichen?«

»Noch nicht.« Es ist heraus, ehe ich nachdenken kann. Ich werde feuerrot. Elizabeth muss mich zwangsläufig für eine Idiotin oder eine Masochistin halten. »Wie viel Zeit habe ich zur Verfügung?«

Elizabeth lehnt sich in ihrem Sessel zurück und legt die Fingerkuppen aneinander. »Solange Ihr Mann keine Klage einreicht, haben Sie so viel Zeit, wie Sie wollen. Sobald er uns jedoch seine Klage zustellt, bleiben uns dreißig Tage für die Erwiderung. Ich schlage deshalb vor, dass *wir* den ersten Schritt unternehmen und ihn in …«

In meinen Augen sammeln sich Tränen. »Ich bin noch nicht so weit.«

Elizabeth lächelt. »Dann würde ich vorschlagen, dass

wir Ihren Mann auf Unterhaltszahlungen verklagen und einen Detektiv einschalten, der zwischenzeitlich einige Nachforschungen betreibt. Nur für den Fall. Glauben Sir mir, Wynter, wenn man lange genug im Dreck herumstochert, stößt man irgendwann auch auf den Wurm.«

Ich stelle Elizabeth einen Scheck über zwölfhundert Dollar aus, woraufhin ich mehr oder weniger pleite bin. Ich sollte froh sein, dass ich die Initiative ergriffen habe, doch ich bin es nicht. Stattdessen fühle ich mich wie damals, als CM und ich zum Mardi Gras nach New Orleans fuhren und eingekeilt in der Menge standen, die sich die Rex Parade anschauten, bis wir uns mit einem Mal aus den Augen verloren. Ich überquerte eine Nebenstraße, um zu dem Hauseingang zu gelangen, wo ich CM entdeckt zu haben glaubte, doch alle anderen Zuschauer strömten in die entgegengesetzte Richtung und plötzlich trieb ich mit ihnen rückwärts, ohne dass meine Füße überhaupt noch den Erdboden berührten. Mir blieb nichts anderes übrig, als meine Ellbogen einzusetzen und mich tragen zu lassen.

Sechs

Morgens ist es am schlimmsten. Ich muss mich gewaltsam aus der tröstlichen Geborgenheit des Schlafes reißen, um mich der Wirklichkeit zu stellen. Danach wallt es mit Macht in mir auf. Er ist mit einer anderen zusammen. Wahrscheinlich streckt er in diesem Augenblick die Hand nach ihr aus – mit träger, schläfriger Lust.

Der Morgen wird gestrichen. Das ist die einzige Möglichkeit, um mit der Sache fertig zu werden. Infolgedessen schlafe ich den ganzen Tag über. Meine Mutter sagt, das sei ein Symptom meiner Depressionen. Wenn sie von der Arbeit nach Hause kommt, zerrt sie mich aus dem Bett und zwingt mich zum Essen. Mit glasigem Blick sitze ich dann in meinem alten, rosafarbenen Bademantel am Esstisch, während meine Mutter mir von ihrem Job berichtet, mir erzählt, in welchem Restaurant sie zu Mittag gegessen hat, wen ihrer Kollegen und Kolleginnen sie gut leiden und wen sie nicht ausstehen kann. Nichts davon dringt zu mir durch. Ich gehöre in ein Forschungslabor in Riverside, wo man mich ins Koma versetzen und in einer Nitrogenlösung einfrieren sollte, bis der Impfstoff gegen den Scheidungsvirus entdeckt worden ist.

Meine Mutter predigt auf mich ein, rät mir, einen Psychiater aufzusuchen und mir Stimmungsaufheller verschreiben zu lassen. Ich verspreche, darüber nachzudenken, und ich denke auch tatsächlich darüber nach. Ich drehe den Gedanken wie einen bunten Stein in meinem Kopf hin und her und beleuchte ihn von allen Seiten. Nachts halte ich es für eine gute Idee, doch am nächsten Morgen erschlägt mich die Vorstellung, sie in die Tat umsetzen zu müssen. Das Einzige, was ich mit einem gewissen Maß an Energie vollbringe, ist täglich das Bett abzuziehen und die Laken zu waschen. Ich habe mir angewöhnt, nackt zu schlafen, und ich bin süchtig nach dem Duft frischer Bettwäsche und dem Gefühl ihres kühlen, sanften Knisterns auf meiner Haut.

Meine Mutter hält dieses Verhalten ebenfalls für krankhaft.

Vielleicht sind die sauberen Laken für mich aber auch nur deshalb so wichtig, weil ich die ganze Nacht über wach liege. Ich lese, bis meine Augen schmerzen, bis sie brennen, wenn ich die Lider öffne und schließe. Ich muss mein Gehirn mit Worten füttern, muss dafür Sorge tragen, dass es ununterbrochen kaut und verdaut. Gefährlich wird es, wenn ich zu lesen aufhöre und meine Augen schließe, denn dann tauchen anstelle der Wörter Bilder auf. David, wie er lächelt. Wie er in seinem Ledersessel sitzt und liest und wie ihm dabei die blonden Haarsträhnen in die Stirn fallen. David, wie er isst – nachdenklich, als würde er jeder einzelnen Geschmacksnuance nachspüren. Davids geschmeidiger, nahezu professioneller Aufschlag beim Tennis. Die ulkige Art, wie er beim Musikhören seine Brauen im Takt bewegt. Wie er beim Fahren den Ellbogen aus dem Seitenfenster lehnt. Ich höre den Klang seiner Stimme. Der Duft seines Rasierwassers steigt mir in die Nase.

Um dem zu entgehen, kämpfe ich mich systematisch durch die Bücherkisten, die ich mitgebracht habe. Ich lese die Bücher nicht von Anfang bis Ende, sondern überfliege ein Buch, um gleich anschließend nach dem nächsten zu greifen. Welch eine seltsame Auswahl David getroffen hat! Es sieht aus, als sei er an den Bücherregalen entlanggestreift und habe jedes dritte Buch aussortiert und in eine der Kisten geworfen. Ich finde *Moskito-Küste* und *Der große Gatsby*, die Kassette mit *Der Herr der Ringe*, *Der weibliche Eunuch* und *Atlas Shrugged*, *Anna Karenina* und die kompletten Sherlock-Holmes-Bände. Die Ausgabe von *Nachtflug* gehörte meinem Vater. Dann wären da noch *Das Tassajara-Brotbuch* und *James Beard on Bread*, Band 2 der Kochbuchreihe von Julia Childs und Carol Fields *Italian Baker*.

Schließlich stoße ich auf die Erstausgabe von Elizabeth Davids *English Bread and Yeast Cookery*, die CM mir schenkte, als ich nach Frankreich ging. Ein unglaublicher Wälzer. Es gibt ja Menschen, die fragt man nach der Zeit, und als Antwort erklären sie einem, wie man eine Uhr zusammenbastelt. Zu der Sorte muss auch Elizabeth David gehört haben. Zweihundertfünfzig Seiten ihres Werkes befassen sich mit der Geschichte des Korns, der Getreidemühlen und der Hefe, und zwar seit den Zeiten Mesopotamiens, und anschließend folgen etwa dreihundertfünfzig Seiten mit Rezepten. Am Schluss befindet sich ein Kapitel mit weiterführenden Literaturangaben – also wirklich!

Eines Nachts ertastet meine Hand ganz unten in einer der Bücherkisten etwas Großes und Flaches mit rauer Oberfläche. Ich ziehe ein in Jeansstoff gebundenes Ringbuch hervor, mit ausgefransten Eselsohren. Es handelt sich um eine Sammlung, die ich in dem Jahr begann, ehe ich nach Frankreich fuhr, eine Art Backjournal, in dem ich die Rezepte und Notizen mit blauer Tinte eintrug, die Bezugsnachweise für die Zutaten und Geräte in Grün vermerkte und die Zitate über Brot, seien sie philosophischer oder eher praktischer Natur, mit schwarzer Tinte aufschrieb. Die einzelnen Rubriken unterteilte ich mit durchnummerierten Trennblättern. Allmächtiger, ich muss an einer analen Fixierung gelitten haben! Oder aber ich bin doch die wahre Tochter meiner Mutter.

Ich schlage das Ringbuch zu und lege es auf meinen Nachttisch. Danach ergreife ich den Wälzer von Elizabeth David und öffne das Kapitel, das mit »Woher das Korn stammt« überschrieben ist. Die einzelnen Abschnitte handeln von Weizen, Roggen, Gerste, Hafer und Grünkern. Wenn ich dabei nicht einschlafe, kann mir keiner mehr helfen.

Zwei Stunden später lese ich immer noch, was auf den flüssigen Stil, die lustigen Nebenbemerkungen und einige dazugehörige Liebesgeschichten zurückzuführen ist. Das Buch behandelt nämlich keineswegs nur die Geschichte des Brotes. Es gleicht eher einer Zivilisationsgeschichte und beschreibt, wie der Anbau und das Mahlen von Getreide und die Herstellung von Brot die verschiedenen Weltkulturen beeinflusste. Nachdem ich den Weg des Korns durch dreißig Jahrhunderte von Kurdistan über Ägypten bis nach Europa verfolgt habe, bin ich erschöpft. Dabei bin ich noch nicht einmal an dem Prozess des Mahlens angekommen.

Ich lege das aufgeschlagene Buch mit dem Gesicht nach unten auf die Bettdecke und lange nach den Augentropfen. Künstliche Tränen hat der Arzt sie genannt, was ich für den Witz schlechthin halte, da ich ja über jede Menge eigener Tränen verfüge. Ich zucke, als die kalte Flüssigkeit auf meine Augäpfel trifft, blinzele heftig und schließe für eine Sekunde meine Lider, sodass die falschen Tränen alles benetzen und in meine Kapillarzellen dringen können.

Als Nächstes steht meine Mutter in einem grünen Seidenkleid mit weißem Blazer vor mir. Sonnenlicht durchflutet den Raum und ich komme mir vor, als erwache ich aus einem Winterschlaf. »Was für ein Datum ist heute?«, frage ich.

Meine Mutter runzelt die Stirn, antwortet, wir hätten den zwanzigsten Oktober und außerdem sei Elizabeth Gooden am Telefon. Ich überlege, ob vielleicht der Detektiv etwas ausgegraben hat. Unterdessen male ich mir einen kleinen, verschwitzten Typ aus, der Danny de Vito gleicht, mit abgewetztem blauen Anzug und breitkrempigem Hut. Einen Mann, der mit einer Miniaturkamera hinter David herschleicht. Zum ersten Mal seit Wochen lache ich laut auf. Es ist ein Moment der Klarheit. Ein winziges Blättchen hat sich gewendet.

Ich schlüpfe in meine Schlappen, streife ein T-Shirt über und laufe zum Telefon.

»Guten Morgen, Wynter. Ich hoffe, ich habe Sie nicht geweckt.« Elizabeth ist wahrscheinlich schon seit fünf Uhr auf den Beinen und hat einen Dreimeilendauerlauf und ein Arbeitsfrühstück mit einem Richter hinter sich.

»Nein«, lüge ich. »Ich stand schon unter der Dusche.«

»Ich wollte Ihnen auch nur rasch mitteilen, dass Ihr Mann vorläufig zu einer monatlichen Unterhaltszahlung von dreitausend Dollar verdonnert worden ist. Ende diesen Monats erhalten Sie die erste Zahlung. Reicht Ihnen das für den Anfang?«

»Drei …? Dreitausend Dollar?«

»Ich hatte auf fünftausend plädiert, doch Hochnauer konnte den Richter überzeugen, dass Sie Ihren Mann verlassen …«

»Wer?« Meine Zehen krallen sich um die Kanten der Pantoffeln.

»Iwan Hochnauer, der Anwalt Ihres Mannes. Alias Iwan der Schreckliche«, antwortet Elizabeth fröhlich.

»Oh. Haben Sie vielleicht auch eine gute Nachricht?«

»Aber ja. Wir werden natürlich eine Erhöhung durchsetzen, doch dafür benötige ich noch ein wenig Vorbereitungszeit. Zunächst einmal wollte ich, dass Sie für den Moment flüssig werden.«

»Na dann …« Erstaunlich, wie schnell Zuversicht versiegt!

»Wynter – tun Sie überhaupt etwas? Ich meine, unternehmen Sie etwas, treffen Sie sich mit Freunden, gehen Sie ins Kino, treiben Sie Sport?«

»Nun …«

»Das dachte ich mir. Hören Sie, Sie müssen in Bewegung bleiben. Auch wenn Ihnen der Sinn nicht danach steht, es wird Ihnen auf lange Sicht besser gehen, wenn Sie aktiv bleiben.«

»Habe ich auch vor. Ich bin nur …«

»Aber keine Verabredungen mit Männern, okay? Und keinen Job. Jedenfalls keinen richtigen. Wenn Sie eigenes Geld verdienen, bekommen wir Probleme, Ihren Unterhalt hochzuschrauben.«

»Ich glaube, da besteht keine Gefahr.«

»Prima. Denken Sie an das, was ich Ihnen gesagt habe. Immer schön aktiv bleiben. Ich melde mich wieder.«

Nachdem meine Mutter in einer Wolke von Guerlain entschwunden ist, ziehe ich mich an, fahre zu einem Naturkostladen und kehre mit mehreren Sorten unbehandelten Mehls, mit Körnern, Honig, Rosinen und Hefe zurück. Ich durchblättere mein ramponiertes Ringbuch, bis ich auf ein Rezept für Weizen-Vollkornbrot stoße.

3 Tassen lauwarmes Wasser
1 TL Hefe
1/4 Tasse Honig oder Melasse
1 Tasse Trockenmilch
6–7 Tassen Vollwertweizenmehl

1 TL Salz
1/4 Tasse Öl oder Butter
1–2 Tassen Mehl zum Kneten

Ich schraube das Hefeglas auf und rühre die Hefe mit meinem kleinen Finger um. Sie fühlt sich sandig an, ist jedoch puderleicht. Ich weiß, dass Hefe ein Organismus ist, ein einzelliger Pilz. Ich weiß auch, dass sie sich durch Sprossung vermehrt und etwa alle fünf Stunden eine neue Generation erzeugt. Ich verstehe sogar die chemischen Prozesse, die vonstatten gehen, und weiß, dass Hefe sich von Zucker und Stärke ernährt und diese zu Alkohol und Kohlendioxid zersetzt. Doch selbst mit diesem Wissen und ungeachtet dessen, dass man Hefe in jedem Lebensmittelgeschäft kaufen kann, vermag ich mich dem Zauber dieses Verwandlungsprozesses nicht zu entziehen. In Chaucers lustigem altem England wurde Hefe als »Goddisgoode« bezeichnet, weil man sie für eine Gottesgabe hielt. Ich hingegen dachte noch bis ich nach Frankreich kam, Hefe sei ein künstliches Produkt, das man sich entweder im Glas oder in einem Tütchen verpackt im Laden besorgt.

Am Morgen meines ersten Arbeitstages in der *boulangerie* bot Sylvie sich an, mich dorthin zu begleiten, obgleich ich bereits um fünf Uhr anfangen musste. Die Luft, die vom Fluss aufstieg, war kühl und frisch und im frühen Tageslicht waren die Schatten noch lang. Wir bogen in die schmale Gasse ein, die zur Rückseite der Bäckerei führte. Jean-Marc stand vor dem Hintereingang. Er hatte sich an die alte Ziegelsteinmauer gelehnt, ein Bein wie ein Storch abgeknickt, trank aus einer winzigen Tasse Espresso und rauchte die erste Gauloise des Tages.

Als er uns erblickte, warf er seinen Zigarettenstummel auf den Boden und zertrat ihn mit seinem schweren braunen Stiefel. Einladende Duftwolken backenden Brotes drangen durch die Tür nach draußen.

»*Vous êtes en retard*«, stellte Jean-Marc stirnrunzelnd fest. »Der Tag ist schon halb vorbei.«

Ich setzte zu einer Entschuldigung an, doch Sylvie lachte und ich erkannte das kaum merkliche Zucken um Jean-Marcs Mundwinkel, welches stets das auffälligste und bisweilen auch das einzige Erkennungszeichen seiner Witzeleien war.

»*Venons*. Ich zeige Ihnen den *fournil* – die Backstube.«

Wir traten durch die Tür. Die Glut aus der Backstube machte sich sofort bemerkbar. »Es dauert noch eine Stunde, bis der Ofen richtig heiß ist«, erklärte Jean-Marc indes.

Wir gingen an einem kleinen Lagerraum vorbei, in dem riesengroße aufeinander gestapelte Mehlsäcke lagen, und betraten einen langen, schmalen Raum mit einer sehr hohen Decke. An seiner Rückseite stand ein Ofen aus Edelstahl, ein Meter achtzig hoch und mit fünf Etagen versehen. Die Gestelle zum Abkühlen der Brote zogen sich an den beiden Längswänden entlang. Sie lagen bereits voller knisternder, dampfender Laibe in verschiedenen Größen und Formen. Bei dem Geruch, den sie verströmten, glaubte ich, vor Wonne umsinken zu müssen. Am Ofen arbeiteten zwei Männer, die von einem Rollgestell mit einer Tuchfläche Dutzende von Baguettes in den Ofen luden. Ihre Oberkörper waren nackt und schweißgebadet von dem Hitzeschwall, der aus der offenen Ofenklappe schoss. Innerhalb weniger Minuten bildeten sich auch auf meiner Stirn Schweißperlen und Sylvie begann, sich ihr Gesicht graziös mit einem Taschentuch zu betupfen.

»Siehst du die hohe Decke?«, fragte sie, indem sie nach oben deutete. »Das hat Jean-Marc selbst so gemacht.«

Ich folgte mit dem Blick ihrer Hand und erkannte in etwa zwei Meter Höhe eine dünne Trennlinie. Die Ziegelsteinmauer darüber unterschied sich ganz leicht von der darunter.

»In einigen der *boulangeries*, in denen ich gearbeitet habe, ist die Decke sehr niedrig«, bemerkte Jean-Marc und hielt seine Hand in Kopfhöhe hoch. »Besonders in Paris. Dort sind alle *fournils* im Keller. Es ist beim Backen dort sehr heiß. So ist es viel besser.« Er warf einen selbstzufriedenen Blick in die Runde.

Danach führte Jean-Marc uns über einen schmalen Flur in einen Raum, in dem Kühlschränke, Messgeräte, ein riesiger Arbeitstisch aus Holz und Knetmaschinen mit propellergroßen Drehblättern standen. Einer der Männer, die ich zuvor gesehen hatte, rollte ein Gestell voller frischer Brote an uns vorbei nach vorn in den Laden. Jean-Marc hielt ihn an, ergriff ein kleines, warmes Brot und reichte es mir.

»*Pain au levain*«, erklärte er. »Probieren Sie es!«

Ich folgte seinem Befehl und riss mir ein Stück ab.

»*Pain de campagne?*«, erkundigte ich mich.

Jean-Marc schüttelte den Kopf. »*Pain au levain*. Das ist etwas anderes als *pain de campagne*. *Alors*, probieren Sie es.«

Die Kruste war dick und goldbraun, der Teig hellgrau, mit unregelmäßiger Struktur. Ich aß einen Bissen. Er schmeckte süß, mit leicht säuerlichem Nachgeschmack. Der Teig war fest und feucht und die Kruste knusprig und nussig.

Ich hielt mit dem Kauen kurz inne und sagte: »Das ist wundervoll! Was ist das? Wie haben Sie das gemacht?«

Die Andeutung des Lächelns, das um Jean-Marcs Mundwinkel spielte, bewirkte, dass mein Magen einen seltsamen Hüpfer tat, der in keiner Weise mit dem Brot zusammenhing.

»*Levain* ist wie Ihr Sauerteig – aber man nimmt *levure sauvage*. Die Hefe ist roh, *vous comprenez*? Wir mixen

Vollwertmehl und weißes Mehl, um den Teig fester zu machen. *Plus fort*. Ein fester *levain* macht das Brot weniger sauer. Ein *levain*, der …« Er rieb ungeduldig die Fingerspitzen aneinander, während er nach dem richtigen Wort suchte.

»Nass?«, fragte ich.

»*Oui, bien sûr* – ein nasser *levain* macht das Brot sauer. Wie das Brot von San Francisco.«

Ich glaube nicht, dass mir jemals im Leben etwas so gut geschmeckt hat wie dieses *pain au levain*.

Eingedenk Jean-Marcs heiliger Regel teile ich die Hefe in zwei Hälften, lasse das Milchpulver und das Öl fort, verringere die Honigmenge auf 1/8 Tasse und füge stattdessen einige geröstete Walnüsse hinzu.

Ich verrühre die Zutaten mit dem Mixer. Ich kann es kaum erwarten, bis ich den Teig in den Händen halte und knete. Bei einem Brotbackautomaten gibt es nämlich nichts zu kneten, sodass einem das Gefühl für das Brot abhanden kommt. Man weiß nicht mehr, wie es ist, sich im Rhythmus des Knetens zu verlieren und dennoch den richtigen Moment abzupassen, in dem der Teig zu reagieren beginnt und signalisiert, dass er bereit ist, aufzugehen und zu wachsen – den Moment, in dem man zur »Brot schaffenden Kraft« wird.

Anschließend lasse ich den Teig in der kühlen Waschküche in Ruhe weiter aufgehen und begebe mich nach oben, um mein Bett abzuziehen.

Als ich die Brote aus dem Ofen nehme, ist das Haus von ihrem Duft erfüllt. Ich lege die Brote zum Abkühlen auf ein Drahtgitter und komme mir wie eine Bildhauerin vor, die ihre jüngsten Kunstwerke ausstellt. Ich fühle mich beflügelt und kann kaum erwarten, dass meine Mutter nach Hause kommt. Ich will ihr erzählen, dass das Schlimmste vorüber ist. Ich will ihr gestehen, dass ich weiß, wie unerträglich ich war, dass es von nun an jedoch wieder bergauf gehen wird. Das Ganze wird eine Weile dauern, gewiss, doch der Heilungsprozess hat bereits eingesetzt. Ich werde meiner Mutter für ihre Geduld und ihre Hilfe danken und ihr verkünden, dass es für mich an der Zeit ist, mich nach einer Wohnung und nach einem Job umzusehen. Ich werde mir mein eigenes Leben aufbauen.

Das Telefon schrillt mitten in meine Euphorie hinein. Mein Magen zieht sich zusammen. *Wyn, ich bin es.* David klingt einsam und traurig. *Hör zu, ich weiß, ich habe mich merkwürdig aufgeführt.* Du hast dich benommen wie der letzte Dreck, David. Er seufzt. *Okay, ich habe mich wie der letzte Dreck aufgeführt. Doch nun muss ich fortwährend an dich denken. Ich halte es nicht mehr aus, Wyn. Ich muss verrückt gewesen sein, als – Wyn, ich liebe dich. Glaubst du, du könntest …*

»Wyn? Hi, Schätzchen.« Es ist meine Mutter. »Wie fühlst du dich?«

»Gut. Mir geht es … besser. Ich bin aufgestanden und ich …«

»Oh, das ist aber eine gute Nachricht. Hör zu, Schatz, ich gehe jetzt mit ein paar Leuten aus dem Büro etwas trinken und sollten wir Hunger bekommen, gehen wir später auch noch eine Kleinigkeit essen. Du brauchst also nicht auf mich zu warten. Im Kühlschrank steht noch Lasagne und im Gemüsefach ist genug Salat.«

»In Ordnung.«

»Was hast du heute getan? Außer dass du die Bettwäsche gewaschen hast?« Ihre Stimme klingt unbeschwert. Ihre Worte sind witzig gemeint, sie möchte mich aufheitern. Ich will sie anschreien.

»Nichts Aufregendes. Ich habe Brot gebacken.«

»Oh, tatsächlich? Davon muss ich gleich etwas probieren, wenn ich nach Hause komme.«

»*Musst* du nicht. Du kannst es halten, wie du willst.« Ich hasse mich.

Meine Mutter seufzt. »Okay, Wynter. Bis später.«

Ich lege den Hörer auf und versuche, die Tränenbäche zu ignorieren, die auf meine Nebenhöhlen drücken und monumentale Kopfschmerzen hervorrufen. Kein David. Jetzt nicht und auch in Zukunft nicht. Finde dich damit ab, Wyn. Und deine Mutter führt ihr eigenes Leben. Sie geht mit anderen Menschen aus. Ich sollte froh sein, dass sie nicht da ist und mich zwangsernährt, ich sollte mich freuen, dass sie in ihrem Job klarkommt. Wenn mein Elend nicht so groß wäre, würde ich vor Freude in die Luft springen.

Ich schenke mir ein Glas Milch ein und reiße einen Kanten des noch warmen Brotes ab. Ich stehe an der Spüle, tunke meinen Brotkanten in die Milch, kaue und flenne laut vor mich hin.

Als die Straßenlaternen aufglühen, steige ich die Treppe hinauf, beziehe mein Bett, entkleide mich und krieche mit einem der Sherlock-Holmes-Bände unter die Decke.

Ich schlafe, als meine Mutter zurückkehrt, und als sie am nächsten Morgen das Haus verlässt, weckt sie mich nicht auf. Ich kann ihr das nicht verdenken. Ich selbst wollte auch nichts mit mir zu tun haben.

Ich stehe auf, ziehe das Bett ab und stecke die Bettwäsche in die Waschmaschine. In der Küche schenke ich mir aus der Thermoskanne, die meine Mutter für mich stehen gelassen hat, eine Tasse Kaffee ein und nehme sie mit nach oben.

Als ich das Badezimmer betrete, um dem Wäscheschrank ein frisches Laken zu entnehmen, erhasche ich im Spiegel einen Blick auf mich. Von vorn und in der Totalen. Es ist kein schöner Anblick. Genaugenommen ist er dermaßen scheußlich, dass ich wie festgenagelt stehen bleibe und mich fassungslos anstarre. Meine Haare stehen wild vom Kopf ab, was fraglos damit zusammenhängt, dass ich sie seit Montag nicht mehr gekämmt habe. Meine Haut ist bis auf die dunklen Ringe unter den Augen teigig und fahl. Mein Gesicht wirkt verhärmt. So sehe ich sonst nur aus, wenn ich Grippe habe.

Ich trinke einen Schluck Kaffee. Mein Blick wandert an meinem Körper entlang, als würde er dem Weg, den der Kaffee nimmt, folgen. Meine Schlüsselbeine ragen eckig aus dem Ausschnitt des T-Shirts hervor und meine Jeans stehen in der Taille ab, was auch neu ist. Es ist noch nicht lange her, da hätte mir das große Freude bereitet, doch ich weiß, dass der Twiggylook bei meiner Größe nicht gerade schmeichelhaft wirkt. Er lässt mich nicht grazil erscheinen, sondern verleiht mir das ärmliche Aussehen der Menschen, die Dorothea Lange fotografierte.

Als das Telefon läutet, wappne ich mich vorsichtshalber. David wird es nicht sein und insofern ist es auch nicht notwendig, die Luft anzuhalten. Sollte es sich um meine Mutter handeln, wird sie gewiss noch verstimmt sein. In Wirklichkeit ist es aber wohl eher jemand, der uns ein neues Dach oder eine Aluminiumverkleidung für die Außenwände verkaufen will.

»Hi, Baby«, ertönt CMs vertraute Stimme. »Wie geht es dir?«

Ich möchte vor Erleichterung weinen.

»Ich überlebe.«

»Hast du mit Mister Arschloch gesprochen?«

»Nicht direkt. Aber gesehen habe ich ihn.« Ich trage CM mein trauriges Lied von David und Kelley vor. Anschließend folgen die Strophen von Elizabeth Goodens Ratschlägen bezüglich meiner Scheidung, von meiner Mutter verändertem Lebenswandel und Tim Graebels Betrügereien an seiner Ehefrau, mit der er seit dreißig Jahren verheiratet ist.

»Dein Problem ist, dass du zu viel Zeit hast«, sagt CM. »Du brauchst einen Job und eine eigene Wohnung. Von welchem Geld lebst du eigentlich?«

»Ich bekomme ein Taschengeld. David muss monatlich fünf Riesen abdrücken. Wenn nicht, holen sie ihn ab und stellen ihn an den Pranger, wo kleine Kinder ihn mit faulen Eiern bewerfen.«

CM stößt einen Seufzer aus. »Ich weiß nicht, Wyn, aber bisweilen fällt es mir schwer, Mitleid für dich aufzubringen. Hat David nicht zufällig irgendwelche allein stehenden Freunde, die mich heiraten und dann sitzen lassen könnten, sodass ich hinterher auch ein Taschengeld beziehen kann?«

»Ich werde diese Frage einfach übergehen.«

»Du brauchst trotzdem einen Job. Wenn du beschäftigt bist, hast du wenigstens keine Zeit mehr zum Grübeln.«

Ich schleudere die Schlappen von den Füßen und lege mich aufs Bett. »Vielleicht hast du Recht. Wenn ich nicht bald an etwas anderes denke, drehe ich nämlich durch.«

»Warum kommst du nicht wieder hierher?«

»Ich kann jetzt nicht von hier fort«, seufze ich.

»Warum nicht? Du kannst für eine Weile in meiner Wohnung unterkommen. Montag in einer Woche starten wir unsere Meisterklassen. Ich werde drei Wochen lang weg sein. Du hättest die ganze Wohnung für dich allein und könntest meinen Wagen …«

»CM, das geht nicht. Zuerst muss eine Lösung herbeigeführt werden.«

CM schaltet auf ihre Feldwebelstimme um. »Und was unternimmst du, um sie herbeizuführen?« Mein Schweigen verrät ihr die Antwort. »Weißt du was?«, fährt sie fort,

»ich wünschte, ich könnte bei dir sein, um dir in den Hintern zu treten. Du hängst herum und badest in Selbstmitleid …«

»Ich *hänge* nicht herum, ich *liege* herum.«

»Was auch immer.« CM wechselt abermals den Ton. Sie hätte eine fantastische Radiosprecherin abgegeben. »Ich war gestern in der Bäckerei. Ellen hat sich nach dir erkundigt. Sie sagte, sie suchen noch immer nach einer Brotbäckerin.«

»Ich kann jetzt aber nicht fort. Punktum.«

»Mach, was du willst. Die Einladung steht jedenfalls. Denke daran, wenn du plötzlich zur Vernunft kommen solltest.«

Ich liege gerade zusammengerollt auf dem Sofa und lese *Middlemarch*, als meine Mutter nach Hause kommt. Sie hat unterwegs eine heiße Suppe und fertige Salate gekauft. Sie mustert mich eindringlich, entschließt sich jedoch offenbar, das, was sie sagen will, für sich zu behalten. Sie hängt ihren Mantel im Garderobenschrank auf.

»Warum backst du uns nicht etwas von deinem Brot auf? Wir könnten es zum Abendbrot essen.«

Während wir essen, plaudert meine Mutter und hält ihren Ton dabei bewusst neutral und heiter. »Das Brot schmeckt toll. Ich habe gestern Abend schon ein Stückchen davon gekostet.«

»Freut mich, dass es dir schmeckt.« Ich trinke einen großen Schluck Wein und stochere in meinem Salat herum.

Meine Mutter legt die Gabel ab und blickt mich an. Achtung, jetzt kommt's.

»Wyn, so geht das nicht weiter. Hast du in letzter Zeit einmal einen Blick in den Spiegel geworfen?«

»Ehm, ja. Ist noch gar nicht so lange her. Tolles Ereignis.«

»Kannst du vielleicht mal fünf Minuten lang versuchen, vernünftig zu sein, um mir eine ordentliche Antwort zu geben? Ich mache mir Sorgen um dich.«

»Ich mache mir auch Sorgen um mich.« Ich versuche ein Lächeln. »Gestern ging es mir gut. Beim Brotbacken. Ich habe mich nützlich gefühlt.«

Meine Mutter runzelt die Stirn. »Und was ist dann passiert?«

»Du hast angerufen. Du hast lediglich angerufen, um mir zu sagen, dass du nicht zum Essen kommst. Ich war ... ich weiß nicht. Mit einem Mal war die Luft raus. Ich wollte dir mein Brot zeigen.« Ich kann nicht glauben, dass meine Stimme bricht. »Ich fühlte mich wie ein kleines Kind, weißt du? Es ist ... wirklich ... zu dumm. Und ...« Ich hole tief Luft. »Und außerdem dachte ich ... als das Telefon ging, dass es ...«

»... David sein würde«, beendet meine Mutter den Satz. »Ich verstehe. Das ist mir mit deinem Vater ebenso gegangen. Selbst nach seinem Tod dachte ich bisweilen, wenn ich den Hörer abnahm, er ruft an und sagt: ›Hallo, Jo. Räum den Braten wieder in den Kühlschrank. Wir gehen heute Abend aus.‹«

Nun sitzen wir beide da und weinen in unseren Salat.

»Aber er war tot«, stoße ich schließlich hervor. »Er hat dich nicht wegen irgendeiner verfickten Schlampe sitzen gelassen.« Ich erschrecke zutiefst, weil ich das Wort benutzt habe, dass es gegenüber meiner Mutter unter allen Umständen zu vermeiden gilt. Gleich darauf pruste ich jedoch los. Meine Mutter prustet ebenfalls.

»Oh, Wyn!« Sie erhebt sich und zieht zwei Papiertaschentücher aus der Kleenexschachtel, die auf der Anrichte steht. »Hör mal, ich möchte, dass du mir einen Gefallen tust.«

Ich betupfe meine Augen. »Welchen?«

Meine Mutter setzt sich wieder hin. »Geh morgen Abend mit Ed und mir essen«, beginnt sie und fügt ein »bitte« hinzu, ehe ich automatisch »nein« sagen kann. »Wir besuchen ein neues Restaurant in Beverly Hills. *Le Jardin*. Es soll fantastisch sein. Bitte komm mit!«

»Ich kann nicht.«

»Mit anderen Worten, du willst nicht. Wyn, Ed ist wirklich ein netter und interessanter Mann – außerdem tut er mir Leid, denn ich werde die Sache bald beenden.«

»Warum?«

»Es ist ihm zu ernst und ich vermag seine Gefühle nun einmal nicht zu erwidern. Ich bin gern mit ihm zusammen. Er ist ein guter Unterhalter. Doch er glaubt, dass er mich liebt, und ich kann das so nicht weiterlaufen lassen. Wenn du mit uns kämst, hätte er keine Gelegenheit zu turteln und rührselig zu werden. Es würde eher lustig. Komm, gib dir einen Ruck. Sag, dass du mitkommst.«

Donnerstagabend um Viertel nach sieben quetsche ich mich auf den Rücksitz von Eds goldfarbenem Camaro. Meine Mutter bot mir zwar an, vorn zu sitzen, doch Ed machte daraufhin einen dermaßen niedergeschmetterten Eindruck, dass ich ihr Angebot großmütig zurückwies.

Direkt hinter meinem Kopf dröhnt Van Halen aus den Lautsprecherboxen und Ed schlägt im Takt zu den Bässen seine beringte Hand gegen das Lenkrad.

Meine Mutter und Ed unterhalten sich, doch ich verstehe kein Wort. Meine Knie sind bis unters Kinn angezogen und ich starre auf Eds Hinterkopf. Mister Superbulle hat einen Haarschnitt, bei dem ihm Borsten über den Kragen stehen. Sie erinnern mich an den alten Wildschweinborstenpinsel meines Vaters. Hinter Eds Ohrläppchen klebt noch ein kleiner Rest Rasierschaum. Ich fange seinen Blick im Rückspiegel auf. Offenbar hat er etwas von sich gegeben, auf das er eine Antwort erwartet.

»Tut mir Leid, aber ich kann Sie nicht verstehen.«

Ed dreht an dem Lautstärkeregler. »Ich wollte wissen, ob Sie schon etwas über dieses Restaurant gehört haben. *Le Jardin.*« Er spricht den Namen als »Lä Schadihn« aus.

»Nein, habe ich nicht. Man spricht es übrigens eher wie ›Le Schardeng‹ aus.«

Meine Mutter muss sich nicht zu mir umwenden, ich sehe, wie sich ihr Rückgrat versteift.

Ed lacht gutmütig. »Soll mir recht sein. Ihre Mutter sagte schon, dass Sie für eine Weile in Frankreich gelebt haben. Also *Le Jardin.*« Dieses Mal kommt er der Sache schon näher.

»So ist's gut«, lobe ich ihn.

»Na, unserer Ruthie hat's dort jedenfalls geschmeckt.«

»Wer ist Ruthie?«

»Ruth Reichl von der *L. A. Times.*« Ed blickt erneut in den Spiegel. »Und die ist ganz schön pingelig.« Toll. Soll sich wohl anhören, als ob sie seine beste Freundin wäre. »Hat ein paar Wochen gedauert, bis ich einen Tisch ergattern konnte«, fährt Ed fort. »Brandneuer Schuppen. Sehr angesagt.«

Er gleitet durch den Verkehr auf dem Sunset Boulevard, eine Hand am Lenkrad, die andere angelegentlich um den Beifahrerschalensitz drapiert, Mister Cool persönlich, der Mann, der sich am Steuer wie zu Hause fühlt. Hier und da streichelt sein Zeigefinger über das Haar meiner Mutter.

Ich blinzele aus dem Fenster, sodass Scheinwerfer, Rücklichter, Ampeln und Neonlichter zu einem Bündel bunter Strahlen verschmelzen, dessen Farbenpracht allenfalls noch von Eds Jackett übertroffen wird. Ich erkannte, dass meine Mutter sich wappnete, als sie ihm zuvor die Haustür öffnete, und das ist weiß Gott kein Wunder. Das Paisleymuster auf Eds Krawatte entstammt einer vollkommen anderen Farbpalette als das Jackett und ich überlege kurz, ob Ed womöglich farbenblind sein könnte. An dem Gebrechen leiden nämlich ziemlich viele Männer.

Als wir am *Le Jardin* ankommen, bin ich sicher, dass ich meinen Körper nie mehr auseinander falten kann. Ed reicht mir jedoch seine Hand und zieht mich ohne viel Federlesens wie einen Korken aus der Flasche, wobei der Parkhelfer eine gute Aussicht unter meinen Rock erhält.

Am Empfang nennt Ed dem Oberkellner seinen Namen. Dieser bemüht sich, nicht Eds Jackett anzustarren.

Der Oberkellner prüft die Eintragungen in seinem schwarzen Buch und mustert uns von oben herab. »Ich fürchte, da liegt ein Irrtum vor. Ich sehe hier eine Reservierung für zwei Personen. Doch nun sind Sie zu dritt erschienen.«

Ed knöpft sein Jackett auf, hängt die Daumen in die Gürtelschnalle ein und grinst breit. »Kein Grund so zu tun, als wollten wir jemanden umsonst in den Zirkus schmuggeln, oder? Am besten, Sie ziehen einfach noch einen Stuhl an den Tisch. Die Dame hier isst sowieso nicht viel, das sieht man ihr ja an.«

Ich muss die Lippen zusammenpressen, um nicht laut loszulachen. Unser armer Oberkellner scheint nicht allzu viel Erfahrung mit Typen wie Detective Ed Talley zu haben. Er wägt die Angelegenheit für einen Moment ab, ehe er einen der Pagen herbeischnippt und »Stuhl« zischt.

Der Speiseraum ist wie ein Garten angelegt. Palmen, Farne, Kletterranken, grellbunte Bromelien und zarte, blasse Orchideen sind so geschickt angeordnet, dass sie die meisten Tische voneinander trennen. Dazwischen glitzern wie Glühwürmchen weiße Lichter, die sich in den Kristallgläsern auf den Tischen widerspiegeln. In einer Nische spielt eine Harfenistin, die man dank der feierlichen Stille im Raum sogar hört.

Meine Mutter lächelt. »Oh, Ed, das ist wundervoll. Wie im Märchen.«

Ed strahlt und bestellt eine Flasche Taittinger Brut Rosé, was er »Tatschengschee« ausspricht. Ich unterlasse es, ihn erneut zu korrigieren.

Die Gerichte, die ich auf den Tellern an den Nachbartischen erspähe, gleichen eher Kunstwerken als Speisen, doch das ist typisch für L. A. Wie aus dem Nichts taucht ein Brotkörbchen vor uns auf. Das Brot soll wohl ländlich wirken, denn es ist mit kleinen Kräuterfasern durchsetzt. Ich knabbere an einem Scheibchen herum und vertiefe mich in die Speisekarte. Kaninchenravioli in Estragonbutter, geräucherte Jakobsmuscheln, Engelhaarpasta mit drei verschiedenen Sorten Kaviar, Lachs auf grünem Nudelbett, junges Gemüse aller Art, Entenstreifen an Mangocreme. Wahrscheinlich ist alles ganz köstlich, doch mir steht der Sinn nach nichts dergleichen. Vermutlich ist das, wonach mir der Sinn steht, nicht in der Speisekarte enthalten.

Nachdem unser Tischkellner den Champagner gebracht und die Tagesspezialitäten in einem Ton vorgetragen hat, als würde er die Zehn Gebote verlesen, hebt Ed sein Glas und sagt: »Auf die zwei schönsten Frauen, die hier anwesend sind.«

Meine Mutter schenkt ihm ein liebreizendes Lächeln, während ich einen großen Schluck Champagner trinke. Danach schiebt meine Mutter ihren Stuhl zurück, steht auf und entschuldigt sich für einen Moment. Sie verschwindet in eine Richtung, die noch am ehesten nach dem Weg zur Damentoilette aussieht. Ich kann nicht fassen, dass sie mich mit Ed allein lässt. Ich trinke noch einen Schluck Champagner, studiere die Speisekarte und tue anschließend so, als ob mich die wenigen anderen Tische, die ich sehen kann, brennend interessierten.

»Johanna hat mir das mit Ihrem Mann erzählt.« Das muss Eds Verhörstimme sein, ruhig und verständnisvoll. Wenn er den guten Bullen spielt, legt er dem Häftling wahrscheinlich die Hand auf die Schulter und sagt: »Wie wär's jetzt mit einem Kaffee, mein Junge?«

Ich vertiefe mich in die Speisekarte, doch er lässt nicht locker. »Ich wollte nur sagen, dass es mir Leid tut. Ich weiß, wie schwer so etwas ist.«

Ich werfe ihm einen scharfen Blick zu. »Ich denke, Ihre Frau ist gestorben.«

»Meine zweite Frau. Die erste hat mich verlassen.« Seine nachsichtige Miene verändert sich nicht. Herr im Himmel, wie viel hat meine Mutter ihm erzählt?

Ich verziehe die Mundwinkel. »Gibt es kein schöneres Thema für uns?«

»Klar. Verstehe.« Ed verschmiert einen ganzen Butterwürfel auf seiner Brotscheibe. »Es ist nur nicht leicht, eins zu finden, wenn der andere den Kopf voller Sorgen hat. Wenn Sie möchten, kann ich aber einfach drauflos reden. Kein Problem. Sie können sich entspannen.«

»Prima.« Ich lehne mich im Stuhl zurück. »Warum erzählen Sie mir nicht ein paar aufregende Abenteuer aus der Polizeiwache von Encino?«

Eds Gelächter dröhnt wie Dschungelgebrüll. Einige Köpfe drehen sich zu uns um. Ed bemerkt es nicht. »Davon gibt es bei uns nicht so viele. Aber zuvor war ich im Orange County Sheriff's Department tätig und da war schon etwas mehr los, das können Sie mir glauben. Eines Morgens zum Beispiel wurden wir nach Balboa gerufen, zur Villa der Bartholomae. Das hätten Sie sehen müssen! Zwei Kilometer Strand in Privatbesitz, an dem eine dreißig Meter lange Jacht vor Anker lag. Die *Sea Diamond*.« Ed schüttelt den Kopf. »Ein Traum.« Ganz gegen meinen Willen beuge ich mich zu ihm vor.

Das Nächste, was geschieht, läuft sehr schnell ab. Kein dramatisches Einzelereignis, sondern eine Folge mehrerer kleiner Szenen, wie in einem Theaterstück. Zuerst tritt der Tischkellner zu uns, um unsere Bestellung entgegenzunehmen. Danach kehrt meine Mutter von der Toilette zurück und Ed erhebt sich, um ihren Stuhl zurückzuziehen. Der Oberkellner schreitet an uns vorbei. Ihm folgen zwei Paare. Bei einem davon handelt es sich um David und Kelley. Der Gag ist, dass jeder jeden im selben Moment erkennt und anschließend erstarrt.

Zum Glück kann ich mein Gesicht nicht sehen, doch ich fühle mich wie damals, als ich als Werferin in einer gemischten Softballmannschaft spielte und von einem Treibschlag mitten im Magen getroffen wurde.

Meine Mutter übernimmt die Rolle der Grizzlybärin, deren Junges in Gefahr ist, und blickt Kelley drohend an. Die Miene des Tischkellners bekundet blasierte Langeweile, wahrscheinlich erwartet er, dass wir links und rechts Luftküsse austeilen und uns in Begrüßungsfloskeln ergehen. Kelleys seliges Lächeln verwandelt sich zu einem zähnefletschenden Grinsen. David besitzt immerhin den Anstand, ganz leicht aus dem Takt zu geraten. Sein Blick fällt auf Ed und dessen Jackett, woraufhin er mich anschaut, ein Lächeln andeutet und eine Braue hebt. Wie oft habe ich diesen Ausdruck erlebt, wenn wir uns gemeinsam über etwas amüsierten, das unter aller Würde war!

Wie auf ein Stichwort hin wendet der Oberkellner sich nun um, um nach seinen verlorenen Entlein Ausschau zu halten. Das andere Paar beginnt, ungeduldig zu werden. David und Kelley folgen fluchtartig dem Oberkellner. Meine Mutter nimmt Platz. Mein Atem setzt erneut ein. Das Ganze hat vielleicht zehn Sekunden gedauert, ohne dass ein Wort gewechselt wurde, doch nun ist plötzlich alles eindeutig und klar.

»So. Haben die Herrschaften sich entschieden?«, fragt der Tischkellner.

Ich bestelle irgendetwas.

Nachdem der Kellner verschwunden ist, blickt Ed zuerst meine Mutter und danach mich an. Er grinst verschmitzt. »Ich könnte dem Kerl den Wagen abschleppen lassen«, erklärt er.

Ich entschuldige mich und schlage den Weg zur Damentoilette ein. Ich gehe so vorsichtig, als ob der Boden an Kugellagern aufgehängt worden wäre. Nachdem ich die Toilettentür hinter mir zugesperrt habe, sinke ich auf den rosafarbenen Polsterschemel, der in einer Ecke steht. Da sitze ich dann, und zwar so still, wie ein Mensch überhaupt nur sitzen kann, der an Armen und Beinen zittert. Ich ziehe ein Papiertaschentuch aus der Handtasche und tupfe den Schweiß von meiner Stirn und Oberlippe ab. Als ich aufstehe, um mir die Hände zu waschen, ist mir übel und schwindelig. Deshalb atme ich tief und langsam ein und aus.

Ich ziehe meine Lippen nach, obgleich das gar nicht notwendig ist. Danach sperre ich die Tür auf und trete hinaus. Auf dem Rückweg reiche ich dem Oberkellner einen Zehndollarschein und bitte ihn, mir ein Taxi zu rufen.

Die Taxifahrt nach Encino dauert sehr lange. Ich bin ausnahmsweise einmal dankbar, dass der Fahrer kein Englisch spricht. Ich habe mich auf dem Rücksitz in eine Ecke gekauert und grübele über Kelley nach. Es ist komisch, dass David sich jemanden ausgesucht hat, der so aussieht, wie ich immer aussehen wollte. Es ist, als ob er mich bei der Auswahl um Rat gebeten hätte. Kelley ist der Frauentyp, der den Verkehr zum Erliegen bringen kann. Groß und geschmeidig, stets gebräunt, doch nie zu braun. Die Haut gerade ausreichend getönt, dass sie einen geschickten Kontrast zu Kelleys schimmernder blonder Mähne und zu ihrem strahlenden Lächeln bildet. Kelley Hamlin ist *die* kalifornische Traumfrau, obgleich sie in Wirklichkeit aus Wisconsin oder Minnesota oder sonst einem der Kuhdorfstaaten stammt. Als ich sie in ihrem eng anliegenden blauen Kleid und auf den hohen Stöckelschuhen durchs *Le Jardin* rauschen sah, begriff ich schlagartig, wie überwältigt David sein muss. Welcher Mann wäre das nicht? Ich hingegen saß da und wand mich, mit meiner kalkweißen Haut, dem braunen Haar, das sich wie Moos aus dem Osterkörbchen in alle Richtungen kringelt, und mit den dunklen Rändern unter meinen Augen. Umgeben von Ed in seiner Karnevalsjacke und meiner Mutter im Seidenstaat.

Mir bleibt in der Tat nichts anderes übrig, als mich nach Hause zu meinen sauberen Laken und meinen Büchern zu verkriechen. Wenn es mich überkommt, werde ich über die Stränge schlagen und mir ein Glas Wein gönnen.

Unterdessen laben David und Kelley sich bei einem geruhsamen Dinner mit Freunden. Das heißt, wie ich die beiden kenne, wird es sich eher um Kunden handeln. Und anschließend? Gehen sie dann zu ihr? Oder in unser Haus? Oh, wie vergesslich von mir! Ich meine natürlich *sein* Haus. Vielleicht zünden sie ein Feuer im Kamin an und trinken noch einen kleinen Cognac. Amüsieren sich königlich über die drei Witzfiguren im Restaurant. Dann verebbt ihr Gelächter und ihre Blicke treffen sich. Davids Hand streicht über Kelleys nackte Schulter. Seine Lippen fahren über ihren Hals. O ja, David ist ein Meister in derlei Spielchen. Ich will aufhören, daran zu denken, doch es ist bereits zu spät …

Ich bin sie. Ich bin Kelley. Ich spüre seine Zungenspitze in der Kuhle auf meiner Kehle und unter meinen Schlüsselbeinen. Er öffnet den Reißverschluss an meinem Kleid und streift mein Oberteil herunter. Ob ich einen Büstenhalter trage? Ja, vielleicht einen mit halben Schalen aus blauer

Spitze. Er wird vorn geschlossen, doch David kennt sich aus. Ein winziges Klicken und meine Brüste purzeln hervor. Davids Mund spürt ihnen nach, saugt an meinen Brustwarzen, macht mich wahnsinnig. Jetzt sind wir auf dem Boden. Allerdings nur, wenn wir in meinem Haus sind. In seinem Haus möchte er nicht, dass er auf dem Schaffellteppich Flecken hinterlässt. Mein wundervoll goldenes Haar bauscht sich um mein Gesicht. Es sieht aus wie eine Wolke, die im Gegenlicht gefilmt wird. Davids Hand gleitet an meinem Schenkel aufwärts, um an die Stelle zu gelangen, von der er weiß, dass ich aufschreie, wenn er sie berührt – er ist auf mir. O Gott o Gott o Gott. Ich beiße auf meine Unterlippe. Ich bäume mich auf und stoße mit meinen Schienbeinen an die Rückseite des Vordersitzes.

»Hier Haus?«, fragt der Fahrer.

Gegen halb elf betritt meine Mutter mein Zimmer und setzt sich auf die Bettkante. Ohne sich lange mit Einleitungen aufzuhalten, befiehlt sie: »Dass du dich bloß nicht von dieser Barbiepuppe ausstechen lässt! Du musst für das, was du willst, kämpfen!«

Ich trinke einen Schluck Wasser aus dem Glas, das auf meinem Nachttisch steht. »Ich weiß aber nicht mehr, was ich will.«

Meine Mutter nimmt das Glas aus meiner Hand und trinkt es leer. »Du gibst zu schnell auf. David benimmt sich wie ein Idiot, doch das tun die meisten Männer irgendwann einmal. Abgesehen davon ist er großartig und klug und begabt. Er hat lange Zeit sehr gut für dich gesorgt. Ich glaube, er kommt wieder zur Vernunft, wenn du ihn nicht aufgibst.«

»Mutter! Er hat seine Wahl getroffen.« Ich greife nach meinem Buch. Meine Mutter nimmt mir das Buch aus der Hand und legt es außer Reichweite auf das Bett.

»Ich habe den Blick erkannt, mit dem er dich angeschaut hat, Wyn.«

»Toll. Ich sehe ja auch so fantastisch aus.«

»Du siehst wunderbar aus …«

»Ich sehe wie eine Leiche aus.«

»Du wirkst einfach nur traurig. Das durfte er ruhig bemerken. Das hat ihm nichts geschadet.« Meine Mutter seufzt und schließt in dem mir nur allzu bekannten Ausdruck der Frustration kurz die Augen. »Mir ist klar, dass du annimmst, ich hätte von nichts eine Ahnung, aber ich rate dir dennoch zur Geduld. Tu nichts Unüberlegtes. Du bist von allen noch in der günstigsten Position. Und sollte David weiterhin den Idioten spielen wollen, endest du wenigstens als eine sehr wohlhabende junge Frau.«

Ich massiere meine Schläfen im Kreis. Für eine Minute sagen wir beide nichts, danach hebt meine Mutter abermals an: »Ich habe Ed übrigens erklärt, dass es vorbei ist.«

Ich unterbreche die Massage und blicke sie an. »Das ist nur fair, finde ich. War er am Boden zerstört?«

»Aber nein! Er hat sich wie ein Gentleman benommen, mir die Wange geküsst und mir weiterhin alles Gute gewünscht.«

»Du Herzensbrecherin!« Ich muss ein wenig lächeln. »Eigentlich schade. Ich fing gerade an, ihn zu mögen. Jetzt werde ich nie erfahren, was in der Villa der Bartholomae vorgefallen ist.«

»Dort wurde ein reicher Mann ermordet.«

»Das ist natürlich auch eine Möglichkeit.«

Meine Mutter gähnt. »Ich nehme das als Stichwort, um mich zu Bett zu begeben.« In der Tür wendet sie sich noch einmal um. »Denk darüber nach, was ich gesagt habe, Wyn. Du hast nichts zu verlieren.«

Um zehn vor sieben wache ich auf. Der Stille im Haus entnehme ich, dass meine Mutter bereits zur Arbeit gegangen ist. Ich kuschele mich erneut zurecht, genieße die vertrauten Gerüche meines Zimmers: der trockene Duft der Wolldecke, der des Kräutersäckchens im Wäscheschrank, das die Laken parfümiert hat. Ich rieche die zitronige Möbelpolitur und nach all den Jahren auch noch eine Spur von Bluegrass, dem Eau de Toilette, das ich in den Teenagerjahren am liebsten mochte. Die vielen Liter, die ich davon in der Luft versprühte, die zerstäubten Puderwolken und die verkleckerten Tropfen Lotion müssen in die Wände, den Teppich und die Möbel eingesickert sein.

Herr Mond – die Nachtleuchte, die meine Oma mir schenkte, als ich fünf Jahre alt war und die Dunkelheit mir Albträume verursachte – steht auf der Kommode. Im bleichen, grauen Licht des Morgens leuchtet er nur schwach. Neben der Kommode hängt meine Pinnwand, die mit gewellten alten Sportplänen bedeckt ist, mit brüchig gewordenen Zeitungsausschnitten über Aufführungen, in denen CM tanzte, und mit Fotos von uns beiden – das beste davon ist das, welches CMs Vater am Tag unserer Schulabschlussfeier schoss: L. A. leidet gerade unter einer ungeheuren Hitzewelle. Um fünf Uhr Nachmittags sind es noch 39 °C. Die Abschlussklasse hat sich für das offizielle Foto auf dem Footballfeld aufgestellt, doch kurz bevor CMs Vater abdrückt, reißen wir unsere Talare auf und enthüllen Shorts und Bikinioberteile. Unsere Barette sitzen schräg über riesengroßen Sonnenbrillen. Wir grinsen von einem Ohr bis zum anderen und halten ein Banner mit der Aufschrift JETZT GEHT'S LOS hoch.

Oben auf dem Bücherregal steht in einem Silberrahmen mein Lieblingsfoto von meinem Vater. Er trägt ein weißes Tennisdress von Lacoste und hält den neuen Schläger in der Hand, den ich ihm zum Geburtstag geschenkt habe. Obgleich ich es zutiefst hasste, als Babysitterin auf Nachbarskinder aufpassen zu müssen, von denen einige nicht viel jünger waren als ich, verrichtete ich diesen Job ein Jahr lang mindestens an einem Tag des Wochenendes. Ich hortete meinen Lohn, um meinem Vater den neuen Titanschläger zu kaufen, den er sich damals wünschte. Ich weiß nicht einmal mehr, um welche Marke es sich handelte.

Ich ziehe die Decke bis unter das Kinn und halte mich daran fest. Mein Bett, mein Schreibtisch, meine Bücher, meine Bilder, mein Zimmer, alles ist noch so wie früher und ich liege sicher darin geborgen – erstarrt wie ein prähistorisches Insekt in einem Bernsteintropfen.

Mit einer Sache hat Tim, der Lustmolch, recht gehabt. Mein Vater liebte das Risiko. Ich wollte wie er werden, doch ich war ein ängstliches Kind und schlug in diesem Punkt eher meiner Mutter nach.

Es ist Sommer und ich befinde mich mit meinen Eltern am Strand. Ich bin sieben oder acht Jahre alt. Mein Vater schwimmt Wasser tretend hinter den Brechern im Ozean. Er ruft meinen Namen und winkt mich zu sich, während meine Mutter auf ihrem Handtuch sitzt, an der Unterlippe nagt und so tut, als würde sie lesen. Ich wate langsam ins Meer hinein.

»Schwimm!«, ruft mein Vater. »Tauch durch die Wellen hindurch!« Ich fürchte mich zu sehr und versuche, die wogende Brandung gehend zu durchqueren. Mit einem Mal ragt vor mir eine turmhohe Wasserwand auf, die über mir zusammenschlägt, mich von den Füßen reißt und mich wie ein Wäschestück in der Waschmaschine herumwirbelt. Ich will schwimmen, doch ich habe die Orientierung verloren und stoße auf dem sandigen Meeresboden auf. Als ich schreie, schwappt mir beißendes Salzwasser in Nase und

Mund, dringt bis in meine Nebenhöhlen und weiter bis in meine Lunge vor.

Als Nächstes liege ich weinend und hustend in den Armen meines Vaters und ich höre sein leises Glucksen. Er trägt mich aus dem Wasser. Meine Mutter kommt uns entgegengelaufen, doch sie sagt keinen Ton. Sie halten mich beide fest, bis ich zu husten aufhöre. Meine Mutter drückt das Wasser aus meinem Haar und Vater trocknet mein Gesicht mit einem Handtuch ab. Er gibt mir einen Kuss auf die Wange.

»Jetzt weißt du, wie es geht, Wyn«, sagt er. »Wenn du ins tiefe Wasser hinauswillst, musst du durch die Wellen tauchen. Wenn du wartest, bis sie dich erwischen, nieten sie dich um.«

Ich rolle mich auf die Seite, angele nach dem Telefon und ergreife den Hörer. Innerhalb einer Stunde habe ich mit Ellen in der Bäckerei an der McGraw Street, mit Elizabeth Gooden, CM und Alaska Air Lines gesprochen. Anschließend lege ich mich in die Kissen zurück und aale mich für einen Moment in meiner Entschlossenheit. Mit ein paar wenigen mutigen Handstreichen habe ich die Richtung meines Lebens geändert, und dabei ist es noch nicht einmal halb neun Uhr morgens und das Bett musste ich dazu auch nicht verlassen.

Nun bleibt nur noch eine Sache zu tun.

Ich sitze oben auf der Treppe, als David in die Einfahrt einbiegt. Er nimmt seinen Aktenkoffer vom Rücksitz und kommt auf mich zu. Er kann mich nicht sehen, denn es ist dunkel und er hat am Morgen vergessen, die Eingangslampe einzuschalten. Ich hingegen erkenne ihn im Schein der Straßenlaterne deutlich und abermals bricht mein Herz.

Für seine Verhältnisse bewegt David sich langsam, mit hängenden Schultern. Er wirkt erschöpft.

»David!«

Beim Klang meiner Stimme ruckt sein Kopf in die Höhe. Überrumpelt wie er ist, kann er seine Überraschung ebenso wenig verbergen wie den Anflug eines Lächelns.

»Wyn. Was tust du hier?«

»Ich habe hier einmal gewohnt«, erwidere ich leise.

David wendet seinen Blick ab, kramt den Schlüssel hervor und steckt ihn ins Schloss, ohne jedoch die Tür zu öffnen.

»Kann ich mit reinkommen?«

Instinktiv schaut er über seine Schulter nach hinten. Vielleicht glaubt er, meine Anwältin hätte mich zu etwas angestiftet und er würde heimlich gefilmt.

»Du hast nie angerufen.« Ich spreche mit gedämpfter Stimme. Ich will nicht, dass sie zittert. »Wir haben nie miteinander geredet.«

»Ich weiß. Es tut mir Leid. Ich ... das ist jetzt kein sehr günstiger Augenblick, Wyn. Ich bin müde ...«

»Ich bin ebenfalls müde und es gibt nie einen günstigen Augenblick, oder etwa doch?«

David wendet sich abrupt ab, stößt die Tür auf und tritt beiseite, um mich vorbeizulassen. Er drückt auf die Schalteranlage und die vorderen Räume erhellen sich schlagartig. Ich werfe einen Blick in die Runde – Wohnzimmer, Esszimmer, durch die Diele zur Küche hinüber, die Treppe hoch zur Galerie. Alles kommt mir vertraut vor, allerdings auf eine seltsame Art – wie ein Hotel, das man in einer Broschüre gesehen, jedoch nie besucht hat.

Ich folge David ins Wohnzimmer. Im Kamin verströmen die Aschereste, die von einem erloschenen Feuer herrühren, einen kalten, beißenden Geruch.

»Könnte ich vielleicht einen Cognac bekommen?«

David zieht sein Jackett aus, faltet es sorgsam zusammen und legt es über die Rückenlehne des Sofas. »Natürlich.«

Ich höre, dass sich seine Schritte über die Schieferplatten des Fußbodens entfernen und danach ertönt in der Küche das Klimpern von Flaschen. David ist kaum verschwunden, als an der Tür kurz und laut geklopft wird. Ich weiß nicht, ob er es nicht gehört hat oder ob er davon ausgeht, dass ich ohnehin schneller als er an der Tür sein werde. Wie auch immer – er scheint den Dingen einfach ihren Lauf lassen zu wollen.

Ich glaube, ich bin der letzte Mensch, den Kelley erwartet hat. Mit Sicherheit bin ich jedoch der letzte Mensch, auf den sie gehofft hat.

Sie hat sich allerdings schnell wieder im Griff. »Hallo, Wyn. Welch eine Überraschung.«

»Ja, nicht wahr?« Ich möchte Kelley anlächeln, doch das ist ziemlich schwierig, da ich nur daran denken kann, wie es wäre, ihre Hautfetzen unter meinen Fingernägeln zu spüren. Ich schaue auf meine Armbanduhr. »Zwanzig vor zehn ist reichlich spät, um noch Akten vorbeizubringen.«

»Wo ist David?« Kelleys Stimme klingt vollkommen beherrscht. Welch ein Ass sie in hochkonzentrierten Kundengesprächen sein muss!

»Er besorgt mir gerade einen Cognac. Wir haben ein paar Dinge zu bereden. Warum wartest du nicht so lange draußen?«

Auf ihren gleichmäßig gebräunten Wangen breiten sich zwei feuerrote Flecken aus, doch bevor sie etwas erwidern kann, taucht David auf. Er hält zwei Kristallschwenker mit Cognac in den Händen.

»Tja ...«, sagt er.

Wir drei betrachten uns stumm wie Wachsfiguren aus Madame Tussauds Kabinett, bis David steif fortfährt:

»Wyn und ich müssen uns über Verschiedenes unterhalten, Kelley. Wir sehen uns morgen im Büro.«

Kelley dreht sich wortlos um und verschwindet. Die Tür zieht sie sanft hinter sich ins Schloss. David reicht mir einen der Schwenker und wir begeben uns ins Wohnzimmer.

»Vielen Dank.« Mehr traue ich mich nicht zu sagen. Zuerst muss ich den Cognac in meiner Kehle spüren. Ich habe mir geschworen, gefasst zu bleiben, unter keinen Umständen die Haltung zu verlieren und vor allem nicht zu weinen. Dennoch sitzt ein dicker Kloß in meinem Hals, um den ich nicht herumsprechen kann. Ich mache ein paar tiefe Yoga-Atemzüge und trinke mehrere Schlückchen Cognac hintereinander, woraufhin der Kloß allmählich zerfällt.

»Worüber möchtest du reden?« David setzt seinen Schwenker auf dem Glastisch ab.

Worüber ich reden möchte? würde ich ihn am liebsten anschreien und ihm meinen Schwenker in sein makelloses Gesicht werfen. Ich schaffe es jedoch, weder das eine noch das andere zu tun.

»Ich dachte, wir könnten über *uns* reden, David.« Der Satz ist mir geglückt. Er klang ausreichend besonnen.

»Okay.« David lockert seine Krawatte. Dass er eine trägt, bedeutet, er hat ein Kundengespräch hinter sich. Er lehnt sich im Sessel zurück und blickt mich abwartend an.

»Ich werde für eine Weile nach Seattle gehen.« Bilde ich mir das nur ein oder wirkt er tatsächlich erleichtert? »In diesem Zusammenhang habe ich mich gefragt, ob du inzwischen weiter über unsere … über die Situation nachgedacht hast.«

Da er sich nie bei mir gemeldet hat, ist das wahrscheinlich ein ziemlich idiotischer Einstieg, doch David schüttelt ernst den Kopf. »Nein, das habe ich nicht. Ich war dermaßen beschäftigt, dass …«

»Für das, was einem am Herzen liegt, findet man immer Zeit.«

David beugt sich vor und stützt seine Ellbogen auf den Knien auf. »Wyn, es tut mir Leid. Ich versuche mein Möglichstes. Vielleicht erwartest du einfach zu viel. Es tut mir auch Leid, dass du jetzt enttäuscht bist.«

»Ist es zu viel verlangt, wenn ich möchte, dass wir uns nach allem, was vorgefallen ist, hinsetzen und über unsere Ehe sprechen? Oder ist sie dir einfach gleichgültig geworden? Kannst du mir nicht wenigstens ansatzweise erklären, was du empfindest?«

David blickt mich zum ersten Mal, seit er auf der Treppe beinahe über mich gestolpert wäre, voll an. Sein Gesicht wirkt abgespannt und unter seinen Augen befinden sich dunkle Ringe. »Das kann ich dir nicht erklären, weil ich es nicht weiß. Ich weiß nicht, was ich empfinde. Ich weiß auch nicht, was geschehen wird. Ich verstehe, dass du mehr erfahren möchtest, was auch dein gutes Recht ist … aber ich kann dir beim besten Willen keine Antwort geben. Mir schwirrt der Kopf von dem, was in der Agentur abläuft. Wir haben Hathaway heute verloren. Vermutlich werden jetzt ein paar Köpfe rollen, eventuell auch meiner. Ich … es tut mir Leid.«

»Du hast Hathaway verloren?«, stoße ich hervor.

David nickt. »Foot Cone übernimmt nun die Werbung für ihn.«

»Aber Tim war doch …«

»Es war eine geschäftliche Entscheidung, Wyn. Es hatte nichts mit mir zu tun.« Seine Stimme ist tonlos.

Mir wird klar, dass ich mir den falschen Abend ausgesucht habe, um mein Thema voranzubringen. Ich stehe auf, ziehe meine Jacke enger um mich und trete zu David.

Er blickt zu mir hoch.

»Ich liebe dich, David.«

Er ergreift meine Hand und drückt sie kurz an seine Wange. Er entgegnet jedoch nichts.

»Ich fliege Sonntag ab. Wenn du es einrichten kannst, ruf mich vorher noch an.«

»Das tue ich«, verspricht er, doch wir wissen es beide besser.

»Das machst du jetzt nur, weil ich dir davon abgeraten habe, oder?« Meine Mutter lehnt im Türrahmen und schaut zu, wie ich mir einen Nackenzopf flechte. Unter einem langärmeligen T-Shirt mit einem handgemalten Blumenstrauß auf der Vorderseite trägt sie ihre fünf Jahre alte Jogginghose, die noch immer brandneu aussieht. Das T-Shirt stammt vom Weihnachtsbasar, den sie jeden November besucht.

Ich bemühe mich, locker zu bleiben. »Du hast nicht gesagt, ich soll nicht nach Seattle zurückkehren.«

»Ich habe aber gesagt, du sollst nichts Unüberlegtes tun.« Ihre grauen Augen suchen meinen Blick im Spiegel. »Du gräbst dir dein eigenes Grab.«

Ich lasse meinen Zopf los, woraufhin sich mein Haar umgehend auflöst und in alle Richtungen stiebt. »Mutter!«, seufze ich. »Ich weiß, du wirst es nicht glauben, aber was ich tue, hat mit dir nicht das Geringste zu tun.«

»Du räumst dieser … diesem Geschöpf das Feld. Du ergreifst die Flucht. Kampflos gibst du auf. Das ist nicht die Wynter, die ich kenne.«

»Was soll ich denn deiner Meinung nach tun? Eine Voodoopuppe anfertigen, die wie Kelley aussieht, und Nadeln in sie piken? Soll ich Kelley beschatten lassen? Oder ihr die Reifen aufstechen? Soll ich sie bei JMP vor aller Augen zusammenschlagen?«

Meine Mutter tritt näher. »Selbstverständlich nicht. Du sollst nur nicht alles sausen lassen. Bleib hier. Rede mit David. Wehre dich gegen die Scheidung. Mach es ihm schwer. Mach dich zurecht. Flirte mit David. Verführe ihn.«

Ich werfe den Kamm auf die Frisierkommode. Er trifft auf der Kante auf und fällt zu Boden. »Warum sollte ich mich zum Narren machen?«

»Weil du ihn liebst. Deshalb. Und tief in seinem Inneren liebt er dich ebenfalls.«

Ich verdrehe die Augen, doch meine Mutter tut, als sähe sie es nicht.

»Die Frauen deiner Generation versuchen fortwährend, den Unterschied zwischen Mann und Frau zu leugnen, und sie wissen nicht, wie falsch sie damit liegen.« Die Stimme meiner Mutter hebt sich. Sie ist nun ganz die Autorität in Fragen der Geschlechter. »Es gibt biologische, verhaltenstechnische und genetische Unterschiede, die sich über jahrtausendealte Evolutionsprozesse hinweg verfestigt haben ...«

»Ich glaube, du bist einfach zu spät zur Welt gekommen, Mom. Die Viktorianer hätten an dir ihre helle Freude gehabt.«

Meine Mutter beginnt vor dem Fenster auf und ab zu wandern. »Männer erreichen das, was sie wollen, indem sie es sich nehmen, Wynter. Frauen erreichen es durch Beharrlichkeit – indem sie nämlich durchhalten und warten, bis die anderen aufgeben und das Handtuch werfen.«

Ich wende mich um und starre sie an. »Tolles Bild, Mom. Die Frau als unverrückbares Felsmonument.«

Meine Mutter schließt für einen Moment die Augen.

Wir schaffen unsere Einsätze inzwischen im Schlaf, denn dieses Stück führen wir bereits seit Jahren auf.

»Wyn, hör mir *einmal* in deinem Leben zu. Wenn du dich schon entschieden hast, deine Ehe wegzuwerfen, dann sieh wenigstens zu, dass du einen ordentlichen finanziellen Ausgleich erhältst. Ich kenne genug Frauen, die ihren rechtmäßigen Anteil verloren, weil es ihnen an Rückgrat fehlte. Sie schafften es nicht, durchzuhalten und zu kämpfen. Es gibt immer Möglichkeiten, etwas zu verschleiern, das Gesetz zu umgehen oder abwertende Gutachten …«

»In Kalifornien ist Gütergemeinschaft Gesetz.«

»Wenn das so fest verankert wäre, gäbe es in Los Angeles nicht Tausende von Scheidungsanwälten.«

Ich stehe auf und ergreife die Hände meiner Mutter. »Mutter! Bitte, bitte, sieh es endlich ein! Ich kann hier nicht länger bleiben.«

»Dann such dir etwas Eigenes.«

»Nicht *hier*. Ich kann nicht länger in Los Angeles bleiben. Ich will nicht stets damit rechnen müssen, den beiden irgendwo zu begegnen. Ich will nicht jedermanns Fragen beantworten. Genaugenommen will ich nicht einmal, dass jemand mir überhaupt Fragen stellt. Ich will nicht die Blicke auffangen, die man mir zuwirft. *Oh, die arme Wyn! Ihr Mann hat sie sitzen gelassen, denn er hat endlich seine Traumfrau kennen gelernt. Gewiss fängt Wyn bald an zu töpfern.*«

»Das ist doch absurd. Deine Freunde und Freundinnen werden dich doch nicht verachten, nur weil David …«

Ich pruste los. »Freunde? Ich habe keine Freunde. Ich habe lediglich Kontakte. Die Frauen, mit denen ich mich in den vergangenen Jahren abgegeben habe, waren ausgesuchte Exemplare und nur aufgrund ihres potenziellen Nutzens aktuell. Ich hatte keine Zeit, Freundschaften zu schließen.«

»Was glaubst du denn, was du in Seattle tun wirst? Dich Abend für Abend an CMs Schulter ausweinen?«

»Man hat mir einen Job angeboten, ob du es glaubst oder nicht. Ich werde Brot backen.«

»O Wyn.« Die Enttäuschung in ihrer Stimme ist nicht zu überhören. »Also ehrlich, ich will dich ja nicht kritisieren …«

»*Aber …*«, souffliere ich.

»Aber wie willst du denn damit Geld verdienen?«

»Ich brauche nicht viel. Außerdem erhalte ich von David eine monatliche Unterstützung.«

Meine Mutter lacht auf. »Wyn, davon kannst du nicht leben.« Die Betonung liegt auf *du*.

Meine Fingernägel bohren sich in meine Handflächen. »Elizabeth hat gesagt, sie kann den Betrag noch aufstocken.«

Es ist, als hätte sie mich nicht gehört. »Liebe Güte, und das bei einem Lehrerinnendiplom! Einem Abschluss in Englisch und Französisch! Warum muss es denn unbedingt eine manuelle Arbeit sein?«

»Weil ich diese Arbeit liebe.«

Wie zwei Gladiatorinnen stehen wir uns in der Mitte des Zimmers gegenüber. Wenn ich aufschaue, werde ich Nero erblicken, der mit den Daumen nach unten zeigt.

»Das ist doch Unsinn.« Der Blick meiner Mutter hat sich getrübt. »Und wenn du schon unbedingt Brot backen musst, dann kannst du das genauso gut hier tun. Du könntest bei mir wohnen und müsstest nicht …«

»Ich will es aber nicht hier tun. Ich habe dort bereits einen Job.«

»Du bist genau so dickköpfig wie dein Vater.« Mit diesem Satz gibt meine Mutter sich gewöhnlich geschlagen.

Ich betrachte ihn als Kompliment.

Sieben

Wenn es nach Ellen ginge, hätte ich bereits gestern anfangen müssen, doch ich mache ihr begreiflich, dass ich eine Woche benötige, um mich einzugewöhnen. Ich verplempere mehrere Tage damit, die Zeitungsanzeigen zu studieren und mir Wohnungen anzusehen.

CM schlägt mir vor, bei ihr zu wohnen, doch die Vorstellung, eine eigene Wohnung zu haben, lässt mich nicht mehr los. Ich habe eigentlich noch nie allein gelebt. Bei meinen Eltern zog ich aus, um mit CM zusammenzuwohnen, und in Frankreich lebte ich bei der Familie Guillaume. Ich war lediglich ein einziges Mal auf mich gestellt, und zwar während der sechs Monate vor meiner Hochzeit, als CM sich in New York aufhielt. Doch selbst in dieser Zeit lebte ich größtenteils bereits mit David zusammen.

Seattle leidet offenbar an einem Überangebot von schäbigen, kleinen Einzimmerwohnungen, die sich gleichen wie ein Ei dem anderen: Die Teppichböden werfen Falten, die imitierte Holzvertäfelung splittert von den Wänden ab und um die Kacheln im Badezimmer wuchert Schimmelpilz.

Wenn ich eine ausreichende Anzahl dieser Wohnungen begutachtet habe, schleppe ich mich müde und niedergeschlagen in CMs Wohnung zurück.

Zuletzt gibt mir irgendjemand in der Bäckerei die Telefonnummer einer Leasingmaklerin namens Daisy Wardwell.

Daisy ist eine flotte Blondine mit perfektem Make-up und einem eindrucksvollen Vorrat an pastellfarbenen Jogginganzügen. Sie zeigt mir Wohnungen, die nicht in der Zeitung stehen. Sie sind schöner als die, die ich zuvor gesehen habe, aber sie kosten auch mehr Geld, da die Summe Daisys Maklergebühr mit einschließt. Nachdem ich Daisy beschrieben habe, was mir vorschwebt und wie viel ich für die Miete ausgeben möchte, hält sie mich offenkundig für übergeschnappt, sagt jedoch, sie wolle sich weiter umhören.

Am nächsten Tag ruft sie mich an und nennt mir eine Adresse auf der Fourth Street, wo sie mich um halb elf treffen will.

Während ich auf der Straße stehe und auf sie warte, starre ich auf die verblasste Hausnummer, die sie angegeben hat, und vermute, dass sie sich vertan hat oder dass ich die Zahlen beim Aufschreiben verdreht habe. Das Haus, um das es geht, ist ein riesiger viktorianischer Kasten, der gerade restauriert oder abgerissen wird – genau lässt sich das nicht sagen. Mit seinem grauen Verputz und den verwitterten, abgeblätterten Fensterrahmen gleicht er einem »Vorher«-Foto in einer Wohnzeitschrift. Die »Nachher«-Aufnahme würde weiße Korbmöbel und üppige Farnpflanzen zeigen und einen Tisch, auf dem nett zum Nachmittagstee gedeckt wurde.

Ich steige die Treppe empor, mache große Schritte über fehlende und modernde Stufen und umrunde die offene Vorderveranda. Eins der großen Fenster ist eingeschlagen und mit Brettern vernagelt worden, die anderen Fenster sind blind vor Dreck. Ich schirme meine Augen ab und versuche ins Innere des Hauses zu spähen, doch ich erkenne lediglich ein gewaltiges Möbelstück, das, von Tüchern verhüllt, inmitten eines Zimmers steht. Die Eingangstür wurde durch eine billige Metalltür aus dem Baumarkt ersetzt. Sie ist verschlossen.

Mit quietschenden Reifen kommt Daisys schwarzer Jeep Cherokee halb auf dem Gehsteig zum Stehen. Daisy springt atemlos hervor. »Hallo! Tut mir Leid, dass ich zu spät bin.«

»Bitte sagen Sie nicht, dass das hier die Wohnung ist.«

Daisy lacht. »Ja und nein. Kommen Sie mit.«

Ich folge ihr über einen Kiesweg. Er führt an einer dichten Gruppe Schierlingstannen vorbei, um das Gebäude herum, bis zu einem schindelgedeckten Häuschen, das sich auf dem hinteren Teil des Grundstücks befindet.

»Das ist erst im letzten Frühjahr gebaut worden«, sagt Daisy. »Ich glaube nicht, dass es schon jemals bewohnt wurde.«

Das Empfangskomitee aus Spinnen und Mäusedreck scheint Daisys Eindruck zu bestätigen.

»Es muss natürlich noch gesäubert werden, aber es ist doch irgendwie niedlich – finden Sie nicht?«

Das Wohnzimmer ist klein, doch es hat einen Holzofen. Dahinter schließt sich eine einfache Küchenzeile an. Im Schlafzimmer steht ein recht ordentlicher Schrank, allerdings fehlen weitere Regale oder eine Kommode. Andererseits habe ich zurzeit auch noch nicht allzu viel zu verstauen. Im Badezimmer gibt es ein Oberlicht und auf der rechteckigen Badewanne klebt noch das Herstelleretikett. Ich wandere auf die überdachte Außenveranda hinaus und stelle mir vor, wie ich morgens dort sitze und eine Tasse Espresso trinke. Die Miete ist nicht viel höher als die der Bruchbuden, die ich bisher besichtigt habe.

»Wo liegt der Haken?«

Daisy lächelt. »Das Häuschen wird nur von Monat zu Monat vermietet. Ich weiß nicht genau, wie lange es verfügbar sein wird. Die Dame, die in dem großen Haus gelebt hat, ist vor einer Weile gestorben. Ihr Sohn hatte bereits mit der Restaurierung begonnen, doch nun will seine Frau sich von ihm scheiden lassen … ach, ich weiß auch nicht, es ist irgendwie ein einziges Durcheinander.«

»Kommt mir bekannt vor«, murmele ich. Ich entdecke einen leeren Terrakottatopf, der neben der Eingangstür steht, und male ihn mir voller roter Geranien aus.

»Im Übrigen sehe ich eigentlich nur ein Problem«, fährt Daisy unterdessen fort. »Das Häuschen liegt ein wenig einsam, solange niemand das große Haus bewohnt. Sie haben zwar Nachbarn, doch sehen könnte Sie keiner.« Daisy wirft mir einen forschenden Blick zu. »Die Gegend hier ist ausgesprochen ruhig. Andererseits machen Sie mir nicht gerade einen ängstlichen Eindruck. Dennoch …« Ihre Stimme verebbt.

Im Glanz der warmen Herbstsonne habe ich Schwierigkeiten, mir Einbrecher und mordlüsterne Geisteskranke vorzustellen, die um das Haus herumschleichen. Stattdessen sehe ich ein Vogelhäuschen mit umherschwirrenden Kolibris und üppig blühende Pflanzenkübel. Ich räkele mich auf einer Rattanliege und lese ein gutes Buch. Durch die geöffnete Tür schweben die Klänge eines Vivaldi-Konzertes nach draußen.

Mir gefällt es, wie das Häuschen zwischen die Bäume gekuschelt daliegt. Es sieht wie das Hexenhäuschen in einem Märchenwald aus. Vor meinem geistigen Auge wuchert bereits dichter Efeu über die Veranda und ich frage mich, ob die Vorderfront wohl ausreichend Sonne erhält, um blutrote Trompetenblumen gedeihen zu lassen. Mach langsam, Mädel, ermahne ich mich. Es geht um eine Mietwohnung und nicht um ein Projekt mit längerfristiger Planung in Sachen Landschaftsgärtnerei.

»Ich glaube, ich nehme es.«

»Na, bestens! Dann fahren wir jetzt in mein Büro, um die Formalitäten zu erledigen. Bis zum Wochenende wird das Häuschen bezugsfertig sein.«

Linda LaGuardia, die Frau, die für Ellen und Diane die Brote backt, hat ein Problem, das dem Ausmaß des Yukon-Territoriums entspricht. Als Ellen uns, wenige Tage bevor ich mit der Arbeit beginne, miteinander bekannt macht, begutachtet Linda mich so, wie meine Oma ihre Braten inspizierte, und schnaubt verächtlich: »Bin gespannt, wie lange es mit der gut geht.«

Ich beobachte, wie Linda anschließend mit hervortretendem Bizeps zwei große Mehlkanister in den Lagerraum schleppt. Von hinten gleicht sie einem Hydranten auf O-Beinen und von vorn einem englischen Bullterrier. Ihr dünnes Haar ist gelb-grau meliert und sieht aus, als sei es mit einem elektrischen Tranchiermesser onduliert worden. Ihre Augen erinnern mich an schwarze Kieselsteine und aus dem großen Muttermal auf ihrer Wange sprießen schwarze Haare.

Ellen blickt fassungslos drein. »Na ja«, bemerkt sie kopfschüttelnd. »Sie ist halt ein Faktotum.«

»Bist du dir sicher, dass sie eine Hilfskraft will?«

»Im Gegenteil«, erwidert Ellen. »Ich bin mir sicher, dass sie *keine* will.« Sie tätschelt meinen Arm. »Mach dir keine Sorgen. Hunde die bellen, beißen nicht.«

Ich halte mir vor Augen, dass ich ja auch jederzeit wieder kündigen kann.

Am Samstag liefert UPS bei CM die Kartons mit meiner Kleidung und meinen Büchern ab. Am nächsten Nachmittag verfrachten wir sie in mein Häuschen und fügen sie der merkwürdigen Ansammlung von Möbelstücken hinzu, die ich in den vergangenen beiden Tagen aufgetrieben habe.

CM setzt einen kleinen, aber schweren Karton auf dem Fußboden ab, stemmt die Fäuste in die Seiten und schaut sich um. Ihr Blick fällt auf den grünen Ohrensessel mit Karomuster und den extrem scheußlichen goldbraunen Clubsessel, die beide dem Sammellager der Heilsarmee entstammen. Ich habe sie links und rechts vor dem Holzofen angeordnet. Dazwischen steht ein kleiner, runder Tisch. In einem Trödelladen auf dem Capitol Hill habe ich einen Damensekretär mit einem abgebrochenen Fuß ergattert, den ich mit extrastarkem Kleber wieder angeleimt habe. Bei dem Stuhl mit der leiterförmigen Rückenlehne und bei der angelaufenen Bronzelampe, die einer Fackel nachgestaltet wurde, handelt es sich um Stücke vom gestrigen Flohmarkt, der in einem Vorgarten hier in der Nachbarschaft abgehalten wurde.

CM späht in das leere Schlafzimmer. »Worauf schläfst du?«

»Ich habe einen Bettrahmen und eine Matratze bestellt, doch beides kann nicht vor Mittwoch geliefert werden.«

»Ich habe einen besseren Vorschlag. Warum besorgst du dir stattdessen nicht ein Futon mit Rahmen? Dann hättest du Couch und Bett in einem.«

»Superidee. Wie kommt es, dass du so schlau bist?«

»Ich habe gelernt mich zu behelfen.« Im Gegensatz zu dir, verbeißt sie sich hinzuzufügen.

Wir gehen noch ein letztes Mal zum Wagen, um die alte Messinglampe mit dem grünen Glasschirm herauszuholen, die CM als Einstandsgeschenk beisteuert. In meiner Wohnung stellt CM die Lampe auf die Anrichte neben dem Spülbecken. »Wyn, das ist alles so ...« Sie fahndet nach einer höflichen Umschreibung. »... so spartanisch. Glaubst du wirklich, du wirst dich hier wohlfühlen? Ich meine, du bist so was doch gar nicht gewohnt ...« Ihre Stimme versickert.

»Ich richte es mir noch her«, erwidere ich zuversichtlich. »Es wird schon gehen.« Ich finde, CM hört sich an wie meine Mutter, doch vielleicht bilde ich mir das auch nur ein.

»Du weißt, dass du jederzeit wieder zu mir ziehen kannst. Ich meine, wenn dir das hier zu sehr wie Camping vorkommt. Ich verstehe sowieso nicht, warum du nicht in meiner Wohnung bleibst. Zumindest so lange, bis ich zurückkomme.«

»Ich will für mich sein.«

»Wenn ich nicht da bin, bist du doch für dich!« Sie schaut mich an. »Vergiss es. Ich sehe, du hast deine störrische Miene aufgesetzt.«

CM überreicht mir die Schlüssel für ihre Wohnung und für ihren Wagen. »Nur für den Fall«, erklärt sie. »Ich habe dem Hausmeister angekündigt, dass du vielleicht auftauchst. Dann wirst du wenigstens nicht verhaftet – obwohl ich mir nicht sicher bin, ob eine nette Zelle nicht gemütlicher wäre als deine Wohnung.«

Das meiste meiner Garderobe, die ich aus Los Angeles herbeigeschafft habe, ist überflüssig. Mein Hirn muss aufgrund mangelnden Gebrauches geschrumpft sein, denn ich habe Kleider eingepackt, die zu meinen Lunchtreffen und für den Einkaufsbummel in Beverly Hills gehörten. Außerdem jede Menge Miniröcke, Cocktailkleider, Reizunterwäsche und Stöckelschuhe. Nicht gerade ideal für die Arbeit in einer Bäckerei. Abgesehen davon fehlt mir der Platz, um die Sachen unterzubringen. Ich lege Jeans, eine Jogginghose, mehrere Pullover, drei langärmelige T-Shirts, Fitnessklamotten und meine Laufschuhe beiseite und verstaue den Rest wieder in den Kartons.

Als sich der Tag seinem Ende zuneigt, wird es mit einem

Mal auch frischer in meiner Wohnung, und ich fahnde nach dem Thermostat. Ich untersuche alle Wände, den Schrank und die Küchenregale und bücke mich sogar unter die Spüle in der Küche, doch eins ist so vergebens wie das andere. Danach krame ich den Aktenordner hervor, den Daisy mir hinterlassen hat, und beäuge die Seite mit den näheren Angaben zu meiner Wohnung. Sie ist in zwei lange Spalten unterteilt. Hinter dem Wort »Heizung« steht in der entsprechenden Zeile »keine«.

Richtig. Ich entsinne mich vage, dass Daisy und ich darüber sprachen, doch in meinem Eifer, mir ein eigenes Nest herzurichten, habe ich dem wohl keine besondere Beachtung geschenkt. Neben dem Wort »keine« ist ein Sternchen, hinter dem in winziger Schrift »wird durch Holzofen beheizt« steht. Soll mir recht sein; nur leider fehlt mir das dämliche Holz für den dämlichen Holzofen.

Ich lasse mich auf die Matte nieder, die vor dem kalten, stummen Ofen liegt. Anschließend wandert mein Blick von den Kartons voller teurer, unpraktischer Kleidung zu meinen Möbelraritäten, die selbst in dieser kleinen Wohnung verloren wirken, und zu dem Korb, in dem sich einige Geschirrstücke und Gläser befinden, die ich von CM abgestaubt habe. Was um alles in der Welt will ich eigentlich beweisen? Dass ich kein verzogenes Gör bin? Dass ich Frau Thoreau bin, die ab sofort am Teich von Walden haust? Gut, ich hätte ein paar Scheine für Möbel hinblättern können, aber wozu? Das hier ist doch nur vorübergehend. Falls David anruft, um mich zurückzuholen, will ich keinen Ballast mit mir herumschleppen. *Wenn* er anruft. Nicht *falls*.

Ich bestelle mir eine Pizza und esse sie im bernsteinfarbenen Licht meiner Fackellampe am Sekretär. Dabei schweift mein Blick zu dem angeleimten Fuß und bleibt daran haften. Beiläufig überlege ich, wie es wohl dazu kam, dass er abbrach. Ob Kinder im Wohnzimmer Football spielten?

Die Folge eines Ehestreits? Männer, die den Sekretär beim Umzug fallen ließen?

Ich habe vergessen, den Gasboiler in der Küche anzuzünden, weshalb beim Abspülen eine dünne Fettschicht auf dem Teller haften bleibt. Für eine Weile versuche ich zu lesen, doch dafür ist es zu kalt. Ob ich nicht doch besser CM anrufe und sie bitte, mich abzuholen? Ich nehme den Telefonhörer auf, lege ihn jedoch wieder auf die Gabel zurück. Besser, ich störe CM nicht. Außerdem möchte ich nicht, dass jemand kundtut, er hätte es ja gesagt. Auch nicht CM.

Um halb neun ziehe ich eine lange Gymnastikhose, Jeans, Jogginghose, einen Rollkragenpullover, ein dickes Polohemd und einen weiteren Pullover an. Aus den Sitzkissen meiner beiden Sessel baue ich mir ein Matratzenlager zurecht und krieche unter die drei Wolldecken, die ich mir von CM geborgt habe. Ich komme mir vor wie das Würstchen in den Krautwickeln, die meine Mutter zuweilen samstagabends zubereitete. Aufgrund der übereinander geschichteten Hosen kann ich meine Knie nicht krümmen. Um viertel nach neun ziehe ich mir noch ein Paar Socken und meinen Parka über.

Nach einer Weile bin ich davon überzeugt, dass sowohl mein Kummer als auch meine Einsamkeit in mir einen Anfall geistiger Umnachtung ausgelöst haben müssen, denn eine andere Erklärung für meine jüngsten Entschlüsse fällt mir beim besten Willen nicht ein. Zum Glück kann ich am folgenden Tag erneut packen und nach L. A. zurückkehren. Das wird zwar einen gewissen Gesichtsverlust bedeuten und auch, dass ich ein paar hundert Dollar für die Miete zum Fenster hinausgeworfen habe, doch ich werde mich zumindest wieder wie ein normaler Mensch fühlen.

Ich drehe mich auf den Rücken. Ich kann mir auch in L. A. eine eigene Wohnung besorgen. Allerdings müsste ich dort weiterhin die Fragen meiner Mutter über mich ergehen lassen, wenigstens so tun, als würde ich ihre Ratschläge überdenken, und mir ihre Theorien zur moralischen Überlegenheit der Frau anhören. Einen Job bekäme ich dort ebenfalls. Allerdings kaum als Brotbäckerin. Wahrscheinlich würde ich über kurz oder lang klein beigeben, meine Lehrerlaubnis neu beantragen und mich abermals mit halb kriminellen Jugendlichen abplagen.

Und dann, eines Abends, nachdem mir zum wievielten Mal die Decke auf den Kopf gefallen ist, gebe ich mich geschlagen und gehe mit einem Unbekannten aus. Mit jemandem, der sich an einem hinterwäldlerischen College eine Bude mit dem Cousin des Sohnes eines Bekannten meiner Mutter geteilt hat, und der ein sehr netter, stiller Junge ist. In Wirklichkeit ist er jedoch der Schlitzer von Sepulveda und am nächsten Tag wird mein verstümmelter Körper in einer Schlucht des Angeles-Crest-Nationalparks aufgefunden. Diese Geschichte wird auf der ersten Seite der *Los Angeles Times* erscheinen, die David und Kelley beim Frühstück lesen. Kelley wird die Augen aufreißen und fragen: »Sag mal, warst du mit dieser Frau nicht mal verheiratet?«

Daraufhin wird David über ihre Schulter auf die Seite spähen und murmeln: »Das Gesicht sagt mir nicht viel, doch das Haar kommt mir irgendwie bekannt vor.«

Am Morgen kauere ich zähneklappernd unter meinen Wolldecken und greife nach Daisys Aktenordner. Er enthält eine Seite, auf der Holzlieferanten aufgelistet sind. »Diejenigen mit Sternchen bringen und stapeln das Holz«, hat Daisy dazu notiert. »Sie sind zwar etwas teurer, doch wenn Sie keinen Kleinlaster besitzen und auch niemanden kennen, der einen …« Sehr lustig. CM würde sich gewiss freuen, wenn ich in ihrem Camry Baumstämme transportiere.

Ich rufe den Laden an, dessen Name mir am besten gefällt. Er heißt Norwegian Woods. Der Typ am anderen Ende erklärt mir, für einen Holzofen bräuchte ich Hartholz und er hätte Erle vorrätig. Er nennt mir den Preis für einen halben Klafter. Als ich erwidere, ich wolle mich zuvor noch woanders umhören, sagt er: »Gus Doyle und Raven Woods nehmen dasselbe. Wir liefern und stapeln alle drei, insofern können Sie sich die Mühe sparen. Wann hätten Sie es denn gern?«

»Sofort«, antworte ich. Der Typ entgegnet, vor dem nächsten Morgen ließe sich nichts machen.

»Ich brauche es aber sofort«, wiederhole ich trotzig. »Ich habe nicht ein Stück Holz im Haus und ich friere.«

»Tut mir Leid«, erwidert er. »Das geht mehreren Leuten so. Muss an der Jahreszeit liegen.«

»Schade«, sage ich. »Dann suche ich mir eben jemand anders.«

»Viel Glück«, wünscht er mir höflich und hängt ein.

Ich telefoniere alle Lieferanten durch, die auf Daisys Liste stehen, und bekomme überall den Donnerstag als frühesten Liefertermin genannt. Das wäre in drei Tagen. Ich verkrümele mich erneut auf mein Matratzenlager, ziehe mir die Decken über den Kopf und vergieße heiße Tränen der Wut, die das einzig Warme in dieser Wohnung sind. Die Isolierung des Häuschens muss gleich null sein.

Nachdem ich mich ausgeweint habe, gebe ich mir einen Ruck, setze mich auf und halte meine Füße in den gelben Tümpel, den das Sonnenlicht auf meinen Fußboden wirft. Wie durch Osmose steigt die Wärme in meinen Beinen hoch. Ich hebe den Telefonhörer ab und rufe erneut Norwegian Woods an. Der Typ von vorhin ist wieder am Apparat.

Ich spreche gedämpft, sodass er meine Stimme nicht wiedererkennt. »Könnten Sie mir morgen wohl einen halben Klafter Erle anliefern?«

»Kein Problem«, entgegnet er. »Sie waren die Frau in der

Fourth Street, nicht wahr? Inzwischen sind mir allerdings ein paar Termine dazwischengekommen. Bis wir bei Ihnen sind, wird es wahrscheinlich drei Uhr werden.«

Es ist eiskalt und stockdunkel, als eine halbe Stunde vor Mitternacht mein Wecker läutet. Ich knipse sogleich das Licht an, damit ich nicht aus Versehen wieder einschlafe. Anschließend ziehe ich die Jogginghose aus und schlüpfe für einen Moment aus den Jeans, um mich der Gymnastikhose zu entledigen. Noch nie zuvor in meinem Leben musste ich mich ausziehen, um zur Arbeit zu gehen. Ich bürste durch mein Haar und streife eine Jacke über. Einen Augenblick lang stehe ich unschlüssig da und überlege verschlafen, woran ich unbedingt denken wollte. Richtig, mein Ring. Es wäre unsinnig, ihn mit Brotteig zu verkrusten.

Ich hatte David gesagt, dass ich keinen Riesenklunker als Verlobungsring geschenkt bekommen wollte. Daraufhin kaufte David etwas, das er für eine schlichte Alternative hielt, nämlich einen breiten Goldreif mit fünf eingesetzten rechteckigen Brillanten. Ich gebe zu, der Ring ist eine Wucht. Es kommt immer noch vor, dass ich ihn anstarre und geradezu davon hypnotisiert bin, wie sich das Licht in den Facetten bricht. Nun streife ich den Ring ab und lege ihn in die kleine Cloisonné-Schatulle, in der ich die wenigen Schmuckstücke aufbewahre, die ich mitgenommen habe.

Anschließend marschiere ich über den knirschenden Kiesweg und biege in die stille Fourth Street ein.

Ich sehe zu, dass ich schnell von einer Straßenlaterne zur nächsten gelange, so als wären sie sichere Felsblöcke in einem dunklen Fluss. In der Innenstadt heult eine Sirene auf und die Fähren tuten durch die Nacht. Ab und zu braust ein Wagen an mir vorbei. Darin sitzen Menschen, die sich nach Hause begeben. Ins Bett. Vernünftige Menschen. Anders als ich, die ich um Mitternacht aufstehe, um für acht Dollar in der Stunde arbeiten zu gehen. Zusammen mit jemandem, der mich nicht um sich haben will.

Ich wandere an einem kleinen Haus im Tudorstil vorbei, an dem eine helle Außenlampe brennt. Durch das große Panoramafenster sehe ich einen Mann im Profil. Er sitzt vornübergebeugt da, die Ellbogen auf den Knien aufgestützt. Der bläuliche Schimmer eines Fernsehgerätes flackert über sein Gesicht. Das aufglühende Ende seiner Zigarette scheint in der Dunkelheit zu schweben. Ich stelle mir vor, dass er darauf wartet, dass seine Tochter von einem Date zurückkommt, so wie auch mein Vater mehrere Male auf mich wartete. Womöglich passt ihm der Junge nicht, mit dem sie ausgeht, und der Zeitpunkt, an dem sie zu Hause sein sollte, ist längst überschritten. Seine Frau hat sich ins Bett verzogen, doch er sitzt im Wohnzimmer und versucht, einer albernen Wiederholung im Fernsehen zu folgen. Er ist verärgert und besorgt.

Ich schwenke in die Gasse ein, die zur Bäckerei führt, und klopfe an die Hintertür. Als Linda öffnet, lächele ich und sage: »Hi.«

Linda erwidert nichts, sondern tritt mit einem Grunzen zur Seite, um mich einzulassen. Danach geht sie wortlos in den Lagerraum, kehrt mit zwei Mehlkanistern zurück und verschwindet erneut. Ich nehme mir eine Schürze von dem sauberen Schürzenstapel neben der Spüle, streife sie über meinen Kopf und verknote die Bändel um meine Taille. Linda taucht mit zwei weiteren Mehlkanistern auf, starrt mich finster an und verschwindet abermals. Dieses Mal folge ich ihr.

»Kann ich helfen?«, frage ich.

Linda kommt mir in dem schmalen Gang wie eine Lokomotive entgegengedampft und trägt wiederum zwei Mehlkanister. Ich muss mich gegen die Wand drücken, um von ihr nicht niedergewalzt zu werden.

»Dafür sind Sie doch da«, wirft sie über die Schulter zurück.

Die Regalwände im Lagerraum reichen bis unter die Decke und beherbergen ein überwältigendes Angebot an Kanistern, Säcken, Dosen und Kartons. Linda kommt zurückgerauscht und drückt mir ein zerknittertes Stück Papier in die Hand. »Zusammensuchen und zu mir bringen!«, befiehlt sie.

Es dauert ein paar Minuten, bis ich das Lagersystem begriffen habe, doch nach und nach finde ich alles, was auf der Liste steht, und stapele es in der Mitte des Raumes auf dem Fußboden auf. Als ich den ersten Behälter nach draußen schleppe, steht Linda da, die Fäuste in die Hüften gestemmt. »Schneller ging's wohl nicht?«

»Tut mir Leid. Ich habe mich nicht gleich zurechtgefunden.«

Linda schaut mir seelenruhig zu, während ich den Rest heraustrage. Es ginge doppelt so schnell, wenn sie mit anfassen würde.

»Wir sollten uns eine Sackkarre besorgen«, schlage ich vor.

»Eine was?«

»Na, diese flachen Böden mit Handgriff und Rädern drunter. Damit hätten wir alles in null Komma nichts aus dem ...«

Linda starrt mich an, als käme ich von einem anderen Stern. Ich klopfe mir den Staub von den Händen. »Was nun?«, frage ich.

»Ich hoffe, Sie fragen das jetzt nicht alle fünf Minuten.«

»Wenn Sie mir nichts erklären, wird mir nichts anderes übrig bleiben.«

Linda kneift die Augen zu Schlitzen zusammen, woraufhin sie wie ein wütendes Schwein aussieht. »Riskieren Sie bloß keine freche Lippe.«

»Ich riskiere keine freche Lippe. Ich brauche lediglich Hinweise, um zu begreifen, was Sie erwarten.«

»Was ich erwarte, ist, dass Sie die Augen aufsperren und lernen – und mir nicht vor den Füßen rumstehen.« Die Lautstärke ihrer Stimme steigert sich um etliche Dezibel. »Von Augenverdrehen war dabei nicht die Rede, Frolleinchen.«

Offenbar ist sie den Umgang mit Achtzehnjährigen gewohnt. »Meine Name ist Wyn.«

»Was ist denn das für ein alberner Name?«

Linda erinnert mich in ihrem Aussehen und in dem, was sie von sich gibt, so sehr an die dicke Darlene Grabinski, die der Schrecken unseres Spielplatzes war und die mich in der ersten Klasse drangsalierte, dass ich unwillkürlich lachen muss. Nachdem ich mich wieder gefasst habe, nimmt Linda einen schwarzen Aktenordner aus dem Regal über der Spüle und überreicht ihn mir.

»Wir beginnen mit den Walnuss- und Sandwichbroten.« Linda deutet auf einen Stapel großer Edelstahlschüsseln. »Sie wiegen das Mehl ab und stellen die Schüsseln auf dem Arbeitstisch parat.«

Ich erkundige mich, ob ich dabei Musik hören darf.

»Von mir aus«, gestattet Linda mit grimmigem Gesicht. »Aber keinen Boogie-Woogie.«

Während ich in der Schublade herumkrame, in der sich die Musikkassetten befinden, fällt mein Blick auf das Regal, das neben Ellens Schreibtisch steht. Es enthält jede Menge Backbücher, darunter auch einige zum Thema Brot.

»Benutzen Sie die Brotbackbücher?«, frage ich Linda.

»Wozu?«

Ich übergehe ihre Frage. »Zu Hause habe ich ein paar recht gute Backbücher. Vielleicht könnten wir irgendwann einmal ein neues Rezept ausprobieren.«

Ich weiß nicht, ob sie über meinen Vorschlag nachsinnt oder ob sie in Gedanken von etwas anderem abgelenkt wird. Erst nach einer Weile verkündet sie mit großer Autorität: »Immer was anders machen zu wollen bringt nichts. Was nicht kaputt ist, muss man nicht reparieren.«

Nach einer Weile steht eins fest: Linda gehört nicht zu den Menschen, die einen gleich mit ihrer Lebensgeschichte überfallen, und sie ist auch nicht scharf darauf, die meine zu erfahren. Jeden Vorstoß in Richtung Konversation weist sie eindeutig zurück, woraufhin ich alle derartigen Versuche aufgebe und nur noch das tue, was sie mir aufträgt. Dank der schwachen Erinnerung an das, was ich in Frankreich gelernt habe, und dank der Informationen, die ich später, als ich zu Hause buk, zusammengeklaubt habe, wird mir klar, dass Linda eine fähige, jedoch einfallslose Bäckergesellin ist, die tatsächlich nur ihrem alteingefahrenen Trott folgt. Jede Brotsorte wird an dem für sie bestimmten Tag gebacken, so wie das bereits seit fünfundzwanzig Jahren der Fall ist. Kann sein, dass man das auch Tradition nennt.

Ich habe den Arbeitstisch befeuchtet und schabe gerade die Teigreste mit einer Messerklinge ab, als um sechs Uhr Ellen eintrifft. »Einen schönen guten Morgen, die Damen«, zwitschert sie und betätigt den Lichtschalter im vorderen Teil der Bäckerei. Lisa grunzt.

Ellen fuhrwerkt herum, stellt die Espressomaschine an, mahlt Kaffeebohnen, wischt über die Ladentheke und füllt die Kasse mit Wechselgeld auf. Ich rolle ein Gestell nach vorn, das mit duftenden, warmen Broten beladen ist, und spüre, dass sie verstohlene Blicke zu mir herüberwirft. »Wie ist es gelaufen?«, fragt sie.

»Sie weiß zumindest, wie man schrubbt«, antwortet Linda, die hinzugetreten ist, in mürrischem Ton.

Ich lächele nett. »Prima ist es gelaufen. War einiges zu bewältigen.«

Einige Sekunden lang betrachtet Ellen mich forschend. Danach reibt sie sich mit gezwungener Heiterkeit die Hände. »Tja – wie wäre es denn dann mit einem Espresso? Wie kommst du in deiner neuen Wohnung klar?«

Als ich Ellen mein Häuschen beschreibe, stutzt sie und lächelt dann wehmütig. »Oh, jetzt weiß ich, wo das ist. Das ist das alte Keeler-Haus. Stanford und Adele. Schlimme Geschichte.«

»Sag mal, kennst du eigentlich jeden in der Gegend?«, erkundige ich mich.

»Glaub schon«, nickt Ellen ernsthaft. »Adele war eine richtiggehende Schönheit. Eine frühere Tänzerin. Hat sich um alles Mögliche gekümmert, Wohlfahrtskomitees, Kunstausschüsse und dergleichen.«

Ich kann es mir lebhaft vorstellen. »Ist Adele die jüngst Verstorbene?«

Ellen mahlt abwesend die Kaffeebohnen. Sie ist mitten in ihrer Geschichte. »Stanford war Anwalt. Ein hohes Tier bei den Demokraten. So mitfühlend. So weichherzig. Die beiden waren ein Traumpaar.«

Ellens Miene verfinstert sich. »Aber Adele war ein Biest wie es im Buch steht. Nur mit sich beschäftigt. Er war verrückt nach ihr.« Sie macht eine Kunstpause. »Dann fanden die Abgeordnetenwahlen statt und mit einem Mal gab es einen Riesenaufstand. Warte mal, wie war das noch gleich? Also, ein Abgeordneter wurde von seiner Frau verlassen, weil er was mit Adele hatte. So erzählte man sich zumindest. Auch dass er in die Wahlkasse gelangt habe, wohinter angeblich Adele steckte, die das Geld für ihn gewaschen hat, ich glaube über eins ihre Wohlfahrtskonten …«

»Und dann?«

»Na, was wohl? Stanford war am Boden zerstört und die beiden ließen sich scheiden. Adele krallte sich das Haus. Ich glaube, der arme Stanford hatte zum Schluss gar keine

Kraft mehr, sich zu wehren. Zwei Jahre darauf ist er gestorben. Adele wurde geächtet, verkroch sich und ließ das Haus verkommen. Sie ist im vergangenen Jahr gestorben. Ich glaube, zuletzt hat nicht einmal mehr ihr Sohn mit ihr gesprochen.«

Ellen reicht mir eine kleine Tasse Espresso. »Und jetzt, sagst du, trennen sich auch der Sohn und sein Frau? Das Haus muss verhext sein.«

Ihre Worte rauben mir den letzten Glauben an ein glückliches Ende.

Ich vermute, dass eine heiße Dusche mich wieder zu einem Menschen machen wird, und ich habe richtig vermutet.

Gerade als ich meine Hand nach dem Badetuch ausstrecke, höre ich, dass jemand laut gegen die Haustür klopft.

Tropfnass und zitternd werfe ich meinen Bademantel über, schlinge das Handtuch als Turban um den Kopf und stürze an die Tür, die ich jedoch nur einen Spaltbreit öffne. Ein Mann ist gerade im Begriff, meine Veranda zu verlassen.

»He – Sie da!«

Der Mann dreht sich um. »Wohin mit dem Holz?«

Es kostet mich alle Kraft, nicht zurückzuweichen. Der Typ gleicht haargenau dem gruseligen Handwerker im Film, der plötzlich ausrastet und ein Blutbad anrichtet. Er hat einen Fünftagebart – mindestens. Sein dunkles Haar quillt dick und nass unter der durchweichten Baseballmütze hervor, die er sich so tief in die Stirn gezogen hat, dass man so gut wie nichts von seinen Augen erkennt. Bestenfalls ist er ein Wolf, der aus seiner Höhle linst.

»Dahin.« Ich zeige auf die Garage.

Ich schließe die Tür, trockne mich ab, ziehe meinen Jogginganzug und den Regenmantel über und laufe, noch immer mit dem Turban auf dem Kopf, in den grauen Nieselregen hinaus. Der Typ ist dabei, das Holz neben der Garage zu vier und vier kreuzweise aufzustapeln. Als er mich hört, richtet er sich auf.

»Ich dachte, es wäre von drei Uhr die Rede gewesen.«

»Und ich dachte, Ihnen wäre es eilig gewesen. Wir hatten eine Absage. Besitzen Sie eine Plane?«

»Sie hätten wenigstens vorher anrufen können.«

In seinem verschmutzten Gesicht blitzen weiße Zähne auf. »Hätte ich. Habe ich aber nicht. Wollen Sie nun eine Plane oder nicht?«

»Brauche ich eine?«

»Ich denke schon. Es sei denn, nasses Holz wäre Ihnen lieber.« Er blinzelt durch die neblige Nieselwand in Richtung Straße. »Ich habe ein paar auf dem Laster. Zwölf Dollar das Stück.«

»Zwölf Dollar für ein Stück Plastik?«

»Das ist kein Stück Plastik, sondern wasserdichte Leinwand. Hält ewig.«

Ich habe große Lust, ihm zu erklären, dass nichts ewig hält. Stattdessen erwidere ich jedoch: »Das Holz ist sowieso schon nass, oder? Man darf es jetzt gar nicht abdecken.«

Er schüttelt den Kopf. »Wir lagern unser Holz trocken. Es ist nur vom Transport ein wenig feucht geworden.«

»Okay. Von mir aus bringen Sie mir eine Plane.«

Alle paar Minuten lasse ich den Föhn sinken und ziehe den Vorhang ein Stückchen zur Seite, um zuzusehen, wie der Typ eine Schubkarre Holz nach der anderen über den Kiesweg fährt und die Stücke ordentlich neben der Garage aufschichtet. Ich hatte nicht darüber nachgedacht, dass er mit dem Laster nicht bis vor meine Tür zurücksetzen kann. Als ich seine schweren Stiefelschritte über die Veranda poltern höre, greife ich nach dem Scheckbuch und öffne die Tür.

Trotz der Kälte ist sein Gesicht schweißüberströmt und

er riecht nach Trainingsklamotten, die mehrere Tage lang in der Sporttasche vor sich hin geschimmelt haben. Ich muss durch den Mund atmen.

»Einen Teil habe ich hierher geschafft«, erklärt er, indem er auf einen kleinen Stapel neben der Tür deutet. »Dann brauchen Sie nicht ständig bis zur Garage zu laufen.«

»Wie viel macht das zusätzlich?«

»Oh, keine Ursache, war mir ein Vergnügen.«

Ich kann nicht fassen, dass der Typ mir Benimmunterricht erteilen will, doch in mir steckt genug von meiner Mutter, sodass ich verlegen werde. »Herzlichen Dank«, murmele ich. »Wo ist die Plane?«

»Ich habe sie über dem Holz ausgebreitet«, entgegnet er mit einem Blick, als hielte er mich für geistig behindert. »Macht zusammen vierundneunzig Dollar.«

Ich fülle einen Scheck aus und reiche ihn ihm. Er reicht ihn mir zurück. »Tut mir Leid«, sagt er. »Den nehme ich nicht. Die Bank ist in Kalifornien.«

Ich vergesse, durch den Mund zu atmen, und der Geruch haut mich fast um. »Ich habe keinen anderen.«

»Dann zahlen Sie eben in bar.«

»Bei mir liegen keine vierundneunzig Dollar unter der Matratze«, entgegne ich ungehalten. »Der Mensch, mit dem ich telefonierte, hat vergessen, mir Ihre Geschäftsbedingungen vorzulesen.«

»Der Mensch, mit dem Sie telefonierten, bin ich, und ich ging davon aus, dass Sie mit dem Scheck einer der hiesigen Banken bezahlen würden. Es kommt selten vor, dass wir Hartholz nach Kalifornien liefern.«

Er nimmt seine Mütze ab, streicht sich mit einer Hand sein Haar zurück und setzt die Mütze wieder auf. »Wie viel haben Sie in bar?«

»Müsste ich nachsehen.« Mir geht Daisys Warnung hinsichtlich der einsamen Lage des Häuschens durch den Kopf und der Umstand, dass kein Nachbar bis zu mir herübersehen kann. Ich wiederum kann in dem Nebel noch nicht einmal mehr die Straße erkennen. Als hätte der Typ meine Gedanken gelesen, tritt er zurück und lehnt sich gegen einen Pfeiler der Veranda, während ich die Scheine aus meiner Brieftasche krame.

»Ich habe nur fünfundvierzig Dollar.«

Er streckt seine Hand aus. »Ich stunde Ihnen den Rest. Sie können ihn morgen bezahlen.«

»Geht das denn?«

»Das *muss* gehen.« Der Typ faltet die Scheine zusammen und schiebt sie in die Brusttasche seines verdreckten Wollhemdes. »Ich werde nämlich auf gar keinen Fall alles wieder aufladen.«

Er wirft einen Blick an mir vorbei auf den Holzofen. »Guter Ofen«, bemerkt er. »Wissen Sie, wie man ihn heizt?«

»Ja«, kommt meine Antwort, wie aus der Pistole geschossen. »Meine Maklerin hat es mir gezeigt.« Um nichts in der Welt lasse ich diesen Kerl in mein Häuschen. Abgesehen von der Tatsache, dass er äußerst zwielichtig wirkt, müsste ich die Wohnung hinterher ausräuchern lassen.

»Gut, dann sehe ich Sie morgen. Gegen zehn.«

Ich warte, bis ich den Laster abfahren höre, ehe ich nach draußen marschiere und meinen Arm mit Holz belade.

Ich habe eine Weile gezögert, bevor ich mich entschloss, in Seattle ein eigenes Girokonto zu eröffnen, weil mir das wie ein Eingeständnis erschien, mich auf Dauer einzurichten, statt nur für einen längeren befristeten Ferienaufenthalt hier zu sein.

Die Angestellte der Washington Mutual Bank scheint mein Zögern zu teilen. Mein kalifornischer Führerschein reicht bereits aus, sie daran zweifeln zu lassen, ob ich würdig bin, in ihrer Bank Geld hinterlegen zu dürfen. Nachdem sie erfahren hat, dass ich in diesem Staat schon seit einer kompletten Woche in Lohn und Brot stehe, möchte sie wissen, warum ich mich dann noch nicht im Besitz eines hiesigen Führerscheins befinde.

Ich lächele freundlich. »Das liegt vermutlich daran, dass ich kein Auto habe«, erkläre ich, woraufhin *sie* mir erklärt, ich bräuchte dennoch einen Fotoausweis, der im Staat Washington ausgestellt wurde. »Das werde ich morgen früh gleich als Erstes erledigen«, verspreche ich. Ich glaube, sie weiß, dass ich lüge, doch da ich über einen Pass verfüge, muss sie mir zähneknirschend ein Konto bewilligen. Sie entlässt mich mit einem Stapel vorläufiger Scheckformulare und einhundert Dollar in bar.

In der Wäscheabteilung von Bon Marché suche ich mir eine Daunendecke aus, doch als ich sie bezahlen will, stelle ich fest, dass David meine MasterCard gesperrt hat. Der Verkäufer bedauert, dass meine Karte an der Zentralkasse einbehalten werden muss. Ich schreibe ihm einen meiner neuen Schecks aus, den er, wenngleich es ihm nicht behagt, akzeptiert, vermutlich, weil ihm kein brauchbarer Grund einfällt, ihn abzulehnen.

Nachdem ich nach Hause zurückgekehrt bin, lasse ich mich auf meinem hässlichen Karosessel nieder und wähle Davids Telefonnummer bei JMP.

»Ich bin es. Kannst du frei reden?«

»Selbstverständlich. Ich versuche bereits seit einer Woche, dich zu erreichen.«

Mein Magen macht einen Satz. »Wirklich?«

»Ich habe beschlossen, das Haus zu verkaufen. Ich muss wissen, ob du dir das ein oder andere Möbelstück aussuchen willst.«

Meine Knie fühlen sich an wie nasser Zement. »Das heißt … heißt das, du willst …«

»Nein, Wyn. Das heißt *nicht*, dass ich eine Scheidung will.« Er spricht mit mir wie mit einem zurückgebliebenen Kind. »Ich fand lediglich, dass wir uns, da wir getrennt leben, die Kosten für solch ein riesiges Haus sparen könnten, zumal ich mich kaum dort aufhalte.« Mit übertriebener Höflichkeit setzt er hinzu: »Ich hoffe, das ist dir recht.«

»Warum nicht?« Dann fällt mir der Grund ein, weshalb ich angerufen habe. »Warum hast du meine MasterCard sperren lassen?«

»Weil du enorme Beträge abbuchst.«

»Welche enormen Beträge?«

»Fünfhundert Dollar bei einem Laden namens Bon Marché.«

»Fünfhundert Dollar ist kein enormer Betrag. Ich habe ein Futon mit Rahmen gekauft. Und einige Küchenutensilien.«

»Wofür zum Teufel brauchst du das?«

»Für meine Wohnung. Ich konnte ja nicht ewig bei CM wohnen.«

Eine kurze Pause. »*Wohnst* du nun da oben?«

»Ja. Für eine Zeit lang. Ich habe einen Job.«

»Und was tust du?«

»Brot backen.«

»*Brot backen*?« Die Frage kommt langsam und ungläubig heraus. »Wyn, was um alles in der Welt versuchst du zu beweisen?«

»Gar nichts. Abgesehen davon bezahle ich lediglich meine Rechnungen. Wieso kümmert es dich überhaupt, wie viel ich ausgebe?«

»Ich möchte nicht für deine Abbuchungen geradestehen müssen. Vielleicht bist du irgendwann einmal nicht in der Lage, etwas zu bezahlen. Wenn du arbeitest, kannst du ohne Weiteres deine eigenen Kreditkarten beantragen.«

»Bei acht Dollar in der Stunde erhalte ich wohl kaum meinen alten Kreditrahmen.«

»Hör zu, Wyn, ich will mich nicht mit dir streiten …«

»Natürlich nicht, du willst, dass ich mich einfach in Luft auflöse.«

»Oh, Herr im Himmel, Wyn! – Das will ich nicht.« David senkt seine Stimme. »Im Übrigen kann ich derlei Gespräche nicht im Büro führen. Warum rufst du mich nicht zu Hause an?«

»Weil ich nie weiß, wer den verdammten Hörer abnimmt.«

»Okay, ich muss los. Ich komme jetzt schon zu spät zu einem Meeting. Wir werden uns später weiter unterhalten.«

»*Wann*, David?«, brülle ich, doch David hat bereits eingehängt.

Am liebsten würde ich das Telefon aus der Wand reißen und in die Fensterscheibe schmettern, doch ich halte mir vor Augen, dass das nicht besonders clever wäre.

Ein dumpfes Hämmern weckt mich auf. Zuerst weiß ich nicht, wo ich bin. Danach stolpere ich zur Tür und starre mit glasigen Augen auf einen schlaksigen Typen mit Bürstenhaarschnitt. Er trägt einen ausgebeulten Baumwolloverall und einen schmutzigen Pullover. »Ja, bitte?«

»Hi«, sagt der Typ. »Ich bin Rick von Norwegian Woods. Haben Sie das Geld?« Er kramt ein schmutziges Stück Papier aus seiner Tasche. »Neunundvierzig Dollar.«

»Oh.« Ich mache eilends kehrt und entnehme meiner Brieftasche neunundvierzig Dollar. Der Typ zählt sie nach, ehe er sie in seine Tasche steckt.

»Ich habe Ihnen ein bisschen Zedernholz mitgebracht.« Beim Lächeln enthüllt er mehrere Zahnlücken. »Nur für den Fall.«

Ich folge seinem Blick zu etwa einem Dutzend Scheite, die neben meinem Erlenstapel liegen. »Für welchen Fall?«

»Als Anmachholz«, erklärt er. »Zedernholz ist trocken

und splitterig und die Rinde schält sich in glatten Streifen ab. Gibt nichts Besseres. Riecht auch toll. Wie ein Lagerfeuer.«

»Oh. Danke. Vielen Dank.«

Er händigt mir eine Visitenkarte aus, die den Eindruck erweckt, ein Lastwagen sei über sie hinweggerollt. »Rufen Sie an, wenn Sie noch etwas brauchen.«

Ich schaue ihm nach, während er über den Kiesweg davonschlurft, und frage mich, was aus dem Blutbadmörder geworden ist.

Donnerstagnacht bin ich kaum in der Bäckerei angekommen, als ich auch schon in die Toilette stürze, um mich zu übergeben.

»Kranke kann ich nicht gebrauchen«, verkündet Linda mit einer Stimme, in der alles liegt, was sie an Mitleid aufbringt.

»Mir fehlt nichts.«

Lindas Augen verengen sich. »Ich kann mir den Grund schon denken. Sie schlafen nicht richtig.«

»Tja, das war bisher auch nicht so einfach. Ich musste Verschiedenes regeln.«

»Wann legen Sie sich hin?« Linda lehnt den großen hölzernen Brotschieber gegen den Ofen.

»Am Montag bin ich abends um halb neun ins Bett gegangen. Am Dienstag gegen Mittag. Mittwoch um fünf. Heute um zwei.«

»Da haben Sie es.« Linda verschränkt ihre Arme vor der Brust und blickt mich angewidert an. »Man muss sich an den Rhythmus halten und jeden Tag zur gleichen Stunde schlafen gehen. Sonst gewöhnt sich Ihr Körper nie an die Umstellung.«

»Wann gehen Sie denn zu Bett?«

»Sobald ich nach Hause komme. Ich esse einen Toast,

trinke Tee und haue mich hin. Um vier Uhr stehe ich wieder auf.«

»Was ist mit Ihren freien Tagen?«

»Dasselbe.«

»Aber wie können Sie denn ein normales Leben führen, wenn Sie auch an Ihrem freien Tag nachts auf sind und tagsüber schlafen?«

»Wer behauptet denn, eine Bäckerin führe ein normales Leben? Sehen Sie, ich wusste ja, es würde Ihnen nicht gefallen.«

»Ich habe nicht gesagt, dass es mir nicht gefällt …« Ich spüre, dass die Hitze in meine Wangen schießt.

»Ihr jungen Leute seid euch doch alle gleich. Ihr wisst alle gar nicht mehr, was richtige Arbeit bedeutet.«

»Erstens gehöre ich nicht mehr zu den jungen Leuten«, erwidere ich zornig. »Und zweitens wissen Sie nicht das Geringste über das, was ich bisher getan habe.«

»Das glauben Sie«, sagt Linda. »Das sehe ich doch auf den ersten Blick.« Sie hebt ihre Hand und schlenkert sie affektiert. »Manikürte Fingernägel. Schicke Hose.« Sie klimpert mit den Wimpern.

Ich muss an mich halten, um nicht laut loszulachen.

»Was stimmt denn nicht mit meiner Hose?« Ich schaue an mir hinunter. Mein Blick fällt auf das Ralph-Lauren-Logo. »Das ist ein ganz normaler Jogginganzug.«

Linda wendet sich ab, als sei es zu schmerzlich, über mich nachzudenken, und macht sich auf den Weg zum Lagerraum.

»Mir ist Ihre Meinung egal!«, rufe ich ihr nach. »Solange ich meine Arbeit erledige, haben Sie keinen Grund, sich zu beklagen.«

Acht

Trotz Linda liebe ich meinen Job. Selbst den langweiligen Rhythmus, jede Woche die gleichen Brote zu backen, nehme ich widerspruchslos hin. Jedenfalls noch so lange, bis ich meinen Rhythmus wiedergefunden habe. Bis ich beim Anblick des Mehls in der Schüssel weiß, um wie viele Tassen und Gramm es sich dabei handelt, und bis ich eine Teigprobe entnehmen kann und augenblicklich fühle, ob der Teig zu nass oder noch nicht nass genug ist.

Es gefällt mir auch, morgens um sieben mit der Arbeit fertig zu sein und mich auf den Heimweg zu begeben, während die Stadt gerade wach wird und die Katzen sich an den Häuserwänden entlangdrücken. Ich finde es großartig, dass die meisten Menschen, denen ich begegne, im Marschschritt ihren Pflichten entgegeneilen, wohingegen die meinen bereits hinter mir liegen und der Tag mir gehört.

Allerdings nehme ich mir Lindas Ratschlag zu Herzen und gehe nun gleich nach dem Frühstück zu Bett. Dank der Daunendecke, die mich warm hält, dem Futonbett, das ich direkt vor den Holzofen rücke, und den Jalousien an den Fenstern schlafe ich so gut wie schon seit Jahren nicht mehr.

Sofern es nicht regnet, wenn ich aufwache, spaziere ich anschließend durch die Gegend und schaue mich um. Allmählich kenne ich auch die Nachbarn, die im Garten arbeiten, die Mütter mit den Kinderwagen und die Kinder mit den Hunden. Wir lächeln uns zu, wenn wir uns begegnen, sagen »hallo« oder »schöner Tag, heute« oder »was meinen Sie, ob es später noch regnet?« Es dauert nicht lange, bis ich einen kleinen Park auf der Anhöhe zwischen Eighth Place und Highland entdeckt habe. Dort steht eine Bank, von der aus man einen schönen Rundblick über den Sund und auf die Olympic Mountains hat.

Bisweilen lasse ich mich dort nieder und lese ein Buch. Manchmal sitze ich aber auch einfach nur da und schaue reglos zu, wie die Sonnenstrahlen glitzernde Diamantsplitter auf die Wellen zaubern. Ich beobachte, wie die Fähren durch das Gewirr bunter Spinnaker zur Insel Bainbridge und zurück tuckern.

Sobald die Sonne in den Schlitz hinter den Bergen gerutscht ist, frischt der Wind auf und die Temperaturen sinken, doch der Anblick der Berge, die im Sonnenuntergang Feuer fangen, oder der riesigen Nebelbank, die sich aus den Fluten erhebt, macht das Frösteln auf dem Heimweg wett.

Gelegentlich vergesse ich sogar den Grund, warum ich hier bin. Vergesse, dass ich auf David warte, der herausfinden muss, was er sich wünscht, und der entscheiden wird, ob das Ergebnis etwas mit mir zu tun hat. Dann wiederum hocke ich auf der Bank und führe im Geist Dialoge mit David, in denen er mir gesteht, dass er mich liebt, dass er einen entsetzlichen Fehler begangen hat, dass er ohne mich nicht leben kann, dass er Kelley erklärt hat, zwischen ihnen sei es endgültig aus. Daraufhin lächele ich wehmütig und murmele, ich wüsste aber nicht, ob es zwischen uns jemals wieder wie früher werden könnte.

Davids Stimme bricht, als er erwidert: »Das verstehe ich, Wyn, das musst du mir glauben. Doch wenn du mir noch einmal eine Chance gibst, schwöre ich dir, dass du das niemals bereuen wirst.«

Im großen Sinnzusammenhang des Universums war Wäschewaschen für mich kein Thema, denn während der vergangenen sieben Jahre kümmerte sich Hildy, unsere Haushälterin, um unsere Wäsche – wie auch um andere, ähnlich gelagerte Belange. Laken, Handtücher, Kleidungsstücke und so weiter tauchten einfach wie von Geisterhand gewaschen, gebügelt, gefaltet und aufgehängt wieder in unseren Schränken, Fächern und Schubladen auf. Ich kam mit derlei Abläufen höchstens dann in Berührung, wenn Hildy mir auftrug, für Waschmittelnachschub zu sorgen.

Inzwischen ist das Thema Wäsche für mich jedoch eine Frage der Logistik geworden, denn ich besitze weder eine Waschmaschine noch einen Trockner. Deshalb stopfe ich, sobald ich nichts mehr zum Anziehen habe, meine schmutzigen Sachen in einen Kopfkissenbezug und schleppe ihn zum Queen-Anne-Wäscheland auf der McGraw Street, das sich gegenüber einer Fleischereifiliale befindet.

Eine größere Zeitverschwendung, als im Wäschesalon zu waschen, lässt sich kaum denken. Man hockt da herum, während die Wäsche ihren Zyklus durchläuft – Waschgang, Spülgang, Waschgang, Spülgang, Schleudergang. Anschließend wartet man darauf, dass der extrastarke Profi-Trockenautomat einem die teuren Calvin-Klein-Schlüpfer schreddert. Klar, man kann dabei lesen. Doch sollte man sich in ein Buch vertieft haben und nicht exakt in der Sekunde aufspringen, in der die Maschine zum Stehen kommt, kann es passieren, dass irgendein Typ mit schmierigen Händen den schwarzen Spitzenbüstenhalter ergreift, der einem gehört, ihn über seinem Kopf kreisen lässt und brüllt: »Wer hat die 85B-Körbchen?«

Womöglich hört sich das leicht pingelig an, doch wenn es sich um Bakterien dreht, verstehe ich keinen Spaß. Zumal ich keine Ahnung habe, was bei anderen Menschen so passiert, während sie in ihren Klamotten stecken. Sie könnten sich beispielsweise in biologisch nicht abbaubarem Giftmüll gewälzt haben – und dann soll ich mein Zeug in ein und derselben Trommel waschen?

Nach zwei Vorstößen in dieses ekelige Milieu finde ich schließlich heraus, dass morgens die beste Zeit zum Waschen ist. Infolgedessen nehme ich meinen Kopfkissenbezug/Wäschesack mit zur Arbeit und begebe mich gleich auf dem Heimweg ins Wäscheland. Halb acht ist für andere Menschen zu früh, um zu waschen – bis auf das ein oder andere Rentnerehepaar, das im Wäscheland seinen Sonderpreis-Frühaufsteher-Kaffee schlürft und dabei Gutscheine aus der Zeitung schnippelt, und einen Typen mit Baseballmütze, der nie von der Kladde aufschaut, in die er irgendetwas hineinkritzelt. Außerdem hat man zu dieser Tageszeit noch die Illusion, der Ort wäre sauber.

Wie ich bereits sagte, schließt die Bäckerei offiziell um zwei Uhr, doch Diane und Ellen bleiben mit einigen Leuten von der Tagesschicht gewöhnlich bis fünf oder sechs Uhr da und erledigen Sonderaufträge, Großaufträge und Vorbereitungen für den nächsten Tag. Ein- oder zweimal die Woche schaue auch ich nachmittags vorbei und hänge für einige Stunden dort herum.

Entweder sehe ich dann zu, wie Diane die Torten garniert, die am folgenden Tag in der Frühe abgeholt werden, oder aber ich helfe ihr, die frisch gebackenen Tortenböden mit Folie zu überziehen und in der Kühltruhe zu lagern. Ellen wühlt sich unterdessen durch den Papierkram und macht Eintragungen in dem Hauptbuch, das sie in ihrem Schreibtisch aufbewahrt. Die Zeit, in der Ellen selbst backen kann, ist begrenzt, doch während sie sich um die Verwaltungsarbeit kümmert, beaufsichtigt sie die Frauen der Tagesschicht, die Zimtwecken, Muffins, Plätzchen und Mazurka-Riegel herstellen. Bei Letzteren handelt es sich um das wohl beliebteste Produkt der Bäckerei.

Ellen erfand die Mazurka-Riegel – oder zumindest ihre eigene Version davon –, als sie noch in New Hampshire lebte. Doch wie es sich für eine richtige Pioniersfrau gehört, nahm sie das Rezept mit, als sie nach Westen zog. Nur dass sie nicht in einem Planwagen, sondern in einem verbeulten VW-Käfer ankam.

Ich erfuhr in der Bäckerei erstmalig von der Existenz dieser Riegel, doch es dauerte nicht lange, bis ich auf den Geschmack gekommen war. Mazurka-Riegel bestehen aus einem zarten Mürbeboden mit Zitronen- oder Schokoladen/Espresso- oder Apfel/Rosinen- oder Erdbeerfüllung, die mit einer Streuselschicht bedeckt sind, für deren Rezept andere Bäcker Morde begehen würden. Die Suchtwirkung dieses sandigen, weichen Gebäcks setzt gleich nach der ersten Dosis ein. Es ist weder zu süß, noch bekrümelt man sich von oben bis unten, wenn man hineinbeißt. Das Geheimnis des Rezeptes wird leider ebenso streng gehütet wie die Zusammensetzung von Coca-Cola.

Meine Oma pflegte zu sagen, es sei erstaunlich, was einem alles zu Ohren kommt, wenn man schweigt, und wie meistens hatte sie Recht, denn ich gelange während meiner müßigen Nachmittage in den Besitz von allerlei Informationen. So erfahre ich zum Beispiel, dass die Voraussetzung für einen lockeren Kuchenteig darin besteht, Butter und Zucker ewig lange schaumig zu schlagen, sodass sich eine ordentliche Portion Luft darunter mischen kann. Diane verschwindet für gewöhnlich und verrichtet irgendwelche anderen Tätigkeiten, während der Mixer bis zur Besinnungslosigkeit Butter und Zucker quirlt. Diane wickelt auch feuchte Küchentücher um die Kuchenbackformen, so dass die Tortenböden gleichmäßig aufgehen, anstatt in der Mitte einen Hügel zu bilden.

Ich entdecke außerdem, dass man Haselnüsse am besten mit Wasser benetzt, ehe man sie röstet, weil dabei ihre blättrige Haut aufweicht und die Kerne widerstandslos herausflutschen lässt.

Ich lerne, dass Kleingebäck wie Muffins, Scones und Plätzchen ungebacken eingefroren und ohne aufzutauen gleich gebacken werden kann.

Ich beobachte, dass Jen den Käsekuchen mit Zahnseide in perfekte Stücke schneidet und dass Misha mit einer hauchdünnen Messerschneide die verkohlte Kruste von einem Kuchen entfernt, der anschließend doch verkauft werden kann.

Die wichtigste Erkenntnis ist jedoch, dass jede Katastrophe, gleichgültig wie furchtbar sie auf den ersten Blick wirkt, bewältigt werden kann, solange man einen klaren Kopf behält und nicht alles gleich in den Müll kippt.

Zahltag ist freitags. Da ich mich nicht ausschließlich auf Davids monatliche Überweisungen verlasse, hole ich meinen Scheck in der Regel freitagnachmittags in der Bäckerei ab und bringe ihn zu der Bankfiliale an der Queen Anne Avenue.

Als ich eines nebligen Novembernachmittags die Hintertür der Bäckerei aufschließe, finde ich den Arbeitsbereich dunkel und verlassen vor, höre allerdings von irgendwoher Wasser rauschen.

Ich gehe nach vorn und entdecke Cody, die sich im Unterhemd über die Spüle beugt und eine blaue Flüssigkeit über ihren Kopf gießt. Der Umstand, dass man sie ohne Weiteres durch die Vorderfenster erblicken kann, ist ihr entweder nicht in den Sinn gekommen oder er stört sie nicht.

»Hi, Wyn.« Sie blinzelt mir von unten nach oben entgegen und beantwortet gleich anschließend meine unausgesprochene Frage. »Ellen lässt mich hier meine Haare färben, weil mein Dad mir das zu Hause nicht erlaubt.«

Mein Blick wandert über die blauen Pfützen ringsum. »Gibt das keine Flecken?«

»Irgendwie schon. Nach einer Weile gehen sie aber wieder weg.«

»Hat Ellen denn keine Angst, du könntest mit dem blauen Zeug alles vergiften?«

Cody kichert. »Das blaue Zeug ist kein Gift, sondern nur Brausepulver.« Sie deutet auf ein zerknülltes Tütchen, das auf der Theke liegt.

»Und ein Päckchen reicht, um deine Haare blau zu färben?«

»Na ja, zuerst muss ich meine eigene Farbe rausziehen. Zweimal hintereinander, weil mein Haar in Wirklichkeit schwarz ist.«

Cody richtet sich auf und tupft sich mit einem blau verfärbten Handtuch auf dem Kopf herum. »Was machst du hier?«, fragt sie.

»Ich wollte eigentlich meinen Scheck abholen, aber ...«

»Hör mal, wie kommst du eigentlich mit Linda klar?«, fällt Cody mir ins Wort. »Ich finde sie schrecklich.«

»Na ja, wir sind dabei, uns aneinander zu gewöhnen – glaube ich.« Ich hocke mich auf die Kante eines der hohen Stühle, die vor der Theke stehen, und schaue zu, wie Cody ihr Haar trocken rubbelt.

Anschließend streift sie sich ein schwarzes T-Shirt über, greift nach der leeren Brausetüte, zielt und feuert sie mit einem astreinen Hakenwurf in den Mülleimer. Ohne sich um meine weit aufgerissenen Augen zu kümmern, schlägt sie danach eine ebenso astreine Brücke, aus der sie rücklings in den Spagat übergeht.

»He, du warst Cheerleader!«

»In einem früheren Leben«, grinst Cody. »Als ich anfing, mein Haar blau zu färben, wurde ich rausgeschmissen.«

Mein Blick fällt auf die bemalten Bögen Papier, die einen der Tische bedecken. Es sind Aquarelle, vorrangig mit Szenen, die Seattle im Regen zeigen. Auf einem Kuchenblech auf der Theke stehen ein Glas Wasser und ein Farbkasten, neben dem mehrere Pinsel liegen.

»Hast du das gemalt?«

»Ja. Das sind Semesterarbeiten. Montag muss ich sie abgeben.«

»Sie sind wunderschön.«

Cody zieht eine Grimasse. »Zu unselbstständig. Behauptet jedenfalls mein Kunstlehrer. Kratzt mich aber nicht.«

»Sie erinnern mich an die Impressionisten, die Paris im Regen gemalt haben«, sage ich, um ihr ein Kompliment zu machen.

Cody blickt mich leicht tadelnd an. »Genau. Deshalb sind sie auch zu unselbstständig.«

»Ich finde sie trotzdem schön. Malst du ausschließlich Aquarelle?«

Cody zuckt mit den Schultern, erwidert jedoch nichts.

»Warum besuchst du die Kurse?«

»Mann – irgendwas muss ich doch tun. Fürs College bin ich zu dumm.«

»Du bist nicht dumm. Vielleicht bist du nicht einseitig genug.«

Cody lacht und schüttelt ihre blauen Fransen einmal vor und zurück. »Nicht einseitig genug. Cool. Gefällt mir.«

Ich betrachte die Kunstwerke, die an den Wänden hängen. »Hast du die gemalt?«

»Nöö. Ellen möchte zwar gern etwas von mir aufhängen, aber ich habe nichts, was ich gut genug finde. Ich habe aber die Tafel mit unserem Angebot gemalt.«

»Die hat Stil. Ich liebe Buchmalereien.«

Cody wirft mir einen abschätzigen Blick zu. »Woher kennst du dich überhaupt mit Kunst aus? Impressionisten, Buchmalerei und so …«

»Ich kenne mich mit vielem ein bisschen aus, aber mit nichts richtig.«

Cody nickt verständnisvoll und verschwindet in der Toilette. Kurz darauf ertönt das Summen eines Föhns. Ich studiere die Aquarelle und versuche mir vorzustellen, wie sie gerahmt an der Wand in meinem Wohnzimmer wirken würden.

Cody kehrt von der Toilette zurück. Ihren Schädel ziert ein blauer Heiligenschein, mit dem sie wie ein buntes Osterküken aussieht.

»Fertig?«, frage ich.

»Beinahe. Muss nur noch die Stacheln hinkriegen.« Cody öffnet die Tür des Kühlschranks. »Brauchst du ein Eigelb?«

»Eigentlich nicht.«

»Ich mache meine Stacheln mit Eiweiß, aber das Eigelb brauche ich nicht. Du könntest dir eine Gesichtsmaske auflegen.«

»Gesichtsmasken werden auch aus Eiweiß gemacht.«

Cody runzelt die Stirn, nimmt sich ein Ei aus dem Schrank, schlägt es auf und lässt das Dotter in eine Espressotasse gleiten. Anschließend verquirlt sie das Eiweiß mit einigen Tropfen Wasser und steuert erneut die Toilette an. »Ich gehe heute Abend in ein *U2*-Konzert.«

»Viel Spaß.«

Ich habe den Scheck entdeckt, den Ellen für mich bereitgelegt hat, stecke ihn in die Innentasche meines Mantels und verlasse die Bäckerei. Für einen Moment wünsche ich mir, später ebenfalls das *U2*-Konzert besuchen zu können, wobei es mir einerlei wäre, dass ich die Gruppe gar nicht mag. Ich entsinne mich, wie CM und ich in Codys Alter mit einem Rudel anderer Mädchen die Gegend unsicher machten. Wir fuhren ins Sepulveda-Freilichtkino (auch unter dem Namen Fummelarena bekannt), und zwar in meinem uralten schwarzen Chevy, der keine Rückbank, dafür aber feuerrote Radkappen besaß … *Hamburger Hamlet*, *Jake's Pizza*, *Topanga Plaza* …

Der Wachmann der Bankfiliale sperrt hinter mir die Tür ab. Es ist vier Uhr und in der frühen Dunkelheit bilden sich Nebelschleier um die Lichter der Straßenlaternen.

Die Queen Anne Avenue schwankt am Abgrund zur schicken Gegend, ohne jedoch hinunterzustürzen. Jedenfalls noch nicht. Trendfirmen wie Häagen Dazs und Gap, mehrere Feinkostläden und eine Buchladenkette haben hier jedoch Filialen eröffnet. Sie sind über Nacht wie Pilze aus dem Erdboden geschossen.

Das Gesamtbild wird allerdings noch von alteingesessenen Geschäften dominiert. Da wäre zum Beispiel die Klempnerwerkstatt, in deren Schaufenster Gerätschaften ausgestellt sind, die noch aus den Zeiten vor dem chemischen Rohrreiniger stammen. Oder das Stoffgeschäft, in dem man sich an Tischen vorbeizwängt, die hoch beladen sind mit dicken Ballen Chintz, getüpfelter Schweizer Seide und Kammgarnwolle. Oder der schmuddelig wirkende Grieche, von dem Ellen schwört, bei ihm gäbe es die besten Kartoffelpuffer der Stadt. Außerdem die andere Bäckerei, in der noch die Rosinenschnecken verkauft werden, die meine Oma am liebsten aß, und Schmalzkringel, bei denen einem der Zuckerguss in den Zähnen knirscht. Das Bekleidungsgeschäft »Aus zweiter Hand«, eine Schnapshandlung, der Sparmarkt und mehrere Kneipen …

Bei einer der Kneipen handelt es sich um *Bailey's*. Sie macht den Eindruck einer normalen, harmlosen Eckkneipe. Es ist die Art von Kneipe, in der man sich als Frau allein niederlassen, ein Glas Rotwein trinken und ein Buch lesen oder einen Brief schreiben kann. Oder in der man Trübsal blasen kann, wenn einem danach zumute ist, ohne dass gleich jemand auftaucht und einem auf den Wecker geht. Ich bin es allerdings nicht gewohnt, allein auszugehen, und erst recht nicht in eine Kneipe.

Doch der Nebel hat sich inzwischen zu Regen gewandelt und mein Spaß am Umherstreifen lässt merklich nach. Meine Hand streckt sich gerade nach der Türklinke aus, als ich innehalte.

Lieber nicht. Noch nicht.

Linda und ich duzen uns inzwischen und haben eine Art Waffenstillstand geschlossen, ohne dass ich genau zu sagen wüsste, wie oder wann das geschah.

Linda unterlässt es indes seit geraumer Zeit, abfällige Bemerkungen über meinen Namen, mein Alter und meine Arbeitserfahrung zu machen, wohingegen ich meine Annäherungsversuche einstelle und aufhöre, Linda mit neuen Ideen in den Ohren zu liegen.

Bisweilen habe ich sogar den Verdacht, Linda findet allmählich Gefallen daran, mich um sich zu haben. Na ja, vielleicht nicht direkt mich persönlich, aber doch immerhin jemanden. Vielleicht liegt es ja auch an ihrem Gesundheitszustand. Linda trägt um die Handgelenke elastische Manschetten gegen ihre Sehnenscheidenentzündung und Stützstrümpfe, die unter ihren zu kurzen Hosenbeinen aufblitzen, und sie beklagt sich über Schmerzen in ihrer rechten Schulter, die vermutlich auf eine Arthritis zurückzuführen sind. Insofern dürfte sie froh sein, dass ich kräftig genug bin, um die Kuchenbleche mit dem schweren, nassen Teig zu stemmen, die Mehlsäcke zu schleppen und die

Ofenetagen zu beschicken und zu entleeren. Natürlich würde sie sich lieber die Zunge abbeißen, als dergleichen mir oder auch nur sich selbst gegenüber zuzugeben.

Ich erzähle Linda von Jean-Marc und dass er eines Tages, als er bemerkte, dass ich mir den Nacken rieb, sagte: »Ein paar Schmerzen schaden nichts, Wynter. Auf die Weise dringt unser Handwerk in deinen Körper ein.« Das ist die erste meiner Anekdoten, die Linda mit beifälligem Grunzen quittiert.

Manchmal fängt mein Radarsystem kleine Informationsschnipsel über Linda auf. Irgendwo existiert offenbar ein Ehemann. Nach einer Weile erfahre ich, dass er der geschiedene Ehemann ist. Linda nennt ihn Bubba. Ellen erklärt mir, sein richtiger Name sei Walter und irgendwie spiele er noch immer eine Rolle.

Cody verrät mir eines Tages, Bubba habe als Kapitän auf den Fähren gearbeitet. »Verdiente gutes Geld, bis er wegen seiner Sauferei zum Matrosen zurückgestuft wurde. Ich glaube, danach hat Linda ihn rausgeschmissen. Sie haben aber zwei Kinder.«

»Hm – wusste ich gar nicht.«

Ellen hat uns gehört und runzelt die Stirn. »Leute«, sagt sie, »ihr wisst ganz genau, was ich von Klatschbasen halte.«

Cody und ich wechseln verstohlene Blicke und geben uns Mühe, ernst zu bleiben.

Kurz vor Thanksgiving wird aus dem trüben Wetter Sauwetter. Eine ganze Woche lang sind die Tage grau und kalt und es regnet ununterbrochen.

Ellen amüsiert sich über mein Gejammer. »Oh, Schatzi«, lacht sie, »das ist noch gar nichts. Warte nur ab, bis es Februar wird. Dann regnet es zwei ganze Monate lang an einem Streifen.«

Ich glaube jedoch bereits jetzt, meinen restlichen Verstand zu verlieren. Deshalb rufe ich zwecks innerer Stärkung eines Abends meine Mutter an.

Der Anrufbeantworter schaltet sich ein und eine Stimme teilt mir mit, »die Familie Morrison« sei im Moment nicht zu erreichen, »einer von uns« würde jedoch so bald wie möglich zurückrufen.

Auf meiner Uhr ist es Viertel nach neun, fast schon halb zehn. Wo steckt meine Mutter? Ich hinterlasse keine Nachricht.

In dem Moment, als ich den Hörer auflege, schrillt das Telefon los und ich bekomme fast einen Herzschlag.

»Du bist also noch nicht im Regen ersoffen.«

»CM! Bist du wieder zu Hause?«

»Ja, Gott sei Dank.«

»Wie war es?«

»Große Klasse, aber jetzt bin ich erledigt.«

»Fliegst du über Thanksgiving nach L. A.?«

»Ich werde mich für eine ganze Weile nicht mehr in die Nähe eines Flughafens begeben. Warum? Was hast du vor?«

»Nichts. Die Bäckerei hat während des langen Wochenendes geschlossen.«

»Dann komm am Donnerstag zu mir. Wir braten uns einen fetten Truthahn.«

Am Dienstag rufe ich CM an, um mich zu erkundigen, was ich einkaufen soll. CM klingt noch immer matt, doch sie sagt, sie hätte sich frei genommen und bis Donnerstag wäre sie wieder topfit.

Als Nächstes ruft CM mich am Mittwochabend an. Sobald ich ihre Stimme höre, weiß ich, dass sie weit davon entfernt ist, topfit zu sein.

»Ich hasse es, schlappzumachen«, sagt sie. »Doch ich habe mir offenbar etwas eingefangen.«

»Verdammt«, entfährt es mir unwillkürlich. Ich starre durch das Fenster in die Dunkelheit hinaus und höre, wie der Regen gegen die Scheiben trommelt. »Kann ich etwas für dich tun? Soll ich dir etwas aus der Apotheke besorgen?«

»Nicht nötig. Der Arzt hat mir Antibiotika vorbeibringen lassen und ich habe sogar Hühnerbrühe im Kühlschrank, obwohl ich gar nicht schlucken kann. Ich glaube, ich werde die nächsten achtundvierzig Stunden einfach durchschlafen.«

»Vergiss dabei aber nicht, deine Medizin einzunehmen. Melde dich, wenn du etwas brauchst. Ich werde das ganze Wochenende über hier sein.«

An Thanksgiving erhebe ich mich gegen Mittag, um die Jalousien hochzuziehen. Danach verkrieche ich mich erneut in meiner warmen Höhle. Vor den Fenstern hängt der Nebel so dick, dass man meint, ihn mit bloßen Händen greifen zu können. Ich lege mich zurück und starre an die Decke. Eigentlich ist mein Häuschen gar nicht so übel. Es gibt eine Menge Leute, die dankbar wären, hier wohnen zu dürfen. Ich finde zudem, dass dem Kargen etwas Beruhigendes zu eigen ist, fast als würde ich im Gebirge campieren.

Okay, es ist deprimierend. Kalt, nackt und leer. Die Farbe hängt mir zum Hals heraus. Alles ist eintönig weiß. Es sieht aus wie der Kampf der Eisbären im Schnee. Mein Blick wandert über die Wände. Nirgendwo ist ein Gegenstand, an dem das Auge verharren kann.

Wie aus dem Nichts meldet sich in meinem Inneren eine gebieterische Stimme, die fragt: *Was hältst du davon, die Wände bunt anzustreichen?*

Blödmann. Mietwohnungen darf man nicht so streichen.

Klar darfst du sie bunt streichen. Wenn du ausziehst, malst du die Wohnung halt wieder weiß.

Ich setze mich auf. Mit einem Mal werde ich ganz hibbelig. Heute sind die Geschäfte geschlossen, doch morgen könnte ich mir Farbe besorgen. Ich habe lediglich zwei Zimmer zu streichen. Wie lange kann so etwas schon dauern? Im Nu bin ich auf den Beinen, ziehe meinen Jogginganzug, Socken, Schuhe, Pullover und Jacke an.

Eine Stunde später kehre ich mit einem Arm voller Wohnzeitschriften vom Kiosk zurück. Ich überfliege sie, während ich meinen Haferbrei löffele.

Ohne mich bei einem der Texte aufzuhalten, durchblättere ich die Seiten und lasse die bunten Bilder auf mich wirken. Ich glaube, das war mein Problem! Ich habe unter akutem Farbmangel gelitten. Ich sauge alles gierig in mich auf. Schöne kulinarische Farben: Schokoladenbraun, Lachsrosa, Weintraubengrün, Zimtbraun. Blumenfarben: Lavendelblau, Farngrün, Osterglockengelb, Veilchenlila. Erdtöne: Lehm, Schiefer, Zinn und Mahagoni.

Als ich bei meiner zweiten Tasse Kaffee angelangt bin, habe ich beschlossen, das hintere Zimmer und das Bad terrakottafarben zu streichen und das Wohnzimmer gelb. Ein warmes, sonniges Gelb, genau wie das in meinem kleinen Zimmer im dritten Stock der Guillaumes.

Mein Eintauchen ins Französische war genau das, was das Wort besagt – ein Eintauchen. Es war mehr, als nur in einer anderen Stadt, einem anderen Land und in einer fremden Kultur zu leben. Eher war es so, als hätte man einen Süßwasserfisch im Pazifik ausgesetzt und ihm gesagt, er solle sehen, wo es langgeht. Als Erstes zappelte ich deshalb auch einfach nur kopflos herum und verausgabte mich bereits bei solch simplen Dingen, wie nach der Richtung zu fragen und die Antworten zu verdauen.

Das war weiß Gott etwas anderes als die Konversationsübungen in meinem Französischkurs, die sich um das Wetter drehten – *il fait beau aujourd'hui, n'est-ce pas?* – oder um das Verhalten von Haustieren – *le chat est sur le lit et le chien est sous la table.* Außerhalb des Kurses ratterte jeder drauflos wie ein Maschinengewehr und wenn ich mit Menschen aus meiner Altersgruppe sprach, stellte ich fest, dass man mir im Unterricht auch keinen Slang beibrachte. Nachdem ich jedoch einmal tollkühn jemanden als *connard* (Volltrottel) bezeichnet hatte, anstatt ihn harmlos *canard* (Witzbold) zu nennen, kehrte ich kleinlaut zu meinem Kursfranzösisch zurück, wenngleich ich damit reichlich gestelzt daherkam.

Sylvies Freundinnen waren alle ausgesprochen nett zu mir, doch ich fühlte mich unter ihnen wie der Riese Gulliver unter den Liliputanern. Keine war größer als eins sechzig und alle waren zierlich und elfengleich, obwohl sie Portionen wie Schwerarbeiter verdrückten. Die meisten von ihnen waren hübsch, doch selbst die weniger Hübschen schafften es, gut auszusehen – wahrscheinlich indem sie, genau wie Sylvie, einfach nur französisch waren. Sie konnten Jeans und T-Shirt tragen, sich dann jedoch ein Tuch umwerfen oder Stiefel mit hohem Absatz dazu anziehen, eine weiche Wildlederjacke überstreifen oder einen flotten Hut aufsetzen, und schon glichen sie den Models in der *Vogue*. Außerdem wussten sie, wie man sich benahm. Wie man rauchte oder saß, wie man durch einen Raum oder über die Straße schritt und wie man sich einen Aperitif bestellte. Wohingegen meine Altersgenossinnen zu Hause nicht einmal wussten, was ein Aperitif war.

Dem Abendessen *chez Guillaume* sah ich täglich mit Grausen entgegen. Nicht nur, dass ich höfliche Konversation betreiben und Sylvie im Auge behalten musste, um festzustellen, wozu das ganze Besteck neben meinem Gedeck gut sein sollte, nein, ich versuchte auch jedes Mal verzweifelt herauszufinden, *was* ich da eigentlich essen würde, ehe ich den ersten Bissen in den Mund steckte und herunterschluckte.

Erst nachdem ich wie bei der Grundausbildung in der Armee geschliffen worden war und begriffen hatte, dass alles, einschließlich der Luft, die ich atmete, fremd und anders war, fand ich mich damit ab und wurde sicherer. Es geschah ganz plötzlich, etwa zwei Wochen nach meiner Ankunft während des Abendessens. Ich hockte zusammengesunken auf meinem Stuhl und war zu erledigt, um noch einen Pieps von mir zu geben. Es war mir auch einerlei, ob ich das Fischmesser richtig benutzte oder was ich gerade aß. Plötzlich stellte ich jedoch fest, dass ich, ohne nachzudenken, verstand, worum sich das Tischgespräch drehte. Vermutlich *weil* ich nicht darüber nachdachte. Ich setzte mich aufrecht hin. Mein Blick kehrte von einem imaginären Punkt an der Wand zurück und richtete sich auf Jean-Marc. Er grinste mich an.

»*Bienvenue*, Wynter«, sagte er.

Nach diesem Abend begann ich mich einzugewöhnen und allmählich zu Hause zu fühlen. Die Kurse schlauchten mich weniger und während der Arbeit war ich in der Lage, mich aufs Backen zu konzentrieren, anstatt mich fortwährend sorgenvoll zu fragen, was jemand gerade gesagt hatte und was ich zur Antwort geben sollte. Ich wurde lockerer, wenn ich mit Sylvies Clique in den Cafés herumlungerte und die Jungen – *les types* – an den Nachbartischen musterte und kommentierte. Ich begann Modezeitschriften zu lesen und die Lieder von Francis Cabrel zu hören.

Nicht dass das ohne Anstrengung vonstatten gegangen wäre, wahrhaftig nicht. Es war eher so wie beim Laufen, wenn sich das Gefühl einstellt, man habe sich verausgabt. Die Lunge pfeift, die Muskeln brennen und die Beine sind schwer wie Blei, doch genau in dem Moment, in dem man das Handtuch werfen will, findet man plötzlich in den

Tritt, schafft Meile auf Meile und denkt, man könne noch den ganzen Tag über weiterlaufen.

Am Samstag verziehen sich die Wolken und die Sonne tritt hervor. Allerdings weiß ich jetzt schon, dass ich ihre Gegenwart nie mehr in meinem Leben für selbstverständlich halten werde.

Ich lasse in meiner Wohnung alle Fenster offen, sodass der Farbgeruch entweichen kann, und nehme den Bus Nummer 13, der in die Innenstadt hinunterfährt. Den Gedanken, dass dieses Wochenende das erste Wochenende für die Weihnachtseinkäufe ist, schiebe ich angelegentlich beiseite.

Die überheizte Luft im Westlake-Einkaufszentrum ist durchtränkt vom Dunst abgestandenen Popcorns und einem Dutzend unterschiedlicher Designerparfums, die in den Geschäften angepriesen werden. In den Kaufhäusern, Schuhgeschäften und Süßwarenläden stauen sich die Menschenmassen. Ein Summton geht von ihnen aus, der sich anhört, als wäre ich in einen Kongress aufgebrachter Bienen geraten. Ich drängele mich an einem Weihnachtschor in Kostümen aus den Charles-Dickens-Romanen vorbei. Die Klänge oder vielleicht auch das Aufblitzen eines langen, gerüschten Rockes rufen in mir Erinnerungen an die Weihnachtspartys in dem großen weißen Haus im Hancock Park wach.

Jedes Jahr veranstalteten David und ich am ersten Dezemberwochenende eine Riesenweihnachtsfeier, zu der wir unsere Freunde, die gesamte Belegschaft von JMP und Davids Kunden einluden – gegenwärtige, alte und potenzielle neue. Da unsere Ausgaben sich abschreiben ließen, leisteten wir uns die teuersten Partylieferanten und die angesagteste Musik, ganz gleich, ob es sich dabei um ein Streichquartett oder um ein ausgefallenes Folklore-Ensemble handelte. Einmal bestellten wir sogar einen Schulchor, der sich im Vorgarten aufbaute und beim Eintreffen unserer Gäste Weihnachtslieder sang. Okay, das war vielleicht ein wenig übertrieben.

Hölle – ich muss hier raus. Durch die Glastür, hinaus an die frische Luft. An jedem Lichtmast wehen grüne und rote Weihnachtsfähnchen und in den Schaufenstern leuchten bunte Lichterketten. Von einer Steelband vor Nordstrom sind gar nicht einmal so üble blechern klingende Weihnachtslieder zu hören, während die gesamte Bevölkerung Seattles *Stewart Brother's* Kaffee zu trinken scheint und sich an der seltenen Novembersonne labt.

Ich tauche in die Menschenmenge ein, tauche auf der anderen Seite wieder auf und wandere die Second Avenue entlang, auf der die Musik nur noch als schwaches, metallisches Echo zu hören ist.

Hier sind die Gebäude noch nicht restauriert worden, ihre Ornamentfriese sind rußgeschwärzt. Alte Männer mit zotteligen Bärten und abgetragenen Pullovern kauern in den Hauseingängen, rauchen und beäugen die Nutten in den kurzen Satinhosen und hochhackigen Stiefeln, deren Schenkel mit Gänsehaut überzogen sind.

In einem Trödelladen, in dessen Schaufenster ein Schild »Sammlerobjekte« verspricht, kaufe ich zwei verschnörkelte Bilderrahmen und eine Frauenzeitschrift aus dem Jahr 1915, in der sich ganzseitige Abbildungen von Pflanzen und Blumen befinden. In einem billigen Einrichtungshaus erstehe ich rote und gelbe Bettüberwürfe, die ich als Vorhänge über die Gardinenstangen drapieren und als Bezüge über die hässlichen Sessel breiten will. Des Weiteren leiste ich mir einen unechten tibetischen Teppich, der vor dem Holzofen seinen Platz finden soll.

Als ich die Third Avenue hoch nach Hause wandere, stelle ich fest, dass sich der Himmel wieder bezieht, doch die Wolken sind dünn und blass und stehen hoch am Himmel, anders als die dickbäuchige, tiefhängende Sorte, die Regen in Strömen verheißt.

In meinem Häuschen herrscht dieselbe Temperatur wie in einer Kühlhalle, doch der Farbgeruch ist zum größten Teil verschwunden. Ich werfe mein Gepäck auf dem Futon ab und schlage erst einmal ein Fenster nach dem anderen zu. Danach entfache ich ein Feuer, schalte die Lampen ein und setze den Wasserkessel auf. Anschließend ziehe ich die Einkäufe aus den Tüten hervor, entferne die Preisschilder und breite meinen neuen Teppich vor dem Ofen aus. Als Nächstes lege ich jeweils einen Überwurf über die Sessel, stopfe sie fest und zupfe die übrigen Tücher als Vorhänge über den Gardinenstangen zurecht.

Das Wasser kocht. Ich bereite mir eine Tasse Tee zu und setze eine Suppe auf, die ich als Abendessen zu mir nehmen werde. Während ich den Tee trinke, durchblättere ich die Frauenzeitschrift und überlege, welche der Botanikdrucke ich rahmen könnte.

Nach einer Weile wähle ich CMs Nummer und lasse es lange läuten, ohne dass jemand abnimmt. Da sich auch CMs Anrufbeantworter nicht einschaltet, gehe ich davon aus, dass sie das Telefon ausgestöpselt hat. Für einen Moment starre ich mit heruntergedrückter Telefongabel das Telefon an und frage mich, ob ich David anrufen soll. Lieber nicht. Immerhin könnte Kelley den Hörer abnehmen. Und falls David sich meldet, würde er vermutlich stocksauer reagieren, weil ich ihm schon wieder auf den Keks gehe.

Ich rufe stattdessen meine Mutter an.

»Sie haben die Nummer der Familie Morrison gewählt. Im Moment können Sie uns leider nicht erreichen …«

Als der Pieps ertönt, sage ich: »Hi, Mom. Ich bin es. Ich wollte nur einmal hallo sagen und hören, wie es dir ...«

»Hi, Liebes. Wie geht es dir?«

Meine Mutter klingt ein wenig atemlos.

»Ganz gut. Und dir?«

»Mir geht es auch gut.«

Wir hören uns an wie bei einer Konversationsübung im Fremdsprachenunterricht.

»Wo hast du gesteckt?«

»Nirgendwo. Warum?«

»Ich habe dich mehrmals zu erreichen versucht, doch du scheinst nie zu Hause zu sein.«

Meine Mutter lacht. »Ich bin eine hart arbeitende Frau.«

»Auch nachts?«

»Nun, gelegentlich gehe ich auch einmal aus. Mit Freunden und ...« Ihre Stimme versickert, so als ob sie gleichzeitig noch stumm mit jemand anders gestikulieren würde.

»Gehst du wieder mit einem Mann aus?«

Kurze Pause. »Tja, ich glaube, so könnte man das nennen.« Als Nächstes verändert sich ihre Stimme und sie fragt munter: »Aber sag mir lieber, wie es dir geht! Hast du mal etwas von David gehört? Oder von deiner Anwältin ... Ms. Goody?«

»Sie heißt Gooden. Nein. Weder noch.«

»Was hast du an Thanksgiving unternommen?«

»Ich habe gemalt.«

»Gemalt? Du meinst so etwas wie Bilder?«

»Nein, Mom. Ich meine so etwas wie Wände. Ich habe meine Wohnung gestrichen.«

»Ach, wirklich?« Es folgt ein Moment der Stille, ehe sie hinzusetzt: »Das ist ja interessant.«

Ich weiß, dass sie dem, was ich sage, nicht die geringste Aufmerksamkeit schenkt.

»Mutter, hast du Besuch?«

Abermals kurze Pause. »Nun, eigentlich schon. Es... sind ein paar Leute da.«

»Warum hast du das nicht gleich gesagt?«

»Weil ich mit dir sprechen wollte, was sonst?«

»Du wirkst sehr abgelenkt. Ruf mich doch einfach mal an, wenn du wieder Zeit hast.«

»Ich habe Zeit, Wyn, es ist nur ...«

Sie redet noch immer, als ich einhänge.

Nach Thanksgiving haben wir in der Bäckerei alle Hände voll zu tun. Linda und ich backen *panetone* und Ellens Mutter bereitet für das jüdische Laubhüttenfest Früchtekuchen zu. Linda ist nicht gerade begeistert davon, ihre Routine zu unterbrechen, doch ich bin froh, einmal etwas Neues anzufangen. Diane nimmt Aufträge für Weihnachtsstollen entgegen.

Jede von uns backt Plätzchen. Diane formt auf ihre unnachahmliche Weise Ingwerwecken zu Jungen und Mädchen, die allen möglichen Beschäftigungen nachgehen, von kleinen Ballerinen bis zu lustigen Hundefängern. Um die Eiskunstläuferinnen und Skifahrer schlagen die Kunden sich fast. Uns anderen trägt Ellen auf, französische und italienische Plätzchen zu backen. Wir machen *brutti ma buoni* (»hässlich, aber gut«), bei denen es sich um Mandelcremestreifen voller Zitronatstückchen handelt, buttrige *baci di dama* (Damenküsse), *zaletti*, Maismehlmakronen mit Rosinen, Haselnuss-*biscotti* und hauchdünne Sesamwaffeln. Wir machen *dentelles russe* (russisches Brot), die wir mit dunklem Rum tränken, goldgelbe *sablés* (Sandgebäck), *carrés aux marrons* (viereckige Kastanienschnitten), die mit halbbitterer Schokolade überzogen werden, und natürlich *madeleines*.

Die Auslagenfläche in unserer Theke gleicht dem Titelbild eines Feinschmeckermagazins und ich bin angesichts der vielen Köstlichkeiten hingerissen.

Eines Morgens, als ich gerade dabei bin, draußen vor den großen Fenstern unsere Gebäckpracht zu bewundern, fallen mir plötzlich die einfachen runden Plätzchen mit buntem Zuckerstreusel ein, die meine Oma immer buk. Die Erinnerung ruft mein Glücksgefühl aus jenen Kindertagen wieder hervor. Es ist so stark, dass ich es beinahe als schmerzhaft empfinde.

Als ich nach Hause komme, rufe ich sofort meine Mutter an, doch sie ist natürlich schon zur Arbeit gegangen.

»Hi, Mom, ich bin es«, sage ich dem Anrufbeantworter. »Ich wollte nur kurz hallo sagen. Wieder einmal. Sag, hast du zufällig noch Omas Zuckerplätzchenrezept? Ich gehe jetzt gleich ins Bett, doch gegen halb vier bin ich wieder auf. Könntest du mich heute Abend zurückrufen?«

Meine Mutter ist blendend aufgelegt, als sie sich meldet. Offenbar hat sie einen angenehmen Tag hinter sich. »Ich habe Omas Rezept gefunden«, sagt sie. »Soll ich dir es morgen in die Bäckerei faxen?«

»In der Bäckerei gibt es kein Faxgerät.«

Für einen Moment gerät Mutter aus dem Konzept. »Dort gibt es kein Fax? Wie will denn ein Unternehmen heutzutage ohne Fax bestehen können, wo ...«

»Mom, es handelt sich nicht um ein *Unternehmen*, sondern um eine kleine Bäckerei. Wir brauchen kein Fax. Kannst du mir das Rezept nicht einfach vorlesen?«

»Ja, natürlich. Hast du einen Stift? Also, los geht's:

1 Tasse Kristallzucker
1 Tasse Butter (kalt und in kleine Bröckchen geschnitten)
2 Eier
1 TL Vanillezucker

3 Tassen Mehl
1 TL Backpulver
1 TL Weinstein-Backpulver
¼ TL Salz
geriebene Schale einer Zitrone
Kristallzucker zum Wälzen
1 Tasse bunte Zuckerstreusel
1 TL Zitronensaft

Butter in eine Schüssel mit Zucker klein schneiden, bis die Mischung wie Hafergrütze aussieht. Eier und Vanillezucker darunter schlagen. In einem zweiten Gefäß Mehl, Backpulver, Weinstein-Backpulver und Salz untereinander rühren. Dem Buttergemisch hinzufügen und mit Holzlöffel gut verarbeiten.

Ofen auf 180 °C vorheizen und Backblech leicht einfetten. Teig 15–20 Minuten kneten. Wenn nötig, etwas Mehl hinzufügen, damit der Teig nicht anklebt. Teig in walnussgroße Bällchen unterteilen und diese in Kristallzucker wälzen, bis sie rundum bedeckt sind. Auf vorbereitetes Backblech legen. Den Boden eines Glases in Kristallzucker stippen und die Bällchen damit zu einer Dicke von einem halben Zentimeter zusammendrücken. 12–15 Minuten backen lassen. Plätzchen müssen hellbraun sein. Zum Abkühlen auf ein Gitter heben. Plätzchen, solange sie noch heiß sind, je nach Wunsch mit einer Mischung aus Milch oder Zitronensaft und bunten Zuckerstreuseln überziehen.«

»Danke«, sage ich, während ich meine verkrampfte Hand ausschüttele. »Wahrscheinlich hätte ich vergessen, den Teig zu kneten.«

»Das macht die Plätzchen erst locker«, bemerkt meine Mutter mit nostalgisch verklärter Stimme.

Ich gebe mir einen Ruck und sage: »Danke für den Rückruf. Tut mir Leid, dass ich neulich eingehängt …«

»Das macht nichts, Wyn. Ich war ja auch wirklich etwas abgelenkt. Ich muss mich ebenfalls entschuldigen.«

»Wie läuft die Arbeit im Büro?«

»Oh, sie ist eine deutlich größere Herausforderung als die an der Schule.«

»David sagte immer, ›Herausforderung‹ sei lediglich eine schöne Umschreibung für die ganz große Scheiße.«

»Oh, nein, es macht mir Spaß, und ich lerne sehr viel dazu. Wie gefällt dir denn dein Leben als Bäckerin?«

»Gut. Bis auf die Frau, mit der ich zusammenarbeite. Sie ist auf jeden Fall eine … Herausforderung.«

Meine Mutter lacht. Anschließend breitet sich das Schweigen zwischen uns aus wie eine dicke Dame, die auf einem Sofa Platz nimmt.

»Was machst du an Weihnachten?«, frage ich schließlich. »Ich habe leider nur einen freien Tag, deshalb kann ich nirgendwo hinfahren, aber vielleicht hast du ja Lust, hierher zu kommen! Meine Wohnung ist zwar beengt, doch ich glaube, wir könnten …«

»Oh, Wyn, das würde ich liebend gern tun – ich wünschte nur, du hättest mich ein wenig früher gefragt. Nun habe ich mich bereits mit ein paar Leuten aus der Firma verabredet. Wir fahren nach Tahoe.«

»Kein Problem. Ich dachte ja nur … falls du nichts vorgehabt hättest.«

»Tja, ich habe mich schon festgelegt. Wir haben das Cottage sogar schon angezahlt.«

»Ist ja gut.« Ich will nicht eingeschnappt sein, doch ich bin es. Meine Mutter arbeitet erst seit September in ihrer neuen Firma – und sie hat sich bereits so gut eingelebt, dass sie mit den Menschen dort verreist? Ohne sich vorher wenigstens zu erkundigen, was aus mir wird?

»Ich könnte nachfragen, ob das Geld erstattet wird.«

»Mutter, bitte. Ich sagte doch, es ist kein Problem.«

»Ich finde es nicht schön, dass du Weihnachten allein bist.«

»Ich werde nicht allein sein. Zwei Kolleginnen haben mich zum Abendessen eingeladen und wenn CM hier ist, gehe ich zu ihr. Hör zu, ich muss mir etwas zum Essen machen und noch ein paar andere Dinge erledigen, ehe ich zur Arbeit gehe. Ich melde mich wieder.«

»Wyn – das mit Weihnachten tut mir Leid.«

»Macht doch nichts. Dann komme ich eben im Frühjahr für ein paar Tage nach Hause.«

Ich habe meine Mutter nicht richtig angelogen. Cody und Ellen haben mich tatsächlich zu sich nach Hause zum Weihnachtsessen eingeladen. Als ich mir jedoch vor Augen hielt, dass ich höflich würde plaudern müssen und langwierige Erklärungen von Familienritualen verkraften und mir lustige Anekdoten anhören, beispielsweise wie Onkel George einmal beim Kerzenanstecken die Katze Muffy ankokelte, lehnte ich so freundlich wie möglich ab.

Am 15. Dezember ist mein Geburtstag. Ich werde zweiunddreißig. Meine Mutter hat mir eine Karte und einen Scheck geschickt. Sie ruft mich morgens um neun Uhr an, da sie vergessen hat, dass ich dann noch schlafe. Demzufolge ist sie sehr betreten und ich bin äußerst griesgrämig. Später ruft CM mich an, die sich auf einem Seminar in Phoenix befindet.

Wie hatte ich diesen Tag eigentlich im vergangenen Jahr begangen? Oh, richtig, im Haus meiner Mutter. David war zu einem Kundentermin unterwegs, ich glaube, nach Cancún. Vor zwei Jahren, an meinem dreißigsten Geburtstag, flogen David und ich für ein langes Wochenende nach Paris. Da verbrachten wir zum ersten Mal nach zwei Jahren wieder einen kurzen gemeinsamen Urlaub. Es war wie zweite Flitterwochen. Wir stiegen im *Ritz* ab, schliefen morgens lange, liebten uns nach dem Aufwachen und verzehrten anschließend köstliche Croissants, die wir in dampfend heiße Schokolade tunkten. Nachmittags, wenn es bereits dunkel wurde, schlenderten wir über die Boulevards. Die kahlen Zweige der Bäume ragten in den stahlgrauen Himmel und überall in der Stadt funkelten Weihnachtslichter. Eines Nachts machten wir, dick eingemummelt gegen den eiskalten Wind, eine Fahrt auf einem *bateau mouche* und meinen Geburtstag feierten wir mit einem Diner im *Le Taillevent*. Ich kam mir wie eine Prinzessin vor. Ist es wirklich möglich, dass David diesen Tag vergessen hat?

Ich stehe auf und schlucke eine Pille gegen prämenstruelle Beschwerden, stöpsele das Telefon aus, begebe mich ins Bett zurück und falle in einen Traum.

Es ist mein erster Tag in einer neuen Schule. Ich finde mich nicht zurecht und wandere über lange Flure, an denen die Türen auf beiden Seiten verschlossen sind. Die anderen Schüler ringsumher überragen mich und grinsen sich über meinen Kopf hinweg an.

Plötzlich erreiche ich ein Klassenzimmer, dessen Tür offen steht. Andere Schüler gehen hinein und deshalb folge ich ihnen. Drinnen ist jedoch kein Stuhl für mich frei. Die anderen sind in irgendwelche Arbeiten vertieft. Mit einem Mal erhebt sich ein Mädchen aus einer der hinteren Bänke, tritt zu mir und legt seinen Arm um mich. Es ist meine Mutter. Ich atme erleichtert auf. Ich weiß, dass das Mädchen mir alles erklären wird.

Das Mädchen, das meine Mutter ist, kehrt zu seinem Platz zurück und nimmt seine Arbeit wieder auf. Ich stehe da und schaue zu. Bisweilen blickt es zu mir hoch und lächelt, doch es ist klar, dass es mir nichts erklären wird.

Am Nachmittag besorge ich mir im Sparmarkt normales Haushaltsmehl, Kristallzucker und ein Päckchen mit buntem Zuckerstreusel. Auf dem Parkplatz werden Weihnachtsbäume angeboten. Ich sehe Paare, die sich einen Baum aussuchen, und Frauen, die wasserfeste Girlanden und dicke rote Plastikschleifen kaufen, während ihre Kinder platschend durch die Regenpfützen rennen. Alle sind in dicke Mäntel gehüllt und tragen bunte Schals und Strickmützen. Ein alter Mann in einer geflickten Sportjacke röstet auf einem kleinen Grill Kastanien. Ich kaufe mir eine Tüte. Als die erste Kastanie mit ihrem rauchigen Geschmack in meinem Mund zerfällt, weiß ich, dass ich einen Weihnachtsbaum haben muss.

Linda hat ein blaues Auge. Das heißt, es ist eigentlich nicht blau, sondern schillert in einem hässlichen Grün-Violett. Auf dem Weiß des Augapfels ist dort, wo die Äderchen geplatzt sind, ein leuchtend roter Fleck entstanden. Lindas Unterlippe ist dick geschwollen.

Da man derlei Dinge nicht geflissentlich übersehen kann, sage ich: »Um Himmels willen, Linda, was ist denn mit dir passiert?«

»Ein Geschenk von meinem geschiedenen Alten. Das ist mir passiert.«

»Ich hoffe, du hast dich revanchiert.«

»Worauf du dich verlassen kannst.« Linda ringt sich ein dünnes Lächeln ab. »Der bescheuerte Mistkerl ist besoffen bei mir aufgetaucht und hat vor dem Haus krakeelt. Ich musste ihn reinlassen, sonst wären die Bullen gekommen. Kaum ist er drin, fängt er an zu turteln, und als ich ihm sage, er könne mich mal, holt er aus und donnert mir eine.« Linda befühlt vorsichtig ihr Kinn. »Danach ging die Post ab, bis die Nachbarn von oben kamen und ihn an die frische Luft gesetzt haben.«

»Wirst du ihn anzeigen?«

Linda schaut verächtlich drein. »Wäre nur Zeitverschwendung.«

»Du könntest eine einstweilige Verfügung ...«

Lindas Lachen klingt rau und sie verzieht dabei schmerzhaft ihr Gesicht. »Wie stellst du dir das vor? Soll ich Bubba dann den Wisch unter die Nase halten und sagen, hier steht, du darfst nicht mehr kommen? Einstweilige Verfügung, dass ich nicht lache! Damit könnte ich die Wände tapezieren.«

Mit einem Mal wird Linda klar, mit wem sie spricht, und da sie mein Mitleid erkennt, wird sie erst recht sauer. »Über so was brauchst *du* dir ja nie Gedanken zu machen«, schnaubt sie.

Am Weihnachtsmorgen wache ich um fünf Uhr auf. Ich hätte am Vortag später ins Bett gehen sollen, doch ich wollte an Heiligabend nicht einfach herumsitzen und nichts anderes zu tun haben, als an frühere Heiligabende zu denken.

Ich drehe mich auf die andere Seite. Es ist noch stockdunkel, vielleicht schlafe ich noch mal ein. Ich hätte mir etwas vornehmen sollen. Von mir aus auch etwas Langweiliges. Das wäre besser gewesen als gar nichts.

Um halb acht stehe ich auf, wickele eine Wolldecke um mich und rolle mich im Sessel zusammen. Im Ofen glüht noch ein zusammengefallener Rest Holzkohle vom vergangenen Abend. Der Geruch ruft in mir Erinnerungen an unsere Weihnachtstage in Tahoe wach und an das Holzhaus, das wir regelmäßig mieteten. Mein Vater verbrachte das

Weihnachtsfest am liebsten in den Bergen. Ich glaube, das erinnerte ihn an seine Kindheit in New England und außerdem hofften wir beide jedes Mal, dass Schnee liegen würde. Abend für Abend betete ich in meinem Hochbett um einen Schneesturm. Ich wollte, dass wir in unserem Holzhaus von der Außenwelt abgeschnitten waren. Mein Vater hätte dann im Kamin ein loderndes Feuer entfacht und meine Mutter hätte heiße Schokolade gekocht, auf der kleine weiße Marshmallows schwammen.

In Wirklichkeit jammerte meine Mutter Jahr für Jahr, dass es zu kalt sein würde, doch sobald wir angekommen waren, schien ihr es ganz gut zu gefallen. In der Regel saß sie nachmittags vor dem Kamin auf dem Sofa, las und knabberte dabei geistesabwesend Popcorn, während mein Vater und ich draußen umherstreiften. Wenn der Mond schien, gingen mein Vater und ich auch nachts hinaus. Dann marschierte ich hinter ihm her und verglich im Schnee meine Fußabdrücke mit seinen. Die Luft war reglos und wie aus Kristall, so dass man glaubte, sie würde bei dem kleinsten Geräusch zerspringen und klirrend zu Boden fallen. Mein Vater und ich wechselten während dieser Wanderungen kein Wort. Wenn er mir etwas zeigen wollte, deutete er lediglich darauf. Ringsumher war kein Laut zu hören, bis auf unser Schnaufen, das Knistern getrockneter Tannennadeln und das Knirschen des puderigen Neuschnees unter unseren Stiefeln. Einmal allerdings rauschte eine große Schleiereule mit mächtigen Flügelschlägen über unsere Köpfe hinweg.

Wir stellten stets einen kleinen Weihnachtsbaum auf, den wir selbst geschlagen hatten, und bastelten unseren Weihnachtsschmuck aus Popcorn, Preiselbeeren, Ingwerwecken und Papier. Das war das Spezialgebiet meiner Mutter. Sie hatte von einem japanischen Freund ihres Vaters die Kunst des Origami erlernt und schuf aus Papier kleine Vögel,

Sterne, Katzen, Hunde, Bäume und Engel. Sie stach auch winzige Löcher in die beiden Enden einer Eierschale, blies das Ei aus und bemalte sorgfältig die Schale. Mit derartigen Arbeiten konnte sie Stunden zubringen, ähnlich wie früher die Matrosen, die in langen Nächten auf See aus Muscheln, Walzähnen und Elfenbein feine Schnitzarbeiten herstellten.

Ich finde es eigentlich allerhand, dass sich meine Mutter mit einer Truppe wildfremder Menschen genau dorthin begeben hat, wo sie früher immer mit mir und meinem Dad war. Ich frage mich, ob sie sich auch dieses Mal wieder über die Kälte beklagt und ob sie sich vor den Kamin verkrümelt und liest. Oder ob sie eingemummelt mit den anderen durch den Schnee tollt, woraufhin alle sagen: »Jetzt seht euch bloß Johanna an! Sie ist tatsächlich für jeden Spaß zu haben!«

David verwandelte sich Weihnachten stets in einen Armani-tragenden, Mercedes-fahrenden zehnjährigen Jungen. Jeden Abend, nachdem er aus dem Büro zurückgekehrt war, mussten wir uns zusammensetzen und gemeinsam alle Karten lesen, die an dem Tag mit der Post gekommen waren. Es handelte sich jeweils um mehrere Dutzend, wobei die meisten von Geschäftsfreunden stammten, die Künstler, Designer oder Autoren waren, sodass jede einzelne Karte einem kleinen Kunstwerk glich. Wir hängten sie überall im Haus auf, zusammen mit endlos langen Girlanden und glänzenden Silberbändern. Es war die einzige Zeit im Jahr, in der David ein gewisses Maß an Unordnung duldete.

Natürlich musste der Baum, den wir aufstellten, riesengroß sein – zwei Meter mindestens, manchmal auch drei. Er wurde zuerst getrimmt und anschließend mit weißen und silbernen Kugeln geschmückt, mit durchsichtigen gläsernen Eiszapfen und winzigen weißen Lichtern. Das Feuer im Kamin brannte ununterbrochen und es gab unentwegt

Glühwein zu trinken. Selbst in den Jahren, in denen das übrige Südkalifornien bei nahezu 30 °C in der Sonne schmorte, drehten wir die Klimaanlage bis zum Anschlag auf und begingen Weihnachten, wie es sich gehörte.

David war ein verschwenderischer und einfallsreicher Weihnachtsmann. Selbst nachdem alle Geschenke geöffnet worden waren, gab es immer noch ein ganz besonderes Geschenk, das irgendwo im Haus versteckt war. An einem Heiligabend entdeckte ich, als wir unser Schlafzimmer betraten, einen kostbaren zartgelben Seidenmorgenmantel, der über meine Bettdecke ausgebreitet war. In einem anderen Jahr hatte David einen mit Brillanten besetzten Armreif wie einen Fußring um meinen Nikolausstiefel gestreift, und ein weiteres Mal hatte er Karten für eine Kreuzfahrt eingerollt und in ein Spielzeugboot gesteckt, das auf unserem Jacuzzi trieb.

Ich kann leider nicht umhin, mich zu fragen, was er zu diesem Weihnachtsfest wohl Kelley schenkt. Und was sie ihm schenkt.

Ich hoffe, es ist etwas, das in Kürze Penizillinspritzen erforderlich macht.

Bis halb zehn ist das trübe Grau, das in dieser Gegend als Wintermorgen bezeichnet wird, selbst in die dunkelsten Ecken meines Zimmers gedrungen. Ich stehe auf, recke meine Glieder und beschließe, den Tag lieber doch nicht Trübsal blasend zu verbringen. Ich entfache das Feuer, stelle die Espressokanne auf den Ofen und entnehme dem Schrank meine beiden noch ungeöffneten Geschenke.

Als Erstes mache ich den Karton mit CMs Geschenk auf. Drinnen liegt etwas, das zwei sehr großen blauen Kartoffeln ähnelt. Auf der Unterseite des Kartons steht DAUNENSTIEFELCHEN, Größe 40. Ich grinse vor mich hin. Meine stets praktische Freundin hat sich daran erinnert, dass ich mich beständig über kalte Füße beklage. Ich ziehe die Stiefel an und wandere damit umher. Die Stiefelsohlen bestehen aus festem Schaumstoff und sind fast fünf Zentimeter dick. Meine Füße gleichen jetzt zwei Ruderkähnen, doch nach fünf Minuten sind meine Zehen warm geworden.

In dem Paket von meiner Mutter steckt ein handgestrickter Seemannspullover aus Synthetik, der die Farbe von Hafergrütze besitzt. Ich frage mich, von welchem ihrer Weihnachtsbasare er stammt. Darunter befinden sich noch zwei Rollkragenpullover, von denen der eine purpurrot und der andere schiefergrau ist. Ganz zuunterst liegt ein Scheck über einhundert Dollar.

Hey, das hat echt Spaß gemacht.

Ich stelle die Butter ins Gefrierfach, sodass sie sich später besser in Stückchen schneiden lässt, und hole die Eier aus dem Kühlschrank, damit sie Zimmertemperatur erreichen. Anschließend suche ich das Mehl, den Zucker und die Streuseltüte zusammen und platziere alles auf dem Tisch. Es gibt gewiss noch tragischere Dinge, als am Weihnachtstag Plätzchen zu backen.

Ich stehe in meinen neuen Daunenstiefeln auf der Veranda und trinke einen Espresso. Den feuchten Tau, der in meine Jogginghose sickert, spüre ich kaum. Das große Haus liegt hinter Nebelschleiern verborgen, aus denen die Zweige der Schierlingstannen wie die Arme von Schlafwandlern ragen. Ich habe etwa die Hälfte des Espressos getrunken, als mein Blick auf meine winzig kleine Douglastanne auf der untersten Treppenstufe fällt. Ach herrje, während ich von einer gesellschaftlichen Weihnachtsverpflichtung zur nächsten hetzte, habe ich ganz vergessen, sie ins Haus zu holen! Wahrscheinlich hat es ihr draußen ohnehin besser gefallen. Ich nehme den Topf hoch und vergrabe meine Nase in den weichen, grünen Nadeln, an denen Tautröpfchen glitzern. Der reine, würzige Tannenduft wirkt beruhigend und versetzt mir dennoch einen Stich. Ich dachte, ich wäre leer geweint, doch ich habe mich geirrt.

Auf dem Weg zur Arbeit ist es eisig, doch da in so vielen Häusern Weihnachtsbäume im Fenster stehen und die Sträucher in den Vorgärten mit Lichterketten geschmückt sind, kommt es mir vor, als würde ich durch ein Märchenland wandern. Selbst wenn man einsam ist, kann man angesichts dieser verwunschenen Welt nicht restlos traurig sein.

Abgesehen davon grummelt mir auch erstmalig so etwas wie Ärger im Magen, weil David so tut, als ob es mich nicht mehr gäbe. Der Ärger fühlt sich gar nicht mal so schlecht an.

Linda wirkt seltsam gedämpft und hat noch nicht einmal an den Plätzchen, die ich ihr überreiche, etwas auszusetzen. Das hat Weihnachten wohl so an sich. Es fördert bei den Menschen Verletzlichkeit zu Tage, selbst bei denjenigen, die Gefühlsaufwallungen gegenüber immun sind. Bedanken tut Linda sich natürlich nicht.

»Was hast du gestern gemacht?«, frage ich, als wir die erste Ladung Brote in den Ofen schieben.

Linda zuckt mit den Schultern. »Wieso? War ein Tag wie jeder andere. Bin um vier aufgestanden. Hab Suppe gegessen. Hatte Besuch.« Das letzte kommt so leise heraus, dass es mir beinahe entgeht.

»Besuch? Dein geschiedener Mann?«

»Hä? Wohl kaum. Der war bestimmt mittags schon hinüber. Meine Kinder.«

»Ich wusste gar nicht, dass du Kinder hast«, lüge ich.

»Warum solltest du auch?« Linda zieht eine finstere Miene. »Manchmal weiß ich das ja selbst nicht. Die tauchen nur an den Feiertagen auf. Nur, wenn's was abzustauben gibt.«

»Wie viele Kinder hast du?«

»Zwei.«

»Jungen oder Mädchen?«

»Junge und Mädchen.«

Ich lasse die beiden letzten Brotlaibe in die oberste Ofenetage gleiten. »Wie heißen sie?«

»Herrgott – warum interessiert dich das überhaupt?«

»Reine Neugier.«

»Zu viel Neugier ist noch keinem bekommen.«

»Ist ja schon gut.« Ich schlage die Kladde mit den Rezepten auf und stelle die Zutaten für die Zimt-Rosinenwecken und die Käsestangen zusammen.

»Das machst du jetzt schon seit drei Monaten«, sagt Linda. »Kennst du die Rezepte immer noch nicht auswendig?«

»Nein.« Ich bemühe mich um einen lockeren Tonfall.

»Kapierst nicht so schnell, wie?«

Ich schneide die Kordel an einem Sack mit weißem Mehl auf und zupfe an den Verschlussnähten, bis ich den Faden finde, an dem sich der Verschluss aufriffeln lässt. »Ich vergesse alles, sobald ich durch die Tür bin, und das ist mein Glück. Denn wenn ich ständig daran dächte, dass ich mit dir zusammenarbeiten muss, käme ich wahrscheinlich nie mehr wieder.«

Linda gluckst vor sich hin. Es gefällt ihr, die knallharte Bäckerin zu sein, bei der jedermann die Ohren anlegt.

In der Bäckerei ist es ruhig, weil die meisten Menschen sich noch einen Tag frei genommen haben. Nachdem Linda verschwunden ist, bereite ich mir eine Tasse koffeinfreien Espresso zu und lasse mich vorn im Laden an einem Tisch nieder. Ellen setzt sich zu mir.

»Die Stille nach dem Sturm«, sagt sie, indem sie sich auf einen Stuhl fallen lässt. Sie hat Ringe unter den Augen. »Du liebe Güte«, stöhnt sie. »Wir waren gestern zwanzig Leute beim Essen. Kannst du mir mal sagen, warum wir als jüdische Familie Weihnachten feiern müssen? – Deine Plätzchen sind übrigens toll. Nächstes Jahr backen wir die auch.« Sie lässt ihren Kopf im Nacken kreisen und massiert sich die Schultern. »Hier sitzt der ganze Stress«, seufzt sie. »Was hast du Weihnachten gemacht? Wolltest du nicht zu CM gehen?«

»Stimmt, aber sie ist in letzter Minute nach L. A. geflogen.«

»Warst du etwa allein? Ich wünschte, du hättest angerufen! Ich hätte die moralische Unterstützung gut gebrauchen können.«

»Sicher hätte ich anrufen können, aber mir war nicht nach so vielen Menschen zumute.«

Ellen grinst. »Wer spricht denn von vielen Menschen? Ich wäre zu dir gekommen und hätte mich vor den anderen versteckt.« Sie schiebt die Ärmel ihres schwarzen Strickkleides hoch und hinterlässt dabei weiße Mehlspuren. »Ich sollte bei der Arbeit nichts Schwarzes tragen«, murmelt sie vor sich hin. »Jetzt sieh dir das an.« Ihr Blick gleitet zu mir herüber. »Hat der Scheißkerl sich gemeldet?«

»Nein«, erwidere ich und betupfe mir mit einer Serviette die Augen. »Habe ich auch nicht erwartet.«

Ellen legt den Arm um meine Schultern. »Man erwartet es nicht, hofft aber trotzdem, dass es geschieht. Das ist ja der Mist.«

Neun

Aus Silvester habe ich mir noch nie viel gemacht. Am liebsten gehe ich im alten Jahr zu Bett und wache erst wieder auf, wenn das neue Jahr bereits sicher an Ort und Stelle ist.

Früher, als CM und ich noch zur Schule gingen, übernachteten wir von Jahr zu Jahr abwechselnd im Haus der anderen. Wenn ihre oder meine Eltern abends eine Silvesterparty gaben, drückten wir uns in den Ecken herum und beobachteten, wie gegen Mitternacht alle immer betrunkener und alberner wurden. Normalerweise erhielten wir kurz vor zwölf einen Fingerhut voll Sekt. Anschließend boten wir an, beim Aufräumen zu helfen, um dabei heimlich die restlichen Häppchen und Getränke zu verputzen.

Später in der Highschool und auf dem College fanden die üblichen Sauforgien statt, auf die ich im Grunde hätte verzichten können. CM ebenfalls, glaube ich, wenngleich sie eifrig mitmachte. Das Beste daran war stets der Neujahrstag, wenn wir uns morgens im Fernsehen die Rose Parade anschauten und uns dazu mit Weihnachtsplätzchen und kalten Pizzaresten vom Vorabend vollstopften.

In diesem Jahr taucht CM an Silvester gegen fünf Uhr, mit Einkaufstüten beladen, auf meiner Veranda auf.

In den Tüten befinden sich dicke Stücke Stilton, Brie und Parmesan, Gemüse für eine Suppe und drei Flaschen Champagner aus dem Pike & Western-Weinladen. Außerdem noch eine kleine goldene Schachtel mit sechs Schokoladentrüffeln als Beruhigungsmedizin.

»Was riecht hier so gut?«, erkundigt sich CM, während sie ihren Mantel ablegt und an einen der Haken hängt, die ich neben der Tür eingeschlagen habe.

Ich stelle die Tüten auf meinen neuen, ausklappbaren Esstisch. »Du bist mein Versuchskaninchen für eine neue Brotsorte, die ich erfunden habe. Orangenbrot mit Mohn.«

»Stets zu Diensten, Madame. Hey ...« CM dreht sich einmal um die eigene Achse. »Sieht großartig aus! Ist das wirklich noch dieselbe Wohnung?« Sie geht ins Schlafzimmer, das nun dank des Sekretärs und des Ohrensessels als mein Arbeitszimmer gilt. »Starke Farbe. Wo hast du die Blumenbilder her? Die gefallen mir.«

In meinen großen Salon zurückgekehrt, bewundert CM das Aquarell, das ich Cody für fünfundzwanzig Dollar abgekauft habe, den Schonbezug auf dem Sessel und die Vorhänge. Ihr Blick fällt auf den dicken Blumenstrauß in der Vase. »Ich liebe weiße Narzissen«, murmelt sie. »Sie riechen so gut.« Ihr Blick schweift zu mir herüber. »Da hast du dir ja ein kuscheliges kleines Nest eingerichtet. Oder sollte ich lieber Kokon sagen?«

Ich lache. »Ja, es ist ein Kokon. Ein Kokon, in den ich als Schmetterling geflogen und aus dem ich als Raupe wieder hervorgekrochen bin.«

»Du hast eben dein Schicksal umgekehrt«, grinst CM. »Apropos – hast du mit dem Blödmann gesprochen?«

Ich schüttele den Kopf. »Ich wollte in der vergangenen Woche mit ihm telefonieren, doch seine Assistentin sagte, er sei über die Feiertage verreist. Wahrscheinlich ist er mit Barbarella nach Aspen geflogen.«

»Barbarella, Barbarella?«, murmelt CM. »Ist das nicht die Tochter von Barbie und Godzilla?«

Ich lache erneut. Das ist jetzt bereits das zweite Mal in fünf Minuten. Kein schlechter Schnitt. »Genau die«, entgegne ich.

Ich reiche CM eine der Champagnerflaschen und verstaue die beiden anderen im Kühlschrank. »Los, köpf die Flasche. Jetzt wird gefeiert.«

CM schenkt zwei Gläser ein.

Wir machen uns daran, das Gemüse für die Suppe zu putzen und klein zu schneiden.

Für eine Weile arbeiten wir schweigend vor uns hin, so wie Menschen das tun, die sich so gut kennen, dass eine Unterhaltung überflüssig ist. Ich denke an vergangene Zeiten und weiß, dass CM dasselbe macht – vermutlich denkt sie sogar an dieselben Zeiten. Doch als unsere Gläser halb leer sind, beginnt sie von ihrem laufenden Projekt zu berichten, das zu Cantaloubes *Lieder der Auvergne* getanzt wird.

»Worum geht es dabei?«

CM lächelt nachsichtig. »Es geht um nichts. Cantaloube entstammte der Auvergne und die Lieder sind zusammen eine Art Landeshymne. Die Musik ist fantastisch. Sie wurde für Orchester und einen Sopran geschrieben.« Ihr Gesicht nimmt verklärte Züge an. »Das Ballett beginnt mit einer Tänzerin – das heißt mit mir – und die anderen folgen nach und nach. Während des Stücks tanzen wir mal im Ensemble, dann wieder in kleineren Gruppen, sodass sich die Spannung allein aus der Choreografie ergibt.«

Ich nicke stumm. CM blickt plötzlich von der Möhre auf, die sie gerade verstümmelt, und sagt: »Neal hat mich übrigens an Heiligabend angerufen.«

»Und?«

CM tut unbeteiligt. »Angeblich will er mich sehen. Im Moment ist er in Palo Alto, doch im Februar kommt er hierher. Zu einem Kongress. Er würde gern mit mir essen gehen. Oder so etwas Ähnliches.«

Ich grinse und werfe eine Hand voll grüner Bohnen in den Suppentopf. »Bei dem Ähnlichen solltest du aufpassen. Was hast du ihm geantwortet?«

»Dass ich darüber nachdenken werde.«

»Ich nehme an, inzwischen hast du darüber nachgedacht.«

Als ich die Zwiebeln in der Pfanne umrühre und sie sich im Olivenöl langsam goldgelb färben, steigt ein süßer, moschusartiger Duft auf.

CM stößt einen Seufzer aus. »Ich habe in der vergangenen Woche an kaum etwas anderes gedacht.« Sie wirft mir einen flehentlichen Blick zu. »Hilf mir, Wyn! Sag mir, was ich tun soll.«

Ich reiche ihr die Dose mit der Hühnerbrühe und einen Dosenöffner. »Als Erstes machst du die Dose auf.«

Auch wenn CM sich nie den geringsten Zwang auferlegte, über David herzuziehen, fiel es mir stets schwer, dasselbe bei Neal zu tun. Wie auch, wenn mir nie ein überzeugender Kritikpunkt einfiel? Jedenfalls keiner außer dem bereits erwähnten, dass er CM unglücklich macht.

»Du liebe Güte, CM«, entgegne ich schließlich. »Ich bin wirklich die Letzte, die jemandem Ratschläge in Beziehungsfragen erteilen kann.«

CM kippt die Hühnerbrühe in den Suppentopf. »Kneifen gilt nicht. Als du meinen Rat brauchtest, habe ich auch nicht gekniffen, sondern gesagt, du sollst dir einen Job besorgen.«

»Richtig. Aber du hast bereits einen Job. – *Willst* du Neal denn sehen?«

»Offenbar ja, denn sonst würde ich mir wohl nicht unentwegt den Kopf darüber zerbrechen.« CM wirft die leere Dose in den Abfalleimer.

»Damit ist das Problem doch gelöst, oder nicht?« Ich krame in meinem Gewürzschrank, bis ich das Basilikum und das Glas mit den Pfefferkörnern entdeckt habe, und gebe eine ordentliche Portion von beidem in die Suppe.

Als CM vehement den Kopf schüttelt, fliegen ihre Haare durch die Luft und blitzen im Schein der Lampe rotgolden auf, genau wie in den Werbespots für Haarwaschmittel. Wenn sie nicht meine beste Freundin wäre, fiele es mir leicht, sie zu hassen. »Ich weiß trotzdem nicht, ob es eine gute Idee ist. Was meinst du denn?«

Ich setze mich an den Tisch, stütze die Ellbogen auf und lasse mein Kinn auf den Händen ruhen. »Wenn du ihn wiedersehen willst, spielt das, was ich meine, keine Rolle. Vielleicht bringt es ja etwas. Vielleicht habt ihr ja beide dazugelernt. Und wenn nicht, kannst du die Sache wenigstens abhaken und musst nicht andauernd überlegen, was gewesen wäre, wenn.«

»Das ist ein sehr kluger Ratschlag«, lobt CM, während sie die letzte Möhre klein schneidet und in den Suppentopf wirft. Offenbar habe ich genau das gesagt, was sie hören wollte.

Ich schabe die gebratenen Zwiebeln aus der Pfanne in den Suppentopf und stelle die Gasflamme niedrig.

CM schenkt uns nach und füllt ein Schälchen mit den kleinen grünen französischen Oliven, auf die wir beide ganz versessen sind. Wir igeln uns auf dem Futon vor dem Ofen ein, hören uns die größten Motown-Songs aller Zeiten an und lassen das alte Jahr gemächlich ausklingen.

Seit ich im ersten Collegejahr mit CM zusammenzog, gilt zwischen meiner Mutter und mir die stillschweigende Abmachung, dass sie mich nie anruft, es sei denn, es liegt etwas wirklich Dringendes an. Als mein Telefon am Neujahrsnachmittag läutet, kommt es mir deshalb auch nicht in den Sinn, dass es meine Mutter sein könnte, wenngleich ich seit Heiligabend nicht mehr mit ihr gesprochen habe. Als ihre Stimme ertönt, bleibt mir fast das Herz stehen.

»Mom! Was ist passiert?«

Ein helles Klingglöckchenlachen dringt an mein Ohr. »Nichts, Schätzchen. Ich will dir lediglich eine Neuigkeit mitteilen. Ich heirate wieder.«

Ich lasse mich in den Clubsessel fallen. »Du *heiratest*?« Himmel, ich werde einen Bullen als Stiefvater bekommen!

»Richard hat um meine Hand angehalten.«

»Wer?«

»Richard. Richard Travers. Der Architekt. Mein Chef.«

»Was ist mit Ed?«

»Was soll mit ihm sein? Ich habe ihn schon ewig nicht mehr gesehen.«

»Mutter! *Wer ist Richard*? Ich kenne keinen Richard.« Ich habe das Gefühl, mich in einem äußerst bizarren Fellini-Film zu befinden.

»Stimmt, aber du wirst ihn bald kennen lernen.«

»Na dann – herzlichen Glückwunsch.«

»Du klingst nicht gerade begeistert.« Meine Mutter lacht, doch das Klingglöckchen ist ein wenig blechern geworden.

»Soll ich schrille Schreie ausstoßen?«

»Wynter.« Mutter übt sich in Geduld. »Ich weiß, du wirst ihn mögen. Richard ist ein wundervoller Mensch. Wir haben von Anfang an eng zusammengearbeitet und sind seit einem Monat so gut wie unzertrennlich.«

»Schläfst du mit ihm?«

Kurze Sendepause. »Das geht dich wohl nichts an.«

»Findest du nicht, ich sollte ihn kennen lernen, ehe du ihn Hals über Kopf heiratest?«

Mutter lacht nun derart heftig, dass ich befürchte, sie wird sich jeden Moment verschlucken.

»Was ist denn so furchtbar komisch?«

Jedes Mal, wenn ich glaube, sie hat sich beruhigt, beginnt sie erneut mit ihrem unkontrollierten Gelächter. »Oh ... Wyn ... du ... wenn du ... oh, Gott, wenn du wüsstest, wie du dich anhörst ...« Meine Mutter ringt nach Luft und gibt kleine Stöhnlaute von sich. Danach schnäuzt sie sich die Nase. »Wyn? Bist du noch da? Tut mir Leid, Schätzchen, aber du hörst dich wie meine Mutter an.«

Ich glaube, wenn man eine Ohnmacht nahen fühlt, muss man sich vorbeugen und den Kopf zwischen die Knie stecken, sodass das Blut ins Gehirn steigen kann. Ich bekomme davon leider nur Kopfschmerzen.

»Mir fehlen die Worte«, sage ich, während ich mich wieder aufrichte.

»Wie wäre es mit ›Ich gratuliere dir, Mom, und ich kann dir gar nicht sagen, wie sehr ich mich für dich freue‹?«

»Hör mal, so lange arbeitest du da doch noch gar nicht. Was kannst du denn schon über ihn wissen? Vielleicht ist er ein Hochstapler, der es auf einsame Witwen abgesehen hat. Vielleicht gibt es in seiner Familie Geisteskranke. Er könnte vorbestraft sein oder eine Ehefrau in Toronto haben oder ...«

Meine Mutter gluckst noch immer vor sich hin. »Er ist geschieden. Glaub mir, Wyn, ich weiß über ihn alles, was ich wissen muss. Außerdem findet unsere Hochzeit erst am Valentinstag statt – kitschig, nicht wahr? Das gibt mir noch zwei ganze Monate, um den Dr. Jekyll in ihm zu entdecken.«

»Mr. Hyde. Dr. Jekyll war der Gute.«

»Wyn, ich möchte, dass du meine Brautjungfer wirst.« Es hört sich an, als würde sie mir den Hosenbandorden verleihen.

»Ich weiß nicht … na gut.«

»Na gut? Ist das alles?« Ihre Stimme ist scharf wie ein Rasiermesser geworden.

»Himmel, was erwartest du denn? Ich kenne den Typen noch nicht einmal! Du triffst dich heimlich mit ihm …«

»Wyn, bitte, mach dich nicht lächerlich. Wir sind erwachsen. Wir sind ungebunden. Es gibt keinen Grund, warum wir nicht zusammen sein sollten.«

»Ihr arbeitet in derselben Firma. Ich bin sicher, dort ahnt niemand etwas davon.«

»Im Gegenteil. Alle wissen Bescheid.«

»Weiß seine Familie auch schon Bescheid?«

»Ja, die auch – sein Sohn zumindest.«

»Und *mir* hast du nichts erzählt?«

»Warum sollte ich?«

»Weil … deshalb. – Warum denn nicht?«

»Nun, um ehrlich zu sein, dachte ich nicht, dass es dich interessieren würde. Du hast dich nie besonders für mich interessiert, als du noch mit David –«

»Was soll das denn nun wieder heißen?«

»Genau das, was ich sage. Als du verheiratet warst und dein wundervoll aufregendes Leben führtest, hat sich zwischen uns nicht viel abgespielt. Jetzt plötzlich, wo du einsam und unglücklich bist, möchtest du meine Nähe und willst, dass ich mich dir anvertraue.«

Oha! Das Gespräch ist kurz davor, zu entgleisen. Ich möchte einhängen, doch das schaffe ich nicht. Allerdings schaffe ich es auch nicht, ein einziges Wort hervorzubringen. Ich starre auf Codys Aquarell. Es zeigt den Pioneer Square. Diagonale Striche deuten den Regen an und man sieht Menschen mit aufgespannten Schirmen.

»Wyn? Bist du noch da?«

»Ich bin noch da.«

»Es tut mir Leid. Ich hätte das nicht sagen sollen.« Kein

Wort darüber, dass sie es nicht so gemeint hat. »Ich bin einfach nur unglaublich glücklich und ich dachte, du würdest dich freuen. Ich habe mir nicht klargemacht, welch ein Schock es für dich sein muss. Es tut mir so Leid, Schatz. Bitte, reg dich nicht auf.«

Ich lasse meinen Atem langsam entweichen. Anschließend höre ich mich erwidern: »Ich rege mich nicht auf. Ich bin lediglich überrascht. Vielleicht auch enttäuscht, weil du mir nicht früher etwas gesagt hast. Das ist alles.«

»Heißt das, du kommst?«

»Ich komme, wenn du es möchtest.«

»Natürlich möchte ich das! Der Valentinstag fällt auf einen Sonntag. Glaubst du, du kannst dir frei nehmen und –«

»Kein Problem.«

»Ich bezahle dir den Flug, falls –«

»Ich kann den Flug selbst bezahlen. Vielleicht bringe ich sogar CM mit.«

»Das wäre nett.«

Unser Schweigen dehnt sich wie ein Gummiband aus, bis es kurz vor dem Zerreißen steht.

»Nun ... ich will dich nicht länger aufhalten. Du hast sicher etwas zu tun. Bis demnächst.«

Ich öffne die Tür und stehe in der frischen Luft. Schauer überrieseln mich. Auf meinen Armen bildet sich Gänsehaut. Es ist erst halb vier, doch die Dunkelheit senkt sich schnell nieder. Windböen fahren durch die Schierlingstannen. Ich muss hier weg, ehe ich anfange, die Fensterscheiben einzuwerfen.

Ich ziehe meinen neuen Seemannspullover und den Regenparka über. Danach stürme ich mit wehendem Haar ins Freie.

Als ich die Queen Anne Avenue erreiche, bilden die ersten Regentropfen dunkle Tüpfelchen auf dem Gehsteig und kurz danach setzt der Regen mit aller Macht ein. Da ich ohne Schirm aus dem Haus gehetzt bin, dauert es nur wenige Minuten, bis ich eine ordentliche Portion Wasser aufgesaugt habe. Ich spurte von einem geschlossenen Geschäft zum nächsten und stelle mich in den Eingängen unter.

Es ist Neujahrstag. Nirgendwo wird geöffnet sein. Ich laufe unter die abgewetzte grün-weiße Markise, die sich über dem Eingang von *Bailey's* wölbt, und lehne mich keuchend gegen die dicke Eichentür. Sie gibt nach, geht nach innen auf. Ich folge ihr zitternd und triefend und werfe im trüben Licht einen Blick in die Runde. Die Kneipe ist leer und wirkt gespenstisch. Es stinkt. Ich glaube, der Fußboden hat mehr Bier abbekommen als irgendein Gast.

Ich entdecke den Barkeeper. Er steht mit dem Rücken zu mir, trocknet Gläser ab und räumt sie fort. Er wendet sich überrascht um. »Tut mir Leid, wir öffnen erst um fünf.« Danach lacht er auf. »Allmächtiger, Sie sind ja pitschnass!«

»Gut beobachtet«, gebe ich zur Antwort und mache auf den Hacken kehrt.

»Hey, bleiben Sie ruhig hier, wenn Sie möchten. Ich kann Ihnen nur leider erst um fünf etwas zu trinken anbieten. Setzen Sie sich an den Kamin! Ich besorge Ihnen ein paar Handtücher.«

Er verschwindet durch die Schwingtür am Ende der Theke. Ich hänge meinen tropfnassen Mantel an der Garderobe auf. Die Kneipe ist größer, als es von außen den Anschein hat. Im Hintergrund steht ein Billardtisch, an einer Längsseite knistert ein gemütliches Feuer im Kamin. Vier Tische. Etwa ein halbes Dutzend Nischen mit Bänken. Meine Schuhe quietschen, während ich einen Stuhl an den Kamin ziehe. Ich lasse mich nieder und halte meine Füße ans Feuer.

Der Barkeeper kehrt zurück. Er reicht mir zwei weiße Handtücher und stellt einen dampfenden Becher neben mir auf den Tisch. »Nur heißer Tee«, erklärt er. Grinsend setzt er hinzu: »Allerdings ist mir ein wenig Cognac hineingetropft, als ich nach den Handtüchern griff.« Er stellt einen mit Honig gefüllten Plastikbären neben den Becher. »Sagen Sie mir Bescheid, wenn Sie noch mehr möchten.«

»Danke.« Ich frottiere mein Haar, das sich bereits wie wild in alle Richtungen kräuselt, und reiche dem Barkeeper das nasse Handtuch zurück. Er begibt sich zurück an die Bar, wo er abermals Gläser poliert. Ich schaue ihm zu. Er ist groß und sein braunes Haar ist extrem kurz geschnitten. Doch anstatt sich wie bei einem Bürstenschnitt aufzustellen, schmiegt es sich wie Kinderhaar dicht an seinen Schädel.

Ich drücke einen goldenen Honigstreifen in meinen Tee und verrühre ihn. Mit dem ersten Schluck inhaliere ich einen guten Schuss Cognac, der die Wärme in meinem Körper wiederbelebt. Ich lehne mich zurück. Nach einigen Minuten spürt der Typ an der Bar offenbar, dass sich meine Augen in seinen Rücken bohren, denn er wendet sich um.

»Alles in Ordnung?«

»Ich wollte Sie nicht anstarren, aber kennen wir uns nicht von irgendwoher?«

Er lächelt leicht verlegen. »Aus dem Wäscheland. Ich glaube, da habe ich Sie schon gesehen. Ich habe immer eine Kladde dabei.«

»Oh. Stimmt.« Ich erinnere mich an die Art, wie er schreibt. Eifrig und mit gesenktem Kopf. Außerdem kauert er über seiner Kladde wie die Kinder in der Schule, die nicht wollen, dass jemand von ihnen abschreibt. »Was kritzeln Sie da eigentlich immer?«

»Nichts Aufregendes. Ich führe lediglich Tagebuch.« Er füllt eine kleine Schüssel und bringt sie mir. Erdnüsse. »Werfen Sie die Schalen einfach auf den Fußboden. Das ist hier Tradition.« Er lässt sich auf der Tischkante nieder. »Sie waren noch nie hier, oder?«

»Nein.« Ich lächele, ohne zu wissen, warum. »Ich hatte mir das auch heute nicht unbedingt vorgenommen, doch wenn ich zuhause geblieben wäre, hätte ich angefangen, mit Geschirr um mich zu werfen.«

»Tja, manchmal fällt einem die Decke auf den Kopf.«

»Ich glaube eher, dass ich mich nicht an den Regen gewöhnen kann.«

»Das braucht seine Zeit. Obwohl – manch einer gewöhnt sich nie daran. Woher kommen Sie?«

»Aus Los Angeles.«

Seine Brauen wandern in die Höhe, woraufhin seine dunklen Augen riesengroß wirken. »Was hat Sie denn hierher verschlagen? Oder stört es Sie, wenn ich danach frage?«

Sein Gesicht wirkt offen, direkt, anonym. Wie das eines Priesters. Jemand, dem man gleich seine ganze Lebensgeschichte erzählt.

»Ist es nicht Ihr Job, Fragen zu stellen? Als Barkeeper Bindestrich Therapeut?«

»Ich bin kein besonders guter Therapeut. Eher ein guter Zuhörer. Und äußerst diskret.«

»Vielmehr ist oftmals auch an einem Therapeuten nicht dran.«

»Bravo. Ich heiße übrigens McLeod. Mac McLeod.« Er streckt seine Hand aus.

»Wyn Fr … Morrison.« Seine Hand fühlt sich kühl und glatt an. Bis auf eine verhornte Stelle am Daumen.

»Ich muss die Bar einräumen«, sagt Mac McLeod. »Möchten Sie noch einen Tee?«

»Ich …«

Er ergreift meinen Becher. »Kommen Sie, setzen Sie sich zu mir an die Bar. Leisten Sie mir ein bisschen Gesellschaft.«

Mac McLeod füllt meinen Becher auf und stellt ihn auf einem Bierfilz ab. Ich trinke schweigend und lasse dabei meinen Blick über die Flaschen hinter der Bar wandern. Leuchtend grüner Midori, goldener Galliano, roter Campari, Chartreuse, der warme Bernsteinton des Courvoisier, tiefroter Chambord, rötlich-schwarzer Portwein und grellblauer Curaçao. Die Flaschen erinnern mich an den Cocktail, den mein Vater zuzubereiten pflegte, wenn er Publikum hatte.

»Wissen Sie, was ein *Pousse Café* ist?«, frage ich.

Mac setzt einen Stapel Servietten auf der Theke ab und klopft kurz mit dem Fingerknöchel dagegen, woraufhin der Stapel sich spiralförmig auffächert. »Hm – Grenadine mit Crème de Menthe und Chartreuse ... den Rest habe ich vergessen. Das Getränk kennen hier nicht so viele, geschweige denn, dass jemand es bestellt.«

»Sie haben das Beste vergessen – *Crème de Violette*.«

Ich sehe meinen Vater noch vor mir, wie er einen Likör nach dem anderen vorsichtig über die Rückseite eines Löffels sickern lässt. Sie durften sich unter keinen Umständen vermischen. Zum Schluss sah das Ganze wie ein Regenbogen aus.

»Woher kennen Sie *Pousse Café*?«

»Von meinem Vater. Er trank das zwar nicht, aber es machte ihm Spaß, es zuzubereiten.«

»Was trinkt denn Ihr Vater?«

»Nichts Besonderes, vermute ich. Es sei denn, man bietet da oben auch Manhattans an.«

»Wo oben?«

»Er ist tot.«

»Oh, das tut mir Leid.«

»Gelegentlich trank er trockene Martinis.«

»Klingt nach einem Männerkumpel.«

Ich stütze die Ellbogen auf der Theke auf. »Er war kein Männerkumpel. Er war jedermanns Kumpel und alle mochten ihn.«

Mac schneidet Zitronen auf. Präzise wie ein Chirurg. Er füllt ein großes altmodisches Glas mit Zitronenvierteln. »Lebt Ihre Mutter noch in L. A.?«

»Sie heiratet in Kürze.« Ich trinke ein Schlückchen Tee. Merkwürdig, dass ich ihm das erzähle. Doch es ist mir nicht unangenehm. Vermutlich, weil er mich nicht kennt.

»Mögen Sie den Mann?«

»Ich kenne ihn gar nicht.« Tränen schießen mir in die Augen. Zwei davon kullern über meine Wangen. Ich schaue nach hinten, um zu erfahren, ob mich jemand beobachtet, doch außer Mac ist niemand da, und er sagt nichts. Er legt einfach nur ein sauberes Küchentuch vor mich hin und schneidet weiter Zitronen auf.

»Wie lange ist Ihr Vater schon tot?«

Ich fahre hastig mit dem Küchentuch über mein Gesicht. »Seit fast fünfzehn Jahren.«

»Und seitdem lebt Ihre Mutter allein?«

»Sie ist nicht oft mit anderen Männern ausgegangen bis ... kürzlich. Glaube ich jedenfalls. Ich meine, sie erzählt mir ja nichts.« Mac lässt diesen Satz vor sich hin köcheln, während er ein weißes Leinensäckchen öffnet und Wechselgeld in die Registrierkasse zählt.

»Gefällt Ihnen Ihr Job als Barmann?«, frage ich.

Im Licht der Lampe über dem Tresen erkenne ich, dass seine Augen nicht braun sind, sondern eine Mischung aus Grün und Grau. »Es gibt Schlimmeres.« Er lacht. »Und das meiste davon habe ich schon getan.«

Mac säubert seine Hände und stellt ein vorsintflutliches Tonbandgerät an. Ein Klavier setzt ein und dudelt Jazz. Mac blickt mich entschuldigend an. »Ich weiß«, sagt er. »es ist schauderhaft. Unter der Woche besteht Harte auf derartiger Berieselung. Er bestellt die Bänder per Katalog. Streichorchester, die John Lennon spielen, und so weiter.«

»Hilfe! Wer ist Harte?«

»Der Besitzer. Am Wochenende spiele ich, was ich will.«

»Und das wäre?«

»Freitagabend Blues. Samstag alles Mögliche, Rock zum Beispiel, oder was mich sonst noch anmacht.«

»Macht Mozart Sie an?«

Mac schüttelt lachend den Kopf. »Nie. Zuweilen lege ich Arien auf.«

»Sie mögen Opern?«

»Klar. Die Oper ist eine entfernte Verwandte des Blues. Gleiche Weltsicht, finden Sie nicht? Das Leben ist kurz und schmerzlich.«

Die Eingangstür schrammt auf. Ein weißhaariger Mann in karierter Wolljacke tritt ein und schüttelt sich die Regentropfen ab. Er nickt Mac zu, so als sähen sie sich jeden Abend und schlurft zu dem alten Stuhl vor dem Kamin, auf dem ich zuvor gesessen habe.

»Hi, Morey. Bier?«

Der Mann nimmt seine Seattle-Supersonics-Baseballmütze ab und schlägt sie gegen sein Knie, woraufhin ein feiner Sprühregen zischend in die Flammen stiebt. »Hat Zeit. Die Dame ist schöner als ich.«

»Wo arbeiten Sie?«, will Mac wissen.

»In der Bäckerei in der McGraw Street.« Ehe er die nächste Frage stellen kann, setze ich hinzu: »Ich backe Brot.«

»Wie sind Sie denn *dazu* gekommen?«

»Das ist eine lange Geschichte. Zu lang für heute Abend. Wird auch Zeit für mich. Ich muss in aller Herrgottsfrühe schon auf den Beinen sein.«

»Dann beim nächsten Mal«, entgegnet Mac, während er Red-Hook-Bier zu zapfen beginnt und das volle Glas zu dem Mann mit der karierten Jacke hinüberträgt.

Draußen hat der Regen nicht gerade aufgehört, aber zumindest doch eine kurze Verschnaufpause eingelegt. Die Luft ist kalt und fühlt sich reingewaschen an.

Okay. Beim nächsten Mal.

In der *Boulangerie du Pont* gab es nur zwei Möglichkeiten: Entweder man machte etwas so, wie Jean-Marc es wollte, oder man machte es falsch. Infolgedessen erlernte ich Jean-Marcs Methode, und zwar Schritt für Schritt, einen Arbeitsgang nach dem anderen. Zuerst *le pétris-sage*, das Mischen und Kneten, dann *le pointage*, den Teig richtig aufgehen zu lassen, danach *donner un tour*, nochmals gut durchkneten, *le pesage*, den Teig zu wiegen und in die vorgeschriebenen Portionen zu unterteilen, *le façonnage*, den Teig auszurollen und zu formen, *l'apprêt*, den Teig zu lasieren, *le coup de lame*, den Teig einzukerben, und *la cuisson*, den Teig zu backen.

Das Mischen und Kneten der Zutaten geschah durch eine Maschine, doch geformt wurden die Brotlaibe immer noch von Hand. Das erforderte nicht nur großen Körpereinsatz, sondern auch, sich die unterschiedlichen Techniken für die einzelnen Brotformen zu merken: *la baguette, l'épée, la couronne, le bâtard, le boulot, la boule.*

Eines Morgens brachte Jean-Marc eine Metallschüssel voller Teig herbei und stellte sie wortlos vor mir ab. Ich dachte schon, der Teig sei an Jean-Marcs hohen Ansprüchen gescheitert, doch stattdessen unterteilte Jean-Marc ihn stumm in pfundschwere Portionen und zeigte mir, wie man runde *boules* und *boulots*, Torpedos, formte. Er rollte einen Klumpen mit zwei, drei schnellen Handgriffen über den Tisch. Der Teigboden blieb an der Holzoberfläche haften, die äußere Teighaut spannte sich und aus dem Klumpen entstand ein tadelloser Hügel. Ganz einfach.

Anschließend startete ich einen Versuch. Zuerst rollte ich den Teig zu stark und er wurde zu flach. Als Nächstes rollte ich ihn zu sanft, woraufhin er wie eine umgedrehte Schildkröte aussah.

Jean-Marc schaute sich meine Verrenkungen schweigend an. Ich hatte allerdings den Verdacht, dass er sich entweder das Lachen oder das Gebrüll verbiss. Nach drei weiteren vergeblichen Anläufen meinerseits blickte ich ihn verzweifelt an. Jean-Marcs Miene blieb unbewegt.

»Du musst noch sehr viel üben, Wynter«, sagte er schließlich. »Dir fehlt noch …« Seine Hand vollführte einen Kreis in der Luft.

»Das Gefühl«, seufzte ich.

»*Oui*. Das Gefühl. *Mais, ne t'inquiètes pas*. Das kommt noch.« Er legte seine Hand auf meinen Unterarm. Ich starrte auf den feinen Mehlstaub auf seiner gebräunten Haut. »*Tu es très forte*. Sehr stark. *C'est bon.*«

Außer dass ich Brot backen lernte und mich mit der französischen Sprache und Kultur vertraut machte, hoffte ich, in Frankreich auch meine Jungfräulichkeit loszuwerden. Schließlich gab sich damals, in den siebziger Jahren, jeder mit jedem ab. Nur ich spazierte noch als *virgo intacta* durch die Welt.

An der Universität, wo ich nachmittags den Französischkurs absolvierte, herrschte jedoch kein Mangel an entsprechenden Kandidaten. Da gab es zum Beispiel jenen dunkelhaarigen, rehäugigen Pariser Jungen mit blassem Teint, der so mager wie ein hungernder Künstler war. Oder den Engländer mit dem kantigen Profil und dem weichen, zerzausten, blonden Haar. Abgesehen davon verfügte Sylvie auch über eine Reihe gut aussehender Cousins, wilde, Fußball spielende Typen aus der Gascogne. Das Problem war dummerweise, dass ich mich in Jean-Marc verliebt hatte. Sobald ich die anderen mit ihm verglich, verkümmerten sie zu albernen kleinen Jungen. Und außerdem sagte ich mir, hätte ich mich mittlerweile auch zu lange aufgehoben, um mit dem erstbesten *beauzeau*, der mir in die Quere kam, ins Bett zu steigen.

Ich wollte Jean-Marc und keinen anderen. Infolgedessen begann ich zu überlegen, wie und wann ich ihn verführen könnte.

Wie sich herausstellte, war die Frage nach dem *Wann* relativ leicht zu beantworten.

Jean-Marcs und Sylvies Großmutter wohnte in der Nähe von St. Antonin Noble Val, einem wunderschönen Dörfchen am Fluss Aveyron, etwa eine Stunde von Toulouse entfernt, und in ihrer *demeure* – einem uralten großen, aus Stein gebauten Anwesen, das sich neben einer Wassermühle befand – verbrachte die Familie so gut wie jedes Wochenende.

Die alte Madame hatte Gicht und war fast taub, doch das befreite niemanden von der Pflicht, sich höflich und ausgiebig mit ihr zu unterhalten. Ich fand, dass dies ein äußerst mühsames Unterfangen war.

Das Beste an diesen Wochenenden war indes der Sonntagnachmittag. Nach dem zweistündigen, fünfgängigen Mittagsmenü begab sich jedermann auf einen Spaziergang und schlug einen der Pfade ein, die am Aveyron entlang führten. Jedermann außer Jean-Marc, dessen Begriff von Arbeitsethik selbst die Puritaner hätte neidisch werden lassen. Jean-Marc wurde kribbelig, wenn er nichts zu tun hatte. Deshalb machte er sich regelmäßig nachmittags, wenn die anderen ihren Verdauungsspaziergang unternahmen, am Haus seiner Großmutter zu schaffen.

Es dauerte nicht lange, bis ich fand, diesen Umstand müsse ich mir zunutze machen.

Eines Sonntags, als die Mitglieder der Familie wie die Figuren eines impressionistischen Gemäldes auf den Felsen am Fluss lagerten und dösten oder den vorbeifahrenden Ruderbooten nachträumten, kehrte ich unter dem Vorwand, mein Buch vergessen zu haben, zum Haus zurück. Sylvie warf mir einen eigentümlichen Blick zu, sagte jedoch nichts. Selbst jetzt, nach all den Jahren, komme ich mir immer noch äußerst albern vor, wenn ich an diesen Tag zurückdenke. Man muss sich dabei nur vor Augen halten, dass Jean-Marc bereits über dreißig war und zudem noch Franzose! Ich meine, er war weiß Gott kein blutiger Anfänger. Ich jedoch nahm einfältig an, insgeheim verzehre sich Jean-Marc nach mir. Wie denn auch nicht? Man widerstand doch keinem Mädchen aus Kalifornien!

Ich entdeckte Jean-Marc auf einer Leiter, wo er die Weinranken zurückschnitt, die das Kutscherhäuschen seiner Großmutter zu überwuchern drohten.

»Wynter! Was machst du denn hier?«

Ich schenke ihm mein schönstes Lächeln. »Ich habe mein Buch vergessen.«

Ich betrat das große Haus und durchwühlte meinen Koffer, bis mir einfiel, dass ich gar kein Buch dabei hatte. Auch gut. Ich schlenderte angelegentlich zu dem Kutscherhäuschen zurück.

»Hast du es gefunden?«

»*Non. Je l'ai oublié.*« Ich lehnte mich an einer schattigen Stelle gegen die Mauer des Häuschens und sah Jean-Marc bei der Arbeit zu. Wir plauderten ein wenig. Ab und zu schaute er zu mir herunter und fragte sich wahrscheinlich, was ich vorhatte. Vielleicht wusste er es aber auch.

»Du solltest wieder zu den anderen gehen«, bemerkte er freundlich. »Am Fluss ist es kühler.«

»Dort ist die Luft zu feucht«, sagte ich, hob mein Haar aus dem Nacken und türmte es auf meinem Kopf auf. Ich fand, dass Jean-Marc so einen besseren Blick auf meinen

Hals hatte. Die Geste hatte ich mir in einem Film bei Raquel Welch abgeschaut.

Schließlich beendete Jean-Marc seine Arbeit und stieg von der Leiter herunter. Er trat an einen kleinen Tisch, ergriff einen Lappen und begann, sorgfältig seine Heckenschere zu reinigen. Ich glaube, er putzte sie zehn Minuten lang, während ich nach wie vor an der Mauer stand und auf das dunkel gelockte Haar auf seinen Armen starrte. Mein Herz flatterte wie der berühmte verletzte Vogel im Käfig und um mich herum schwirrten die Gerüche von Tabak und Kaffee und Brot und – ja, auch der von Schweiß, der an Jean-Marc haftete.

Jean-Marc legte die Heckenschere und den Lappen ab, rührte sich jedoch nicht. Ich fürchtete, in Ohnmacht zu fallen, wenn er mich in diesem Moment nicht küsste, sondern wortlos verschwand. Unsere Blicke trafen sich.

»Jean-Marc …«

»*Oui?*«

Ich holte tief Luft. »Möchtest du mich nicht küssen?«

Ich bin ihm heute noch dankbar dafür, dass er nicht laut loslachte. Stattdessen seufzte er und zog seine dichten Brauen hoch. »*Bien sûr*, Wynter. Welcher Mann würde das nicht wollen? Doch was ist danach? Was geschieht dann?«

Nun, ich hatte durchaus gewisse Vorstellungen von dem, was danach geschehen könnte, doch leider war mir die genaue Abfolge der Dinge nicht recht klar.

Jean-Marc legte den Kopf zur Seite und blickte mich an. »*Alors*, stellen wir uns vor, ich würde dich küssen. Und danach wären wir *amoureux*. Und dann? Zu der Liebe gehört mehr als nur küssen, wie du weißt. *Toute à coup* würde ich mich also mit einer jungen Frau abgeben, obwohl ich versprochen hatte, sie zu beschützen. *Ce n'est pas bon.*«

Nervös drehte ich meinen College-Ring um den Finger.

»Ich bin erwachsen, Jean-Marc«, sagte ich. »Mich muss niemand beschützen.«

»*O là là*. Dann stell dir vor, wir hätten eine kurze Affäre. Das wäre nicht gut für unsere Arbeit und später würden wir uns traurig trennen.« Er fuhr sich mit der Hand durch sein kurzes, krauses Haar, das sich daraufhin wirr aufrichtete und wundervoll aussah. »Oder aber, wir heiraten.«

Er hielt kurz inne. Mein Gesichtsausdruck wird ihm vermutlich noch für Jahre Gesprächsstoff geliefert haben. »Natürlich musst du eine *catholique* werden, und natürlich werden wir bei meinen Eltern leben.«

»Also, ich ...«, stammelte ich.

»Du wirst kochen und den Haushalt machen und Kinder haben. Mindestens vier Kinder. Vielleicht auch fünf oder sechs. Meine Mutter wird sich um sie kümmern. Du arbeitest im Laden, während ich Brot backe ... *qu'en penses-tu?*«

Mon dieu. Ich hatte mir eigentlich etwas in der Art von Henry Miller und Anaïs Nin vorgestellt, wohingegen er mir das Leben der Familie Saubermann ausmalte.

Jean-Marc seufzte abermals und versuchte, eine traurige Miene aufzusetzen. »Du siehst, Wynter, *malheureusement* ... es wird nicht gehen.«

Merde.

Zehn

Ich liebe den Sparmarkt auf der Queen Anne Avenue. Er ist so viel weniger exklusiv als die Feinkostläden in L. A., mit den kunstvoll arrangierten Erdbeeren, dem kalt gepressten Olivenöl von irgendeinem Landsitz in der Toskana, den unzähligen Sorten Ziegenkäse und den kandierten Rosenknospen ... Im Sparmarkt gibt es dergleichen zwar ebenfalls, doch abgesehen davon führt er auch noch normale Lebensmittel, die nicht gleich so viel wie ein Rolls-Royce kosten. Zudem heißen die Verkäufer im Sparmarkt einfach Verkäufer und nicht etwa Vertriebsrepräsentanten oder so ähnlich. Man kann dort sogar unter mehreren Sorten schmackhafter, auf europäische Art gebackener Brote wählen, mit schöner, fester Kruste, Brote, die nicht in zugeschweißten Plastikhüllen aufgeweicht sind. Zudem gibt es dort einen Espresso-Stand, und aus den Lautsprechern tönen Oldies. Ich bin inzwischen so weit, dass ich mich regelrecht aufs Einkaufen freue, wohingegen es mir früher als ausgesprochen lästig erschien.

Am Mittwoch nach Neujahr schiebe ich meinen noch fast leeren Einkaufswagen durch die Gänge und summe James Taylor/Carly Simons Cover-Version von *Mocking Bird* mit. Na ja, im Grunde summe ich nicht nur, sondern vor den Milchprodukten wiege ich auch im Takt meinen Hintern, so wie Katie, CMs große Schwester, uns das vor Zeiten beibrachte. Ich überlege unterdessen, welchen Joghurt ich kaufen soll.

»Wenn Joghurt Ihnen solch einen Kick versetzt, sollten die hier aber mehr als einen Dollar dafür verlangen!«

Ich fahre herum und spüre, dass mir die Hitze wie ein feuerroter Schwall den Hals hoch schießt. Mac, der Barmann, steht da und grinst.

»Ich war gerade nur –« Moment mal, warum glaube ich eigentlich, mich verteidigen zu müssen?

»Ich mag das Lied auch«, sagt Mac. »Allerdings gefällt mir die Version von Inez Foxx besser.«

Ich schnappe mir zwei Becher Joghurt, wobei es mir nun ganz einerlei ist, um welche Geschmacksrichtung es sich handelt. »Die kenne ich nicht«, murmle ich.

»Dann kommen Sie am Samstagabend ins *Bailey's*. Ich spiele sie Ihnen vor.«

Mac reißt eine Plastiktüte mit geputzten Möhren auf und klemmt sich eine wie eine Zigarre zwischen die Zähne. Er hält mir die Tüte hin.

»Nein. Danke.« Ich schließe meine Hände um die Stange des Einkaufswagens. »Normalerweise gehe ich nicht allein in Kneipen. Und erst recht nicht samstags.«

Mac wirbelt die Plastiktüte im Kreis herum und verknotet ihr Ende. »*Bailey's* ist ein stinknormaler Laden, in dem selbst Großmütter verkehren. Kein Mensch wird Sie dort belästigen. Ich verspreche es Ihnen.« Er legt die angebissene Möhre wie ein Schwert an seine Brust.

»Hm. Vielleicht. Wenn ich es einrichten kann.« Klar, ich habe ja auch *so* viele Verpflichtungen! Meine Handflächen sind feucht geworden.

»Ich halte Ihnen einen Platz an der Bar frei.«

Bevor mir noch etwas Pampiges als Erwiderung einfällt,

kommt eine hübsche Blondine um die Ecke geflattert und lächelt Mac schmachtend an. »Hi, Mac, dachte ich's mir doch, dass ich deine Stimme gehört habe! Meine Güte, wir haben uns ja schon seit *Ewigkeiten* nicht mehr gesehen.«

Während Mac noch an seiner Antwort bastelt, verdrücke ich mich und begebe mich zur Gemüsetheke, um Bananen zu kaufen. Auf eine zweite Erfahrung als Mauerblümchen bin ich nicht erpicht.

Das Bananenbrot aus dem Tassajara-Backbuch schmeckt wundervoll. Das Vollwertweizenmehl hat es schön fest werden lassen, der kleine Schuss Honig macht es nicht zu süß und die Bananen geben lediglich einen feinen Nachgeschmack. Ich weiß jedoch, dass es sich noch verbessern ließe. Spontan schneide ich ein großes Stück ab und nehme es mit zur Arbeit.

Linda ergreift es, als handle es sich um radioaktives Material.

»Was ist da drin?«, will sie wissen.

»Probiere es und dann sag du es mir.«

Linda zermahlt einen Bissen langsam zwischen ihren Zähnen. »Zimt.« Sie schluckt den Bissen herunter. Danach richtet sie den Blick fragend zur Decke.

»Was noch?«

»Weiß ich nicht. Irgendwas. Sag schon, was es ist! Ich kann hier nicht die ganze Nacht herumtrödeln.«

»Banane.«

»Im Hefeteig?« Linda wirkt zuerst entrüstet, danach angewidert. Zuletzt isst sie aber doch noch ein Stück. »Na gut, von mir aus Banane. Schmeckt man kaum.«

»Magst du es nicht?«

Linda zuckt die Achseln. »Warum tust du Banane rein, wenn man's hinterher nicht schmeckt?«

Ich lache. »So etwas nennt man Raffinesse.«

»Ich nenne das kalter Kaffee. Etwas reintun, was kein Mensch schmeckt!«

»Ich finde, etwas fehlt noch ...«

»Klar«, erwidert Linda. »Mehr Bananen.« Sie schüttet sich aus vor Lachen.

»Ich dachte eher an Nüsse. Haselnüsse vielleicht. Was meinst du, ob ...?«

Linda schüttelt heftig den Kopf. »Niemals. Ich kann dir sagen, was fehlt. Zimt. Zimt und Zucker.«

Ich starre sie verdutzt an. »Verdammt«, murmle ich. »Du hast Recht. Es sollte wie ein Zimtzopf zubereitet werden.«

»Sag ich doch.« Linda zieht eine halb verlegene, halb zufriedene Miene.

»Morgen Abend könnten wir das ja mal ausprobieren –«

»Kommt nicht in Frage«, fährt Linda dazwischen.

»Warum nicht?«

»Weil wir morgen Abend schon genug zu tun haben. Und zwar mit dem, was auf der Liste steht. Da muss ich mich nicht noch mit Bananenbrot abgeben, das gar nicht nach Banane schmeckt.«

»Och, Linda, warum denn nicht? Ich komme früher und dann –«

Sie funkelt mich giftig an. »Von mir aus kannst du schon um drei Uhr nachmittags auftauchen. Wir machen es trotzdem nicht. Wenn du rummanschen willst, dann mach das zu Hause.«

Also mansche ich zu Hause herum. Ich gebe noch zwei weitere Bananen in den Teig, um ihn weicher und würziger zu machen. Danach klopfe ich ihn zu einem Rechteck, bepinsle ihn mit geschmolzener Butter, streue braunen Zucker, Zimt und Rosinen darüber, teile ihn und flechte ihn zu einem dicken Zopf. Während des Backens setzt er einen berauschenden Duft frei. Ich muss all meine Willenskraft aufbieten, um zu warten, bis er abgekühlt ist, ehe ich ihn anschneide. Nach einer Viertelstunde nehme ich den Zopf vom Blech und beträufle die Oberfläche mit ein wenig Zuckerlasur.

Als ich schließlich mit einer Scheibe warmem Zimt-Bananen-Zopf und einem Glas kalter Milch am Tisch sitze, bin ich davon überzeugt, dass es auf der Welt nichts Besseres gibt. Na gut, vielleicht noch Sex. Allerdings nur unglaublicher Sex mit einem französischen Filmstar im *George V* in Paris. Dieses Brot am Wochenende in der Bäckerei anzubieten wäre der absolute Knüller. Linda wird allerdings nicht mit sich reden lassen. Ich begreife das nicht. Sie hat die richtige Nase. Sie wusste, dass etwas mehr Süße und Würze den Geschmack abrunden würden, doch aus mir unbekannten Gründen scheut sie vor dem nächsten Schritt zurück.

Linda erinnert mich an ein Mädchen, das CM und ich früher jeden Sommer im Schwimmbad beobachteten. Mindestens einmal in der Woche kletterte es die Leiter des Sprungturms hoch und marschierte bis zum Ende des Bretts. Dort blieb es für einige Minuten stehen, starrte ins Wasser und wippte zuweilen auch ein wenig. Gelegentlich machte es sogar ein paar Schritte rückwärts und nahm Anlauf, doch im letzten Moment bremste es wieder ab. Danach stand es da und schlang die Arme um den Oberkörper, bis einer der Bademeister auf der Trillerpfeife blies und ihm befahl, entweder zu springen oder schleunigst von da oben herunterzukommen. Daraufhin zuckte das Mädchen leicht mit den Schultern und stieg die Leiter wieder hinab. Dabei mussten sich alle, die hinter ihm gewartet hatten, zur Seite drücken. Das Mädchen wirkte jedes Mal verlegen und tat mir Leid, bis CM mich darauf hinwies, dass niemand es dazu zwänge, sich jede Woche zum Narren zu machen.

In der zweiten Januarwoche zieht eine Hochdruckfront von Kanada zu uns herunter und macht alles so leuchtend klar und klirrend kalt, dass die Stadt wie aus Eis gemeißelt daliegt. Für Tage treiben die Wolken nur als vereinzelte kleine Wattebällchen auf dem Ozean des blauen Himmels. Die Olympic Mountains sind mit dicken Schneehauben bedeckt, sodass die Aussicht von meiner Bank im Park einem Reiseplakat gleicht. Linda und ich müssen mit der Zeit experimentieren, wenn wir den Teig aufgehen lassen, denn die Temperatur in der Bäckerei ist sehr viel niedriger als sonst und die Luft enthält so gut wie keine Feuchtigkeit.

»Leute, habt ihr schon gehört, was oben auf der Galer passiert ist?«, fragt Ellen atemlos, als sie am Dienstagmorgen hereinkommt und die Tür hinter sich abschließt. »Dort wurde eine Frau vergewaltigt und ermordet.«

»Auf der Galer?«

Ellens dunkle Augen sind riesengroß. »Ja, verdammt, und das in ihrem eigenen Haus. Ich habe es gerade in den Nachrichten gehört. Wahrscheinlich war es gestern. Die Polizei gibt noch keine weiteren Informationen heraus. Offenbar haben sie einen Verdächtigen im Visier, aber er ist auf der Flucht. Jedenfalls wird allen allein stehenden Frauen geraten, vorsichtig zu sein.«

Linda gibt ihr übliches Schnauben von sich. »Wer mich schnappt, der lässt mich wieder laufen, sobald er mich genauer angesehen hat.«

Ich bin fast geneigt, ihr beizupflichten.

Cody, die um halb sieben auftaucht, erzählt, der Täter sei durch eine unverschlossene Kellertür ins Haus gelangt.

Als um sieben Uhr die ersten Kundinnen in den Laden strömen, liegt die Furcht wie ein elektrisches Knistern in der Luft und es gibt nur ein Thema.

Linda und ich trocknen gerade die letzten Metallschüsseln ab, als Ellen zu uns nach hinten kommt.

»Wyn, was machen wir jetzt mit dir? Du gehst auf gar keinen Fall allein nach Hause.«

»Oh, keine Sorge, ich werde mir eine Türkette besorgen.«

»Eine Türkette? Hast du etwa kein vernünftiges Schloss mit Riegel? Was ist mit deiner Fenstersicherung?«

»Ellen! Ich wohne nur in einem kleinen Gästehaus. Das ist kein Hochsicherheitstrakt.«

»Und diese Geschichte ist kein Spaß, Wyn. Ich lass dich da nicht allein hausen, ohne dass du dir vernünftige Schlösser einbaust.«

»Ich bitte dich, Ellen! Mir passiert schon nichts. Ich will erst einmal in Ruhe schlafen. Heute Nachmittag besorge ich mir dann Werkzeug und ein Handbuch und danach ...«

»Kommt nicht in Frage. Für Heimwerkerkurse ist es jetzt zu spät. Ich schicke dir Lloyd vorbei, sobald er nach Hause kommt.«

»Also, wirklich, Ellen. Ich bin sicher, dein Mann hat Besseres zu tun, als –«

»Spar dir deinen Atem, Wyn, ich lehne es ab, darüber zu diskutieren. Kauf nichts, ehe Lloyd da war. Er wird dir genau erklären, was du brauchst.«

Im Film wäre Lloyd Gannaway der Vorbestrafte, der allen Widrigkeiten zum Trotz sauber zu bleiben versucht. Er ist groß und schlank, mit harten Augen in einem Gesicht, das von Akne, Sonne und wüster Vergangenheit gezeichnet ist – nicht gerade jemand, den man sich auf Anhieb als Ellens Mann vorstellen würde. Doch je länger ich ihn beobachte, umso klarer wird mir, wodurch es zwischen den beiden funktioniert, denn Lloyd ist auffällig schweigsam und gibt so den idealen Hintergrund für Ellens fortwährende Meinungsäußerungen ab.

Nachdem Lloyd also erschienen ist und sich mir vorgestellt hat, umrundet er erst einmal mein Häuschen, schaut sich die Fenster und die Türen an, prüft die Schlösser, klopft hier und da gegen die Mauern und schüttelt gelegentlich den Kopf.

»Na, dann wollen wir mal«, sagt er anschließend, woraufhin wir in seinem verblichenen blauen Toyota, dem die vordere Stoßstange fehlt, den Hang hinunter in die Innenstadt fahren.

In der Eisenwarenhandlung profitiert man offenkundig von der Panik, die inzwischen ausgebrochen ist. Sie erinnert mich an die entsprechenden Geschäfte in L. A. kurz nach einem Erdbeben. In den Gängen drängen sich allein stehende Frauen – entweder mit Brüdern, Vätern, Freunden oder Söhnen. Bis zum Abend wird vermutlich kein einziges Schloss mehr zu ergattern sein.

Lloyd wählt ein schweres Schloss mit Riegel für meine Tür aus und beharrt darauf, dass ich sowohl einen Türspion als auch Verriegelungen für die Doppelglasscheiben an den Fenstern benötige.

Als wir zurückkommen, fällt Lloyds Blick auf die kleine Douglastanne, die mit ihrer roten Weihnachtsschleife noch immer auf den Verandastufen steht.

»Du solltest den Baum einpflanzen«, sagt er.

»Ich weiß doch noch gar nicht, wie lange ich hierbleiben werde.«

Lloyd ergreift den Plastiktopf und drückt sanft darauf. »Was wäre denn so schlimm, wenn du ihn zurücklässt?«, fragt er. »Er treibt doch schon Wurzeln! Wenn du ihn nicht in die Erde steckst, geht er ein. Ich habe eine Schaufel im Wagen.«

Während Lloyd die Tür für den Spion durchbohrt, hebe ich für Dougie eine neue Heimstatt aus, genau links unten neben den Eingangsstufen. Als ich die Tanne aus dem Topf ziehe, entdecke ich die Wurzeln, die sich unter ihm zusammengerollt und ineinander verschlungen haben. Ich ziehe sie vorsichtig auseinander, breite sie in dem Loch aus, häufle Erde über den Wurzelballen und drücke ihn fest. Ich stelle mir vor, dass Dougie erleichtert aufseufzt und vor Freude mit den Zehen wackelt.

Schließlich lehne ich die Schaufel gegen das Verandageländer und baue mich neben Lloyd auf. »Macht es dir etwas aus, wenn ich dir zuschaue?«

Lloyd ist in das Einsetzen des Schlosses vertieft und schüttelt stumm den Kopf. Für die Schlösser an den Fenstern hat er bereits Löcher gebohrt. Die kleinen Sägemehlhäufchen auf den Fensterbänken scheinen ihn nicht zu stören. Offenbar ist nicht jeder wie David, der bereits durch Fingerabdrücke auf dem Glastisch aus der Fassung gebracht werden konnte.

»Möchtest du ein Bier oder eine Tasse Tee?«

»Tee wäre prima. Danke.«

Ich setze den Wasserkessel auf und entfache im Ofen ein Feuer.

Lloyd werkelt nun von innen an der Tür. Als es im Zimmer wärmer wird, zieht er sein Sweatshirt aus und wischt sich damit über seine Stirn.

»Prima Feuer«, bemerkt er.

»Mein Vater hat mir gezeigt, wie man das macht.« Ich reiche Lloyd einen Becher mit Tee und schließe die Luftklappen an der Ofentür.

Lloyd wirft einen zufriedenen Blick über Fenster und Tür. »So, ich glaube, damit hätten wir's.«

»Ich bin dir wirklich sehr dankbar.«

»Kein Problem«, entgegnet er mit seiner merkwürdig leisen Stimme. »Da du jetzt allein lebst, solltest du dir jedoch ein paar Werkzeuge anschaffen und lernen, wie man damit umgeht.«

Hoppla, wie bitte? Allein leben? Das Ganze ist doch

nichts weiter als eine Übergangslösung. Irgendwann wird David wohl zur Vernunft kommen und bis dahin mache ich so eine Art Ferien. Es gefällt mir wirklich gar nicht, wie Lloyd das gesagt hat. Es klingt so endgültig und hat mich wie ein Schlag in die Kniekehlen getroffen.

»Mache ich«, bringe ich jedoch nur lahm hervor. »Kein schlechter Gedanke.«

Lloyd trinkt ungestört seinen Tee, ohne auch nur im Entferntesten zu ahnen, dass er mir gerade den Boden unter den Füßen weggezogen hat.

»Was ist in den Kisten?«, fragt er.

»Hauptsächlich Bücher. Ein paar Kleidungsstücke.«

»Du könntest dir ein Bücherregal bauen«, fährt Lloyd fort.

Ich lache belustigt auf. »Ich habe in meinem ganzen Leben noch nichts gebaut.«

»Es wäre ein erster Versuch.«

»Hm. Ich fürchte nur, ich kann mir zurzeit keine Werkzeuge und Holz und dergleichen leisten. Vielleicht im Frühjahr.«

»Ich kann dir das Werkzeug borgen. Ellen bringt es dir mit.« Er betrachtet mich mit steinerner Miene, als wolle er sagen: Wehe, du wagst es, dich zu wehren.

»Das ist sehr freundlich.« Okay, ich werde sein verdammtes Werkzeug annehmen und sogar nach Hause schleppen. Er soll aber bloß nicht glauben, ich würde es auch benutzen. Wenn ich will, *kaufe* ich mir ein Bücherregal.

»Ist jedenfalls besser, als fertige Regale zu kaufen«, sagt Lloyd. Er trinkt noch ein Schlückchen Tee. »Die sind alle aus Spanplatten.«

»Ellen hat mir erzählt, dass du Bootsbauer bist. Wo arbeitest du?«

»Auf Whidbey Island.«

»Fährst du täglich hin und her?«

»Nein. Nur ein- oder zweimal die Woche. Sonst schlafe ich dort auf meinem Boot.«

»Klingt großartig. – Wo hast du Ellen eigentlich kennen gelernt?«

»Ellen hat mir das Leben gerettet.«

»Ach – tatsächlich?«

»Tatsächlich.« Obgleich ich mir die nächste logische Frage verbeiße, beantwortet Lloyd sie dennoch. »Ich war Junkie und eines Nachts dachte ich, ich dreh durch. Mir tat alles weh und mein Selbstmitleid war riesig. Also beschloss ich, mich gleich umzubringen, anstatt langsam vor die Hunde zu gehen.«

Während er das erzählt, lässt Lloyd mich keinen Moment aus den Augen, und ich schaffe es nicht, seinem Blick auszuweichen.

»Ich hatte eine Knarre und wollte abdrücken, doch stattdessen rief ich bei der Telefonseelsorge an. Und da war Ellen am Apparat.«

Lloyd macht eine kleine Pause, ehe er weiterredet. »Zwei Stunden dauerte unser Gespräch. Danach ging ich ins Krankenhaus. Während des Entzugs rief ich immer wieder bei der Seelsorge an. Wenn jemand anders an den Apparat ging, legte ich auf und rief wieder an – so lange, bis Ellen den Hörer abnahm.« Lloyd lächelt zum ersten Mal. »Zuletzt bequatschte ich sie, mit mir Kaffee trinken zu gehen. Liebe Güte, ich war schon in sie verliebt, noch ehe ich sie sah ... und das läuft jetzt schon seit zehn Jahren so.«

»Das ist –«, beginne ich. Ich muss mich räuspern. »Das ist ja eine irre Geschichte.«

»Absolut.«

Lloyd trinkt seinen Tee aus, trägt den Becher zur Spüle und wäscht ihn aus. »Vielen Dank für den Tee.«

Er streift sein Sweatshirt über und legt den Bohrer in den

Werkzeugkasten zurück. »Sag Bescheid, wenn du mit dem Werkzeug nicht klarkommst. Samstags bin ich meistens zu Hause.«

Dann verschwindet er durch die Tür.

Na ja, irgendwie könnte ich wohl tatsächlich ein Regal gebrauchen.

Elf

Ich werde es nie leid, Diane beim Garnieren der Kuchen zuzuschauen. Vor allem liebe ich es, wenn sie Hochzeitstorten zubereitet, denn dabei gibt sie sich besonders große Mühe und gestaltet sie weitaus fantasievoller, als man das von der üblichen weißen Sahnetorte mit dem Blumenschmuck her kennt.

Neulich kreierte Diane eine Torte für ein Paar, das für Greenpeace arbeitet. Der Auftrag lautete, etwas zu schaffen, das – im O-Ton – die Einheit des Lebens und die Harmonie zwischen Erde, Himmel und Meer darstellte. Abgesehen davon sei es Diane überlassen, sich frei zu entfalten (O-Ton).

Diane brachte eine ganze Weile damit zu, Foto- und Naturzeitschriften und Kunstbände zu studieren. Anschließend fertigte sie Skizzen an. Zum Schluss zauberte sie eine Torte, die aus drei Schichten bestand – Schokolade, Zitrone und Haselnuss. Die Schichten überlagerten sich leicht asymmetrisch. Den Boden überzog Diane mit grünblau gefärbter Buttercreme, die den Ozean darstellte. Die Schokolade in der Mitte repräsentierte die Erde. Sie wurde von einer zartblauen Teigdecke gekrönt, die weiß geädert war, sodass sie einem Himmel mit dünnen Wolkenfasern ähnelte. Vielleicht hört sich die Beschreibung ein wenig komisch an, doch der Gesamteindruck war überwältigend. Zur Verzierung schuf Diane exotische Fische, Landtiere, Blumen und Vögel aus Marzipan, die sich am Rand ihres jeweiligen Lebensraums tummelten. Die Braut und der Bräutigam wurden durch eine kleine Meerjungfrau und einen kleinen Meerjungmann verkörpert – falls man jemanden, der eine männliche Meerjungfrau darstellt, so nennt. Sie waren allerdings aus Porzellan. Das Brautpaar hatte sie selbst irgendwo aufgetrieben.

Jedenfalls besaß dieses Brautpaar einen Freund, der beim *Post-Intelligencer* arbeitete, woraufhin ein Farbfoto der Torte im Mode- und Freizeitteil der Zeitung erschien. Seitdem steht das Telefon in der Bäckerei kaum noch still.

Wir haben so viel zu tun, dass ich keine Zeit mehr habe, herumzusitzen und zuzuschauen. Meistens heuert Diane mich an und trägt mir auf, die Buttercreme zu machen oder den Guss, mit dem man die Böden überzieht. Dieser erste Guss dient dazu, eine glatte Oberfläche für die Garnierung herzustellen. Bei Diane geht das ruckzuck. Sie gibt einen dicken Klecks Zuckerguss auf den Boden und glättet ihn mit dem Spatel mit zwei, drei schnellen Handbewegungen, woraufhin er wie eine Glasoberfläche wirkt. Ich weiß inzwischen, dass dazu mehr Geschicklichkeit und Geduld gehören, als ich besitze.

Eines dunklen Winternachmittags, als nur Diane und ich noch in der Bäckerei sind, bittet sie mich, ihr bei einem neuen Rezept zu helfen. Es geht um einen Orangenzuckerguss, mit dem sie eine Schokoladentorte überziehen möchte. Die Torte ist für ein fünfzigjähriges Jubiläum vorgesehen.

Vor dem Herd zu stehen und Zucker beim Schmelzen und Bräunen zuzuschauen ist ungefähr so aufregend, wie das Trocknen von Farbe zu verfolgen. Ich finde es jedoch spannend, mich mit Diane an einem Kuchen zu versuchen, der bereits am folgenden Morgen abgeholt werden wird.

»Was ist, wenn er nicht gelingt?«, frage ich Diane, während ich mit einem nassen Kuchenpinsel Zuckerkristalle vom Innenrand des Topfes aufnehme.

»Dann muss ich bis Mitternacht hier bleiben und alles noch mal machen. Deshalb sollten wir die Sache sowohl mutig als auch vorsichtig angehen.« Sie dreht die Flamme unter einem Topf mit Milch höher.

»Diane«, beginne ich, »wie bist du zum Backen gekommen, wenn du doch Kunst studiert hast? War deine Mutter Bäckerin?«

Dianes Lachen klingt hart. »Meine Mutter ist die Immobilienkönigin von Baltimore«, erwidert sie. »Vielmehr war sie das, bis sie aufhörte zu arbeiten. Sie war viel zu selten zu Hause, um zu backen. Oder um sonst irgendetwas zu tun. Gib Acht, Wyn. Nichts brennt so schnell an wie heißer Karamellzucker.«

Der Zucker hat eine tiefe goldbraune Farbe angenommen und die Quecksilbersäule auf dem Spezialthermometer zeigt 180° C an. Ich stelle die Gasflamme aus. Als die Milch hinzugefügt wird, schäumt die Masse auf wie in einem Hexenkessel.

»Um deine Frage zu beantworten«, fährt Diane fort, »meine Großmutter war eine fantastische Bäckerin. Sie zog mich und meine beiden Schwestern groß. Als sie starb, übernahm ich ihren Job.«

»Was war mit deinem Vater?«

»Hat sich zu Tode getrunken.« Dianes Stimme ist ausdruckslos. Sie späht über meine Schulter in den Topf. »Sieht aus, als ob es gut wäre. Mach dich doch schon mal an die italienische Meringue.«

Ich schlage die Eier auf und lasse das Eiweiß durch meine Finger gleiten, so wie Diane mir das vor Wochen gezeigt hat. Es ist eine glibberige, jedoch wirkungsvolle Methode.

»Ich interessierte mich für die Kunst und fürs Nähen und Kochen«, sagt Diane nachdenklich. »Für alles, was meiner Mutter gleichgültig war. Vermutlich wollte ich es ihr heimzahlen, dass sie nie da war, nie Geburtstagskuchen buk, uns nie Kleider aussuchte und uns noch nicht einmal ein beschissenes Pflaster auf unsere aufgeschrammten Knie klebte.«

Während das Eiweiß in dem kleinen elektrischen Mixer verquirlt wird, setze ich einen Topf mit Wasser und Zucker auf, um einen einfachen Sirup zuzubereiten. »Es ist wirklich zu komisch«, murmle ich. »Meine Mutter machte mich halb wahnsinnig, weil sie genau all diese Dinge tat. Sie versuchte, mir Klavierspielen und Nähen beizubringen. Ich weiß nicht, Diane – ich glaube, wie sie es machen, ist es verkehrt.«

Diane, die dabei war, die Englische Creme zu schlagen, hält inne und starrt ins Leere. »Vielleicht.«

Für einen Moment befürchte ich, dass sie zu weinen beginnt. Doch sie schnieft nur ein wenig und setzt die Schüssel mit der Englischen Creme in ein größeres Gefäß, das mit Eis gefüllt ist.

»Wo leben deine Schwestern?«

»In Baltimore. Sie sind verheiratet und haben Kinder – entsprechen ganz dem Bild einer glücklichen Familie.« Diane lacht leise. »Sie haben mit meiner Mutter schon vor einiger Zeit Frieden geschlossen und führen einfach das Leben, das sie sich immer gewünscht haben. Inzwischen besucht meine Mutter sie, bringt Aufläufe vorbei, passt auf die Kinder auf und was weiß ich noch. Sie sind offenbar alle ein Herz und eine Seele. Nur ich – ich musste bis ans andere Ende des Kontinents flüchten, um mir und meiner Mutter etwas zu beweisen. Selbst mit meinem Beruf wollte ich etwas dokumentieren. Meine Arbeit sollte etwas sein, das meine Mutter entweder nicht tun konnte oder nicht tun wollte.« Diane quält sich ein Lächeln ab. »Ich habe es ihr ordentlich heimgezahlt, was?«

Ich presse einige Orangen aus und lasse ihren Saft einkochen, während Diane im Mixer drei Pfund Butter zu einer weißen Creme schlägt.

»Fährst du oft nach Hause?«

»So gut wie nie. Vor sechs Jahren war ich zum letzten Mal da.« Diane streicht sich mit dem Unterarm die Ponyfransen aus der Stirn. »Okay, auf geht's.« Ihr munteres Grinsen gleicht eher einer Grimasse.

Diane gibt zuerst die Creme, dann den Meringue-Schaum, danach Vanillezucker und Orangensirup in die Buttercreme, während der Rührstab sich langsam weiterdreht. Zum Schluss fügt sie noch einen Streifen Orangenpaste als Färbemittel hinzu und ganz zuletzt die geriebene Orangenschale.

Diane besitzt eine eigentümliche Angewohnheit, ihre Kreationen zu kosten. Sie gibt mit dem Löffel einen Tupfer auf ihre Zunge und verteilt ihn auf ihrem Gaumen. »Hmmmm«, macht sie. »Versuch du mal.«

Ich probiere eine winzige Portion auf einem Teelöffel. Wahnsinn. Der Geschmack breitet sich explosionsartig in meinem Mund aus. »Oh, wundervoll«, stöhne ich. »Diese Mischung aus Karamell und Orange und das seidige Gefühl ... ich würde mich am liebsten damit eincremen.«

»Das wäre eine ziemliche Verschwendung allerfeinster Buttercreme«, kichert Diane. »Es sei denn, du denkst gerade an jemanden, der es von dir ablecken soll.«

Am ersten Freitag im Februar ruft Cody morgens an, um sich krank zu melden. Sie hat eine Erkältung.

Ellen druckst herum und setzt eine flehentliche Miene auf. »Wyn«, sagt sie, »hör mal, es tut mir Leid – aber könntest du vielleicht bis halb zehn oder zehn bleiben? Nur, bis wir den ersten Ansturm hinter uns haben.«

»Kein Problem«, antworte ich. »Ich habe nur keine Ahnung, wie man die Espresso-Maschine bedient.«

»Mit der kommt Misha zurecht. Wenn du mit Jen hinten Muffins und Scones bäckst, wären wir bereits aus dem Schneider. Übrigens ...« Ellen lächelt verschmitzt. »Ich habe im Wagen Werkzeug für dich.«

Ich nehme mir eine Tasse Kaffee und begebe mich abermals nach hinten, wo Jen mich mit dem breitesten Grinsen empfängt, das ich jemals auf ihrem Gesicht gesehen habe. Da sie klein, dick und blass ist, wirkt sie auf mich wie eine gut gelaunte Teigkugel.

»Was gibt's denn so zu grinsen?«, erkundige ich mich.

»Nichts. Ich bin lediglich froh, dass Misha nach vorn muss und nicht ich.«

»Wieso? Was ist denn so schlimm an der Espresso-Maschine?«

»Nichts.« Jen zuckt die Achseln. »Außer, dass du da mit den Kunden zu tun hast, und das passt mir nicht. Lieber würde ich mit der Zahnbürste das Klo sauber schrubben.« Ihre blauen Augen funkeln herausfordernd.

Anschließend zieht sie einen Behälter mit Muffinteig hervor und reicht mir einen Löffel, mit dem man Eisbällchen formt. »Davon machen wir erst einmal drei Dutzend. Danach kannst du mit den Preiselbeermuffins anfangen. Da hinten stehen die Zutaten bereit.« Sie deutet ans andere Ende des großen Arbeitstisches. »Die mischst du zusammen und formst dann Bällchen, okay?«

Es dauert nicht lange, bis Ellen auftaucht. Sie tupft sich

die Stirn mit einem Taschentuch ab und ergreift ein Blech mit warmen Blaubeermuffins. »Heute früh ist der Teufel los«, seufzt sie. »Welche Muffins sind für morgen an der Reihe?«

»Preiselbeer und Kleie. Die Kürbismuffins mache ich nach den Zimthörnchen«, erwidert Jen.

»Ich kann die Kürbismuffins übernehmen.«

Ellen strahlt mich an. »Das wäre eine große Hilfe.« Sie macht eine Kopfbewegung in Richtung ihres alten braunen Schreibtisches. »Das Rezept findest du in dem roten Ringbuch.«

Ich wasche meine Hände und blättere dann durch das Ringbuch, bis ich auf die richtige Seite stoße.

Mishas Kürbis-Hirse-Muffins

$1\frac{1}{4}$ Tassen Auszugs-Weizenmehl
$\frac{1}{2}$ Tasse Vollwertweizenmehl
$\frac{1}{4}$ TL Backpulver
1 TL Natron
1 Tasse Zucker
$2\frac{1}{2}$ TL Kürbiswürzmischung
$\frac{1}{2}$ Tasse Hirse
$\frac{1}{2}$ Tasse Rosinen oder Korinthen
2 Eier
$\frac{1}{2}$ Tasse Speiseöl
1 Tasse Kürbis
$\frac{1}{3}$ Tasse Wasser
2 TL Ahornsirup

Trockenzutaten und Hirse verrühren. In zweiter Schüssel Eier, Öl, Kürbiswürzmischung, Wasser, Sirup und Rosinen oder Korinthen verquirlen.

Nass- und Trockenzutaten zusammen verarbeiten, bis eine geschmeidige Masse entsteht. Löffel für Löffel in vorgefettete oder mit Papier ausgekleidete Förmchen geben. Bei 190° C 25–30 Minuten backen. Ergibt ein Dutzend Muffins.

Kürbiswürzmischung

1/4 gemahlener Ingwer
1/4 Tasse Zimt
3 TL gemahlener Kardamom
3 TL gemahlene Gewürznelke

Gewürze gut mischen und in verschlossenem Glas aufbewahren.

Jen lacht, als sie sieht, dass ich meine Stirn runzle. »Ich weiß, wir machen jeweils nur sechs auf einmal«, sagt sie. »Das Verhältnis der Zutaten findest du auf der Rückseite. Die Würzmischung steht im Lagerraum. Erstes Regal links. Ich glaube, du musst eine frische Dose aufmachen.«

Jen arbeitet mit dem Rücken zum Café, wohingegen ich immer wieder von meinen Muffins aufschaue, um die Menschen zu beobachten. Zuerst erscheinen junge Karrieretypen in superschicken Outfits, zusammen mit Arbeitern, die in Ballard jenseits der Brücke tätig sind, und die Inhaber der Geschäfte an der McGraw Street. Draußen am Straßenrand parken BMWs und Laster. Zwischen halb neun und neun schwappt die nächste Welle herein, bestehend aus übriggebliebenen Hippies, Punks und Studenten. Zuletzt, gegen zehn, tauchen die Mütter aus der Gegend mit Kinderwagen und Krabbelkindern auf, gemeinsam mit den älteren Damen aus der Nachbarschaft.

Das Stimmengewirr wird in gewissen Intervallen vom Zuschlagen der Tür, dem heißen Zischen der Espresso-Maschine, dem Summen der elektrischen Kaffeemühle, dem Klingeln der Registrierkasse und dem Verkehrslärm durchbrochen. Im Vergleich zu der Stille, die ich gewohnt bin, wenn ich nachts Brot backe, ist das der reinste Höllenlärm.

Als ich die Muffins fertig habe, schiebt Jen gerade ein Blech mit Zimthörnchen in den Ofen. Ich wische meine Hände an der Schürze ab. »Darf ich dir zuschauen, wenn du die Scones machst?«, frage ich. »Ich bekomme sie nämlich nie richtig hin.«

»Klar.« Jen wirft sich in die Brust. »Also – es gibt zwei gegenteilige Ansichten, wenn es um Scones geht«, beginnt sie, ehe sie leiser hinzusetzt: »Jedenfalls bei uns. Es gibt die lockeren Scones, in denen mehr Milch und Eier sind und die wie Biskuits schmecken. Und es gibt die festen Scones, die ich bevorzuge. In denen ist mehr Zucker und vor allem mehr Butter. Sie schmecken wie Butterkekse.«

Jen stellt den Mixer an und vermischt Butter und Trockenzutaten. Anschließend kippt sie die krümelige Masse auf ihre Arbeitsfläche, knetet sie sanft zweimal durch und klopft sie dann in ein langes Rechteck. »Was du hier erlebst, ist der Kompromiss«, schmunzelt sie.

Jen reckt zwei bemehlte Finger in die Luft. »Zwei Dinge sind wichtig: Erstens muss die Butter wirklich kalt sein. Sie darf sogar gefroren sein. Und zweitens darf der Teig nicht öfter als unbedingt erforderlich angefasst werden. Sonst werden die Scones zu zäh. Zum Ausstechen wiederum kannst du jedes Messer nehmen, Hauptsache, es ist scharf. Je schärfer, desto höher gehen die Scones auf.«

Jen ergreift ein Hackmesser und schneidet den Teig in Dreiecke. Anschließend heben wir die Dreiecke vorsichtig auf ein Backblech und schieben es ins Gefrierfach, da die Scones erst am nächsten Tag gebacken werden.

Ellen besteht darauf, mich um elf Uhr heimzufahren und mir zu helfen, den Riesenkasten voller Werkzeug, das Lloyd als mein Anfängersortiment zusammengestellt hat, ins Haus zu tragen. Der Kasten ist mit blauem Leinenstoff ausgeschlagen, den Ellen als Werkzeugschürze bezeichnet. Taschen für verschiedene Gegenstände sind darin eingenäht. In der Mitte liegen ein Bohrer und ein langes orangefarbenes Verlängerungskabel. Darunter befindet sich eine Handkreissäge, die eine großartige Waffe abgäbe, sollte man einmal angegriffen werden, wenn sie zufällig eingeschaltet ist.

Ellen überreicht mir einen dünnen Stenoblock. »Auf jedem Werkzeug steht eine Zahl. Auf diesem Block hat Lloyd zu jeder Zahl Name und Zweck des entsprechenden Werkzeugs notiert.«

Ich stoße einen tiefen Seufzer aus. »In meinen kühnsten Träumen hätte ich nicht geglaubt, eines Tages mit einem Werkzeugkasten zu hantieren.«

Ellen kneift die Augen zusammen und lacht. »Und ich hätte in meinen kühnsten Träumen nicht geglaubt, eines Tages mit einem Mann wie Lloyd verheiratet zu sein. Ich hoffe, er hat dir den Kram nicht aufgedrängt.«

»Nun, das nicht gerade. Er war jedoch äußerst beharrlich. Andererseits hatte er Recht. Es kann nichts schaden, zu wissen, wie man einen Schraubenzieher benutzt.« Ich stecke den Stenoblock in meine Jackentasche. »Lloyd hat mir übrigens erzählt, wie ihr euch kennen gelernt habt.«

Ellen macht eine abwehrende Handbewegung. »Das erzählt er jedem. Die Geschichte von Lloyds Glaubensbekehrung. Jedes Mal, wenn ich sie höre, jucken meine Schultern, so als würden mir Flügel wachsen. Ellen, der rettende Engel. Wie dem auch sei – ich muss mich wieder auf die Socken machen, und du musst ins Bett. Nochmals vielen Dank, dass du länger geblieben bist.«

Nachdem Ellen verschwunden ist, bringe ich das Werkzeug im Arbeitszimmer unter, ziehe die Daunendecke über mich, ohne den Futon auszuklappen, und falle in einen erschöpften, traumlosen Schlaf.

»Ich habe dich gestern Abend vermisst«, begrüßt mich Mac, als ich mich auf den Barhocker schwinge.

»Eine Kollegin war krank. Ich habe bis elf durchgearbeitet und anschließend bis acht Uhr geschlafen.«

Ich bin zur Kneipenhockerin geworden. Na ja, nicht richtig. Ich habe mir lediglich angewöhnt, drei oder vier Abende in der Woche auf diesem Hocker zu verbringen, zu lesen und mich dabei an einem Glas Wein festzuhalten – oder an zweien, wenn ich am Tag darauf nicht arbeiten muss.

Früher hatte ich Mitleid mit Menschen, die in Kneipen herumhängen, und dachte bei ihrem Anblick mit leichter Herablassung: Wenn ihr ein erfülltes Leben hättet, müsstet ihr da nicht herumlungern. Doch inzwischen finde ich, es hat einiges für sich. Allerdings sollte man sich seine Kneipe sehr gewissenhaft aussuchen – das versteht sich wohl von selbst.

Was *Bailey's* betrifft, so könnte ich allerdings wetten, dass die, die hier auftauchen, einfach innerhalb eines Dreimeilenradius wohnen, denn sonst würden sie hier nicht landen. *Bailey's* ist nämlich kein Ort, an dem sich Kenner einfinden, um irgendeine neue, schicke Weinsorte aus Oregon zu testen.

Ich habe stets ein Buch dabei, doch es kommt häufig vor, dass ich für lange Zeit auf ein und dieselbe Seite starre, während ich zuhöre, wie sich die Typen ringsum über Sportereignisse auslassen oder mit den Baseballkünsten ihrer Kinder prahlen.

An den Tischen am Kamin sitzen für gewöhnlich junge Mädchen, die herumgackern oder sich über ihre Freunde beschweren. Eine Gruppe älterer Frauen, die sich selbst als den Omaklub bezeichnet, trifft sich Donnerstagabends. Sie spielen Billard und tauschen dabei Rezepte für Sandkuchen oder Mayonnaisesoßen aus.

Ich mische mich selten in die Gespräche ein, sondern plaudere höchstens mit Mac oder mit Kenny, dem anderen Barkeeper. Kenny ist älter als Mac, vermutlich um die fünfzig. Er ist klein und stämmig, mit dünner werdendem Haar, wässrigen blauen Augen und einer Nase, die aussieht, als ob sie mindestens schon zweimal gebrochen gewesen wäre. Früher war Kenny Boxer, doch heute trainiert er nur noch mit den Jungen im Gemeindezentrum auf dem Capitol Hill.

Mac und Kenny sind ein gutes Team und kommen sich nie ins Gehege – vermutlich weil sie in zwei verschiedenen Höhen arbeiten. Kenny agiert mit kurzen, knappen, jedoch sehr zielsicheren Gesten, gerade so, wie man es von einem Boxer erwartet. Mac hingegen ist groß – über eins achtzig – und bewegt sich mit einer ganz eigenen schlaksigen Eleganz. Beide sind fortwährend beschäftigt, verlieren nie den Faden und greifen nie nach etwas, das gar nicht an dieser Stelle steht. Es macht mir Spaß, ihnen zuzusehen.

Okay, es macht mir Spaß, *ihm* zuzusehen. Mac. Ich mag es, wie er sich konzentriert, so, als ob es für ihn im Moment nichts Wichtigeres gäbe, als einem alten Mann sein Ballard Bitter auszuschenken. Ich mag es auch, dass er jedem, der sich mit ihm unterhält, seine ganze Aufmerksamkeit widmet, selbst wenn dieser Jemand eine Nervensäge ist. Oder dass er sich so sehr in der Musik verliert, dass er es gar nicht merkt, wenn er stumm den Text mitsingt.

Eines Nachmittags erzählte mir Mac, dass er aus New York stammt, wo er die Universität nach dem ersten Jahr sausen ließ, um durch die Welt zu gondeln. Auf dem Weg nach Alaska kam er durch Seattle und da er gerade knapp bei Kasse war, nahm er diesen Job als Barkeeper an. Seitdem ist er hier.

Ich kenne auch die Geschichte von seiner ehemaligen Freundin Laura, der eine Kunstgalerie in Bellevue gehört. Sie trennten sich vor sechs Monaten nach einer heiß-kalten zweijährigen Beziehung. Zuletzt warf sie ihm offenbar vor, er sei finanziell unzuverlässig und würde das auch sein Leben lang bleiben, wohingegen sie jemanden bräuchte, der ehrgeiziger sei.

Ein Paradepferd wie David ist Mac nicht – doch welcher Mann ist das schon? Mit seiner langen Nase, den hohen Wangenknochen und den tief liegenden grauen Augen ähnelt Mac eher einem Falken. Zudem haftet ihm etwas Wildes an, das ich jedoch keineswegs unattraktiv finde.

Allerdings hat Mrs. Morrison ihr Töchterchen nicht zu einer dummen Gans erzogen, die irgendwo in der Gegend herumhockt, einen Barkeeper anstarrt und überlegt, wie er in seinen ausgebleichten Hüftjeans wohl aussähe, wenn er sein Hemd auszöge.

Ich habe Mac ein wenig von David erzählt. Genau genommen habe ich ihm ziemlich viel von David erzählt. Es geschah nicht absichtlich, vielmehr rutschte es mir einfach heraus, was daran liegt, dass es einem so unendlich leicht fällt, mit Mac zu reden. Na, jedenfalls sagte er, er hätte ohnehin gewusst, dass ich verheiratet sei, und zwar von Anfang an. Als ich ihn fragte, woran er das hätte erkennen können, erwiderte er: »Du sahst so traurig aus. Solche Gesichter sehe ich alle Tage.«

Samstags kann ich bleiben, bis die Kneipe schließt, da ich nicht nachts noch zur Arbeit gehen muss.

Die Musik ist genauso gut, wie Mac es versprochen hat. Seine Auswahl gefällt mir ebenfalls ganz ausgezeichnet.

Zuweilen beginnt Mac mit einem wilden Stück, sagen wir, mit Billy Idol, lässt dann etwas Zahmes wie die Platters folgen, heizt mit den Stones wieder auf, nur um danach zu einem leiseren Stück von Joni Mitchell überzugehen. Ein anderes Mal startet er mit einem traurigen Song, wie *That's How Strong My Love Is* von Otis Redding und steigert sich langsam zu Chuck Berry oder Eric Clapton. Je nachdem, wie er gelaunt ist, kann es jedoch auch sein, dass er eine ganze Stunde lang nur Motown spielt oder Beatles oder Surfmusik, doch in der Regel sorgt er für einen interessanten Mix.

Zuweilen kommt es auch vor, dass sich Mac zu mir ans Ende der Bar stellt und fragt: »Wie gefällt dir das?« Dann muss ich zuhören, bis ich darauf komme, dass es die Drifters mit *There Goes My Baby* sind, woraufhin ich sage, wirklich super, gefällt mir, und Mac mich darauf hinweist, dass der Text im Blankvers abgefasst worden ist.

Oder aber es kommt vor, dass Mac sagt: »Wyn, hör dir mal das hammerharte Horn bei Otis Redding an. Merkst du, dass es exakt zum Text passt und zur nächsten Zeile überleitet?«

Samstagabends ist die Kneipe für gewöhnlich brechend voll, doch heute findet das Endspiel des Basketballwettbewerbs der hiesigen Schulen statt, sodass sich ein großer Teil der Stammkundschaft noch auf dem Sportplatz befindet.

Mac spielt frühe Dylan-Songs, von *Blonde on Blonde* bis *Highway 61*. Ich bin gerade in der Mitte eines Kriminalromans von P. D. James – und zwar an der Stelle, an der Superintendent Dalgliesh Sergeant Martin erklärt, warum der Erpresser den Chef des Krankenhauses umbrachte –, als Mac vor mir auf die Theke trommelt.

»Hast du Hunger?«

»Noch nicht, aber bald. Stell mir bitte keine Erdnüsse mehr hin, sonst esse ich sie alle auf.«

»Hast du Lust, mit Kenny und mir zu einem Italiener zu gehen?«

»Zu welchem?«

»Zu *Lofurno's*. Unten auf der Fünfzehnten. Du kannst entweder warten, bis wir schließen, oder wir holen dich gegen halb eins bei dir ab.«

Ich komme gar nicht auf die Idee, mich zu fragen, woher Mac weiß, wo ich wohne, bis er an die Haustür klopft.

Ich öffne. Mac lehnt gegen einen Pfeiler der Veranda, doch erst als er den Schirm seiner Baseballmütze zurechtrückt, wird das verschwommene Bild, das bereits seit einer Weile durch meinen Kopf spukt, scharf.

Ich starre Mac an. »Oh, mein Gott«, stoße ich hervor.

»Was ist denn los?«

»Du hast das Holz gebracht! Deshalb weißt du auch, wo ich wohne.«

In Macs Augenwinkeln bilden sich Lachfältchen. »Mein lieber Mann, das hat aber lange gedauert.«

»Dein Haar ... es war damals lang.«

»Ich lasse es mir einmal im Jahr schneiden. Das war halt noch davor.«

»Warum hast du nie etwas gesagt?«

»Nun ...« Er vergräbt die Hände in den Taschen seiner Jeans. »Ich hatte den Eindruck ... also, ich fand, du wirktest an dem Tag ein wenig angewidert.«

»Ein wenig angewidert? Ich dachte, du wärst der Blutbadmörder!«

Mac beginnt zu glucksen. Ich falle mit ein und es dauert nicht lange, bis wir uns vor Lachen biegen und uns die Tränen aus den Augen wischen.

Nachdem ich mich gefasst habe, ziehe ich die Tür hinter mir ins Schloss und schließe ab. »Meine Güte«, sage ich, »Kenny wird langsam glauben, du wärst verschollen.«

Wir gehen bereits über den knirschenden Kiesweg, als Mac antwortet: »Kenny hat es sich anders überlegt. Seine Frau wollte, dass er nach Hause kommt.« Er zieht einen Schierlingstannenzweig für mich aus dem Weg.

»Ich wusste gar nicht, dass er verheiratet ist.«

»Findest du das schlimm?«

»Nein. Die Hauptsache ist, dass sie glücklich sind.«

Ein verbeulter weißer Chevy mit großer Ladefläche parkt halb auf dem Gehsteig. Er sieht aus, als würde er von Draht und Kaugummi zusammengehalten, und der linke hintere Kotflügel ist mit grauer Grundiermasse überzogen.

»Allmächtiger, was ist denn das für ein Gefährt?«

»Tut mir Leid, Gnädigste, mein BMW ist gerade in der Werkstatt.«

»Weißt du, wie viele Schadstoffe eine solche Karre ausstößt?«, frage ich, während ich mich auf den Beifahrersitz zwänge. Ich wundere mich, dass das Fenster nicht herausfällt, als Mac die Tür zuknallt.

Der Motor keucht auf, wimmert und stirbt ab. Drei Mal hintereinander.

»Der Laster und ich haben zusammen schon viel durchgemacht«, bemerkt Mac.

»Ich könnte mir vorstellen, dass in der Ozonschicht inzwischen ein Loch auf deinen Namen getauft worden ist.«

Nach dem vierten Anlauf springt der Motor an.

»Was ist das für ein Jahrgang?«, frage ich.

»Einundsiebzig«, verkündet Mac stolz. »Es ist ein El Camino 454 SS. Er müsste lediglich mal ein wenig überholt werden. Das ist fast ein –«

»Also noch aus der Zeit, in der sich kein Mensch um Kohlenwasserstoff, Stickstoff und andere Alternativen Gedanken machte. Wie viel schluckt dieses Prachtexemplar?«

Wir halten an einem Stoppschild. Mac schaut zu mir herüber. »Stell dir einfach vor, dass ich den Wagen recycle.

Wenn ich ihn nicht hätte, würde er in irgendeinem Vorgarten stehen und verrosten.«

Bei *Lofurno's* handelt es sich ebenfalls um ein Lokal, das nur Eingeweihte kennen. Im Vorbeifahren würde man das graue Holzgebäude mit der abblätternden Farbe glatt übersehen. Und falls es einem auffiele, dächte man vermutlich, es stünde leer. Es verfügt weder über ein Schild noch über eine sichtbare Fensterbeleuchtung. Nebenan auf einem schlammigen Platz parken nur wenige Autos.

Als wir das Gebäude betreten, erkenne ich im Schein einer trüben Glühbirne, die an einer schwarzen Schnur von der Decke hängt, einen Flur mit Linoleum. Rechts führt eine Treppe nach oben und links ist eine einfache Holztür.

Mac stößt die Holztür auf und wir landen in einem Raum, der im Film als Flüsterkneipe durchgegangen wäre. Schwaden von Knoblauch und Zigarettenrauch ziehen an mir vorbei. Dazwischen befinden sich kleine gelbe Lichtinseln.

An einem Klavier sitzt eine Blondine mittleren Alters im feuerroten Chiffonkleid. Sie trinkt etwas Klares, das zu dickflüssig ist, als dass es sich dabei um Wasser handeln könnte. Sie zwinkert Mac zu, führt mit juwelenberingter Hand eine Zigarette an den Mund, inhaliert genüsslich und stößt langsam und gekonnt eine Qualmwolke aus.

An der dunklen Holztheke, die sich über eine ganze Längsseite des Raumes hinweg erstreckt, sitzen zwei Paare. Einer der beiden Männer blickt auf.

»Hey, Mac! Wie geht's?« Der Mann lässt sich von seinem Hocker gleiten, kommt auf uns zugeschlurft und zieht dabei seine Hose hoch. Mit seinen vollen Lippen, der großen, klassisch geschnittenen Nase, den schwarzen Augen und der grauen Haarsträhne, die ihm in die Stirn fällt, gleicht er Victor Mature. Mac und er packen sich an den

Schultern, eine Begrüßungsgeste, die ich bisher auch nur in Filmen über die Mafia gesehen habe. Der Mann heißt Tony – wie auch anders? – und als Mac mich ihm vorstellt, bedenkt er mich mit dem stummen, knappen Kopfnicken des Machos. Danach ergreift er zwei Speisekarten und geleitet uns zu einer der Nischen, die der Bar gegenüberliegen. Kurz darauf erscheint ein Kellner mit schwarzer Weste und langer weißer Schürze und stellt uns eine Flasche Chianti und zwei Gläser hin.

»Ist dir Rotwein recht?«, fragt Mac. »Oder hättest du lieber etwas anderes?«

»Rotwein ist mir recht.«

Der Kellner schenkt uns ein und sagt: »Die Scallopine sind aus und wir haben nur noch eine Portion Lasagne übrig.«

Nachdem er verschwunden ist, beuge ich mich zu Mac vor und wispere: »Wo steckt der Typ mit dem schwarzen Anzug und der weißen Krawatte und der Knarre im Geigenkasten?«

Mac lacht. »Betrachte den Laden als Geheimtipp. Das Essen ist hervorragend. Genau wie Arlene. Die Sängerin.«

»Sieht aus, als würde sie heute nicht mehr singen.«

Mac schüttelt den Kopf. »Sie macht lediglich eine Pause. Arlene singt, bis die letzten Gäste gegangen sind. Sie hört sich an wie Lauren Bacall in *Haben und Nichthaben.*«

»Oh, ich weiß, wo sie *Am I Blue* singt und Hoagy Carmichael Klavier spielt.«

Ich schlage die Speisekarte auf. »Was empfiehlst du mir?«

»Alles. Ich hoffe, du magst Knoblauch.«

»Ich liebe Knoblauch.«

»Gut. Dann fangen wir mit der großen Salatplatte an.«

Nachdem wir bestellt haben, gibt Mac dem Kellner einen Fünfdollarschein für Arlene. Er trägt ihn zu ihr hinüber und steckt ihn in ein Goldfischglas, das vor Scheinen bereits überquillt. Arlene zündet sich gerade mit dem Ende ihrer Zigarette eine neue an. Sie lächelt, zieht das Mikrofon an ihre Lippen und haucht: »Geht gleich los, Baby.«

Danach streicht sie ihren Rock glatt, schnippt Aschefussel fort und spielt die ersten Takte von *Every Time We Say Goodbye*.

Mit einem Mal höre ich wieder Ella Fitzgeralds heiseres Schnurren und sehe meinen Vater in seinem Sessel sitzen. Mit geschlossenen Augen klopft er den Rhythmus auf dem Buch, das auf seinem Schoß liegt.

Als Nächstes werde ich mir meines nackten Ringfingers an der linken Hand bewusst, was an Macs Gegenwart liegen muss. Mittlerweile habe ich begriffen, dass ein Ehering auch die Funktion eines schützenden Amuletts erfüllt. Mit einem Ehering kann man mit einem Mann reden, lachen und sogar harmlos flirten, ohne dass dieser gleich annimmt, man wolle dringend flachgelegt werden. Ohne den Ring ist man irgendwie auf sich selbst gestellt.

»Arbeitest du noch bei Norwegian Woods?«, frage ich.

»Ich helfe Rick nur aus, wenn er zu viel zu tun hat.«

Der Kellner bereitet den Salat in einer großen Holzschüssel an unserem Tisch zu. Die Schüssel ist innen mit zerdrückten Knoblauchzehen ausgerieben worden, genau so, wie es sich gehört.

Es ist einer der besten Salate, die ich jemals gegessen habe – Zitrone, Anchovis und Knoblauch sind exakt aufeinander abgestimmt, werden perfekt von dem weich gekochten Ei und dem Olivenöl abgemildert, von frisch gemahlenem Parmesan abgerundet und zwecks leicht feurigem Nachgeschmack mit einigen Tropfen Tabasco gewürzt. Dazu gibt es ein Sauerteigbrot mit dicker Kruste, mit dem ich zum Schluss die letzten Soßenreste vom Teller stippe.

Ich könnte danach eigentlich aufhören zu essen, doch als der Kellner mir meine Tagliatelle bolognese reicht, bin ich froh, doch noch nicht ganz satt zu sein. Ich wüsste nämlich nicht, wann ich je zuvor eine Fleischsoße gekostet hätte, die so wundervoll süß und cremig schmeckt. Ich esse sie andächtig und überlege, woraus sie gemacht wurde.

Als ich aufschaue, stelle ich fest, dass Mac mich lächelnd beobachtet. Daraufhin wird mir klar, dass ich seit zehn Minuten keinen Ton mehr von mir gegeben habe.

»Oh, entschuldige«, murmle ich, »es ist nur ... es schmeckt einfach unglaublich gut.«

»Bist du bei allem, was du tust, derart konzentriert?«

»Nur beim Essen. Was glaubst du, wie sie die Soße zubereiten?«

Mac zuckt mit den Schultern. »Da fragst du besser den Kellner. Ich mache mir über so etwas nie Gedanken. Ich esse einfach.«

»Ich finde, dieser Schuppen hat was von New York. Oder von New Jersey. Kommst du deshalb hierher?«

»Ich komme hierher, weil es mir hier gefällt. Ich habe keine Sehnsucht nach der Ostküste.«

»Sag mal, findest du nicht, dass du ziemlich viel über mich weißt und ich nur sehr wenig über dich?«

Mac dreht seine Spaghetti um die Gabel. »Stört dich das?«

»Nein, aber es macht mich neugierig.«

»Du kannst mir jederzeit Fragen stellen.«

»Okay. Wo warst du überall? Sagen wir, in den vergangenen zehn Jahren.«

»Nachdem ich das Studium hingeschmissen habe?« Mac grübelt vor sich hin – vermutlich überlegt er, was er mir erzählen und was er besser auslassen soll. »Ich bin in Richtung Westen gefahren. War für drei Jahre in Colorado und Utah.«

»Was hast du da gemacht?«

»Ich bin sehr viel Ski gefahren und habe hin und wieder gekellnert.«

»Und im Sommer?«

»Klettern ... gelegentlich hab ich auf dem Bau gearbeitet.«

»Klettern? Bist du lebensmüde?«

»Keineswegs. Reine Übung, genau wie jede andere Sportart.«

»Ach ja? Bei anderen Sportarten baumelt dein Hintern aber nicht über einem Abgrund.«

Mac lacht und lehnt seinen Kopf gegen die Lehne der Bank. »Es bedarf einfach eines Engramms.«

»Eines was?«

»Weißt du, wie man mit Gangschaltung Auto fährt?«

Ich nicke.

»Nun, so in etwa musst du dir das Klettern auch vorstellen. Oder wie Schläge beim Golf- oder Tennisspielen. Es handelt sich um eine Abfolge von Bewegungen, die in deinem Hirn entsprechende Nervenreaktionen auslösen. Jede Wiederholung bedeutet eine Verstärkung dieser Reaktionen, bis ein Engramm entsteht. Danach handelst du so gut wie automatisch und kannst an etwas anderes denken.«

»Wie zum Beispiel daran, dass dein Hintern über einem Abgrund baumelt. Okay. Und danach? Was hast du danach gemacht?«

»Anschließend bin ich für ein Jahr durch Neuseeland getrampt. Und ein weiteres Jahr durch Italien und die Schweiz.«

»Womit wir bei fünf Jahren wären. Es fehlen aber noch fünf.«

»Danach kehrte ich nach New York zurück. Dort hielt ich es etwa sechs Monate lang aus, bis ich mich abermals auf die Socken machte und nach Westen zog. Den Rest habe ich dir bereits erzählt.«

Ich stütze meine Ellbogen auf dem Tisch auf. »Das machst du ganz hervorragend. Du schaffst es, jede Menge Meilen und Zeit abzuhandeln, ohne etwas Konkretes mitzuteilen.«

»Etwas Konkretes!« Mac grinst. »Es gibt wahrscheinlich nicht viel Konkretes zu berichten.«

»Du bist zum Beispiel nie mit dem Gesetz in Konflikt geraten? Keine Duelle?«

»Bedaure.«

»Warst du jemals verheiratet?«

Mac zögert für den Bruchteil einer Sekunde. »Ich stand einmal kurz davor.«

»Wie hieß sie?«

»Gillian. Sie lebte auf einer Schafranch in Neuseeland.«

»Erzähl mir mehr.«

»Ein anderes Mal.«

Nachdem ich so viel Tagliatelle wie nur möglich in mich hinein gestopft und den Rest zum Mitnehmen eingepackt bekommen habe, erkundige ich mich bei dem Kellner, wie die Tagliatelle zubereitet wird. Er lächelt und schenkt uns den restlichen Wein ein.

»Die Milch ist das Geheimnis«, erklärt er. »Sie müssen das Fleisch in Milch garen, ehe Sie die Tomaten hinzufügen. Und natürlich müssen Sie alles lange köcheln lassen, vier bis fünf Stunden. – Möchten Sie Kaffee?«

»Noch nicht«, antwortet Mac. »Vielleicht in ein paar Minuten.«

Danach schaut er mich an. »Sieht aus, als ob es dir hier gefallen würde.«

»Mir gefällt es hier großartig! Vielen Dank, dass du mich mitgenommen hast. Allein hätte ich diesen Laden nie entdeckt.«

Arlene spielt gerade *Blues in the Night*. Mac lächelt vor sich hin. »Arlene ist offenbar auf ein weiteres Trinkgeld aus. Übrigens tritt Jimmy Turner am kommenden Freitag bei uns auf.«

»Jimmy wer?«

»Jimmy Turner. Ein Blues-Pianist, der hier aus der Gegend stammt. Normalerweise spielt er in irgendwelchen heruntergekommenen Spelunken, doch gelegentlich kommt er auch in unser Viertel. Er wird dir gefallen.«

»Das werde ich leider nicht herausbekommen. Ich fliege Freitag früh nämlich nach L. A.«

»Schade.« Mac hält für einen Augenblick inne, bevor er fragt: »Ist das der große Tag?«

»Leider.« Mit einem Mal ist der Glanz dieses Abends trüb geworden.

Mac setzt sein Glas ab und dreht es am Stiel. »Warum ist das für dich so hart?«

»Das weiß ich selbst nicht. Doch jedes Mal, wenn ich daran denke, zieht sich mein Magen zusammen.«

»Du kommst mir nicht vor wie jemand, der seiner Mutter ihr Glück missgönnt. Vor allem nicht, da dein Vater doch schon zehn Jahre tot ist.«

»Fünfzehn.« Ich zucke die Achseln. »Ist auch einerlei. Ich werde es überleben. Außerdem kommt meine beste Freundin mit.«

»Es ist nicht einerlei, wenn sich dein Magen bei dem Gedanken daran zusammenzieht.« Mac leert sein Glas und stellt es nahe an der Tischkante ab. »Glaubst du, du wirst dich mit –«

»Mit David treffen? Nein. Er weiß nicht einmal, dass ich komme.«

Der Kellner bringt uns dicken, tintenschwarzen Kaffee in weißen Tassen und heiße Milch in einem Krug. Eigentlich hätte ich ihn um koffeinfreien Kaffee bitten sollen, doch nach diesem vollkommenen Essen scheint es mir nicht richtig, etwas Unvollkommenes zu trinken.

Mac kippt ein ganzes Tütchen Zucker in seinen Kaffee und rührt einige Tropfen Milch darunter. In seinem Haar befindet sich ungefähr über seinem linken Auge eine seltsame Strähne, die im Gegensatz zu ihren Kameraden nach hinten wächst. Und als wolle sie ihre Sonderrolle noch zusätzlich betonen, ist sie grau meliert.

»Warum hast du eigentlich dein Studium abgebrochen?«

Mac hält den Blick auf seine Kaffeetasse gerichtet.

»Liegt dir nichts an einem Diplom oder einem anderen akademischen Grad?«

Mac lächelt nachsichtig. »Das ist lediglich ein Stück Papier, das bestätigt, dass du den Erwartungen entsprochen hast.«

»Ich finde, du machst es dir zu einfach, wenn du so etwas wie eine Ausbildung oder von mir aus auch die Ehe als Stück Papier bezeichnest.«

»Was ist denn so Besonderes dran? Man geht aufs College, um ein Stück Papier zu erlangen, das man dazu verwendet, einen Job zu erlangen, bei dem man abermals den Erwartungen zu entsprechen hat.«

»Bist du tatsächlich dermaßen zynisch?« Ich blase auf meinen Kaffee und trinke vorsichtig ein Schlückchen.

»Ich bin nicht zynisch, sondern realistisch. Ich mag es, wie ich lebe. Ich brauche nicht mehr.«

»Jetzt vielleicht noch. Aber was ist mit deiner Zukunft?«

»Die Zukunft ist etwas, was Lehrer und Versicherungsgesellschaften erfunden haben, um dir die Gegenwart madig zu machen.«

»Eines Tages wirst du alt sein, Peter Pan. Was ist, wenn du krank wirst? Was ist, wenn …«

»Lass es gut sein, Wyn«, lacht Mac. »Ich überquere den Fluss erst, wenn ich davor stehe.«

Sobald wir unseren Kaffee ausgetrunken haben, taucht der Kellner auf, um uns nachzuschenken. Als wir beide dankend ablehnen, legt er die Rechnung vor uns hin.

Es ist vier Uhr früh. Ich greife nach meinem Portemonnaie.

»Ich übernehme das«, sagt Mac beiläufig.

»Nein.« Meine Stimme hallt viel zu laut durch den nahezu leeren Raum. »Das hier ist kein Date in diesem Sinn. Wir teilen uns die Rechnung genau zur Hälfte.«

Mac hebt seine Hände. »Okay, Wyn, okay. Gib mir fünfzehn Dollar.«

Auf der Rückfahrt sind wir beide schweigsam.

Als Mac vor meiner Einfahrt anhält, sagt er: »Da es kein Date in diesem Sinn war, werde ich dich nicht bis zur Tür begleiten. Knips das Licht einmal an und aus, wenn du sicher in deiner Wohnung gelandet bist. So lange warte ich noch.«

Zwölf

Montagnachmittag. Biologie. Wir sezieren Frösche. Der süße, schwere Geruch nach Formaldehyd hängt an meinen Fingern. Merkwürdig, was einem alles in Erinnerung bleibt. Eine der Sekretärinnen holt Mr. Ansel aus dem Klassenzimmer. Kurz darauf steckt er den Kopf zur Tür herein.

»Wynter«, sagt er, »deine Mutter ist unten im Sekretariat und muss mit dir sprechen.«

Es passt nicht zu meiner Mutter, mitten am Tag in der Schule aufzukreuzen und mich aus dem Unterricht holen zu lassen, aber es kommt mir nicht in den Sinn, dass meinem Vater etwas zugestoßen sein könnte. Auf dem Weg ins Sekretariat überlege ich angestrengt, was ich angestellt haben könnte, aber mir fällt absolut nichts ein. Die Sekretärin sagt kein Wort, schaut mich jedoch immer wieder aus dem Augenwinkel an.

Als ich das Gesicht meiner Mutter sehe, ihre roten, verquollenen Augen, weiß ich sofort Bescheid. Ich krümme mich, falle auf die Knie und schreie nach CM. Irgendjemand schließt geistesgegenwärtig die Tür, damit alle anderen in der Schule nicht denken, ich würde mit einem Gummischlauch verprügelt, und man holt CM aus der Tanz-AG.

Ich höre sie kommen; ihre bloßen Füße rennen über das Linoleum. Sie trägt ein rotes Trikot und schwarze Strumpfhosen und riecht nach Turnhalle. Sie kniet sich neben mich. Weinend hält sie mich fest, wiegt mich wie ein Baby.

Eine der Sekretärinnen wirft einen Trenchcoat über CM, doch sie schüttelt ihn ab. Die Frau scheint zu glauben, dass er von allein hinuntergerutscht ist, denn sie zieht ihn immer wieder rauf. Schließlich dreht sich CM um, ergreift den Mantel, knüllt ihn zusammen und schmeißt ihn auf den Boden, wo ich mich prompt über ihm erbreche.

Das Taxi vom Flughafen hält schwankend an und ich wache auf. Im Halbschlaf bezahle ich den Fahrer und trage meine Tasche die Vordertreppe zum Haus hinauf. Noch ehe ich den Knauf berührt habe, geht die Tür auf und meine Mutter kommt herausgeeilt. Sie schließt mich in die Arme. Es ist ein bisschen viel, so früh am Morgen.

»Hallo, Mom. Du siehst klasse aus! Deine Haare, und überhaupt alles.«

Mit dem Zeigefinger berührt sie die Spitzen ihres Bobs. »Danke, Schatz. Ich fand, lange Haare machen irgendwie alt.« Sie erwähnt es zwar nicht, doch das Grau ist ebenfalls verschwunden. »Ich freue mich ja so, dass du da bist. Wo ist CM?«

»Sie hat es nicht geschafft. Sie haben gestern mit den Proben für ein neues Projekt angefangen. Ich soll dich herzlich grüßen.« Beinahe hatte ich vergessen, warum es mir so mies ging, als ich im Taxi aufwachte.

»Oh, das ist schade. Na, dann lauf nach oben und bring deine Tasche hinauf. Dein Kleid liegt auf dem Bett.« Fast schüchtern fügt sie hinzu: »Ich hoffe, es gefällt dir.«

Ich renne nach oben, will nur meine Tasche abstellen und gleich wieder hinuntergehen, doch beim Anblick des Kleides auf meinem Bett bleibe ich wie vom Donner gerührt stehen. Es sieht überhaupt nicht aus wie ein Kleid, das meine Mutter ausgesucht hat. Es hat die Farbe eines Sonnenaufgangs – rosig schimmernder goldener Samt, der sich wie Wasser anfühlt.

»Und?« Sie steht hinter mir.

»Toll. Es ist wunderschön.«

»Probier es an«, sagt sie. »Ich bin schrecklich gespannt, wie es dir steht.«

Ich ziehe meinen Pullover über den Kopf und schlüpfe aus der Jeans. Selbst mit Socken an den Füßen und mit Pferdeschwanz habe ich das Gefühl, das Kleid sei wie für mich gemacht. Es lässt die Schultern frei und der Stoff ist diagonal verarbeitet, sodass es eng anliegt und wie flüssiges Gold bis zu dem leicht ausgestellten Saum fließt.

»Die Farbe passt wunderbar zu deinem Haar.«

»Wo hast du es her?«

Meine Mutter lächelt. »Aus demselben Laden, in dem ich mein Kleid gekauft habe, in dieser kleinen Boutique in Santa Monica, *The Whole Nine Yards* heißt sie. Richard hat mich hingefahren.« Ich kämpfe gegen den Krampf in meinem Magen an. Als ich mich wieder in die Jeans zwänge, sagt Mutter: »Oh, ehe ich es vergesse, im Arbeitszimmer stehen zwei Kisten mit deinen Sachen, und eine ist in deinem Schrank. Wenn du sie behalten willst, solltest du sie mitnehmen. Ich habe hier inzwischen kaum noch Platz.«

»Ich dachte, du hättest mir alles geschickt.«

»In der Kiste im Schrank sind die Sachen aus der Zederntruhe. Die beiden anderen ... nun, die hat David vor zwei Wochen gebracht. Er sagte, es seien Bücher und ein paar Fotos drin, die du vielleicht haben willst.«

Ich habe mir etwas vorgemacht, als ich glaubte, ich könnte mittlerweile gefahrlos an ihn denken. Doch jetzt, als ich höre, wie meine Mutter seinen Namen laut ausspricht, ist es, als liefe ich gegen eine dicke Glaswand.

»Ach so.« Mein Atem geht stoßweise. »Noch ein bisschen Müll. Hat er damals wohl vergessen, auf die Veranda zu stellen.«

»Er hätte auch alles wegwerfen können«, sagt meine Mutter mit Nachdruck. »Doch er hat sich die Mühe gemacht, die Sachen zu verpacken und hierher zu bringen.«

Ich zerre den Reißverschluss meiner Tasche auf, ziehe das Schminktäschchen heraus und lege es auf den Toilettentisch. »Der edle Prinz.«

»Ich glaube, er will dich sehen.«

»Mutter, bitte.« Meine Stimme klingt wie ein Messer, das gerade geschliffen wird. Ein scharfes, metallisches Geräusch, bei dem mir immer ein Schauer über den Rücken läuft.

»Hat er schon die Scheidung eingereicht?«

»Nein. Jedenfalls habe ich noch keine Papiere bekommen. Wer weiß, was auf mich wartet, wenn ich wieder in Seattle bin.«

»Ich glaube nicht, dass er glücklich ist«, sagt meine Mutter. Sie setzt sich zögernd auf meine Bettkante, bereit, jederzeit wieder aufzuspringen.

Ich drehe mich zu schnell um und verliere das Gleichgewicht. »Basiert diese Erkenntnis auf empirischen Daten oder ist sie eine reine Vermutung?«

»Er wirkte einfach traurig. Oder –«

»Wahrscheinlich klemmte nach dem Nachmittagsquickie seine Unterhose.«

»Liebes, Verbitterung hilft dir auch nicht weiter.«

»Oh doch. Dann kann sich der Schmerz nicht so ausbreiten.« Ihr Gesichtsausdruck verrät mir, dass ich ihr gerade ihre gute Laune verderbe. Ich atme tief durch und setze ein Lächeln auf. »Zeig mir dein Kleid.«

In ihrem Schlafzimmer tut meine Mutter so, als bemerke sie nicht, dass ich sehr wohl Richards Rasierzeug sehe, ein

Paar Schuhe von ihm, zusammengefaltete Unterwäsche. Sie bügelt bereits seine Unterwäsche!

»Wie findest du es?« Ihr Hochzeitskleid ist schlicht, ein eleganter langer Schlauch aus Seide, in einer altmodischen Farbe, die sie *Rosenholz* nennt. »Richard hat es ausgewählt. Ich weiß, dass er mich vor der Hochzeit nicht darin sehen darf, aber er ist ein richtiger Künstler, Wyn, und er hat einen ausgezeichneten Geschmack ... Ich wusste, er würde etwas Wundervolles aussuchen.«

»Es ist atemberaubend, Mom! Genau deine Farbe.« Ich wünschte, meine Worte kämen mehr von Herzen.

Meine Mutter schaut auf die Uhr. »Ich habe dir so viel zu erzählen, aber vielleicht willst du dich erst mal ein bisschen hinlegen? Gegen halb acht wollen wir essen gehen.«

»Wir?«

Ihr Lächeln verwirrt mich. »Du und ich und Richard. Wir dachten, es tut uns dreien gut, gemeinsam etwas zu unternehmen. So lernst du ihn schon vor der Hochzeit besser kennen.«

Ein Kloß, so groß wie ein Golfball, sitzt in meiner Brust. »Wie gut, glaubst du, kann ich ihn bis morgen kennen lernen?«

Meine Mutter tut so, als hätte sie mich nicht gehört. »Er lädt uns ins *Rex* ein.« Als würde die Wahl des Restaurants mich für seinen Charme empfänglicher machen.

Ich gehe zum Fenster und schiebe den Vorhang beiseite. »Ich bin wirklich ziemlich müde. Ich habe gestern Nacht gearbeitet und konnte im Flugzeug nicht schlafen.«

»Wyn, warum benimmst du dich so?«

Ich drehe mich um. »Warum benehme ich mich wie? Als wäre ich müde? Wahrscheinlich, weil ich es bin. Ich habe seit vierundzwanzig Stunden nicht geschlafen.«

Meine Mutter nagt an ihrer Unterlippe. »Na gut, Wynter, mach, was du willst. Ich hatte gehofft, du könntest mir verzeihen, dass ich glücklich bin, während du gerade mitten in einer elenden Scheidung steckst, aber offensichtlich –«

»Das hat nichts mit meiner – mit David zu tun.« Ich bringe das Wort immer noch nicht über die Lippen.

»Würdest du mir dann bitte erklären, *womit* es etwas zu tun hat? Du benimmst dich wie eine beleidigte … ach, Scheibenkleister. Es ist mir egal!« *Scheibenkleister*! Das ist das deftigste Schimpfwort, das sie über die Lippen bringt. Sie zerrt die oberste Schublade ihrer Kommode heraus und beginnt, ihre Unterwäsche durchzuwühlen, zieht eine Strumpfhose heraus, einen schwarzen Spitzen-BH – ich wusste nicht einmal, dass sie so etwas besitzt –, einen halben Unterrock. »Richard und ich gehen zum Dinner ins *Rex*«, sagt sie und schaut mir direkt ins Gesicht. »Wir freuen uns, wenn du mitkommst, aber es ist deine Entscheidung.«

Die Badezimmertür schließt sich hinter ihr.

Ich gehe hinunter in die Küche, öffne eine Dose Hühnerbrühe und ein Päckchen Suppennudeln. Während die Brühe heiß wird, schneide ich Karotten und Zucchini und schenke mir ein Glas Rotwein ein. Winzige Bläschen perlen auf der Oberfläche der Brühe. Ich stelle die Flamme kleiner und nehme den Wein mit ins Arbeitszimmer. Überall stehen Kisten – neben der Tür aufgestapelt, unter die Tische geschoben, übereinander auf dem Schreibtisch. Ich setze mich in den Sessel, in dem meine Mutter Näharbeiten erledigt, lege die Füße auf ihre Fußbank und trinke einen Schluck Wein.

Womit hat mein Verhalten nun *wirklich* zu tun?

Es ist erst fünf Monate her, seit ich das letzte Mal hier war, und ich habe das Gefühl, es ist das Haus einer Fremden. Das liegt nicht nur an den Umzugskartons mit Richards Sachen. Es gibt noch andere, kaum merkliche Veränderungen – das Sofa steht nicht mehr so nah am Kamin und ist in einen anderen Winkel gerückt. Die Ohrensessel sind um einen neuen Tisch gruppiert. Eine Sammlung kleiner Holzschachteln auf dem Kaminsims neben der alten Schuluhr. Eine Lithografie im Flur, die aussieht wie ein Büffel im Sandsturm.

Es ist dumm. Was macht es schon für einen Unterschied? Mein Vater ist nicht mehr da. Schon so lange nicht mehr. Er kommt nicht wieder. Ich kann keinen neuen Vater bekommen, aber meine Mutter einen neuen Ehemann. Und warum auch nicht? Wer will schon im Hauptberuf Witwe sein? Sie sieht toll aus, sie ist offensichtlich glücklich. Und ich werde nie wieder in diesem Haus leben. Soll er doch alles verändern. Von mir aus kann er es platt walzen.

Das Geräusch eines Schlüssels im Schloss der Haustür lässt mich aufspringen. Schritte. Dann: »Wynter, wie schön, dich zu sehen.« Richard Travers steht vor mir, füllt den Raum mit seiner bloßen Anwesenheit aus, mit dem Duft eines exklusiven Rasierwassers, dem feuchten Geruch seines Wolljacketts. »Es kommt Nebel auf«, sagt er wie zur Erklärung.

Wahnsinn. Kein Wunder, dass meine Mutter ihn sich geschnappt hat. Er ist perfekt. Der Prototyp eines großen, dunklen und so weiter. Mit einem diskreten silbernen Ansatz an den Schläfen. Sein Gesicht wirkt wie eine moderne Skulptur, überall Flächen und Kanten: Howard Roark, der stählerne Held aus Ayn Rands Roman *The Fountainhead*.

Richard Travers zieht den Mantel aus, legt ihn ordentlich über die Sofalehne und richtet seine dunklen Augen auf mich. »Wie ist es in Seattle? Johanna hat erzählt, du arbeitest in einer Bäckerei?«

Ich gewinne meine Fassung wieder, strecke die Hand aus, und er ergreift sie. Sein Ring, silbern und türkisfarben, schneidet in meine Hand. »Schön. Ja. Ich … wie schön, dass ich dich endlich kennen lerne.«

Er lächelt. »Ich hoffe, du kommst mit uns zum Essen.«

Automatisch schaue ich in Richtung Küche. »Wenn ich ehrlich bin, lieber ein andermal. Ich bin ein bisschen müde.«

»Das dachte ich mir schon. Bist du direkt nach der Arbeit losgeflogen?«

Ich nicke stumm.

»Das ist hart.«

Meine Mutter wählt diesen Augenblick, um an der Tür zu erscheinen. Howard – ich meine, Richard – geht auf sie zu und küsst sie. Seit ich denken kann, hat kein Mann meine Mutter so geküsst. Wie ein Liebhaber. Ich kann nicht zusehen und schleiche mich in die Küche. Ich stehe am Herd und rühre in der Suppe, als meine Mutter neben mir auftaucht. Sie zieht gerade ihre Lippen nach.

»Wie findest du ihn?«

»Er ist beeindruckend.« Ich schenke ihr das schönste Lächeln, das ich zustande bringe. »Einfach toll. Und ohne mich werdet ihr euch sowieso viel besser amüsieren.«

»Wahrscheinlich«, sagt sie. »Aber ich hätte so gern, dass du ihn besser kennen lernst.«

»Das werde ich, Mom. Versprochen. Nur heute bin ich einfach zu kaputt.«

Meine Mutter küsst mich auf die Wange, ein wenig kühl, wie ich finde. »Na gut, dann schlaf dich aus. Wir müssen morgen spätestens um sieben aufstehen.«

»Warum so früh?«

»Weil wir das Haus noch in Schuss bringen müssen, ehe der Partyservice, der Florist und die Hochzeitsberaterin kommen.«

»Ich dachte, wir wären … gehen wir denn nicht ins *Biltmore*?«

Sie rückt ihren Ohrclip gerade. »Wir haben beschlossen, in bescheidenem Rahmen zu feiern und hier zu heiraten.«

»Jo?«, hören wir aus dem Flur. Beim Klang seiner Stimme leuchtet das Gesicht meiner Mutter auf, als hätte sie eine Glühbirne verschluckt.

Samstagmorgen um Viertel vor sieben schlürfe ich in der Küche einen Kaffee und schaue zu, wie der Regen auf die Scheiben des Gewächshauses trommelt. Meine Mutter macht Rührei und summt vor sich hin. Da schwingt die Hintertür bei einem Windstoß auf, und Howard/Richard wirbelt herein. Er sieht in einem schwarzen, mit feinen Tropfen benetzten Trenchcoat blendend aus. Er lächelt mir zu, doch dann wendet er sich dem wahren Objekt seiner Zuneigung zu.

»Ich habe gehört, Regen am Hochzeitstag bringt Glück.« Er küsst den Nacken meiner Mutter und sie schmiegt sich an ihn.

»Wir brauchen keinen fremden Glücksbringer«, flüstert sie bühnenreif. »Oje, du bist ja ganz nass.«

Wahrscheinlich muss ich mich einfach nur daran gewöhnen. Ich kann schließlich nicht jedesmal den Raum verlassen, wenn sie zusammen sind.

Nach einem schnellen Frühstück beginnt das Möbelrücken. Alle Kisten aus dem Arbeits- und dem Wohnzimmer landen in meinem Schlafzimmer, sodass nur noch ein schmaler Durchgang zwischen Bett und Kommode bleibt. Die Hochzeitsberaterin erscheint. Sie heißt Amanda Brewer und ist Beverly Hills pur. Eindeutig. Blauschwarzes Haar, genug Eyeliner und Wimperntusche, um als Waschbär durchzugehen, rotes Seidenkleid – möglicherweise dem Valentinstag zu Ehren –, passende Pumps und eine riesige schwarze Ledertasche. Sie bittet um Entschuldigung, dass sie so spät kommt. Der Verkehr war einfach eine Zumutung. Und dann noch der Regen ... Brenda schließt kurz die Augen, als müsste sie dankbar sein, überlebt zu haben. Die drei stecken die Köpfe zusammen und dann werden die Möbel komplett umgestellt. Ich stehe herum, fühle mich überflüssig, schiebe und ziehe, wenn man mir die entsprechende Anweisung gibt, und rede nicht viel. Meine Mutter fragt mich, ob es mir gut geht.

»Ja.«

»Nun, dann könntest du wirklich versuchen, dich ein bisschen mehr an den Vorbereitungen zu beteiligen«, sagt sie.

»Was soll ich tun? Ich stehe zu Diensten.«

Sie seufzt und wendet Richard den Rücken zu, damit er sie nicht hört. »Könntest du dir einfach Mühe geben, ein bisschen mehr Begeisterung zu zeigen? Oder irgendwas in der Art?«

»Mutter –«

»Oh, der Partyservice ist da. Wyn, kannst du die Leute hereinlassen und ihnen in der Küche zeigen, wo alles ist?«

»Der Partyservice« besteht aus einem großen Typen mit gegeltem schwarzem Haar, der der Chef zu sein scheint, zwei gedrungenen Kerlen, die nicht viel Englisch sprechen und wahrscheinlich erst heute Morgen den Rio Grande durchquert haben, und zwei Blondinen im heiratsfähigen Alter. Sie drängen alle in die Diele. Das Wasser läuft von ihren schwarzen Windjacken.

»Ich bin Ron«, sagt der Chef. »Das sind Tony und Raul, Heather und Frankie.«

»Ihr wollt bestimmt die Küche sehen.«

»Der Barkeeper heißt Gary. Er kommt später. Ich warte noch etwas, bis ich die Sachen reinhole – vielleicht wird das Wetter doch noch besser.«

Während ich allen die Küche und das Esszimmer zeige, redet Ron ohne Punkt und Komma, und als ich ihn gerade loswerden will, taucht Stuart auf – er ist, seit ich denken kann, der Friseur meiner Mutter. Auch Jason, der für das Blumenarrangement verantwortlich ist, steht kurz darauf in der Tür.

»Wynter, Schätzchen! Wie schön, dich zu sehen.« Küsschen links, Küsschen rechts. »Immer noch eine Sturmfrisur, wie ich sehe.«

»Nerv mich nicht, Stuart.«

Er reißt die Augen auf. »Oh-oh! Wir sind wohl ein bisschen gereizt vor der Hochzeit, wie?« Jason ist kurz davor, mit Ron in einen Streit zu geraten, weil er einige der Blumen in den Kühlschrank legen will. Meine Mutter betritt die Küche.

»*Hier kommt die Braut*«, trällert Stuart. »Jo, Darling!« Neuerliche Luftküsse.

Meine Mutter wirft einen Blick auf die Uhr. »O, mein Gott, Wyn, wir müssen uns umziehen!«

»Mom, es ist erst halb elf.«

»Um zwölf kommt Lupe zum Saubermachen und bis dahin müssen wir im Bad fertig sein.«

Ich schaue Stuart an. »Hast du gehört? Ab Punkt zwölf wird nicht mehr gepinkelt.«

Bis auf meine Mutter lachen alle.

»Ich finde, die Damen sollten ein Glas Champagner mit in ihr Boudoir nehmen«, schlägt Ron vor.

Das Knallen des Korkens muntert uns auf. Ron reicht jedem von uns eine Champagnerflöte. Wir stoßen an und nippen ein Schlückchen.

»Liebes, wahrscheinlich musst du dich in meinem Zimmer umziehen, weil deins so vollgestellt ist.« Plötzlich bin ich wieder ihr Liebes.

Kaum dass meine Mutter verschwunden ist, schmollt Jason: »Kann ich jetzt die Orchideen in den Kühlschrank legen oder nicht?«

Ron starrt ihn an. »Ich habe dir doch gesagt, ich muss die Lachsmousse, den Artischockendip und das Huhn …«

Ich seufze. »Ach, kommt schon, ihr zwei. Draußen hat es nur drei Grad – warum stellt ihr nicht einfach was auf den Terrassentisch? Er ist überdacht.«

Stuart schiebt mich zur Tür. »Wyn, du gehst jetzt und hilfst Jo. Wir kümmern uns schon um alles.«

Ich bin fast an der Treppe, als es klingelt. Ich öffne die Tür und finde mich einem Paar goldbrauner Augen unter einer dicken Haartolle gegenüber. Der dazugehörige Mann hält eine Kleidertasche in der Hand und sagt: »Hi, ich bin Gary.«

»Die anderen sind in der Küche.« Ich schließe die Tür hinter ihm und zeige über meine Schulter. »Da hinten.« Dann drehe ich mich um und flitze die Treppe hinauf.

Meine Mutter hat bereits mein Kleid und meinen Kosmetikkoffer geholt und wir duschen nacheinander in ihrem Bad. Ich verbringe unangemessen viel Zeit damit, mich schön zu machen, wobei ich mehr Make-up auflege als in den gesamten letzten vier Monaten zusammen. Meine Füße rebellieren, weil sie in spitze, hochhackige Pumps gezwängt werden, nachdem sie wochenlang nur Turnschuhe getragen haben, und der trägerlose BH schnürt meinen Brustkorb zusammen, bis ich mir vorkomme wie Scarlett O'Hara in ihrem Fischbeinkorsett. Meine Mutter und ich helfen einander mit den Reißverschlüssen, Knöpfen und Schmuckschließen. Sie ist jetzt völlig konzentriert und weit davon entfernt, sich darüber Gedanken zu machen, ob ich genug Engagement zeige oder eher komatös wirke. Sobald wir einigermaßen anständig aussehen, dürfen Stuart und Jason das Heiligtum betreten.

Nachdem Stuart ausgiebig unsere Kleider bewundert hat, widmet er sich dem Haar meiner Mutter, und Jason wendet sich mir zu.

»Und wie wollen wir das Haar tragen?«

»Wir tragen das Haar zu einem französischen Zopf geflochten.« Ich lächle süß.

»Lass dir von Stuart die Haare flechten«, sagt Jason.

»Ich kann mir selbst die Haare kämmen.«

»Ich mache ein paar Blumen zurecht, damit er sie einflechten kann. Du wirst wie eine Göttin aussehen, Wyn.«

Meine Mutter hat kein Wort gesagt, aber sie hat ihre flehende Miene aufgesetzt.

Ich seufze. »Die Göttin kann ich wohl nicht verhindern, oder?«

Die Jungs grinsen sich verschwörerisch an. Nachdem Stuart mit den Haaren meiner Mutter fertig ist, setze ich mich auf ihren angewärmten Stuhl. Stuart bürstet meine Haare, hebt sie ins Licht und reibt sie zwischen den Fingern.

»Du hast tolle Haare, Wyn. Hast du schon mal Afrozöpfe probiert?« Er wartet meine Antwort nicht ab. »Wenn du das nächste Mal hier bist, würde ich zu gern deine Haare stylen. Irgendwie ein bisschen aufpeppen.«

Er drückt irgendetwas in meine Haare und beginnt, es einzumassieren.

»Mach es nicht so klebrig, ja?«

»Entspann dich. Es wird nicht klebrig, aber wir wollen doch, dass es den Nachmittag über hält.« Stuart schafft es in Rekordzeit, meine Mähne in einen französischen Zopf zu bändigen, und flicht gleichzeitig noch eine Girlande aus Stephanotis, Rosenknospen und verschiedenfarbigem Efeu hinein, die Jason gezaubert hat. Es macht mich nervös, dass sie mich nicht in den Spiegel schauen lassen. Stuart veranstaltet ein Riesentheater und drapiert so lange Ranken um mein Gesicht und meinen Nackenansatz, bis ich ihm auf die Finger hauen will. Er besteht darauf, mehr Rouge auf meine Wangen aufzutragen.

Dann vermischt er meinen Lidschatten mit etwas Pink. »Ganz zart, Wyn. Harte Züge sind mega-out.« Abschließend trägt er noch einen Hauch Wimperntusche auf. Ich werde schlimmer aussehen als Amanda. Beverly Hills pur. Dann tritt Stuart zurück, kneift ein Auge zu und begutachtet mich blinzelnd. »So nah wirst du der Perfektion in deinem ganzen Leben nicht mehr kommen, Schätzchen.«

Perfektion? Kann sein. Doch als ich in den Spiegel schaue, habe ich ein überwältigendes Déjà-vu-Erlebnis. Ich spüre geradezu David neben mir stehen. Wenn er mich jetzt sähe, würde er diese Blondine wahrscheinlich sofort vergessen. So mochte er mich – zum Ausgehen aufgetakelt.

Als ich aus dem Zimmer meiner Mutter rausche, kommt gerade der Barkeeper aus meinem Schlafzimmer. Er trägt einen dunklen Anzug – nicht unbedingt das passende Outfit für einen Barkeeper. Er grinst, als wären wir alte Freunde.

»Kann ich Ihnen irgendwie helfen?« Ich rede in meinem besten, für Dienstboten reservierten, Hancock-Park-Ton.

»Tut mir Leid. Ich wusste einfach nicht, wo ich mich sonst umziehen sollte.« Er taxiert mich. »Hübsches Kleid. Sie müssen Wynter sein.«

»Das bin ich.«

»Nett, Sie kennen zu lernen. Ich habe schon viel von Ihnen gehört.«

In meinem Kopf tickt ein winziger Spielautomat und die Bilder reihen sich aneinander – Orangen, Blumen, Dollarzeichen. Kein Jackpot. Plötzlich kommt Howard/Richard die Treppe heraufgestürmt. »Da bist du ja«, sagt er zu dem Barkeeper. »Ich wollte dich –« Dann sieht er mich. »Habt ihr euch bereits bekannt gemacht?«

Himmel. Ich glaube, ich habe gerade meinen Stiefbruder in spe wie einen Dienstboten behandelt.

»Wir waren gerade dabei«, sagt Gary Travers.

»Entschuldigung. Ich dachte, Sie sind – tut mir wirklich Leid.«

Er hat wunderschöne dichte Wimpern. Wenn er lächelt, verleihen sie seinen Augen einen schläfrigen Ausdruck. »Ich habe Sie an der Ähnlichkeit mit Ihrer Mutter erkannt.«

Es klingelt wieder. »Das wird Lupe sein.« Ich flüchte, denn ich würde am liebsten in Grund und Boden versinken.

Feldmarschall Amanda veranstaltet im Eiltempo eine Kostümprobe und erklärt uns, wer wo stehen und was mit wem tun wird. In der verbleibenden Viertelstunde, ehe die ersten Gäste eintreffen, schlüpfe ich in die Küche.

Wenn ich die Augen halb schließe, ähnelt die Szene einem Ameisenhügel. Ich hole mir ein Glas Wasser und lehne mich an den Küchentresen. Bossie Ron führt ein strenges Regiment. Jeder scheint genau zu wissen, wo er zu sein und was er zu tun hat. Ich bin neidisch.

Plötzlich wird mir das Glas aus der Hand genommen und durch ein Glas mit perlendem Champagner ersetzt. Gary schüttet das Wasser in den Ausguss. »Nicht dieses Zeug trinken, Madame. Darin bumsen doch die Fische!«

Ich stecke die Nase in das Sektglas und inhaliere die Bläschen. »Wenn sie könnten, würden sie es wahrscheinlich auch in Champagner treiben. Ich würde es jedenfalls tun, so viel steht fest.« Habe ich das wirklich gesagt? Ich spüre, dass meine Ohren zu glühen beginnen.

Garys Lachen ist ein angenehmes Poltern. »Ich glaube, ich habe noch nie erlebt, dass eine Frau sich selbst zum Erröten gebracht hat.«

»Warten Sie, bis Sie öfter mit mir zusammen waren!«

»Ich freue mich schon darauf.«

Keine Ahnung, wohin das führt, doch Gott sei Dank schiebt sich Ron in diesem Moment zwischen uns, um nach einer Obstplatte zu greifen. Heather und Frankie arrangieren Tabletts mit Shrimps in Blätterteig und Folienkartoffeln mit Sauerrahm und Kaviar. Gary schnappt sich zwei und wir verschlingen sie. Ich bin hungriger, als ich dachte.

Pünktlich um zwei beginnt die Veranstaltung im Wohnzimmer, das mein Vater stets das *Un*wohnzimmer nannte, weil kein Mensch dort mehr Zeit als nötig verbrachte. Meine Mutter hatte dem Raum mit ihrer Einrichtung jene steife, förmliche Atmosphäre verliehen, in der sie groß geworden war, und so wurde er nur zu den feierlichsten Gelegenheiten benutzt – zum Beispiel wenn der Chef und seine Frau zum Abendessen kamen.

Der grauhaarige Friedensrichter ist ein alter Freund von Richard. Er ist ein Meister darin, bedeutungsvolle Pausen und Andeutungen zu machen, und beherrscht alle Tonlagen. Als Einleitung zu der eigentlichen Hochzeitszeremonie erzählt er, wie Richard und Johanna sich bei Prentiss Culver kennen lernten, sich ineinander verliebten, nun heiraten und glücklich bis an ihr Ende zusammenleben wollen. Ich bin offenbar die Einzige, die die Details nicht kennt, denn die übrigen fünfzig Gäste lachen an den richtigen Stellen. Es fehlt nur noch, dass sie mitsummen.

Gegen meinen Willen durchlebe ich noch einmal meine eigene Hochzeit. Es muss an diesen Worten liegen. *In guten wie in schlechten Tagen. Bis dass der Tod euch scheidet.* Nur dass ich bei meiner Hochzeit darauf bestand, diesen Teil in *so lange wir beide leben* zu ändern. David fand es amüsant, dass ich vor lauter Aberglaube den Tod nicht erwähnen wollte. Er blickte mich damals genauso an, wie Richard jetzt meine Mutter anstarrt, als wäre sie der erste Preis in einer Lotterie und er sein Glück nicht fassen könne. Wie kommt es, dass sie nicht sieht, was hier abläuft? Er hat sie vollständig vereinnahmt, ihr Haus neu eingerichtet, ihre

Kleider ausgesucht, ihre Frisur verändert. Sie ist restauriert und frisch verpackt worden – ein neues, verbessertes Produkt. Wie kommt es, dass sich Männer in eine Frau verlieben und es dann kaum erwarten können, sie sich nach ihren Vorstellungen zurechtzubiegen?

Ich bin so in Gedanken versunken, dass ich erschrecke, als meine Mutter sich umdreht, um mir den Blumenstrauß zu reichen, damit sie und Richard die Ringe tauschen können. Als sie mit den Formalitäten fertig sind und ich ihr die Blumen wiedergebe, merke ich, dass Gary mich beobachtet. Seine Augen blicken mich fragend an. Eigentlich ganz sympathisch.

Dann ist es vorbei und alle klatschen. Ein aufflammender Blitz beweist uns, dass auch ein Hochzeitsfotograf anwesend ist. Champagnerkorken knallen wie Artilleriefeuer. Ich umarme meine Mutter und küsse Richard auf die Wange.

»Pass gut auf sie auf«, sage ich lächelnd. »Ansonsten zertrümmere ich dir beide Kniescheiben.«

»Oh, Wyn«, kichert meine Mutter nervös.

Richard reagiert amüsiert. »Ich bezweifle nicht, dass du das tun würdest – und dass es dir auch gelänge.«

Ich beobachte, wie die beiden Gratulationen entgegennehmen, und höre mir Einzelheiten über die Hochzeitsreise nach Hawaii an und dass sie in diesem Haus leben werden, bis sie wissen, wo sie bauen wollen. Sie posieren mit Gary und mir und mit allen anderen im Haus bis auf Ron für Fotos. Sie lesen Telegramme und Glückwunschkarten von Freunden, die nicht kommen konnten. Ich werde lauter fremden Menschen vorgestellt und habe fünf Minuten später ihre Namen wieder vergessen. Ich trinke ein Glas Champagner nach dem anderen, und jedesmal, wenn mein Glas leer ist, stehen Heather oder Frankie mit einem neuen neben mir.

»Und Sie sind also die Tochter.« Ein Mann mit einem braunen Pferdeschwanz und einem sehr großen Adamsapfel baut sich vor mir auf. Seine Stimme ist so laut, dass ich automatisch zurückweiche. »Ich bin Chase.« Als müsste ich wissen, wer das ist. »Wohnen Sie hier in der Nähe?«

»Nein, ich lebe in Seattle.«

»Seattle?« Er schüttelt sich demonstrativ. »*Die* Regenhauptstadt der Welt. Was machen Sie in dieser Regenstadt?« Ich überlege, ob ich ihn darauf hinweisen soll, dass es hier ebenfalls regnet. Und zwar seit gestern Abend.

»Ich bin Bäckerin.« Chase gehört zu den Menschen, die sich ständig nach anderen Gesprächspartnern umsehen, während sie mit einem reden.

»Bei welcher Bank? Ich habe eine Menge Freunde in der Branche.«

Ich kämpfe mit mir, ob es sich lohnt, die Sache richtig zu stellen, und entscheide mich dagegen.

»Die an der McGraw Street.«

Er runzelt die Stirn. »Die kenne ich nicht.«

»Hallo, Wyn!«

Als Georgia Graebel mich in ihre tröstlichen Arme schließt, bin ich einem Tränenausbruch gefährlich nahe. Sie lässt sich darüber aus, wie wunderbar ich aussehe und wie wunderbar meine Mutter aussieht und was für ein wunderbarer Mann Richard ist. »Man muss ihn doch einfach mögen, oder?«, sagt sie strahlend.

»Ich habe ihn erst gestern kennen gelernt, Georgia.«

Sie ist verwirrt, doch dann hellt sich ihr Gesicht auf. »Nun, ich weiß, dass du ihn mögen wirst, wenn du ihn erst besser kennst. Er ist schrecklich nett. Er betet deine Mutter an.« Georgia hält mich an den Schultern auf Armeslänge von sich. »Hast du abgenommen?«

»Nein, ich hab die Pfunde nur anders verteilt.«

Sie gluckst. »Wie geht's dir da oben im wilden Nordwesten? So ganz allein?«

»Ganz gut. Meine Arbeit gefällt mir. Ich habe ein paar Freunde.«

»Mach weiter so, Schatz.« Sie drückt liebevoll meinen Arm. »Alles braucht seine Zeit.«

Richard und meine Mutter haben dieses ganz besondere Magnetfeld zwischen sich. Sie können in entgegengesetzten Ecken des Raumes stehen, und wie auf ein Stichwort schauen sie beide auf und lächeln sich an.

Ich versuche, mit ihnen glücklich zu sein, doch sie sind so weit von mir entfernt, als sähe ich sie durch ein verkehrt herum gehaltenes Fernglas. In einem bitteren Moment der Selbsterkenntnis wird mir klar, dass ich eifersüchtig bin. Liebe, Ehe und – gut, ich gebe es zu – Geld. Alles Dinge, die ich eigentlich haben sollte, die ich auch einmal hatte. Jetzt hat meine Mutter sie. Und ich nicht. Ich hasse mich für diese Gedanken, aber sie sind dennoch da.

Im Esszimmer eilt Tim Graebel auf mich zu. »Wyn, du siehst fabelhaft aus!« Er umarmt mich überschwänglich. »Das ist wirklich ein glücklicher Tag heute!« Unvermittelt setzt er seine ernste Freund-der-Familie-Miene auf. »Ich glaube, Glenn fände das auch.«

Bevor ich etwas sagen kann, was ich hinterher mit Sicherheit bereuen würde, steht Gary mit einem Teller neben mir. »Hast du schon etwas gegessen?«

Ich nehme den Teller dankend an, obwohl ich nicht weiß, wie viel ich hinunterbringen kann, so wie mein Magen sich benimmt. »Tim, das ist Howards Sohn Gary.« Als die beiden mich verständnislos anstarren, wird mir klar, was ich gesagt habe.

»Wer ist Howard?«, fragt Tim, doch ich muss so lachen, dass ich fürchte, die Kontrolle über meine Blase zu verlieren, also entschuldige ich mich und stolpere zum Klo. Mein Gott, was ist mit mir los? Ich schaue in den Spiegel. Meine Frisur löst sich auf. Unter meinen Augen ist die Wimperntusche verschmiert. Der Lippenstift ist verschwunden. Außerdem kann ich kaum gerade stehen, ohne mich anzulehnen.

Es hat aufgehört zu regnen und die Wolken reißen auf, doch der Wind ist eiskalt. Ich wickle mich in einen alten grauen Pullover und schleiche durch die Küche in den Garten. Das Gelächter ist nur noch gedämpft zu hören. Die Luft riecht nach nassen Ziegeln und Eukalyptus.

Mein Vater hat diesen Innenhof gepflastert, als ich sieben war. Er arbeitete mehrere Wochenenden an dem Fischgrätmuster und der Einfassung. Ich versuchte ihm zu helfen und schleppte einen Stein nach dem anderen herbei. Jetzt watschele ich wie eine Ente auf und ab, indem ich meine Füße auf die Schnittstelle der Steine setze. Irgendwann hört das Schwanken in meinem Kopf auf. Ich kann mich nicht daran erinnern, was ich mit dem Teller voller Essen gemacht habe. Ich will nur noch zurück nach Seattle, zurück in mein eigenes kleines Heim. Ich will mit niemandem mehr über irgendetwas reden. Ich will nicht mehr künstlich lächeln müssen. Ich will in die Bäckerei, Brot backen, nach Hause gehen und schlafen.

Stimmen rufen meinen Namen. »Wyn, was um alles in der Welt machst du hier draußen? Du holst dir den Tod!« Meine Mutter nähert sich mit gerunzelter Stirn.

»Es war so stickig, ich brauchte frische Luft.«

»Du zitterst ja. Komm auf der Stelle rein.« Das Kind in mir kennt diesen Ton und gehorcht widerstrebend. Dann bemerke ich, dass sie ihr Reiseoutfit trägt. »Lauf nach oben und bring dein Gesicht in Ordnung«, sagt sie etwas freundlicher. »Wir fahren gleich los.«

Am Sonntag wache ich vor dem Morgengrauen mit einem Kater auf. Geschieht mir recht. Die Leuchtzeiger auf meiner Uhr signalisieren 5:45 Uhr.

In Hawaii ist es jetzt mitten in der Nacht. Ich stelle mir meine Mutter und Richard vor, Arm in Arm in einem langweiligen, luxuriösen Hotelbett. Vielleicht drehen sie sich gerade in einer trägen Umarmung auf die andere Seite. Der Gedanke daran, dass Richard meine Mutter berührt, mit ihr schläft – merkwürdig, ich kann mir nur vorstellen, dass er es *mit ihr* tut. Ich sehe meine Mutter nicht als aktiven Part, sehe nicht, dass sie seine Berührung willkommen heißt, ihn an sich zieht, die Beine um ihn schlingt, sich ihm entgegendrängt. Ich setze mich im Bett auf, so verwirrend ist der Gedanke. Mein Kopf wehrt sich dagegen und ich lege mich wieder hin, schiebe das Hawaiibild energisch beiseite. Ich ziehe die Decke hoch, versinke erneut in der Dunkelheit.

Um acht Uhr stehe ich auf. Es regnet wieder. Ich öffne die Tür, setze vorsichtig einen Fuß in den Flur. Vage erinnere ich mich daran, dass ich letzte Nacht noch durchgedreht bin und ein paar von Richards Kisten aus meinem Zimmer die Treppe hinuntergestoßen habe. Ich gehe zum Treppenabsatz. In der Diele liegen drei Kisten kreuz und quer durcheinander. Ungelenk, wie gebrochene Gliedmaßen, hängen die Deckel herab. Papiere sind auf dem gefliesten Boden verstreut. Eine schwarze Windjacke hängt locker über dem Geländer und verkündet: *Eine unvergessliche Affäre – der Partyservice für besondere Gelegenheiten.* Zwischen der Abfahrt der Frischvermählten und meiner Verwüstung habe ich eine Erinnerungslücke. Es gab Pizza, das weiß ich noch. Gary und ich hatten eine Pizza bestellt. Ich entsinne mich, dass ich wütend wurde, weil er sich einfach ein Bier aus dem Kühlschrank holte, gerade so, als wohne er hier. Er erinnerte mich daran, dass sein Vater in der Tat hier wohnt. Der Rest ist verschwommen.

Unten ist die Luft zum Schneiden und die Stille, die eine Horde Gäste hinterlässt, spürbar. Im Arbeitszimmer thront ein Kissen ohne Bezug auf einem ordentlich zusammengefalteten Laken. Richtig. Gary sagte, dass Richard ihm angeboten habe, über Nacht zu bleiben, falls er nicht mehr ins Hotel fahren wolle. Ich glaube, das war der Tropfen, der das Fass zum Überlaufen brachte. Die Einzelheiten werde ich gewiss von meiner Mutter erfahren.

Ich hole mir ein Glas Orangensaft und wandere unruhig von Zimmer zu Zimmer, auf der Suche nach dem Geist meines Vaters. Er entwischt mir immer wieder um Haaresbreite, aber ich kann ihn riechen. Ich kann mich nicht erinnern, dass Vater je ein Duftwasser oder ein Rasierwasser benutzte, aber er hatte einen ganz eigenen sauberen Geruch nach Glyzerinseife und Sandelholz. Ich habe immer gespürt, wenn er im Haus war, und es hat mich getröstet. Wenn die Frischvermählten zurück sind, wird der Geruch wahrscheinlich nicht mehr hier sein. Möglicherweise wird er sie jedoch auch terrorisieren. Eines Morgens geisterhaft neben Richard in der Dusche auftauchen.

Im Elternschlafzimmer bemerke ich zum ersten Mal, dass das vertraute Foto auf der Kommode fehlt – das von meinen Eltern. Dann fällt mein Blick auf die alte Zederntruhe am Fußende des Bettes. Als kleines Mädchen habe ich ganze Nachmittage damit verbracht, ihren Inhalt zu inspizieren.

Ich hebe den Deckel an, setze mich neben die Truhe und nehme die Sachen heraus. Ich stapele sie um mich herum auf den Boden. Der Geruch nach Zedern durchdringt alles, die Vergangenheit ist ein verführerischer Trost. Manchmal hat meine Mutter mir Geschichten über einzelne Dinge erzählt. Sie und ich haben über die Mode und die Frisuren in den Jahrbüchern der Highschool gelacht. Sie hat mir den College-Pullover meines Vaters mit den goldenen Nadeln für Basketball und Langlauf gezeigt. Sie hat mir erzählt, dass sie zu allen Wettkämpfen gegangen ist, weil sie ihn so gern laufen sah, obwohl Langlauf nicht so beliebt war wie Basketball. Meine Mutter sagte, Vater habe sie an Merkur erinnert, mit Flügeln an den Füßen.

Ich habe sein Album aus dem Krieg in der Hand, voller Bilder von Freunden, die nicht zurückgekommen sind. Jede Menge Streichholzbriefchen aus Restaurants, Fotos von zwei oder drei Pärchen in einer Nische, die Martinis griffbereit, Zigaretten in anmutigen behandschuhten Händen oder zwischen geschminkten Lippen. Sie sahen alle bezaubernd aus. Die vergilbten Zeitungsausschnitte mit Bildern von meiner Mutter bei Klavierabenden hatte diese immer überblättert. Mein Vater war derjenige, der mir erzählte, wie begabt sie war. Er fand, sie hätte Konzertpianistin werden können. Ich erinnere mich nur an ihre quälenden Versuche, mir das Klavierspielen beizubringen.

Vertrocknete Blumensträuße. Ein winziges rotes Samtkleid von meinem ersten Weihnachtsfest. Ich war erst zehn Tage alt, doch mein Vater wollte ein rotes Weihnachtskleidchen für mich statt eines roten Stramplers, also nähte meine Oma eins.

Ein rosafarbenes Organzakleid mit einem weiten Rock aus Tüll, das meine Mutter bei Klavierabenden getragen hat. Als ich einmal Verkleiden spielte, beschloss ich, dass ich ein Ballettröckchen brauchte. Ich rückte also dem Kleid mit einer Schere zu Leibe und kürzte es auf ungefähr zehn Zentimeter.

Die zweite Schachtel, die ich heraushole, ist kleiner und hat einen Deckel. Es sind Briefe und Karten darin. Obenauf liegt eine Postkarte vom Empire State Building. Ich drehe sie um, und beim Anblick der Handschrift meines Vaters zieht sich in meiner Brust etwas zusammen.

20. November 1958

Liebe Jo,
fantastischer Blick, aber ich habe vergessen, wie kalt es hier sein kann. Ihr fehlt mir.

In Liebe, Glenn

Ein Mann von wenigen Worten.

Ich koche Kaffee und tunke zum Frühstück Stückchen eines alten Zimtbrötchens hinein. Dann steige ich die Treppe zu meinem Zimmer hinauf und schlitze das Klebeband an den Kisten auf, die David vorbeigebracht hat.

Die erste ist voll mit abgerissenen Eintrittskarten und Programmen von Theaterstücken und Konzerten. Dazu Fotos. Auf sehr vielen sehe ich grauenvoll aus. Ich rede, esse, gähne, schaue nicht in die Kamera, sodass von meinen Augen nur das Weiße zu sehen ist, wie bei dem außerirdischen Schurken in *Das Dorf der Verdammten*. David hingegen sieht erstaunlicherweise immer gut aus. Sein Mund steht nie offen, die Augen sind nie geschlossen. Er hat nie einen dümmlichen Gesichtsausdruck.

Ein Umschlag ist ausgebeult von Glückwunschkarten zu unserer Hochzeit, von Geschenkbändern, ein paar überzähligen Einladungen. Ein Brief. Ich war in jenem Sommer vor unserer Hochzeit auf einem Seminar in San Francisco gewesen. Es ist kein übermäßig langer Brief, aber es ist der einzige, den ich von ihm habe. Ich ziehe das blaue Blatt Papier mit dem Monogramm heraus.

7. Juli

Liebe Wyn,
Gott, wie du mir fehlst! Ich fahre jeden Morgen auf dem Weg zur Arbeit an deiner Wohnung vorbei – es könnte ja sein, dass du beschlossen hast, mich zu über-

raschen und früher nach Hause zu kommen. Ich erwarte eigentlich nicht, dass du da bist, aber ich bin dennoch jedes Mal enttäuscht. Ich weiß, dass du in zwei Wochen wieder zu Hause bist, und in nicht einmal drei Monaten bist du meine Frau. Aber im Augenblick scheint mir das noch so weit weg! Du fehlst mir. Das habe ich schon gesagt, oder? Ich sehne mich nach unseren Wochenenden. Ich hasse es, samstags und sonntags aufzuwachen, wenn du nicht neben mir liegst. Ich liebe dein Gesicht, wenn du schläfst, wenn deine Haare sich über deine Schultern kringeln. Mist. Jetzt bin ich scharf.

Am vierten Juli waren wir mit einer ganzen Horde bei Hank und Marie, und alle haben nach dir gefragt. Übrigens, ich habe eine RIESENÜBERRASCHUNG *für dich. Es hat etwas mit der Hochzeit zu tun, aber mehr kann ich dir nicht verraten. Ich finde, du solltest das Seminar sausen lassen und früher nach Hause kommen. Ich verspreche dir, dass du sowieso nicht mehr lange arbeiten musst. Ich habe vor, sehr gut für dich zu sorgen. Lass mich wissen, wann du landest. (Mach, dass es bald ist!)*

In Liebe, David

Die RIESENÜBERRASCHUNG war unser Haus – genau das, aus dem er mich ausgeschlossen hat. Er hat es mir an dem Tag gezeigt, als ich aus San Francisco wiederkam. Ich musste die Augen zumachen, bis wir da waren. Als der Wagen hielt und David mir erlaubte, die Augen wieder zu öffnen, blieb mir der Mund offen stehen – ich bin sicher, David dachte, vor lauter Freude und Überraschung. Er erzählte mir stolz etwas über den Architekten und von einer Reportage im *Architectural Digest* über das Haus. Es war ihm gelungen, eine Kopie des Artikels zu bekommen, die er rahmen ließ. Er sagte, es sei die beste Gegend in ganz Hancock Park, und zwar östlich der Highland Avenue und nördlich der Third Street.

Zwischen den älteren Nachbarhäusern im italienischen, spanischen und Tudor-Stil stach das grellweiße, moderne Haus hervor wie der neureiche Cousin aus New Jersey bei der Zusammenkunft eines Ostküstenclans.

Irgendwann habe ich mich an das Haus gewöhnt, doch ich habe es nie so geliebt wie er. Die blendend weißen Wände und die Geländer aus Stahl strahlten für mich immer Kälte aus. Die merkwürdigen Ecken und Winkel brachten mich aus dem Gleichgewicht. In der ersten Zeit nach unserem Einzug habe ich mich tatsächlich ein paar Mal verlaufen.

Die Klingel reißt mich aus meinen Gedanken. Ich schaue auf die Uhr. Halb zwei. Es klingelt wieder. Vielleicht bringt jemand ein Geschenk für meine Mutter und Richard. Ich renne die Treppe hinunter und öffne die Tür.

David.

Damit das Wochenende auch wirklich ein richtiger Reinfall wird. Ich will ihm die Tür vor der Nase zuschlagen, doch der Überraschungseffekt nimmt mir jede Entschlusskraft.

»Darf ich reinkommen?«

Ich sehe grauenhaft aus. Kein Make-up. Die Haare ein einziges Chaos. David geht vorsichtig um die Kisten herum, streift sie nur mit einem flüchtigen Blick.

Schließlich platze ich heraus: »Was willst du?«

»Deine Mutter hat gesagt, du kommst zur Hochzeit. Ich hatte gehofft, dass du noch da bist.« Ich erkenne den blaugrünen Kaschmirpullover, den ich ihm einmal zu Weihnachten geschenkt habe. Wenn er ihn trägt, leuchten seine Augen wie der Lake Tahoe.

»Wie bist du entkommen?«

»Wyn, bitte.« Er nimmt meinen Arm, doch ich weiche reflexartig zurück. Seine Finger hinterlassen einen Abdruck auf meiner Haut. »Können wir nicht ruhig miteinander reden?«

Er folgt mir ins Arbeitszimmer. Ich setze mich in den Nähsessel meiner Mutter, schlage die Beine übereinander, verschränke die Arme. David geht ein paar Minuten lang ziellos hin und her und bleibt dann stehen, um die kleinen Schachteln auf dem Kaminsims zu betrachten.

»Wie geht es dir?«

»Wenn es dich tatsächlich interessiert, hättest du anrufen können.«

»Wyn, ich – es interessiert mich, wie es dir geht. Wusstest du nicht, dass ich jetzt für eine Weile in Denver bin?«

»Soviel ich weiß, gibt es auch in Denver Telefone.«

Ich lasse den Blick von ihm zu dem kleinen ovalen Tisch neben mir schweifen. Er ist aus Walnussholz, mit übertrieben schlanken von Hand geschnitzten Füßen und einer polierten Platte aus Wurzelholzfurnier. Meine Mutter ist nicht gerade eine Künstlerin im Arrangieren von Blumensträußen, aber irgendjemand, vielleicht Howard, hat ausgesprochen kunstvoll zwei Dutzend gelbe Tulpen in eine hässliche Metallvase gestellt. Ich erinnere mich dunkel daran, sie vorher auf der Anrichte im Esszimmer gesehen zu haben.

»Wir haben den Etat von Coors. Ich bin gerade dabei, eine Zweigstelle aufzubauen.« David lehnt sich lässig an den Kamin und sieht aus wie in einer Reklame für ein Herrenparfum. »Ich war ein paar Mal oben in Aspen. In der Wohnung. Alles in bester Ordnung.« Er sieht sich im Zimmer um, als wolle er herausfinden, was sich verändert hat. »Wie ist Seattle?«

»Schön.«

»Bist du immer noch in der Bäckerei?«

»Ja.«

»Ich nehme an, das ist entspannend.«

»Das ist nicht entspannend. Es ist verdammt harte Arbeit.«

»Ich meine, mental entspannend.«

»Klar. Jeder Idiot kann Brot backen.«

Er seufzt. »Du weißt genau, dass ich es nicht so gemeint habe. Ich fand immer, du könntest alles tun, was –«

»David, warum bist du hier?« Kaum habe ich die Frage gestellt, wird mir klar, dass ich die Antwort wahrscheinlich kenne.

Er geht langsam zum Sofa und hockt sich auf die Kante, legt die Hände locker aneinander und schaut mir schließlich in die Augen. »Ich wollte dir nie weh tun.«

»Gut zu hören. Jetzt geht es mir viel besser.«

An der Art, wie er meinen Sarkasmus übergeht, merke ich, dass dies eine gut geprobte Rede ist, die keine Unterbrechung duldet. »Ich habe es nicht drauf angelegt ... das mit Kelley.«

»Wann ging das los?«

Es ist eine gewisse Befriedigung zu sehen, wie er sich windet. »Wyn –«

»War es bei der Weihnachtsparty? Oder schon letzten Sommer?«

»Wie kannst du so was denken? Ich bin erst mit ihr zusammen, seit du in Seattle bist.«

»Wie kannst du mir nur ins Gesicht sehen und mich dabei anlügen?« In meiner Kehle formt sich ein kleiner, störrischer Kloß.

»Ich schwöre es.« David schließt die Augen. Diese langen, dunklen Wimpern ...

Ich starre auf den beigefarbenen Teppich. Bald wird Richard ihn herausreißen. Ihn durch einen Holzboden und indische Teppiche ersetzen. Als ich versuche, David wieder anzuschauen, verschwimmt mein Blick. »Kannst du mir nicht einfach erklären, warum?«

Die kobaltblauen Augen schweifen ab. »Ich weiß es nicht. Ich nehme einfach an, wir haben uns beide verändert. Wir haben uns auseinander gelebt –«

»Wir haben uns *nicht* auseinander gelebt. Du hast einfach eine Jüngere und Hübschere entdeckt und dich einen Scheißdreck dafür interessiert –«

»Nein, Wyn. So war es überhaupt nicht. Du und ich – wir haben uns nicht mehr wohl miteinander gefühlt.«

»Damit willst du nur rechtfertigen, dass du mich sitzen lässt.«

»Ich lasse dich nicht sitzen. Du nimmst das zu persönlich –«

Sogar David erkennt, wie bescheuert das klingt.

»Warte mal. Du lässt mich wegen dieser aufgeblasenen Blondine sitzen, und ich soll es nicht persönlich nehmen?«

»Das meinte ich nicht –«

»Was hast du dann gemeint?«

David fährt sich mit der Hand durch die Haare und holt tief Luft. »Ich meinte, dass unsere Trennung nichts mit dir zu tun hat. In gewisser Weise –«

»*David*! Lass uns eins klarstellen: Wir haben uns nicht getrennt. Sich trennen bedeutet, dass *beide* die Beziehung beenden wollen.«

»Nun, das wäre auch richtiger gewesen.« Sein Gesicht ist jetzt rot, sein Blick wütend. »Wir waren nicht glücklich miteinander –«

»Und anstatt darüber zu reden, anstatt zu versuchen, es wieder in Ordnung zu bringen, dachtest du einfach, vergiss es, und bist zur Nächsten übergegangen.«

»Ich weiß, dass ich mich auch verändert habe.« David spricht wieder mit ruhiger, vernünftiger Stimme. Es macht mich rasend. »Wir konnten einfach keinen Kontakt mehr zueinander herstellen. Und dann, mit Kelley, war da plötzlich so eine intensive … hm, Kommunikation. Sie war immer da, lag sozusagen jeden Tag mit mir im Schützengraben. Wir passen so gut zusammen! Ich meine, es geht sogar so weit, dass wir nicht einmal mehr miteinander reden müssen, weil ich weiß, was sie denkt und –«

»Sei still!« Ich lege meine Hände auf die Ohren, wie einer der drei Affen.

»Es tut mir Leid. Ich hätte nicht kommen sollen.« David rutscht ein wenig nach vorn, als wolle er aufstehen.

»Und warum hast du es dann getan?« Ich hatte nicht vor, zu schreien, aber jetzt tue ich es. »Warum zum Teufel bist du hergekommen?«

David weicht ein Stück zurück, als würde ihn die Wucht meines Zorns umpusten. »Der einzige Grund ist – ich wollte dir sagen …« Ich weiß, was jetzt kommt. Ich höre es so deutlich, dass die Worte wie ein Echo klingen, als er sie tatsächlich ausspricht. »Ich werde Kelley heiraten.«

Ich überrasche uns beide, weil ich in heiseres Gelächter ausbreche. »Ich glaube, Bigamie ist in Kalifornien immer noch illegal.«

David blinzelt mich an, als wüsste er nicht genau, wer ich bin. »Herrgott noch mal, Wyn! Ich wollte nur mit dir reden. Ich dachte, das wäre der richtige Weg –«

»Der *richtige*?« Als ich aufspringe, von einem gerechten Zorn erfüllt, trete ich aus Versehen gegen das Bein des zierlichen antiken Tisches. Er fällt um, mitsamt der Vase und den Tulpen. Wasser und Blumen und diese kleinen Deko-Glasmurmeln fliegen durch die Gegend.

All die hübschen gelben Tulpen! Ich fange an zu weinen.

»Wyn, nicht. Bitte, bitte, tu das nicht. Ich wollte nicht, dass es so kommt. Aber es ist zu unserem Besten. Du warst auch nicht glücklich. Weißt du nicht mehr, wie es war? Wyn …« Er streicht mir über die Haare, wischt die

Tränen aus meinem Gesicht, mit einer Sanftheit, die ich seit Monaten nicht mehr erlebt habe. Vielleicht seit Jahren. Hatte er geglaubt, dass es mir nichts ausmacht?

Was als Nächstes geschieht, passt zu einer dieser Nachmittagstalkshows, in denen Menschen Dinge sagen und tun, die im normalen Alltag jenseits ihrer Vorstellungskraft liegen. Als ich ihm das Gesicht zuwende, sehe ich echte Tränen in seinen Augen. Nur wir beide zählen. Wie früher. Als wäre dieser ganze Mist nie passiert.

Er hat mich geliebt. Er liebt mich immer noch.

Eben dachte man noch, er wäre tot. Ein hysterisches Lachen steigt in meiner Kehle auf, weil ich an nichts anderes denken kann als an General Franco. Heute liegt er auf dem Sterbebett und morgen sitzt er da und isst ein Steak.

Mein Mann küsst mich und meine Arme schlingen sich wie von selbst so fest um seinen Hals, dass mir die Frage durch den Kopf schießt, ob ich ihm wohl wie einem Huhn den Hals umdrehen kann. Dann gewinnt seine Vernunft offenbar wieder die Oberhand. Ich spüre sie wie eine kalte Welle aufsteigen. David löst sich von mir. »Es tut mir Leid. Das hätte ich nicht tun sollen.« Er sieht mich nicht an.

Unglücklicherweise ist er der Einzige im Raum, der einen Funken Verstand zeigt. Ich lasse meine Hände unter seinen Pullover gleiten, küsse ihn auf den Mund, fahre spielerisch mit der Zungenspitze über seinen Mundwinkel. »Halt mich fest«, wispere ich. »Nur für einen Augenblick.«

Wer auch immer gesagt hat, Liebe kenne keinen Stolz, wusste, wovon er redet.

»Wyn, hör auf. Ich kann nicht.« Es klingt wie ein Grunzen. Meine rechte Hand gleitet zu seinem Gürtel, dann den Oberschenkel entlang, und ich höre, wie sein Atem stockt, spüre, wie er in meinen Händen zum Leben erwacht. Er packt mich abrupt an den Armen, stößt mich weg. »So wird es nur noch härter.« Ich lache über seine unbeabsichtigte Zweideutigkeit, dann weine ich wieder.

»David, du liebst mich, ich weiß, dass du mich immer noch liebst!« Ich fasse nach seinen Händen, aber er zieht sie weg. Es ist, als versuchte ich, einen Fisch festzuhalten.

Jetzt hat sich David wieder unter Kontrolle und ist von diesem ordinären Gefühlsausbruch eher angewidert. Er hält mich an den Handgelenken auf Abstand. »Ich werde dich immer ... mögen, Wyn. Aber es ist Zeit, dass wir jeder unser eigenes Leben leben. Es tut mir Leid.« Die kühle Stimme des Geschäftsmannes, der es gewohnt ist, Entscheidungen zu treffen. Mein Fall ist erledigt. Ein rein geschäftlicher Entschluss. Nichts Persönliches.

David sieht sich im Zimmer um. »Ich helfe dir, sauber zu machen.«

»Nein.«

Er kniet bereits am Boden, hebt die Vase auf. Er wirft eine der Murmeln hinein. Sie fällt mit einem unangenehmen Ping auf den Boden.

Ich versuche, etwas von meinem Haar hinter die Ohren zu klemmen, will nicht mehr schniefen, will einen Rest Würde bewahren. »Ich möchte, dass du gehst. Sofort.«

David richtet den Tisch wieder auf, stellt die Vase obendrauf. Dann ist er aus der Tür. Er zieht sie fest zu, als hätte er Angst, ich könne ihm nachlaufen und auf dem Rasen erneut über ihn herfallen. Die Schuluhr schlägt zwei. Ich schrecke hoch und starre auf mein Werk – umgeworfene Kisten in der Diele, abgeknickte Blumen, ein durchnässter Teppich. Mein Gott. Ich bin das reinste Rollkommando.

Im Kühlschrank steht noch eine halbe Flasche Champagner und ich gieße mir ein Wasserglas voll. Ich lasse mich auf einen Stuhl an dem Eichentisch fallen und trinke in großen Schlucken. Die Kohlensäure prickelt in meiner Kehle. Ich fühle mich plötzlich wie Gummi, ohne Knochen, ein

Klumpen gallertartiges Fleisch. Als ich die letzten Tränen wegwische, rieche ich Davids Rasierwasser an meinen Händen.

Als das Flugzeug am Montagnachmittag auf dem SeaTac-Flughafen landet, regnet es – jene Art sanfter Regen, von dem die Einheimischen sagen: »Das? Das ist kein Regen, das ist Nebel.« CMs weißer Camry steht draußen vor der Ankunftshalle.

»Was hast du da drin? Hanteln?«, beschwert sie sich, während sie die Kiste in den Kofferraum wuchtet.

»Alte Sachen.« Ich räume ihren Terminkalender, einen leeren Styroporbecher und eine Tüte Salzbrezeln vom Beifahrersitz und werfe alles nach hinten. Wir zwängen uns ins Auto und fahren los.

»Und. Wie war es?«

»Nett. Es war eine schöne Hochzeit.«

»Lügnerin.«

»Na gut, es war ein Albtraum. Wie aus einem Stück von Eugene O'Neill.«

»Willst du es mir erzählen?«

Ich schüttle langsam den Kopf. »Vielleicht später. Heute Abend bin ich zu müde für einen ausführlichen Bericht.«

»Okay.«

»Und dann kam gestern noch David vorbei.«

»Warum?« CM runzelt die Stirn.

»Um mir zu sagen, dass er Barbarella heiraten wird.«

»Scheiße.« Sie bohrt ihre Zunge in die Innenseite ihrer Wange. »Na ja, irgendwie wusstest du doch, dass es so kommen würde.«

»Tatsächlich?« Sie antwortet nicht, also formuliere ich die Frage genauer. »Hast du wirklich gedacht, dass es so ausgehen könnte?«

CM konzentriert sich vorbildlich auf den Verkehr. »Es ist

mir durchaus das eine oder andere Mal durch den Kopf gegangen.«

»Warum hast du nie etwas angedeutet?«

Wir halten an einer Ampel und sie wendet sich mir zu. »Ich dachte, du wüsstest es und wolltest dich nur nicht damit auseinander setzen.« Der Typ hinter uns hupt. CM zeigt ihm den Mittelfinger.

»Es ist grün«, sage ich. Sie fährt auf den Freeway und tritt das Gaspedal durch. »Woher hätte ich es wissen sollen?«

»Es lief ab wie nach einem Drehbuch, Wyn. Alle Anzeichen waren da. Ehrlich, bei allem, was du mir erzählt hast, dachte ich …«

»Du bist meine beste Freundin«, unterbreche ich sie empört. »Warum, zum Teufel noch mal, hast du nichts gesagt?«

Einen Moment lang glaube ich, sie wird uns umbringen, weil sie über drei Spuren hinweg in eine Ausfahrt rast. Am Ende der Ausfahrt fährt sie auf einen verlassenen Parkplatz, hält an, wendet sich abrupt um und blickt mich an.

»Ich konnte unmöglich diejenige sein, die es dir sagt. Herrgott, Wyn, ich dachte die ganze Zeit, du redest von nichts anderem! Alles, was du so erzählt hast … Es ging doch nur darum.«

»Was? Was habe ich erzählt?«

»Du hast immer gesagt, dass er nie zu Hause ist. Dass er nicht mit dir redet. Dass ihr seit einer Ewigkeit keinen Sex mehr hattet –«

»Das muss nicht gleich heißen, dass jemand fremdgeht.« Ich lasse das Fenster herunter. Die kalte Luft belebt mich.

»Nein«, sagt CM. »Nicht unbedingt.« Sie greift nach meiner Hand und drückt sie. »Es tut mir Leid, Baby.«

Sie lässt den Motor an und lenkt den Wagen wieder auf den Freeway. Sie fährt schnell. Ich schließe das Fenster.

Scheinwerfer rasen auf der Gegenfahrbahn an uns vorbei, fließen zu langen Lichtstreifen zusammen. Keine von uns sagt etwas, bis wir zur Queen Anne Street kommen.

»Ich finde, du solltest heute Nacht bei mir bleiben«, sagt CM.

»Ich muss arbeiten.«

»Ich will dich nicht allein lassen.«

»Es geht mir gut.«

Nachdem ich die Tür aufgeschlossen und alle Lichter eingeschaltet habe, tragen wir die Kiste und meine Tasche ins Arbeitszimmer.

»Danke fürs Abholen.« Ich falle auf den Klubsessel und CM setzt sich auf den Futon.

»Hör mal, es tut mir Leid. Vielleicht hätte ich ...«

»CM, schon gut. Wirklich. *Mir* tut es Leid, dass ich dich angeblafft habe.«

Sie sieht mich zweifelnd an. »Bist du sicher, dass es dir gut geht?«

»Ja, ich bin nur erschöpft. Ich werde versuchen, ein bisschen zu schlafen, ehe ich zur Arbeit gehe.«

Wir umarmen uns zum Abschied. Ich weiß, dass ich ihr nur ein Stichwort liefern muss und sie bleibt hier. Wir würden ein Glas Wein trinken und schließlich würde ich ihr alles erzählen. Vielleicht ginge es mir dann besser. Vielleicht auch nicht. Zu viel Mitgefühl ist manchmal schlimmer als gar keines. Man fängt an, den Schmerz festzuhalten. Man hortet ihn, hätschelt ihn, poliert ihn wie einen perversen Schatz, nur um all das Mitgefühl zu rechtfertigen.

Außerdem habe ich für den Moment genug von Eröffnungen.

Dreizehn

»Du siehst aus, als könntest du eine Bootsfahrt vertragen.« Es ist Sonntagmorgen. Mac McLeod steht auf meiner Veranda und lächelt nur mit den Augen.

»Was ich vertragen kann, sind noch drei Stunden Schlaf«, grummle ich.

»Entschuldige. Du warst die ganze Woche nicht im *Bailey's*, da dachte ich, ich schau mal nach dir.«

»Ich bin erst Montagabend zurückgekommen und versuche seitdem, in meinen Rhythmus zurückzufinden.«

Mac lacht über meine Verdrießlichkeit. »Komm schon, zieh dich an! Wir fahren nur nach Bainsbridge und zurück. Auf dem Wasser kriegst du vielleicht bessere Laune. Bei mir funktioniert es jedenfalls.«

Auf dem Markt kaufen wir uns einen Kaffee, gehen anschließend die First Avenue hinunter, vorbei an den Kinos für Erwachsene und den Antiquariaten, den Schaufenstern mit Orientteppichen und ihren absolut ernst gemeinten Superniedrigpreisen und Räumungsverkaufschildern, vorbei an Obdachlosen, die in Hauseingängen unter schmutzigen Mänteln schlafen. Mac zählt mir die Spitznamen der Wolkenkratzer auf. Das Washington Mutual heißt Kreuzschraubenzieher, das Fourth & Blanchard ist das Darth-

Vader Gebäude. Das First Interstate nennen sie Staubsaugerröhre und das Century Square Deoroller.

Am Wasser ist es kalt. Der Kaffeebecher in meiner Hand fühlt sich gut an. Am Colman-Dock versuchen wir mit ein paar anderen Fahrgästen im Laufschritt noch die *Spokane* zu erwischen und stehen auf dem Achterdeck, als sie ablegt. Der Wind wirbelt immer noch weiße Schaumkronen auf, doch die Sonne kommt durch die Wolken, und ihre Strahlen berühren das Wasser.

Wir bleiben draußen stehen, sind im Windschatten des Passagierdecks vor dem beißenden Wind geschützt. Die Maschinen bringen das Boot zum Schaukeln und das Kielwasser läuft wie eine weiße Straße zurück zur Pier. Ich lehne mich über die Reling. »Erzähl mir eine Geschichte.«

»Worüber?«, fragt Mac.

»Ist mir egal. Du hörst doch in der Bar bestimmt tolle Geschichten.«

Er grinst verstohlen. »Das wäre ein schändlicher Verstoß gegen die Berufsehre.«

»Dann erzähl mir was von dir. Erzähl mir die Gillian-Geschichte.« Eine Möwe fliegt auf und beäugt uns im Vorbeisegeln träge.

»Ich glaube nicht, dass ...«

»Bitte. Lenk mich ab.«

»Na gut.« Mac zieht seinen Hut tiefer in die Stirn. »Ich wollte damals von Auckland nach Wellington trampen. Ein Typ in einem zerbeulten Landrover hat mich mitgenommen. Irgendwann fragte er, ob ich Interesse hätte, ein paar Scheine zu verdienen. Ich war zu der Zeit total abgebrannt, deshalb war ich natürlich sehr interessiert. Der Typ hatte eine Schafzucht und war mitten in der Schurzeit. Eine der Schurhütten hatte kurz zuvor irgendwie Feuer gefangen, und es war auf andere Gebäude übergesprungen. Wie auch immer, die Familie und alle Helfer waren mit der Schur beschäftigt und konnten die Häuser nicht wieder aufbauen. Deshalb suchten sie nach Männern, die für ein Bett und Essen und ein paar Dollar auf dem Bau arbeiten. Ich dachte, ich mache das ein oder zwei Wochen, dann ziehe ich weiter.

Gleich am ersten Abend saßen wir zum Essen an einem langen Tisch – wir waren ungefähr acht oder zehn Männer – und eine junge Frau kam herein, um ihrer Mutter zu helfen. Sie war die Tochter des Mannes, der mich mitgenommen hatte.«

»Wie sah sie aus?«

»Sie war keine Schönheit. Eigentlich nicht mal besonders hübsch. Braune Haare, blaue Augen. Groß. Schlaksig. Man sah ihr an, dass sie mit harter körperlicher Arbeit aufgewachsen war ...« Mac lächelt. »Wenn man sie anschaute, erwiderte sie den Blick, als würde sie einen genau prüfen. Am Anfang habe ich sie nicht besonders beachtet. Sie war einfach jeden Tag da und half ihrer Mutter. Und dann kam sie eines Tages nicht, und ich merkte, dass ich bei jeder Mahlzeit mit den Blicken nach ihr suchte. Sie war eine Woche lang verschwunden. Erst an dem Morgen, als ich weg wollte, war sie wieder da. Ich lief gerade die Auffahrt runter, als ein Auto anhielt und sie ausstieg. Wir sahen uns einfach nur an. Sie lächelte. Ich drehte mich um, ging zurück ins Haus und packte meine Tasche wieder aus. Schließlich blieb ich sechs Monate.«

»Mein Gott, wie romantisch.« Ich halte mich an der Reling fest, lasse meinen Körper nach hinten fallen. »Und was geschah dann?«

Mac dreht sich um und lehnt sich mit dem Rücken an den Pfosten, an dem das Rettungsboot befestigt ist. Hinter ihm steckt gerade der Mount Rainier seinen schneebedeckten Kopf durch einen Kragen aus Wolken.

»Nichts. Sie wollte heiraten, Kinder haben, Schafe züchten. Ich nicht, also bin ich gegangen.«

Der Wind bläst mir eine Haarsträhne ins Gesicht und Mac streicht sie hinter mein Ohr, ganz vorsichtig, um nur ja nicht mein Gesicht zu berühren.

In Winslow steigen wir aus und kaufen uns an einem Stand auf dem Parkplatz ein Eis. Zitternd und zugleich darüber lachend, dass wir frieren und trotzdem ein Eis essen, stehen wir da. Mac fragt mich, was meine Lieblingssorte ist.

»Schokolade«, sage ich ohne zu zögern.

Plötzlich habe ich eine klare Erinnerung an meine Mutter und mich, wie wir im Schatten eines Eukalyptushains neben dem kleinen Gemischtwarenladen am Highway One in San Simeon stehen. Wir schlecken Schokoladeneis und mein Vater fotografiert uns. Im Hintergrund erheben sich goldene Hügel und die Türme von Hearst Castle. Ich kann sehen, wie die Augusthitze Wellen in den Asphalt macht, und rieche den durchdringenden Geruch nach Eukalyptusöl.

»Was ist?« Mac schaut mich an.

Mein Blick wandert zur Haltestelle. »Ich glaube, wir können wieder einsteigen.«

Als wir durch das Drehkreuz an der Colman Street gehen, fragt Mac schließlich: »Und wie war die Hochzeit?«

Ein Schluchzer und die Schleuse ist offen. Das wird langsam langweilig.

»So gut?«

Er legt einen Arm um mich und lässt mich sein flaumiges Flanellhemd vollheulen, das nach Piniennadeln riecht. Er streicht über meinen Rücken, aber sehr oberflächlich, als hätte ich irgendetwas Klebriges an mir, das er nicht an sich haben will.

Er gibt mir sein Taschentuch – nicht so ein weißes, gebügeltes Leinending, wie David es immer bei sich trägt, sondern ein blaues Schnupftuch. Während ich versuche, mein Gesicht in Ordnung zu bringen und die Schluchzer zu unterdrücken, fasst Mac mich am Ellbogen und führt mich zur Rolltreppe. »Lass uns zum Markt zurücklaufen.«

Auf dem Weg spucke ich alles aus. Ich berichte ihm jede entsetzliche Kleinigkeit, jede widerliche Nuance des Wochenendes. Ich erzähle ihm, wie meine Mutter und ich uns angegiftet haben, wie ich mich betrunken habe, was für eine Zicke ich Gary gegenüber war und wie ich Richards Kisten die Treppe hinuntergestoßen habe.

Ich sage Dinge, die mir selbst nicht bewusst waren, bis sie jetzt aus mir heraussprudeln. Dass ich es als Schlag ins Gesicht meines Vaters empfand, die Hochzeit in dem Haus zu feiern, das er mit meiner Mutter bewohnte. Ich erzähle ihm, wie David mir endgültig den Laufpass gegeben hat, ja sogar, dass ich versucht habe, ihn zu verführen, und er nicht drauf reingefallen ist. Ich erzähle ihm von CM und davon, wie wir an dem Abend auseinander gegangen sind. Mac geht ruhig neben mir her, die Hände in den Taschen seiner Jeansjacke vergraben. Die Absätze seiner Cowboystiefel hallen bei jedem Schritt. Er gibt keinerlei Laute von Mitgefühl, Ekel oder Wut von sich. Mir wird klar, dass genau dies der Grund ist, warum ich ihm das alles erzählen kann und CM nicht, obwohl sie voller Mitgefühl und gerechter Empörung und sofort bereit wäre, nach L. A. zu fliegen, um David in seine empfindlichste Stelle zu treten. Mac lässt mich einfach reden.

Als ich fertig bin, ist es beinahe fünf, und ich frage ihn, ob er eine Pizza oder zum Thailänder möchte, auf meine Kosten natürlich.

»Im Prinzip beides gern«, sagt er, »aber ich muss heute Abend noch etwas erledigen. Ich hebe mir die Einladung auf.«

Männer. Warum kann er nicht einfach sagen, dass er eine

Verabredung hat? Und warum kümmert es mich überhaupt? Ich habe es schließlich nur angeboten, weil er den ganzen Nachmittag Babysitter gespielt hat.

Zu Hause mache ich es mir gemütlich und rufe CM an. Als eine Männerstimme an den Apparat kommt, denke ich, ich habe mich verwählt. Doch dann erkenne ich die Stimme. Es ist Neal. Dies ist das Wochenende, an dem er sein Seminar hat.

»Oh, hallo Wyn«, sagt er fröhlich. »CM ist hier. Einen Augenblick. Sie trocknet sich gerade die Hände ab.« Wahrscheinlich hat sie gekocht und den Abwasch gemacht, während er auf seinem knochigen Hintern saß und irgendwelche esoterischen Abhandlungen über sozio-psychologische Begleiterscheinungen bei Nagelbettentzündungen las.

»Ich habe vergessen, dass dies das große Wochenende ist«, sage ich, als CM am Telefon ist.

»Kein Problem.« Ihre Stimme klingt betont gleichgültig. »Wie geht's?«

»Gut. Ich wollte mich nur dafür entschuldigen, dass ich mich neulich Abend so dämlich benommen habe, aber –«

»Überhaupt kein Problem«, wiederholt sie. »Ich rufe dich später an, dann können wir reden.«

Das muss die kürzeste Unterhaltung gewesen sein, die wir je geführt haben.

Als ich am Montagnachmittag meine Post reinhole, ist er da, der schlichte weiße Umschlag mit dem Absender einer Kanzlei in Beverly Hills. »Da bist du also«, sage ich zu ihm. »Ich habe dich schon erwartet.« Einer der großen Vorteile, wenn man allein lebt: Man kann mit leblosen Gegenständen reden, ohne seltsame Blicke zu ernten.

Ich reiße den Umschlag auf und überfliege einige Seiten ganz legalen Kriegsgeheuls. Anscheinend funktioniert es so, dass einer sagt, die Ehe ist kaputt, und dann ist sie es auch. Gleichgültig, was der andere sagt. Irgendwie ist das nicht fair. Zu Beginn der Ehe mussten beide sagen *ich will*, aber nur er kann jetzt sagen *ich will nicht*.

Die gesichtslose graue Armee von Anwälten, Richtern und Helfershelfern, die in ihrer unendlichen Weisheit unser Rechtssystem geschaffen hat, findet offenbar, man sollte jemanden, der nicht gebunden sein möchte, auch nicht dazu zwingen. Also ist es nicht länger notwendig, dem anderen Wahnsinn, Drogenmissbrauch,Untreue, mangelnde Unterstützung oder Vernachlässigung nachzuweisen. Man muss nur noch sagen *ich will nicht* und dann anfangen, alles zu teilen. Irgendwie macht es so keinen Spaß mehr. Keine Prozesse, keine Entfremdung, keine medizinischen Unterlagen oder Gutachten von berühmten Psychiatern. Einfach *ich will nicht*.

Ich falte die Papiere zusammen und stecke sie zurück in den Umschlag.

Jeden Nachmittag, wenn ich aufwache, überlege ich, ob ich Elizabeth anrufen soll. Doch wenn ich das einmal getan habe, ist es wie der Schuss aus der Kanone, der die Lawine ins Rollen bringt. Meine heile Welt zerfällt donnernd in Trümmer und stürzt unaufhaltsam in den Abgrund. Ich weiß nicht, wie lange ich noch gezögert hätte, doch während ich mich noch quäle, ruft sie mich an.

»Wynter, hier ist Elizabeth Gooden.«

Ich kann mir nicht helfen, aber mein erster Gedanke gilt meinem Vater, der mir einmal erzählt hat, dass Haie sofort spüren, wenn irgendwo im Wasser ein verletzter Fisch herumschwimmt. Dann schäme ich mich. Sie versucht nur, mir zu helfen.

Ehe ich ihr berichten kann, dass man mir die Scheidungspapiere zugestellt hat, sagt sie: »Unser Informant hat einige Buchungen in ziemlich teuren Hotels in Cancún, Scottsdale und San Francisco zu Tage gefördert. Ich nenne Ihnen die Daten, und Sie sagen mir, ob Sie Ihren Mann auf einer dieser Reisen begleitet haben.«

»Ich kann Ihnen jetzt schon sagen, dass ich in den letzten drei Jahren nicht in Mexiko war.«

»Interessant. Cancún ist am längsten her.«

Ich beiße mir auf die Lippe. »Wie lange?«

»Mal sehen, das war … letzten Dezember. Vom fünfzehnten bis zwanzigsten Dezember.«

Es ist wie ein Schlag ins Gesicht. Mein Geburtstag. Das wichtige Treffen mit einem Kunden, bei dem er dringend anwesend sein musste. »Und die Buchung war für … zwei Personen?«

»Mr. und Mrs. David Franklin.«

Der Schmerz in mir verwandelt sich in flüssige Wut, verteilt sich in jeder Körperecke. Ich bin sicher, dass sie aus mir herausfließen wird wie Fruchtwasser nach einem Blasensprung.

»Wynter? Alles in Ordnung?«

»Ja.«

Nicht nur, dass er gelogen hat, wiederholt und über Monate. Ich habe ihm geglaubt. Noch lange nach dem Zeitpunkt, an dem ich hätte beginnen müssen, Fragen zu stellen. Ich habe es bewusst ignoriert. Ich war so dumm …

Ich entsinne mich, vor einigen Jahren etwas über eine Frau gelesen zu haben, die ihre schmutzige Scheidung dadurch umging, dass sie ihren Mann und dessen Freundin im Schlaf mit einer Ladung Achtunddreißiger-Kugeln voll pumpte. Ich habe mich immer gefragt, wie sie dazu gekommen ist. Was hat das Fass zum Überlaufen gebracht, was war die endgültige Erniedrigung? Oder war es einfach ein Impuls? *Weißt du was, Jack? Ich höre mir deinen Scheiß keine Minute länger an.*

In diesem Moment werde ich hellwach. Plötzlich weiß ich ganz genau, was ich tun werde, obwohl ich dem Ganzen bisher keinen einzigen Gedanken gewidmet habe. Keine Diskussionen im Geiste, kein Zettel mit zwei Spalten, die mit pro und contra überschrieben sind. Ich habe nicht das Gefühl, dass es einen anderen Weg für mich gibt. Wenn man gezwungen ist zu kämpfen, benutzt man die nächstbeste Waffe.

Ich berichte Elizabeth, dass ich von Davids Anwalt die Scheidungspapiere erhalten habe, und sie fragt mich, ob ich nach L. A. kommen kann.

»Ich hatte es nicht vor. Ist das ein Problem?«

»Es macht die Sache ein wenig komplizierter, aber es ist zu schaffen. Warum sind Sie so gern da oben?«

»Meine beste Freundin lebt hier. Und meine Mutter nicht.«

Zum ersten Mal höre ich sie laut lachen. »Ich dachte, es sei vielleicht das Wetter.«

Langsam beginne ich zu denken wie ein Einheimischer, denn es irritiert mich, dass die Leute immer über das hiesige Wetter herziehen. Ich gehe nicht auf Elizabeths Worte ein und sie wird wieder ganz geschäftlich.

»Gut, Wynter, ich will, dass Sie Folgendes tun. Lesen Sie sich die Papiere durch und unterschreiben Sie sie. Es ist eigentlich ganz unkompliziert, aber wenn Sie irgendwelche Fragen haben, rufen Sie mich an. Wenn ich nicht da bin, kann auch Charlene Ihnen helfen. Machen Sie von allem Fotokopien und heften Sie sie ab. Dann senden Sie die Papiere per Express an mich und ich schicke Ihnen ein Formular zum Ausfüllen. Und denken Sie daran, je eher die Sachen bei mir sind, desto eher –«

»Wie lange kann das Ganze dauern? Im schlimmsten Fall?«

»Das hängt alles davon ab, wie kooperativ Ihr Mann

und sein Anwalt sein werden. Ich hoffe, dass wir den Fall nächstes Jahr um diese Zeit ad acta legen können, aber es könnte auch zwei oder drei Jahre dauern. Sogar noch länger, wenn wir vor Gericht gehen müssen.«

»Elizabeth, ich will diese Sache so lange wie möglich hinausziehen.«

Sie zögert kaum merklich. »Wissen Sie, ich glaube, wir könnten es relativ schnell über die Runden bringen und ihn trotzdem fertig machen – finanziell gesehen. Doch je länger es dauert, desto weniger Geld wird da sein, für Sie genauso wie für ihn.«

»Es ist nicht wegen des Geldes. Ich will, dass er sehr genau versteht, was es ihn kostet, sie zu heiraten. Ich will, dass er sehr lange Zeit hat zu entscheiden, ob die Sache das wert ist.«

»Es gibt ein Sprichwort, Wynter: Wer Rache sucht, sollte zwei Gräber graben, eins für das Opfer und eins für sich selbst.«

»Ich bin gewillt, dies in Kauf zu nehmen.«

»Normalerweise ist es nicht meine Art, so zu arbeiten.«

»Ich weiß. Deshalb sage ich es Ihnen ja geradeheraus. Ich möchte gern mit Ihnen zusammenarbeiten und ich würde das Geld lieber Ihnen geben als jemand anders. Aber wenn Sie damit nicht zurechtkommen, werde ich das akzeptieren.«

Ein hörbares Seufzen. »Nun gut. Aber es gibt Grenzen meines Könnens.«

Ich war von dem Gespräch mit Elizabeth so aufgewühlt, dass ich gestern Abend, als ich zur Arbeit ging, vergessen habe, meinen Kopfkissenbezug mit der Schmutzwäsche mitzunehmen. Deshalb muss ich jetzt am Nachmittag ins Wäscheland gehen. Kinder rennen herum wie in einem großen Themenpark, schreien und kleckern Cola auf den Boden. Die Mütter sind tief in ihre Liebesromane versunken, sinnieren über ihrem Scheckbuch oder entwerfen ein neues Tattoo.

Und Mac, über sein Notizbuch gebeugt, ist völlig unempfindlich für das Pandämonium ringsumher.

Ich teile meine Wäsche in drei Haufen, messe sorgfältig das Waschmittel ab und füttere die Maschinen mit Vierteldollarmünzen. Dann lasse ich mich auf den orangefarbenen Plastikstuhl neben Mac fallen.

Sofort schließt er sein Notizbuch.

»Staatsgeheimnisse?«

»Nichts Besonderes.«

Ich erröte. Vielleicht hat er gar keine Lust, sich mit mir zu unterhalten. Vielleicht erwarte ich zu viel. Wir waren einmal miteinander essen, haben einen Nachmittag auf dem Wasser verbracht. Was heißt das schon?

Ich ziehe mein Buch heraus. Mark Twains *Letters from the Earth*.

»Tolles Buch«, sagt er.

»Hast du es gelesen?« Ich ärgere mich über meinen erstaunten Ton.

Mac lacht. »Ja. Gleich nach den Geschichten über lesbische Cheerleader-Vampire.«

»Ich wollte dich nicht …« Meine Stimme klingt steifer als Pappe. Ich schlage mein Buch auf, überblättere das Vorwort bis ich zur ersten Seite komme, wo Gott nachdenklich auf seinem Thron sitzt.

»Ich war noch nie in Kalifornien«, sagt Mac. »Wie ist es da?«

Ich schaue ihn an, erst aus dem Augenwinkel, dann sehe ich ihm direkt in die Augen. »Es ist völlig anders als an jedem anderen Ort.«

»Jeder Ort ist anders als die anderen«, sagt er. »Sogar das langweiligste, allerletzte Loch mitten in der Prärie ist anders als sämtliche anderen langweiligen, allerletzten Löcher.«

Ich schließe das Buch. »Kalifornien ist groß. Ich kenne bei weitem nicht alles.«

»Erzähl mir von dem, was du kennst.«

»Hauptsächlich L. A. Die Küste. High Sierra.«

Mac wendet sich mir zu. »Ich war doch schon mal in Südkalifornien. Auf dem Flughafen in L. A. Sah alles ziemlich braun aus. Wie ist es an der Küste?«

Ich lehne mich zurück. Der Stuhl schmiegt sich an meinen Körper. Die Erinnerung kommt. »Es riecht so gut, der Nebel, der Eukalyptus ... Die Berge sind den ganzen Sommer über golden und im Winter, wenn es regnet, sind sie grün. William Randolph Hearst hat sich da sein Schloss gebaut –« Ich schaue auf das Buch in meinem Schoß. »Eines Tages wirst du wahrscheinlich mal hinfahren. Jeder kommt irgendwann mal nach Kalifornien.«

»Hauptsächlich nach San Francisco und L. A.«

»Und das ist gut so. Hält sie von meinem Lieblingsort fern.«

»Und wie heißt der?«

»Pismo Beach.«

»Was ist daran so besonders?«

»Die Dünen. Riesige Sanddünen. Mein Vater hat mir oft erzählt, wie Cecil B. DeMille 1923 dort Tausende von Arbeitern eine ägyptische Stadt hat bauen lassen für den Film *Die Zehn Gebote*. Dreißig Meter lange Mauern, sogar eine Straße, die mit Sphinxen und Pharaonen gesäumt war. Als der Film abgedreht war, haben sie einfach alles so gelassen, und jetzt liegt die ganze Stadt irgendwo unter dem Sand begraben. Früher habe ich immer gedacht, dass ich eines Tages über einen Hügelkamm laufe, in den Abgrund falle und in einer anderen Welt verschwinde.«

»Als stünde man auf dem Wasser«, sagt Mac leise.

Dann rappelt er sich auf und fängt an, seine Wäsche aus der Maschine zu zerren und in den nächstbesten Trockner zu stopfen. Typisch Mann. Blue Jeans, Flanellhemden und dunkle Socken zusammen mit Handtüchern und weißer Wäsche. Ohne sich umzudrehen sagt er: »Ja, es ist mir egal, ob meine Unterwäsche grau wird oder meine Socken Fusseln von den Handtüchern haben.«

»Ich habe kein Wort gesagt.«

»Das musstest du auch nicht.«

Ich schlage wieder mein Buch auf.

Als der Trockner fertig ist, zieht Mac seine Wäsche heraus, schmeißt sie in eine grüne Armeetasche und beobachtet mit offensichtlichem Vergnügen, wie ich meine Sachen fein säuberlich zusammenfalte und vorsichtig in dem Kissenbezug verstaue. Ich drehe mich um und will mich verabschieden, doch Mac fragt: »Soll ich dich mitnehmen? Ich gebe mir auch Mühe, auf dem Weg zu dir nicht allzu viel Kohlendioxyd in die Luft zu pusten.«

»Kohlenmonoxid.«

Mac schleudert seine Tasche ins Auto, mein Kissenbezug landet auf dem Vordersitz. Nach zwei Fehlzündungen springt der Motor stotternd an und zur Musik von Crosby, Stills und Nash rollen wir durch das düstere Nachmittagslicht.

Mac dreht die Musik lauter. Mein Atem hinterlässt einen kleinen Nebelkreis auf der Scheibe. Das erinnert mich an einen Film, in dem einem Mann ein Spiegel vor den Mund gehalten wird, weil man herausfinden will, ob er noch lebt. Ich würde den Test bestehen. Mac hat etwas gesagt.

»Entschuldige, ich war mit meinen Gedanken woanders.«

»Kommst du heute Abend ins *Bailey's*?«

»Ich bin eigentlich müde.«

»Heißt das nein?«

Als er in die Fourth Street abbiegt, blendet mich kurz eine Lichterkette. »Ich fasse es nicht, dass die immer noch die Weihnachtsdeko draußen haben.«

Mac folgt meinem Blick. »Manche Menschen tun sich schwer damit, etwas loszulassen.«

Ich verschränke die Arme. »Pure Faulheit.«

»Manchmal ist das ein und dasselbe.«

Wir halten vor dem großen grauen Haus. Mac parkt ein, lässt aber den Motor laufen.

»Warst du schon mal da drin?«, fragt er.

»Es ist alles abgeschlossen. Sie wollen bestimmt nicht, dass man drin herumwandert –«

Er lacht. »Da hat aber jemand bei deiner Erziehung ganze Arbeit geleistet.«

Meine Linke umklammert den Kissenbezug fester, während die Rechte den Türgriff sucht. »Danke fürs Mitnehmen.«

»Wyn –« Macs Augen wechseln ständig die Farbe, wie das Meer an einem wolkigen Tag. Jetzt ist die Iris gefleckt wie Bernstein. »Hör mal, ich weiß, dass für dich im Moment alles ein bisschen schwierig ist …« Seine Finger trommeln auf den Hebel der Gangschaltung. »Wenn du einen Freund brauchst, ich bin für dich da.«

Das Tim-Graebel-Syndrom. »Das ist sehr nett von dir.«

»Nichts Besonderes«, sagt er. »Ich will einfach ein Freund sein. Keine Erwartungen.«

Ich sehe forschend in sein Gesicht – keine Ahnung, wonach ich suche. »Okay«, sage ich. »Danke.«

Zwei Wochen und einen Tag nach der Hochzeit klingelt mein Telefon morgens um neun, und ich weiß, noch ehe ich abhebe, dass es meine Mutter ist.

»Hallo, Liebes, ich hoffe, du hast nicht geschlafen. Ich

weiß nie, wann du morgens schläfst und wann nachts. Wir sind gestern am späten Abend zurückgekommen.«

»Nein, ich habe nicht geschlafen. Wie war es auf Hawaii?« Ich nehme an, damit ist der Form bezüglich der höflichen Frage nach der Hochzeitsreise meiner Mutter Genüge getan.

»Es war so schön! Wir hatten eine wunderbare Zeit.« Sie klingt total entrückt.

»Äh, Mom ... wegen der Kisten ...«

»Ich habe sie gefunden. Bist du sicher, dass du die ganzen Fotos und Hochzeitskarten wegwerfen willst?«

»Ja. Aber ich rede von den anderen Kisten. Von denen mit Richards Sachen ...«

»Keine Sorge. Er räumt alles aus deinem Zimmer. Wenn du das nächste Mal nach Hause kommst, wird alles so sein wie immer.«

»Ich meine die ... in der Diele.«

»In der Diele?« Sie zögert. »Es sind keine Kisten in der Diele.«

Ich kann Rod Serlings honigtriefende Stimme förmlich hören. »Wynter Morrison glaubt, sie sei zu Hause bei ihrer Mutter gewesen. Doch sie war in ... Twilight Zone.«

»Oh, dann ... ich wollte die Kisten eigentlich runterbringen. Aber ich muss es wohl vergessen haben.«

»Bist du dir ganz sicher, dass du die ganzen Sachen nicht mehr haben willst?«

»Mom! David kam am Sonntag nach der Hochzeit vorbei. Er hat gesagt, dass er Kelley heiraten will. Ich habe gestern die Scheidungspapiere bekommen.«

Meine Mutter zieht hörbar die Luft ein. »Oh, Liebes, es tut mir so Leid! Dieser Mistkerl! Dieser ...«

Ich lache. »Mom, verschwende nicht deinen Atem. Ich habe eine gute Anwältin. Ich werde es schon schaffen.«

»Es ist nicht nur wegen des Geldes, es ist die Art, wie er ...

Er sollte sich hüten, mir über den Weg zu laufen. Warte nur, bis Barbie herausfindet, dass sie lediglich die Puppe des Monats ist! Er wird dasselbe mit ihr machen, glaub mir.«

»Du siehst nicht gut aus«, sagt Linda. »Ist dir wieder schlecht?«

Ich starre sie an. »Wie kann mir *wieder* schlecht sein, wenn mir noch nie schlecht war? Ich bin nur deprimiert, mehr nicht.«

Linda schnaubt. »Warum solltest *du* denn deprimiert sein?« Ich greife nach einem Stapel Edelstahlschüsseln auf dem obersten Regalbrett über der Spüle. »Nun sag schon.« Ich streife die schweren Topfhandschuhe über meine Hände, hole die Bleche aus dem Ofen, wo die Tagschicht sie zum Trocknen hinterlassen hat, und stelle sie auf die Abkühlgitter. »Du wirst nicht lange Brot backen.« Linda lässt sich nicht beirren. »Dein Mann wird ziemlich bald hier auftauchen und herumschnüffeln. Kannst du mir glauben, das machen sie immer.«

Vor meinem Auge taucht ein Bild von David auf, wie er an meinem Bein schnüffelt. »Zufällig hat er gerade die Scheidung eingereicht«, sage ich unwirsch.

Linda grinst mit all ihren Zahnstummeln. »Du kannst ihm auch noch das Leben zur Hölle machen, wenn du nicht mehr verheiratet bist. Ich hab das auch geschafft.« Der stolze Unterton ist unüberhörbar.

»Und wie hast du das gemacht?«

»Oh, es gibt genug Wege, Frolleinchen. Du nimmst dir einen Anwalt und der kann dir alles sagen. Zum Beispiel über den Unterhalt für die Kinder. Oder das Besuchsrecht.«

»Ich habe keine Kinder.«

»Dann beantrage den Unterhalt für dich. Bei jeder Gehaltserhöhung habe ich seinen Arsch vor Gericht gezerrt.« Ihr Gesicht strahlt Zufriedenheit auf der ganzen Linie aus.

»Aber dein Mann hat getrunken. Hat dich geschlagen. Ich dachte, du wolltest nichts mehr mit ihm zu tun haben.«

»Wollte ich auch nicht.« Linda verdreht angesichts meiner Dummheit die Augen. »Aber ich wollte ihm das Leben zur Hölle machen. Und das habe ich getan. Seit ich ihn rausgeworfen habe, hatte er keine friedliche Minute mehr.«

»Aber du auch nicht«, gebe ich zu bedenken.

Sie lächelt mit grimmiger Zufriedenheit. »Es war jeden einzelnen Augenblick wert.«

Wenn zwischen Mitternacht und sechs Uhr morgens in der Bäckerei das Telefon klingelt, hat sich fast immer jemand verwählt. Für die gelegentlichen Anrufe von schwer atmenden Typen, die wissen wollen, was für Unterwäsche wir tragen, hält Linda eine Trillerpfeife bereit. Lassen wir ihr Trommelfell platzen, meine Liebe. Ich habe immer Angst, dass irgendeiner dieser Perversen die Bäckerei wegen Berufsunfähigkeit verklagen wird, aber das ist wohl eher meine kalifornische Empfindlichkeit.

Als Linda heute Nacht gegen halb eins ans Telefon geht, wappne ich mich innerlich gegen den schrillen Ton, doch ihr Gesicht nimmt den üblichen abweisenden Ausdruck an und sie streckt mir den Hörer hin. Mir rutscht das Herz in die Hose. Es gibt drei Möglichkeiten: Meine Mutter ist todkrank. CM hatte einen Unfall. Mein Haus brennt.

Stattdessen sagt eine männliche Stimme: »Wyn, das gibt's doch gar nicht! Ich habe jede Bäckerei in Seattle angerufen. Ich dachte schon, du seist in einem Zeugenschutzprogramm untergetaucht.«

»Wer ist da?«

»Gary Travers. Ich habe ein paar Tage geschäftlich hier zu tun. Ich dachte mir, ich könnte dich vielleicht morgen Abend zum Essen einladen.«

In Anbetracht unserer letzten und einzigen Begegnung

zögere ich. Vielleicht will er mich zum Essen einladen, um Arsen in meine Suppe zu träufeln.

»Wenn du mir nicht mehr böse bist«, fügt er hinzu.

Es herrscht Totenstille im Raum. Aus dem Augenwinkel sehe ich, dass Linda auf Zehenspitzen herumschleicht. Sie vibriert sichtlich vor Neugier – wie ein Hund mit aufgestellten Ohren und zitternden Barthaaren.

»Natürlich nicht.«

»Morgen Abend dann? Gegen sieben?«

»Gern.« Ich erkläre ihm den Weg zu meinem Haus, hänge ein und öle dann weiter die Formen für die Rosinenzimtwecken ein. Linda steht kurz vor einem Schlaganfall.

»War das dein Ex?«

»Nein.«

Schweigen, bis auf das Rascheln des Pinsels und das rhythmische Schlagen der Knetmaschinen. »Du weißt, dass du am Arbeitsplatz keine Privatgespräche führen darfst, nicht wahr?«

Ich lächle. »Entschuldigung. Das würde ich normalerweise auch nicht tun, aber es war mein Bruder.«

»Dein Bruder?«

»Er lebt in San Francisco und ist geschäftlich hier. Wir haben uns nicht mehr gesehen, seit unsere Eltern geheiratet haben ...«

»*Seit eure Eltern geheiratet haben*?«

»Deshalb wollen wir morgen Abend zusammen essen gehen. Familiengeschichten austauschen.« Ich schiebe das Tablett mit den geölten Formen über den Tisch, ziehe die schwarze Kladde heraus und tue so, als würde ich das Rezept für Käsebrot lesen.

Canlis ist ein Restaurant, das meinem Vater gefallen hätte. Es schwebt am südlichen Ende der Aurora Bridge über dem Lake Union. Drinnen ähnelt es dem Inneren einer Christbaumkugel, die im Dunkeln hängt, während ringsum Lichter schimmern, die man leicht für Kerzen oder Sterne halten könnte. Auch die Zeit scheint hier stehen geblieben zu sein – ein Nachtclub im alten Stil, berühmt für seine Schlachtplatten mit rohem Fleisch und prämiertem Cabernet. Die Kellnerinnen tragen alle einen Kimono, was mir merkwürdig vorkommt, doch sie bewegen sich sicher darin und scheinen eher zu schweben als zu laufen.

Wir sind zu früh dran, deshalb setzen wir uns in die Pianobar, trinken Wodka-Martinis und beobachten die Vertreter und ihre Kunden, die hier offenbar in der Mehrheit sind. Ich mag eigentlich keinen Wodka, aber ich liebe das warme Gefühl, wenn er die Kehle hinunterrinnt. Und die Oliven.

Nach ein paar Schlucken nehme ich all meinen Mut zusammen und sage: »Ich muss es wissen. Was ist mit den Kisten von deinem Vater passiert, die ich die Treppe hinuntergeworfen habe?«

Gary ist seit der Hochzeit beim Friseur gewesen und er sieht angenehm älter aus, nicht mehr wie ein Flüchtling von der Partridge Farm. »Ich habe sie wieder zugeklebt und ins Arbeitszimmer gestellt.«

»Du bist deswegen extra zurückgekommen?«

Gary zuckt beinahe verlegen mit den Schultern. »Ich fand, es sei für alle Beteiligten leichter, wenn sie kein Chaos vorfinden.«

»Das war wirklich nett von dir. Zum Glück war ich zu betrunken, um alle runterzustoßen. Ich komme mir so albern vor!«

»Das musst du nicht. Ich verstehe, warum du es getan hast.« Damit hat er mir etwas voraus. Er streicht eine Locke seines dicken, braunen Haars aus der Stirn und lächelt. »Und jetzt bin ich dran. Warum hast du mich diesem Typ als Howards Sohn vorgestellt?«

Ich verschlucke mich beinahe an einer Olive. »Ich weiß, dein Vater ist ein großartiger Mensch, aber er hat mich einfach an – hast du mal *The Fountainhead* gelesen?«

Gary bricht in Gelächter aus, was das Paar neben uns irritiert. »Ein Mann aus Granit, Häuser aus Stahl. Oder umgekehrt. Nur dass Howard Roark rote Haare hatte.«

»Ich fand immer, dass das ein Fehler war.«

»Stimmt. Männer aus Granit sollten keine Karottenköpfe haben.« Gary trinkt sein Glas leer und lehnt einen weiteren Drink ab. »Und jetzt erzähl mal, Wynter Morrison, was du hier machst.«

»Brot backen.« Ich rühre konzentriert das Eis in meinem Glas um.

»Das meinte ich nicht.« In dem Moment kommt die Bedienung und führt uns zu unserem Platz. Nachdem Gary den Wein bestellt hat und niemand mehr um uns herumschwirrt, sagt er: »Zurück zu meiner Frage.«

Ich sehe ihn über die Speisekarte hinweg an. »Gary, so wie ich meine Mutter kenne, bin ich mir ziemlich sicher, dass du bereits mehr über mein Leben gehört hast, als du je wissen wolltest.«

Er lächelt mich mit seinem Schlafzimmerblick an. »Ich habe einiges gehört, aber längst nicht alles, was ich wissen will.«

»Die Kurzfassung ist, ich lebe getrennt und mein Mann hat gerade die Scheidung eingereicht. Und du? Du wohnst in San Francisco, stimmt's?«

»In Larkin, Marin. Und glaub ja nicht, ich hätte diesen abrupten Themenwechsel nicht bemerkt. Ich bin geschieden. Morgen ist es ein Jahr her. Aber meine Exfrau und ich sind gute Freunde.«

»Wie angenehm.«

»Stimmt. Aber wir haben zwei Kinder, das macht die Sache leichter.«

»Wie alt sind sie?«

»Mein Sohn ist acht. Er heißt Andrew. Mein kleines Mädchen, Katie, ist zehn.«

»Du bist kein Architekt, oder?«

»Ich parke Autos.«

»Wie bitte?«

Er grinst. »Ich habe eine kleine Firma. Parkservice bei Events und geschäftlichen Veranstaltungen.«

»Und was machst du hier?«

»Das Unternehmen vergrößern. Ich umwerbe jetzt seit ungefähr sechs Monaten einige hiesige Kunden. Seattle ist eine seltsame Stadt. Die Leute hier mögen Fremde nicht besonders.«

»Besonders keine Kalifornier.« Ich lächle.

»Das habe ich gemerkt. Aber es sieht so aus, als würden ein oder zwei Kunden endlich anbeißen. Dann werde ich vermutlich hier oben alle zwei bis drei Wochen zur Plage.«

Die Kellnerin im Kimono ist wieder da, um unsere Bestellung aufzunehmen. Als sie geht, schiebe ich angelegentlich das Besteck an den richtigen Platz.

»Wyn.« Ich habe keine Wahl, ich muss ihn ansehen. »Es tut mir Leid, wenn du dich in meiner Gegenwart unwohl fühlst. Das ist ganz und gar nicht meine Absicht.« Garys goldbraune Augen gucken unglaublich treuherzig.

»Aber so ist es doch gar nicht.« Ich spiele nervös mit der Kette meiner Handtasche. »Ich bin nur ... nicht daran gewöhnt. Ich meine, ich bin noch nicht mal geschieden. Die ganze Situation kommt mir so seltsam vor!«

Gary berührt mit zwei Fingern leicht meine Hand und zieht sie dann sofort wieder zurück. »Glaub mir, ich weiß genau, was du meinst. Ich habe das auch alles durchgemacht. Gleichzeitig muss ich dir allerdings ...«

»Sir?« Der Sommelier präsentiert mit großer Geste den Wein und wir müssen das ganze Ritual zelebrieren, mit

Riechen und Probieren und allem Drum und Dran. Gary widmet jedem einzelnen Schritt seine volle Aufmerksamkeit, konzentriert, mit Ruhe – doch offenbar ohne unser Gesprächsthema zu vergessen.

»Gleichzeitig muss ich dir allerdings sagen, dass ich mich sehr zu dir hingezogen fühle.« Pause. »Ich glaube, es lag an der dominanten Art, mit der du mich in die Küche geschickt hast.«

Ich lache und in diesem Moment weicht eine ganze Menge Spannung. »Das war die Hancock-Park-Schlossherrin in mir.«

»Sie steht dir gut.«

»So gut nun auch wieder nicht, hoffe ich.«

Das Essen ist gut, die Unterhaltung angenehm, nicht zu tiefschürfend, obwohl Gary eine gewisse Zielstrebigkeit ausstrahlt, die mich wachsam sein lässt. Er ist kein Mann, der irgendetwas nebenbei tut. Als wir fertig sind, bin ich entspannt genug, um einem Kognak an der Bar zuzustimmen.

Gary erzählt von seinen Kindern. Er und seine Frau haben das gemeinsame Sorgerecht.

»Wie funktioniert das?«

»Eine Woche sind sie bei mir und eine Woche bei Erica.«

»Ist dieses Hin und Her nicht schwierig für sie? Was ist mit der Schule?«

»Sie sind auf einer Privatschule, dadurch ist es kein Problem.« Im Geiste rechne ich zusammen, was eine Privatschule in Marin für zwei Kinder kostet. »Wir haben ihre Zimmer in beiden Häusern möglichst gleich eingerichtet, damit der Wechsel nicht zu einschneidend ist. Alles ist doppelt da. Wir versuchen, das Ganze für die beiden so stressfrei wie möglich zu gestalten.«

»Und was ist mit euch beiden?«

Die Fältchen um Garys Augen und in den Mundwinkeln rühren bestimmt nicht nur vom Lachen her. »Wir können besser damit umgehen als die beiden. Trotzdem ist es schwer, das streite ich nicht ab. Manchmal, wenn ich von einem Ende der Bucht zum anderen fahre, denke ich, es wäre vielleicht klüger, wenn wir alle in einem großen Haus lebten. Oder wenn wir Eigentumswohnungen in demselben Gebäude hätten. Aber dann hätten wir wahrscheinlich andere Probleme.«

Mittlerweile gehen wir langsam meine Kies-Einfahrt entlang. »Ich bin froh, dass du angerufen hast. Es hat mich gefreut, dich wieder zu sehen.«

»War die Freude vielleicht so groß, dass du mich am Freitag noch mal sehen willst?«

»Gary ...«

»Bin ich zu schnell? Das ist eine schlechte Angewohnheit von mir.«

»Nein, das ist es nicht. Ich bin nur ... im Moment lebe ich einfach irgendwie provisorisch.«

»Ich verstehe.«

Ich fische den Schlüssel aus meiner Tasche und stecke ihn in das Schloss. Ich bin mir überdeutlich bewusst, dass Gary direkt hinter mir steht, näher als nötig, näher, als ich es will, aber die Hitze, die sein Körper ausstrahlt, zieht mich an. Ich will mich an ihn lehnen. Ich weiß, dass er mich küssen wird, wenn ich mich jetzt umdrehe. Ich drehe mich um und er küsst mich.

»Das war doch gar nicht schlecht, oder?« Gary hält immer noch mein Gesicht in den Händen. Seine Augen sind tief, aber sanft. Wenn ich darin ertrinke, wird es wenigstens angenehm sein.

»Ich bin mir nicht sicher. Vielleicht sollten wir es noch einmal versuchen.« Die plötzliche Erkenntnis, dass es schon ewig her ist, seit mich jemand so geküsst hat, verstärkt mein Begehren und bricht meinen Widerstand wie ein Verräter von innen her auf. Man vergisst, wie dieser kleine elektrische Funke über den Körper tanzt, vergisst die sympathische Unbeholfenheit von Nase und Kinn, die Zartheit von Wimpern, die glatte Weichheit einer frisch rasierten Wange.

Gewaltsam reiße ich mich schließlich los. »Ich muss zur Arbeit«, bringe ich heraus. *Jetzt eine kalte Dusche.* »Wie viel Uhr?«

Gary schaut auf seine Uhr. »Halb elf.«

»Ich meine Freitag. Wann treffen wir uns?«

Vierzehn

Es ist jetzt eine Woche her und CM hat nicht zurückgerufen. Nun, vielleicht ist sie nicht in der Stadt, aber das hat sie noch nie davon abgehalten, zum Hörer zu greifen. Sie könnte immer noch sauer auf mich sein, aber das bezweifle ich. Sie ist eigentlich nicht nachtragend. Wenn sie sauer ist, explodiert sie, beruhigt sich wieder und das war's. Also kann es nur wegen Neal sein. Entweder war ihre Wiedervereinigung ein totales Desaster und CM ist zu deprimiert, um darüber zu reden, oder es war total irre, und er ist immer noch da.

Als sie mich am Donnerstagnachmittag anruft, höre ich an ihrer Stimme, dass Letzteres der Fall ist. »Entschuldige, dass ich nicht eher angerufen habe. Ich würde gern auf dem Heimweg bei dir vorbeikommen. Wenn du nicht zu beschäftigt bist.«

»Na, dann lass mich mal auf meinen Terminkalender gucken. Ups! Ich habe heute meine Flugstunde bei Harrison Ford.«

»Wir können uns unterhalten, während du den Fallschirm einpackst.«

Als CM hereinspaziert, hole ich gerade mein neuestes Brotexperiment aus dem Ofen – mit einer leckeren Kruste und golden gebacken erfüllt es das Haus mit seinem süßen Geruch nach frisch geröstetem Mais.

»Du solltest deine Tür nicht immer offen lassen.«

»Dann könntest du doch nicht hereinplatzen, wann du willst.«

CM lässt ihre Tasche auf den Futon fallen. »Himmel, riecht das gut. Was ist das?«

»Maismehl-Hirse-Brot. Wenn du lieb bist, darfst du es vielleicht probieren.«

Sie umarmt mich. »Hast du dich von der Hochzeit erholt?«

»Ja. Und gerade rechtzeitig. Ich habe die Scheidungspapiere bekommen. Hast du dich von Neal erholt?«

»O Gott.« Sie wird tatsächlich rot. »Ich benehme mich wie ein blöder Teenager, während du dich mit Scheidungspapieren rumschlägst. Ich komme mir so mies vor ...«

»Ich bin noch jung. Ich werde drüber wegkommen. Also, erzähl schon!«

»Es war unglaublich.«

»Ich meine nicht den Sex.«

»Ich auch nicht, ich meine alles. Wir haben das ganze Wochenende geredet und er hat seinen Flug storniert und ist bis gestern geblieben. Ich glaube, er hat seit dem letzten Herbst eifrig seine Seele erforscht. Er fühlte sich wertlos, weil er diesen Job verloren hatte, und hat es an mir ausgelassen ... aber jetzt hat er es anscheinend kapiert.«

»Anscheinend?«

»Ich glaube es zumindest. Wie auch immer, er hat mich gefragt, ob ich es noch mal mit ihm versuchen will, und ich habe ja gesagt. Er zieht in zwei Wochen wieder hierher.«

»In eine eigene Wohnung?«

»Na ja ... nein. Warum sollten wir das tun?«

»Vielleicht, um herauszufinden, wie es läuft?«

»Es wird gut gehen«, sagt CM fest. »Sein Dissertationsthema ist vom Komitee akzeptiert worden und er muss nur noch schreiben.«

»Wird er sich einen Job suchen?«

»Ja, ich bin sicher, er findet was. Als Tutor, oder vielleicht kann er in einer Privatschule unterrichten.«

Ich beiße mir auf die Zunge, um mir eine Gemeinheit zu verkneifen, obwohl ich genauso gut alles sagen könnte, weil CM sowieso weiß, was ich denke.

»Er wird nie ein Karrieretyp sein«, sagt sie.

»Mir gefällt nur der Gedanke nicht, dass er auf deine Kosten lebt.«

»Ich hätte nichts dagegen, ihn zu unterstützen, solange er seine Dissertation schreibt.« CM geht in Verteidigungshaltung. »*Wenn* es so überhaupt laufen sollte.«

»Ich weiß und ich bin sicher, er nutzt dich nicht mit Absicht aus, aber ... manchmal ...«

»Manchmal was?«

»Nichts. Du bist klug genug, um zu wissen, was du tust. Und ich bin mit Sicherheit die Falsche, um dir gute Ratschläge zu erteilen.«

»Jetzt erzähl endlich mal, was David gesagt hat! Natürlich nur, wenn du willst.«

»Ach, die Geschichte wird langsam langweilig. Der Kernpunkt ist – wir haben uns beide verändert. Wir haben nicht mehr offen miteinander geredet. Wir haben uns miteinander nicht mehr wohl gefühlt. Und in der ganzen Zeit war Kelley jeden Tag mit ihm zusammen. Lag sozusagen mit ihm im Schützengraben. So hat er es, glaube ich, ausgedrückt.«

CM lacht spöttisch auf. »Im *Schützengraben*? David hat so etwas Ähnliches wie einen Schützengraben doch höchstens gesehen, als die Eisenbahngesellschaft die Highlands umgegraben hat!«

Ich lache, bis mir die Tränen kommen, und das ist gut,

denn sonst wären es vielleicht echte Tränen. »Aber das Spannendste habe ich dir noch gar nicht erzählt! Ich hatte ein Date.«

»Wirklich? Mit wem?«

»Ta-ta: mit meinem neuen Stiefbruder.«

»Irre. Das finde ich toll.«

»Es ist ein seltsames Gefühl. Er heißt Gary.«

»Das ist wirklich gut für dich. Du brauchst einen Mann für ein Intermezzo. Um dich sozusagen wieder in die richtige Schwingung zu bringen. Wie ist er?«

»Irgendwie süß. Sehr nett.«

»Das ist alles?«

»Ich weiß nicht recht. Ich lasse es dich nach Freitag wissen.«

»Lebt er hier?«

»Nein, in Marin.« CM verdreht die Augen. »Er ist nur geschäftlich hier.«

»Was macht er denn?«

»Autos parken.«

»Wie bitte?«

»Er hat eine kleine Firma, die einen Parkservice anbietet.«

»Wahrscheinlich hat seine Mutter immer 77 *Sunset-Strip* angeguckt, als sie mit ihm schwanger war.«

»Am Dienstag hat er mich ins *Canlis* ausgeführt, aber ich weiß noch nicht, wo wir Freitag hingehen. Vielleicht bestellen wir einfach den Zimmerservice.«

CM zieht eine Augenbraue hoch. »Sei bloß vorsichtig. Denk dran, er ist der Mann für ein Intermezzo.«

»Klingt wirklich vorsintflutlich.«

»Und vergiss nicht, einen Regenmantel für seinen kleinen Soldaten mitzunehmen.«

Die erste Ladung Maismehl-Hirse-Brot schmeckt gut, doch beim Zerschneiden zerkrümelt es, als hätte ich Maisbrot mit Backpulver gebacken. Nicht genug Gluten.

Ich versuche es noch einmal, halbiere das Maismehl, füge noch eine Tasse Weizenvollkornmehl hinzu und mahle die Hälfte der Hirse mit der von Hand betriebenen Getreidemühle in der Bäckerei. Das Ergebnis befriedigt mich schon eher – irgendwie ist das Brot weicher und trotzdem knusprig durch das Maismehl und die Hirse. Für eine getoastete Scheibe von diesem Brot könnte man sterben, besonders, wenn sie dick mit gesalzener Butter und ein wenig Honig bestrichen ist.

Ich bringe Linda etwas davon mit und sie gibt widerstrebend zu, dass es gut ist. »Zu Hause kannst du mit diesem Zeug experimentieren, so lange du willst«, sagt sie in warnendem Tonfall, »aber du kannst dir gleich aus dem Kopf schlagen, dass sich hier irgendwas ändert.«

»Ich würde nicht mal davon träumen, auch nur einen Teelöffel von irgendetwas aus dem geheiligten schwarzen Ordner zu ändern.« Wie eine Mauer steht Linda da.

»Ich kapiere sowieso nicht, warum du an deinen freien Tagen auch noch mit Brot rummachst.« Sie steht da, die Hände in die Hüften gestemmt, die Lippen zu einer dünnen Linie zusammengepresst. Ihre Blicke huschen wachsam hin und her, als wäre Brotbacken zu Hause eine verbotene Tätigkeit, die sie nur zu gern der Gewerkschaft melden würde.

Mir schießt durch den Kopf, dass ich sie austricksen könnte, indem ich einfach Ellen von meinen Broten probieren lasse und sie frage, ob wir es nicht mal damit versuchen wollen. Vielleicht nur an den Samstagen. Aber es ist schon schwer genug mit Linda. Sie zu übergehen würde die Situation nur noch verschärfen.

Gary und ich verabreden uns in der Bar des Edgewater-Hotels, für den Fall, dass es bei ihm später wird, doch er sitzt bereits an einem Tisch in der Nähe des Kamins und sein Gesicht strahlt, als er mich sieht. Ich bin solch eindeutiges Entzücken allein bei meinem Anblick nicht mehr gewohnt.

Als er aufsteht, um mich auf die Wange zu küssen, hüpft mein Magen ein wenig aus Protest, doch dann beruhigt er sich wieder. Das ist in Ordnung. Das darf ich. Gary macht mir ein Kompliment über mein Aussehen und ich bin kurz davor, »Wie bitte?« zu sagen, nur, um es noch einmal zu hören.

»Was möchtest du trinken?«, fragt er. Er trägt ein sportliches Tweedjackett mit Lederflicken auf den Ellbogen. David hätte so etwas im Leben nicht angezogen.

»Einen Chardonnay, bitte.«

Es dauert ein paar Minuten, bis Gary den Kellner auf uns aufmerksam machen kann. David hatte so etwas gar nicht erst nötig. Um ihn war immer eine Aura, die das gesamte Dienstpersonal dazu brachte, um ihn herum zu flattern und auf Anweisungen zu warten. Warum, zum Teufel, kann ich diese Gedanken nicht abschalten? Werde ich mit siebenundachtzig im Altersheim im Bett sitzen und immer noch darüber nachdenken, wie David mit Kellnern umgegangen ist?

Nachdem Gary den Wein bestellt hat, erzählt er mir, dass seine Verhandlungen besser gelaufen sind als erwartet.

Ich lächle. »Das ist schön.«

»Das finde ich auch. Es bedeutet nämlich, dass ich in drei Wochen abermals herkommen muss.«

Ich glaube, an dieser Stelle erwartet er mehr Begeisterung von mir. Als ich nichts sage, legt er seine Hand über meine. Ganz sanft. Ich spüre es kaum.

»Ich hatte gehofft, du würdest dich freuen.«

»Ich freue mich auch. Wirklich. Ich bin nur etwas ... nervös.«

»Das ist ganz normal. Aber ich wünschte, ich könnte irgendetwas tun, damit es leichter für dich wird.«

Ich lache. »Männer wollen immer etwas *tun*. Manchmal muss man einfach nur still sitzen, bis sich die Dinge von selbst entwickeln.« Ich entziehe ihm meine Hand und greife nach dem Weinglas.

Gary sagt: »Kurz bevor ich in die Bar gekommen bin, habe ich mit Andrew und Katie gesprochen.«

Es dauert einen Augenblick, bis mein Gehirn schaltet und ich verstehe, dass er über seine Kinder redet. »Wie geht es ihnen?«

»Sie sind bei Erica, meiner Exfrau. Katie hatte heute Nachmittag Cheerleader-Training und Andrew hat mit seinem Physikprojekt den ersten Preis in der Schule gewonnen und tritt jetzt im Bezirk an.«

»Du bist sicher ziemlich stolz auf sie.«

Gary senkt den Blick, dann schaut er mich wieder an. »Das ist wahrscheinlich schwer zu verstehen, wenn man keine Kinder hat. Ich bin einfach immer begeistert, wenn sie was Neues machen. Manchmal könnte ich stundenlang von ihnen erzählen ... Aber ich will dich nicht langweilen.«

»Ich langweile mich nicht.« Im Geiste höre ich CM. *Lügnerin.*

»Willst du auch irgendwann Kinder haben?«

»Das wollte ich noch nie.«

»Oh. Aus einem bestimmten Grund?«

»Nein. Ich finde einfach, manche Frauen sind dazu bestimmt, Mutter zu sein, und andere nicht.«

»Ich glaube, du wärst eine großartige Mutter.«

»Wie kommst du da drauf?«

Gary zuckt die Achseln. »Ich weiß nicht. Du scheinst einfach eine so ...«

Jetzt muss ich lachen.

»Nein, wirklich. Du bist warmherzig, fürsorglich …«

»Ich bin egoistisch und verwöhnt.«

»Das bist du nicht.«

»Und sehr ungeduldig.«

»Du bist lebhaft und interessant …«

»Jetzt übertreibst du, Gary. Außerdem kann ich nicht gut mit Kindern umgehen.«

»Wenn du welche hättest, könntest du es. Oder wenn du meine kennen lernst …«

»Oh, nein. Daran brauchst du keinen Gedanken zu verschwenden. Nicht einmal rein hypothetisch. Ich habe schon immer geglaubt, dass das Leben sozusagen vorbei ist, wenn man Kinder hat.«

»Das stimmt nicht. Eigentlich fängt es dann erst an.«

»Männer können das sagen, weil sie nicht zu Hause bleiben und sich mit den kleinen Biestern rumschlagen –«

»Ich tue das.« Plötzlich wird Gary ernst.

»Entschuldige. Die *meisten* Männer.«

Der Pianist setzt sich an den Stutzflügel und schlägt seine Noten auf. Gary sieht auf die Uhr. »Wir sollten gehen. Ich habe einen Tisch in der *Dahlia Lounge* reserviert.«

Das *Dahlia* ist ein hübsches, romantisches Lokal, wenn auch klein, überfüllt und laut. Die Wände sind dunkel gestrichen und die Nischen werden von Lampen beleuchtet, die exotisch aussehende Papierfische darstellen. Die Kellner sind zurückhaltend, aber aufmerksam. Ich taue auf, nehme mir sogar die Freiheit, meinem Stiefbruder in die hübschen Augen zu schauen. Er spürt das und legt den Arm auf die Lehne der Bank, sodass seine Finger gerade eben meine Schulter berühren. Ich muss mir ein Kichern verkneifen. Gary sieht mich an, als würde ich gleich mein Kinn senken und ihm in die Hand beißen.

»Wie lange warst du mit David verheiratet?«

»Sieben Jahre.«

»Wie ist er so?«

»Oh … er sieht gut aus, ist charmant, klug und erfolgreich.«

»Hört sich an, als sei er der ideale Ehemann.«

»Meine Oma hat immer gesagt, ›Wenn etwas zu gut klingt, um wahr zu sein, dann ist es wahrscheinlich auch so‹. Und du? Wie lange warst du mit Erica zusammen?«

»Elf Jahre.« Er lächelt, doch seine Augen sehen traurig aus.

»Sie fehlt dir, oder?«

»Mir fehlt die Familie, so wie sie früher war. Nachdem Erica wieder angefangen hat, Jura zu studieren, war allerdings nichts mehr so wie früher.«

»Ein Jurastudium ist sicher ziemlich anstrengend.« Ich stelle mein Glas ab und lehne mich an ihn, nur um seinen Atem an meiner Wange zu spüren.

»Das weiß ich auch.« Gary schüttelt den Kopf. »Ich habe von Anfang an nicht verstanden, warum sie studieren will. Sie hat als Anwaltsgehilfin gut verdient. Oder warum sie nicht warten konnte, bis die Kinder älter sind.«

»Es muss sehr wichtig für sie gewesen sein«, sage ich freundlich. »Ein Jurastudium fängt man nicht einfach zum Spaß an.«

»Eine Ehe auch nicht.«

Ich weiß, was er in Wahrheit meint, als er mich nach dem Essen fragt, ob wir im Edgewater Hotel noch etwas trinken wollen, und ich sage ja. In der Lobby werfen wir keinen einzigen Blick in Richtung Bar, sondern gehen zielstrebig zu den Aufzügen. Wir sind die Einzigen im Lift und Gary zieht mich in seine Arme. Er schmeckt nach dem Rotwein, den wir zum Essen getrunken haben, und nach dem Nachtisch. Sein Rasierwasser gefällt mir – es ist ein anderes als das, welches David benutzt. Mein erstes bewusstes Gefühl ist Erleichterung. Das zweite Dankbarkeit. Plötzlich ist alles wieder da – wie es sich anfühlt, wenn ein Mann einen begehrt. Wie nervend die Verzögerung ist, nur weil er sich nicht sicher ist, ob er wieder aufhören kann, wenn er einen einmal berührt hat. Sie ist wie eine Droge, diese Berührung.

Aber dieser Mann kann aufhören und er tut es. Mit offensichtlicher Anstrengung fasst er mich an den Schultern. »Wyn ...« Sein Atem kommt stoßweise. »Ich will dich nicht drängen.«

Wenn er wüsste, dass ich kurz davor bin, ihn im Lift zu vergewaltigen!

Noch ehe sich die Tür von Zimmer 324 hinter uns schließt, zerre ich bereits sein Hemd aus der Hose. Er schiebt mir die Jacke über meine Schultern, küsst meinen Hals, mein Ohr, mein Haar. Die Jacke fällt zu Boden und wir haben es beide so eilig, ins Bett zu kommen, dass wir einfach drübertrampeln. Auf einem Video würden wir als Amerikas komischstes Paar durchgehen. Zwischen Küssen und den Versuchen, uns unserer Kleidungsstücke zu entledigen, verheddern wir uns immer wieder in Pulloverärmeln und Hosenbeinen.

Endlich kapiert er, wie der Verschluss meines BHs funktioniert.

»O Gott, wie ich dich begehre«, murmelt Gary in mein Ohr. »Ich will nur nicht, dass es zu schnell geht.«

Ich schaue in seine schläfrigen Augen, die jetzt schokoladenbraun vor Lust sind. »Ich schon. Dann können wir es nämlich noch mal machen.«

Gary vergräbt seinen Kopf an meinem Hals und wir lachen beide.

Es ist so leicht, beinahe vertraut ... Mein Körper scheint sich an seinen aus einer anderen Zeit zu erinnern, er kennt seine Hände, seinen Mund. Er ist intensiv, bestimmend, offensichtlich daran gewöhnt, die Führung zu übernehmen, und ich bin glücklich, schwimme einfach auf den Wellen meiner Gefühle. Dies alles erinnert mich irgendwie an Surfen, nur dass ich mit jeder Welle weiter hinaus ins dunkle Wasser getragen werde anstatt auf die Küste zu. Er redet, während wir uns lieben, fragt mich, was gut ist, sagt mir, wie ich ihn berühren soll. Jedesmal, wenn ich erwarte, dass er in mich eindringt, zieht er sich wieder zurück und fängt von vorn an.

Meine Finger spielen mit seinen weichen, dichten Haaren. »Du schaffst es noch, dass ich dich anflehe, endlich zu mir zu kommen.«

Er lächelt, bewegt seinen Körper über mir.

Das Telefon klingelt – wahrscheinlich ein- oder zweimal, ehe ich es wahrnehme.

Ich flüstere: »Geh nicht dran.«

Gary versucht es. Wirklich. Ich sehe, wie er mit sich ringt.

Dann sagt er: »Es könnten die Kinder sein.«

Er ist verlegen, hin und her gerissen, entschuldigt sich. Aber er rollt von mir runter und hebt den Hörer ab. »Ja? Erica! Was ist los?« Er seufzt leise. »Na ja, ich ... ich habe doch vorhin mit ihnen telefoniert – nein, schon gut. Nein, ich bin nicht beschäftigt. Natürlich will ich ihnen gute Nacht sagen.«

Er spricht geduldig mit den Kindern – nein, es ist mehr. Er ist mit ganzem Herzen dabei. Erst redet er mit Andrew über sein Physikprojekt. Ein Lächeln huscht über Garys Gesicht, doch es ist ein ernstes Gespräch von Mann zu Mann über Noten. Dann über Haarschnitte. Andrew findet offenbar, er müsse nicht zum Friseur, seine Mutter findet doch.

Sie muss es gewusst haben. Als er vorhin mit ihnen gesprochen hat, hat er bestimmt erwähnt, dass er mit jemandem essen geht. Mit der Intuition, die in Wirklichkeit eine hohe Form von Logik ist, wusste sie, dass dieser Jemand eine Frau ist.

Dann ist Katie an der Reihe. Die Cheerleader-Prinzessin. Garys Tonfall ist neckend, schmeichelnd. Ich betrachte ihn, wie er zusammengerollt auf der Seite liegt. Nackt, bis auf seine schwarzen Socken. Die Titan-Rakete ist zu einer Miniaturgurke geschrumpft, die schlaff auf seinem Bein liegt. In einem Moment der Klarheit sehe ich eine Welt, von der ich immer wusste, dass sie existiert, mit der ich allerdings noch nie in Berührung gekommen bin. Diese Welt beinhaltet Telefonanrufe von Erica um sechs Uhr früh, weil sie Gary daran erinnern will, dass er an der Reihe ist, Andrew zum Fußballtraining zu fahren. Und dann zwei süße, ernste, sommersprossige Gesichter, die lächelnd zu mir aufschauen. *Du bist nicht meine Mutter. Du kannst mir nicht sagen, was ich tun soll.* Romantische Abendessen bei *Chuck E. Cheese Pizzas*. Windpocken. Weggelaufene Haustiere wie Boa constrictors. *Meine Mutter lässt mich MTV sehen, wann ich will.*

Gary hat aufgelegt und sieht mich unglücklich an. »Es tut mir Leid.«

»Schon okay.« Ich beuge mich vor, um ihn auf die Wange zu küssen. »Ich muss mich langsam für die Arbeit fertig machen.« Ich befreie mich mit so viel Würde von der Tagesdecke, wie eine nackte Frau aufbringen kann.

Ich hebe meinen BH und meinen Pullover und meine Hose auf. Ich lege die Jacke auf das Fußende des Bettes, nehme die übrigen Kleidungsstücke mit ins Bad und drehe die Dusche an.

Der Wind dringt durch meine Jacke. Ich haste die Gasse zum Hintereingang der Bäckerei hinunter und sinne über meine fehlgeschlagene Verwandlung von der verlassenen Ehefrau zur fröhlichen Geschiedenen nach. Gary hatte darauf bestanden, mich den Berg hinaufzufahren und hat sich die ganze Zeit entschuldigt. Er sagte so oft: »Es tut mir Leid!«, dass ich ihm am liebsten mit meinem Schal den Mund gestopft hätte. Er sagte, dass er mich wieder sehen wolle, wenn er Ende des Monats kommt. Ich stimmte zu, aber mein Bauch ist damit nicht ganz zufrieden.

Ich klopfe an die Hintertür, trete von einem Fuß auf den anderen, um mich warm zu halten. Linda muss im Lager oder im Bad sein. Ich klopfe wieder. Lauter. Sie kommt immer noch nicht. Verdammt, Linda! Leg dich heute Nacht nicht mit mir an. Dazu bin ich nicht in der Stimmung. Ich nehme meinen Rucksack ab, wühle in der Tasche mit dem Reißverschluss, bis ich den Anhänger mit dem Schlüssel zur Bäckerei in den Fingern habe.

Drinnen brennen nur ein paar Lampen. Kein einziger Mehleimer steht in der Backstube. Genau genommen steht gar nichts in der Backstube. Der Arbeitstisch ist leer.

»Linda?« Keine Antwort. Ein merkwürdig unwohles Gefühl beschleicht mich. »Linda?«

Ich schließe die Tür hinter mir ab, gehe ein paar Schritte in den Raum und dann höre ich etwas – keine richtigen Worte, eher eine Mischung aus Stöhnen und Grunzen. »Linda, wo bist du?« Weil ich vergessen habe, das Licht einzuschalten, stolpere ich über ihren Fuß, ehe ich ihn sehe. Linda bellt irgendetwas Unverständliches.

Sie hockt an der Wand neben den Öfen, blockiert den engen Durchgang zum Lager. Mit geschlossenen Augen und offenem Mund, aus dessen Winkel ein langer Speichelfaden hängt. Sie atmet laut und mühsam. »Linda, bist du krank?« Als ich mich hinabbeuge, steigt mir der bittere Geruch nach Wacholder in die Nase. Linda ist völlig betrunken. Kurz davor, bewusstlos zu werden. Neben ihr liegt eine offene Flasche, doch die muss bereits leer gewesen sein, als sie sie umgeworfen hat, denn auf dem Boden ist nichts zu sehen.

Sieht so aus, als würde *ich* heute Nacht das Brot backen. Aber was soll ich mit Linda tun?

Im Lager finde ich zwei Segeltuchplanen. Damit baue ich auf der anderen Seite des Ofens ein kleines Nest. Sie dorthin zu schaffen wird nicht leicht sein. Linda ist nicht besonders schwer, aber sie ist ein totes Gewicht. Schließlich fällt mir wieder ein, was man uns bei den Pfadfindern beigebracht hat, wenn es einen Verletzten zu transportieren gilt. Ich breite eine der Planen neben ihr aus und indem ich mich wie ein Schuhlöffel zwischen sie und die Wand quetsche, gelingt es mir, sie darauf zu rollen. Zu diesem Zeitpunkt ist sie bereits bewusstlos und es ist, als versuche ich, einen gestrandeten Wal von der Stelle zu bekommen. Zum Glück merkt sie nichts, deshalb stütze ich mich an der Wand ab und schubse sie mit den Füßen vorwärts. Endlich liegt sie neben dem Ofen. Ich werfe meinen Mantel über sie, entsorge die Flasche und fange in Windeseile an, Brot zu backen.

Während die beiden Knetmaschinen laufen und ich auf einem Hocker sitze und Bleche einöle, fällt mir wieder ein, dass Cody gesagt hat, Linda tränke ab und zu ein Schlückchen, was sie gesprächiger machen würde. Diesmal scheinen es allerdings etliche Schlucke mehr gewesen zu sein.

Ich kippe den Teig für die Weißbrote und die Vollkornbrote aus dem Mixer in die Tröge, wo sie aufgehen sollen, und gebe die Zutaten für das Rosinen- und das Käsebrot in die Schüsseln, ohne die Quirle vorher zu reinigen. Heute Abend ist keine Zeit für Nettigkeiten. Während ich auf der Waage Rosinen abmesse, höre ich ein Geräusch. Es klingt, als würde ein riesiger Klettverschluss auseinander gerissen, doch es kommt von Linda. Sie hat sich halb aufgerichtet und erbricht sich. Jesus, Maria und Josef! – wie meine Oma immer zu sagen pflegte. Wenigstens ist sie wieder bei Bewusstsein und erstickt nicht an ihrem Erbrochenen. Ich schnappe mir einen leeren Mehleimer und halte ihn ihr unter den Kopf. Der Gestank ist überwältigend.

Als ich annehme, dass sie fertig ist, mache ich ein Handtuch nass und werfe es ihr zu. Linda wischt sich damit den Mund ab, legt sich zurück und versinkt wieder im Koma. Ich werfe den Eimer und das Handtuch in die Mülltonne und lasse die Hintertür auf. Das tun wir normalerweise aus Sicherheitsgründen nie, aber heute Nacht kommt hier bestimmt keiner freiwillig rein.

Um sechs Uhr früh verteile ich gerade die Käsebrote auf dem Kühlgitter, als Ellen die Ladentür aufschließt. Stille. Dann: »Du liebe Güte, es ist ja eiskalt hier!« Schritte. »Was ist denn das für ein grauenvoller Gestank?« Ellens Blick wandert von Linda zu mir, wieder zu Linda, dann zur Hintertür und wieder zu mir. »Was, zum Teufel, ist hier los?«

»Linda geht es nicht gut«, sage ich. Ich greife nach dem Schieber, starre in den erhitzten Ofen, schiebe ein paar Laibe von hinten nach vorn.

Linda wälzt sich stöhnend auf der Plane.

»Wir müssen sie hier rausschaffen und diesen Gestank loswerden, sonst verkaufen wir heute gar nichts.« Ellens Augen werden zu Schlitzen. »Hat sie getrunken?«

Ich zucke die Achseln. »Keine Ahnung. Als ich ankam, ging es ihr gut. Dann ist sie zusammengebrochen.«

Ellen wirft mir einen prüfenden Blick zu. »Ich rufe ihre Tochter an.«

Paige, die Tochter, ist in weniger als einer halben Stunde da, beinahe, als hätte sie den Anruf erwartet. Sie ist überraschend hübsch, allerdings auf eine herbe Art: die Haare fest zurückgesteckt, kein Make-up, eine weiße Schwesterntracht. Als Ellen uns vorstellt, bemerke ich, dass Paiges blassblaue Augen rot gerändert sind, so als hätte sie geweint. Sie beugt sich über Linda und ihre Züge spiegeln eine Mischung aus Ekel und Mitgefühl wider.

»Ich nehme an, sie hat seit gestern Nachmittag getrunken«, sagt sie und sieht Ellen an. »Mein Vater ist gestern ums Leben gekommen.«

Während Ellen und ich in Windeseile die Bäckerei putzen, kommt mir der Gedanke, dass Lindas Verlust, so unbestreitbar traurig er auch ist, mir eine gute Gelegenheit bietet. Ich kratze einen faustgroßen Klumpen Teig aus einer der Rührschüsseln und vermische ihn mit einer Tasse Wasser. Zwei Hände voll Mehl dazu und schon haben wir *le chef*, die Grundlage für einen Sauerteigansatz, der, mit einem feuchten Tuch bedeckt, in einen kühlen Raum gestellt wird, damit er sich dort entwickeln kann.

Jean-Marc hatte mir das beigebracht, als ich ihm erklärte, ich wolle einen *chef* mit nach Hause nehmen.

»Zuerst musst du *le chef* machen, okay?« Okay war sein Lieblingswort auf Amerikanisch. Er nahm eine kleine Schüssel aus dem Regal. »Zuerst das Mehl.« Er warf eine Hand voll Auszugsmehl in die Schüssel. »Und ein wenig Vollkornmehl *pour le faire plus fort, tu comprends*? Macht kräftiger. Dann das Wasser.« Jean-Marc formte aus dem Mehl einen Hügel auf der Arbeitsplatte, drückte in die Mitte eine Vertiefung und füllte sie mit Wasser. Dann begann er, mit zwei Fingern von der Mitte aus beides zu vermischen und gab stets gerade so viel Mehl hinzu, dass ein fester Teig entstand. Schließlich reichte er mir den kleinen Klumpen. »Knete ihn noch ein wenig …« Jean-Marc lief auf der Suche nach irgendwas durch die Backstube, während ich sanft den Klumpen auf dem Tisch massierte.

Als der Teig elastisch war, reichte Jean-Marc mir ein Steingutgefäß. »Okay. *Ici.*« Ich ließ den Teig hineinplumpsen. Jean-Marc machte ein Handtuch nass, wrang es aus und legte es über das Gefäß. »*Maintenant nous attendons.*«

»Wie lange?«

Jean-Marc zuckte die Achseln. »Bis er fertig ist. Zwei Tage, vielleicht drei. Wir warten auf die *levure sauvage, tu comprends?*«

»Die rohe Hefe?«

»*Oui.* Und du musst das Handtuch immer nass halten. *N'oublie pas.*«

Als ich zwei Tage später das Handtuch abnahm, um es zu befeuchten, entdeckte ich zu meiner Enttäuschung, dass sich mein kleiner Klumpen Teig in einen harten, scheinbar leblosen Felsbrocken verwandelt hatte. Ich zeigte ihn Jean-Marc.

»Was habe ich falsch gemacht?«

Er lachte, nahm mir den Klumpen ab und begann, ihn abzuschälen wie ein hart gekochtes Ei. Unter der Kruste war er voller winziger Bläschen und roch süß. »*Bien.* Er ist bereit für die erste Erfrischung.« Jean-Marc gab ihn mir zurück. Der Teigkloß war jetzt nur noch halb so groß wie vorher. »*Allons.* Ich sehe dir zu. Diesmal zwei Hände voll Mehl. So ist es gut. Jetzt die Mitte.« Er machte eine entsprechende Handbewegung und ich formte in der Mitte eine Vertiefung. »Jetzt leg *le chef* hinein. Ja. Ein bisschen Wasser dazu. Noch nicht mischen. Erst musst du ...« Er reibt die Finger aneinander.

»Ihn reiben?«

»Reiben? Gibt es das Wort?«

»Aber ja. *Bien sûr.*« Ich knetete den Teig und das Wasser zwischen meinen Fingern, bis sich der Klumpen auflöste.

»*Bien.* Jetzt das Mehl. Wir warten wieder. Morgen, *peut-être.*«

»Weißt du nicht, wie lange es dauern wird?«

Jean-Marc sah mich bedeutungsvoll an. »Wynter, du kannst dem Brot nicht sagen, was es tun muss. Das Brot sagt es dir. Du merkst es daran, wie es aussieht, wie es sich anfühlt, wie es riecht, wie es schmeckt. Wie warm oder wie kalt es ist. Wie nass, wie trocken. *Tu comprends*?«

Ich habe nichts gegen den Frühnebel. Besonders heute Morgen passt er mir hervorragend. Ich trotte die Straße entlang und spiele das Fiasko des vergangenen Abends noch einmal in meinem Kopf durch. Es begann alles so viel versprechend! Wahrscheinlich habe ich es zu eilig. Ich sollte ... *umsichtiger* sein, würde meine Mutter sagen. Ich bin noch nicht mal geschieden. Ich kann doch nicht einfach mit jedem x-beliebigen Mann ins Bett gehen. Ich bin einsam und verletzlich. Ich hätte auch Pee Wee Herman küssen können und es toll gefunden.

Meine Joggingschuhe knirschen auf dem Kies und ich krieche durch den Schierling, anstatt außen herum zu laufen. Eine Bewegung auf der Veranda erregt meine Aufmerksamkeit. Gary taucht aus dem Nebel auf. Er trägt eine Jeans, einen roten Pullover mit rundem Ausschnitt und eine verschlissene Lederjacke. Er sieht aus wie der Typ, der meilenweit für eine Camel laufen würde. Oder wie Big Brother Wally in dem Film *Mein lieber Biber*. Liebenswert. Ich will mich freuen, dass er da ist, aber irgendetwas hemmt mich. Gleichzeitig denke ich an seinen Mund auf meinen Brüsten, daran, wie sich diese Lederjacke auf bloßer Haut anfühlen würde – auf meiner zum Beispiel.

Gary will etwas sagen, doch ich platze heraus: »Noch eine einzige Entschuldigung und ich spreche nie wieder ein Wort mit dir.«

Er lacht. »Okay. Keine Entschuldigungen.«

Drinnen zögere ich für einen Augenblick, ehe ich seine Jacke aufhänge. »Ich dachte, du reist heute Morgen ab?«

»Ich habe auf heute Nachmittag umgebucht.«

»Warum?« Gut, das ist eine rein rhetorische Frage, aber ich will hören, wie er es sagt.

»Ich muss erst noch eine Sache zu Ende bringen.« Gary nimmt mich in den Arm, lehnt sein Kinn an meine Haare. »Du riechst unwahrscheinlich gut.«

»Nach der Bäckerei.« Ich lächle. »Willst du einen Kaffee?«

Er ist so groß wie ich, deshalb stehen wir uns Auge in Auge gegenüber, als er sich von mir löst.

»Nein«, sagt er.

Am Montagabend hat sich das Volumen von *le chef* verdoppelt und seine Oberfläche ist mit winzigen Bläschen übersät. Als ich das Handtuch herunternehme, steigt der unverwechselbare Geruch nach Gegorenem aus der Schüssel. Ich füge Mehl und Wasser hinzu und vermische das Ganze mit energischen Handbewegungen.

Als ich zum dritten Mal nach *le chef* schaue, hat er sich abermals verdoppelt. Er bebt förmlich vor Leben. Ich zupfe ein Stückchen ab und lege es auf meine Zunge. Die bittere Säure flackert auf wie ein Streichholz, ehe sie einem nussigen Nachgeschmack weicht. *le chef* ist bereit für den *levain*.

Ich habe völlig vergessen, dass Linda zurückkommt, bis ich am Donnerstagabend die Hintertür aufsperre und im gleichen Moment sehe, wie sie sich mit *le chef* in der Hand über den Abfalleimer beugt.

»Was, zum Teufel, machst du da?«, schreie ich. Sie wendet abrupt den Kopf und ich muss beinahe lachen, als ich ihr schockiertes Gesicht sehe. Ich bin mir sicher, dass noch niemand in der Bäckerei es je gewagt hat, sie so anzuschreien.

Linda erholt sich schnell. »Wer hat dir erlaubt, so was zu machen?«

»Niemand hat es mir erlaubt. Ich habe den Teig für mich gemacht, nicht für die Bäckerei, also lass bitte deine Finger davon.«

»Ich will das hier nicht haben.« Linda zieht das Handtuch herunter, wirft es auf den Boden.

»Ellen hat gesagt, dass ich ihn hier gären lassen kann. Ich nehme ihn heute Abend mit nach Hause.«

Linda sieht mir erbost in die Augen und schmeißt meinen *Chef* dann in den Abfall. Ich erstarre, ungläubig und frustriert. Dann höre ich mich sagen: »Du bist einer der erbärmlichsten Menschen, die ich je kennen gelernt habe.«

Sie grinst nur. Sie scheint sehr zufrieden mit sich zu sein. »Was hast du gesagt, Frolleinchen?«

»Ich habe gesagt, du bist ein Miststück.« Ich drehe mich um und stürme durch die Hintertür hinaus in die Gasse.

Ich höre, wie sie die Tür aufreißt und schreit: »Du bist entlassen! Ist dir das klar? Du bist gefeuert!«

Genau das hat sie die ganze Zeit gewollt.

Ich mache den Ofen an, wickle eine Decke um mich, setze mich in meinen Sessel und ziehe die Knie an die Brust. Mac sagt, ich muss den Ofen mindestens jeden zweiten Tag ungefähr eine halbe Stunde lang brennen lassen, damit das Kreosot aus dem Ofenrohr gepustet wird. Das Feuer wird größer, die Flammen schnappen wild nach dem Anmachholz.

Gut. Was jetzt? Linda ist ein Miststück. Sie ist unlogisch und man kann unmöglich mit ihr zusammenarbeiten. Sie ist erbärmlich und dumm. Aber ich bin arbeitslos – und sie nicht.

In den letzten drei Nächten, als ich ganz selbstständig arbeiten konnte, hat sich vor meinem inneren Auge langsam ein Bild meiner Zukunft herauskristallisiert. Die Tür aufschließen und spüren, wie die Hitze des Ofens mir entgegenschlägt. Alle Lichter anknipsen und die Bäckerei sauber vorfinden, ruhig und einladend. Zum ersten Mal glaube ich zu verstehen, was CM empfindet, wenn sie hinter der Bühne steht und auf das Einsetzen der Musik wartet.

Ich stelle mir vor, am Tag zu arbeiten, mit Ellen und Cody, Diane, Misha und Jen. Mit ihnen wäre es bestimmt lustig, aber dann fällt mir ein, wie laut es tagsüber immer ist. Und ich müsste Muffins und Scones backen – kein Brot.

Andere Alternativen sind weniger reizvoll. Wie soll ich jemals in einem Laden arbeiten oder wieder Englisch unterrichten oder den ganzen Tag in einem Büro sitzen? Ich denke an Lauren bei der Arbeitsvermittlung, bei der ich an jenem Morgen war, nachdem David unsere Trennung kundgetan hatte. »*Ich möchte Sie ja nicht schockieren, Wynter, aber leider können wir zuweilen nicht umhin, Dinge zu tun, die wir hassen.*« Ich wette, sie hat sich hinterher über mich kaputtgelacht und sich mit den anderen Beraterinnen das Maul über mich zerrissen. »*Ich sage euch, ich hatte heute vielleicht eine hier – eine richtig eingebildete, neureiche Püppi, eine dumme Prinzessin auf der Erbse.*« Und das war ich auch. Letztes Jahr um diese Zeit war meine größte Sorge, ob ich zum Schwarz-Weiß-Ball der Symphoniker schwarz oder weiß tragen sollte.

Lindas Verhalten ist nicht zu verstehen, das stimmt. Aber warum habe ich mich von ihr so provozieren lassen? Es war nur ein *chef*. Notfalls mache ich eben einen neuen. Warum bin ich durchgedreht? Nichts ist schlimmer, als sich selbst auszubooten. Ich greife nach einem Kissen.

Als ich die Augen wieder öffne, ist es hell. Mein Hals ist völlig steif, weil ich in einer derart schiefen Position eingeschlafen bin. Irgendjemand hämmert an meine Tür. Die eine Seite meines Gesichts tut besonders weh, als wäre da ein blauer Fleck. Ich bewege den Kopf und stoße an irgendetwas. Mein Buch. *Nachtflug*. Es ist aufgeschlagen und die

Seite, auf der ich geschlafen habe, ist ganz flach gedrückt und verknittert. Ich stehe mühsam auf und schlurfe zur Tür.

»Wyn, es tut mir so Leid!« Noch ehe ich Zeit habe, irgendwas zu sagen, ist Ellen im Zimmer und schließt die Tür hinter sich. Dann sieht sie mich an. »Oh, ich habe dich geweckt. Ich bin so sauer!«

»Setz dich.« Ich weise auf den Stuhl. »Ich muss eingeschlafen ein.« Ich fülle den Wasserkessel und setze ihn auf. »Wie spät ist es?«

»Sieben.«

»Ellen, es tut mir Leid, dass ich bei Linda so wütend geworden bin ...«

Sie schüttelt vehement den Kopf. »Nein, es tut *mir* Leid, dass du dich mit ihr rumschlagen musstest.«

»Hat sie es dir erzählt?«

»Sie war richtig stolz auf sich! Ich habe ihr bereits gesagt, dass sie sich bei dir entschuldigen muss.« Sie lächelt mich gewinnend an. »Und ich habe ihr gesagt, dass du ein paar neue Brotsorten ausprobieren wirst. Das heißt natürlich, nur wenn du willst.«

Ich schaue Ellen überrascht an. »Du meinst, du willst, dass ich weiterhin bei euch arbeite?«

»Bist du verrückt? Erstens bist du eine großartige Bäckerin. Und zweitens hast du es länger mit ihr ausgehalten als irgendjemand vor dir. Ich kann dir gar nicht sagen, wie oft wir so was schon durchgemacht haben. Sie hat bis jetzt noch jeden rausgeekelt.«

»Darf ich dir eine Frage stellen? Warum behältst du sie?«

Ellens Blick schweift zum Wasserkessel, der leise zu pfeifen beginnt. »Ich bringe es einfach nicht übers Herz, sie rauszuwerfen. Sie würde nie einen neuen Job kriegen. Zu alt, zu unkollegial ... Linda würde bei der Sozialhilfe enden. Sie geht bald in den Ruhestand, aber bis dahin müssen wir uns wohl mit ihr abfinden.« Ellen wirft mir einen flehenden Blick zu. »Du bleibst doch, oder?«

»Ich verstehe einfach nicht, warum sie den Ansatz weggeworfen hat, obwohl ich ihr erklärt habe, dass es meiner ist und ich ihn mit nach Hause nehme!«

Ellen fährt sich mit einer Hand durch die kurz geschnittenen dunklen Haare. »Sie ist einfach ein unglücklicher Mensch, das ist der Grund. Ihre Verbitterung vergiftet alles, was sie tut. Und du hast die unverzeihliche Sünde begangen, ihr helfen zu wollen. Dafür wird sie dich immer hassen.«

Der Kessel pfeift jetzt ohrenbetäubend. »Möchtest du einen Tee?«

»Nein, danke. Ich muss zurück. Ich bin nur hergekommen, um mich zu vergewissern, dass du nicht deine Sachen packst und nach L. A. zurückgehst. Hör mal ...« Ellen zögert. »Ich weiß, es muss wirklich unangenehm für dich sein, heute Abend wieder in die Bäckerei zu gehen ...«

Ich lache. »Es ist nicht das erste Mal, dass ich mit jemandem zusammen bin, der mich nicht haben will.«

Ich klopfe nicht an. Ich öffne mit meinem Schlüssel die Tür und gehe hinein. Linda kommt gerade mit zwei Mehleimern aus dem Lager.

»Hallo.«

Sie starrt mich perplex an und läuft zurück in den Gang. Okay. Ich ziehe den schwarzen Ordner vom Regal, lege ein Klavierkonzert von Mozart auf und fange an, Mehl für Sandwichbrot abzuwiegen. Während ich die Formen öle, endet das Konzert mit einem deutlichen Klicken des Kassettenrecorders.

»Linda, das mit deinem Mann tut mir Leid.«

Schweigen. Ist es ihr peinlich oder hasst sie mich tatsächlich? Ich drehe mich um, weil ich sie ansehen will. Dicke

Tränen rinnen aus ihren Augen und kullern ganz langsam über ihr Gesicht. Als würde Linda sie auf jedem Stückchen des Weges bekämpfen. Ich rutsche von meinem Hocker, doch sie spuckt nur ein einziges Wort aus. »Arschloch.« Meint sie mich oder ihren Mann? »Weißt du, wie er gestorben ist?«

Ich schüttele den Kopf.

»Arschloch«, wiederholt sie. »Hat auf dem Kahn gesoffen. Ist über Bord gegangen.«

»Es tut mir Leid.«

Wir arbeiten schweigend, nur die Motoren der zwei großen Rührmaschinen sind zu hören.

»Ellen hat gesagt, ich muss mich entschuldigen.« Die abrupte Ankündigung lässt mich hochschrecken. Linda steht neben den Öfen und funkelt mich voller Groll an, die Hände in die Hüften gestemmt. »Aber das werde ich nicht tun. Weil es mir nicht Leid tut.«

Ich seufze schwer. »Das ist mir völlig egal. Ich will nur meine Arbeit tun.«

»Wenn sie will, kann sie mich ja feuern.«

»Ellen will dich gar nicht feuern.«

»Da wäre ich mir nicht so sicher, Frolleinchen.«

»Linda, du machst alles viel schwerer, als es ist. Brotbacken ist eine schöne Arbeit. Wir könnten hier viel Spaß haben.«

Ihr hartes Lachen dröhnt durch den Raum. »Spaß? Du kleiner optimistischer Dummkopf! Natürlich macht es Spaß, wenn dein Daddy Geld hat und du kündigen kannst, wann es dir passt, und anschließend für ein paar Wochen nach Hawaii düst. Aber versuch mal, den Job fünfundzwanzig Jahre lang zu machen und zwei Kinder groß zu ziehen, während dein Alter alles versäuft, was er verdient! Was meinst du, wie viel Spaß es dann noch macht?«

Die Härchen in meinem Nacken stehen zu Berge und die

Hitze steigt mir unvermittelt ins Gesicht. »Mein Vater ist tot!«, höre ich mich schreien. Ich hasse mich, weil ich mich abermals habe provozieren lassen. »Und ich kann nicht einfach für ein paar Wochen nach Hawaii düsen, weil ich von meinem Mann getrennt lebe und diesen verdammten Job brauche! Verstanden? Macht dich das glücklich? Also lass mich gefälligst in Ruhe!«

Fünfzehn

Ich hatte noch nie einen Mann zum Freund. Einen, der mit mir zweieinhalb Stunden in einem stickigen Keller mit niedrigen Decken im U-District hockt und Rocky-und-Bullwinkel-Cartoons ansieht. Im Gegenzug begleite ich Mac in seine Lieblingsantiquariate, wo wir Stunden damit verbringen, auf der Suche nach irgendetwas Interessantem verstaubte Bücher zu durchwühlen.

Als wir aus einem weiteren Antiquariat auf eine enge, schmutzige Straße in der Nähe des Pioneer Square treten, beide mit einer gebrauchten Einkaufstüte voller Bücher beladen, muss ich blinzeln.

»Ich komme mir vor wie ein Packesel«, beschwere ich mich. »In diesen Läden ist es so schrecklich staubig –«

Mac lacht. »Hör auf zu meckern.«

»Vielleicht können wir ja irgendwann mal in eine richtige Buchhandlung gehen. Zu *Elliot Bay Books* zum Beispiel. Du weißt schon, irgendwohin, wo es Neuerscheinungen gibt. Was fasziniert dich so an Büchern, die bereits zwei oder drei andere Leute in den Fingern gehabt haben?«

Noch bevor mich sein Blick von der Seite trifft, weiß ich, dass ich in ein Fettnäpfchen getreten bin.

»Ich kann mir nicht ständig neue Bücher leisten«, sagt

Mac. Er vertieft das Thema nicht weiter und ich danke ihm im Stillen dafür. Die meisten Männer hätten die Gelegenheit genutzt, mich daran zu erinnern, dass ich ein verwöhntes Mädchen bin, das es nicht gewohnt ist, auch nur einen Gedanken an Geld zu verschwenden.

Doch Mac ist nicht wie andere Männer. Eigentlich ist er wie niemand, den ich kenne. Sein Gehirn scheint wie ein pedantisch geordneter Aktenschrank zu sein, voller interessanter, allerdings oft sehr geheimnisvoller oder nutzloser Informationen. So weiß er zum Beispiel den Unterschied zwischen einer Baumgruppe, einem Hain oder einem Gehölz zu nennen. Oder er weiß, warum das zweite Gesetz der Thermodynamik eigentlich wichtiger ist als das erste. Einmal in Fahrt, kann es geschehen, dass er vom Kubismus über Pferderennen zur Lage von Himmelskörpern kommt. Aber sein absolutes Lieblingsthema ist eindeutig die Musik und er ist so voreingenommen, dass es einen rasend machen kann.

In der Bar habe ich ihn einmal gefragt, warum er nie Instrumentalmusik spielt. Mac antwortete, weil es klinge, als fehle etwas.

Ich sagte: »Findest du, dass die Texte wichtiger sind als die Musik?«

»Nicht unbedingt. Am besten ist es, wenn Text und Musik zusammenarbeiten. Wie in diesem Song von Otis Redding, von dem ich dir erzählt habe. Die Art, wie die Hörner sozusagen jedem Satz folgen, reißt einen irgendwie mit.«

»Ich kann mich nicht erinnern.«

Mac schaute mich missbilligend an. »Du musst lernen, genauer zuzuhören.«

»Du hast früher wahrscheinlich auch die Songs der Beatles rückwärts gespielt, um herauszuhören, ob sie singen ›Paul ist tot‹.«

»Das stimmt nicht«, sagte er.

Aber ich glaube, ich habe einen Nerv getroffen.

Vom Wasser her trifft uns plötzlich eine Windbö und bläst mein ungebändigtes Haar zu einer wilden Mähne auf. Ich zähme es und stülpe meine Dodger's-Mütze darüber.

Es dauert den ganzen restlichen Nachmittag, bis wir zum Marktplatz zurückkommen, weil wir immer wieder Abstecher auf die Piers machen oder Schaufenster ansehen. Die Luft ist kalt und stechend und verspricht den nächsten Sturm, doch noch drängeln sich die Menschen auf den Bürgersteigen und genießen das schöne Wetter. Der Geruch nach Muschelsuppe und Waffelscones erinnert mich daran, dass ich seit dem Frühstück nichts gegessen habe.

»Ich habe Hunger.«

Mac schaut auf seine Uhr. »Ich muss ums sechs in der Bar sein. Wenn du mir erlauben würdest, mit dem Wagen zu fahren, hätten wir noch genug Zeit, irgendwo zu essen.«

»Nein, hätten wir nicht, weil wir viel zu lange nach einem Parkplatz suchen müssten.«

Wir einigen uns darauf, in *Phoebe's Café* auf der Third Avenue zu gehen, und warten auf den Bus.

Eine Achtzehnjährige mit fünf Zentimeter langen Fingernägeln bedient uns und wirft Mac unter ihren dick getuschten Wimpern ununterbrochen Blicke zu. Sie reicht mir die weiße Styroporschachtel mit seinem Croissant und meinem Scone, während Mac Kleingeld aus seinen Taschen auf den Tresen leert. Ich linse unter den Deckel und bin empört.

»Das ist kein Croissant.« Die beiden anderen schauen hoch. Ich halte die Schachtel auf.

»Natürlich ist das eins«, sagt die junge Frau zwischen zwei Kaugummiblasen.

»Das ist ein Brötchen und es hat die Form eines Halbmonds. Deswegen ist es noch lange kein Croissant.«

»Wir nennen es aber so.« Ihr Tonfall ist defensiv.

»Ihr solltet es Hörnchen nennen.«

»Hörnchen, Croissant …« Sie zuckt die Achseln. »Wo ist da schon der Unterschied.«

»Darf ich es Ihnen zeigen?« Ich stelle die Schachtel auf die Kasse und reiße das so genannte Croissant in der Mitte durch. »Was sehen Sie hier?« Ich schwenke eine Hälfte unter ihrer Nase hin und her.

»Ein halbes Croissant.«

»Falsch. Sie sehen ein halbes Brötchen in Form eines Halbmondes. Dies ist ein Stück Brot und nicht einmal ein besonders gutes. Schauen Sie sich doch diese weichen Krümel an! Ein Croissant ist ein Gebäck. Luftige Schichten, jede durch Butter von der nächsten getrennt, damit es knusprig und golden aufgeht. Es darf im Innern nicht trocken und wie Brot sein, sondern man muss die einzelnen Schichten in hauchdünne, beinahe durchsichtige Lagen trennen können.«

Das Mädchen sieht ein wenig verängstigt aus.

»Da ist der Dreizehner.« Mac beobachtet verdrießlich, wie der Bus auf der anderen Straßenseite quietschend anhält.

»Wollen Sie das Croissant oder nicht?«

»Nein«, sage ich.

»Doch.« Mac knallt den Deckel zu, packt mich am Arm und schiebt mich zur Tür hinaus. »Mist, jetzt haben wir den Bus verpasst!«

»In ein paar Minuten kommt der nächste. Ich fasse es einfach nicht, dass die versuchen, diesen Mist als Croissant zu verkaufen!«

Wir lassen uns auf der Bank an der Haltestelle nieder. »Iss du dein Scone und lass mein Hörnchen in Ruhe.«

Das Scone fühlt sich verdächtig warm und schwammig an. Ich taste mit der Zunge ins Innere. Wie ich vermutet hatte.

»Was ist damit?«

»Es ist heiß.«

»Du solltest dich freuen! Es kommt direkt aus dem Ofen.«

»Es ist matschig. Und innen heißer als außen. Das heißt, es kommt direkt aus der Mikrowelle.«

Mac seufzt. »Miss Wynter, die Brotwärterin.«

Am Sonntagmorgen sitzen wir in *Steve's Broiler* in einer Kunstledernische, in der mit Leichtigkeit acht Personen Platz finden würden, essen Käseomeletts und beobachten alte Männer am Tresen, die an filterlosen Zigaretten ziehen und Kaffee trinken.

Eine junge Frau in Jeans, einem Flanellhemd und mit einer Baseballkappe auf dem Kopf kommt mit zwei kleinen Jungen in das Lokal. Sie setzen sich in die Nische neben uns. Die kleinen Kerle sind niedlich – ungefähr sieben und fünf Jahre alt – und sie sehen aus wie Zwillinge, nur dass der ältere braune Haare hat und sein kleiner Bruder blonde Locken. Die Kinder haben Malbücher dabei und ihre Mutter gibt ihnen eine Schachtel mit Buntstiften, die sie sich teilen müssen. Sie trinkt ihren Kaffee und vertieft sich in eine Zeitschrift. Mac beobachtet sie sehr interessiert.

»Erzähl mir was von dir. Du redest nie über deine Kindheit. Was du gemacht hast oder wie sie verlaufen ist. Hattest du eine glückliche Kindheit?«

Er faltet seine Serviette zusammen und legt sie neben den Teller. »Da haben viele Faktoren eine Rolle gespielt.«

»Viele *Faktoren*? Das klingt mehr nach einer Algebraaufgabe als nach Kindheit. Du hast doch einen Bruder. Heißt er nicht Kevin? Was ist mit deiner Mutter? Oder mit deinem Vater? Hattest du Freunde?«

»Ich hatte Kumpel.« Ein kleines Lächeln huscht über Macs Gesicht. »Sozusagen das sportliche Äquivalent zu Freunden. Nur dass man mit Kumpeln nicht reden muss.

Man boxt sich einfach in den Arm und albert herum. Ich habe alle möglichen Sportarten gemacht. Und dabei meine Flucht aus New York vorbereitet.«

»Viele Jugendliche machen Sport, boxen ihre Kumpel und denken darüber nach, von zu Hause abzuhauen.«

»Stimmt.« Mac atmet tief durch. »Also gut, hier ist die Reader's-Digest-Kurzfassung: Meine Mutter war Kunststudentin. Sie lernte meinen Vater – den klassischen glücklichen Weltenbummler – in einem Museum kennen. Nach wenigen Stunden waren sie bis über beide Ohren verliebt. Sie gingen zu ihm und vögelten, dass das Bett krachte …«

»Mac …«

»Ich habe mich sozusagen von der Geschichte distanziert. Egal, Mutter wurde schwanger. Damals hatte man in solchen Situationen wahrscheinlich keine Wahl. Sie heirateten. Kevin wurde geboren. Eine Weile lief alles wunderbar, dann wurde mein Vater unruhig. Er ging nach Südamerika und arbeitete, glaube ich, für eine Ölfirma. Nach ungefähr einem Jahr kam er zurück. Sie nahm ihn wieder auf. Bingo. Ich war im Ofen.«

»Hatten sie noch nichts von Empfängnisverhütung gehört?«

Mac zuckt die Achseln. »Wenn ja, dann gäbe es mich nicht. Das Leben ging weiter. Vater blieb eine Zeit lang zu Hause, dann zog es ihn wieder fort. Als ich zwölf war, ging er nach Kanada, um Elche zu jagen oder so, und kam nicht wieder zurück. Sein Flugzeug ist in den Rockies in Kanada abgestürzt und man hat es nie gefunden.«

»Hast du dich je gefragt, ob er wirklich tot ist?«

»Ich war jahrelang davon überzeugt, dass er noch lebt. Ich habe mir immer Geschichten ausgedacht, in denen ein Eremit für ihn sorgt oder er unter Gedächtnisschwund leidet und nicht mehr weiß, wer er ist. Ich habe sogar darüber nachgedacht, ob er vielleicht verschwinden *wollte*. Nicht, dass alles geplant war, er hat nur einfach die Gelegenheit genutzt, zu entkommen.«

»Geht es in deinem Buch darum?«

Mac sieht mich durchdringend an. »Wieso glaubst du, dass ich ein Buch schreibe?«

Ich fange an zu lachen. »Ach, komm schon, Mac! Ich höre vielleicht nicht richtig zu, aber mit meinen Augen ist alles in Ordnung.«

»Und das heißt?«

»Ich sehe doch, wie du immer in diese Notizbücher kritzelst!«

»Ich habe dir doch gesagt, dass es ein Tagebuch ist.«

»Red dich nicht raus. Kann schon sein, dass es ein Tagebuch ist, aber du schreibst mit einer solchen Beharrlichkeit ...«

Meine Worte scheinen ihn irgendwie verlegen zu machen. »Na ja ...«

»Ich bitte dich ja nicht, es mir zu zeigen. Aber warum gibst du es nicht zu? Warum ist es dir so peinlich?«

Macs Augen sind plötzlich ganz dunkel. »Ich will es nicht an die große Glocke hängen. Ich bin kein Schriftsteller. Ich bin ein Barkeeper, der ein bisschen schreibt.«

»Solange du so über dich denkst, wirst du das auch bleiben.« Ich schiebe den letzten Bissen von meinem Zimt-Rosinen-Toast in den Mund.

In der Nische neben uns entsteht eine lautstarke Rangelei um einen blauen Buntstift.

»Hört auf, oder ihr dürft beide nicht mehr malen«, sagt die Frau, ohne von ihrer Zeitschrift aufzublicken. Die Kinder tun so, als hätten sie nichts gehört. Dem älteren Jungen gelingt es, dem jüngeren den Stift wegzunehmen, und er fängt an, seine Serviette zu bemalen. Der Kleine wählt einen orangefarbenen Stift und malt das Kunstwerk seines Bruders auf seiner eigenen Serviette nach. Der Frieden hält ungefähr fünfzehn Sekunden, dann beschließt der Große, dass er ebenfalls den orangefarbenen Stift braucht. Er schnappt ihn seinem kleinen Bruder weg, woraufhin dieser prompt zu weinen beginnt.

Die Mutter sieht auf. »Ich habe euch gesagt, ihr sollt euch vertragen!«

»Christopher hat mir den Stift weggenommen«, heult der Kleine.

»Dann nimm dir einen anderen und hör auf, dich wie ein Baby zu benehmen.« Die Frau vertieft sich wieder in ihre Zeitschrift.

Die Kellnerin bringt unsere Rechnung. Mac gibt ihr einen Zwanziger und beobachtet weiter die Kinder. Ich beobachte ihn. Der Jüngere nimmt sich einen grünen Stift und widmet sich wieder seinem Serviettenkunstwerk. Die Kellnerin gibt uns das Wechselgeld und wir rutschen aus unserer Nische. Inzwischen hat der Ältere den blauen, den orangefarbenen *und* den grünen Stift ergattert, und der Kleine heult wieder. Die Mutter macht ein Gesicht, als würde sie sich am liebsten woandershin zaubern.

»Brian, ich hab gesagt, du sollst nicht heulen! Wenn du dich wie ein Baby benimmst, darfst du nicht mehr malen.«

Plötzlich beugt Mac sich rüber und zieht dem älteren Jungen zwei Stifte aus der Hand. Die Mutter und die beiden Jungen starren ihn mit offenem Mund an. Mac lächelt und sagt zu dem großen Jungen: »Teilen ist immer gut. Eines Tages wird er etwas besitzen, was du auch unbedingt haben willst.« Er gibt dem kleinen Bruder die beiden Stifte, und wir gehen.

Frühling und Winter liefern sich ein heftiges Tauziehen. An manchen Nachmittagen, wenn ich in lauer Luft im Parson Garden spazieren gehe, glaube ich, dass der Frühling gewinnt. Krokusse stecken ihre Köpfe aus der nassen, schwarzen Erde und leuchten gelb, lila und weiß. Blassgrüne Nieswurz, die meine Oma Fastenrosen nannte, leuchten wie kleine Laternen in den langen Schatten. Ich träume von Farnwedeln und frischem Spargel.

Als ich mich am Abend auf den Weg zur Arbeit mache, hat der Wind wieder gedreht, treibt mir eiskalte, stechende Wassertropfen ins Gesicht und schickt die Temperaturen in den Keller. Der Winter lauert noch hinter der nächsten Ecke und weicht keinen Meter.

An einem dieser winterlichen Morgen kommt Ellen früher als sonst, mit tief liegenden, rot geränderten Augen und hängenden Mundwinkeln. Eigentlich gehört sie zu den Menschen, die morgens schon so munter sind, dass sie einem auf die Nerven gehen, deshalb mache ich mir sofort Sorgen. Es hat bestimmt was mit Lloyd zu tun. Wenn man so sehr von seinem eigenen Eheleid besessen ist, neigt man dazu zu glauben, die Ehe sei das Einzige, was im Leben eines Menschen schief gehen kann.

Doch nachdem Linda Türen knallend die Backstube verlassen hat, sagt Ellen: »Dianes Mutter hatte gestern Abend einen Schlaganfall.«

»Oh, so ein Mist.« Mein allererster Gedanke ist, dass sie sicher in Schuldgefühlen ertrinkt. Mir würde es jedenfalls so gehen. »Ich meine, das ist ja furchtbar! Es tut mir so Leid. Fährt sie nach Hause?«

»Sie ist schon auf dem Weg zum Flughafen.«

»Ich helfe dir, alles herzurichten.« Ich stelle die Espresso-Maschine an und wringe einen Lappen über dem Emaillekübel mit der Klorixlösung aus, um damit die Tresen abzuwischen.

Nachdem Ellen das Wechselgeld in die Kasse gezählt hat, spült sie die beiden Einsätze der Espresso-Maschine mit dem Dampfstrahl aus und füllt mit schnellen Handbewegungen aus der Mühle Kaffeemehl hinein.

»Es muss schrecklich für sie sein«, sagt sie und reicht mir einen doppelten koffeinfreien Espresso. »Und ich bin ein schrecklicher Mensch, weil ich mich ausgerechnet jetzt um die Bäckerei sorge, aber wir sind wahnsinnig im Druck. Es gibt so viele Tortenbestellungen! Und ich habe keine Ahnung, wie lange Diane wegbleiben wird. Zwei Torten müssen heute morgen fertig sein. Sie sind tiefgefroren, aber noch nicht dekoriert. Diane wollte sie heute fertig machen.« Ellen sieht mich an. »Könntest du nicht vielleicht ...«

»Oh, Ellen, ich wünschte, ich könnte es! Aber glaub mir, sie würden aussehen wie nach einer nuklearen Kettenreaktion.«

Ein Klopfen an der Scheibe zieht unsere Aufmerksamkeit auf sich. Cody winkt draußen jemandem in einem grünen Plymouth Valiant undefinierbaren Alters nach. Ellen und ich sehen uns an und lächeln. Ellen hält Cody beflissen die Tür auf.

»Hallo, tut mir wirklich Leid. Maries Auto ist nicht angesprungen und ich musste –«

»Hallo«, flötet Ellen. »Wie geht es dir heute?«

Cody wirft ihr einen wachsamen Blick zu. »Gut. Warum?«

»Du musst mir einen großen Gefallen tun. Möchtest du einen Mokka?«

»Ellen, was hast du vor? Was ist los?«

»Dianes Mutter hatte gestern Abend einen Schlaganfall.«

»Ach du Schreck.« Cody zieht ihre Jacke aus und schaut abwechselnd zu Ellen und zu mir.

»Wir müssen für heute Morgen zwei Torten fertig machen und –«

»Oh, nein. Ich nicht. Ich mache diesen kitschigen Kram nicht. Auf keinen Fall.«

Ellen wirft ihr einen flehenden Blick zu. »Cody, wir können den Kunden jetzt nicht mehr absagen. Wir müssen irgendwas liefern. Bitte! Es ist nur ein Hochzeitskuchen, und die Blumen sind alle im Kühlschrank. Du musst sie nur noch dekorieren. Bitte!«

»Was ist mit der anderen Torte?«

»Ein Geburtstagskuchen. Für einen Erwachsenen. Diane hat nur die Farben ausgesucht, ein blasser Pfirsichton, Lavendel, hellgrün – Frühlingsfarben. Das kannst du doch, ich kenne schließlich deine Bilder.«

Cody tut so, als müsse sie sich übergeben.

»Komm schon, bitte! Ich erhöhe deinen Stundenlohn für die Zeit, die du an den Kuchen arbeitest.«

»Oh, na gut.« Cody schließt die Augen und tastet mit den Händen in der Luft herum, als wäre sie blind. »Führ mich zu ihnen.«

Ich bekomme die Kuchen nicht mehr zu sehen, aber alle anderen lachen sich in den nächsten Tagen darüber kaputt. Alle außer Ellen. Sie ist damit beschäftigt, Kunden anzurufen, die Bestellungen für die nächste Woche aufgegeben haben, um ihnen mitzuteilen, dass Diane aus familiären Gründen nicht zur Arbeit kommen kann.

»Was war denn nun eigentlich mit deinen Torten?«, frage ich Cody eines Morgens, als Ellen den Leuten von *Essen auf Rädern* hilft, die Brote vom Vortag einzuladen. »Wie sind sie denn geworden?«

Cody funkelt mich an und scharrt mit ihren Doc Martens auf der Gummimatte. »Die Frau mit dem Hochzeitskuchen hat ein Gesicht gemacht, als hätte die Torte unter einem Felsen gelegen, aber sie hat nicht viel gesagt.«

»Und die mit der Geburtstagstorte?«

»Die ist durchgedreht. Hat mich total fertig gemacht. Fing an zu schreien: ›Ich habe Pfirsich und Lavendel gesagt! Das ist orange und lila und neongrün!‹« Cody schiebt die

Ärmel ihres T-Shirts hoch. »Ich hab gesagt, es sei der allerletzte Schrei. Sie fand aber, dass die Torte aussah wie das Hemd, das Sammy Davis jr. getragen hat, als er *The Candy Man* sang. Was auch immer das ist.«

»Ich glaube, das war vor deiner Zeit. Und was ist dann passiert?«

»Am Ende hat Ellen ihr den Kuchen umsonst gegeben.« Cody verdreht die Augen. »Ich für meinen Teil fand ihn richtig abgefahren.«

»Und wer macht jetzt die Torten, bis Diane zurückkommt?«

Cody stößt einen kleinen, resignierten Seufzer aus. »Ich. Ich habe Ellen versprochen, keine grellen Farben zu verwenden.«

Viele der Vorbestellungen werden rückgängig gemacht.

Als ich Diane das erste Mal wieder sehe, erkenne ich sie nicht. Es ist Freitagnachmittag. Als ich an den Abkühlgittern vorbeigehe, höre ich Cody mit einer Frau reden, die Stiefmütterchen auf einer kleinen rosafarbenen Hochzeitstorte dekoriert. Im ersten Moment denke ich, dass Ellen eine Teilzeitkraft eingestellt hat, bis Diane zurückkommt. Dann schauen die beiden auf, und ich sehe, dass es Diane selbst ist.

»Hallo, Wyn.« Sie lächelt mir zu, doch ihr Gesicht ist leer. Irgendwie wirkt sie kleiner und als ich sie umarme, fühlt sie sich geradezu zerbrechlich an.

»Wie geht es deiner Mom?«

»Nicht schlecht, wenn man bedenkt, was sie durchgemacht hat.«

»Was sagen denn die Ärzte?«

Diane streicht sich mit dem Unterarm den Pony aus der Stirn. »Es ist zu früh für eine endgültige Prognose. Die Blutung war auf der linken Seite des Gehirns, das heißt, die rechte Körperhälfte ist betroffen. Im Augenblick ist ihre Beweglichkeit auf dieser Seite noch sehr eingeschränkt. Die meiste Zeit liegt sie entweder im Bett oder sitzt im Rollstuhl.« Diane seufzt, sie wirkt sehr erschöpft. »Mutter bekommt Krankengymnastik. Damit haben sie sofort angefangen. Und mit Ergotherapie –«

»Ergotherapie?«

»Ja, ich habe mich auch gewundert. Da lernt man wieder essen und aufs Klo gehen und so was. Es fällt ihr schwer, weil sie jetzt alles mit links machen muss. Und natürlich kann sie nicht besonders gut sprechen.«

Diane blinzelt und Tränen glitzern in ihren Augen. »Himmel, was sage ich? Sie kann überhaupt nicht sprechen. Sie macht seltsame Geräusche und dann verlangt sie, dass man sofort weiß, was sie will.«

»Es tut mir so Leid.« Ich merke, wie oberflächlich die Worte klingen.

»Nun …« Cody räuspert sich. »Ich bin heute mit Kochen dran, ich haue jetzt ab. Bis später, Leute.« Sie verschwindet. Ich schließe die Ladentür hinter ihr ab und ziehe das Rollo runter.

»Soll ich uns einen Mokka machen?«

Diane muss fast lachen. »Und uns alle nach Hawaii pusten?«

»Hey, Jen hat mir Nachhilfe gegeben. Ich kann alle Arten perfekt. Na ja, sagen wir, die meisten mittelmäßig.« Ich widme mich der Espresso-Maschine.

»Na gut, ich könnte einen Stromstoß gebrauchen, damit ich nicht einschlafe.«

»Brauchst du heute Abend Hilfe?«

Diane schüttelt den Kopf. Ihr Haar ist fettig und hat eher die Farbe von Abwaschwasser als ihr normales helles Blond. »Cody hat zum Glück schon die Buttercreme gemacht. Ich muss sie nur noch verteilen.« Sie zupft noch mehr Blumen aus einer weißen Plastikschüssel. »Wie geht's Linda?«

Ich lache. »Manche Dinge ändern sich nie.«

Als das Licht an der Espresso-Maschine aufleuchtet, drehe ich die Dampfdüse auf, um ein wenig Druck abzulassen, und drücke den gemahlenen Espressokaffee in die beiden Einsätze. Währenddessen bestreicht Diane die erste Schicht einer Hochzeitstorte mit Creme. Ich reiche ihr den Mokka. Sie probiert einen Schluck.

»Gut gemacht.«

Sie trinkt noch einen Schluck, stellt die Tasse ab und ich muss hilflos zusehen, wie ihr Gesicht in sich zusammenfällt und sie zu weinen beginnt. Es ist eigentlich kein Weinen, sondern mehr ein Schluchzen, ein gequältes Stöhnen, das wie ein Geysir aus einer großen unterirdischen Quelle der Trauer nach oben schießt.

Ich nehme sie in die Arme und wiege sie sanft hin und her.

Erst nach einer ganzen Weile löst sie sich von mir und verbirgt ihr rotes, verweintes Gesicht in den Händen. »Entschuldigung.«

»Aber wofür denn? Komm, setz dich hierher.«

Diane fällt auf einen Stuhl und legt den Kopf auf den Tisch. »Ich bin so verdammt müde.«

Ich hole ein frisches Handtuch, wringe es in kaltem Wasser aus und reiche es ihr.

»Ich war jede Nacht auf den Beinen, seit ich weggefahren bin. Gott, Wyn, sie ist einfach unmöglich! Und ich wäre vermutlich nicht anders.« Diane presst das Handtuch vor ihr Gesicht, sodass die Worte undeutlich herauskommen. »Ich meine, plötzlich ist deine Welt zerstört. Du kannst nichts mehr allein machen. Du kannst dich nicht mal verständigen, damit die Leute wissen, was du willst. Diese Frau leitete ein erfolgreiches Immobilienbüro in Baltimore.

Sie hatte drei Sekretärinnen. Konnte sie von rechts nach links schicken. Und jetzt kann sie sich nicht mal mehr den eigenen Hintern abwischen.«

Diane richtet sich auf und legt sich das Handtuch wie einen Schal um den Kopf. »Und sie ist entschlossen, der ganzen Familie das Leben genauso zur Hölle zu machen, wie sie es empfindet.«

Sechzehn

Alle sind einhellig der Meinung, dass es im April nicht mehr schneien sollte. Aber den Wettergöttern ist der Kalender gleichgültig. Vielleicht halten sie den Schneefall auch für einen gelungenen Aprilscherz.

In L. A. bedeutet Winter lange dunkle Tage, stahlgraue Regenfluten, überschwemmte Straßen und Staumeldungen. Schnee gibt es so gut wie nie. Schnee ist ein kleines Wunder. In einem Jahr bekam Encino mal ein paar Flocken ab und CM und ich rannten draußen herum und streckten die Zungen raus wie kleine rosafarbene Landebahnen, in der Hoffnung, eine verirrte Flocke zu erwischen.

Als Kind glaubte ich, dass es Schnee nur in Tahoe gibt, weil es der einzige Ort war, wo ich je welchen sah. Ich kannte keine Stadt, in der es schneite. Ich nehme an, dass es in New York und Chicago und den anderen Orten, wo es jeden Winter schneit, nicht mehr als eine Unannehmlichkeit ist. Der Verkehr bricht zusammen, die Leute müssen ihre Einfahrt frei schaufeln, ihre Veranda streuen, Winterreifen aufziehen. Die Mehrheit der Menschen in Seattle indes genießt den Winter.

Ich liebe es, wie alles langsamer wird. Man merkt auf, als sei man von einem plötzlichen Geräusch überrascht worden, nur dass es die plötzliche Stille ist, die einen überrascht. Auf der Queen Anne Avenue drängen sich die Menschen an den Straßenecken zusammen, schlürfen Milchkaffee und heiße Schokolade und trampeln mit den Füßen im knirschenden Schnee, nur weil sie das Geräusch so gern hören. Der Schnee glättet alle Ecken und Kanten, stopft Risse, Schlaglöcher und Unebenheiten – wie ein wunderbarer weißer Zuckerguss auf einem missratenen Kuchen.

Natürlich bricht das Alltagsleben völlig zusammen. Man kann nicht mehr ohne Schneeketten fahren, Busse verkehren nicht, der Flughafen ist geschlossen. Gary ruft an, um mir zu sagen, dass sein Flug gestrichen wurde und er in der nächsten Woche so viele Verpflichtungen hat, dass er erst Ende des Monats kommen kann. »Du fehlst mir«, sagt er. »Ich kann es kaum erwarten, dich wiederzusehen.«

»Du mir auch.« Aber in Wirklichkeit verspüre ich eher Erleichterung.

Am Samstagabend ist es im *Bailey's* wie auf einer Party. Kenny hat heißen Rumpunsch gemacht. Es gibt Popcorn aus der Mikrowelle und irgendjemand schleppt ein riesiges Blech mit Chocolate-Chip-Keksen herein, die innerhalb von fünf Minuten verputzt sind. Mac spielt Songs aus den Sechzigern und die Leute tanzen Twist und andere altmodische Tänze. Sie laufen nach draußen und haben ein kindisches Vergnügen daran, Schneebälle zu formen und sie dem oder der Angebeteten in den Kragen zu stopfen.

Auch ich lasse mich von der ausgelassenen Stimmung mitreißen, trotz des leicht stechenden Schmerzes, der am vergangenen Abend bei der Arbeit bereits begann und sich jetzt zu ziemlich heftigen Bauchschmerzen ausgewachsen hat. Mir ist leicht schwindelig. Ob ich etwa eine Lebensmittelvergiftung habe? Ich frage mich, ob es richtig war, ein Alka Seltzer zu nehmen. Wenn es ein Virus ist, kann man sowieso nichts machen. Vielleicht bekomme ich auch nur meine Tage. Allerdings erwarte ich sie planmäßig erst in einer Woche.

Wahrscheinlich wäre es besser, wenn ich nach Hause ins Bett ginge, doch ich will nicht weg, und der Gedanke daran, allein in der Kälte nach Hause zu laufen, ist irgendwie frustrierend. Wenn ich stattdessen noch ein bisschen hier sitzen bleibe und mein inzwischen warmes Bier trinke, geht es mir vielleicht bald besser.

Als Inez und Charlie Foxx *Mockingbird* singen, kommt Mac hinter der Bar hervor und ergreift meine Hand. »Dein Lied.« Er zieht mich vom Hocker und wir tanzen ein paar Schritte. Doch dann versucht er, mich unter seinem Arm hindurch zu drehen, und ich krümme mich vor Schmerzen. »Hey, was ist los?«

Ich richte mich mühsam auf. »Nichts. Ich habe nur Bauchschmerzen. Vielleicht bekomme ich die Grippe.«

Mac hilft mir wieder auf den Barhocker. Ich fahre mir mit der Zunge über die Lippen und schmecke Schweißtropfen. Mac runzelt die Stirn. »Du siehst nicht besonders gut aus.«

»Das ist normalerweise so, wenn man eine Grippe bekommt«, fauche ich ihn an.

»Soll ich dich nach Hause bringen?«

Ich schüttele den Kopf. »Ich bleibe einfach noch eine Weile hier sitzen und dann gehe ich zu Fuß. Keine Angst, ich werde dich nicht anhauchen.«

»Sag mir Bescheid, wenn es dir schlechter geht. Der Elky steht hinterm Haus.«

»Bloß keine Fahrt in diesem Smogmobil. So krank bin ich auch nicht.«

Mac lacht und geht zurück hinter die Bar.

Um Viertel nach eins haben sich die meisten Leute zu Gunsten ihrer warmen Betten verabschiedet. Ich rutsche unruhig auf dem Hocker herum. Meine Augen sind heiß und mein Bauch schmerzt. Ich tupfe mir immer wieder mit einer Serviette die Stirn ab. Jetzt hätte ich gegen eine Fahrt im Smogmobil gar nichts mehr einzuwenden.

»Hey, Mac.«

Das Lächeln vergeht ihm, als er mich anschaut. »Herrgott, Wyn! Was ist mit dir?« Ohne eine Antwort abzuwarten, fügt er hinzu: »Komm, wir fahren in die Notaufnahme.«

»Nein, bitte nicht. Bring mich einfach nach Hause. Bitte.«

»Du siehst grauenhaft aus. Du brauchst einen Arzt.« Er schlüpft in seine Jacke, hilft mir, meinen Parka anzuziehen, und wickelt mir den Schal um den Kopf.

Ich reiße ihn wieder herunter. »Hör auf!«

»Bin gleich wieder da!«, ruft Mac Kenny zu. Die Kälte draußen fühlt sich gut an, aber nicht einmal der Schnee kann den Geruch nach vergammeltem Müll überdecken – und mehr ist nicht nötig. Ich liege auf den Knien und kotze mir die Seele aus dem Leib. Doch da ich nicht viel im Magen habe, würge ich bald nur noch.

Mac greift mir von hinten unter die Arme, zieht mich hoch und ein Schmerz zerreißt mir den Unterleib. Lichtpunkte explodieren vor meinen Augen und verglühen wie winzige Feuerwerkskörper. »Versuch, flach zu atmen! Schön langsam. So ist es gut. Und jetzt schlucken.«

Ich muss geschrien haben, denn die Hintertür geht auf und Kenny steckt seinen Kopf heraus. »Was ist los?«

Mac sagt: »Ruf einen Krankenwagen.«

Ich schüttle so energisch wie möglich den Kopf. »Nein!«

Kenny ignoriert mich.

»Komm wieder rein.« Mac ergreift meinen Arm.

»Da ist es zu heiß«, murmle ich.

»Willst du dich hinsetzen?«

Ich schüttle abermals den Kopf.

»Wo tut es weh?«

Ich lege die Hand auf die gespannte, warme Stelle unter meiner Jacke. Mac schaut auf seine Uhr.

Kenny erscheint wieder. »Ich bin durchgekommen, aber sie sagen, es dauert mindestens fünfzehn bis zwanzig Minuten. Sie haben diese Nacht alle Hände voll zu tun. Der Schnee –«

»Bis dahin ...« Mac verstummt, was ich völlig in Ordnung finde. Ich glaube, ich will das gar nicht hören. »Hilf mir, sie ins Auto zu schaffen.« Er öffnet die Tür und die beiden hieven mich in den Lieferwagen.

»Glaubst du, du schaffst es?« Kenny guckt zweifelnd, aber Mac grinst und klopft auf die blaue Plane, die über die Ladefläche gespannt ist.

»Ein halber Klafter Eichenholz sollte den Wagen schwer genug machen.«

Er rutscht hinter das Lenkrad und dreht den Schlüssel. Der Lieferwagen gibt eine Art Stöhnen von sich und Mac tätschelt das Armaturenbrett wie einen großen, alten Hund. Als Nächstes bekommen wir ein Knurren zu hören. Ich würde lachen, wenn es nicht so weh täte. Mac ignoriert mich und versucht es aufs Neue. Diesmal folgt dem Stöhnen und Knurren ein Hickser und der Motor beginnt langsam zu knattern.

Es hat wieder angefangen zu schneien. Große Schneesterne segeln auf die Erde und die Straßenlaternen tragen Heiligenscheine. Wenn ich nicht das Gefühl hätte, ein lebendes Frettchen verschluckt zu haben, wäre es bezaubernd. Die Scheinwerfer beleuchten die Gasse vor uns. Mac biegt erst links ab, dann rechts in die Queen Anne Avenue.

»Wo fährst du hin, zum Teufel noch mal?« Keine Antwort. »Verdammt, Mac, ich will nach Hause.«

Er hält an einer roten Ampel. »Wir fahren ins Krankenhaus.«

Sein Gesicht verschwimmt vor meinen Augen. Ich atme panisch weiße Rauchzeichen in die Luft. »Dann bring mich zum Notarzt! Ich muss nicht ins Krankenhaus. Wirklich. Es geht mir bestimmt bald besser. Ich muss nur schlafen. Der Arzt wird mir ein paar Schmerztabletten geben. Oder Antibiotika.« Ich reibe über mein schweißnasses Gesicht und rieche Erbrochenes an meinem Ärmel. Mein Magen revoltiert wieder.

»Atmen und schlucken.« Macs Stimme ist ruhig, aber er hält das Lenkrad so fest, dass seine Fingerknöchel eine weiße, gepunktete Linie bilden.

Die kalte Scheibe fühlt sich gut an meinem Gesicht an. Instinktiv ziehe ich die Beine an den Bauch.

»Schnall dich an«, sagt Mac. Er stellt die Lüftung auf die höchste Stufe. Der Wagen schlittert auf eine Kreuzung.

»Ich kann nicht. Es tut so weh.« Jeder einzelne Nerv meines Körpers steht unter Hochspannung. Ich spüre jeden Pflasterstein, jede Veränderung im Straßenbelag, jedes Schlagloch unter den Rädern. Ich bin nie krank. Nie. Ich bin nicht krank und ich werde auch nicht krank.

»Wie geht es deinem Freund?« Macs Stimme unterbricht meine Litanei.

Ich schaue ihn aus zusammengekniffenen Augen an. »Meinem was?«

»Oder sollte ich *deinem Bruder* sagen?« Ich antworte nicht. »Ihr Kalifornier führt wirklich ein interessantes Leben.«

»Wir waren zweimal zusammen essen. Deswegen ist er noch lange nicht mein Freund.«

»Hat jeder für sich bezahlt?«

»Versuchst du, mich abzulenken, oder willst du mich ärgern?«

»Such dir was aus.« Mac lächelt angestrengt.

Als wir durch ein Schlagloch fahren, zucke ich zusammen. »Was ist das nur? Was ist mit mir los?«

»Blinddarm, würde ich sagen.«

»Nein! Verdammt, nein! Das darf nicht sein. Ich kann mich nicht operieren lassen. Ich kann nicht einen Monat flach liegen.«

»Ich glaube nicht, dass du die Entscheidung in der Hand hast. Wie auch immer, du wirst es genießen. Jede Menge mitleidige Menschen, Karten, Blumen und liebevolle, fürsorgliche Pflege.« Mac runzelt die Stirn. »Das einzige Problem ist nur …«

Ich werfe ihm einen gequälten Blick zu. »Was?«

»Stringbikinis kannst du wahrscheinlich für eine Weile vergessen.«

Mein Kopf fällt gegen die Rückenlehne. »Fuck you, McLeod.«

»Na, was ist das denn für eine Ausdrucksweise?«

»Wirst du wohl aufhören, dich über mich lustig zu machen? Ich habe Angst.«

»Es wird schon gut gehen. Vertrau mir. Ich hab's schon hinter mir.«

»Zeig mir deine Narbe.« Mac lacht und ich spüre, wie die Räder durchdrehen. »Oh, Gott.«

»Es ist nur ein bisschen rutschig«, sagt er. Aber ich erkenne, dass der Schneefall sich langsam in Schneeregen verwandelt. Der Lieferwagen rumpelt mühsam vorwärts. »Sag mir ein Gedicht auf.«

»Ich weiß – aah –« Ich keuche, halte mich an der Armlehne fest, schaukle vor und zurück.

»Okay, ich weiß aber eins. *Ich glaub, was Schön'res sah ich nie, kein Gedicht ist wie dein Knie* –«

»Du hast mein Knie noch nie gesehen.«

»Traurig, aber wahr.« Mac biegt links ab, dann rechts.

Seit wir die Queen Anne Avenue verlassen haben, ist uns kein Auto mehr begegnet. »Na gut, wie wär's damit: *Die Straße ein mondhelles Band im flammenden Moor* –«

»Schlachter«, winsele ich. »Du hast zwei Zeilen ausgelassen. *Der Wind ein schwarzer Sturm in brausenden Wipfeln, der Mond ein bleiches Schiff gestoßen aufs finstre Meer, die Straße ein* – oh, Scheiße –«

»An Scheiße auf der Straße kann ich mich nicht erinnern. Obwohl da ein Pferd war. *Die Straße ein mondhelles Band im flammenden Moor, der Räuberhauptmann reitet, er reitet, reitet hinauf zum Gasthaustor.*«

Am nächsten Berg schlingert der Wagen plötzlich, rutscht rückwärts und kommt an der Bordsteinkante schwankend zum Stehen.

»Mist«, flucht Mac leise. »Dieser Berg …« Er sieht mich an. »Geht es noch?«

»Ich war noch nie im Krankenhaus. Außer, um jemanden zu besuchen.«

Mac dreht das Lenkrad erst in die eine, dann in die andere Richtung, fährt vor, rutscht zurück, stellt den Wagen quer zum Hang und dann fahren wir langsam und in Serpentinen den Berg hoch, wie ein Segelboot, das vor dem Wind kreuzt.

»Halt durch. Wir sind fast da.«

»Ich hatte noch nie eine Narkose. Ich will das nicht.«

Mac lacht auf. »Wyn, es handelt sich hier nicht um eine natürliche Geburt. Ich garantiere dir, du willst nicht wach sein.« Ich kneife vor Schmerz die Augen zu, dann wische ich mir schnell die Tränen aus dem Augenwinkel, damit er nicht sieht, wie wenig tapfer ich bin.

Als wir uns dem Kamm des Hügels nähern, nimmt der Wind zu und treibt den Schnee waagerecht gegen die Windschutzscheibe. Zugegeben, ich bin im Moment nicht gerade fit, aber ich kann mir nicht vorstellen, dass Mac viel mehr sieht als ich. Die Räder drehen wieder durch, aber es ist mir gleichgültig. Ich ziehe den Schal enger um meinen Hals und lehne mich erschöpft an die Tür.

Mac schaltet das Radio ein und die Stimme eines atemlosen Tenors erklingt.

Are the stars out tonight?
I don't know if it's cloudy or bright.

»Oh, das ist gut. Die Flamingos.«

»Mac ...«

»Mach die Augen zu. Hör auf den Text.«

I don't know if we're in a garden
Or on a crowded avenue.

Ein Hit der Schulbälle in den Fünfzigern. Mädchen in duftigen Tüllkleidern mit schwingenden Frisuren und Klimperarmbändern. Jungen mit Bürstenschnitt in dunklen Anzügen mit Aufschlägen. Ich lasse mich treiben.

You are here, so am I.
Maybe millions of people go by.
But they all disappear from view ...

Plötzlich geht es ein bisschen bergab. Ein beleuchtetes rotes Kreuz taucht aus der Dunkelheit auf und ein Schild, auf dem NOTAUFNAHME steht. Mac hupt unablässig, bis wir schlitternd anhalten.

»Hör auf damit! Ich komme mir vor wie eine Idiotin.«

Er ist im Nu draußen und ein kalter Windstoß wirbelt ein paar Schneeflocken herein, die auf dem Sitz schmelzen. Mac schlägt die Tür hinter sich zu. Ich krümme mich in einer erneuten Schmerzattacke.

Draußen entsteht Bewegung und Lärm, mehrere Menschen in grünen Kitteln und weißen Uniformen tauchen auf. Dann liege ich auf dem Rücken auf so einem Ding mit Rädern und Mac durchsucht meine Brieftasche.

»Ruf CM an«, bitte ich ihn. Er nickt.

»Wann haben Sie zuletzt gegessen?«, will eine Schwester wissen. Ich schaue sie verwirrt an, dann sage ich: »Frühstück.« Sie rollt mich auf die Seite und ich spüre einen Nadelstich, gefolgt von einer warmen Welle. Wie durch ein Wunder beginnt der Schmerz nachzulassen, ehe er ganz verschwindet.

Ich unterschreibe ein Papier, das ich nicht lesen kann, dann ziehen die Wände an mir vorbei. Oben rasen fluoreszierende Neonröhren dahin. Mein Kopf fällt nach links. Mac ist immer noch da. Ich glaube, er hält meine Hand. Sie ist sehr kalt. Ich sehe, dass er sich bewegt, auch die weißen und grünen Menschen um mich herum bewegen sich, doch ich scheine zu treiben. Auf einer Luftmatratze, die leicht über sanfte Wellen schaukelt.

Es ist wie ein alter Stummfilm. Die schwarzen Ränder werden immer breiter und das Bild wird kleiner und kleiner, bis ich gar nichts mehr sehen kann.

Ich übergebe mich. Beziehungsweise ich will mich übergeben. Aber eine muntere Schwester lächelt mich an und sagt: »Nicht brechen, Süße. Dann geht es Ihnen erst richtig schlecht.«

Ich schüttle den Kopf. Schlechter kann es mir gar nicht mehr gehen. Mein Magen revoltiert schon wieder. Ich schlucke gehorsam. Ich will schlafen, aber die Schwester hört nicht auf, meine Wange zu tätscheln, mein Gesicht feucht abzutupfen und mir zu sagen, dass ich wach bleiben soll. Dabei kommt sie nachher garantiert, um mir eine Schlaftablette zu geben.

Später wache ich in einem Zimmer auf. Während sich der Nebel auflöst, erkenne ich CMs besorgtes Gesicht. Ich lächle schwach und erleichtert. Sie zieht sich einen Metallstuhl ans Bett und nimmt meine Hand in ihre beiden.

»Wie fühlst du dich?«

»Hab mich nie besser gefühlt. Hat sich irgendwer die Nummer von diesem Lieferwagen notiert?«

CM kichert nervös und presst meine Hand an ihre Wange. »Ich habe mir solche Sorgen um dich gemacht! Woher wusste Mac, dass er mich anrufen soll?«

»Deine Telefonnummer ist in meiner Brieftasche.«

»Scheint ein netter Typ zu sein.«

»Wir sind nur Freunde.«

»Er bat mich, deine Mutter anzurufen, aber ich wollte lieber warten, bis du wach bist …«

»Danke«, seufze ich erleichtert. »Das fehlt mir gerade noch, dass sie wie Florence Nightingale hier herumflattert. Ich werde sie anrufen, wenn ich wieder sicher zu Hause bin. Was für ein Tag ist heute?«

Die Sonne linst durch die Jalousien und beleuchtet verschiedene Metallständer, an denen mit Flüssigkeit gefüllte Plastikbeutel hängen. Sie sind durch Schläuche mit einigen meiner Körperöffnungen verbunden. In meinem Arm steckt eine Infusionsnadel.

»Sonntagnachmittag. Der Schnee schmilzt schon wieder.«

Als ich versuche, mich anders hinzulegen, raubt mir ein stechender Schmerz den Atem. »Mist. Ich glaube, sie haben ein Skalpell in meinem Bauch vergessen.«

»Das ist die Naht, du Dummerchen. Solange du nicht hustest, niest, lachst oder atmest, ist alles gut.«

Es klopft an der Tür. Ein sehr junger Mann in einem blauen OP-Hemd erscheint. Er hat genau solche Locken wie ich und ein Stethoskop um den Hals. Er lächelt.

»Sind Sie derjenige, der mir das angetan hat?«

»Ich bekenne mich schuldig, Euer Ehren. Und es war ausgezeichnete Arbeit, ohne jede Bescheidenheit. Sie müssen nicht gehen«, fügt er hinzu, als CM aufsteht.

»Ich will nur mal schnell runter zum Kiosk, um zu sehen, ob sie diese Dinger auch in Frühlingsfarben haben.« Sie zupft an meinem Krankenhausarmband aus Plastik. Dem jungen Mann fällt beinahe der Kopf von den Schultern, so sehr verrenkt er sich den Hals, um CM nachzuschauen. Er muss sich zwingen, seinen Blick wieder auf mich zu richten.

»Wie fühlen Sie sich heute?«

»Wie die Assistentin des Zauberers, die in zwei Hälften gesägt wurde. Wann kann ich nach Hause?«

»Nun mal langsam. Sie haben sehr viel Glück gehabt, junge Dame. Sie waren ungefähr so nahe ...« – er legt den Zeigefinger an den Daumen – »... an einem Blinddarmdurchbruch. Wirklich, ich habe den kleinen Racker rausgehoben und kaum lag er in der Schüssel, war er hinüber. Ihr Freund hat Sie gerade noch rechtzeitig hergebracht.«

»Ich versichere Ihnen, ich bin allen Beteiligten sehr dankbar, aber ich möchte nach Hause.«

Der Arzt sieht mich belustigt an. »Am Dienstag. Vielleicht sogar schon morgen. Sobald Sie allein aufs Klo können. Und wenn Sie mir versprechen, dass Sie mindestens drei Wochen lang nicht Auto fahren.«

»Das kann ich Ihnen jetzt schon versprechen. Ich habe kein Auto.«

»Und dass Sie mindestens zwei Wochen lang keine Gewaltmärsche unternehmen –«

»Und wie soll ich zur Arbeit kommen?«

»Gar nicht. Und Sie dürfen die nächsten sechs Wochen auf keinen Fall irgendetwas heben, das schwerer ist als ein Sandwich.«

»Soll das ein Witz sein? Ich bin Bäckerin. Heben ist die halbe Arbeit.«

»In den nächsten sechs Wochen nicht.« Der Arzt schüttelt den Kopf. »Sie müssen akzeptieren, dass Sie gerade eine schwere Operation hinter sich haben. Sechs Wochen ist das absolute Minimum, ehe Sie wieder Ihrem normalen Alltag nachgehen können. Vor allem, wenn Ihr Alltag schwere körperliche Arbeit ist.«

Ich verschränke die Arme und starre ihn an. »Na gut. Kommen Sie mit zu mir und bedienen mich?«

»Kein schlechtes Angebot, aber im Moment habe ich leider keine Zeit.« Er schenkt mir ein bezauberndes Lächeln, doch ich bin dafür im Moment überhaupt nicht empfänglich. »Mrs. Morrison, Scherz beiseite, Ihr Körper braucht eine gewisse Zeit, bis alles wieder ordentlich zusammengewachsen ist. Das ist einfach eine Tatsache.«

»Wissen Sie was? Tatsache ist, ich lebe allein. Und ich habe keinen Typen namens Cato, der auf meine Anweisungen wartet.«

»Wissen Sie, was Verwachsungen sind?«

»Muss ich das wissen?«

Er seufzt. »Nein. Aber wenn Sie Ihre Wunde nicht in Ruhe heilen lassen, werden Sie es erfahren. Und es wird keine angenehme Erfahrung sein.«

Als er endlich damit fertig ist, mir Verwachsungen, Darmverschlüsse, Abszesse, chronische Schmerzen und drohende Operationen in allen schrecklichen Einzelheiten zu schildern, habe ich mich widerwillig mit meinem neuen Status als Invalidin abgefunden.

Mac ruft am Montagnachmittag an. Er fragt, ob er mich besuchen soll, und ich verkünde ihm, dass ich allein pinkeln kann. Seit ich als Kind endlich aufs Töpfchen ging, war ich nicht mehr so stolz darauf, allein aufs Klo gehen zu können.

Mac lacht. »Heißt das, du brauchst einen Chauffeur, der dich nach Hause fährt?«

»Wenn du Zeit hast? Ich würde es begrüßen, so schnell wie möglich hier rauszukommen. Dieser Ort ist deprimierend. Ringsum nur kranke Menschen.«

»Du musst allerdings erneut mit dem Smogmobil vorlieb nehmen.«

»Ich entschuldige mich für alle spöttischen Kommentare über den Elky, die unbeabsichtigt über meine Lippen gekommen sind.«

»Unbeabsichtigt? Na, wenn das mal stimmt!«

Ich muss mir ein Grinsen verkneifen. »Mac, ich bitte dich untertänigst um Vergebung.«

»Okay, es sei dir verziehen. Wann kannst du weg?«

»Sobald du mit der Rostlaube hier bist.«

In einer Sache hatte Mac Recht. Es ist lange her, seit ich so viel Aufmerksamkeit erhalten habe. In den ersten Tagen stehe ich allerdings zu sehr unter Schmerzmitteln, um es richtig genießen zu können. CM füllt mein Tiefkühlfach mit Suppen und Eintöpfen, sie hilft mir beim Baden und flicht meine Haare. Ellen und Diane bringen mir Brot und Scones.

Cody kommt mit Keksen und einem Holzschnitt. Er zeigt einen Laib Brot, in warmen Braun- und Rosttönen.

»Cody, das ist wunderschön! Es muss unbedingt in der Bäckerei hängen. Kannst du einen zweiten Druck davon machen?«

»Klar.« Sie zuckt mit den Schultern und ist verlegen über so viel Aufhebens.

»Ich finde, wir könnten auch T-Shirts bedrucken lassen.«

»Wozu?«

»Um sie zu verkaufen natürlich!«

»Du meinst, T-Shirts mit meinem Design drauf?« In Codys Augen blitzt Interesse auf.

»Genau. Und vielleicht auch Kaffeebecher. Sag doch Ellen, sie soll mich mal anrufen.«

»Cool! Ach, übrigens, ich soll dich von Linda grüßen.«

»Das glaubst du doch selbst nicht.«

»Doch, ernsthaft. Sie vermisst dich richtig.«

»Cody, hör auf! Es tut weh, wenn ich lache.«

Mac bringt mir Kassetten und Bücher. Er liest mir vor, wenn ich zu erschöpft bin, um mich zu konzentrieren. Wenn man älter wird, vergisst man, wie schön es sein kann, eine Geschichte zu hören, anstatt sie selbst zu lesen. Unwillkürlich muss ich an die alten Geschichtenerzähler denken, die sich mit ihren Zuhörern früher im dunklen Dschungel um ein Lagerfeuer versammelten.

Nach einer Woche brauche ich keine Schmerztabletten mehr zu nehmen, sodass ich durchaus in der Lage wäre, selbst zu lesen. Doch Mac liest mir weiter vor, weil wir es beide genießen.

Zwei Wochen nach der Operation taucht er zur Feier des Tages morgens um halb zehn mit einer weißen Tüte und einer Ausgabe von *Der große Gatsby* auf. Ich krieche wieder unter die Decke, während Mac Kaffee kocht.

»Wenn die Schmerzen nicht wären, könnte ich mich daran gewöhnen: lange schlafen, mir Essen und Musik bringen zu lassen ... Lies mir was vor.«

»Genieße es. Sobald du wieder fit bist, werde *ich* nämlich krank und dann kannst du mir vorlesen.«

»Heißt das, ich muss dich im Smogmobil ins Krankenhaus fahren?«

»Nein, ich werde zu Hause krank. Elky würde für dich niemals anspringen.« Mac legt eine Kassettenhülle auf den Tisch. »Hier ist eine neue Kassette.«

»Welche Art Musik?«

Er durchsucht meinen Schrank. »Hast du keine sauberen Tassen mehr?«

»Doch. CM hat alles abgewaschen. Keine Ahnung, wo sie sie hingeräumt hat. Wer ist auf der Kassette?«

»Bo Diddly, Chuck Berry, Jackie Wilson, Sam Cooke.« Mac reicht mir einen Becher mit Kaffee und wirft die weiße Tüte aufs Bett. Sie enthält ein perfektes, noch warmes, goldenes Croissant.

»Oh, Mac, danke.« Ich atme den Duft nach Butter ein. »Ist es von *Le Panier*?«

»Natürlich! Ich würde es niemals wagen, dir ein Brot-Hörnchen von *Phoebe's* mitzubringen.«

Ich halte mir keuchend den Bauch. »Bring mich bitte nicht zum Lachen.« Ich beiße in das Croissant und die hundert buttrig-knusprigen, hauchdünnen Schichten zerspringen in winzige Stückchen. »Es schmeckt wunderbar! Vielen Dank. Willst du mal beißen?«

»Nein, ich habe unterwegs schon eins gegessen.« Mac setzt sich in den Klubsessel, legt den rechten Stiefel auf das linke Knie.

»Du bist früh dran für einen Samstag.«

Er blättert die Seiten um. »Ich war noch gar nicht zu Hause. Kenny und ich sind gestern Abend zusammen unterwegs gewesen und am Ende bei einer Party auf dem Capitol Hill gelandet.«

Ich spüre einen seltsamen Stich in der Magengegend, weit weg von meiner Narbe. »Habt ihr euch gut amüsiert?« Ich steige aus dem Bett und gehe langsam zum Herd, um mir noch einen Kaffee zu holen. »Willst du auch noch Kaffee?«

»Nein, danke.« Ein kurzes Atemholen, dann: »Laura war da.«

»Habt ihr miteinander geredet?«

»Nein, sie war in Begleitung.«

»Und was hast du dabei empfunden?« Ich mache es mir wieder auf dem Futon bequem, vorsichtig meinen Becher balancierend.

Mac legt den Kopf zurück und lacht. »Wieder mal typisch Kalifornien.«

»Schon gut. Ich dachte nur, du willst darüber reden. Wenn nicht, ist es auch in Ordnung. Warum hören wir nicht die Kassette?«

»Weil ich vorlese, und ich will nicht, dass du abgelenkt bist. Du kannst sie dir später anhören.«

Ich schließe die Augen und lausche, wie Mac zu Nick Carraway wird, verloren in der glitzernden Welt der Buchanans, und ich erinnere mich dunkel daran, dass ich meinen Namen in Jordan ändern wollte, als ich das Buch mit sechzehn zum ersten Mal las. Jetzt ist Mac an der Stelle, wo Daisy Nick von der Geburt ihrer Tochter erzählt. »*Hoffentlich ist sie eine Närrin – das ist noch das Beste für ein Mädchen auf dieser Welt, eine entzückende kleine Närrin.*«

Mac schlägt das Buch zu. »Tut mir Leid, ich bin hundemüde.«

»So ist das, wenn man die ganze Nacht unterwegs ist. Geh nach Hause und schlaf dich aus. Aber lass mir das Buch da!«

Mac dreht den Kopf hin und her und reibt sich den Nacken. »Du liebe Güte, bin ich verspannt.«

»Komm her. Mein Vater hat immer behauptet, dass ich wunderbar den Nacken massieren kann.«

»Pass bloß auf, dass du dir nicht weh tust.«

»Setz dich hin und sei still.«

Mac lässt sich auf dem Boden nieder, streckt seine langen Beine vor sich aus und ich setze mich im Schneidersitz aufs Bett und massiere die verhärteten Muskelstränge in seinem Nacken. Alles ist wunderbar, bis ich anfange, darüber nachzudenken. Mac und ich fassen einander nicht an. Das ist ein ungeschriebenes Gesetz zwischen uns. Ein kleiner Stupser mit dem Ellbogen, weiter gehen wir nicht. Jetzt dämmert mir langsam, warum nicht.

Weil ich mir jetzt prompt vorstelle, mit meinen Fingerspitzen die glatte Rundung seines Rückens zu berühren. Ich starre auf die Stelle, wo sein Nacken in die Schultern übergeht, und frage mich, wie sie sich unter meinen Lippen anfühlen würde. Das wird mir zu kompliziert.

»Okay«, sage ich ein wenig zu munter. Ein Schlag auf die Schulter. »Das war's. Es tut mir ein bisschen weh. Ich glaube, alles ist irgendwie mit den Bauchmuskeln verbunden.«

»Danke.« Mac steht nicht auf und dreht sich auch nicht um.

Als meine Mutter versuchte, mir Klavierstunden zu geben, erklärte sie mir auch das *una-corda*-Pedal, das ist das linke. Wenn man es tritt, wird die Klaviatur ganz leicht und fast unsichtbar nach rechts verschoben, sodass die rechte Hälfte der Hämmer nur noch zwei Saiten statt der drei anschlägt. Der Pianist spielt weiter wie zuvor, aber die Musik klingt anders, weicher. Genauso hat sich die Welt gerade verschoben.

Ein Klopfen an der Tür schreckt uns auf und ein stechender Schmerz zuckt durch meine Narbe. Mac rappelt sich hoch.

Von meiner Ecke aus kann ich die Veranda nicht sehen. Ich sehe nur sein Gesicht. Mac guckt unbeteiligt, sein Gesichtsausdruck verrät nichts von seinen Gedanken. Er tritt zurück und Gary erscheint mit einem gigantischen Strauß aus blassgelben Rosen in den Armen.

Ich muss mich räuspern. »Gary! Was machst du denn hier? Entschuldigung. Das ist mein Freund, Mac McLeod. Gary Travers.«

Und damit nur ja niemand etwas falsch versteht, beugt Gary sich zu mir herunter und küsst mich. Ich ziehe meinen Kopf so schnell wie möglich wieder zurück.

»Ich gehe dann lieber.« Mac greift nach seiner Jeansjacke.

Ich schaue an Gary und den Rosen vorbei. »Mac? Bis bald.«

Nachdem die Tür hinter ihm ins Schloss gefallen ist, lädt Gary die Rosen auf dem Küchentisch ab. Er hängt seine Lederjacke auf, setzt sich neben mich und ergreift meine Hände.

»Warum hast du mich nicht angerufen?«

»Warum sollte ich? Wir hätten uns doch sowieso nächste Woche gesehen. Woher weißt du, dass ich krank bin?«

»Ich habe gestern mit deiner Mutter gesprochen. Wenn ich es gewusst hätte, wäre ich sofort hergekommen, um mich um dich zu kümmern.« Er hebt meine Hände an seinen Mund.

Ich schenke ihm ein tröstendes Lächeln. »All meine Freunde haben sich um mich gekümmert.«

»Mac zum Beispiel?«

»Ja, auch Mac. Er hat mich ins Krankenhaus gefahren, als es mir so schlecht ging.«

Garys Hände streichen durch meine Haare. »Es tut mir Leid, Wyn. Vielleicht hätte ich nicht einfach hier hereinplatzen sollen, aber als deine Mutter mir von der Notoperation erzählte, bin ich panisch geworden.«

»Du und meine Mutter.« Ich lächle. »Es war schwer genug, sie davon abzuhalten, mit dem nächsten Flieger hierher zu kommen. Aber es geht mir gut. Die Fäden sind gezogen und ich muss mich nur noch eine Weile schonen, bis alles wieder richtig zusammengewachsen ist.«

»Dann werden wir uns auch schön daran halten.«

Die Art, wie er mein Gesicht in den Händen hält, als wäre ich ein kostbares Kunstwerk, lässt meinen Widerstand schmelzen. Garys Kuss ist sanft, aber beharrlich, und plötzlich möchte ich Dinge tun, die ich noch gar nicht wieder tun darf.

Gary schneidet pedantisch jede einzelne Rose frisch an und arrangiert sie in meinem einzigen größeren Behältnis, einem Blecheimer. Es sind so viele, dass sie geradezu angeberisch aussehen.

»Danke für die Blumen. Sie sind wunderschön.«

»Ich bin froh, dass sie dir gefallen.« Gary trocknet sich die Hände an dem Geschirrtuch ab. »Ich hole nur schnell meine Tasche aus dem Auto.«

Meine Augen weiten sich. »Deine *was*?«

»Meine Tasche. Meinen Koffer.«

»Du meinst, du bleibst hier?«

»Nun, ja ... Es sei denn, du willst es nicht. Ich habe alles so organisiert, dass ich die ganze Woche bleiben kann.«

»Meine Wohnung ist so klein ...« Ich merke selbst, dass mein Protest nicht nur wenig überzeugend, sondern auch kleinlich und undankbar ist. »Du wirst nicht genug Platz haben, um zu –«

»Ich bin hier, um für dich zu sorgen. Ich werde dir nicht im Weg sein, versprochen. Ich muss morgen ein paar Anrufe erledigen, aber die meiste Zeit werde ich nur dein ergebener Sklave sein.« Gary beugt sich herunter, um mich zu küssen. »Ach übrigens, ich hoffe, du hast nichts dagegen, dass ich Erica und den Kindern deine Telefonnummer gegeben habe. Und ein paar Mitarbeitern. Ich habe ihnen gesagt, sie können mich hier erreichen.«

Er verschwindet durch die Tür.

Eine Woche lang halte ich es sicher aus. Immerhin schmeißt er seinen ganzen Terminkalender um, kommt extra hierher, bringt Unmengen Blumen mit. Wie kann ich ihn da rauswerfen?

Zum Abendessen wärmt Gary eine von CMs Suppen auf. Er hat einen Laib knuspriges Sauerteigbrot und zwei Flaschen Napa Valley Cabernet aus Kalifornien mitgebracht.

Offenbar hat er vergessen, dass ich Brot backe. Vielleicht bin ich auch einfach zu pingelig.

Allerdings genieße ich, als er beim Abwaschen an der Spüle steht, durchaus den Anblick seines Hinterns. Er hat einen Kopfkissenbezug vor dem Bauch in den Gürtel gesteckt, weil ich keine Schürzen besitze. Irgendwann dreht er sich um und lächelt. Wie immer mit halb gesenkten Lidern.

»Worüber lachst du?«

»Über dich, wegen der provisorischen Schürze und deinem attraktiven Hinterteil, das sich so verlockend bewegt. Und ich lache nicht, ich lächle. Ich genieße sozusagen die Show nach dem Essen.«

»Du solltest lieber nicht so reden, sonst schraubst du meine Erwartungen hoch und kannst sie dann doch nicht erfüllen ...«

Als Gary mit dem Abwasch fertig ist, zieht er die Schuhe aus und streckt sich neben mir aus. Eine von Macs ruhigeren Kassetten läuft.

»Hast du nicht was Romantischeres als Otis Redding?«

»Ich finde Big O ziemlich romantisch. Du musst auf den Text hören! Wie die Worte mit der Musik ineinander greifen ... aber wenn es dir nicht gefällt ... Da oben liegt, glaube ich, eine Frank-Sinatra-Kassette. Und ich weiß, dass ich auch eine mit Ella Fitzgerald habe.«

Bald darauf singt Ella Fitzgerald *Time We Say Goodbye* und ich versuche, die Gedanken an den Abend zu verdrängen, als Mac mit mir zum ersten Mal zu *Lofurno's* gegangen ist. Gary schiebt den Ärmel meines Sweatshirts hoch und streichelt mich in der Ellbeuge.

»Das fühlt sich gut an.«

»Was glaubst du, wann du wieder seetauglich bist?«, fragt er und knabbert an meinem Ohrläppchen.

»Keine Ahnung. Die Anweisungen für das Verhalten

nach der Operation waren nicht sehr eindeutig. Es stand dort nur: *Kehren Sie allmählich zu dem Maß Ihrer früheren sexuellen Aktivitäten zurück.* Die wissen doch nicht einmal, was mein früheres Maß war! Ich könnte auch die Rasthaus-Annie sein.«

»Allmählich?« Garys Atemfrequenz erhöht sich. »Wenn wir darauf hinarbeiten müssen, sollten wir vielleicht langsam anfangen. Zum Beispiel jetzt.«

»Ich glaube nicht, dass das gut wäre.«

»Und wenn ich dich einfach nur streichle?«

Ich lächle. »Wie wäre es, wenn ich *dich* einfach nur streichle? Schließlich bist du derjenige mit der Pistole in der Hosentasche.«

Als ich mit der Hand über seinen Hosenbund fahre, hält er die Luft an. Ich öffne den Reißverschluss, lasse meine Hand hineinschlüpfen, befreie den Junior. An der Art, wie Gary hochschreckt, als ich mich über ihn beuge und ihn in den Mund nehme, schließe ich, dass Erica kein Fan von oralem Sex war. Nach dem anfänglichen Schock sinkt Gary zurück und lässt sich beglücken. Seine jungenhafte Aufregung macht mich an, aber die unterwürfige Dankbarkeit hinterlässt bei mir ein vages Unwohlsein. Wie die meisten Männer hat er keinen Schimmer, was er tun soll, wenn er nicht das Kommando übernehmen kann.

»Das war unglaublich«, haucht er, als er mich später im Arm hält. »Ich wünschte, ich könnte dir auch etwas Gutes tun.«

»Gary, du tust mir etwas Gutes. Ich mag es, wie du mich im Arm hältst. Es muss nicht immer gleich um einen Orgasmus gehen.«

Dies alles ist offensichtlich völlig neu für ihn.

Das Telefon klingelt um sieben Uhr in der Früh und Gary greift danach, ehe ich mich überhaupt umdrehen kann. Er verbringt eine Viertelstunde damit, Fragebögen für potenzielle Mitarbeiter zu besprechen.

»Und vergessen Sie nicht, jedem das Formular wegen des Drogentests zu geben. Und lassen Sie mich wissen, wie viele gute Bewerber dabei sind. Wenn es nicht mindestens sechs sind, müssen wir die Anzeige noch mal schalten.«

Inzwischen bin ich hellwach. Mir graut davor, meine innere Uhr umstellen zu müssen, wenn ich nächste Woche wieder arbeiten gehe. Als Gary zurück unter die Decke kriecht und versucht, zärtlich zu werden, schaue ich ihn böse an.

»Da dies mein Haus ist, finde ich, dass ich ans Telefon gehen sollte.«

»Entschuldige. Ich wollte dich nicht wecken.«

»Wie soll ich denn schlafen, wenn du das gesamte Unternehmerhandbuch rezitierst?«

»Es tut mir Leid.«

»Schon gut. Es ist nur – es hätte auch meine Mutter sein können, oder sonst jemand.« Sie würde vermutlich in Ekstase geraten, wenn sie ihn am Telefon hätte, aber das behalte ich lieber für mich.

»Du hast Recht. Ich werde nur noch drangehen, wenn du mich darum bittest.«

Gegen Mittag duscht Gary und zieht sich an. »Ich habe einen Termin, bin aber ganz bald wieder da.« Er sieht mich besorgt an. »Kommst du allein zurecht?«

»Natürlich. Ich war schließlich die meiste Zeit allein, seit ich hier liege. Ich esse, schlafe, werde fett und faul.«

»Glaubst du, wir könnten heute Abend ausgehen?«

»Schon möglich. Geh erst mal zu deinem Termin. Wir besprechen es, wenn du wieder da bist.«

»Soll ich dir etwas zum Mittagessen aufwärmen, bevor ich gehe?« Gary schiebt seine weiche Lederjacke von einer Hand in die andere.

»Nein, das schaffe ich schon. Ich soll sowieso mehr aufstehen und rumlaufen. Nun geh schon.«

Als er weg ist, stelle ich fest, wie erschöpft ich bin. Als hätte ich die letzten vierundzwanzig Stunden auf der Bühne gestanden oder zumindest in einem Schaufenster. Im Bad zeugen nur ein paar Barthaare im Waschbecken von Garys Anwesenheit. Alles ist sauber ausgewischt, zugeschraubt, fest verschlossen. Ich lasse die Wanne mit heißem Wasser halb voll laufen und setze mich auf den Rand, um mich zu waschen. Ich reinige meine verkrustete Narbe und tupfe sie vorschriftsmäßig trocken.

Dann vertreibe ich mir die Zeit in der Küche, wasche die Kaffeekanne ab, mache mir ein Walnuss-Vollkornbrot mit Erdnussbutter. Ich nehme Ella Fitzgerald aus dem Kassettenrecorder und lege die neue Kassette ein, die Mac mir mitgebracht hat. Bo Diddlys *A Gunslinger*, Chuck Berrys *Sweet Little Sixteen*. Irgendein Gedanke schießt mir immer wieder durch den Kopf, doch wenn ich ihn fassen will, flutscht er weg wie ein nasses Stück Seife in der Dusche.

Dann beginnt Jackie Wilson *Doggin' Around* zu jaulen. Bei seinem hohen *Yeah* und der Art, wie seine Stimme anschließend sinkt, bekomme ich eine Gänsehaut.

»Dir scheint es ja schon viel besser zu gehen. Das hört sich an, als fände hier eine Party statt!« CM schwingt die Tür auf.

»Mir geht's ganz –« Das Wort erstirbt in meinem Mund, weil sie mir einen Brillantring unter die Nase hält. »Wahnsinn.«

Ein seltsames Schweigen entsteht. »Ist das alles, was du sagen kannst?« CM lacht nervös.

Ich umarme sie. »Gratuliere.« Ich will lächeln, aber mein Gesicht ist wie erstarrt. Komm schon, Wyn. Sie ist deine beste Freundin und außer sich vor Freude. Nur eine kleine Lüge. »Ich freue mich wirklich für dich.«

»Ja, das sehe ich.«

»Ich bin eben einfach … überrascht. Seit wann hast du ihn?«

Sie streckt ihre Hand aus und dreht sie hin und her, sodass der Sonnenstrahl, der durch das Fenster hereinfällt, sich in dem Stein bricht und einen Regenbogen an die Wand wirft. »Ganz schön protziger Stein, findest du nicht? Ich habe ihn gestern Abend bekommen.« CM fällt in den Klubsessel. »Er kam einfach mit einer Flasche Dom Perignon und ein paar Rosen zur Tür hereinspaziert. Ich hab gefragt, was es denn zu feiern gibt, und er sagte –«

Ich frage mich, wo zum Teufel er das Geld für einen Brillanten und Dom Perignon her hat, da er doch zurzeit nicht arbeitet, sondern auf CMs Kosten lebt.

»Herrje, ich hoffe, ich langweile dich nicht.«

Ich sehe sie an. »CM, bitte sei nicht sauer auf mich.«

Sie lächelt, aber ich merke, dass es nicht von Herzen kommt. »Ich bin nicht sauer. Ich hätte nur ein bisschen mehr Begeisterung oder so etwas erwartet.« Sie zuckt die Achseln. »Vielleicht ist das ja zu viel verlangt.«

»Ich mache mir eben Sorgen«, sage ich lahm.

CM steht auf und stemmt die Hände in die Hüften. »Kannst du nicht einfach glücklich für mich sein, weil ich glücklich bin?«

Ich schlucke. »Darf ich ganz ehrlich sein?«

»Ich habe das Gefühl, du wirst es auf jeden Fall sein, egal, was ich sage.«

»Es tut mir Leid, aber ich frage mich, ob es wirklich das ist, was du willst? Verheiratet sein?«

»Eigentlich nicht. Aber ich habe im Frühling noch keine Kurse, da dachte ich, dann kann ich genauso gut heiraten.«

»Komm, setz dich.« Ich lasse mich vorsichtig nieder und klopfe neben mich auf den Futon. CM geht jedoch zum Fenster und sieht angelegentlich nach draußen. »Ich denke gerade an neulich. An David und mich, aber es könnte auch auf dich und Neal passen.«

CM dreht sich um, lehnt sich an die Fensterbank. »Ja?«

»Kann sein, dass es blöd klingt, aber erinnerst du dich noch an die Theorie, die du darüber aufgestellt hast, wen du mal heiratest?«

»Nein.«

»Du hast einmal zu mir gesagt, du glaubst, dass die Menschen dazu neigen, den zu heiraten, mit dem sie gerade zusammen sind, nur weil ihre innere Uhr ihnen sagt, es sei an der Zeit. Egal, ob –«

»Also wirklich, Morrison! Ich war höchstens neunzehn, als ich mir das ausgedacht habe. Es hat absolut nichts mit der Realität zu tun.«

»Na ja ... es ist noch gar nicht so lange her, da warst du dir absolut nicht sicher, ob du Neal überhaupt wieder sehen willst. Und du magst Brillanten doch gar nicht«, platze ich heraus.

Ihre Augen verengen sich. »Was ist los mit dir? Ist es denn wichtig, was für ein Ring es ist?« Inzwischen läuft CM vor mir auf und ab.

»CM, ich will, dass du dich hinsetzt und mir zuhörst –«

»Meine Ohren funktionieren im Stehen wunderbar.«

»Nein, bitte, setz dich.« Ich senke die Stimme. »Bitte.«

Sie hockt sich auf einen Stuhl. Nur auf die Kante, damit sie sofort aufspringen und mich erwürgen kann.

»Ich will, dass du glücklich bist. Das weißt du.« Ich halte inne, hoffe, dass sie mir zustimmt, aber sie reagiert nicht. »Warum hat er dir einen Brillanten geschenkt?«

»Sie müssen dir aus Versehen ein Stück von deinem Gehirn rausgeschnitten haben, als sie den Blinddarm operierten. Was glaubst *du*, warum er mir einen Brillanten geschenkt hat? Weil er mich liebt! Er will mich heiraten. Ist das so schwer zu verstehen? Glaubst du, du bist die Einzige auf der Welt, die heiraten kann?«

Ich sollte einfach den Mund halten. Jetzt ist es noch nicht zu spät. Doch leider kann ich nicht aufhören. »Nein, aber – er kennt dich. Er weiß, dass du Brillanten nicht magst –«

»Verdammt noch mal, was willst du mir damit sagen?«

»Neal hat dir einen Brillanten geschenkt, weil *er* ihn wollte, nicht weil du ihn wolltest –«

»Du!« Sie zeigt mit dem Finger auf meine Nase. »Du bist doch nur neidisch!«

»Ja, das bin ich, aber das hat nichts hiermit zu tun.« CM ist stinksauer. Jetzt kann ich auch aufs Ganze gehen. »Erkennst du denn nicht, was los ist? Du bist in Torschlusspanik geraten –«

»Wag es ja nicht! Noch ein Wort und –«

»Neal Brightman ist nicht deine letzte Chance.«

Sie ist schon auf den Füßen und stürmt auf die Tür zu.

»Hör mir zu!« Ich springe auf und schnappe nach Luft, als ich den scharfen Stich in meinem Bauch spüre. »Der Mann kann dich nur lieben, wenn es für ihn von Vorteil ist, weißt du das nicht mehr?«

CM dreht sich blitzschnell um und schießt mir einen Blick zu, der eisig ist wie ein arktischer Wind. »In jeder Beziehung gibt es Probleme, wie vor allem *du* wissen solltest. Immerhin vögelt Neal nicht seine Sekretärin.« Sie hat zumindest so viel Anstand, selbst ein betretenes Gesicht wegen dieser Äußerung zu machen.

»Hast du vergessen, was wir uns geschworen haben? Wenn eine von uns dabei ist, einen großen Fehler zu begehen, soll die andere es ihr sagen, egal, was geschieht? Ich versuche nur, dir zu helfen –« Die Worte purzeln aus meinem Mund wie Bauklötze, die ein tollpatschiges Kind umstößt.

»Den Teufel tust du!«, fährt CM mich an. »Du bist eifersüchtig, weil ich zur Abwechslung mal jemanden habe und du nicht. Du erträgst es einfach nicht, dass es in meiner Karriere und in meiner Beziehung gut läuft. Ich dachte …«

Wahrscheinlich werde ich nie erfahren, was sie dachte. CM knallt die Tür so heftig zu, dass sie wieder auffliegt, und ich humple hinter ihr her.

»CM! Warte. Rede mit mir!« Ich umrunde die Schierlingstanne gerade in dem Augenblick, als sie losfährt. Ich halte mich an einem Ast fest, um nicht das Gleichgewicht zu verlieren. Kühl und weich liegen die Nadeln in meiner Hand.

»Sie ist nicht seine Sekretärin«, sage ich ins Leere.

Siebzehn

Ich könnte mich übergeben, aber ich weiß genau, wie es mir danach gehen wird. Also mache ich mir lieber eine warme Cola auf und trinke sie in kleinen Schlucken, bis die Übelkeit nachlässt.

Ob CM nicht merkt, wie sehr sie sich verteidigen muss? Versteht sie denn wirklich nicht, dass das nie funktionieren wird? Sobald Neals Doktorarbeit den Bach runtergeht – und das passiert bestimmt –, wird er sich wieder an ihrer Schulter ausweinen. Mister Selbstmitleid. Gleichzeitig wird er CM wieder vorwerfen, sich nicht genug um ihn gekümmert zu haben und nur an sich selbst zu denken. Er wird herummeckern und jammern und ihr ein schlechtes Gewissen einreden. Und dann wird sie sich wieder bei mir ausheulen.

So wie ich mich immer bei ihr ausheule.

Natürlich werden wir die Situation in den Griff bekommen und genau da weitermachen, wo wir aufgehört haben. Entweder CM heiratet Neal oder nicht. Entweder sie wird glücklich oder nicht. Zwischen uns wird das nichts ändern. In ein paar Tagen werden wir telefonieren und darüber lachen.

Nur, wie kommt sie darauf, dass ich nur neidisch bin?

Okay, das bin ich, aber nur im Allgemeinen. Damit hab ich mich schon vor langer Zeit abgefunden. Wie soll man nicht auf eine Frau neidisch sein, die einen manchmal durch ihre bloße Anwesenheit für andere unsichtbar macht? Aber neidisch darauf, dass sie heiratet? Also wirklich nicht. Und dann dieser Seitenhieb, dass David mit seiner Sekretärin ins Bett gehe! Sie denkt wohl, sie kann über ihn lästern, wann immer sie gerade Lust dazu hat. Aber wenn ich nur einmal etwas über Neal sage – und dann auch noch etwas ziemlich Harmloses –, fällt sie über mich her wie eine Furie.

Ich muss jetzt unbedingt Brot backen. Ich habe das dringende Bedürfnis, aber ich kann nicht.

Als Gary zurückkehrt, telefoniere ich gerade mit Jen und notiere mir ihr persönliches Rezept für Scones aus Mürbeteig.

3 Tassen Mehl
1/2 Tasse Zucker
5 TL Backpulver
1 TL Salz
1 Tasse ungesalzene, gekühlte, in kleine Würfel geschnittene Butter
1/2 Tasse getrocknete, für zehn Minuten in Orangensaft eingelegte Preiselbeeren
1 Ei
1/2 Tasse Milch
1 Stück Orangenschale

Mehl, Zucker, Backpulver und Salz in eine große Schüssel geben. Butter hineinschneiden und alles vermengen, bis der Teig in erbsengroße Krümel zerfällt. Preiselbeeren abgießen und hinzufügen. Milch, Ei und

Orangenschale in einer kleinen Schale verrühren. Zu den trockenen Zutaten geben und so lange vermischen, bis der Teig einen gleichförmigen, festen Klumpen bildet.
1–2 cm dick auf einer mit Mehl bestreuten Oberfläche ausrollen. In die gewünschte Form schneiden und einfrieren oder etwa 25 Minuten (wenn gefroren, entsprechend länger) bei 180 Grad Celsius backen.

Gary läuft ziellos durch die Wohnung, bis ich auflege, und dann muss ich ihm berichten, was ich in der Zwischenzeit alles gemacht habe. Ich verschweige ihm die Szene mit CM. Als ich Mehl, Zucker und Butter aus dem Schrank räume, fragt er: »Was machst du da?«

»Scones.«

Er schaut mich an, als hätte ich den Verstand verloren. »Warum?«

»Weil ich muss.«

»Können wir nicht einfach welche kaufen?«

»Hör zu, Gary, es kommt mir nicht auf die Scones an, sondern darauf, sie zu backen. Ich werd sonst verrückt. Gieß uns doch ein Glas Wein ein, setz dich in den Sessel und erzähl mir alles über dein Treffen.«

Er entkorkt den Napa Cab und schenkt zwei Gläser ein. Ich muss zugeben, dass ich nicht allzu genau hinhöre, als er von seinem Treffen erzählt. Es ging darum, Bewerbungsgespräche in Portland zu führen, glaube ich. Ich verteile die Butter über den trockenen Zutaten und denke über CM nach.

»... also schalten wir Anzeigen in den College-Zeitungen. Aber dann muss man denen klarmachen, dass Leute, die einen Parkservice nutzen, normalerweise älter sind und ihren Lincoln oder Mercedes nicht gern jemandem anvertrauen, der wie ein radikaler Junkie aussieht. Also müssen sie sich die Haare schneiden, saubere Fingernägel haben und dürfen auf gar keinen Fall einen Bart tragen ...«

Ich stelle mir innerlich boshaft grinsend vor, wie Neal gesagt bekommt, dass er sich den Bart abrasieren muss, damit er für Garys Firma Autos parken darf.

Schließlich lege ich den Teig auf die Arbeitsfläche und rolle ihn mit meinem Nudelholz aus dem Supermarkt aus. Dabei fällt mir das große Ahornnudelholz meiner Großmutter ein, das nun unbenutzt in einer Schublade in der Küche meiner Mutter herumliegt. Das Ding wiegt ungefähr zweieinhalb Pfund und gleitet über den Teig wie ein Schlittschuh über einen zugefrorenen See. Durch die vielen Pastetenteige, Plätzchen und Kuchen ist das Holz glatt und golden geworden. Großmutter reinigte es immer, indem sie Mehl darauf verrieb und es dann mit einer Mehltüte abwischte.

»Ein Nudelholz darf man nie spülen«, erklärte sie mir.

»Hast du wegen heute Abend nachgedacht?«, fragt Gary.

Wahrscheinlich merkt er, dass ich ihm nicht zugehört habe, weil ich den Kopf so plötzlich hebe. Trotzdem lächelt er wie ein Chorknabe in seinem blauen Oxford-Hemd mit Button-down-Kragen und seiner Khakihose. Das Haar fällt ihm weich in die Stirn. Warum freue ich mich nicht einfach über mein Glück und lasse mich darauf ein?

Ich nehme ein großes Küchenmesser heraus und schneide den Teig in Dreiecke.

Gary versucht es noch einmal. »Also, wozu hättest du Lust?«

Ich hole ein Backblech hervor, lege die Scones in ordentlichen Reihen darauf und verstaue das Blech im Gefrierfach. Dann drehe ich mich um. »Kann ich dich was fragen?«

Er lächelt. »Klar.«

»Hast du Erica je betrogen?«

Das Lächeln verdampft wie Wasser auf einer heißen Herdplatte. »Nein. Warum?«

»Hast du es dir jemals gewünscht?«

»Eigentlich nicht.«

»Was heißt das, eigentlich nicht?«

Gary schaut mir in die Augen. »Das heißt, dass ich einmal einer Frau begegnet bin, zu der ich mich hingezogen fühlte, aber ich hab den Gedanken nicht weiter verfolgt. Später ist mir klar geworden, dass ich mich damit wahrscheinlich nur rächen wollte.«

»Rächen wofür?«

»Erica hatte eine Affäre mit einem unserer Freunde«, sagt er leise.

Super, Wyn, heute hast du's wirklich auf jeden abgesehen. »Tut mir Leid. Das war nicht besonders taktvoll von mir.«

»Du hattest sicher einen Grund zu fragen.«

Ja, und zwar den, dass ich mich darin übe, gemein zu sein.

»Hast du das mit David erlebt?«

Ich lache gequält. »Hat meine Mutter dir etwa doch nicht alles über mich erzählt?«

Gary schüttelt den Kopf. »Warum sollte sie?«

»Manchmal weiß ich einfach nicht, warum sie bestimmte Dinge tut. Wahrscheinlich verstehen wir uns einfach nicht besonders gut.« Ich hole einen Plastikschaber heraus, säubere die Arbeitsplatte und trockne mir die Hände ab.

»Hast du das mit David erlebt?«, wiederholt Gary seine Frage.

»So ungefähr. Es war seine Kollegin. Ich glaube, sie werden jetzt heiraten.«

»Das tut mir Leid.«

»Ist es nicht komisch, dass wir hier sitzen und uns über

unsere ehemaligen Lebensgefährten unterhalten? Ihre Unzulänglichkeiten vergleichen? Als wären sie frühere Angestellte oder so. Und nicht jemand, von dem man dachte, dass man für den Rest seines Lebens morgens neben ihm aufwachen würde … Weißt du, was ich jetzt machen möchte?«

»Was denn?«

»Ich möchte mir das große Haus anschauen.«

»Ist es denn nicht verschlossen?«

Ich zucke die Achseln. »Vielleicht kommen wir irgendwie hinein.«

Gary reibt sich den Nacken. »Ich denke, das nennt man unbefugtes Betreten.«

»Wir wollen ja nicht gewaltsam eindringen. Wenn alles dicht ist, lassen wir es bleiben. Komm schon. Bevor es zu dunkel ist.«

»Das ist wahrscheinlich der Dienstboteneingang«, sagt Gary. »Diese großen alten Häuser hatten alle einen in der Nähe der Küche.« Der verrostete Knauf ist so locker, dass die Tür schon bei leichtem Drücken nachgibt.

Wir treten ein. Die Luft ist feucht und muffig. Meine Augen gewöhnen sich allmählich an die Dunkelheit. In einem Haus, das für eine Weile unbewohnt war, macht sich eine ganz eigenartige Stimmung breit. Traurigkeit baut sich elektrostatisch auf und wartet nur darauf, sich irgendwo entladen zu können.

»Das Schmutzzimmer«, erklärt Gary. In der Holzverkleidung stecken Kleiderhaken, außerdem gibt es eine Bank und in der Ecke einen Einbauschrank, dessen Türen von kaputten Angeln herabhängen. Die mit Rundleisten verzierte Wandtäfelung hat schwarze Streifen, wahrscheinlich Schimmel.

»Was ist ein Schmutzzimmer?«

Gary lächelt. »Ein Raum, in dem man seine schmutzigen Sachen stehen lassen kann. Stiefel, Regenmäntel, Schirme. Damit man den Dreck nicht durchs ganze Haus trägt.« Er nimmt meine Hand und zieht mich in die Küche. Die Eigentümer haben es immerhin geschafft, sie auszuräumen. An den Wänden sieht man noch die hellen Flecken, wo früher Schränke und Elektrogeräte standen. Gas- und Wasseranschlüsse ragen aus der Wand.

Das Esszimmer erkennt man an dem Kronleuchter, der genau über der Stelle hängt, wo der Tisch stehen müsste. »Stoß dir nicht den Kopf.« Gary hebt eine ungeöffnete Farbdose auf und dreht sie in den Fingern. »Goldrute«, liest er.

»Ich hab mal irgendwo gelesen, dass sich viele Leute trennen, wenn sie gerade mitten in einem großen Projekt stecken«, stelle ich fest.

Gary nickt und betrachtet die von einer dicken Staubschicht bedeckten neuen Holzstapel und Nagelschachteln um uns herum. »Das Planen hält einen zusammen, weil es Spaß macht – man lässt seiner Fantasie freien Lauf und hat allerlei hoch gesteckte Erwartungen. Wenn man dann aber mit der eigentlichen Arbeit anfangen muss, holt einen schnell die Wirklichkeit ein.«

Der mit Betttüchern verhängte Gegenstand im Wohnzimmer entpuppt sich als ein Flügel aus Ebenholz. Ich spiele mit einem Finger unbeholfen die Melodie von *Moon River*, dem einzigen Lied, das ich aus meinen fruchtlosen Klavierstunden behalten habe. Der Flügel ist verstimmt. Wir decken ihn wieder zu.

Die Stufen knarren und unsere Schritte hallen von dem nackten Holz wider. Staubteilchen tanzen im letzten Nachmittagslicht, das durch ein hohes, schmales Fenster hereinscheint. Auf halbem Weg nach oben bleiben wir auf dem breiten Treppenabsatz stehen.

»Von hier aus kann man Reden halten.« Gary stützt sich am Geländer ab und macht hastig einen Satz nach hinten, als es nach vorn nachgibt.

Ich muss lachen. »Und das passiert, wenn die Reden zu lang werden.«

»Heutzutage baut man solche Treppenabsätze gar nicht mehr«, sagt er.

»Warum nicht?«

»Reine Platzverschwendung.«

»Das ist doch keine Platzverschwendung! Wo soll man sich denn sonst hinstellen und von allen sein Abendkleid bewundern lassen?«

Die Türen, die vom oberen Flur abgehen, sind alle geschlossen, bis auf eine. Ich betrete das Zimmer und Gary folgt mir. Keine Möbel, nur mit Klebeband verschlossene und optimistisch mit »Großes Schlafzimmer« beschriftete Umzugskartons.

»Sieh mal.« Gary zeigt auf eine Kiste vor dem Erkerfenster, auf der ein Paar flauschiger Pantoffeln steht. Persönlicher als Blumen oder Schmuck, vielleicht sogar als Unterwäsche. Nichts, das man sich selbst kaufen würde. Vielleicht ein Geburtstagsgeschenk. Oder ein Geschenk, verbunden mit der Bitte um Entschuldigung. Mit einer Liebeserklärung.

Plötzlich bekomme ich hier keine Luft mehr. Ich drehe mich abrupt um und laufe, so schnell es meine Blinddarmwunde zulässt, die Treppe hinunter, durch Wohnzimmer, Esszimmer, Küche und Schmutzzimmer und zur Seitentür hinaus. Gary folgt mir auf dem Fuße und schließt die Tür hinter uns.

Wie kann man nur jemanden verlassen, der einem solche Pantoffeln geschenkt hat?

»Möchtest du noch etwas Wein?«

»Nein, danke.« Gary setzt sich in den Klubsessel, während ich die Gläser unter den Wasserhahn halte. »Du hast mir immer noch nicht gesagt, was du heute Abend machen möchtest.«

»Na ja …« Ich schließe die Jalousie am Küchenfenster. Dann gehe ich zum anderen Fenster hinüber und ziehe auch diese Jalousie hinunter. Schließlich verriegle ich die Tür.

»Ich verspreche auch so, dass ich nicht weglaufen werde.« Aus Garys anzüglichem Grinsen schließe ich, dass er genau verstanden hat, was ich vorhabe.

Er nimmt meine Hand. »Wird es denn gehen?«

»Wir werden einfach unser Möglichstes tun.«

»Das höre ich gern.«

Als ich mich rittlings auf ihn setze, spüre ich seine Erektion unter mir. »Bist du schon so weit?«

»Es ist mir langsam peinlich«, antwortet er mit gepresster Stimme. »Aber ich brauche dich nur anzusehen, dann bin ich schon so weit.«

Ich schmelze an seinem Körper dahin, so als würde ich ganz langsam auf den Grund eines stillen Gewässers hinabsinken. Tränen schießen mir in die Augen und als Gary sie auf seinen Wangen spürt, blickt er zu mir auf. »Tut es weh?«

»Nicht körperlich. Ich hatte heute einfach einen schlechten Tag.«

»Möchtest du mir davon erzählen?«

»Nein.«

Er streicht mir mit den Daumen sanft die Tränen aus dem Gesicht. »Wie kann ich dir helfen?«

Ich beuge mich vor und küsse ihn auf den Mund. »Das hier reicht vollkommen aus.« Ich stehe auf und zieh mir das Sweatshirt über den Kopf. Bald darauf haben wir auch die übrige Kleidung ausgezogen und lassen uns wieder vorsichtig im Sessel nieder. Ich frage mich, ob dieser Sessel wohl eine Geschichte hat. Verrückt, aber darüber vergesse ich sogar fast CM. Oder diesen Gedanken, dem ich nachgejagt war. Ich hatte ihn schon fast erwischt, als CM auftauchte. Doch jetzt schiebe ich dies alles von mir weg. Das Einzige, was ich im Moment ergreifen muss, befindet sich direkt unter mir und begehrt Einlass. Überrascht stelle ich fest, dass ich ebenso bereit bin wie Gary. Er umfasst meine Hüften und ich setze mich langsam auf ihn und lasse ihn in mich eindringen.

»Alles okay?«, flüstert er.

Ich lächle. »Mehr als das.«

Er beginnt, sich in mir zu bewegen, und ich gebe mich dankbar dem Vergessen hin.

Sonntagnacht. Der Erfolg meiner Versuche, spontan und ohne großes Nachdenken und Analysieren zu handeln, hat sich schon immer in Grenzen gehalten. Gary schnarcht – leise und rücksichtsvoll – und schläft den Schlaf des Gerechten. Ich dagegen liege mit weit geöffneten Augen auf dem Rücken und meine Gedanken drehen sich im Kreis wie der Anlasser eines alten Autos, das nicht anspringen will.

Die ganze Woche lang hat Gary sich um mich gekümmert, mir alle Wünsche erfüllt, mir geholfen und dafür gesorgt, dass es mir gut geht – ob ich es nun wollte oder nicht. Als wäre ich in einer flauschig-weichen Gummizelle eingesperrt. Und immer dann, wenn es mich zu nerven beginnt und ich das Gefühl habe, flüchten oder explodieren zu müssen, wenn er sich nicht unverzüglich ein Hotelzimmer nimmt, genau dann lässt sein Atem in meinem Nacken meine Knie weich werden und wir enden wieder zu zweit auf dem Futon.

Er sagt immer meinen Namen, wenn er kommt. Ich finde es ungeheuer tröstlich, wenn ich sicher sein kann, dass derjenige, mit dem ich wilden, hemmungslosen Sex habe, dabei nur an mich denkt. Ich selbst fürchte manchmal, den falschen Namen zu rufen – ein Missgeschick, das man dem anderen nicht leicht erklären kann. Falls Worte verletzen können, kann der falsche Name zur falschen Zeit regelrecht tödlich sein.

Als ich am Montagmorgen die Augen öffne, liegt Gary, auf einen Ellbogen gestützt, neben mir und lächelt mich an. Ich weiß, dass er heute abreisen muss, und spüre fast so etwas wie Bedauern. Die Woche war gar nicht so schlecht. Eigentlich war sie sogar sehr schön. Gary zieht mich zu sich heran und ich schmiege mich an sein warmes, sauberes, duftendes T-Shirt.

Seine Kinder haben nur dreimal angerufen und Erica überhaupt nicht. Er hat mir den Rücken und die Füße massiert, mich an den wunderbarsten Stellen berührt, das Abendessen zubereitet und gespült. An einem Abend hat er sogar versucht, mir die Haare zu bürsten, doch das führte zu einem Wettkampf zweier Kräfte, der unentschieden endete. Wenn man alt, halb erblindet und fast taub ist und nicht mehr weiß, welche Lebensmittel im Kühlschrank man noch essen kann und welche halb verschimmelt sind, dann möchte man jemanden wie Gary um sich haben. Dabei mag es ihm gesundheitlich auch nicht besser gehen als einem selbst, aber zumindest passt er gut auf einen auf.

»Wyn …«

»Hm?« Ich reibe meine Wange träge an seiner Brust.

»Ich möchte, dass du für ein Wochenende nach San Francisco kommst.«

Ich richte mich zu abrupt auf und verziehe vor Schmerz das Gesicht. Dann setze ich mich im Schneidersitz hin, stütze den Kopf in die Hände, streiche mir mit den Fingern das

Haar zurück und warte, bis ich wieder klar denken kann. »Warum?«, bringe ich schließlich heraus.

Gary lächelt ungerührt. »Ich möchte, dass du Andrew und Katie kennen lernst.«

»Ich werde jetzt für eine Weile so tun, als hätte ich das nicht gehört, damit du zur Besinnung kommen kannst.«

»Ich finde, es ist an der Zeit, dass sich die drei Menschen kennen lernen, die mir am meisten bedeuten.« Er faltet die Hände hinter dem Kopf.

»Zu diesen Menschen kann ich nicht gehören! Du kennst mich doch gar nicht.«

»Das, was ich von dir kenne, reicht mir. Und ich kenne mich selbst. Ich möchte, dass du ein Teil meines Lebens bist.«

»Um Himmels willen, Gary, wir haben doch bloß eine Affäre!«

»Für mich ist es mehr.« Er sagt das so bedächtig, ruhig und aufrichtig, dass ich mich schäme. »Ich glaube auch nicht, dass es für dich nur eine Affäre ist, aber du hast Angst. Das verstehe ich. Du denkst, wenn du es abwertest, indem du es *Affäre* nennst, kannst du nicht mehr so leicht verletzt werden.«

In seinen Worten liegt viel Wahrheit, sodass ich zögere. »Ich bin noch nicht einmal geschieden, wahrscheinlich noch lange nicht. Ich kann über solche … Sachen jetzt nicht nachdenken.«

Gary richtet sich ebenfalls auf und schaut mich an. »Ich verlange doch gar nicht von dir, über irgendwas nachzudenken. Ich bitte dich nur, zu mir nach Hause zu kommen, meine Kinder kennen zu lernen und ein schönes Wochenende mit uns zu verbringen. Wenn wir in derselben Stadt wohnen würden, wäre das sicher schon längst passiert.«

»Aber wir wohnen nicht in derselben Stadt.« Wie soll ich ihm nur erklären, dass ich ganz froh darüber bin? Dass ich innerlich noch nicht bereit bin, solch eine Entscheidung zu fällen?

Gary schaut mich mit seinem Schlafzimmerblick an und fährt mit einem Finger am äußeren Rand meines Ohres entlang. Das reicht schon aus, um mich anzumachen, und das weiß er auch.

»Wie Mick Jagger sagte, ›Time is on my side‹.« Er beugt sich vor und küsst mich genau unters Kinn.

»Irma Thomas hat es zuerst gesagt«, stammle ich.

»Ach, ich liebe es, wenn deine Stimme so stockt.« Sein Mund wandert an meinem Hals hinunter und hinterlässt eine Spur aus federleichten Küssen.

»Gary, ich ... Ich fühl mich nicht wohl dabei.«

»Warum nicht?« Küsse seitlich zum Schlüsselbein. »Du weißt, was ich empfinde. Ich weiß, was du empfindest. Das ist doch alles ganz ...« Er berührt meine Kehle mit der Zungenspitze und mein Körper geht darauf ein, ohne vorher mein Gehirn zu fragen. »... klar und einfach.« Als seine Daumen durch das T-Shirt meine Brustwarzen streifen, richten sie sich ihm wohlwollend entgegen.

Und er weiß genau, dass er diese kleine Schlacht gewonnen hat.

Es scheint mir ein günstiger Moment dafür zu sein, mich von einigem Zubehör aus meinem früheren Leben zu trennen. Zum Beispiel von den Kleidern. Diese Geste hat allerdings nur zum Teil symbolischen Charakter. In Wahrheit brauche ich etwas Geld, um die letzte Rechnung von Elizabeth bezahlen zu können. Das Hinauszögern einer Scheidung ist offensichtlich eine ziemlich kostspielige Angelegenheit.

Mac kommt am Samstagnachmittag vorbei, lädt die zwei Kisten auf seinen Lastwagen und fährt mich zum Secondhandladen hinunter. Als ich aussteige und nach einer der Kisten greife, gibt er mir einen Klaps auf die Hand.

»Du sollst doch noch nichts tragen. Mach mir lieber die Tür auf.«

Die Glocke über der Eingangstür klingelt, als wir eintreten, und die zierliche Blondine hinter dem Ladentisch lächelt uns an.

»Hi. Ich bin Wyn Morrison. Ich hab wegen der Kleider angerufen.«

»Gut, bringen Sie sie da rüber, dann sehen wir sie uns mal an.« Mac geht wieder hinaus und kommt mit der zweiten Kiste zurück. Er stellt sie ab, lehnt sich an den Ladentisch und schaut uns zu. Die Blondine zieht einzelne Kleidungsstücke heraus, ruft dabei »Oh!« und »Ah!« und sortiert sie in verschiedene Stapel. Donna Karan, Ellen Tracy, Diane Freis, Anne Klein, Ralph Lauren, Giorgio Armani. Bouretteseide, Leinen, Kunstseide, Chenille.

»Die sind echt toll«, stellt sie fest. »Wollen Sie die wirklich alle abgeben?«

»Absolut.«

»Also, der Erlös wird bei uns sechzig zu vierzig aufgeteilt und ... Lieber Himmel, das ist ja eine Tasche von Judith Leiber! Sollte kein Problem sein, die Sachen für Sie zu verkaufen. Die sind ja wie neu.« Wir stellen gemeinsam eine Liste aller Strumpfhosen, Röcke, Hosen, Oberteile, Kleider, Unterwäscheteile, Schuhe und Handtaschen auf. »Diese Kleidungsstücke sind wirklich edel. Mir fallen auf Anhieb ein oder zwei Frauen ein, die ich deswegen anrufen könnte.«

Mac ist auf dem Rückweg ungewöhnlich schweigsam. Er wirkt in letzter Zeit irgendwie geistesabwesend und ich schiebe das gern auf seine Begegnung mit Laura auf der Party am Capitol Hill. Vielleicht leidet er auch unter einer Schreibblockade und lässt das wie die meisten Autoren an den Menschen um ihn herum aus.

Als er vor dem großen Haus hält, frage ich ihn, ob er noch mit reinkommen möchte.

»Ich muss vor der Arbeit noch ein paar Dinge erledigen«, antwortet er.

Ich blicke zu ihm hinüber. »Ist bei dir alles in Ordnung?«

»Ja. Ich bin in letzter Zeit nur etwas müde.«

»Wie geht's mit dem Buch voran?«

»Gut.« Aber er schaut dabei aus dem Fenster.

»Mac, hat es was mit Laura zu tun?«

»Wie bitte?« Er versucht zu lachen, doch er ist offensichtlich ärgerlich, weil ich es angesprochen habe.

»Vielleicht geht es mich nichts an. Du kommst mir nur ein bisschen bedrückt vor, seit du sie auf der ...«

Mac blickt mich scharf an. »Tu mir einen Gefallen, ja? Versuch nicht, mich mit deiner kalifornischen Laienpsychologie zu analysieren.«

»Ich wollte dir doch nur helfen ...«

»Lass es einfach, okay?«

»Gut. Dann eben nicht.« Ich öffne die Tür und steige aus. Bevor ich den Bordstein erreiche, ruft er mir nach:

»Wyn, warte einen Augenblick!« Ich schaue fragend in den Lastwagen. »Es tut mir Leid. Ich bin einfach schlecht drauf. Ich fahre besser nach Hause und schlafe ein bisschen. Sehen wir uns heute Abend?«

Ich zucke die Achseln. »Wahrscheinlich.«

In der Einfahrt rutschen meine Schuhe und ich stelle fest, dass eine bestimmt fünf Zentimeter dicke neue Kiesschicht die alte bedeckt.

Sonntagnacht ist der Himmel klar. So klar, wie ich ihn in L. A. nie gesehen habe. Die Überreste des Tages müssen auf halbem Weg nach Japan sein und die Sterne sehen aus wie eine Jacke, die meine Mutter früher mal besessen hat:

Strasssteine auf schwarzem Samt. Kein Mond. Mac möchte heute Nacht aufs Wasser.

Die dunklen Schatten der Möwen ziehen vor den glitzernden Türmen der Stadt vorbei. Das Boot schaukelt wegen der angestrengt arbeitenden Motoren und auf dem Autodeck unter uns stößt Metall an Metall. Im Schutz der Passagierdecks ist der stürmische Wind nur als leichtes Lüftchen zu merken.

Wir lehnen uns nebeneinander über die Reling. Ich spüre Mac so deutlich, dass meine Finger schmerzen. Seine Jacke, die nach Kiefernrinde duftet, Rauch vom Kamin im *Bailey's*. Und irgendetwas, das nach Gras riecht – vielleicht sein Shampoo.

Er blickt in die schwarze Kuppel des Nachthimmels.

»Was ist?«, fragt er.

»Ich hab nur … Ist das der Große Wagen?«

»Ja.«

»Das ist das einzige Sternbild, das ich kenne.«

»Dann kennst du eigentlich schon zwei. Der Große Wagen ist der Schwanz von Ursa Major, dem Großen Bären.«

Ich versuche, mit den Augen seinem Finger zu folgen, mit dem er mir die Umrisse eines Bären mit langem Schwanz zeigt.

»Und wo ist der Kleine Wagen?«

Er dreht sich um. »Du kannst ihn von hier nicht sehen, weil das Boot davor ist. Aber wenn du einer geraden Linie von den beiden Sternen am viereckigen Kasten des Wagens folgen würdest, könntest du den Polarstern am äußeren Ende der Deichsel sehen.«

»Und was ist dieser ganz helle Stern unterhalb des Wagens?«

»Das ist Arktur. Er sitzt ungefähr am Knie von Bootes, dem Ochsentreiber. Und wenn du noch weiter nach unten schaust, siehst du einen Teil der Jungfrau.«

Ich blicke an ihm vorbei. »Wer hätte gedacht, dass sich der Blutbadmörder so gut mit Sternbildern auskennt?«

»So viele sieht man hier ja nicht«, entgegnet er. »Es ist zu hell. In einer solchen Nacht müsste man oben auf den San Juan Islands sein.«

Irgendetwas irritiert mich an der Art, wie er es sagt. Mir ist gleichzeitig heiß und kalt und ich weiß genau, dass es für die Wechseljahre noch zu früh ist.

»Ich fahre wahrscheinlich hin.«

»Wahrscheinlich?«, frage ich leise.

Mac betrachtet irgendetwas unten auf dem Autodeck. »Nein. Wahrscheinlich stimmt nicht. Ich fahre auf jeden Fall. Nächste Woche.« Zum Glück redet er weiter, denn ich kann jetzt nichts herausbringen. »Deshalb war ich in letzter Zeit so durcheinander. In Seattle bin ich länger hängen geblieben als sonst irgendwo, nachdem ich aus New York weggegangen bin. Die Entscheidung ist mir nicht leicht gefallen. Tut mir Leid, wenn ich schlechte Laune hatte oder ...«

»Was willst du dort machen?« Die Stimme gehört nicht mir, sondern einer verdammt guten Bauchrednerin.

»Schreiben.« Er dreht sich zu mir um, aber sein Gesicht liegt im Schatten. »Ich hab einen Brief von einem Agenten namens Alan Lear bekommen. Aus L.A. Ich hab ihm die ersten drei Kapitel geschickt und jetzt will er den Rest sehen.« Er lacht. »Ich wollte nicht zugeben, dass es keinen Rest gibt, also hab ich ihm gesagt, ich müsse alles noch mal überarbeiten und er bekäme es im September.«

»Gratuliere.«

»Ich lasse den Champagner lieber noch zu. Er will es nur sehen. Das ist noch keine feste Zusage für eine Veröffentlichung.«

»Die bekommt man selten.«

Mac atmet geräuschvoll aus. »Auf jeden Fall besitzt die Familie von Rick – das ist der Typ von Norwegian Woods –

eine Hütte oben auf Orcas. Er sagte, ich könne im Sommer dort wohnen, wenn ich das Haus ein bisschen in Schuss bringe – das Dach ausbessere, den Rasen mähe, die Wände streiche und so was. Und die übrige Zeit kann ich schreiben.«

»Klingt wie ein Angebot, das man nicht ausschlagen kann.«

Er stupst mich mit dem Ellbogen an. »Ich komme wahrscheinlich im Herbst zurück.«

»Wahrscheinlich?«

»Ja. Wahrscheinlich.«

Die Morgenluft duftet wunderbar nach Frühling und man kann sich kaum vorstellen, dass vor sechs Wochen noch dreißig Zentimeter Schnee lagen. Die Rotkäppchentulpen, die Diane in das Fass vor dem Eingang der Bäckerei gepflanzt hat, sind scharlachrot erblüht. Auf der Queen Anne Avenue sind alle ganz wild auf Blumenkästen, aus denen nun kaskadenartig blaue Lobelien, roter und violetter Salbei, weiße Löwenmäulchen und gelbe Mimulus quillen. Schlichte grüne Hecken, an denen ich jeden Tag vorbeispaziert bin, haben sich in üppig blühenden weißen, hellrosafarbenen und dunkelvioletten Rhododendron verwandelt. Ich kann förmlich hören, wie Julie Andrews *The Lusty Month of May* singt.

Als ich von der Arbeit nach Hause komme, lehnt Mac an der Beifahrertür des Elky und trinkt aus einer großen weißen Tasse Kaffee.

»Du solltest nichts Säurehaltiges aus einer Styropor-Tasse trinken«, rate ich ihm. »Die Säure zieht das Zeug direkt in dein Getränk.«

»Das bedeutet also, wenn ich langsam genug trinke, muss ich mir keine Gedanken mehr darüber machen, wie man die Tasse recyceln kann.«

»Tut mir Leid, dass ich nicht zu deiner Abschiedsparty gekommen bin. Aber ich hab CM schon vor Monaten versprochen, dass ich sie zu dieser Tanzshow begleite. Sie hatte schon die Karten …«

Hat sich meine Fähigkeit zu lügen enorm verbessert, oder schenkt Mac meinen Worten einfach nur keine Beachtung? In Wahrheit habe ich mir irgendeinen französischen Film an der University of Washington angesehen oder vielmehr Bilder an mir vorüberziehen und Dialogfetzen vorbeiflattern lassen, ohne sie auch nur ansatzweise zu begreifen. Doch selbst das war mir lieber, als im *Bailey's* zu stehen und zuzuhören, wie alle Mac Glück wünschten.

Ich wüsste gern, ob Laura gekommen ist.

»Ist schon in Ordnung. Es war ziemlich ruhig, wie solche Partys eben sind. Ich war gerade dabei, die Stadt zu verlassen, und dachte, ich schau noch mal kurz bei dir vorbei.«

»Na dann … viel Glück mit dem Buch.«

»Danke. Ich hoffe, bei dir … entwickelt sich alles gut.«

Ich lächle angestrengt. »Jean-Marc hat immer gesagt, das Brot wird vielleicht nicht so, wie man es geplant hat, aber werden wird es auf jeden Fall.«

»Pass gut auf dich auf.« Sein Mund streift verlegen meine Wange. Ich folge ihm zur Fahrerseite. Er steigt in den Elky und die Tür fällt klappernd hinter ihm zu. Dann kurbelt er das Fenster herunter, als hätte er noch etwas vergessen.

»Hier. Hab ich für dich aufgenommen.« Er reicht mir eine Kassette.

Ich drehe sie um. »Was ist da drauf?«

»Alle Songs und Interpreten stehen auf dem Zettel.«

Mein Magen gibt leise Warntöne von sich. »Danke, Mac. Für alles. Du warst mir ein wunderbarer Freund.«

Er dreht den Zündschlüssel um. Natürlich springt der Wagen nicht an. Wir müssen beide lachen und dann blickt Mac mich an. Auf seinem grünen T-Shirt steht *Trink Was-*

ser – Rafting auf dem Colorado. Ich frage mich, ob er das je gemacht hat. Auf jeden Fall steht ihm das T-Shirt gut. Es betont seine meergrünen Augen.

Mac dreht noch einmal den Schlüssel um und diesmal springt der Wagen an. Ich winke und gehe zum Haus zurück. Eilig, damit ich ihn nicht wegfahren sehen muss.

Aus reiner Gewohnheit rufe ich CM an. Die erste Folge von Macs Weggang. Gleich nach dem ersten Klingeln schaltet sich der Anrufbeantworter ein. Entweder ist CM wirklich nicht da oder sie wartet ab, wer anruft.

»Dies ist die richtige Nummer, aber Sie haben zur falschen Zeit angerufen. Wenn Sie mir eine Nachricht hinterlassen, rufe ich zurück.«

»CM?« Kann ich noch bedauernswerter klingen? »CM? Bitte geh ran, wenn du da bist.« Ich hole Luft. »Ich bin's. Deine alte, ehemalige beste Freundin. Ich vermisse dich schrecklich. Tut mir Leid, was passiert ist. Ich habe solchen Unsinn von mir gegeben! Natürlich freue ich mich, dass du glücklich bist. Ehrlich. Bitte ruf mich an. Ich muss mit dir reden. Bitte sei nicht …«

Der Anrufbeantworter schaltet sich aus. Die Stille danach erinnert mich an das Geräusch, das man hört, wenn man sich eine Muschel ans Ohr hält.

Achtzehn

Als ich am Donnerstagnachmittag aufwache, gießt es in Strömen. Ein Tag wie geschaffen dafür, um in der Erinnerungskiste zu wühlen, die ich von der Hochzeit meiner Mutter mitgebracht habe. Ich fühle mich immer besser, wenn ich mich von unwichtigem Ballast befreit habe, irgendwie stark und wie neu. Dennoch bleibe ich am Tisch sitzen, nachdem ich mein Käseomelett aufgegessen habe, und rühre so lange die Milch in meinen Kaffee, bis er kalt geworden ist. Ich frage mich, ob es auf den San Juan Islands wohl auch regnet.

Mac hat mal gesagt, dass es dort in Wirklichkeit seltener regnet als in Seattle, weil die Inseln im Regenschatten der Olympic Mountains lägen. Er hat mir genau erklärt, was das bedeutet, aber ich hab's vergessen. Manchmal habe ich den Eindruck, dass ich zwar zuhöre, aber nie im richtigen Moment. Irgendetwas war in meiner Beziehung zu Mac – eine gewisse Spannung wie ein flüchtiger Schatten am Rande meines Blickfelds. Ich kann es nicht anders beschreiben. Diese merkwürdige Unruhe, wenn ich nachmittags aufwache. Das quälende Bewusstsein verpasster Gelegenheiten.

Schön, ich selbst befinde mich nicht gerade in einer entspannten Lebensphase. Aber daran allein kann es nicht liegen. Ich meine, da gibt es zum Beispiel ja auch noch Laura, seine ominöse Exfreundin. Ich hatte einfach keine Lust, noch einmal zurückgewiesen zu werden. Und Gary. Und ich bin nicht einmal geschieden. Es ging alles zu schnell. Was sagte doch noch John Lennon? Irgendetwas in der Richtung, dass das Leben einem unvermittelt passiert, während man noch damit beschäftigt ist, Pläne zu schmieden.

Ich stehe auf, gieße den Kaffee in die Spüle und weiche das Geschirr in Spüllauge ein. Dann schaffe ich auf dem Fußboden Platz für mich und einen riesigen Plastikmüllsack. Ich zerschneide das Klebeband an der Kiste und kippe den gesamten Inhalt auf den Boden.

Mehrere Terminkalender. Ich öffne einen und blättere durch ein paar Seiten. Die meisten der in die Kästchen gekritzelten Namen und Orte kommen mir nicht einmal entfernt bekannt vor. Schließlich schaue ich auf der ersten Seite nach, ob die Kalender auch wirklich mir und nicht CM gehören, und werfe sie alle in den Müllsack.

Mein Barett von der Verleihungsfeier der High School hebe ich auf, sortiere aber alle Glückwunschkarten aus. Auch die Zusage vom University College of Los Angeles, Stundenpläne und einzelne Klassenzeugnisse landen im Müll. Die Abschlusszeugnisse von der High School und vom College bewahre ich zusammen mit den Abschlussankündigungen in ihren Mappen auf. Ich werfe aber die Flugblätter weg, die CM und ich für die Nationale Frauenorganisation entworfen haben, und einen Button, auf dem »Freche Frau« steht. Dann überlege ich es mir anders und fische den Button wieder heraus. Ein zusammengerolltes T-Shirt lässt sich wie ein Spruchband auseinander falten und ich muss lachen. CM hat es mir geschenkt, als mich mein fester Freund kurz vor dem Abschlussball sitzen ließ.

»Eine Frau ohne Mann ist wie ein Fisch ohne Fahrrad« steht darauf.

Eine Menge Fotos. Eine Halloween-Party bei Zelma Wallis zu Hause. CM und ich heben uns mal wieder von der Menge ab. Nicht nur, weil wir alle anderen um mehrere Zentimeter überragen, sondern auch, weil wir solch merkwürdige Kostüme tragen. Alle anderen Mädchen haben sich irgendwie als Schönheiten ausstaffiert: als Königin, Filmstar, Ballerina, Amelia Earhart. Sogar eine Freiheitsstatue ist dabei. CM und ich sind (nach unserer eigenen Interpretation) als Amazonen verkleidet und tragen schwarze, krause Perücken und Skateroutfits aus falschem Leopardenfell, die CMs Mutter für uns geschneidert hat. Der Spitzname »Die Amazonen« blieb für den Rest unserer Schulzeit an uns haften.

Ein Polaroidfoto, das meine Mutter gemacht hat. CM und ich stehen neben meinem alten schwarzen Chevy und wollen zur Erstsemestereinführung der UCLA fahren. CM sieht selbstbewusst und toll aus. Ihr langes Haar ist glatt geföhnt und in der Mitte gescheitelt. Sie trägt ein dunkles Paisley-Shirt, eine Häkelweste und eine Schlaghose. Ihre gewebte Tasche aus Südamerika ist ausgebeult, wahrscheinlich steckt sie voller Kekse, Äpfel und Kaugummis. Ich lächle, schaffe es aber trotzdem, herausfordernd dreinzuschauen. Mein Haar wird durch die seltsame Hochfrisur kaum gebändigt. Ich trage ein Batikshirt, eine Hüfthose und einen Gürtel mit einer riesigen Messingschnalle in der Form meines Namens. Drei Stunden später werde ich in einer Kabine der Damentoilette im Verwaltungsgebäude hocken und mich übergeben.

Mein Herz tut weh und mein Magen auch. Das hier ist schlimmer als die Trennung von einem Mann – sich sehnsüchtig alte Fotos anzuschauen und den guten alten Zeiten nachzutrauern. CM und ich sind seit fast fünfundzwanzig

Jahren zusammen, länger als so manches Ehepaar. Sie weiß mehr über mich als meine Mutter. Ich dachte immer, wir stünden uns näher als Schwestern, aber jetzt bin ich mir nicht mehr so sicher. Schwestern wissen zumindest, dass eine urwüchsige Liebe sie verbindet, daher brauchen sie sich nicht immer zu mögen.

Eine Art Geschwisterneid gab es bei uns zur Genüge. Ich bekam bessere Noten, CM war hübscher. An manchen Abenden weinte ich mich in den Schlaf, weil mich irgendein Junge, in den ich gerade schrecklich verliebt war, angerufen und gebeten hatte, ihn mit CM zu verkuppeln. Sie ging mit keinem von ihnen aus.

Was ich an ihr jedoch noch mehr schätzte als ihre Treue zu mir, war ihre Furchtlosigkeit. Sie geriet ständig in Schwierigkeiten, weil sie ihren Kopf durchsetzen wollte, während ich alles tat, um meinen Vater nicht zu verärgern. Er schlug mich nie und schimpfte nur selten. Aber er konnte meinen Namen auf eine bestimmte Art aussprechen, die viel mehr Enttäuschung als Tadel ausdrückte. Das reichte schon aus. In einer ihrer grausam ehrlichen Anwandlungen sagte CM einmal zu mir, ich hätte einen guten Golden Retriever abgegeben – schnell, klug und gehorsam. Komischerweise fühlte ich mich dadurch noch nicht einmal besonders gekränkt.

Ganz unten im Stapel liegt ein professionell aufgenommenes Foto. Es wurde an einem Sonntag im Sportverein gemacht, als mein Vater und ich das gemischte Doppel im Tennisturnier gewonnen hatten. Damals war ich fünfzehn. Ich glaube, das war der glücklichste Tag in meinem Leben. Auf dem Bild halten wir jeder einen Henkel der Silbertrophäe. Mein Vater hat den Arm um mich gelegt und ich strahle über das ganze Gesicht.

Ich packe alle High-School-Jahrbücher in die Kiste zurück. So werde ich auch in kommenden Jahren immer etwas zu lachen haben. Oder ich kann hineinschauen, wenn mir ein Name nicht mehr einfällt.

Hausarbeiten, die ich im College geschrieben habe. »Die Arbeit der Frau, die Welt des Mannes« und »Soziologie des Wissens«. »Shakespeare und die passiv-aggressive Persönlichkeit«. Alles unglaublich langweilig und hochgestochen. Aber für die meisten habe ich ein »sehr gut« bekommen. Vielleicht hatte Mac mit seiner zynischen Meinung über höhere Bildung Recht. Unter den Arbeiten liegt ein Stapel loser Blätter: Es sind meine schwülstigen, hochtrabenden Gedichte, die im Literaturmagazin erschienen waren. Meine Mutter hat jedes einzelne aufbewahrt.

Ich packe das Zeug mit beiden Händen und stopfe es in den Sack. Da flattert ein elfenbeinfarbenes Blatt Briefpapier wie Laub im Wind aus dem Stapel und bleibt auf meinem Fuß liegen. An dieser altmodischen Schönschrift brauchten sich Schulkinder erst nicht mehr zu versuchen, als ich schon in der vierten Klasse war. Die Handschrift meiner Oma. Es handelt sich um einen Brief an meine Mutter, oder zumindest um einen Teil davon, der wahrscheinlich zwischen die Papiere aus ihrer Zederntruhe geraten ist. Als ich ihn gerade zusammenknüllen will, fällt mir mein Name ins Auge.

»... Wenn er dich wirklich verlassen möchte, wirst du ihn nicht davon abhalten. Du kannst ihm das Leben sehr schwer und unangenehm machen, aber ich glaube nicht, dass du die Willenskraft hast, diesen Weg zu gehen. Deshalb obliegt es dir, andere Möglichkeiten in Betracht zu ziehen. Selbstverständlich kannst du mit Justine bei uns bleiben, bis du dich entschieden hast, was du tun wirst – wie lange es auch dauern mag.

Vergiss nicht, Johanna, dass dein Vater und ich für dich da sind, falls du uns brauchst. Gott schütze dich, mein liebes Kind, und spende dir Trost. Justine benimmt sich recht ordentlich und scheint sich hier gut zu amüsieren.

In Liebe
deine Mutter

Ich lese den Brief drei Mal. Und dann noch einmal, um sicher zu gehen, dass mit »er« niemand anders gemeint sein kann. Natürlich nicht. »Er« ist mein Vater, und nun fängt das Rad meines Gedächtnisses trotz seiner schweren Last an, sich ganz sanft und anmutig zu drehen. Bilder schieben sich mit einem Klicken in den Diaprojektor und erscheinen vergrößert und beleuchtet auf der Leinwand.

Sie waren ein ungleiches Paar. Mein Vater sah sehr gut aus und war in jungen Jahren vielleicht etwas zu wild – ein waghalsiger, selbstsicherer Draufgänger. Meine Mutter war hübsch, aber gleichzeitig lieb, ruhig und ernst. Als ich alt genug war, um Blicke und Gesichtsausdrücke auf Bildern genau zu deuten, fand ich ihr Hochzeitsfoto äußerst interessant. Auf diesem Bild schienen sie ihre Charaktere getauscht zu haben. Mein Vater wirkte stolz und zufrieden und strahlte eine gewisse Standhaftigkeit aus, so als wäre er zuversichtlich, genau das Richtige zu tun. Meine Mutter sah dagegen aus, als müsse sie wegen dieses unerwarteten Abenteuers, in das sie sich soeben begeben hatte, jeden Moment in Gelächter ausbrechen. Wie lange dauerte es, bis er zu dem Schluss kam, dass ihn das Leben mit ihr nicht befriedigte? Und wie lange dauerte es, bis sie es merkte?

Ich greife nach dem Telefonbuch, das unter dem Beistelltischchen liegt, und blättere durch die As, bis ich Alaska Airlines finde.

Am Samstagmorgen stehe ich um Viertel nach elf vor dem Haus meiner Mutter. Die Tür ist verschlossen – zweifellos Richards Einfluss. Meine Mutter hat noch nie irgendetwas abgeschlossen. Ich klingle. Als sie die Tür öffnet und ruft »Wyn! Was für eine tolle Überraschung!«, bringt mich der Abscheu, den ich beim Klang ihrer Stimme empfinde, fast aus dem Gleichgewicht. »Wie geht's dir? Wie lange kannst du bleiben?«

»Ich muss heute Abend wieder zurück. Wo ist Richard?«

»Auf dem Golfplatz. Warum?«

»Ich muss mit dir über etwas reden. Allein.«

Ihr Tonfall ändert sich sofort. »Worum geht es denn?«

Inzwischen sind wir im Arbeitszimmer, wo ich meine Handtasche abstelle. Bevor ich jedoch zur Sache kommen kann, fragt meine Mutter: »Möchtest du einen Tee? Saft, Wasser? Kaffee?«

»Nein, danke.« Ich setze mich auf die Couch, sie lässt sich anmutig in ihrem Nähsessel nieder.

»Was ist denn los, Liebling? Du wirkst so durcheinander.«

»Ich hab das hier gefunden.« Ich ziehe den Brief aus meiner Jackentasche, falte ihn auseinander und reiche ihn ihr. »In der Kiste, die ich nach der Hochzeit mit nach Hause genommen habe.«

Meine Mutter klappt die Lesebrille auseinander, die sie an einer Seidenschnur um den Hals trägt, und setzt sie auf. Ich merke, dass sie den Brief erkennt, bevor sie überhaupt zu lesen beginnt. Sie wird zuerst rot und dann sehr blass.

»Oh, Schatz.« Sie muss den Atem angehalten haben, denn sie stößt ihn jetzt geräuschvoll aus, wie Luft, die aus einem Ballon entweicht. »Es tut mir so Leid, dass du ihn gefunden hast!«

»Bitte erzähl mir, was passiert ist.«

»Das ist alles so lange her, Wyn, und es war eigentlich nicht ...«

»Bitte.«

Sie überfliegt das Blatt und legt es auf den Couchtisch. Dann setzt sie sich zurück, die Hände im Schoß. »Als du vier Jahre alt warst, ist dein Vater zu dem Schluss gekommen, dass er in jemand anders verliebt ist.« Ihre Stimme hört sich ruhig und nüchtern an.

»In wen?« Meine eigene klingt dagegen wie ein Kreischen.

»Niemanden, den du kennst. Sie arbeitete in Andersens New Yorker Büro. Dein Vater kehrte von einer Reise zurück und sagte, er habe sich in sie verliebt und wolle sich von mir scheiden lassen.«

Ich bin noch nie in der Nähe eines Tornados gewesen, aber genau so stelle ich mir einen vor. Der schwarze Wind pfeift um einen herum und in der Mitte ist es absolut still. Einen Moment lang ist mir tatsächlich schwindelig.

»Was hast du dazu gesagt?«

»Eigentlich hab ich gar nicht viel gesagt. Ich hab nur geweint, mich still und leise betrunken und bin bewusstlos geworden.« Dass meine Mutter so viel trinkt, bis sie das Bewusstsein verliert, ist nur schwer vorstellbar. Wahrscheinlich haben zwei Drinks dazu ausgereicht. Sie wischt sich einen nicht vorhandenen Fussel von der Hose. »Er ist an diesem Abend in ein Hotel gezogen.«

»Und wo war ich?«

»Zum Glück warst du gerade bei deinen Großeltern. Ich hab sie angerufen und gebeten, dich noch eine Weile dazubehalten. Diese Woche ...« Sie hält inne. »Diese Woche war wie ein Traum. Nein, eher wie ein Albtraum. Dein Vater kam jeden Abend her, um mit mir über die Scheidung und Aufteilung unseres Vermögens zu sprechen und darüber, wer wo wohnt und was wir mit dir machen.«

»Und du hattest wirklich keine Ahnung, dass er ...«

»Nein. Aber damals war ich auch noch ziemlich naiv.« Meine Mutter wendet den Blick von mir ab und schaut durch die Glasschiebetür auf die Terrasse hinaus. »Er hatte einen Anwalt. Und eine Liste von Anwälten, die ich anrufen konnte. Er hatte sich darüber offensichtlich schon ausführlich Gedanken gemacht.«

Ich sehe David vor mir, wie er auf der Couch in unserem Arbeitszimmer sitzt und mir eröffnet, er habe eine tolle Eigentumswohnung für mich gefunden. »Und dann?«

»Ich hab ihn angefleht, mich nicht zu verlassen und unsere kleine Familie nicht auseinander zu reißen, aber er war fest entschlossen.«

Manchmal brennen sich bestimmte Szenen ins Gedächtnis ein, ohne dass man weiß, warum. Eines Nachts wache ich auf. Stehe auf, um mir etwas zu trinken zu holen oder aufs Klo zu gehen. Ich gehe durch den Flur, meine nackten Füße tappen geräuschlos über den Teppich, am Schlafzimmer meiner Eltern vorbei. Es ist dunkel, bis auf einen Lichtkegel. Dort sitzt meine Mutter in ihrem Sessel, hält ein Buch in der Hand und blickt nicht auf, als ich vorbeischleiche.

»In dieser Woche schrieb deine Großmutter mir diesen Brief. Ich war völlig verzweifelt. Ich hätte alles unternommen, um meine zerbrochene Welt wieder heil zu machen.«

Das Ticken der Uhr auf dem Kaminsims tönt in der Stille laut wie eine Trommel.

Ich muss äußerst verwirrt aussehen, denn meine Mutter beugt sich zu mir herüber und schaut mir ins Gesicht. »Damals kam das noch nicht jeden Tag vor, weißt du. Es musste schon ziemlich schlecht stehen, wenn man sich dazu durchrang, seinen Ehemann freizugeben.« Sie lacht gequält auf. »Geschiedene Frauen trugen zu viel Schminke, benutzten Zigarettenspitzen und besuchten Cocktailbars.«

»Wie hast du dich schließlich durchgesetzt?«

»Du musst das verstehen, Wyn ...« Sie spricht weiter über ihre Verzweiflung, ihre Angst und ihren Schmerz, aber sie sagt nichts darüber, ob sie ihn noch liebte. In Gedanken schreie ich: Erzähl endlich, wie du ihn dir zurückgeholt hast! Aber ich höre nur weiter still zu. »Als dein Vater das nächste Mal kam, war ich vorbereitet. Ich fing an mit dem Haus und dem Wagen. Sein Gehalt, künftige Gehaltserhöhungen, Anlagen, Versicherungen, ein Collegefonds für dich. Er zeigte sich sehr entgegenkommend.« Sie blickt anmutig zu mir auf und ich stelle mir vor, dass sie ihn genauso angeschaut hat. »Und dann sagte ich: ›Ach ja, eine letzte Sache noch. Du wirst keinen Kontakt mehr zu Justine haben, wenn die Scheidung durch ist‹.«

Mein Mund öffnet sich leicht – halb überrascht, halb aus Protest. »Das konntest du doch nicht machen!«

»Heute nicht mehr.« Meine Mutter lächelt schwach. »Aber vor fünfundzwanzig Jahren hatten Männer noch nicht so viele Rechte in puncto Sorgerecht. Besonders unter solchen Umständen. Doch wie auch immer ...« Sie zuckt die Achseln. »Ich weiß nicht, ob ich es durchgehalten hätte, auch wenn ich es gekonnt hätte. Aber darauf kam es gar nicht an. Sondern darauf, dass er glaubte, ich könnte und würde es tun.« Nun lächelt sie triumphierend. »Zwei Tage später zog er wieder bei uns ein.«

Einen Augenblick lang sehe ich sie so, wie er sie gesehen haben muss. Schön, ja, wie immer. Aber nicht mehr freundlich, gefällig und fügsam. Er hatte sie unterschätzt. Sie war bereit, bis zum Äußersten zu gehen. Und das war genau die Reaktion, auf die er ansprang. Ich male mir aus, wie er sich von Neuem in sie verliebte.

Ich sollte jetzt etwas dazu sagen, aber mir fällt nichts ein. Meine Mutter steht auf.

»Und das ist eigentlich schon die ganze Geschichte, meine Liebe. Ich trinke jetzt ein Glas Sherry. Möchtest du auch irgendwas?«

»Nein, danke.«

»Er ist sehr gut. Ziemlich trocken. Richards Lieblingssorte.«

Sie geht zu dem Schrank aus Walnussholz hinüber, der aus dem Stadthaus meiner Großeltern stammt. Die bernsteinfarbene Flüssigkeit schwappt in ein kleines Kristallglas. Mutter trägt eine schwarze Leinenhose, den teuren weißen Baumwollpullover und eine dicke Goldkette, die ich noch nie gesehen habe. Mir wird klar, dass sie es geschafft hat. Sie ist Richards Frau und nicht die einsame Witwe irgendeines anderen, die in der Küche die Ehemänner ihrer Freundinnen abwehren muss.

Meine Mutter setzt sich neben mich und nippt an ihrem Drink. »Wir hatten noch zwölf wunderbare Jahre zusammen, bevor er starb.«

»Wunderbare Jahre?« Ich fühle mich noch immer wie eine Figur aus einem Zeichentrickfilm, die eins mit der Bratpfanne ins Gesicht bekommen hat.

»Ich werde dir jetzt bestimmt nicht vormachen, dass wir keine Probleme hatten. Aber unsere Beziehung war danach ehrlicher, inniger.«

Sie setzt ihr Glas ab und legt ihre Hand auf meine. Der Anblick unserer beiden Hände sagt schon alles über uns. Mutters Hand ist klein, zart und geschmeidig. Ihre Nägel sind immer professionell manikürt. Die Nagelhaut ist stets fein säuberlich zurückgeschoben, sodass man die kleinen, milchigen Monde an den Wurzeln sehen kann. Meine Hand ist groß und hat kurze, grobe Finger. Ich kann sie maniküren, so oft ich will, es bleiben immer ein paar unschöne Niednägel. Und ich könnte mir die Nagelhaut bis zu den Ellbogen zurückschieben und würde trotzdem nicht diese hübschen kleinen Monde haben.

Meine Mutter schaut mich an und ihre Augenbrauen sind nur leicht gerunzelt. Ich stelle ihr meine letzte Frage.

»Warum hast du mir nie davon erzählt?«

Sie scheint aufrichtig überrascht. »Warum hätte ich das tun sollen?«

»Damit ich die Wahrheit kenne. Darüber, was für ein Mensch er war.«

»Wyn, du hast immer die Wahrheit gekannt. Dein Vater war ein guter Mensch, der Fehler gemacht hat. Wie jeder andere auch. Aber vergiss nie – er hat dich mehr geliebt als alles andere auf der Welt. Als ich ihn vor die Wahl stellte, hat er sich für dich entschieden.«

Ich stehe auf, öffne die Schiebetür zum Garten und betrete die Ziegelsteinterrasse meines Vaters. Die alten Terrassenmöbel aus Rotholz mit den hässlichen grünen Kissen würden in einem der Antik-Läden in den Seitenstraßen der Melrose Street sicher einen Batzen Geld einbringen. Ich setze mich auf die Chaiselongue, lehne mich zurück und lege die Füße hoch. Die Schwarznuss, die dank Shojis fachmännischer Beschneidung schon seit zwanzig Jahren wächst und gedeiht, überschattet zu dieser Jahreszeit den gesamten Garten. Trotz der dunklen Flecken, die ihre Schalen auf der Terrasse hinterließen, fand ich immer, »schwarze« Walnuss sei eine falsche Bezeichnung. Die Nüsse schmecken eher nach Grün. Ihre Schalen sind so hart, dass ich die Nüsse früher oft in die Einfahrt legte, bevor mein Vater nach Hause kam, damit er mit dem Wagen darüber fuhr. Er sagte immer, sie schmeckten nur deshalb so gut, weil man sich für sie so abmühen müsse.

Meine Mutter steht auf einmal neben mir, obwohl ich sie nicht habe kommen sehen. Ich nehme die Füße herunter, damit sie sich setzen kann.

»Hast du oft unter unserer gegenseitigen Zuneigung gelitten?«

Sie nagt an ihrer Unterlippe. »Manchmal wollte ich einfach nur dazugehören. Ich wollte, dass du mich so ansiehst wie ihn. Manchmal wollte ich sogar, dass er mich so ansieht wie dich.« Ihre Wangen sind gerötet. Vom Sherry, nehme ich an.

Plötzlich kommt mir der Gedanke, dass ich keine Ahnung habe, wer diese liebenswerte Fremde überhaupt ist. Und das seit Jahren nicht. Dass ich nie wusste, worüber sie nachdenkt, was sie sich wünscht, worüber sie lacht, was sie mag. Die ganze Zeit habe ich sie immer nur als die Frau auf dem Hochzeitsfoto gesehen. Die Ponyfrisur wie Mamie Eisenhower. Das breite Lächeln. Die Aufregung vor dem großen Abenteuer.

»Nach seinem Tod haben die Leute immer zu mir gesagt: ›Du hast ja noch Wyn‹.« Sie berührt meinen Arm. »Aber das stimmte nicht. Es war nicht mehr viel von dir übrig. Und das Wenige wolltest du nicht mit mir teilen.«

»Mommy ...« Meine Stimme versagt.

Ich bin so viel größer als sie, dass es für sie nicht einfach ist, mich festzuhalten, während ich weine, aber irgendwie schafft sie es doch. Das ist schon sehr lange nicht mehr vorgekommen.

Am Dienstag ist ein dicker Umschlag in meiner Post, der in Larkspur, CA, abgestempelt ist. Als ich ihn aufreiße, fällt mir ein Flugticket in die Hände. Ich habe ganz vergessen, dass Gary und ich uns auf den Samstag kommender Woche als meinen großen Prüfungstermin geeinigt hatten.

An das Ticketkuvert ist eine handgeschriebene Nachricht geheftet.

Liebe Wyn,
hier ist dein Ticket. Erica hat sich bereit erklärt, die Wochenenden mit mir zu tauschen, deshalb sind die Kinder nur Samstagnachmittag bei uns. Ich dachte, wir holen dich ab und fahren dann zum Aquarium oder zum Fischereihafen. Oder falls dir etwas anderes lieber ist, können wir auch das machen. Andrew und Katie sind schon ganz gespannt darauf, dich kennen zu lernen.
Wenn wir sie zu Erica gebracht haben, essen wir in einem netten kleinen Rasthaus in Larkspur früh zu Abend. Ich hab uns einen Tisch reserviert. Danach fahren wir zu einer Party bei einem meiner Kunden. Wir müssen dort nicht lange bleiben, aber ich brenne darauf, dich vorzuführen. Am Sonntag können wir in Tiburon brunchen, und ich habe Karten für eine Nachmittagsvorstellung besorgt. Oder wir vergessen das alles. Ich ziehe dich nur mit den Zähnen aus und … na ja, du weißt schon. Ich hoffe, du fühlst dich wieder wie neu. Mach's gut. Ich vermisse dich. G.

Wahrscheinlich sollte ich mich mehr darüber freuen. Sollte aufgeregter sein oder so. Aber vielleicht geht das auch nur nicht, weil ich wegen CM so durcheinander bin. Ich stopfe alles in den Umschlag zurück und werfe ihn auf den Küchentisch.

Als Erstes muss ich dafür sorgen, dass CM sich wieder mit mir verträgt. Vielleicht gelingt mir das mit einem Brot. Nicht mit irgendeinem, sondern mit etwas Außergewöhnlichem.

Sylvie dekorierte die Fenster der *boulangerie* immer fantastisch mit eigens von Phillipe, einem eher künstlerisch als handwerklich veranlagten Bäcker, geformtem Brot. Es gab Weizengarben, Korn in Ähren, kleine Alligatoren, Schildkröten, Fische, Katzen, Hunde, Körbe und Kränze – alles aus Brotteig modelliert. Für etwas derart Kompliziertes fehlt mir die künstlerische Ader, aber einen simplen Ring bekommt eigentlich jeder hin.

Eine *couronne*. Eigentlich eine doppelte *couronne*, die zwei ineinander verschlungene Trauringe darstellt. Das soll mein Friedensangebot sein. Jean-Marc hat mir erzählt, dass die *couronne* – ein wie eine Krone geformtes Brot – aus den ländlichen Gegenden Frankreichs stamme, wo die Menschen sowohl mit ihrer Zeit als auch mit ihrem Geld sorgsam umgehen mussten. Mit einem vier bis sechs Pfund schweren Brot kam eine ganze Familie eine Woche lang aus, aber es hatte im Verhältnis zur Menge nur sehr wenig Kruste. Also kam jemand auf die glorreiche Idee, ein Loch in die Mitte zu bohren.

Ich habe keine Zeit, einen Sauerteig reifen zu lassen, deshalb nehme ich eine *poolish*, einen aufgegangenen Hefeteig. Meine Oma buk immer damit, aber sie ließ diesen Teig nie länger als ein paar Stunden gären. Ich kann ihn im Kühlschrank lassen, während ich arbeiten gehe, sodass er sich bei niedriger Temperatur langsam entwickelt.

La poolish für _Pain de Campagne_
(französisches Landbrot)

½ Tasse Wasser
½ TL Hefe
¼ Tasse Vollkornmehl

Die Hefe in Wasser auflösen, dann das Mehl einrühren, bis aus der Mischung eine dickflüssige Masse wird. Ungefähr hundertmal schlagen, bis die langen Kleberfäden entstehen. Mit einem feuchten Tuch bede-

cken und mindestens zwei Stunden bei Zimmertemperatur stehen lassen, je länger, desto besser, gegebenenfalls bis zu acht Stunden. Oder in den Kühlschrank stellen und zwölf bis fünfzehn Stunden reifen lassen. Bevor das Brot gebacken werden kann, muss der Teig wieder Zimmertemperatur haben, deshalb zwei zusätzliche Stunden einrechnen.

Pain de Campagne

Die gesamte poolish
2 1/2 Tassen Wasser
1/2 TL Hefe
5 1/2 bis 6 1/2 Tassen ungebleichtes Weizenmehl
1 EL Speise- oder Meersalz

Wenn die poolish *fertig ist, wirft sie Blasen, wird locker und riecht gegoren. In eine große Schüssel geben, Wasser und Hefe hinzufügen und umrühren, bis die* poolish *zerfällt und die Mischung schaumig wird. Das Mehl tassenweise hinzufügen, bis das Rühren schwierig wird. Auf die mit Mehl bedeckte Arbeitsfläche kippen und zehn bis zwölf Minuten lang kneten. Wenn nötig, noch etwas Mehl hinzugeben. Salz darüber streuen und noch einmal fünf bis sieben Minuten kneten. Der Teig ist am Anfang ziemlich klebrig. Dennoch nicht mehr Mehl hinzufügen, als nötig ist, damit er nicht auf der Arbeitsfläche festklebt. Ein feuchter Teig ergibt später eine schöne feste Konsistenz.*
Wenn man den Finger in den Teig drückt und er zurückfedert, ist er fertig. Zu einer Kugel formen und mit einem feuchten Tuch bedecken. Die Schüssel reinigen und einölen. Den Teig in die Schüssel legen und seine

ganze Oberfläche mit Öl bestreichen. So bekommt er keine trockene Kruste und kann besser aufgehen. Mit einem feuchten Tuch bedecken und bei Zimmertemperatur ungefähr zwei bis drei Stunden stehen lassen, bis der Teig die doppelte Größe erreicht hat. Wenn man den Finger etwa einen Zentimeter tief in den Teig drückt und die Delle bleibt, ist er genug aufgegangen.
Jetzt den Teig vorsichtig zusammenfallen lassen und etwa dreißig Minuten bedeckt stehen lassen, damit sich der Kleber lockert. Dann in zwei Teile schneiden, zu Baguettes formen und auf ein üppig mit Mehl bestreutes Trockentuch aus Leinen legen. Als Stütze eine Stofffalte zwischen den beiden Broten formen. Die Oberflächen mit Mehl bestreuen, mit feuchten Tüchern bedecken und eineinhalb bis zwei Stunden aufgehen lassen oder so lange, bis sie sich um das Eineinhalbfache vergrößert haben.
Den Ofen eine Dreiviertelstunde bis eine Stunde vor dem Backen auf 230 Grad Celsius vorheizen und auf kleiner Flamme Wasser aufsetzen. Wenn das Brot aufgegangen ist, die Baguettes auf ein mit Backpapier oder einer dünnen Schicht Maismehl bedecktes Backblech legen. Mit einem gezackten Küchenmesser mehrmals schräg einschneiden. Den Teig zu zwei Ringen formen, die Enden übereinander legen und zusammendrücken.
Den Rost in die Mitte des Backofens schieben, eine schwere Pfanne mit dem kochenden Wasser füllen und auf die unterste Ebene oder den Boden des Ofens stellen. Das Brot zehn Minuten bei 230 Grad backen, dann auf 210 herunterstellen und weitere 25 bis 30 Minuten backen oder bis es hohl klingt, wenn man gegen die Unterseite klopft. Ofen abschalten, Tür ein Stück öffnen und das Brot weitere fünf Minuten ruhen

lassen. Dann herausnehmen und auf dem Rost abkühlen lassen. Nicht schneiden oder brechen, bevor es vollständig abgekühlt ist.

Der Abend ist ausgesprochen mild und ich merke, dass meine Schritte langsamer werden und meine Gedanken sich auf Gary konzentrieren. Es wird mich nicht umbringen, zu ihm zu fliegen. Offensichtlich bedeutet es ihm sehr viel. Beim Gedanken an seine Nachricht durchrieselt mich ein angenehmer Schauder der Vorfreude und meine Schritte werden wieder schneller. Ja, dieser Teil des Tages wird sicher schön werden. Mehr als schön.

Es ist immer schön, wenn er bei mir ist. Wenn ich ihn anschaue, ihn berühre. Aber es ist auch schön, wenn er dann wieder wegfährt. Ich vermisse ihn nicht. Er ist eine nette Annehmlichkeit – wie Junkfood. Befriedigt die Lust auf etwas Süßes, hat aber keinen länger anhaltenden Nährwert. Du liebe Güte, was ist bloß los mit mir? Schließlich ist er ein Mensch und kein Riegel Snickers!

Meine Großmutter hat nie zu mir gesagt: »Wyn, guter Sex kann dumm machen.«

Nicht, weil sie nicht darauf gekommen wäre, sondern weil sie zweifellos festgestellt hat, dass man diese Erfahrung selbst machen muss. Manche Menschen sind so schwer von Begriff, dass sie sie sogar mehr als einmal machen müssen.

Man nehme nur einmal David und mich. Waren es wirklich seine Vorlieben für Einkaufen und klassische Musik, die es mir angetan hatten? Seine Fähigkeit, geschickt ein Konto auszugleichen oder den richtigen Wein zum Pilzrisotto auszuwählen? Seine Rückhand beim Cross?

Natürlich trug all das dazu bei. Aber zum größten Teil waren es seine strahlend blauen Kontaktlinsen. Der Kontrast seines sonnengebleichten Haars zu den dunklen

Wimpern. Sein Trick, mit der Zunge einen Knoten in einen Strohhalm zu schlingen. Und wenn er mich auf eine ganz bestimmte Stelle im Nacken küsste, konnte ich den Verstand verlieren.

Ich bilde mir nicht ein zu wissen, was er an *mir* fand. Er hätte gleich eine Frau wie Kelley heiraten sollen. Eine Frau, die seine Arbeit nicht nur verstand, sondern seine Leidenschaft diesbezüglich teilte. Mit Scham erinnere ich mich an den Abend in L. A. zurück, als sie gerade Hathaway als Kunden verloren hatten und ich unbedingt mit ihm über unsere Beziehung sprechen wollte. So ungern ich es auch zugebe – Kelley war diejenige, die er an jenem Abend brauchte. Sie wusste, was passiert war, was das bedeutete und was das in ihm auslöste.

Und jetzt gibt es Gary. Den liebenswerten Gary. Der glaubt, dass er sich um mich kümmern möchte. Der dafür sorgen will, dass es mir gut geht. Der mich seinen Kindern vorstellen möchte. Der da fortfahren möchte, wo David aufgehört hat. Ein anderer Weg zum gleichen Ziel. Marin statt Hancock Park. Die gleiche Geschichte, ein anderer Schauplatz. Der gleiche Mist zu einer anderen Zeit. *Warum musste Erica auch wieder Jura studieren? Sie hat doch als Anwaltsgehilfin gut verdient.* Sie hatte doch alles, oder? Du kannst immer einen anderen Job finden. Du kannst immer zu Hause Brot backen. Er möchte, dass ich ein Teil seines Lebens bin. Aber es ist *sein* Leben, nicht meines.

Ich stelle mir vor, wie sich CM über den Tisch beugt. *Bist du wirklich glücklich? Soll das dein Leben sein?*

Die doppelte *couronne* ist, bei aller Bescheidenheit, wunderschön geworden – zwei ineinander verschlungene Ringe aus knusprigem goldenem Brot. Und sie duftet himmlisch. Wenn ich es damit nicht schaffe, dass CM mich anruft, werde ich es nie schaffen. Die Frage ist nur, wie verpacke ich die *couronne*? Ich habe keine Schachtel, die groß genug ist, daher wickle ich sie vorsichtig in ein sauberes Trockentuch und trage sie darin zur Bäckerei.

Ellen und Misha sind gerade intensiv mit Mazurka-Riegeln beschäftigt, halten aber inne, um mein Kunstwerk zu bewundern.

»Es soll eine Art Verlobungsgeschenk für CM sein«, sage ich. »Ich brauche eine Verpackung dafür.«

»Du kannst einen Korb aus dem Schaufenster nehmen, wenn du mir versprichst, ihn zurückzubringen«, bietet Ellen mir an.

Ich lege das Trockentuch in den Korb, platziere das Brot in der Mitte und decke alles locker mit Plastikfolie zu, damit die Kruste nicht weich wird. Dann hole ich die schlichte weiße Geschenkkarte hervor, die ich gekauft habe, und betrachte sie unsicher.

»Wartest du noch auf eine spontane Eingebung?«, fragt Misha lachend.

»Ich weiß einfach nicht, was ich sagen will.«

»Wie wär's mit ›Alles Gute‹ oder so?«

Ellen schüttelt den Kopf. »Das wünscht man jemandem, den man nicht besonders gut kennt. CM ist doch Wyns beste Freundin.«

Das schlechte Gewissen überkommt mich.

»Okay, wie wär's dann mit ›Seid für immer glücklich‹ oder ›Für ein tolles Paar‹ oder …«

Schließlich schreibe ich mitten auf die Karte »Für CM, alles Liebe, Wyn«. Dann fällt mir noch ein, »und Neal« hinter ihren Namen zu kritzeln. Über das Glücklichsein und das tolle Paar können wir noch reden, wenn sie mich anruft.

Als ich das Brot bei ihr abgeben will, ist keiner von beiden zu Hause. Vielleicht ist es besser so. Ich lasse es bei der Hausverwalterin, die mir verspricht, es ihnen sofort zu geben, wenn sie nach Hause kommen, und es bis dahin keinem offenen Fenster oder sonstiger Zugluft auszusetzen. Auf dem Heimweg fühle ich mich leicht bedrückt und besorgt, als hätte ich gerade mein erstgeborenes Kind in einer dubiosen Tagesstätte abgegeben.

Natürlich lautet Garys erste Frage: »Gibt es jemand anders?«

»Nein, es gibt keinen anderen.«

»Wyn, ich verstehe dich nicht! Ich dachte, das mit uns wäre etwas ganz Besonderes. Selbst wenn du es *eine Affäre* nennen willst – was kann es schaden herauszufinden, ob vielleicht mehr daraus wird?« Der Mann versucht einfach immer zu verhandeln.

»Es war nicht nur eine Affäre. Du hattest Recht. Ich hab das gesagt, um mich zu schützen. Und ich sag dir, was es schaden kann – es wird nicht funktionieren, und je länger wir es hinauszögern, desto schwerer wird uns die Trennung fallen.«

»Warum bist du dir so sicher, dass es nicht funktionieren wird?«

»Weil ich nicht will, dass es funktioniert.«

»Aber warum denn nicht?«

»Weil wir verschiedene Prioritäten setzen. Und weil ich nicht bereit bin, meine wieder aufzugeben.«

»Aber ich verlange doch gar nicht von dir, irgendetwas aufzugeben …«

»Das brauchst du auch nicht. Es passiert ganz automatisch. Wie Treibsand. Ich sinke in dein Leben und verschwinde spurlos.«

»Ist mein Leben denn so furchtbar?«

»Keineswegs. Es ist nur nicht das Leben, das ich will.«

»Ich verstehe dich einfach nicht. Wenn es keinen anderen gibt, kannst du doch ruhig mit mir zusammen sein, bis …«

»Bis du meine Meinung änderst? Genau das würde passieren, das weiß ich. Weil ich schwach bin und weil ich dich wirklich gern habe. Du bist sehr anständig …«

»Oje, das ist der Todesstoß.«

»Nein, so hab ich das nicht gemeint. Anständige Männer sind selten und kostbar. Es wäre ganz leicht, sich dir anzupassen. Aber es ist einfach nicht das, was ich will.«

Er seufzt erneut. »Das verstehe ich nicht.«

»Ich weiß. Und ich kann es dir auch nicht erklären. Du musst mir einfach glauben.«

»Tut mir Leid.«

»Hör auf, dich dauernd zu entschuldigen!« Ich beiße mir auf die Lippe. »Es ist ja nicht deine Schuld. Und meine auch nicht. Wir wollen einfach unterschiedliche Dinge im Leben erreichen.«

»Wyn, du klingst so verwirrt! Lass uns nächste Woche noch mal darüber sprechen?«

Jetzt seufze ich. »Was genau bereitet dir solche Schwierigkeiten?«

Ich bin keineswegs so entschlossen und eindeutig von meiner Meinung überzeugt, dass er mich nicht umstimmen könnte. Vielleicht müsste er nur »ich liebe dich und wir sorgen dafür, dass du glücklich wirst« sagen, von mir aus auch »du hast mich an der Nase herumgeführt und das stinkt mir gewaltig«, doch Gary sagt: »Katie und Andrew werden furchtbar enttäuscht sein.«

»Gary, ich möchte jetzt nicht mehr darüber reden. Pass gut auf dich auf.«

Ich schicke das Flugticket zurück. Ein Woche lang ruft Gary jeden Abend an, aber ich gehe nicht ans Telefon. Jedesmal wenn der Anrufbeantworter anspringt, sagt er: »Wyn, ich will nur mit dir reden. Bitte geh ran, wenn du da bist.« Er hört sich so unglücklich an, dass ich ein paar Mal fast weich werde. Doch der Stolz darauf, es bis hierher geschafft zu haben, gibt mir die Kraft, statt des Telefons ein Buch zur Hand zu nehmen.

Allmählich ruft er seltener und später am Abend an. Auf den Anrufbeantworter spricht er jetzt Sätze wie »Hi, wollte nur mal hören, wie's dir geht«, aber ich rufe ihn nie zurück. Als er es in der Bäckerei versucht, teilt Linda ihm nur zu gern mit, ich sei nicht zu sprechen.

Stimmen wecken mich. Raues Männerlachen. Ich drehe mich auf die andere Seite. Halb zwei am Samstagnachmittag. Ich setze mich auf und ziehe meine Jogginghose an. Durch den Spion erkenne ich nichts, also öffne ich die Tür. Ein hoch gewachsener, dürrer Typ mit einer verkehrt herum aufgesetzten Baseballkappe steht an einer Ecke des großen Hauses und ruft einem anderen Typ auf dem Dach etwas zu.

Ich trete nach draußen. »Könnten Sie vielleicht etwas leiser sein? Ich versuche zu schlafen.« Ab und zu kann ich meinen alten Tonfall aus Hancock Park noch ganz gut gebrauchen.

Der Mann dreht sich abrupt um und schaut mich mit großen Augen an. »Wer sind Sie?«

»Ich wohne hier zur Miete und versuche zu schlafen. Und wer sind Sie?«

Er kommt auf mich zu und schenkt mir ein gewinnendes Lächeln – oder zumindest hält er es wohl dafür. »Entschuldigung. Ich wusste nicht, dass hier jemand wohnt.« Er reicht mir eine Visitenkarte. »Marty Crowley von der Baufirma Arvis Brothers.«

»Was machen Sie hier?«

»Wir stellen einen Kostenvoranschlag für einen Mr. Keeler auf. Soweit ich weiß, gehört ihm das Grundstück hier.«

»Ja. Also ... ich wäre Ihnen sehr dankbar, wenn Sie Ihren

Kostenvoranschlag ohne solches Gebrüll aufstellen könnten. Ich arbeite nämlich nachts und versuche gerade zu schlafen.«

»Wir werden so leise wie möglich sein. Wie ich schon sagte, wir wussten gar nicht, dass hier jemand wohnt.«

Ich lege mich wieder hin, weiß aber genau, dass ich heute nicht mehr schlafen kann. Nachdem die Männer gegangen sind, stehe ich auf, ziehe mir eine kurze Hose und ein Rugbytrikot an und trete mit einem Glas Apfelsaft auf die Veranda hinaus. Die Luft ist sonnig und schwül. Ich habe schon seit Längerem vor, ein paar von diesen weißen Plastikstühlen zu kaufen, die man überall sieht. Doch eigentlich finde ich es auch ganz gemütlich, auf der Stufe vor der Tür zu sitzen.

All das wird sich jetzt vermutlich ändern.

Wahrscheinlich muss ich etwas weiße Farbe kaufen. Nein, eher eine Menge weiße Farbe. Um die gelbe Farbe auf den Wänden zu überdecken, werde ich sicher mindestens zweimal streichen müssen. Wenn Mr. Keelers Gäste später hier abends bei einem Glas Wein vor dem Holzofen sitzen, scheint mein Safrangelb vielleicht noch durch die weiße Tünche wie in Lillian Hellmanns *Pentimento*.

Auch Dougie werde ich zurücklassen müssen, meine kleine Douglastanne. Sie ist fast dreißig Zentimeter gewachsen, seit ich sie eingepflanzt habe. Hoffentlich reißt Keeler sie nicht heraus. Das wird hier nämlich oft gemacht. Bäume sieht man überall, deshalb wissen die Leute sie nicht zu schätzen. Gott bewahre, dass mal ein Baum an einer ungünstigen Stelle steht, zum Beispiel etwas Schatten auf die Veranda wirft. Dann schleppen sie gleich den berühmten Holzfäller Paul Bunyan an und lassen den Baum abschlagen.

Ich pflücke gedankenverloren eine welke Blüte von der Efeupelargonie. Meine Kräuter wachsen nur mäßig. Aber ich weiß genau, dass sie gerade erst den Motor anwerfen und auf ein paar richtig sonnige Tage warten, bevor sie die Kupplung loslassen und davonsausen. Ich zupfe ein Blatt von der Zitronenmelisse und zerreibe es unter der Nase. Es duftet genau wie die Zitronenbonbons, die meine Großmutter so gern mochte.

Dougie ist nicht der Einzige, der hier Wurzeln geschlagen hat. Nach acht Monaten fühle ich mich in dieser schäbigen kleinen Hütte mehr zu Hause als in dem Haus, in dem David und ich sieben Jahre lang wohnten. Vielleicht, weil der Rest meines Lebens von einem Erdbeben erschüttert worden ist, das einem Wert von acht Komma neun auf der Richterskala gleichkommt. Bis jetzt habe ich David, CM, Gary und Mac verloren. Mein Heim ist als Nächstes an der Reihe. Was kann schon sonst noch passieren?

Meine Großmutter sagte immer, wer solche Fragen stellt, fordert das Schicksal heraus.

Der neue Barkeeper heißt Shawn. Er sieht aus wie ein sehr junger Kenny: klein und vierschrötig mit hübschen blauen Augen und mit Haaren, die die Farbe von nassem Sand haben. Er hat ein gewinnendes schiefes Lächeln und gibt sich großspuriger und selbstbewusster, als er ist. Frauen spricht er mit »Baby« oder »Schätzchen« an, gleichgültig, wie alt sie sind, und seine Ahnung von Musik passt locker auf einen Teelöffel, wobei noch genug Platz für Zucker ist.

Das ist aber nur ein Grund, warum ich normalerweise nicht mehr ins *Bailey's* gehe.

Kenny zieht die Augenbrauen hoch, als er mich entdeckt, und ein breites Grinsen zeigt sich auf seinem Gesicht. »Hey, Lady, wo hast du denn gesteckt?«

Ich lächle zurück. »Wie geht's denn so?«

Ohne den Kopf zu bewegen, blickt er zur anderen Seite

der Theke hinüber, wo Shawn gerade mit Macht versucht, zwei sehr jung aussehende Mädchen zu beeindrucken. »Na ja, es ist nicht mehr wie früher – mehr kann ich dazu nicht sagen. Was möchtest du trinken? Geht aufs Haus.«

Ich lache. »In diesem Fall nehme ich ein Glas von eurem besten Bordeaux.«

Kenny setzt das Glas auf einer Serviette ab. »Château Hausgemacht für Mademoiselle.« Dann stellt er mir ein Schüsselchen mit Erdnüssen hin. Ich knacke eine auf und werfe mit der Schale nach ihm. Er schlägt sie weg.

»Hast du was von Mac gehört?« Ich bemühe mich, gleichgültig zu klingen, und richte den Blick angestrengt auf die Erdnuss, die ich gerade in der Hand halte.

»Vor ein paar Tagen. Donnerstag, glaube ich. Ich soll dich von ihm grüßen. Hab ihm gesagt, das würd ich machen, falls du hier noch mal auftauchst.« Kenny nimmt Weingläser aus einem Spülmaschinenkorb und hängt sie mit den Stielen in ein Regal hinter der Theke.

Ich trinke einen Schluck Wein und drehe mich ein wenig auf meinem Barhocker herum. »Nicht viel los für einen Samstag, oder?«

Kenny zuckt die Achseln. »Unter der Woche haben wir Stammkunden, aber am Wochenende kamen die Leute immer, weil Mac so gute Musik auflegte. Mr. Cool da ...« – er nickt leicht in Shawns Richtung – »... hat von Tuten und Blasen keine Ahnung. Bei Oldies denkt er an Twisted Sister. Und ich kenn mich weiß Gott auch nicht gut aus. Wir haben die letzten beiden Kassetten von Mac gespielt, bis die Leute sie nicht mehr hören konnten. Wahrscheinlich werd ich mir jetzt von irgendwo welche bestellen müssen.«

»Wie geht's ihm?«

»Mac? Gut.«

»Was macht er so?«

»Er hat nicht viel erzählt. Ich glaube, er arbeitet die meiste Zeit an Bensingers Haus.«

Ich esse noch eine Erdnuss, trinke noch etwas Wein und frage dann: »Hat er was davon gesagt, dass er im Herbst zurückkommt?«

Kenny schüttelt den Kopf. »Er kommt nicht zurück.« Er beginnt, schmutzige Gläser in den Korb zu packen, den er gerade ausgeräumt hat.

»Nein?«

»Er hat davon gesprochen, im September nach Alaska raufzufahren. Das wollte er schon immer.«

Ich reiße eine nasse Ecke von der Serviette ab und rolle sie zu einer kleinen Kugel zusammen. »Hat er dort ein Telefon oder so?«

Kenny schenkt mir ein fast mitleidiges Lächeln. »Nein. Es gibt eine Nummer für Notfälle, aber die gehört nur dem Vermietungsbüro. Willst du sie haben? Oder soll ich ihm irgendwas bestellen, wenn er das nächste Mal anruft?«

Ich denke einen Augenblick lang nach. »Nein. Grüß ihn nur von mir.«

Obwohl wir schon Ende Juni haben, ist es nachts noch immer so kühl, dass ich den Holzofen anwerfen muss. Ich entzünde etwas Anmachholz. Als es heftig brennt, öffne ich die Ofentür und lege ein Stück Erle nach. Einen Moment lang erlöschen die Flammen, als wären sie erstickt, doch dann fängt das Scheit Feuer.

Nun geht Mac also nach Alaska. Ich wühle in meiner Kassettenkiste nach der letzten Kassette, die er mir geschenkt hat. Ich habe sie noch nie abgespielt. Als ich sie umdrehe und den dazugehörigen Zettel lese, muss ich lächeln. Titel, Interpret, Plattenfirma und Laufzeit sind für jeden Song fein säuberlich notiert. Ich lege die Kassette in die Kiste zurück und nehme Mozarts Sinfonie

Nr. 40 in g-Moll heraus. Die habe ich immer schon gemocht.

Erschöpft, aber nicht wirklich müde lege ich mich auf den Futon und decke mich zu. Hinter den Glastüren des Holzofens lecken die Flammen am Holz wie an einer Eiswaffel. Manches Feuer scheint gar nicht richtig zu brennen, bis man aufschaut und nur noch einen Haufen schwarzer Asche sieht.

Juli. Toulouse steckte mitten in der schlimmsten Hitzewelle der letzten Zeit. Natürlich war es in der Bäckerei heiß wie in einem Ofen. Phillipe und Yvon trugen kurze Hosen zu nackten Oberkörpern, aber das konnte ich ja leider nicht. Ich hatte eine weiße Baumwolllatzhose und ein ärmelloses T-Shirt an. Das Haar hatte ich hoch gesteckt und mit einem nassen Tuch bedeckt. Normalerweise trocknete das Tuch in weniger als einer halben Stunde – das Wasser verdunstete und wurde durch Schweiß ersetzt. Den ganzen Tag über tranken wir literweise Wasser. Ich hatte das Gefühl, nie wieder richtig abzukühlen.

Als ich eines Morgens früher als sonst in der *boulangerie* erschien, belud Jean-Marc gerade den Ofen. Ich blieb in der Tür zum *fournil* stehen und beobachtete ihn. Wie immer trug er eine weiße Hose, ein weißes Shirt und eine weiße Schürze und schien gar nicht zu merken, wie der Schweiß an ihm herunterlief, während er in der glühend heißen Luft des Ofens arbeitete. Als er das letzte Brot eingeräumt hatte, schlug er die schwere Tür zu und drehte sich um.

»*Bon matin*, Wynter.« Als hätte er gewusst, dass ich dort stand.

»*Bon matin*, Jean-Marc.« Es war noch nicht einmal sechs Uhr morgens und ich fühlte mich bereits schlapp und wacklig auf den Beinen. Jean-Marc führte mich zur Hintertür hinaus. Selbst draußen hinter dem Haus war es drückend schwül. Kein Luftzug. Ich lehnte mich mit dem Kopf an die Wand und schloss die Augen.

»*Il fait trop chaud pour l'enfer.*«

Er lächelte über meine Äußerung, dass es sogar zu heiß für die Hölle sei, und wischte sich das Gesicht mit einem weißen Handtuch ab.

»*Oui, c'est vrai.* Aber nur durch das Feuer entsteht das Brot, Wynter«, sagte er.

Neunzehn

Im Kurs für kreatives Schreiben bekommt man gesagt, dass nichts schlimmer sei als ein Klischee. Es bilde sozusagen das literarische Äquivalent für einen Furz beim Abendessen oder die Peinlichkeit, dass man sich versehentlich den Kleidersaum in die Strumpfhose gestopft hat, wenn man aus dem Badezimmer kommt. Man bekommt aber nicht gesagt, dass Klischees nur deshalb zu Klischees geworden sind, weil sie stimmen. Weil die meisten Menschen sich genau so verhalten.

So kommt in jedem Liebesroman, der sein Hochglanzcover wert ist, irgendwann der Punkt, an dem der Liebhaber der Heldin verschwindet. Verrückt vor Sehnsucht – Achtung, jetzt kommt das Klischee! – sucht sie nach seinem Gesicht in der Menge.

Obwohl Mac bereits fünf Wochen fort ist und nie angerufen hat, obwohl es keinen Grund gibt, anzunehmen, dass er sich in Seattle aufhält, und er nicht einmal mein Liebhaber war, suche ich unbewusst nach ihm. Überfliege die Gesichter auf der Straße, im Park, im Restaurant, an der Bushaltestelle, in der Schlange im Supermarkt und jedes Mal, wenn ich am *Bailey's* vorbeigehe. Jedes Mal, wenn ich einen hoch gewachsenen Mann mit verwaschenen Jeans, einer blauen Windjacke und einer schwarzen Baseballkappe oder einen weißen El Camino entdecke, muss ich genauer hinschauen, obwohl es jeder Logik widerspricht.

Am ersten Juli rufe ich meine Mutter an. Nur um hallo zu sagen. Seit ich sie das letzte Mal besucht habe, habe ich mich alle paar Wochen bei ihr gemeldet. Sie freut sich so sehr darüber, dass ich mich frage, warum ich das nicht schon früher gemacht habe.

Nach den üblichen Höflichkeiten frage ich sie: »Was habt ihr am 4. Juli vor?«

»Wir fahren nach Long Beach runter.«

»Long Beach?«

»Wir verbringen die Nacht auf der Queen Mary. Sie zünden Feuerwerkskörper auf der Brücke und veranstalten Partys in den verschiedenen Restaurants.«

»Hört sich gut an.«

»Das wird es sicher auch. Gary, Erica und die Kinder begleiten uns.«

Es schnürt mir fast die Kehle zusammen. »Entschuldigung. Hast du gesagt, Gary *und* Erica?«

»Ja, wir waren auch ziemlich überrascht, als er uns erzählte, dass sie mitkommen wollen.« Sie hält inne.

Zu Recht, Mutter. Vor knapp zwei Monaten ist er nämlich noch nackt auf meinem Futon herumgekrochen und hat mich angefleht, nach San Francisco zu kommen.

»Ich bin mir nicht sicher, wie ich das deuten soll. Eine Weile hatte ich den Eindruck, dass er ziemlich in dich verliebt war.« Sie wartet erneut. »Was ist denn daraus geworden?«

»Das erzähle ich dir später mal.«

»Er scheint ein sehr anständiger Junge zu sein.«

»Das ist er. Grüß ihn bitte von mir. Am besten, wenn Erica dabei ist.«

Sie lacht fröhlich. »Wird gemacht.«

Seattle erlebt gerade eine Hitzewelle – ich wusste gar nicht, dass das überhaupt möglich ist. Der Grund ist ein riesiges Hochdruckgebiet, das zwischen zwei Tiefdruckgebieten festsitzt und genau über der Stadt hängt. Seit fast einer Woche geht das so – tagsüber weit über dreißig Grad, nachts nur knapp darunter. Keine Brise aus dem Sund, die Erleichterung bringen könnte. Selbst das Wasser sieht merkwürdig eben und ruhig aus. Es ist wirklich unheimlich. Alle sagen, das sei nicht so ungewöhnlich, das gebe es alle ein bis zwei Jahre mal. Aber mir kommt es unnatürlich vor. Offensichtlich habe ich mich an das kühle Wetter gewöhnt.

Am Freitag ist der 4. Juli und die Bäckerei ist geschlossen. Ich habe überlegt, zum Hafen hinunterzugehen und das Feuerwerk anzuschauen. Aber dann hat Cody mich überredet, sie und Barton, den Friseur – sie bezeichnet ihn als Hairstylisten –, zum Gasworks Park zu begleiten und die Show über dem Lake Union zu betrachten. Als sie mich um halb sieben abholen, ist es noch so heiß, dass mein Schweiß wie mein eigenes Dampfbad in einer Wolke um mich herumwabert.

Barton, der Hairstylist, stellt sich als hoch gewachsener, dünner Typ mit einem ansteckenden Grinsen und blond gefärbten Haaren mit schwarzen Ansätzen heraus. Er zwinkert mir mit seinen großen, dunklen Augen zu. »Ich bin Barton. Wie gefällt dir mein Hemd?« Er trägt ein blaues Hawaiihemd, das mit hässlichen roten Blumen bedruckt ist.

Ich muss lachen. »Ein sehr typisches Exemplar.«

»Sehr taktvoll ausgedrückt.« Dann betrachtet er mein Haar. »Oh, was für eine dichte Mähne! Daran würd ich mich gern mal zu schaffen machen. Rein berufsmäßig natürlich. Darf ich es mal berühren?« Er reibt eine Strähne zwischen den Fingern und hält sie an seine Wange. »Like a virgin«, singt er. »Keine Dauerwelle, keine Farbe. Aber das kriegen wir schon hin. Lass dich von Barton entjungfern, Baby. Rein berufsmäßig natürlich.«

»Sollen wir was zu essen mitnehmen?«, frage ich auf dem Weg zu Bartons grünem Plymouth Valiant.

»Barton hat uns ein Feinschmeckerpicknick zusammengestellt«, sagt Cody. »Mit einer Thermoskanne seiner Eigenkreation *Ausziehen und nackt herumlaufen.*«

»Fett, Zucker, Alkohol, Schokolade, Halluzinogene«, zählt er auf. »Alle wichtigen Nahrungsgruppen.«

Selbst unter den günstigsten Umständen kann man rings um den Lake Union nur schlecht parken, deshalb müssen wir unsere Decken, den Korb und die Kühltasche mehrere Häuserblocks weit schleppen, bis wir ein freies Fleckchen Rasen finden. Ich bin triefnass, habe überhaupt keine Lust und wünschte, wir wären zu Hause geblieben. Bartons erste offizielle Tat in seiner Eigenschaft als unser Gastgeber besteht darin, uns Getränke aus seiner riesigen Thermoskanne einzuschenken. Sogar Minzstängel für die Gläser hat er mitgebracht. Sein Gebräu schmeckt frisch und nach Zitrone, ich stürze es hinunter.

»Vorsichtig, Baby«, warnt er mich. »Es schmeckt zwar gut, aber es enthält so viel Alkohol wie der Sprit eines Düsenfliegers.«

Ich lege mich auf die Decke und balanciere das Glas mit feuchten Händen auf meinem Bauch. »Was ist denn da drin? Oder ist das ein Betriebsgeheimnis?«

»Hauptsächlich Limonade, Wodka und Bier. Es wird all deine Leiden lindern, wie meine Großmutter zu sagen pflegte.«

»Der Satz steht wahrscheinlich in der Anleitung ›Wie werde ich eine gute Großmutter?‹«, sage ich lächelnd. »Das hat meine nämlich auch immer gesagt.«

»Meine auch, glaube ich«, schließt sich Cody an. »Aber sie hat immer Polnisch gesprochen, deshalb bin ich mir nicht so sicher.«

Barton zaubert sein Feinschmeckerpicknick hervor: zwei unter Überdruck stehende Dosen mit einem »Käseprodukt«, eine Schachtel Triskits-Cracker und eine von Lavosh. Eine riesige Popcorntüte, eine kleine Dose Mandeln. Eine offene Büchse Zwiebeldip, Kartoffelchips, Oreos-Schokokekse. Eine Dose Pfefferminzbonbons wie die, die man immer umsonst in Restaurants bekommt, und eine Riesenspartüte M & Ms. Ein Kuchenteller voller selbst gebackener Schokoladenplätzchen, die mit Sicherheit Hasch enthalten.

»Ta-taa!« Er verneigt sich mit einer schwungvollen Handbewegung. »Die heimische Küche!«

Ich beobachte, wie am langsam dunkler werdenden Himmel Sterne auftauchen, lausche Codys und Bartons Geplauder über gemeinsame Bekannte und greife ab und zu nach den gesalzenen Mandeln.

»Wyn, Schätzchen, du bist so still«, sagt Barton auf einmal. »Iss doch etwas. Es dauert noch ’ne Weile, bis die Show anfängt.«

»Sie hat Kummer«, klärt Cody ihn auf. »Eine gescheiterte Ehe und zwei verlorene Liebhaber.« Sie schmiert irgendeine Chemikalie mit Käsegeschmack auf einen Cracker und reicht ihn mir.

»Das waren keine Liebhaber. Der eine war mein Stiefbruder und der andere nur ein Freund.«

Barton hebt eine Augenbraue wie Vivien Leigh in *Vom Winde verweht*. »Meine Güte, ich muss sagen, ich bewundere deinen Stil.«

»Ich glaube, ich bin einfach nur nicht schlau genug, was Männer betrifft.« Ich schlucke den Cracker fast in einem hinunter, um ihn nicht schmecken zu müssen, und nehme noch einen großen Schluck von meinem Drink.

»Kein Mitleid ist so schön wie Selbstmitleid!« Barton gibt eine hervorragende alte Tante ab. »Barton weiß, was dir gut tun wird.« Er steht auf und stellt sich hinter mich. »Setz dich mal hin.« Ich gehorche und spüre die Wirkung meines *Ausziehen und nackt herumlaufen*. Bevor ich weiß, wie mir geschieht, lässt Barton mein Haar herunter und kämmt es aus. »Du hast doch nichts dagegen, wenn ich dein Haar ein bisschen style? Mit einer neuen Frisur fühlt man sich gleich besser.«

Und so sitzen wir auf dem Rasen, hören Jazz aus irgendeinem Ghettoblaster, betrinken uns mit *Ausziehen und nackt herumlaufen*, essen Junkfood und warten auf die Dunkelheit, während Barton mein Haar zu unzähligen kleinen Zöpfen flicht. Wahrscheinlich sehe ich aus wie die Medusa, aber es fühlt sich gut an.

Um Viertel nach neun geht die erste Salve von einer Plattform in der Mitte des Sees los. Zusammen mit allen anderen rufen wir »Oh!« und »Ah!«, aber Barton arbeitet weiter an meinem Haar. Ich liebe Feuerwerke. Sie sind so nutzlos – Schönheit um ihrer selbst willen, eine Dauer von nur wenigen Sekunden. Ich mag sogar den Geruch von Schießpulver und die Rauchwölkchen, die noch am Himmel hängen, wenn die bunten Funken schon wieder verschwunden sind. Doch heute Abend scheinen sie nur die Hitze zu verstärken. Nach dem unvermeidlichen markerschütternden Finale beginnen Cody und Barton, unsere Sachen zusammenzupacken, und machen Pläne, in irgendeinen Club auf der First Avenue weiterzuziehen. Tragbare Generatoren summen, als die Lichter angehen.

»Macht ihr nur«, sage ich zu den beiden. »Ich habe für heute genug getrunken. Ich fahre mit dem Bus nach Hause.«

»Wir können dich zuerst nach Hause bringen«, bietet Cody an.

»Ich möchte hier noch ein bisschen sitzen bleiben. Es ist zu heiß, um sich drinnen aufzuhalten.«

Barton umarmt mich und richtet meine Zöpfe. »Du siehst ganz anders aus. So ethnomäßig! Komm doch mal bei mir vorbei.«

Cody grinst. »Du siehst aus wie die ausgeflippte Bo Derek. Volle zehn Punkte. Pass gut auf dich auf, Mädel. Dass du keine Schwierigkeiten kriegst.«

Ich lache und schüttle den Kopf, dass die Zöpfe fliegen. »Ich fühle mich eher wie ein Hubschrauber.«

Sie verschwinden in der Menge und ich spaziere zur Drachenwiese hinüber, einem Hügel neben dem alten Gaswerk. Dort setze ich mich ins Gras und beobachte, wie die Leute langsam ihre Sachen zusammensuchen und sich dann allmählich zerstreuen. Kinder rennen ihren Eltern davon. Hunde bellen sich müde an und trotten gemächlich durch die Hitze. Ich halte nach hoch gewachsenen Männern mit schwarzen Baseballkappen Ausschau. Ich entdecke sogar einige, aber natürlich ist Mac nicht darunter. Ich weiß, ich sollte mich lieber auf den Heimweg machen. Bis auf ein paar Jugendliche sind jetzt alle Leute gegangen. Sicher ist es nicht so gut, als Letzte hier zu bleiben, aber ein paar Minuten gönne ich mir noch. Ich ziehe die Knie an die Brust und stütze die Stirn darauf. Die Zöpfe fallen um mich herum wie ein Vorhang.

»Ist alles in Ordnung, Miss?«

Ich schrecke hoch und sehe ein Pärchen mittleren Alters mit Klappstühlen unterm Arm. Er hat einen Bürstenschnitt und freundliche Augen. Sie dagegen blickt misstrauisch, als fürchte sie, ich könne auf einem Drogentrip sein oder gerade eine spontane Abtreibung hinter mir haben.

»Mir geht's gut, danke.«

»Sie sollten nicht allein hier bleiben«, sagt die Frau.

Ich stehe auf und lächle sie an. »Ich versuche nur gerade, mich dazu aufzuraffen, zur Arbeit zu gehen.«

»Wo arbeiten Sie denn so spät am Abend?«, erkundigt sich der Mann.

»In der McGraw Street Bakery. Auf der Queen Anne Avenue.«

»Na so was«, sagt die Frau, »da kaufe ich immer mein Brot. Sehen Sie mal.« Sie streckt die Brust heraus und zeigt mir ihr T-Shirt, auf dem ›McGraw Street Bakery‹ steht.

»Und ich backe es. Das Brot.«

Sie kneift die Augen zusammen und schaut mich prüfend an. »O ja. Ich kenne Sie von dem Bild. Die Zöpfe haben mich etwas verwirrt.« Ihr Gesicht leuchtet interessiert auf. »Also, Ihr Brot ist wirklich köstlich. Vor allem die neuen Sorten. Die mit Banane und Zimt und das Tassajara-Brot. Das machen wirklich alles Sie?«

»Ja, das ist wirklich lecker«, pflichtet ihr der Mann bei.

Ich erröte. »Vielen Dank. Freut mich, dass Sie es mögen.«

»War nett, Sie kennen zu lernen«, sagt die Frau. »Vielleicht sehen wir Sie dort mal.«

Ich lache. »Da müssten Sie schon vor sieben Uhr morgens kommen.«

Sie winken mir zu und gehen in Richtung Straße, doch ich bleibe noch stehen. Warte darauf, dass er einfach so aus dem Nichts auftaucht, wie im Film. Seine Baseballkappe absetzt, sich das Haar zurückstreicht. Mir sein wunderbares Lächeln schenkt und sagt: »Ich hab mir gedacht, dass ich dich hier finden würde.«

Schließlich folge ich dem Pärchen doch. Dabei spüre ich plötzlich einen Luftzug im Gesicht, der sich in eine richtige Brise verwandelt: Sie ist stark und frisch und duftet nach Meer. Ich stelle mir vor, wie sie von der Küste hereinströmt und kleine Wellen mit weißen Schaumkronen vor sich her treibt. Sie kühlt mir das Gesicht. Ich lege dankbar den Kopf in den Nacken und betrachte die Sterne. Die Hitzewelle hat ein Ende.

Der Busfahrer blinkt bereits, um auf die Eastlake Avenue auszuscheren. Während ich auf den Bus zulaufe, erhasche ich ein Spiegelbild in den Glastüren eines Hauses: eine fremde Frau, die den Bus erreichen will – eine berühmte Brotbäckerin, die mit wehenden Zöpfen den Bürgersteig entlanghastet und dem Fahrer zuruft, er solle warten. Ich schlüpfe auf einen Platz, komme wieder zu Atem und wische mir den Schweiß aus dem Gesicht.

Wenn ich eine Geschichte über mich selbst schriebe, würde sie so beginnen: »Mit einunddreißig Jahren entdeckte sie ihre wahre Berufung …« Oder wie CM sagen würde: Ich habe mein wahres Ich entdeckt. Ich habe die äußeren Schichten nacheinander abgestreift – die Tochter meines Vaters, Davids Frau, die Geschiedene – und unter all dem eine Brotbäckerin hervorgebracht. Eine Frau, die gern arbeitet, während der Rest der Welt schläft. Die gern allein lebt und kein Auto oder Haus besitzt. Die sich in Jeans und Flanellhemd am wohlsten fühlt. Die sich ihre Freunde danach aussucht, ob sie gern mit ihnen zusammen ist, und nicht, ob sie ihr nutzen. Die offen für die Liebe ist. Oder die offen für die Liebe wäre, falls sie lernen könnte, sie zu erkennen.

Als ich in der Bäckerei eintreffe, ist es erst ungefähr elf Uhr. Linda ist schon da. Ich kann sie durch das vordere Fenster sehen. Hinter dem dunklen Café leuchtet unser Arbeitsplatz wie die Bühne eines kleinen Theaters. Ich beobachte, wie Linda sich zwischen dem Kühlschrank, den Öfen und dem Arbeitstisch hin und her bewegt, wie ihr stämmiger Oberkörper für ein unsichtbares Publikum zu tanzen scheint. Sie lächelt sogar. Mir kommt der Gedanke, dass ihr das Backen mehr Spaß macht als alles andere im Leben.

Zwar bedeutet es für sie nicht das Gleiche wie für mich. Sie schöpft Trost aus der Routine, ich dagegen brauche das Experimentieren. Aber ihre Freude daran ist ebenso berechtigt wie meine.

Manchmal staune ich über meine eigene Anmaßung. Ich komme in meiner Jogginghose von Ralph Lauren hereinstolziert, habe den Kopf voll davon, wie alles in Frankreich gemacht wird, und bedränge sie, die Methode zu ändern, nach der sie seit fünfundzwanzig Jahren arbeitet. Kein Wunder also, dass sie anfangs nicht mit mir zusammenarbeiten wollte.

Am Samstagmorgen mache ich mich gerade zum Schlafengehen fertig, als es an der Tür klopft. Ich öffne und vor mir steht Daisy Wardwell in gelber Jogginghose und weißem T-Shirt und perfektem Make-up und lächelt mich an. Sie sei gerade in der Gegend gewesen und wolle nur mal kurz hallo sagen.

»Lieber Himmel, was haben Sie nur mit diesem Raum gemacht?« Ich kann nicht erkennen, ob sie entsetzt oder beeindruckt ist. »Das ist ja wundervoll! Es wirkt alles so … warm und einladend.«

»Hören Sie, Daisy, ich kann mir gut vorstellen, warum Sie gekommen sind.«

Sie verzieht das Gesicht. »Ja, meine Liebe, es sieht ganz so aus, als würde sich Mr. Keeler demnächst wieder auf seinem Grundstück niederlassen.«

»Bis wann muss ich fort sein?«

»Es hat keine Eile. Er kann ja erst wieder einziehen, wenn das Haus fertig ist. Das Problem ist nur, dass hier in ungefähr einem Monat der Teufel los sein wird.«

»Handwerker?«

Sie nickt. »Wenn Sie das nicht stört, können Sie bleiben, bis der Hausherr einzieht.«

»Das Problem ist, dass ich tagsüber schlafe, deshalb schaue ich mich lieber doch schon mal um. Haben Sie zufällig gerade etwas an der Hand?«

»Nein. Im Moment gibt es einfach nicht viel auf dem Markt, meine Liebe. Aber wir haben ja noch ein paar Wochen Zeit. Ich werde mich darum kümmern und mal sehen, was ich auftreiben kann. In der Zwischenzeit könnten Sie ja schon mal mit dem Packen anfangen, falls wir schnell zuschlagen müssen.«

»Ja, das ist wohl eine gute Idee.«

»Tut mir Leid, meine Liebe.« Sie richtet ihre blonden Locken.

»Kein Problem. Ich wusste ja von Anfang an, worauf ich mich einlasse.«

Ich habe in erstaunlich kurzer Zeit erstaunlich viel Kram angehäuft. Kleidung, Bücher, *batterie de cuisine*, Kassetten, Möbel, Bettwäsche und natürlich meine Küchengeräte. Ich nehme Kisten von den wöchentlichen Lieferungen der Bäckerei mit nach Hause, packe sie mit den unwichtigeren Dingen voll und staple sie an jener Wand, an die ich schon vor langer Zeit meine Bücherregale stellen wollte. Nach einer Woche sieht das Ganze bereits wie eine Concept-Art-Ausstellung aus und ich habe noch immer keine guten Nachrichten von Daisy.

Am Dienstagabend räume ich den Inhalt meines Schreibtisches aus – zugegebenermaßen nicht viel, nur ungefähr eine Kiste voll. Das Wetter ist warm, ich habe Tür und Fenster geöffnet und unterhalte die Vögel mit Van Morrison, einem von Macs absoluten Lieblingskünstlern. Er hat mir den Song *Cleaning windows* nahe gebracht. Mac mochte das Lied besonders, weil es eine ganze Lebensgeschichte in ungefähr vier Minuten erzählt: welchen Beruf der Typ hat, wer seine Freunde sind, welche Musik er hört, welche Bücher er liest, was er isst. Es ist wirklich schön.

Plötzlich habe ich das unbestimmte Gefühl, dass jemand auf der Veranda ist. Ich stehe auf, gehe ins Wohnzimmer und öffne die Fliegengittertür. CM sitzt auf dem Geländer. Ich glaube, sie weint, bin mir aber nicht sicher, weil es so dunkel ist.

Ich stürze auf sie zu, sodass wir fast beide über das Geländer fallen. Sofort umarmt sie mich auch und wir weinen und lachen durcheinander.

»Immerhin hast du mir diesmal nicht die Nase blutig geschlagen«, sagt sie.

»Ich hab dich lieb.« Ich wische mir mit dem Handballen die Tränen fort. »Ich hab dich vermisst. O Gott, CM, es tut mir so Leid! Ich war wirklich eine blöde Kuh. Ich verspreche, ich werde auf deiner Hochzeit tanzen.«

Sie wischt sich mit dem Ärmel ihres Pullovers über die Augen. »Danke für das Angebot. Doch leider wird es keine Hochzeit geben.«

»Was? Warum nicht? Was ist passiert?«

Sie lächelt mich schief an. »Du hattest Recht.«

»Nein, hatte ich nicht. Ich war engstirnig und verbittert. Und neidisch.«

»Kann sein.« Sie lacht. »Aber du hattest trotzdem Recht.«

Ich hake mich bei ihr ein und ziehe sie ins Haus. »Lass uns ein Glas Wein trinken und du erzählst mir alles.«

Drinnen schaut sie sich um und bemerkt den Stapel von Kisten. »Wo willst du denn hin?«

»Ich weiß noch nicht genau. Auf jeden Fall muss ich hier ausziehen. Aber darüber können wir später noch reden. Hol uns zwei Gläser, ich mache schon mal die Flasche auf.«

Wir setzen uns im Schneidersitz auf das Sofa und sie sagt: »Danke für das Brot. Es war köstlich.«

»Warum hast du mich nicht angerufen? Ich dachte, du hasst mich.«

CM zuckt die Achseln. »Tut mir Leid. Da war mir noch alles zu peinlich. Allerdings nicht peinlich genug, um das Brot nicht zu essen.«

»Was ist denn passiert?«

»Genau das, was du vorausgesagt hast. Neal bekam Schwierigkeiten mit ein paar Quellen, die er für seine Doktorarbeit aufgelistet hatte. Sein Studienberater behauptete, dass es sie gar nicht gebe. Also legte er sich mit seinem Studienberater an, bis der ganze Prüfungsausschuss in die Sache verwickelt wurde und Neal wieder mit seinem olympiareifen Türenschlagen anfing. Von da an war es nicht mehr weit zu dem Vorwurf, ich sei egoistisch und wisse nicht, was er durchmache. Wir stritten uns jeden zweiten Abend und liebten uns zwischendurch wie verrückt. Irgendwann war ich so durchgedreht, dass ich nichts mehr essen konnte – stell dir das mal vor! Ich konnte nicht schlafen. Und dann bekam ich noch einen scheußlichen Ausschlag unter dem Ring – das war sicher ein Zeichen Gottes.«

Sie schwenkt ihren geröteten, geschwollenen Ringfinger vor meiner Nase hin und her. »Auf jeden Fall hab ich ihm den Ring gestern Abend vor die Füße geworfen und ihm gesagt, er soll sich verpissen. Er ist rausgestürmt und seitdem hab ich ihn nicht mehr gesehen. Wahrscheinlich hat er den Abend damit verbracht, sich bei irgendwelchen Studentinnen in der Bibliothek auszuweinen.«

»Also ist er noch nicht offiziell ausgezogen?«

»Er muss noch sein Zeug holen. Wenn er bis Sonntagvormittag nicht da war, leg ich es für einen Obdachlosen auf den Rasen vor dem Haus.« CM hält inne, nimmt einen großen Schluck Wein und seufzt. »Woher wusstest du das bloß?«

Ich schüttle den Kopf. »Ich wusste es ja gar nicht. Ich war bloß engstirnig. Und neidisch.«

»Warst du nicht.«

»Doch.«

»Das passt einfach nicht zu dir«, stellt sie entschieden fest.

Was nur beweist, dass eine wahre Freundin immer das Beste von einem annimmt, auch wenn sie einen unwiderlegbaren Gegenbeweis erhält.

»Jetzt erzähl mir, was bei dir los ist«, bittet sie.

»Och …« Ich lege den Kopf auf die Rückenlehne des Futonsofas. Die Shirelles wimmern gerade *Baby, it's you* und ich muss erst warten und meine Lieblingsstelle hören, an der sie wie eine Dampforgel klingen. Als das Lied zu Ende ist, frage ich: »Erinnerst du dich noch an Katies Platte mit den Oldies? Zu der sie uns das Tanzen beigebracht hat?«

CM lacht. »Du meinst die mit *Please Mr. Postman*?«

Ich nicke. »Wie hieß noch mal das Lied, das wir immer und immer wieder gehört haben? Wir haben die Nadel so oft zurückgesetzt, bis die Platte gesprungen ist.«

»*Party Lights*.« CM lächelt. »Meine Güte, daran hab ich schon lange nicht mehr gedacht. Die guten alten Zeiten …«

Ich schwenke den Wein in meinem Glas. »Das kann man wohl sagen. Die Hauptsache war für uns, dass wir heil die Treppe runterkamen und cool aussahen. Dass keiner mit uns tanzen wollte, weil wir zu groß waren, kümmerte uns gar nicht.«

»Wir waren nicht zu groß. Die anderen waren zu klein.«

»Wie auch immer. Weißt du, Mac hat das Lied mal abends im *Bailey's* gespielt und ohne die ganzen Sprünge hab ich es fast nicht erkannt.«

CM zieht die Beine an und schlingt die Arme um die Knie. »Justine Wynter, worauf willst du hinaus?«

»Keine Ahnung. Ich wollte nur sagen, wie man sich an

bestimmte Dinge doch gewöhnen kann. Auch wenn sie völlig falsch sind. Irgendwann fängt man an zu glauben, dass alles so seine Richtigkeit hat.«

Ihr Blick verrät mir, dass sie mich so gut versteht, wie es nur die beste Freundin kann. »Ja, ich weiß genau, was du meinst.«

»David hatte völlig Recht. Er sagte: ›Merkst du denn nicht mal, wenn du unglücklich bist?‹ Offensichtlich hab ich es nicht gemerkt. Wenn er mich nicht rausgeschmissen hätte, wäre ich wahrscheinlich nie mutig genug gewesen, um von allein zu gehen.«

»Na, ich würd ihm aber noch kein Dankschreiben schicken. Auf jeden Fall nicht, bevor das Geld aufgeteilt ist. Was ist denn mit deinem gut aussehenden Stiefbruder?«

»Ist zu seiner Exfrau zurückgekehrt.«

»Wirklich? Das ist ja merkwürdig.«

»Eigentlich erscheint es mir ganz logisch. Er war eher ins Familienleben mit Papa, Mama, Kind verliebt als in mich als Person. Und ich bekam allmählich Déjà-vus – eine zweite Rolle als Vorzeigefrau, nur diesmal in Marin statt in Hancock Park.«

»Aber er war ein guter Mann für den Übergang.«

Ich antworte mit einem für Linda typischen Schnauben. »Der kürzeste Übergang in der Geschichte.«

»Wie geht's Mac?«

»Gut, nehme ich an. Er ist oben auf den San Juan Islands und schreibt den großen amerikanischen Roman.«

CMs Röntgenblick brennt sich in mein Gesicht. »Schade. Ich mochte ihn. Für dich, meine ich.«

»Ich mochte ihn irgendwie auch. Aber es war immer eine platonische Beziehung.«

»Vielleicht kommt er ja nach Seattle zurück.«

Ich fange an, orangefarbene Schnipsel meines Caribbean-Sunset-Nagellacks von meinem großen Zeh zu kratzen.

»Und was ist damit?« CM nickt zu meinem Stapel Kisten hinüber.

»Der Eigentümer lässt das große Haus renovieren. Ich wusste ja, dass es irgendwann so weit sein würde, aber der Zeitpunkt ist ungünstig. Daisy meint, auf dem Wohnungsmarkt sehe es im Moment schlecht aus.«

»Wyn, zieh doch einfach zu mir. Sobald Neal endlich fort ist.«

»Meinst du nicht, dass du ein bisschen Ruhe und Frieden brauchst? Zeit für dich selbst?«

»Was ich brauche, ist meine Amazonen-Blutsschwester.« Sie grinst. »Wie in alten Zeiten.«

CM geht nach Hause und ich eile mit einer rötlichen Gesichtsfarbe zur Arbeit. Um fünf Uhr fünfundfünfzig bin ich schlagartig wieder blass. Ellen kommt nämlich herein und sieht aus, als sei ihr der Leibhaftige persönlich über den Weg gelaufen.

»Diane musste noch mal nach Baltimore«, sagt sie als Antwort auf meinen fragenden Blick. »Ihrer Mutter geht es seit einiger Zeit nicht gut. Die Ärzte glauben, dass sie womöglich einen weiteren kleinen Schlaganfall erlitten hat.«

»So ist das Leben«, murmelt Linda. Sie geht zur Tür und überlässt es mir, das Kühlgestell hinauszurollen und die Brote auf den einzelnen Böden zu verteilen.

Ellen ist heute Morgen nicht sie selbst. Nachdem sie die Kasse gefüllt hat, sinkt sie in einen Sessel und legt den Kopf auf die Arme. Mir fällt keine kluge Aufmunterung ein, deshalb schalte ich einfach die Espresso-Maschine ein. Da ich sie jetzt bedienen kann, muss ich zugeben, dass ich mir ziemlich cool vorkomme, wenn ich ab und zu vorn im Café arbeiten kann. Dann fühle ich mich wie eine schöne, gut proportionierte Signorina mit schwarzem Haar und blassem, makellosem Teint, die in einem Café in Mailand oder

Florenz arbeitet und heimlich oder offen von jedem Künstler in der Gegend begehrt wird. Sie strömen jeden Morgen in Scharen ins Café, um ihre sich anmutig wiegenden Hüften zu betrachten, während sie den Espresso serviert. Sie werfen ihr Kusshände zu und lassen Tausende Lire auf der Theke liegen.

»Machst du uns jetzt einen Mokka oder willst du bloß dastehen und dem Dampf zusehen?«, fragt Ellen.

»Entschuldigung.« Ich drehe die Dampfdüse zu und klopfe den fein gemahlenen Kaffee in den Behälter. »Hat Diane gesagt, wann sie zurückkommt?«

Ellen blickt mich ungläubig an. »Wie ich gerade vor fünf Sekunden gesagt habe, will sie am Freitag zurückkommen, wusste es aber noch nicht genau.«

»Entschuldigung, ich war in Gedanken.«

»Ich muss wohl Cody wieder mit Dianes Arbeit beauftragen.« Sie murmelt weiter, eher zu sich selbst als zu mir. »Und allen Kunden, die für diese Woche Torten bestellt haben, Bescheid sagen, dass Diane nicht da ist.« Ellen dreht sich abrupt um. »Das wird sich herumsprechen, weißt du. Wir werden in den Ruf kommen, nicht zuverlässig liefern zu können.«

Ich reiche ihr eine dampfende Tasse. »Es ist ja nicht so, dass wir nicht liefern können. Wir können nur nicht das liefern, was sie bestellt haben.«

Ellen runzelt die Stirn.

»Ich meine ja nur, dass es vielleicht auch Leute gibt, die Codys Tortenstil bevorzugen.«

Ellens Gesichtsausdruck wird sanfter. »Glaubst du wirklich?«

»Keine Ahnung. Punks und Künstler und Studenten heiraten ja auch. Sie wollen wahrscheinlich nicht alle eine weiße Hochzeitstorte mit Inkalilien und Veilchen. Mittlerweile ahmen viele Bäckereien Dianes Torten nach, obwohl ich noch nie welche gesehen habe, die so schön waren wie ihre. Ich will damit nur sagen, dass wir vielleicht in ein völlig neues Marktsegment vorstoßen können.«

Ellen denkt darüber nach, schiebt den Mokka von einer Wange in die andere und schluckt ihn schließlich. »Vielleicht ist das gar keine so schlechte Idee«, sagt sie. »Ich muss mit Cody darüber sprechen.« Sie blickt seufzend auf die Uhr. »Falls sie uns jemals mit ihrer Anwesenheit beehrt.«

Um zwanzig vor sieben taucht Cody gemächlich vorm Eingang auf, Händchen haltend mit einem Typen, der aussieht wie – ich bin ungern so hart – der grüne Hulk. Er hat eine Glatze und ist wie Cody ganz in Schwarz gekleidet. Beide zusammen wirken wie eine Gruftiversion der Bobbsey-Zwillinge aus dem Kinderbuch. Der Typ trägt eines dieser Hundehalsbänder mit Stacheln und wir beobachten fasziniert, wie sich die beiden einen mehrere Minuten dauernden, leidenschaftlichen Abschiedskuss geben. Schließlich verschwindet Codys Freund und sie kommt herein.

»Hi, Leute.« Ihr lilafarbener Lippenstift ist auf der linken Seite verschmiert.

Ich würde zu gern wissen, wie man jemanden mit solch einem Stachelhalsband küssen kann, ohne sich die Kehle aufzuschlitzen, aber dies ist vielleicht nicht der richtige Zeitpunkt, um danach zu fragen.

»Du kommst zu spät«, stellt Ellen fest.

»Oh, tut mir Leid. Teddy wollte mich zur Arbeit bringen und da sind wir etwas …«

»Du bist diese Woche jeden Tag zu spät gekommen.« Ellen zieht die Wörter wie Gummi in die Länge. »Wenn das noch mal vorkommt, kürze ich deinen Lohn. Im Übrigen gefällt es mir nicht, wenn du zu Beginn der Hauptgeschäftszeit mitten vor der Tür mit deinem RinTinTin herumknutschst. Wenn es unbedingt nötig ist, geh wenigstens hinters Haus.« Damit steht sie abrupt auf und verschwindet auf der Toilette.

Cody schaut ihr ungläubig nach. »Meine Güte! Was ist der denn über die Schrumpfleber gelaufen?«

Ich versuche, ein Lachen zu unterdrücken. »Sei nachsichtig mit ihr. Sie ist völlig gestresst.«

Bis zum Samstag sind alle Spuren von Neal Brightman aus CMs Wohnung verschwunden. Am Sonntag ziehe ich ein. Die meisten meiner Möbel landen im Keller, aber Neal hatte in einer Wohnzimmerecke ein winziges Büro eingerichtet, das CM mir für all meine Bücher, Unterlagen und Kassetten überlässt. Da sich ihre Vorstellung von Kochen in diversen Diäten erschöpft, ist in der Küche zudem massenhaft Platz für all meine Küchengeräte.

»Wie schön, jetzt eine Bäckerin im Haus zu haben!« CM verstaut meine Schneebesen, das Nudelholz und die Schüsseln in einem Schrank neben der Spüle.

Wir tauschen ihre Couch gegen mein Futonbett aus. Weil sie sich aber ungefähr zur selben Zeit zur Arbeit fertig macht wie ich mich zum Schlafengehen, schlafen wir abwechselnd in ihrem riesigen Bett. Es sollte eigentlich alles so problemlos funktionieren wie ein gut geöltes Getriebe, aber ich habe mich zu sehr an den Luxus der Einsamkeit gewöhnt. Im Augenblick finde ich es entspannend, mit CM zusammen zu wohnen, aber irgendwann möchte ich wieder einen Ort für mich allein haben. Ich rufe Daisy an und teile ihr mit, dass sie mir nicht mehr das Erstbeste anbieten muss, aber weiterhin suchen soll.

Nur am Stand der Sonne kann man erkennen, dass es bereits spät im August ist. In L. A. sähen jetzt nur die Gärten schön aus, die bestens bewässert werden. Hier dagegen nicken die Stockrosen noch immer in der lauen Brise und die Zinnien leuchten noch immer in allen Farben. Der wolkenlose Himmel ist nachmittags strahlend blau.

Diane ist noch nicht aus Baltimore zurück. Sie begründet es damit, dass der Zustand ihrer Mutter so instabil sei, dass sie lieber gleich dabliebe, als ewig hin und her zu fliegen.

Ellen stimmt ihr zu, doch wir erkennen alle, wie sie der Stress belastet. Vor lauter Sorge und Erschöpfung ist sie kaum noch so fröhlich wie sonst. Sie ist dünner geworden und hat ständig dunkle Ringe unter den Augen. Cody ist ebenfalls unglücklich und überarbeitet und fühlt sich unterbezahlt, da sie je nach Bedarf zwischen Café und Tortenverzieren wechseln muss. Deshalb müssen Jen oder Misha an ihrer Stelle nach vorn ins Café und beide sind von dieser Einteilung nicht gerade begeistert. Nur Linda geht ungerührt ihrer Arbeit nach.

Als ich eines Morgens das Brot aus dem Ofen hole, bemerke ich eine gut gekleidete Frau, die vor der Tür auf und ab schreitet. Offensichtlich braucht sie ihren Morgenkaffee. Sie schaut immer wieder auf die Uhr und nimmt ihre Louis-Vuitton-Aktentasche von einer Hand in die andere. Um Viertel vor sechs erscheint Ellen und schüttelt der Frau die Hand. Dann stößt ein Mann in einem marineblauen Anzug zu ihnen und sie schütteln sich alle die Hände. Mein Magen beginnt leicht zu brodeln. Als Ellen die Tür aufschließt, folgen ihr der Mann und die Frau nach drinnen.

»Hi, Wyn«, begrüßt sie mich. Sie klingt fast wieder wie früher, weicht meinem Blick jedoch aus. Da sie keine Anstalten macht, mich den beiden vorzustellen, arbeite ich ganz normal weiter. Sie gehen zu dritt in den Arbeitsbereich und ich höre, wie sich Linda lautstark beschwert, dass sie ihren Platz brauche. Ellens Antwort kann ich nicht verstehen, aber sie kommt mit ihren Besuchern wieder nach vorn und setzt sich mit ihnen an einen Tisch.

Ich kann mir denken, worum es geht, aber erst als Ellen ihr altes grünes Hauptbuch aus dem Schreibtisch holt, höre ich auf, nach anderen Erklärungen zu suchen. Ich bleibe lange stehen und starre sie an, bis es ihr peinlich ist.

»Wyn, komm mal bitte her. Ich möchte dir Terry Sullivan vorstellen. Von der Great Northwest Bread Company. Und das ist Donna Baird.« Während wir uns die Hände schütteln, schaffe ich es, etwas Mehl auf seinen Anzug zu streuen. »Das hier ist Wyn Morrison, eine unserer Bäckerinnen. Sie ist in einer *boulangerie* in Toulouse ausgebildet worden.«

»Das ist ja großartig«, sagt Donna Baird begeistert. »Es ist *so* wichtig, die Grundlagen zu beherrschen! Doch selbstverständlich müssen sich alle Bäcker bei Great Northwest dem firmeneigenen Ausbildungsprogramm unterziehen, unabhängig davon, welche Ausbildung sie vorher genossen haben. Natürlich nur, um eine gleich bleibende Qualität sicherzustellen.«

Great Northwest? Gleich bleibende Qualität? Ellen muss einen Nervenzusammenbruch erlitten haben – eine andere Erklärung, warum sie die McGraw Street Bakery in eine Brotmaschine verwandeln will, fällt mir nicht ein.

Sie wenden ihre Aufmerksamkeit wieder ihrem vorherigen Thema zu. Ich höre Terry Sullivan sagen: »Das hier ist ein toller Laden. Natürlich müsste Platz für die Maschinen geschaffen werden. Diese Öfen sind wirklich erstaunlich. Ich kann gar nicht glauben, dass sie noch funktionieren. Wir sollten sie in einem Museum unterbringen.«

Ich gehe zur Hintertür und ziehe mir dabei die Schürze über den Kopf.

»He, wo willst du hin, Frollein?«

»Du bist dran mit Aufräumen.« Ich werfe die Schürze in

den Korb und verschwinde, während Linda mir verdutzt nachschaut.

Ich kann nicht in die Wohnung zurückgehen. Meine Gedanken wirbeln herum wie ein Kreisel. Schlaf steht außer Frage, also gehe ich spazieren.

Am Ende des Sommers wollte ich Toulouse nicht verlassen. Sicher lag es zum Teil an der Angst vor dem Alltagstrott, die einen immer beschleicht, wenn man von einem wunderschönen Ort zurückkehrt. Aber ich spürte noch etwas anderes. Ich hatte eine neue Welt entdeckt, die mir zugleich fremd und vertraut erschien. Und ich wollte weiterhin in dieser Welt leben. Ich wollte jeden Morgen durch die schwere, süße Luft unter den Platanen zur *boulangerie* wandern. Durch die Hintertür eintreten, dazugehören. Die glühende Hitze der Öfen spüren, den warmen Karamellduft Hunderter perfekt gebackener Brote riechen und vernehmen, wie der Dampf pfeifend durch die aufplatzende Kruste entwich. Ich wollte die hypnotische Bewegung der riesigen Knetblätter sehen und den kühlen, runden Teig unter den Händen spüren.

Ich konnte von der UCLA abgehen und eine Kochschule besuchen. Ich konnte als Bäckerin arbeiten, wenn ich das wollte. Es gab keinen Grund, es nicht zu tun. Außer, dass ich genau wusste, dass ich es nicht tun würde. Stattdessen würde ich nach Hause und zu meinem alten, bequemen Leben zurückkehren, dessen Mächte gegen mich arbeiteten. Ich war einfach nicht stark genug, um den Wandel zuzulassen. Und das zu wissen war entsetzlich deprimierend.

Ein Auto hupt und schreckt mich auf.

»Hey, Lady, könnten Sie mal von der Einfahrt weggehen?«

Ich stehe vor dem viktorianischen Haus in der Fourth Street. Handwerker klettern darauf herum und die Luft ist von ihren Stimmen, dem Surren von Elektrowerkzeugen und lauten Hammerschlägen erfüllt.

»Entschuldigung.« Ich winke dem Fahrer eines offenen LKWs zu, der ein Dutzend Türen in verschiedenen Ausführungen geladen hat. Bald wird dieses Haus nicht wieder zu erkennen sein.

Ich mache abrupt kehrt und gehe den Weg zurück, den ich gekommen bin. Ich werde immer schneller, um mit meinen rasenden Gedanken Schritt zu halten. Als ich an der Bäckerei vorbeistürme, misst Terry Sullivan gerade die Schaufenster aus und brüllt die Zahlen Donna Baird zu, die sie auf einem Klemmbrett notiert. Die beiden blicken zu mir auf und Donna ruft fröhlich: »Bis bald!«

Ich lächle. *Darauf würde ich nicht wetten, Lady.*

Ich bin schon lange nicht mehr joggen gewesen und CMs Haus liegt auch noch oberhalb der McGraw Street. Als ich endlich durch die Wohnungstür stürze, ringe ich nach Luft und habe heftiges Seitenstechen. Ich trinke ein Glas Wasser, durchwühle den kleinen Schreibtisch nach meinem Adressbuch.

Die Luft in der Wohnung kommt mir ungeheuer drückend vor. Schweißperlen bilden sich auf meiner Haut, rinnen mir in kleinen Bächen über den Rücken. Mein Herz klopft so heftig, dass meine Hände zittern, als ich Elizabeth Goodens Nummer in die Tasten hämmere. Ich muss so schnell wie möglich einiges in Angriff nehmen. Selbst wenn ich nur …

»Anwaltsbüro.«

»Elizabeth Gooden, bitte.«

»Am Apparat.«

»Oh, Elizabeth«, keuche ich, »ich hab Sie gar nicht erkannt. Warum gehen Sie denn ans Telefon?«

»Wer ist denn da?«

»Wyn Morrison.«

»Ach so, hallo, Wynter. Ich bin heute die Erste hier. Hört sich an, als hätten Sie gerade einen Langstreckenlauf hinter sich.«

Ich lache atemlos. »So ungefähr. Hören Sie, ich muss mit Ihnen reden.«

»Schießen Sie los.«

»Wegen der Scheidung«, stoße ich hervor, »ich will sie sofort. Ich meine, so schnell wie möglich. Vergessen Sie die Verzögerungstaktik.«

Ein paar Sekunden lang ist es still. Dann fragt Elizabeth: »Sind Sie sicher?«

»Ja, absolut. Ich bin auch bereit, Zugeständnisse zu machen – ich meine, solange sie nicht zu groß sind.«

Ihr Lachen klingt nüchtern und trocken. »Es besteht kein Grund, gleich auf alles zu verzichten, Wynter.«

»Okay, aber ich meine es trotzdem ernst. Ich möchte den Prozess in vernünftigem Tempo vorantreiben – kann man es so sagen?«

»Ja.«

»Okay.« Mein Atem wird wieder langsamer.

»Und Sie sind sich ganz sicher, dass Sie das wollen?«

»Ja, ganz sicher.«

»Sie müssen mir nicht antworten, aber darf ich fragen, warum?«

Ich schaue mich in der Wohnung um, wo sich meine Sachen harmonisch mit CMs vermischen, blicke aus dem Fenster auf das saphirblaue Wasser und die Häuser von Seattle, die in der Morgensonne golden leuchten, und plötzlich ist der Tag voller Hoffnung.

»Ich glaube, ich habe einfach Besseres zu tun.«

»In Ordnung. Ich werde Ihnen die Vermögenserklärung Ihres Mannes bis morgen zukommen lassen. Gehen Sie alles haargenau durch und lassen Sie mich wissen, ob etwas fehlt. Dann sehen wir weiter. Einverstanden?«

»Einverstanden. Danke, Elizabeth.«

»Keine Ursache, Wynter, und herzlichen Glückwunsch.«

Gegen drei Uhr nachmittags bin ich wieder in der Bäckerei und habe noch immer nicht geschlafen. Ellen will mir offensichtlich nichts erzählen, aber ich stelle sie im Vorratsraum zur Rede.

»Verkauf den Laden nicht an diese Kette! Du weißt genau, dass du es ewig bereuen wirst. Stell dir doch nur mal vor, wie die Bäckerei als Franchiseladen der Great Northwest Bread Company aussehen wird!«

Ellen wirbelt herum und schaut mir ins Gesicht. »Glaubst du vielleicht, ich mache das gern? Ich bin aber zu alt, um an der Straßenecke Mazurka-Riegel zu verkaufen.« Tränen treten ihr in die Augen. »Ich hab keine andere Wahl.«

»Warum?«

»Du kannst mir glauben, Wyn, ich habe monatelang versucht, einen unabhängigen Bäcker als Käufer aufzutreiben, aber es will einfach niemand mehr so hart arbeiten. Immerhin kann ich meine Mazurka-Riegel im Sortiment behalten.«

»Monatelang? Wie lange planst du es denn schon?«

Ellen fährt sich mit der Hand durchs Haar und hinterlässt eine Mehlspur. »Na ja, ich hab schon vor langer Zeit geahnt, dass es darauf hinauslaufen würde. Gleich nachdem Diane zum ersten Mal nach Hause geflogen ist. Ende Juni hab ich dann angefangen, meine Fühler auszustrecken.«

»Aber warum musst du verkaufen?«

»Ich weiß keine andere Lösung.« Ellen zieht ein Taschentuch hervor und tupft sich die Augen ab. »Diane kommt nicht zurück. Sie hat entschieden, dass es ihre Pflicht ist, in Baltimore zu bleiben und sich um ihre Mutter zu kümmern.«

»Aber sie hat doch eine riesige Verwandtschaft da drüben! Warum muss sie ihr ganzes Leben auf den Kopf stellen und …«

Ellen verdreht die Augen. »Schuldgefühle können eine große Macht auf einen Menschen ausüben. Sie können sogar eine ansonsten vernünftige Frau verrückt machen. Aber davon mal abgesehen …« Sie senkt die Stimme. »Laut unserem Teilhaberschaftsvertrag muss der eine Partner den anderen auszahlen, wenn er geht. Normalerweise wäre das kein Problem gewesen, aber wir haben alle Rücklagen aufgebraucht, als wir die Fläche des alten Süßwarenladens aufkauften. Wir haben einen Haufen Kredite aufgenommen. Und ich hab einfach nicht das Geld, um Diane auszuzahlen.«

»Ich schon.«

Ellens Gesichtsausdruck erinnert mich an diese Kriminalfilme aus den vierziger Jahren. Irgendein Typ bekommt immer eines mit einem Totschläger übergebraten und macht ein furchtbar dämliches Gesicht, bevor er zu Boden segelt.

»*Was?*«

»Ich hab ein bisschen herumtelefoniert. Hab mit meiner Anwältin und meiner Mutter gesprochen. Bis meine Scheidung durch ist, dauert es noch eine Weile, aber meine Mutter leiht mir bis dahin dreißigtausend Dollar.«

Ellen lacht gequält auf. »Oh, das ist wirklich nett von dir, Wyn, aber es geht um sehr viel mehr Geld als dreißigtausend Dollar.«

»Mag sein. Aber in eurem Vertrag steht doch nicht, dass du Diane die ganze Summe auf einmal zahlen musst, oder?«

»Nein …«

»Dann kann man verhandeln. Ich denke doch, dass Diane mit sich reden lässt, meinst du nicht?«

Ellen nickt langsam. Aber ich merke ihr an, dass sie Angst hat, sich auf diese unsichere Lösung einzulassen. »Warum willst du das tun? Du weißt doch, dass der Laden nicht besonders viel Gewinn abwirft.«

Ich lächle. »Es hat was mit verpassten Chancen zu tun.«

Ich halte ihr die Hand hin, doch statt sie zu ergreifen drückt Ellen mich fest an sich. »Wyn, ich danke dir! Vielen, vielen Dank.«

»Außerdem freue ich mich darauf, Lindas Chefin zu sein.«

Ellens Lachen hallt von den Wänden des Vorratsraumes wider.

Zwanzig

CM und ich veranstalten aus gegebenem Anlass ein feierliches Abendessen. Heilbutt mit einer leichten Kapern-Weißwein-Soße. Kürbispüree. Grüner Salat. Sekt. Und als Dessert Codys Jackson-Pollock-Kuchen: Haselnusskuchen mit einer Glasur aus weißer Schokoladen-Ganache, der mit Schokospritzern, Karamell und Espressoglasur dekoriert ist wie eines von Pollocks Bildern.

CM erhebt ihr Glas. »Auf meine beste Freundin und Amazonen-Schwester, die jetzt auch offiziell eine Brotexpertin ist.«

»Ja, so schnell kann man zur Unternehmerin werden. Ich glaube, *eine* Sektflasche reicht uns nicht. Sollen wir noch eine in den Kühlschrank legen?«

CM verdreht die Augen. »Keine schlechte Idee – wir haben bloß keine mehr.«

»Dann besorge ich noch eine. Mach die hier so lange wieder zu und gib mir deine Autoschlüssel. Noch kann ich fahren.«

Sie wirft mir ihre Handtasche zu. »Ich mache Feuer und wasche den Salat. Bring auch etwas Ziegenkäse mit.«

Ich sollte niemals hungrig zum Thriftway fahren. Ich kehre mit drei Flaschen Sekt, fünf verschiedenen Olivensorten, zwei Sorten Ziegenkäse, einem kleinen Stück Zitronen-Stilton und einem Viertelpfund Cashewkerne wieder, die CM so gern mag.

Sie wirft einen Blick in meine Tasche. »Müssen wir ein ganzes Pfadfinder-Lager durchfüttern?«

Ein Feuer brennt friedlich in dem kleinen Kamin und ich packe meine Einkäufe aus. Von der Kassette erklingen die letzten Töne von Van Morrisons *Cleaning windows*. Ich hole die offene Sektflasche aus dem Kühlschrank.

Das Stück ist zu Ende und als Nächstes erfüllt ein hauchender Tenor die Stille.

My love must be a kind of blind love.
I can't see anyone but you …

Are the stars out tonight?
I don't know if it's cloudy or bright.

»Was ist das für eine Kassette?«

CM zuckt die Achseln. »Ich hab sie in deiner Kiste gefunden. Sind ein paar richtig gute Sachen drauf.«

Sie reicht mir die Hülle. Zwölf Songs. Titel, Interpret, Plattenfirma, Laufzeit.

»Das ist die Kassette, die Mac mir geschenkt hat, bevor er weggegangen ist.« Auf die Rückseite hatte er gekritzelt: *Vergiss nicht, sie dir anzuhören.*

»Lass mal sehen.« Sie nimmt mir die Beschriftung aus der Hand und liest sie, während ich unsere Gläser auffülle.

»Ich verhungere gleich! Lass uns mit dem Kochen anfangen.« Ich stelle die Flamme unter der Sauté-Pfanne an und klopfe das restliche Wasser vom Fisch, doch CM greift um mich herum und schaltet die Herdplatte wieder aus.

»Was soll das?«

»Hör dir das mal an. Derjenige, der diese Kassette zusammengestellt hat, will damit etwas sagen.« Sie nimmt mich an die Hand und zieht mich zum Futon hinüber. »Verstehst du denn nicht? Es geht dabei um dich.«

»Ach, komm.«

»Schau dir mal diese Songtitel an.« Sie hält mir den Zettel vor die Nase, doch als ich danach greife, zieht sie ihn zurück und liest vor: »*Brown eyed girl.* Das bist du …«

»Na klar. Ich bin ja auch die einzige Frau auf der Welt, die braune Augen hat.«

CM überhört meinen Einwand. »*Sally go round the roses* – da geht's darum, dass du mit jemand anders zusammen bist. *Changing horses* – um eine Trennung. *Tangled up in blue …*« Sie steckt sich das Haar hinter die Ohren und lässt sich neben mich auf den Futon fallen.

»Das ist bloß ein Zufall. Er mag halt Dylan.«

»Das glaubst du doch selbst nicht. Sieh mal hier …« CM lacht. »*Coldwater Canyon* – damit ist offensichtlich Gary gemeint. *Cleaning windows* – das ist Mac.«

»Du hast eine lebhafte Fantasie.«

»*I only have eyes for you.* Ach, ist das romantisch …«

»Das ist nicht romantisch, das ist bloß …«

»Bloß was?«

Ich schaue aus dem Fenster auf die Lichter der Stadt. »Es lief an dem Abend im Radio, als er mich im Schnee zum Krankenhaus gefahren hat.«

»Wyn, du musst ihn anrufen.«

»Er hat gar kein Telefon. Und außerdem, selbst wenn du Recht hast, was ich nicht glaube, hat er diese Kassette schon vor Monaten aufgenommen …«

»Keine Ausreden. Kannst du ihm nicht irgendwie eine Nachricht zukommen lassen? Nein, du musst hinfahren! Nimm den Camry.«

»Dann hast du doch kein Auto hier!«

»Dann steige ich halt mal auf den Bus um. Fahr gleich morgen.«

»Das geht nicht.«

»Warum nicht? Morgen ist Samstag. Da musst du doch nicht arbeiten.«

»Ich weiß nicht, wie man da hinkommt.«

»Nichts leichter als das. Ich hab Straßenkarten. Eigentlich brauchst du nur nach Anacortes raufzufahren, das dauert etwa anderthalb Stunden. Von da aus nimmst du die Fähre.«

»Ich weiß gar nicht genau, wo er ist.«

Sie lächelt. »Aber du weißt, wie du es rauskriegen kannst. Oder nicht?«

Jetzt läuft das letzte Stück. *The Dimming of the day* von Richard Thompson. Er hat eine reine Stimme, die einem wie ein Messer ins Herz sticht.

»CM, tu mir das nicht an. Ich hab gerade angefangen, mich daran zu gewöhnen, dass er weg ist.«

Sie legt die Kassettenhülle auf den Couchtisch, verschränkt die Arme und blickt mich mit ihren grünen Augen durchdringend an. »Wenn ich falsch liege, hast du noch sehr viel Zeit, dich daran zu gewöhnen, dass er weg ist. Aber wenn ich Recht habe ...«

Später, nachdem von unserem feierlichen Abendessen nur noch ein paar angenehme Düfte und ein in Plastikfolie verpacktes Stück Kuchen übrig geblieben sind, nachdem wir genug Sekt getrunken haben, um *The night they invented champagne* zu singen, nachdem CM wieder einfällt, dass sie das Ploppen des Korkens nachahmen kann, indem sie den kleinen Finger aus dem Mund schnippt, nachdem wir uns noch einmal umarmt haben und sie ins Bett gegangen ist, rolle ich mich auf dem Futon zusammen und sehe zu, wie die letzten Funken des Feuers im Dunkeln verglühen.

Vielleicht werde ich es wie CM machen und mein Leben der Kunst widmen. Die Vorstellung erscheint mir ganz reizvoll. Doch noch bevor ich den Gedanken zu Ende gedacht habe, weiß ich, dass mein Leben ganz anders ist als ihres. CM hat mir etwas voraus – ein Drahtseil, das mitten durch ihr Leben verläuft. Und rundherum sammeln sich alle anderen Fäden ihres Daseins.

Das Brotbacken ist meine Arbeit und mein Handwerk. Ich bin eine *boulangère*. Aber ich bin nicht CM. Statt eines Drahtseils habe ich in der Mitte eine Leere. Ich brauche jemanden, der mir hilft, sie zu füllen. Aber ist dieser Jemand Mac? Ich habe keine Erfahrung im Umgang mit Menschen wie ihm. Selbst wenn das, was ich für ihn empfinde – sollte es etwa das Wort sein, das mit L anfängt? – selbst wenn ich so fühle, braucht er ja nicht auch so zu fühlen. Vielleicht muss er nur seine Enttäuschung mit einer Frau überwinden. Oder er wollte bloß jemanden, mit dem er die Zeit überbrücken konnte, bis er weiterzog, und hat inzwischen das Interesse verloren. Und selbst wenn er noch interessiert ist, gibt es keine Garantie dafür, dass es funktioniert. Wir sind doch so verschieden!

Ich setze mich auf, klopfe in das Kissen, lasse mich wieder fallen und drehe mich auf den Rücken.

Aus dem dunklen Schlafzimmer schallt CMs Stimme zu mir herüber. »Der Wagen ist voll getankt …«

Die *M.V. Anacortes* gleitet durch eine Traumlandschaft aus Inseln, die aus dem Nebel auftauchen und wieder darin verschwinden. Ich habe in Seattle öfter von den San Juans gehört, aber so habe ich sie mir nicht vorgestellt – keine Sandstrände, keine Palmen. Nur felsige, mit Nadelwald bedeckte Berge, die aus dem kalten, blauen Pazifik herausragen. Die Luft indes ist so rein, dass einem der frische Meerduft die Kehle austrocknet. CM hat mir erzählt, dass man hier im September noch Schwertwale entdecken kann. Aber alles, was wie eine schwarze Rückenflosse aussieht, entpuppt sich als ein Stück Treibholz, eine Ente oder ein neugieriger Seelöwe.

Die Metallrampe der Fähre kracht auf den Anlegeplatz von Orcas und der Camry landet sanft auf der Straße. Ich frage den Mann, der den Verkehr weiterleitet, wie ich nach Eastsound komme.

Er lächelt mich an, als würde man ihm diese Frage nicht fünfhundertmal am Tag stellen, und antwortet: »Das hier ist der Horseshoe Highway. Fahren Sie einfach immer geradeaus.«

Die Straße senkt sich in einen Tunnel aus Bäumen hinab, auf den eine grüne Hügellandschaft folgt. In den Tälern hängt Nebel, der sich jedoch bald unter der sengenden Sonne auflöst.

Ich habe Angst. Wie damals, als ich zum ersten Mal auf meinem Fahrrad saß, nachdem mein Vater die Stützräder abgeschraubt hatte. Wochenlang musste er mich dazu überreden. Er sagte, sie hätten den Boden während der letzten Ausflüge sowieso nicht mehr berührt. Aber ich wollte trotzdem, dass sie dran blieben. Ich brauchte die Gewissheit, dass ich nicht kopfüber auf der Straße landen würde, falls ich das Gleichgewicht nicht richtig halten konnte. Doch irgendwann nahm Vater die Stützräder einfach ab. Wenn ich Rad fahren wolle, sagte er, müsse ich einfach aufsteigen und losstrampeln, was das Zeug halte.

Ich habe keinen Plan und keine Idee, was ich zu Mac sagen soll. Ich strample einfach los. Meine Güte, warum habe ich mich bloß von CM zu dieser dummen Aktion anstiften lassen? Schließlich hat er mir die Kassette schon vor fünf Monaten gegeben. Was, wenn sich seine Gefühle inzwischen geändert haben? Was, wenn er nie so empfunden hat, wie CM glaubt? Ich schlage mit der Handfläche auf das Lenkrad. Er ist aber auch selbst schuld. Dieser ganze Unsinn hätte vermieden werden können, wenn er den Mut gehabt hätte, mit mir zu reden.

Natürlich hätte ich auch etwas sagen können. Zum Beispiel an dem Abend auf der Fähre. Aber was? *Geh nicht?* Was, wenn Mac mich einfach angeschaut und gefragt hätte: »Warum nicht?« Dann wäre ich ins Wasser gesprungen.

Der Highway beschreibt eine Neunzig-Grad-Kurve nach rechts und ich gelange in das Dörfchen Eastsound. Es gibt nur drei oder vier Straßen, deshalb biege ich gleich in die erste, die North Beach Road, ein und parke am Straßenrand. Der hölzerne Bürgersteig ist von Cafés, Buchhandlungen, zwei Galerien, einem Sportgeschäft und einem kleinen Versicherungsbüro gesäumt. Ich folge meiner Nase zu einer winzigen Bäckerei, die versteckt in einem Hof liegt, und hoffe, das Loch in meinem Bauch mit einem Kürbismuffin stopfen zu können. Der Muffin ist feucht und voller Nüsse und Trockenfrüchte, aber ich stecke ihn trotzdem nach einem Bissen in die Tüte zurück.

Am Ende des Häuserblocks liegt auf der linken Seite das Maklerbüro Jaimie Johnson Real Estate. Obwohl es fast zehn Uhr ist, finde ich die Tür verschlossen vor. Rick sagte, ab neun Uhr sei jemand da. Vielleicht bin ich auf irgendeine seltsame Inseltradition gestoßen – dass alle Büros am dritten Freitag des neunten Monats geschlossen sind oder so ähnlich. Ich will gerade wieder kehrtmachen, als ich eine fröhliche Stimme höre. »Hallo, kann ich Ihnen helfen?«

Eine große, dunkelhaarige Frau kommt mit einer rosafarbenen Tasse in der Hand auf mich zu. »Dorrie Alesworth.« Sie streckt mir die Hand entgegen. »Tut mir Leid, ich brauchte etwas Koffein und bin heute Morgen allein im Büro.«

»Mein Name ist Wyn Morrison. Rick Bensinger hat mit jemandem vereinbart, dass ich eine Wegbeschreibung zu seiner Hütte bekomme.«

»Oh, ja. Sie wissen, dass sie gerade belegt ist?«

Mein Blick wandert über die Straße zu dem kleinen Parkplatz, den ich unbewusst nach einem weißen El Camino absuche. »Ja – eigentlich bin ich auf der Suche nach demjenigen, der gerade dort wohnt.«

»Kommen Sie rein. Ich markiere es Ihnen auf der Karte. Es ist wirklich einfach.«

Wie schön, dass mal etwas einfach ist.

Ich lege die Karte auf den Beifahrersitz und drehe sie so, dass ich mich an den neongelben Markerlinien orientieren kann. Zurück auf den Horseshoe Highway. Die Straße führt um den Crescent Beach herum, wo ein Schild potenzielle Austerndiebe ermahnt, sich von den Austernbänken fern zu halten. Links auf die Terrill's Beach Road – weit und breit kein Strand zu sehen –, dann rechts auf die Buckhorn Road. Wenige Minuten später erhasche ich zur Linken verlockende Ausblicke auf das Meer. Laut Kilometerzähler kündigt ein Schild exakt achthundert Meter weiter an einer Einfahrt Madrone Cottage an.

Obwohl ich nicht besonders schnell fahre, trete ich abrupt auf die Bremse, bleibe stehen und fahre mit meinen verschwitzten Händen nervös über das Lenkrad. Im Rückspiegel sehe ich einen silberfarbenen Honda Civic, der geduldig hinter mir wartet. In L. A. oder auch in Seattle hätte der Fahrer schon lange gehupt. Ich winke ihm als Entschuldigung zu, biege ab und rumple die zerfurchte Einfahrt entlang.

Plötzlich taucht gleich neben einer Wiese ein weißer, mit Schindeln gedeckter Bungalow auf. Der Elky steht auf einer Kiesfläche links von der überdachten Veranda. Mac hat endlich den Kotflügel lackiert.

Ich stelle den Wagen ungefähr zwanzig Meter vom Haus entfernt neben ein paar Bäumen ab, steige aus und schließe leise die Tür. Man kann das Meer riechen, aber der einzig sichtbare Ozean ist das wogende, grüne und goldene Gras der Wiese. Das durchdringende Keckern eines Eichhörnchens lässt mich zusammenfahren wie einen Eindringling.

Bob Dylans näselnde Stimme schallt durch das offene Fenster des Bungalows. *Subterranean Homesick Blues*. Ich bin schon fast auf der Veranda, als die Musik plötzlich verstummt.

»Ich gehe eine Runde laufen. Kommst du mit?«

Offensichtlich ist Mac nicht allein. Mein Herz klopft mir in den Ohren, weniger ein Geräusch als ein Vibrieren, als befände ich mich unter Wasser. Wenn ich mich zwischen den Bäumen verstecke, kann ich unerkannt in Erfahrung bringen, wer bei ihm ist. Wenn es ein Mann ist, okay. Wenn es eine Frau ist, muss ich mich entscheiden, ob ich mich selbst erniedrigen oder heimlich zur Anlegestelle der Fähre zurückfahren will.

Ich mache zwei Schritte ins hohe Gras. Da verliert mein linker Fuß plötzlich den Halt und versinkt bis zum Knöchel in dickflüssigem, schwarzem Schlamm. Mist! Meine nagelneuen Turnschuhe! Als ich versuche, den Fuß herauszuziehen, falle ich fast auf die Knie. Das wäre ja ein fantastischer Anblick! Mac kommt mit wer weiß wem aus dem Bungalow – vielleicht sogar mit Laura – und ich zapple hier herum wie ein Rhinozeros auf nassem Lehm.

Bevor ich mich entscheiden kann, ob ich das Weite suchen soll oder nicht, öffnet sich die Tür ein Stück und ein Gesicht schaut heraus. Ein Gesicht mit Knopfaugen und einer schwarzen Schnauze. Ein schmuddeliger gelber Hund von ungewisser Abstammung trottet über die Schwelle. Sobald er meinen Geruch aufnimmt, sträubt sich sein Fell und er beginnt tief in der Kehle zu knurren.

»Willst du mich vor einem gefährlichen Eichhörnchen beschützen?« Ein Fremder kommt aus dem Haus. Er hat eine kurze Hose und ein Sweatshirt mit abgeschnittenen Ärmeln an, aus dem sonnengebräunte, muskulöse Arme hervorschauen. Sein sonnengebleichtes Haar ist zu einem Pferdeschwanz zurückgebunden und er trägt einen Vollbart. Aber seine Augen gehören Mac.

Er schaut mich ungläubig an. »Wyn!« Sein Blick wandert zu meinen Füßen hinunter. Es sieht aus, als hätte ich einen schwarzen und einen weißen Schuh an. »Du bist ja ganz schmutzig.«

»Wie ich schon einmal sagte, hast du eine besondere Begabung, das Offensichtliche auszusprechen.«

Der gelbe Hund kommt zu dem Schluss, dass ich keine Gefahr bin. Er springt die Treppe hinunter. Kurz darauf leckt er mir mit seiner warmen Schmirgelpapierzunge das Bein.

»Ich weiß nicht, was ich sagen soll«, sagt Mac.

Immerhin scheint er sich zu freuen.

»Muss eine ganz neue Erfahrung für dich sein.« Ich bücke mich und kraule den Hund hinter den Ohren. »Wer ist das denn?«

»Minnie.«

»Du hast deine Hündin nach einer Maus benannt?«

»Eigentlich nicht. Eher nach dem Lied *Minnie the moocher*. Von Cab Calloway. Sie gehört mir nicht. Sie leistet mir nur manchmal Gesellschaft. Wie bist du hergekommen?«

Ich werfe einen Blick auf CMs Camry. »Ich bin nach Anacortes gefahren und hab die Fähre genommen.« Ich halte verlegen inne und plappere dann weiter: »Hier ist es wirklich zauberhaft! So hab ich es mir überhaupt nicht vorgestellt.«

»Es ist toll, nicht?« Mac lächelt und mein Magen macht einen Luftsprung.

Minnie hat keine Lust mehr, auf die versprochene Runde zu warten, und verschwindet im Wald. Mac sagt: »Ich hole was, damit wir deinen Schuh sauber machen können.«

Ich lasse mich vorsichtig auf der obersten Stufe der Treppe nieder, befreie den Fuß aus dem klebrigen Turnschuh und ziehe die schmutzige Socke aus. Mac kommt mit einem Spachtel und einem Lappen zurück. Er setzt sich neben mich, nicht zu dicht, und nimmt den Schuh.

Vereinzelte hohe Wolken werfen einen Teppich aus Licht und Schatten auf die Wiese, auf der die letzten rosafarbenen Fingerhüte des Sommers und flaumige, weiße Samenköpfchen der Disteln leuchten. Schwarze Vögel ziehen träge ihre Runden. Die Brise ist sanft und noch warm, kündigt aber schon die kürzeren Tage an.

Ich bemühe mich um ein aufrichtiges, harmloses Lächeln. »Woran hast du gerade gearbeitet?«

»Ich hab die Wände gestrichen. Drinnen und draußen. Und vorher das Dach repariert. Und ein Stück Wiese gemäht und darauf einen Schuppen gebaut.« Während Mac erzählt, putzt er den Schmutz von meinem Schuh und streicht den Spachtel an der Kante der Veranda ab. »Du wirst ihn wohl richtig waschen müssen.«

Macs Gesichtsausdruck erinnert mich an unsere erste Begegnung – offen und direkt. Aber nicht mehr so fremd. Inzwischen weiß ich einige aufschlussreiche Einzelheiten über ihn. Zum Beispiel, dass er seinen Bruder nicht ausstehen kann und sich einmal im Jahr die Haare schneiden lässt. Dass er Raymond Chandler und John Irving, Wallace Stegner und Joan Didion mag. Dass er den Blues liebt und

Songs, die Geschichten erzählen. Dass er sich auf Fähren begibt, nur um auf dem Wasser zu sein. Dass sein Lieblingsgeschmack Karamell ist.

»Oder du bleibst einfach hier sitzen, bis der Schlamm trocken ist. Dann kann man ihn abbürsten.«

Am liebsten möchte ich mit dem Zeigefinger über den Muskel in seinem Arm streichen. Er spannt sich, als Mac meinen Schuh festhält. »Ich will dich nicht vom Laufen abhalten.«

Mac steht auf. »Das kann ich immer noch tun. Komm mal mit. Ich möchte dir was zeigen.«

Er öffnet die Tür und ich trete an ihm vorbei ins Innere des Bungalows.

Die Kiefernverkleidung mit den vielen Astlöchern bildet einen passenden Hintergrund für die abgenutzte Einrichtung: ein kastanienbraunes Sofa, zwei grüne Sessel, eine alte Truhe mit einer Glasscheibe als Couchtisch. Regale voller Bücher und Brettspiele. Ein verschlissener Teppich. Ein gemauerter Kamin.

»Es ist gemütlich. Wie das Haus meiner Großmutter.«

Einen Moment lang erwarte ich fast, dass Mac meine Hand nimmt, doch er dreht sich nur um und geht in das nächste Zimmer. »Hier hinein.«

Der Küchenfußboden liegt etwas tiefer als die übrigen Räume. Das alte Linoleum fühlt sich unter meinem nackten Fuß kühl und faltig an. Es gibt einen altmodischen Wedgewood-Gasofen, einen Kühlschrank, einen angeschlagenen Holztisch und drei Stühle.

Wie ein Dekorationsstück liegt eine Manuskriptschachtel aus Wellpappe mitten auf dem Tisch. Mac schaut nicht mich, sondern die Schachtel an, daher stelle ich meine Handtasche hin und nehme den Deckel der Schachtel ab.

Zufall der Geburt
Roman
Von Matthew Spencer McLeod

Mac bemüht sich erfolglos, bescheiden und zurückhaltend auszusehen.

Ich lächle. »Du lieber Himmel, Mac! Du musst ja wie verrückt gearbeitet haben.«

Er lässt sich auf der Tischkante nieder. »Ich hab oft darüber nachgedacht, was du gesagt hast.«

»Was denn?«

»Solange ich mich für einen Barkeeper halte, der ein bisschen schreibt, werde ich das auch immer sein. Also hab ich beschlossen, mich als Schriftsteller anzusehen, der einen Brotjob braucht.« Er schenkt mir sein schiefes Lächeln. »Möchtest du einen Kaffee?«

»Nein, danke.«

Ich gehe zu der angestoßenen Porzellanspüle hinüber und blicke aus dem Fenster in den Wald. Ich kann Minnie hören, die kläffend Eichhörnchen aufscheucht.

Mac verschränkt die Arme vor der Brust. »Willst du mir jetzt sagen, warum du den ganzen Weg hierher gefahren bist? Oder soll ich raten?«

»Warum nicht? Ich musste bei dir ja schließlich auch raten.« Es ist mir peinlich, dass meine Stimme plötzlich umschlägt wie bei einem Jungen, der in den Stimmbruch kommt. »Eigentlich bin ich wirklich sauer auf dich.« Ich drehe mich um und gebe mir Mühe, ihn wütend anzufunkeln. »Wie konntest du nur?«

Mac macht ein verwirrtes Gesicht. »Wie konnte ich was?«

»Wie konntest du mir diese Kassette geben und dich dann wie ein Ausreißer einfach davonstehlen?«

»Was hätte ich denn tun sollen?«

»Du hättest etwas sagen können.«

»Hab ich aber nicht. Du hast sowieso nicht zugehört.« Er fummelt mit der linken Hand an der Taschenklappe seiner kurzen Hose herum. »Du warst zu sehr damit beschäftigt, Rachepläne gegen deinen Exmann zu schmieden und dir die Zeit mit deinem Bruder zu vertreiben.«

»Er ist mein Stiefbruder. Also sag es nicht so, als wäre es Inzest.«

»Du hättest schließlich auch etwas sagen können.«

»Was denn? Hör auf, Laura nachzutrauern, und versuche ...«

»Laura?« Er schaut mich fragend an.

»Ja, Laura. Du warst ziemlich fertig, nachdem du sie auf der Party mit jemand anders gesehen hast.«

»Ich war gar nicht fertig. Ich war nur total übermüdet, weil ich die ganze Nacht aufgeblieben war. Und gerade als es dann interessant wurde, tauchte dein Bruder – Entschuldigung, dein Stiefbruder – mit einem halben Blumenladen im Arm auf.«

»Aber du warst furchtbar bedrückt und schlecht gelaunt nach ...«

Mac schüttelt langsam den Kopf. »Meine Güte, ich wusste doch nie, was du denkst! Ich war bedrückt und schlecht gelaunt, weil ich mich so zu dir hingezogen fühlte und du offensichtlich Wichtigeres zu tun hattest. Deshalb dachte ich, es wäre wohl besser, wenn ich für eine Weile verschwinde.« Er blickt mich vorwurfsvoll an. »Du hättest dich auch schon früher bei mir melden können.«

»Ich hab die Kassette erst vor drei Tagen gehört.«

»Warum hast du so lange gewartet?«

»Na, rate mal«, entgegne ich, und mein Ärger löst sich in Luft auf, »ich konnte sie einfach nicht anhören, weil ich dich vermisst habe.«

Ich liebe die bernsteinfarbenen Flecken in seinen Augen,

die man nur bei einem ganz bestimmten Licht sieht. Seine Wimpern, die an den Wurzeln schwarz und an den Spitzen hell wie Mondschein sind. Auf seinem Nasenrücken entdecke ich eine von der Sonne verbrannte Stelle.

»Ich hab dich auch vermisst«, sagt Mac. Das Gefühl, das ich den ganzen Sommer über eingesperrt habe, entweicht plötzlich und flammt in mir auf.

»Kenny hat mir erzählt, dass du rauf nach Alaska willst.«

»Das hatte ich auch vor.« Während ich aus dem Fenster schaue, stellt sich Mac direkt vor mich und legt die Hand auf meinen Arm. »Warum begleitest du mich nicht?«

»MacLeod, weil du mich dauernd zum Weinen bringst und wie ein Henker fährst.«

Er lacht und küsst mich. Sein Mund ist warm und seine Nasenspitze fühlt sich auf meiner Wange kalt an. Seine Zunge streift kaum meinen Mund, so als würde man an eine Tür klopfen und dann höflich zurücktreten, bis man hereingebeten wird. Er duftet nach frisch geschlagenem Kiefernholz und Gras.

Ich berühre vorsichtig seinen Bart.

»Kratzt er?«, fragt Mac.

Ich versuche, ihn mit den Fingern in verschiedene Richtungen zu kämmen. »Vielleicht geht es.«

»Komm mit mir nach Alaska. Es wäre so ...«

»Ich kann nicht.« Plötzlich mache ich beinahe alles zunichte.

»Warum nicht?«

Ich presse die Lippen zusammen. »Vor dir steht die stolze Mitbesitzerin der McGraw Street Bakery.«

»Also ist die Scheidung ...«

»Praktisch ein *fait accompli.*«

Er lächelt. »Heißt das so viel wie eine vollendete Tatsache?«

Der zweite Kuss ist länger und interessanter. Er führt mich an verschiedene Orte – zum Beispiel auf den Gehweg, über den ich zum ersten Mal ohne Stützräder fahre. Oder in eine Welle, in die ich am Zuma Beach tauche. Oder zehntausend Meter hoch über Frankreich, als ich weiß, dass irgendwo da unten in einem Gewirr aus rosafarbenem Backstein die *Boulangerie du Pont* auf mich wartet. Und er setzt mich sanft, aber nachdrücklich auf diesem Fleckchen Land vor der Küste von Washington ab, wo Schlamm auf meinem Schuh trocknet und Mac mich so im Arm hält, dass ich mir seiner Absichten sicher sein kann.

Wir schnappen nach Luft. Dann sagt er: »Andererseits ist der Herbst nicht unbedingt die beste Zeit, um nach Alaska zu gehen.«

»Vielleicht solltest du deine Entscheidung noch aufschieben«, schlage ich hilfsbereit vor. »Mindestens bis zum nächsten Frühling.«

Es entsteht eine Pause, nicht länger als der Abstand zwischen zwei Herzschlägen. Ich merke, dass Mac tief Luft holt, als wolle er irgendeine großartige Ankündigung machen, doch er wickelt nur eine Strähne meines Haars um seinen Finger und erwidert: »Mindestens.«

Danksagung

Einer der schönsten Nebeneffekte einer Buchveröffentlichung ist, dass man all die Menschen darin erwähnen kann, die eigentlich mehr verdient haben, sich jedoch mit meinem ewigen Dank begnügen müssen. Ich danke meinen Eltern Ruth und Doug Huggins für ihre unerschütterliche Liebe und ihren begeisterten Beifall, schon für diese ersten Geschichten über verschwundene Hunde und vergrabene Schätze.

Meinem Mann Geoff, der mich während meiner mühsamen Arbeit buchstäblich unterstützt hat, indem er mir den Rücken massiert, meine Hand gehalten und gut gelaunt unzählige Pizzas und Thainudeln bestellt und verspeist hat. Ich danke Marilyn Carter dafür, dass sie seit fünfunddreißig Jahren meine beste Freundin ist.

Dank auch all meinen Schreiblehrern – es waren wirklich viele –, besonders aber Andrew Tonkovich, in dessen Schreibkurs mir die erste Idee zu »Das Brot des Lebens« kam. Meiner weisen und großzügigen Lehrerin und lieben Freundin Jo-Ann Mapson, deren Bücher mich zugleich inspirieren und animieren und die mir die Ehre erwiesen hat, mich ihrer wunderbaren Agentin zu empfehlen. Ich danke Deborah Schneider, die inzwischen auch meine wunderbare Agentin ist und die alles für machbar hält. Meiner Lektorin Claire Wachtel für ihre Warmherzigkeit und ihren klaren Blick und dafür, dass sie mir geholfen hat, meine Geschichte so gut wie möglich zu erzählen.

Ich danke all meinen Freunden aus der Schreibgruppe und dem Literaturclub, die sich mit mir durch unzählige Entwürfe und Überarbeitungen gekämpft haben, besonders meiner Schreibpartnerin Amy Wallen für ihre Fähigkeit, mir harte Wahrheiten zu sagen und mich dennoch zu ermutigen. Dank an Janet Fitch für ihre Dialogstunden und an Rebecca Hill und Judith Guest, die mir gezeigt haben, dass weniger mehr ist.

Kathryn Brown hat mir ihr scharfsichtiges Verständnis des kalifornischen Scheidungsrechts nahe gebracht. David Bresard hat mich herzlich in seiner Bäckerei aufgenommen und mich an seinen Erfahrungen als *Compagnon Boulanger du Devoir* teilhaben lassen.

Ich danke allen Sängern und Songschreibern, deren Musik noch immer in meinem Auto und meinem Herzen zu hören ist: Bob Dylan, Van Morrison, Jackie Wilson, The Big O, Crosby, Stills, Nash and Young, Richard und Linda Thompson. Den Flamingos und vielen mehr.

Dank an meine Brothelden Edward Espe Brown, Elizabeth David, Daniel Leader, Nancy Silverton, Bruder Peter Rinehart und an Gunilla Norris für ihre eloquente Ausführung über den Zusammenhang zwischen Brot und Liebe.

Und last, aber lange nicht least danke ich Nancy Mattheiss, Jessica Reissman und den Frauen aus der alten McGraw Street Bakery, die mir während meiner Zeit dort ein kulinarisches und freundschaftliches Festmahl bereitet haben.